W0300340

# Les Sept Lunes de Maali Almeida

**Shehan**
**Karunatilaka**

# Les Sept Lunes de Maali Almeida

**Traduit de l'anglais (Sri Lanka)**
**par Xavier Gros**

CALMANN LEVY

*Les Sept Lunes de Maali Almeida* est une œuvre de fiction.
Ses personnages sont imaginaires, cependant, certaines figures
politiques et autres personnes actives à l'époque
où se déroule le livre (1990)
sont mentionnées sous leur véritable nom.

CALMANN LÉVY
ÉDITEUR DEPUIS 1836

*Titre original :*
The Seven Moons of Maali Almeida

Première publication : Sort Of Books, 2022,
Londres, Grande-Bretagne

© Shehan Karunatilaka, 2022
Carte de Colombo © Dominic Beddow/Magnetic North

*Pour la traduction française :*
© Calmann-Lévy, 2024
Carte du Sri Lanka d'après : https://d-maps.com/carte.
php?num_car=614&lang=fr

Couverture
*Maquette :* olo.éditions
*Adaptation :* Caroline Gioux
*Illustration :* © Peter Dyer d'après © iStock/Geordanna Cordero

ISBN 978-2-7021-8985-6

*Pour Chula,*
*Eranga*
*et Luca*

*Il n'existe que deux divinités dignes d'être honorées.*
*Le hasard et l'électricité.*

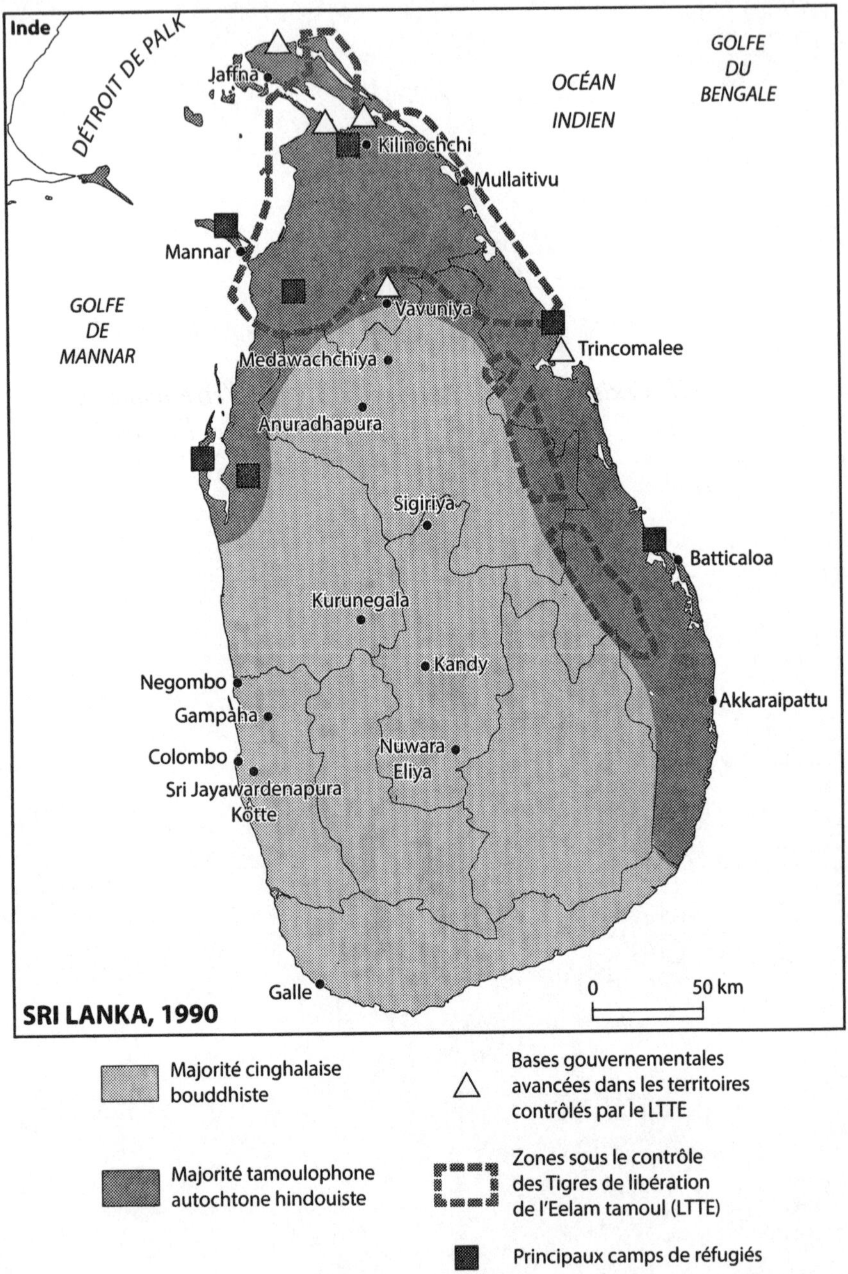
Inde
DÉTROIT DE PALK
Jaffna
Kilinochchi
Mullaitivu
OCÉAN
INDIEN
GOLFE
DU
BENGALE
Mannar
GOLFE
DE
MANNAR
Vavuniya
Trincomalee
Medawachchiya
Anuradhapura
Sigiriya
Batticaloa
Kurunegala
Kandy
Negombo
Gampaha
Akkaraipattu
Colombo
Sri Jayawardenapura
Kotte
Nuwara
Eliya
Galle
0
50 km
SRI LANKA, 1990
Majorité cinghalaise bouddhiste
Majorité tamoulophone autochtone hindouiste
Bases gouvernementales avancées dans les territoires contrôlés par le LTTE
Zones sous le contrôle des Tigres de libération de l'Eelam tamoul (LTTE)
Principaux camps de réfugiés

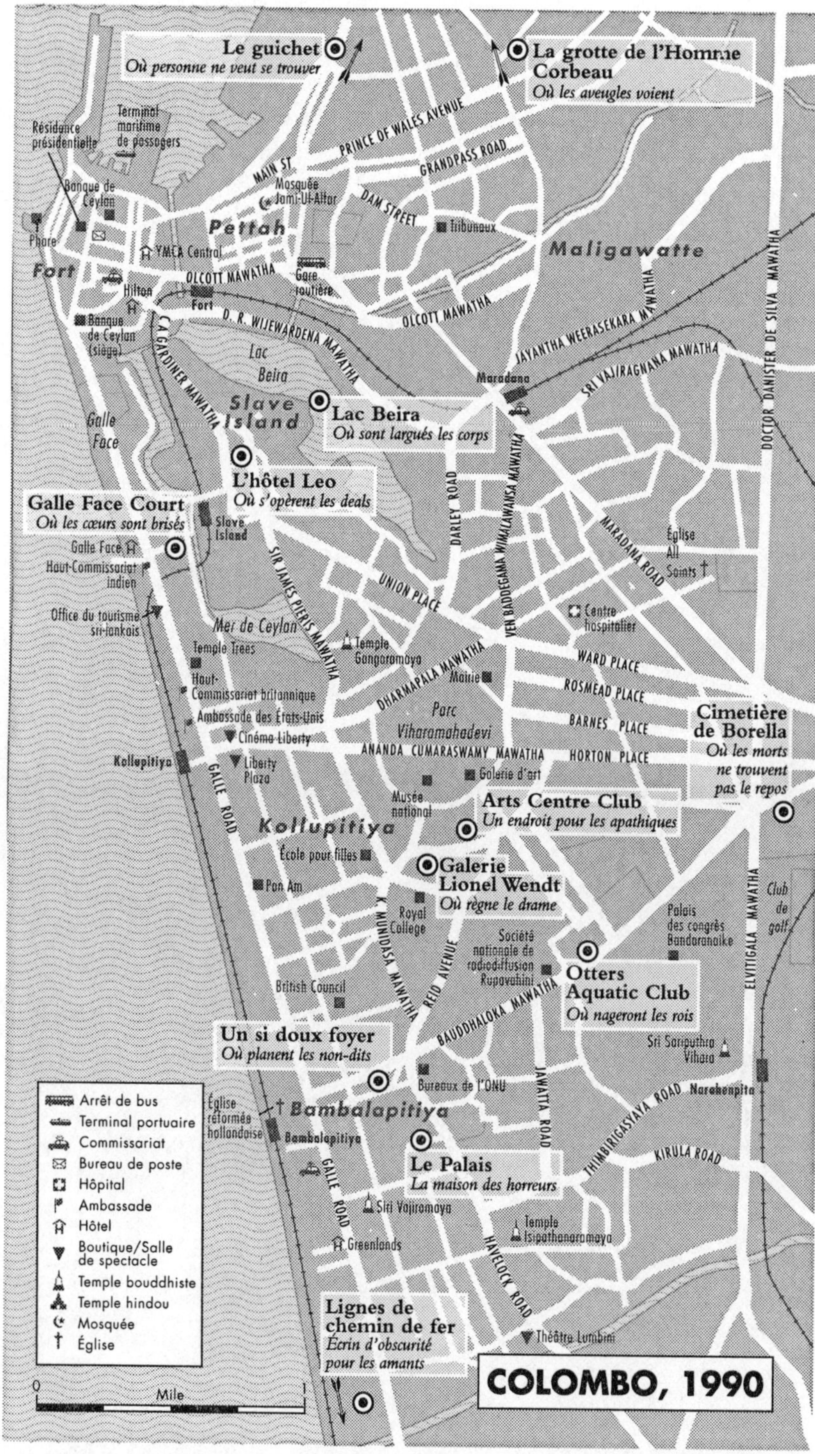
COLOMBO, 1990
Le guichet
Où personne ne veut se trouver
La grotte de l'Homme Corbeau
Où les aveugles voient
Lac Beira
Où sont largués les corps
L'hôtel Leo
Où s'opèrent les deals
Galle Face Court
Où les cœurs sont brisés
Cimetière de Borella
Où les morts ne trouvent pas le repos
Arts Centre Club
Un endroit pour les apathiques
Galerie Lionel Wendt
Où règne le drame
Otters Aquatic Club
Où nageront les rois
Un si doux foyer
Où planent les non-dits
Le Palais
La maison des horreurs
Lignes de chemin de fer
Écrin d'obscurité pour les amants
Résidence présidentielle
Terminal maritime de passagers
Banque de Ceylan
Phare
Fort
Pettah
YMCA Central
Hilton
Banque de Ceylan (siège)
Olcott Mawatha
Gare routière
Mosquée Jami-Ul-Alfar
Main St
Prince of Wales Avenue
Grandpass Road
Dam Street
Tribunaux
Maligawatte
Jayantha Weerasekara Mawatha
Sri Vajiragnana Mawatha
Doctor Danister de Silva Mawatha
Maradana
D. R. Wijewardena Mawatha
C. A. Gardiner Mawatha
Lac Beira
Slave Island
Galle Face
Darley Road
Ven Baddegama Wimalawansa Mawatha
Maradana Road
Église All Saints
Union Place
Sir James Pieris Mawatha
Centre hospitalier
Ward Place
Rosmead Place
Barnes Place
Horton Place
Galle Face
Haut-Commissariat indien
Office du tourisme sri-lankais
Mer de Ceylan
Temple Gangaramaya
Temple Trees
Haut-Commissariat britannique
Ambassade des États-Unis
Cinéma Liberty
Liberty Plaza
Kollupitiya
Galle Road
Dharmapala Mawatha
Mairie
Parc Viharamahadevi
Ananda Cumaraswamy Mawatha
Galerie d'art
Musée national
Kollupitiya
École pour filles
Pan Am
Royal College
K. Munidasa Mawatha
Reid Avenue
Société nationale de radiodiffusion Rupavahini
Palais des congrès Bandaranaike
Club de golf
Elvitigala Mawatha
British Council
Bauddhaloka Mawatha
Sri Sariputhra Vihara
Bureaux de l'ONU
Jawatta Road
Narahenpita
Thimbirigasyaya Road
Kirula Road
Église réformée hollandaise
Bambalapitiya
Bambalapitiya
Galle Road
Sri Vajiramaya
Temple Isipathanaramaya
Greenlands
Havelock Road
Théâtre Lumbini
Arrêt de bus
Terminal portuaire
Commissariat
Bureau de poste
Hôpital
Ambassade
Hôtel
Boutique/Salle de spectacle
Temple bouddhiste
Temple hindou
Mosquée
Église
0
Mile
1

## Personnages et factions

*Liste non exhaustive. Toutes nos excuses aux démons qui n'y figureraient pas.*

Malinda Albert Kabalana (Maali Almeida) : Disparu, mais pas oublié. A un meurtre à élucider. Le sien.

### Les vivants – Ici-Bas

*« J'entends souffler ton nom. Et en partage la honte. »*

***Colocataires et famille***

Dilan Dharmendran (DD) : Amour interdit de la vie de Maali.

Jacqueline Vairavanathan (Jaki) : Amour délaissé de la vie de Maali. Cousine de DD.

Albert Kabalana (Bertie) : Père de Maali. Absent et méprisé.

Lakshmi Almeida (Lucky) : Mère de Maali. Présente et méprisée.

Ministre Stanley Dharmendran : Père de DD, oncle de Jaki. Seul membre tamoul du gouvernement.

***Policiers et bandits***

Commissaire adjoint Ranchagoda : Flic paresseux. Jouit de nombreux contacts.

Inspecteur Cassim : Flic bosseur. Frustré.

Balal Ajith : Élimine les ordures. Boucher de formation.

Kottu Nihal : Ramasse les ordures. Voleur.

Drivermalli : Transporte les cadavres. Soldat tourmenté.

***Journalistes et rois de la combine***

Andy McGowan : Pigiste pour *Newsweek.*

Jonny Gilhooley : Attaché culturel au sein du Haut-Commissariat britannique.

Bob Sudworth : Reporter pour l'Associated Press (AP).

Innocent Emmanuel Kugarajah (Kuga) : Escroc se faisant passer pour un activiste.

Elsa Mathangi : Activiste se faisant passer pour une escroc.

***À l'hôtel Leo***

Rohan Chang : Boss du casino.

Yael Menachem : Directeur de production israélien. Trafiquant d'armes.

Golan Yoram : Producteur de films israéliens. Trafiquant d'armes.

Karachi Kid : Joueur de poker pakistanais. Trafiquant d'armes

Chaminda Samarakoon : Barman. Gigolo.

***Monstres***

Ministre Cyril Wijeratne : Ministre de la Justice. Meneur de foules.

Major Raja Udugampola : Directeur de la STF.

Le Masque : Père de quatre enfants. A torturé des centaines de personnes.

***Extralucides***

L'Homme Corbeau : Chuchote aux esprits. Pourvoyeur de malédictions.

L'Enfant Moineau : Gamin des rues mutilé.

***Bulle de Colombo***

Clarantha De Mel : Gérant de la galerie Lionel Wendt. Folle dans le placard.

Radika Fernando : Présentatrice de JT et mondaine.

Buveneka Wijeratne : Neveu malgré lui du ministre de la Justice.

Viran de la boutique FujiKodak : Développeur de photos en freelance.

## Les morts

*La plupart sans nom et inoffensifs*

***Assistants***

Professeure Ranee Sridharan : (d. 1989) Professeure et activiste tamoule, assassinée par le LTTE. Désormais Assistante.

Musclor : Videur posté aux portes de l'Entre-Deux.

Moïse : Esprit ancestral. Reconverti en agent de sécurité.

***Goules***

Sena Pathirana (d. 1989) : Coordinateur marxiste de Gampaha. Assassiné par l'État.

L'Avocate Décédée (d. 1983) : Lynchée par une foule raciste déchaînée en 1983. Une victime parmi des milliers.

Les Étudiants Ingénieurs (d. 1982) : Assassinés par l'armée sur la base d'un portrait-robot.

Les Enfants Soldats Morts (d. 1989) : Ont ingurgité du poison pour échapper au champ de bataille.

Le Vieil Homme *preta* et la Jeune Fille *preta* (d. 1984) : Fauchés par une bombe qui ne leur était pas destinée.

***Démons***

Mahakali alias le Prêtre Mort : Le cœur sombre de l'univers. N'a pas toujours été aussi mauvais.

Garde du corps Mort (d. 1977) : Ancien garde du corps d'un Premier ministre assassiné. Reconverti en démon protecteur pour un ministre.

## Les factions

LTTE : Tigres de libération de l'Eelam tamoul.

JVP : Janatha Vimukthi Peramuna ou Front de libération du peuple.

UNP : Parti national uni, au pouvoir depuis la fin des années soixante-dix.

STF : Special Task Force, les forces spéciales.

IPKF : Force indienne du maintien de la paix.

ONU : Organisation des Nations unies.

RAW : Research and Analysis Wing, services secrets indiens.

CIA : Central Intelligence Agency.

# Première lune

*Père, pardonne-leur,*
*car jamais je ne le ferai.*

Richard de Zoysa
« Good Friday 1975 »

## RÉPONSES

Tu te réveilles avec les réponses aux questions que tout le monde se pose. Les réponses sont Oui, et Tout Comme Ici Mais Pire. Tu n'en sauras pas davantage. Alors tu ferais aussi bien de te rendormir.

En venant au monde, ton cœur n'avait pas voulu battre et on t'avait collé dans une couveuse pour te garder en vie. Et déjà, toi le fœtus à peine tiré des flots, tu savais ce que Bouddha allait découvrir en s'asseyant sous son arbre. Il vaut mieux ne pas renaître. Ni jamais s'en soucier. Tu aurais dû suivre ton instinct et clamser dans cette boîte où tu es né. Mais tu ne l'as pas fait.

Alors tu as abandonné chaque partie qu'on t'a forcé à jouer. Tu as tenu deux semaines aux tables d'échecs, un mois chez les louveteaux et trois minutes au rugby. Tu as quitté l'école, plein de haine pour les équipes, les compétitions et les abrutis qui leur accordaient de l'importance. Tu as plaqué ton école d'art, la vente d'assurances et tes diplômes de master. Autant de petits jeux minables avec lesquels tu n'avais pas envie de t'emmerder. Tu as largué tous ceux qui t'ont vu nu. Lâché toutes les causes pour lesquelles tu t'es un jour battu. Et fait un tas de choses inavouables.

Si tu possédais une carte de visite, voici ce qui y figurerait :

*Maali Almeida*
*Photographe. Joueur. Salope.*

Si tu avais une pierre tombale, il y serait gravé :

*Malinda Albert Kabalana*
*1955-1990*

Mais tu ne possèdes ni l'une ni l'autre. Les jeux sont faits, rien ne va plus. Désormais, tu sais ce que les autres ignorent. Tu détiens les réponses aux questions suivantes : Y a-t-il une vie après la mort ? À quoi ça ressemble ?

## BIENTÔT TU TE RÉVEILLERAS

Tout a commencé il y a des lustres, des millénaires, mais passons sur tous ces hier pour démarrer l'histoire à mardi dernier. Ce jour-là, tu émerges avec la gueule de bois et la tête vide, ce qui n'est pas vraiment inhabituel chez toi. Tu te réveilles au beau milieu d'une immense salle d'attente. Un seul regard te suffit pour comprendre qu'il s'agit d'un rêve et, pour une fois, tu sais que c'en est un, et tu es heureux d'en attendre la fin. Tout finit par passer, en particulier les rêves.

Tu portes une saharienne et un jean délavé, mais impossible de te souvenir comment tu as atterri là. Tu n'as qu'une chaussure au pied, trois colliers autour du cou et un appareil photo. Celui-là, c'est ton fidèle Nikon 3ST, à ceci près que la lentille de l'objectif est brisée et le boîtier, fissuré. Dans le viseur, tu ne vois que de la boue. Il est temps de te réveiller,

Maali, mon garçon. Tu te pinces et le mal que tu ressens ressemble moins à un furtif coup de couteau qu'à l'écho douloureux d'une insulte.

Tu sais ce que ça fait de n'avoir pas confiance en son propre cerveau. Ce trip sous LSD au Smocking Rock Circus en 1973 où tu as passé trois heures à enlacer le tronc d'un *aralia*[1] dans le parc Viharamahadevi. Le marathon de poker de quatre-vingt-dix heures lors duquel tu as gagné un million sept cent mille roupies avant d'en perdre un million cinq. Ton premier bombardement à Mullaitivu en 1984, coincé dans un bunker rempli à craquer de parents terrifiés et de gamins qui hurlaient. Ce réveil à l'hôpital, à l'âge de dix-neuf ans, incapable de te rappeler le visage de ta mère, ni combien tu le haïssais.

Te voilà fourré dans une file d'attente, à gueuler après une femme en sari blanc assise derrière un guichet en fibre de verre. Qui ne s'est jamais énervé contre l'une de ces femmes assises derrière un guichet ? Certainement pas toi. Les Sri-Lankais sont du genre colère silencieuse, mais toi, tu aimes te plaindre en hurlant à pleins poumons.

— Je ne dis pas que c'est votre faute. Je ne dis pas que c'est ma faute. Mais les erreurs, ça arrive, non ? Surtout dans l'administration. On pourrait s'arranger.

— Ce n'est pas un service administratif, ici.

— Je m'en fiche, *Aunty*[2]. Tout ce que je sais, c'est que je ne peux pas rester. J'ai des photos à partager. Il y a quelqu'un qui m'attend.

— Ne m'appelez pas Aunty.

---

1. Frangipanier blanc. *(Toutes les notes sont du traducteur.)*

2. Forme d'adresse débordant largement le contexte familial dans l'ensemble du sous-continent indien. Une *aunty* (tante) est une femme d'un certain âge, avec laquelle le locuteur entretient, ou cherche à entretenir, une relation familière.

Tu observes ce qui t'entoure. Derrière toi, la queue serpente entre les piliers et le long des murs. L'air est brumeux, pourtant personne ne semble exhaler de vapeur. On dirait un parking sans voitures, ou une place de marché vide de marchandises. Le plafond est haut, soutenu par des pylônes en béton placés à intervalles irréguliers dans une cour tentaculaire. Des sortes d'immenses portes d'ascenseur en délimitent le périmètre et de vagues formes humaines se pressent pour y entrer et en sortir.

Même de près, ces silhouettes ont des contours brouillés, une peau passée au talc et des yeux qui flamboient dans des teintes inhabituelles pour des Sri-Lankais. Certaines portent des blouses d'hôpital ; certaines ont du sang séché sur leurs vêtements ; à d'autres, il manque des membres. Toutes hurlent sur la femme vêtue de blanc. Celle-ci a l'air de tenir une conversation personnelle avec tout le monde en même temps. Chacun ici lui pose peut-être les mêmes questions. Si tu étais un accro aux jeux (et c'est précisément le cas), tu parierais 5/8 que tout cela n'est rien d'autre qu'une hallucination, certainement provoquée par l'une des petites pilules magiques de Jaki.

La femme ouvre un grand registre. Elle te reluque des pieds à la tête, sans montrer signe d'intérêt ni de dédain.

— Vérifions d'abord quelques détails. Nom ?

— Malinda Albert Kabalana.

— Première syllabe, s'il vous plaît.

— Maali.

— Vous savez ce qu'est une syllabe ?

— Maal.

— Merci. Religion ?

— Aucune.

— Comme c'est bête. Cause du décès ?

— M'en souviens pas.

— Mort depuis quand ?

— Sais pas.

— Ah bon.

L'essaim d'âmes fond sur la femme en sari blanc, bourdonnant de réprimandes jusqu'au harcèlement. Tu observes les visages livides, les crânes brisés aux yeux enfoncés dans leurs orbites et plissés par la rage, la douleur, la confusion. Leurs pupilles ont des nuances chatoyantes d'ecchymose et de plaie purulente. Un camaïeu trouble de marrons, de bleus et de verts. Tous ignorent ta présence. Tu as vécu dans un camp de réfugiés, parcouru les marchés à la nuit tombée et t'es endormi dans des casinos bondés. Les raz-de-marée humains n'ont jamais rien de pittoresque. Celui-ci déferle sur toi et t'entraîne loin du guichet.

Les Sri-Lankais ne savent pas faire la queue, à moins qu'on ne la définisse comme une courbe informe parcourue de points d'entrée multiples. L'endroit a l'air d'un bureau d'information destiné à ceux qui auraient des questions sur leur décès. On y voit de nombreux comptoirs et une horde de clients enragés se bousculant devant les grilles pour vociférer des insultes contre les quelques agents de l'autre côté. L'Au-Delà est un centre des impôts où chacun réclame son dégrèvement.

Une femme te pousse, portant son jeune enfant dans les bras. Le gosse te regarde comme si tu avais écrasé son jouet préféré. Les cheveux, le visage et les vêtements de la mère sont maculés de sang.

— Et pour notre Madura ? Que lui est-il arrivé ? Il était à l'arrière avec nous. Il a vu arriver le bus avant le chauffeur.

— Combien de fois dois-je vous le répéter, madame ? Votre fils est toujours en vie. *Don't worry, be happy.*

Celui qui répond se trouve derrière un autre comptoir : un homme avec une coupe afro vêtu d'une blouse blanche qui ressemble au Moïse des Saintes Écritures. Ses yeux sont du même jaune pâle qu'une omelette et sa voix gronde comme les rouleaux de l'océan. Il entonne à nouveau l'air de la chanson la plus agaçante de l'année dernière, puis ouvre son grand livre.

Tu prends une photo, comme chaque fois que tu ne sais pas quoi faire de tes mains. Tu essayes de saisir le chaos de ce gigantesque parking, mais tout ce que tu parviens à voir ce sont les fissures dans ton objectif.

Distinguer les membres du personnel des autres est assez facile. Les premiers tiennent de grands registres entre leurs mains et restent immobiles, sourire aux lèvres ; les autres ont l'air de complets détraqués. Ils font les cent pas, s'arrêtent brusquement, regardent dans le vide. Certains secouent la tête en gémissant. Le personnel ne regarde rien directement, et en aucun cas les âmes auxquelles il s'adresse.

Ce serait le moment idéal pour te réveiller et oublier. Tu ne te souviens quasi jamais de tes rêves et les chances que celui-ci te reste en mémoire sont plus minces que celles d'obtenir une quinte flush ou un full. Tu te souviendras de cet endroit autant que du jour où tu as appris à marcher. Tu t'es juste enfilé l'une des pilules magiques de Jaki, tout cela n'est qu'un rêve psychédélique. Quoi d'autre, sinon ?

Et puis, tu remarques quelque chose, une silhouette appuyée contre une pancarte dans un coin, vêtue d'une sorte de sac-poubelle noir, qui ne ressemble ni à un client ni à un employé. La silhouette sonde la foule, ses yeux verts brillent comme ceux d'un chat dans les phares d'une voiture. Son regard se pose sur toi et devient insistant. Elle hoche la tête, sans détourner les yeux.

Un panneau au-dessus d'elle indique :

*N'allez pas dans les cimetières*

À côté, une annonce précédée d'une flèche :

→ *Contrôle des oreilles au quarante-deuxième étage*

Tu retournes auprès de la femme derrière son guichet et retentes ta chance :

— C'est une erreur. Je ne mange pas de viande. Je ne fume que cinq cigarettes par jour.

Cette femme t'est familière, peut-être bien autant que tes mensonges le sont pour elle. Le temps d'une seconde, le tumulte semble s'être arrêté. Le temps d'une seconde, tu as la sensation d'être le seul à exister.

— Vous m'en direz tant ! J'en ai entendu des excuses. Personne ne veut disparaître, pas même ceux qui se sont suicidés. Vous croyez que j'avais envie de mourir ? Mes filles avaient huit et dix ans quand on m'a tiré dessus. Et alors ? Vous plaindre n'aidera pas. Soyez patient et attendez votre tour. Faites preuve d'indulgence. Nous sommes en sous-effectif et cherchons des volontaires.

Elle lève les yeux en direction de la file et hausse le ton.

— Chacun d'entre vous dispose de sept lunes.

— Comment ça, sept lunes ? demande une fille à la nuque brisée.

Un garçon au crâne fracassé lui tient la main.

— Sept lunes signifient sept nuits. Sept levers de soleil. Une semaine. Plus de temps qu'il n'en faut.

— Je pensais qu'une lune correspondait à un mois.

— Même si vous ne pouvez pas la voir, la lune est toujours accrochée là-haut. Croyez-vous qu'elle a cessé de tourner autour de la Terre juste parce que vous avez arrêté de respirer ?

Tu ne comprends rien à ce qu'elle raconte. Alors tu tentes une autre approche.

— Regardez un peu tout ce monde ! C'est sans doute à cause des tueries dans le nord. Des massacres de civils perpétrés par l'armée et les forces indépendantistes des Tigres. Et des médiateurs indiens précipitant le pays dans la guerre.

Tu regardes autour de toi, personne ne t'écoute. Les yeux scintillants aux nuances vert bleuté continuent à te snober. Tu cherches la silhouette drapée de noir, mais elle s'est volatilisée.

— Et pas seulement dans le nord. Ici aussi. Le gouvernement lutte contre le JVP et les corps continuent de s'entasser. Je comprends parfaitement. Vous devez être débordés en ce moment. C'est bien normal.

— En ce moment ? (La femme vêtue de blanc te jette un regard assassin en secouant la tête.) Il nous arrive un cadavre toutes les secondes. Parfois deux. Vous avez fait vérifier vos oreilles ?

— Mon audition va très bien, merci. Moi, je prends des photos. J'ai en ma possession les preuves de crimes dont personne n'a idée. On a besoin de moi.

— Cette femme-là a des enfants à nourrir. Cet homme doit faire tourner des hôpitaux. Vous avez des photos ? Ouah ! Impressionnant !

— Ce ne sont pas des photos de vacances. Mais des photos susceptibles de renverser les gouvernements. Des photos capables de mettre fin à la guerre.

Elle te gratifie d'une grimace. À son cou pend une croix égyptienne, la même que portait un garçon qui t'aimait plus que tu ne l'aimais. Elle joue avec et fronce le nez.

C'est à ce moment-là que tu la remets. Son sourire de pub pour dentifrice est paru dans les journaux presque tout au long de l'année 1989. La professeure d'université assassinée par des extrémistes tamouls, pour avoir commis le crime d'être une Tamoule modérée.

— Vous êtes la professeure Ranee Sridharan. Je ne vous ai pas reconnue tout de suite sans votre mégaphone. Vos articles sur les Tigres tamouls étaient brillants. Par contre, vous avez utilisé mes photos sans permission.

Ce n'est pas tant le nom hérité de ton père qui fait de toi un véritable Sri-Lankais, ni le temple sacré où tu t'agenouilles, ni le sourire que tu plaques sur ton visage pour dissimuler ta peur. C'est le fait de connaître d'autres Sri-Lankais qui connaissent des Sri-Lankais que tu connais aussi. Dans ce pays, on trouve des femmes d'un certain âge qui, avec seulement un nom de famille et un nom d'école, sont capables d'identifier avec précision jusqu'au plus proche cousin de n'importe qui. Tu as fréquenté des cercles qui se recoupaient, et beaucoup d'autres qui restaient fermés. Tu étais doté d'un terrible don, celui de ne jamais oublier un nom, un visage ou une suite de cartes.

— J'ai été triste d'apprendre qu'ils vous avaient eue. Vraiment. Quand était-ce ? En 1987 ? Je dois vous le dire, j'ai rencontré l'un des Tigres de la faction dirigée par Mahatiya. Il m'a confié avoir organisé votre assassinat.

La professeure Ranee lève les yeux de son livre, esquisse un sourire las, puis hausse les épaules. Ses pupilles sont d'un blanc nuageux, comme atteintes de cataracte.

— Il faut faire vérifier vos oreilles. Elles ont des caractéristiques aussi personnelles que les empreintes digitales. Leurs replis révèlent les traumatismes passés, les lobes dévoilent les péchés, le cartilage renferme la culpabilité. Tout ce qui peut vous empêcher d'entrer dans la Lumière.

— C'est quoi, cette Lumière ?

— En bref, elle est Tout Ce Que Vous Pouvez Espérer Qu'Elle Soit. Je n'ai franchement pas le temps d'entrer dans les détails.

Elle te tend une feuille d'ola, une feuille de palme séchée sur laquelle sept *rishis*[1] auraient écrit le destin de l'humanité tout entière il y a trois mille ans. Des incisions angulaires auraient risqué de causer des accrocs dans la texture granuleuse de la feuille, alors les scribes de l'Asie du Sud développèrent des lettres aux courbes sensuelles afin de se prémunir des déchirures.

— Vous avez pris des photos en 1983 ?

— Évidemment. C'est quoi, ça ?

Sur la feuille d'ola, des mots identiques sont inscrits dans trois langues différentes. En cinghalais sinueux, en tamoul anguleux, en anglais griffonné, et sans aucune trace d'accroc.

*Oreilles :* ______________
*Décès :* ______________
*Péchés :* ______________
*Lunes :* ______________
*Tamponné par :* ________

— Allez faire vérifier vos oreilles, décompter vos anciennes vies, encoder vos péchés et enregistrer vos lunes au quarante-deuxième étage. Et faites tamponner ça par un Assistant.

Elle referme son livre et, en même temps, met fin à la conversation. Un homme couvert de bandages qui tousse sans arrêt te remplace au début de la file.

Tu te retournes pour faire face à la foule et lèves les mains tel un prophète. Tu as toujours été un frimeur de ton vivant. Toujours à brailler, à part quand tu avais la bouche pleine.

— Vous tous, peuple de goules, vous n'existez pas ! Vous n'êtes rien d'autre que les spectres nés des ronflements de mon cerveau. J'ai gobé une petite pilule magique de Jaki. C'est

1. Des grands sages dans la tradition indienne.

juste un mauvais trip. Il n'y a pas de putain de vie après la mort. Si je ferme les yeux, vous disparaîtrez tous comme des pets dans l'espace.

Ils te prêtent autant d'attention que Ronald Reagan en accorde aux Maldives. Ni les victimes d'accidents de voiture, ni les personnes kidnappées, ni les vieux en blouse d'hôpital ne remarquent ta crise de rage, pas même cette regrettée professeure Ranee Sridharan.

Les chances de trouver une perle dans une huître sont de une sur douze mille. Les chances d'être frappé par un éclair, de une sur sept cent mille. La probabilité qu'une âme survive à la mort du corps est de un sur que dalle, un sur nada, un sur rien du tout. Ce qui est sûr, c'est que tu dois être en train de dormir. Bientôt, tu te réveilleras.

Et alors, tu as cette terrible pensée. Plus glauque encore que cette île barbare, que cette planète sans dieux, que ce soleil agonisant, que cette galaxie bourdonnant dans son sommeil. Et si, tout ce temps, tu avais toujours été endormi ? Et si, à partir de maintenant, toi, Malinda Almeida, photographe, joueur, salope, n'allais plus jamais fermer l'œil ?

Tu te laisses entraîner par la foule qui avance péniblement dans le couloir. Un homme marche sur ses deux jambes brisées, une dame dissimule son visage couvert d'hématomes. Beaucoup sont apprêtés comme s'ils se rendaient à un mariage, puisque c'est ainsi que les pompes funèbres préparent les cadavres. Mais tant d'autres sont vêtus de haillons et parés de confusion... En baissant les yeux, tu découvres une paire de mains que tu ne reconnais pas. Tu aimerais vérifier la couleur de tes yeux et la tête que tu as. Tu te demandes si les ascenseurs sont équipés de miroirs. Il s'avère qu'ils ne possèdent pas vraiment de murs. Les âmes pénètrent la cage d'ascenseur vide les unes après les autres et s'envolent comme des bulles dans l'eau.

C'est absurde. Même la Banque de Ceylan n'a pas quarante-deux étages.

— Qu'y a-t-il aux autres niveaux ? tu demandes à n'importe quel individu pourvu d'oreilles, vérifiées ou non.

— Des pièces, des couloirs, des fenêtres, des portes, rien d'inhabituel, répond un Assistant particulièrement attentionné.

— Le service comptable et financier, rétorque un vieil homme avachi sur sa canne. Un business comme ça ne tourne pas tout seul.

— C'est toujours la même chose, se lamente la femme morte avec son bébé. Chaque univers. Chaque vie. Toujours pareil. Toujours la même histoire.

Tu ne fais pas souvent de rêves, et encore moins de cauchemars. Mais arrivé au seuil de la cage d'ascenseur, tu sens quelque chose te pousser et tu hurles telle une ado dans un film d'horreur alors que le vent t'aspire par le haut. En voyant la silhouette vêtue de noir flotter derrière toi, tu sursautes. Sa cape en sacs-poubelle claque dans le vent féroce. Elle t'observe et te salue d'une révérence tandis que tu t'élèves dans les airs.

C'est quoi, la Lumière ? Tu tentes de creuser la question, mais ne récoltes que des haussements d'épaules et des injures. Un enfant effrayé te traite de *ponnaya*, insulte t'accusant à la fois d'homosexualité et d'impuissance, mais tu ne plaides coupable que pour l'un des faits reprochés. Tu te renseignes sur la Lumière auprès du personnel et ne reçois jamais la même réponse. Les uns parlent de paradis, les autres de renaissance ou encore de néant. Certains te répondent, comme la professeure Ranee, que c'est à toi de voir. Les options ne te séduisent pas beaucoup, à part peut-être la dernière.

Au quarante-deuxième étage se trouve une pancarte comportant un seul et unique mot.

*FERMÉ*

Les spectres déambulent dans le vaste couloir, ne remarquant les murs qu'au moment de les heurter. Il y a une réception sans réceptionniste. Et une rangée de portes rouges se conformant toutes au message de la pancarte en restant closes.

La silhouette vêtue de noir se tient au milieu du hall, indifférente aux êtres errant sans but qui entrent en collision autour d'elle. Elle te fixe en te faisant signe d'approcher. Ses yeux te suivent alors que tu t'envoles plus loin ; cette fois, ils brillent d'un jaune étincelant.

Le temps de retourner au guichet de la professeure Ranee, l'univers bâille d'ennui. Dehors, le souffle du vent et les murmures emplissent la nuit. Des guichets et du chaos, c'est tout ce qu'on trouve dans cet endroit.

La professeure t'aperçoit et secoue la tête.

— Nous avons besoin de plus d'Assistants. Et de moins de râleurs. Chacun fait de son mieux. (Elle te dévisage.) Enfin, peut-être pas tout le monde.

Tu attends qu'elle aille au bout de sa pensée, mais elle semble en avoir terminé. Elle extirpe un mégaphone de sous son bureau. Elle est telle que tu la connaissais, s'époumonant sur les campus devant les caméras de télévision.

— S'il vous plaît, ne vous perdez pas ! Ne venez pas ici avant d'être passé au Contrôle des oreilles ! L'étage quarante-deux rouvre demain. Revenez à ce moment-là ! Rappelez-vous, vous avez sept lunes. Vous devez atteindre la Lumière avant que la dernière ne se lève.

Tu es sur le point de balancer un nouveau coup de gueule lorsque tu l'aperçois encore, la silhouette bardée de sacs-poubelle noirs qui, cette fois, t'appelle en agitant les bras. Les lueurs dans ses yeux vacillent comme la flamme d'une bougie. On dirait ta sandale manquante entre ses mains. La professeure Ranee suit ton regard et son sourire se décompose.

— Fichez-moi ça dehors. Maal, restez ici !

Deux hommes en blanc bondissent de derrière leur guichet et fondent sur la silhouette vêtue de noir. L'homme à la coupe afro qui ressemble à Moïse lève les bras en beuglant dans une langue que tu n'as jamais entendue. Juste à côté de lui, un balaise en peignoir blanc déboule dans ta direction.

Tu plonges dans la foule, dérives dans le flot de cinglés aux poitrines ensanglantées et arrives devant la silhouette qui détient ta chaussure.

Tu fonces tête baissée vers elle, cette Grande Faucheuse accoutrée de sacs-poubelle, comme tu l'as fait vers tant d'autres choses que tu n'aurais jamais dû approcher. Les casinos, les zones de guerre, les hommes séduisants. Tu entends la professeure pousser des hurlements, mais tu l'ignores, tout comme tu l'as fait avec ta mère lorsque ton père est parti.

La silhouette se fend d'un sourire narquois, découvrant des dents aussi jaunes que ses yeux.

— Sir, allons-nous-en d'ici. Cette bureaucratie n'a que du lavage de cerveau à offrir. Comme dans tous les locaux de cet État oppressif.

La silhouette encapuchonnée a collé son visage au tien. Bien qu'il soit dissimulé dans l'ombre, tu reconnais les traits d'un garçon, plus jeune que tu ne l'étais autrefois. En réalité, l'un de ses yeux est jaune et l'autre tire sur le vert, et tu te demandes comment un cacheton peut faire surgir de telles hallucinations. Sa voix semble se remettre d'un mal de gorge.

— Je sais que votre nom est Maali, sir. Ne perdez pas votre temps ici. Et par pitié, n'approchez pas de la Lumière.

Tu le suis dans la cage d'ascenseur, mais cette fois-ci, tu descends. La voix de soprano furieuse de la professeure Ranee ainsi que les beuglements de baryton de Moïse et du balaise se perdent en échos.

— Même l'Au-Delà est conçu pour maintenir les masses dans l'ignorance, te lance le garçon. Ils vous font oublier votre vie et vous poussent vers une sorte de lumière. Ce ne sont que des stratégies bourgeoises pour nous oppresser. Ils vous font croire que l'injustice fait partie d'un plan supérieur. Et c'est ce qui vous empêche de vous soulever contre le système.

Arrivé en bas, lorsque tu sors de l'édifice, le vent te gifle de toute part. Dehors, les arbres grognent, les dépôts d'ordures vomissent, les bus crachent de la fumée noire. Dans les rues, les ombres rampent et Colombo, au point du jour, détourne le regard.

— Où as-tu trouvé ma sandale ?

— Au même endroit où j'ai vu votre corps. Vous voulez la récupérer ?

— Pas vraiment.

— Votre vie, je veux dire. Pas la sandale.

— Je sais.

Les mots sont sortis tout seuls, sans réfléchir. As-tu envie de voir ton cadavre ? Veux-tu récupérer ta vie ? Ou, la véritable question qui devrait vraiment te tarauder : Comment diable as-tu atterri ici ?

Tu ne te rappelles rien, ni la douleur, ni la surprise, ni l'instant, ni l'endroit de ton dernier soupir. Et, même si tu n'as pas envie une seule seconde de souffrir ou de respirer à nouveau, tu choisis de suivre la silhouette vêtue de noir.

## LA BOÎTE SOUS LE LIT

Tu es né avant le premier hit d'Elvis. Et mort avant le dernier de Freddie. Entre-temps, tu as pris des milliers de clichés. Tu as des photos du ministre en place en 1983 observant sans sourciller des sauvages mettre le feu à des maisons tamoules avant d'en massacrer les occupants. Des portraits de journalistes portés disparus et d'activistes qui se sont volatilisés, attachés, bâillonnés et morts en détention. Des images granuleuses, mais assez nettes pour identifier un commandant de l'armée, un colonel des Tigres tamouls et un trafiquant d'armes anglais assis à la même table, partageant un pichet de *king coconut*.

Tu détiens des pellicules où apparaissent les assassins de l'acteur et vedette Vijaya et l'épave de l'avion d'Upali. Ces images sont cachées dans une boîte à chaussures blanche avec de vieux enregistrements d'Elvis et de Freddie, le King et Queen. Sous un lit que la cuisinière de ta mère partage avec le chauffeur. Si tu le pouvais, tu ferais des milliers de copies de chacune de ces photos et les collerais partout dans Colombo. Peut-être le peux-tu encore.

## CONVERSATION AVEC UN ATHÉE DÉCÉDÉ (1986)

Tu en as vu des cadavres, plus que ta part, et tu as toujours su où les âmes s'en allaient. À l'endroit même où les flammes s'en vont lorsqu'on les éteint. À l'endroit même où s'envolent les mots, une fois prononcés. La mère et sa fille, enterrées sous un tas de briques à Kilinochchi, les dix étudiants immolés sur un bûcher de pneus à Malabe, l'agriculteur attaché à un arbre par les entrailles. Aucun d'eux n'est allé nulle part. Ils étaient, puis n'étaient plus. Comme tout un chacun au moment où sa bougie aura consumé toute sa mèche.

Le vent t'emporte et le monde défile à la vitesse d'un *rickshaw*, des visages passent près de toi, l'air plus ou moins terrifié, des figures humaines qui pour la plupart ne touchent pas terre. Tu as un mot à dire à ceux qui trouvent que Colombo est surpeuplée : Attendez de la voir remplie de fantômes.

— Es-tu en train de suivre cette chose ?

C'est un vieil homme avec un crochet en guise de nez et des billes à la place des yeux qui semble porté par le même vent. Sa tête ne repose pas sur ses épaules, comme le préfère toute tête qui se respecte. Il la tient entre ses mains au niveau de l'estomac tel un ballon de rugby.

— Je ne ferais pas ça à ta place, fiston. À moins que tu ne veuilles rester coincé ici.

Alors que tu survoles la cime des arbres et des édifices, il prétend avoir passé plus de mille lunes dans l'Entre-Deux.

— C'est quoi, l'Entre-Deux ? tu demandes.

Il dit qu'il était professeur au collège Carey et avait l'habitude de faire le trajet de Kotahena à Borella à vélo tous les jours. Ses vêtements sont en lambeaux et tachés de sang.

— Vous avez eu un accident ?

— Ne sois pas insolent.

Il t'apprend que les fantômes portent des vêtements de leurs vies précédentes, et qu'il valait mieux ça que d'être nu.

— Ces prospectus qu'on te file au guichet racontent que ce sont en réalité tes péchés, tes traumatismes ou encore ta culpabilité que tu revêts pour tout habit. S'il y a une chose que j'ai apprise au cours de ces milles lunes, c'est que si ça pue l'arnaque, il ne faut rien gober.

Il dit qu'il te reconnaît, qu'il t'a vu à des meetings politiques. Tu lui réponds que tu n'as jamais assisté à un meeting politique et il te traite de menteur. Il prétend que tu as photographié son cadavre sans tête, mais que tu n'as pas indiqué son nom en légende. Que les journaux ont appelé ça un meurtre politique, à tort.

— La plupart des meurtres politiques n'ont rien à voir avec la politique, affirme-t-il.

La silhouette à capuche se tient debout sur un toit et vous observe discuter. Tu ne la vois jamais sauter dans le vent, elle semble pourtant toujours avoir une longueur d'avance sur toi.

— Si tu choisis de suivre cette chose, tu es mort.

Tu fixes le sang sur sa chemise et aucune bonne vanne ne te vient.

— Elle te fera des promesses qu'elle ne tiendra pas.

Ça pourrait se dire de tous les garçons que tu as un jour embrassés, penses-tu sans le dire.

— Elle m'a juré de traquer mon assassin. Et mon assassin vient juste de s'acheter une maison avec mon argent. Enfin ça, c'est une autre histoire.

Ici-Bas, les gens ont l'air de fourmis, si tant est qu'une fourmi puisse être empotée et impuissante. Tu es suspendu dans les airs tandis que le vent de la défunte Colombo souffle à tes pieds.

La tête t'adresse un sourire en coin depuis le pli d'un coude.

— Tu étais croyant ?

— Je croyais juste à des choses stupides.

— Comme le paradis ?

— Ça a pu m'arriver.

— Je ne te crois pas.

Tu hausses les épaules.

— Je parie que tu pensais que l'Au-Delà ressemblerait à une pub d'Air Lanka ! Avec des plages dorées, des éléphants costumés et des cueilleuses de thé souriant pour la photo.

Il a raison de croire que tu mens :

a) Tu n'étais pas croyant.

b) Tu te souviens bien de lui.

L'instituteur qui s'est présenté aux élections du conseil régional et que son frère, un gangster notoire, a fait assassiner pour remporter la victoire à sa place. Il ne restait plus grand-chose de son visage quand tu l'as photographié, mais oui, tu le reconnais.

— Tu pensais que ce serait quoi, l'Au-Delà ? Du lait et du miel de *kithul*[1] à gogo, avec des vierges qui te font des gâteries ? Ou un endroit rempli de mystères, d'énigmes et de questions qu'il ne faudrait pas poser ?

— Savez-vous pourquoi les pauvres types rêvent autant de vierges ? (Ça, c'est l'une des théories débiles de DD, tu t'empresses d'en révéler la chute.) Parce que les vierges ne savent pas à quel point ils sont nuls au pieu.

Le vent te fait tourbillonner au-dessus des parapets et des arrêts de bus. Le monde possède des contours flous, des couleurs là où il ne devrait pas y en avoir, et grouille d'esprits, à perte de vue. Devant toi, la silhouette à capuche survole la surface du lac Beira tel un corbeau avant d'atterrir sur une stèle à l'entrée du temple. Dessus, sont gravés un éléphant pourchassant une vache qui pourchasse un paon à travers le cercle du temps. Les sacs-poubelle de ton guide claquent comme des ailes contre le bas-relief en béton. Il se tient les bras croisés, les yeux rivés sur toi. Et t'adresse un signe que tu ne parviens pas à déchiffrer.

Ton compagnon de voyage observe vos échanges de regards. Il pose sa tête sur sa clavicule. La silhouette à capuche tourne les talons et glisse en direction du rivage. Les taches d'ambre du soleil levant transforment les eaux en miroir. Les branches sinueuses et les immeubles de bureau se reflètent dans les ondulations.

Le vieil homme soupire.

— Ou peut-être t'es-tu imaginé une chambre des tortures ? Un Au-Delà dans le genre guerre civile, piégé entre les bombes

1. La sève de *kithul* est issue des fleurs du *Caryota urens*, un palmier poussant notamment au Sri Lanka.

du gouvernement et les mines des Tigres ? Ou un Au-Delà du style passage à tabac à cause du nom que tu portes ? L'enfer est tout autour de nous et il est à l'œuvre en ce moment même.

Il place sa tête sur ses épaules et la fait pivoter comme un périscope.

— Moi, bien sûr, je ne croyais en rien. En une vie après la mort, non merci, et encore moins en un Au-Delà qui soit une aire de service. Pourquoi faudrait-il qu'il y ait quelque chose ? Pourquoi pas rien ? Le néant aurait plus de sens que le paradis, la réincarnation ou l'enfer de revivre la même vie merdique encore et encore. (Il incline la tête vers toi.) Ce à quoi je ne m'attendais pas, c'est ce foutu bordel.

— C'est qui, ce loubard ?

— Une racaille communiste du JVP. Même crevé, ça parle encore de révolution. Un de ces assassins qui s'est à son tour fait dézinguer. Tu ne devrais pas lui causer. Tu devrais partir à la recherche de ta Lumière et te barrer d'ici dès que possible. C'est ce que j'aurais dû faire.

L'Athée Décédé contemple le lac Beira comme s'il ruminait ses réflexions sur la vie après la mort et sur les choses inachevées.

— Vous avez fait quoi pendant ces mille lunes ?

— Je suis allé dans tous les lieux de culte pour regarder les gens prier.

— Pourquoi ?

— J'adore leurs mines stupides.

— Beau programme.

— Sept lunes, ça passe plus vite que tu le crois. Si tu arrêtes de suivre cette chose, elle te laissera tranquille. Si tu t'éternises ici, tu finiras par ne plus avoir grand-chose à faire.

Tu cadres l'homme sans tête et lui tires le portrait avec en fond le lac et le soleil qui se lève. Sa voix s'évapore, comme le font toutes les bonnes intentions. Tu inspectes les lieux.

Nulle trace de lui ou de la chose à capuche. Tout ce que tu vois, ce sont des cadavres étendus sur la berge du lac boueux.

## LAC BEIRA

Le lundi 4 décembre 1990, quelques minutes après quatre heures du matin, deux hommes en sarong larguent quatre corps dans le lac Beira. Ce n'est pas la première fois qu'ils font ça, ivres et à cette heure.

Ce jour-là, le lac Beira sent comme si une puissante divinité s'était accroupie au-dessus de l'eau, avait vidé ses intestins et oublié de tirer la chasse. Ce n'est pas parce que des années de largage de cadavres ont usé leurs nerfs ou ravagé leur conscience que ces hommes sont torchés à l'*arrack*[1] de contrebande, mais parce que, sobre, cette odeur nauséabonde est aussi insupportable que la puanteur dans les urinoirs publics.

Le premier corps est enveloppé dans des sacs-poubelle. Il est vêtu d'une saharienne dont les cinq grandes poches sont remplies de briques. Élégamment paré d'accessoires parmi lesquels une sandale, trois colliers et un appareil photo. Les deux hommes utilisent de la corde en fibre de coco pour fixer les briques au torse rompu de coups. Ils se croient capables de faire des nœuds, ils ne sont pourtant ni marins ni louveteaux.

Ils jettent le corps, avec une grâce digne de lanceurs de poids, et celui-ci atterrit en éclaboussant, à une distance ridicule égalant à peine un saut à la marelle. La première bouteille d'*arrack* les immunise contre la nausée ; la deuxième les

1. Boisson alcoolisée distillée principalement en Asie du Sud et du Sud-Est, à partir de fruits fermentés, de riz, de canne à sucre, de sève de palmier.

dépossède de leurs capacités motrices. Aussitôt que le corps heurte les eaux chaudes du lac Beira, les nœuds cèdent et les briques s'enfoncent dans l'eau noire.

Ils réitèrent l'opération avec les autres cadavres. L'un coule, l'autre flotte. Assis côte à côte, les bouddhas en pierre du temple sur pilotis observent la scène avec quiétude et désintérêt. Les varans ondulent près des corps à l'heure de leur trempette matinale. Les oiseaux de rivière se disputent le droit de picorer les yeux.

Autrefois trois fois plus grand, le lac Beira servait à dissimuler toutes sortes d'atrocités. Un bon nombre y resta enfoui sous les siècles après que Lopo De Brito, un marchand portugais, fit détourner le cours de la rivière Kelani pour contrecarrer les pillages du roi Vijayabahu. Il s'étendait initialement jusqu'à Panadura, au sud de Colombo, et rejoignait le lac Bolgoda. Les Hollandais s'en emparèrent et le tronçonnèrent en canaux. Les Britanniques le subtilisèrent à leur tour pour le faire fonctionner à plein régime. Des cadavres de commerçants, de marins, de prostituées, de gangsters et d'innocents pourrissent en son sein. Et, chaque décennie, il exhale une odeur fétide qui embaume tout Slave Island.

— Pauvre imbécile ! éructe Balal Ajith. Tu n'as pas mis d'adhésif ?

— J'ai juste attaché la corde. T'as dit de me grouiller. Quand j'aurais eu le temps pour scotcher ? rétorque Kottu Nihal.

— Ces nœuds sont plus flasques que les nichons de ta mère.

— T'as dit quoi ?

— Rien. Juste qu'à la quincaillerie, à Navam Mawatha, du ruban de masquage, ils en vendent. Ça aurait pris cinq minutes.

— C'est pas ouvert.

— Alors, va leur dire d'ouvrir.

— Ah, je peux pas. Les *Abhitiyas*[1] se réveillent à peine. Ça se fait pas de cogner sur les prêtres de si bon matin.

Balal Ajith retire son tee-shirt et fait glisser le devant de son sarong entre ses cuisses. Il lâche un autre rot. Un curry d'estomac de vache jaillit de ses boyaux, puis de sa gorge. Il revit les saveurs de son plat de tripes marinées dans du vieil *arrack*.

— C'est exactement pour ça, mon petit Kottu, que toi et moi avons besoin d'un bain.

Le cadavre non plus n'a désormais plus de chemise, sa cage thoracique est enfoncée comme une noix de coco broyée. Tu tentes de t'épargner la vue des os brisés, des bouts de chair coincés dans la barbe et de ce visage auquel il manque des morceaux.

Mais c'est plus fort que toi, tu regardes. Tu connais ces animaux. Ils bossent au casino et sont payés pour tabasser ceux qui ont cassé la baraque, et récolter l'argent de ceux que la maison a déplumés. Tu ne savais pas qu'ils travaillaient comme nettoyeurs. *Kunu Karaya*[2] est le doux euphémisme désignant ceux qui se débarrassent des corps sans certificats de décès. Engager un nettoyeur coûte moins cher que les services d'un magistrat véreux.

Depuis l'accord de paix signé entre l'Inde et le Sri Lanka en 1987, les nettoyeurs sont très demandés. Les forces gouvernementales, les séparatistes à l'est, les anarchistes au sud et les médiateurs au service de la paix au nord sont de prolifiques usines à cadavres.

Kottu Nihal et Balal Ajith sont des surnoms hérités de leur passage à la prison de Welikada, et qu'ils doivent tous deux aux arts culinaires. Kottu Nihal travaillait en cuisine où il s'était spécialisé dans la découpe de *roti* pour la confection du

1. Jeunes novices d'un temple bouddhiste.
2. Peut se traduire littéralement par : « celui qui ramasse les saletés ».

*kottu*[1]. Les ustensiles de cuisine qu'il introduisait clandestinement l'avaient, de fait, promu trafiquant d'armes officiel de la prison. Il avait gagné ses galons en menaçant directement à la gorge la brute de la prison avec le bord tranchant de deux assiettes de *kottu*. Balal Ajith était connu pour ses chats, ou *balalas*, qu'il faisait bouillir avant de les préparer en curry qu'il servait en échange de cigarettes.

Tu te tiens sur le cadavre comme s'il s'agissait d'une planche de surf. As-tu déjà surfé dans ton ancienne vie ? Tu as le physique pour ça. Quel homme magnifique tu étais. Quel affreux gâchis. Tu sanglotes comme jamais, plus encore que lorsque ton père a quitté ta mère, puis tu t'interromps tout net.

L'Athée sans tête n'avait pas tort. Durant ces trente-cinq dernières années, tu as passionnément cru en rien du tout. Ce n'est sans doute pas la meilleure raison de ta présence dans cette pagaille infernale, juste la seule plausible. Tu t'es cru plus intelligent que ces moutons qui s'attroupent dans les temples, les mosquées et les églises, et maintenant, il faut croire que ce sont les moutons qui avaient fait le pari le plus judicieux.

Tu as examiné les pièces à conviction et tiré les conclusions de ta brève et inutile existence. Vous n'êtes que des lueurs vacillantes entre deux longs sommeils. Tu te disais : Oublie ces contes de fées et leurs histoires de dieux, d'enfer et de réincarnation. Aie foi dans les probabilités et l'équité, contente-toi de percer à jour les paquets truqués et l'ordre prédéterminé des cartes, efforce-toi de jouer ton jeu de ton mieux et aussi longtemps que tu peux. Tu t'es laissé persuader que la mort n'était qu'un doux néant, tu avais faux sur toute la ligne.

---

1. Plat typique composé de crêpes de blé découpées en lamelles, légumes et œufs brouillés.

La seule divinité en laquelle tu aies jamais cru était un *yaka*[1] de basse caste dénommé Narada. Son job consistait à inventer des problèmes pour l'humanité. Un seul échec et sa tête devait exploser. En récompense pour ses services, il avait reçu immortalité et omniscience. Pourtant, tu n'as jamais douté de sa principale motivation : garder son crâne indemne.

Ce n'est pas du mal dont il faudrait avoir peur. Non, ce qui devrait vous faire trembler, ce sont les créatures qui utilisent leurs pouvoirs pour servir leurs propres intérêts.

Comment expliquer la folie du monde autrement ? S'il existe un père céleste, il doit être comme ton paternel : absent, fainéant et potentiellement malfaisant. Pour les athées, seuls comptent les choix moraux. En gros, accepte l'idée d'être seul et efforce-toi de créer le paradis sur Terre. Ou profite du fait que personne ne te surveille pour satisfaire chacun de tes désirs. La seconde option est de loin la plus tentante.

Te voilà donc en train d'observer les hommes qui ont incendié des maisons tamoules en 1983 essayer de faire couler ton cadavre. Pour le doux néant et le sommeil sans rêves, tu repasseras. Tu es condamné à rester éveillé. Condamné à regarder, sans pouvoir toucher, à n'être qu'un témoin muet. Un homo impuissant, un *ponnaya*, comme vient de te traiter le gamin mort, au guichet.

La silhouette à capuche émerge des ténèbres. Elle flotte dans les airs, jambes croisées, au-dessus des bouddhas en pierre. Ses lèvres ne bougent pas lorsqu'elle te parle, mais elle s'assoit dans la pénombre et vient planter ses mots dans ta tête ; sa voix est celle d'un serpent se raclant la gorge.

1. Les *yaka* ou *yaksha*, tout d'abord divinités tutélaires des peuples de la péninsule indienne, désignent par la suite des démons dans la tradition bouddhiste et hindoue.

— Toutes mes condoléances, Maali sir. Ça doit vous faire un choc. Vous devriez méditer sur votre cadavre.

— Ça aide ?

— Pas vraiment.

Qui n'a jamais regardé une photo de soi et pris conscience d'à quel point il était plus gros et moche en réalité ? Les miroirs mentent autant que les souvenirs. Mais pourquoi mentir, tu étais une sublime créature. Svelte, soigné, une belle peau et des cheveux drus. Et maintenant, tu n'es plus qu'une carcasse dénuée de souffle et de couleur.

— Tu es mon Assistant ? tu demandes.

Aucune réponse. La silhouette s'est volatilisée. Tu attends qu'elle daigne réapparaître devant toi.

— Non, sir. Oubliez les Assistants et toutes ces conneries. Ces crétins vêtus de blanc ne sont que des bureaucrates et des gardiens de prison. Ils ont transformé l'Entre-Deux en asile. Pathétique.

La Banque mondiale et le gouvernement hollandais avaient autrefois octroyé de l'argent pour la réfection de ces canaux dont l'essentiel avait fini dans quelques poches aux coutures impeccables. Une étude de faisabilité avait été rejetée avant que ne soit proposé un plan de construction d'autoroutes et de gratte-ciel qui n'a jamais vu le jour. Au Sri Lanka tout est construit à bas coût, ou, encore plus rentable, jamais construit.

Kottu maintient ton corps sous l'eau, espérant qu'il se remplisse par les trous dans ton crâne. Le cerveau est baptisé, mais le corps s'acharne à flotter. Kottu lance des injures et crache. Balal, le boucher spécialisé dans la viande de chat, lève son hachoir émoussé au-dessus de sa tête, tel un batracien jouant les serveurs.

Tu as beaucoup observé ce genre d'hommes, évité de croiser leur chemin dans les rues et les jungles, tu les connais, et tu sais qu'ils sont trop nombreux pour être comptés. Ces deux-là aussi pensent que personne ne les regarde, ils ne se doutent pas que tu es là, en train de leur cracher à la figure. Les voyous travaillent pour le voyou-en-chef, recruté par la police à la demande de l'unité opérationnelle, elle-même financée par le ministère qui répond à son tour au conseil des ministres siégeant dans l'édifice que JR[1] a construit.

En 1988, les marxistes du JVP prenaient la nation à la gorge ; l'année suivante, le gouvernement lançait ses mesures de répression. S'il arrivait à quelqu'un d'avoir un penchant politique, des voyous lui tombaient dessus, le refilaient à un interrogateur et, selon les résultats obtenus, le dirigeaient vers un bourreau, généralement d'anciens militaires sadiques affublés de cagoules noires percées de trous, comme les adeptes du Ku Klux Klan, si l'on excepte la couleur, évidemment.

Suis les traces de n'importe quelle merde en amont et tu tomberas à tous les coups sur un membre du parlement. La professeure Ranee Sridharan, de l'université de Jaffna, a cartographié avec brio l'écosystème d'une cellule terroriste des Tigres tamouls et d'un escadron de la mort du gouvernement. Ceux qui se salissent les mains n'ont aucun lien avec ceux qui sont au pouvoir, ces derniers peuvent ainsi blâmer qui ça leur chante. Cette brave professeure a utilisé tes photos sans permission dans son livre. On lui a tiré dessus alors qu'elle se rendait à vélo à une conférence. Probablement plus pour sa prise de position contre les Tigres que pour le vol de tes photos.

Et puis, des choses plus graves ont lieu juste devant toi. Ton corps a été tranché au niveau de l'épine dorsale, de la même manière que l'autre cadavre dont tu ne distingues pas le visage. Tu es habitué à voir du sang et des tripes, mais là, ça t'est insupportable.

---

1. Junius Richard Jayewardene, leader du mouvement nationaliste qui occupa les postes de Premier ministre (1977-1978) et de président du Sri Lanka (1978-1989).

Tu regardes l'autre dépouille se faire décapiter et démembrer. Balal découpe en tranches pendant que Kottu manipule un tuyau d'arrosage branché à un robinet près du temple. Le sang disparaît dans les eaux noires du lac Beira. La silhouette à capuche t'entraîne plus loin alors que le voyou s'approche de ton corps coupé en deux. Il enlève sa capuche et tu découvres son visage. Jeune et pas désagréable à regarder, malgré les cicatrices et les croûtes qui se décollent.

— Ça va, *hamu*[1] ? il te demande.

— Pas vraiment, tu lui réponds.

Il fronce les sourcils et dodeline de la tête.

— Sir ne se souvient pas de moi.

Tu observes les hématomes au niveau de son cou et les brûlures sur ses épaules.

— Tu peux arrêter de m'appeler sir ?

Il te rappelle la ligne de voie ferrée reliant Dehiwala à Wellawatte, il t'évoque une bagarre à un meeting communiste de Wennappuwa et une plage de sable noir à Negombo. Tu ne te souviens ni de sa peau chocolatée, ni de son corps svelte, ni de ses lèvres fines, et de son nom, encore moins.

Pendant ce temps, les deux buffles se chamaillent au sujet du soleil levant, du sang qui reste à nettoyer et des morceaux de corps qui refusent de couler. Tu aperçois une tête t'ayant appartenu autrefois être fourrée dans un sac avant d'être jetée brutalement dans le lac. Des membres que tu possédais se retrouvent enfermés dans des boîtes. Tu te rappelles l'Athée Décédé. Pourquoi as-tu, toi, encore la tête sur les épaules ?

— Mon nom était Sena Pathirana. J'étais le coordinateur en chef du JVP à Gampaha[2]. Mon corps a été balancé dans

1. Terme d'adresse honorifique : « maître », « monsieur ».

2. Ville à l'ouest du Sri Lanka.

ce lac immonde il y a des lunes. Nous nous sommes déjà rencontrés.

Tu te glisses du côté où les morceaux de corps sont en cours d'empaquetage. Des membres et des têtes sont rangés dans des sacs en plastique comme s'ils devaient finir au congélateur.

— Je ne…

— Vous avez essayé de m'embrasser au meeting de Wennappuwa. Je ne suis pas surpris que sir ne se rappelle pas.

Tu observes les tronçons de cadavres flotter au bord du lac Beira en écoutant les nettoyeurs pester, et tu attends, sans trop d'espoir, que tes souvenirs remontent à la surface.

## ABRÉVIATIONS

Tu as un jour rédigé une antisèche à l'intention d'Andrew McGowan, un jeune journaleux américain un peu perdu dans les abréviations utilisées au Sri Lanka. Tu l'as réutilisée à maintes reprises pour d'autres visiteurs durant de très nombreuses années.

Cher Andy,

Aux yeux d'un étranger, la tragédie sri-lankaise semblera inextricable et irrémédiable. Mais ce n'est pas une fatalité. En voici les principaux acteurs.

LTTE – Tigres de libération de l'Eelam tamoul

· revendique un État tamoul autonome

· prêt à massacrer des Tamouls modérés et des civils pour parvenir à cette fin

JVP – Janatha Vimukthi Peramuna, Front de libération du peuple

· veut renverser le capitalisme dans le pays

· disposé à assassiner la classe ouvrière qu'il vise à affranchir

UNP – Parti national uni

· connu comme l'« Uncle Nephew Party »

· au pouvoir depuis la fin des années 70 et impliqué dans les deux dernières guerres

STF – Special Task Force, les forces spéciales

· enlèvent et torturent, pour le compte du gouvernement, toute personne suspectée de soutenir ou de faire partie du LTTE ou du JVP.

La nation se divise en ethnies, les ethnies se divisent en factions et les factions se retournent les unes contre les autres. Quelle que soit l'opposition, elle prêchera le multiculturalisme et imposera ensuite au pays la domination des bouddhistes cinghalais en échange du pouvoir. Tu n'es pas le seul étranger ici, Andy. Beaucoup d'autres, tout comme toi, sont complètement paumés.

IPKF – Force indienne du maintien de la paix

· envoyée par nos voisins afin de préserver la paix

· prête à incendier des villages pour remplir sa mission

ONU – Organisation des Nations unies

· détient des bureaux à Colombo

· sont les pires trous de balle avec qui bosser

RAW – Research and Analysis Wing

· services secrets indiens, ici pour négocier des transactions douteuses

· à éviter

CIA – Central Intelligence Agency

· basée sur les rives des îles Diego Garcia avec des jumelles très puissantes

· C'est vrai, Andy ? Dis-moi que non.

Ce n'est pas si compliqué, mon ami. Ne cherche pas les gentils, parce qu'il n'y en a pas. Tout le monde est fier et avide, et personne ne peut rien résoudre sans que l'argent change de mains ou que les poings se lèvent. Les choses ont dégénéré au-delà de ce qu'on pouvait imaginer et elles continuent d'empirer. Sois prudent, Andy. Ces guerres ne valent pas la peine de mourir. Aucune d'entre elles ne le vaut.

Malin

## CONVERSATION AVEC UN RÉVOLUTIONNAIRE MORT (1989)

Tu as découvert très tôt que tu aimais les garçons. Quand ton père t'a dit un jour que tous les pédés devraient être ligotés et violés avec des couteaux, tu as baissé les yeux sur tes claquettes et ne l'as plus jamais regardé en face.

Un jour viendra peut-être où les homosexuels pourront s'embrasser dans la rue, obtenir ensemble des hypothèques et mourir dans les bras l'un de l'autre. Mais de ton vivant, sûrement pas. Dans ta vie, tu as eu droit à des rencontres dans des coins obscurs avec des étrangers que tu n'as jamais revus. À des liaisons secrètes interrompues trop tôt pour en avoir le cœur brisé. Tu as pris des virages radicaux, comme trouver une petite amie, vivre avec elle, et coucher avec le fils de ton propriétaire dans la chambre d'ami.

— Vous êtes venu à un meeting du JVP. Vous m'avez demandé de poser avec une banderole. Et vous avez essayé de me rouler des pelles. Une semaine plus tard, une partie de mes camarades avaient disparu. Un mois plus tard, c'est moi qu'ils ont fait disparaître.

Les détails te reviennent sous forme de douleurs et de démangeaisons. Dans le Sri Lanka des années quatre-vingt, on ne disparaissait pas. On te faisait disparaître. C'est ce que le gouvernement, les anarchistes du JVP, les séparatistes tamouls ou les soldats de la paix indiens pouvaient te faire selon la province d'où tu venais et selon la tête que tu avais.

— Suivons ces salauds.

Sena t'emmène sur le toit de la fourgonnette blanche. Les sacs-poubelle noirs qui composent sa capuche et sa cape sont scotchés, contrairement à ceux qui enveloppent son véritable corps dont certains morceaux flottent dans le lac Beira et que d'autres s'entassent dans cette fourgonnette. Tu ne peux pas dire avec certitude ce qui a causé les marques à ses chevilles, mais tu devines. Tu baisses les yeux sur ton unique chaussure, une chappal importée de Madras et vendue à Jaffna.

La Delica blanche démarre. Kottu et Balal se trouvent sur la banquette arrière. Ils se sont lavés au jet d'eau et ont enfilé des maillots de corps. Dans le coffre de la fourgonnette, les caisses de viande commencent à faisander. Des steaks, des côtelettes et des abats qui t'ont appartenu, à toi et à deux autres personnes. Certains morceaux semblent sortir tout droit du congélateur.

Le conducteur est un jeune soldat qui marmonne, penché sur le volant.

— Quelqu'un me parle. Ce n'est pas ces deux-là. Ce n'est pas moi. Alors qui c'est ?

Il porte l'uniforme de caporal, mais tire une tête d'étudiant stressé. Il a une prothèse de jambe posée sur le siège passager et tient le volant d'une main. Sena murmure à l'oreille du garçon et se tourne vers toi en souriant.

— Je peux vous apprendre à chuchoter aux vivants si vous m'aidez, dit-il en rabattant sa capuche sur la tête.

— Je croyais que tu allais me dire comment je suis mort, tu lui réponds, pas encore tout à fait sûr de vouloir le savoir.

Le garçon qui conduit jette des regards nerveux autour de lui, comme s'il entendait des choses que tu ne percevais pas. Il écrase l'embrayage et la fourgonnette fait deux bonds.

— Sir a été ramassé au Arts Centre Club, ou dans l'un de ces endroits où se rendent les riches *ponnaya.* Sir a été jeté à l'arrière de la fourgonnette, frappé avec un tuyau. Et s'est retrouvé enchaîné dans une pièce remplie de la merde de gens morts avant lui.

Il lève la main et tu vois des croûtes sanguinolentes là où devaient se trouver un jour des ongles.

— Peut-être vous êtes-vous réveillé en face d'un homme masqué qui vous a posé des questions. Appartiens-tu au JVP ? Ou, fais-tu partie des Tigres ? Ou, travailles-tu pour une ONG étrangère ? Es-tu un espion indien ? Il vous a demandé pourquoi vous preniez des photos et à qui vous les vendiez.

Le chauffeur interpelle les passagers.

— Eh ! Ces nouveaux corps, ils viennent d'où, hein ?

— *Drivermalli*[1] *!* Ferme ta gueule et roule !

1. Composé de *driver*, chauffeur et de *malli*, terme d'adresse passe-partout communément utilisé signifiant « petit frère », d'un emploi plus large que familial.

Balal baisse les yeux sur les taches récalcitrantes qui maculent ses mains.

— Monsieur Balal, ce travail est répugnant, je n'aime pas du tout ça.

— Merci pour ton avis. Je l'inscrirai dans le rapport. Maintenant, roule !

Pendant ce temps, Kottu tape sur l'épaule de Balal et baisse la voix. Il lisse sa moustache taillée en guidon de vélo avec un doigt tout en parlant.

— Balal *malli*, je vais me plaindre au boss.

— Quel boss ?

— Le big boss.

— Le big big boss ?

— Même à lui ouais, je peux lui dire. J'ai pas peur. C'est pas très pro comment on nous demande de travailler.

Sena flotte maintenant devant toi et te hurle au visage. Tu saisis ton appareil photo déglingué et lui tires le portrait avec en arrière-plan les arbres qui défilent.

— Peut-être aviez-vous envie de leur cracher à la figure et d'insulter leurs gosses. Mais tout ce que vous avez fait, c'est pleurer, trembler et supplier. Peut-être ont-ils enfoncé des clous sous vos ongles. Peut-être leur avez-vous dit ce qu'ils voulaient entendre. Peut-être vous ont-ils fait bouffer un flingue.

Il a des larmes dans les yeux qu'il ne prend pas la peine d'essuyer.

— C'est comme ça qu'ils t'ont eu ?

— C'est comme ça qu'ils nous ont tous eus. Vingt mille l'année dernière. De pauvres innocents, pour la plupart. Plus que le JVP ne compte de membres.

— Je ne faisais pas partie du JVP.

— Le ministre Cyril Wijeratne a dit : « Douze des vôtres pour l'un des nôtres. » Il ne plaisantait pas. Ce bâtard s'est juste trompé dans ses calculs.

— Vingt mille disparus ? C'est toi qui dois te tromper.

— J'ai vu les corps.

— Tout comme moi. Cinq mille, tout au plus.

— Le JVP a tué moins de trois cents personnes. Pour nous écraser, le gouvernement a causé la mort de plus de vingt mille personnes. Peut-être le double. Ce sont les faits, sir.

— Le gouvernement a causé la mort de plus de vingt mille personnes, répète Drivermalli, surprenant une conversation qui lui échappe. Pourquoi continuer ce massacre ? Le JVP est anéanti. Le LTTE a disparu des écrans radar.

— Ferme-la et roule ! lui lance Balal.

— S'il existe une vie après la mort, nous paierons pour tout ça, continue Drivermalli.

— Idiot. Il n'y a pas de vie après la mort, rétorque Kottu. Juste cette vie de merde.

— Où allons-nous ? demande le chauffeur.

— Tourne à gauche au croisement, lui indique Balal. Et arrête de parler.

— Pas une mauvaise idée, ça. De bouffer un flingue, dit Drivermalli en tournant le volant.

— Quelles sont les règles, camarade Pathirana ? tu demandes à Sena sur le toit de la fourgonnette blanche.

— Aucune règle, sir. Comme Ici-Bas. C'est vous qui les fixez.

— Pour se déplacer, je veux dire. Je peux aller partout où le vent souffle ?

— Pas vraiment, *hamu*. Vous pouvez voyager partout où s'est trouvé votre corps.

— C'est tout ?

— Vous pouvez aussi vous rendre là où on prononce votre nom. Mais vous ne pouvez pas vous envoler pour Paris ou les Maldives. Sauf si on y transfère votre cadavre.

— Pourquoi les Maldives ?

— Les fantômes prennent cet endroit pour le paradis. Il y a dans les hauts-fonds de l'archipel plus d'esprits que de raies pastenagues.

— Mais on peut chevaucher les vents ?

— C'est comme un genre de transport en commun pour les morts, sir. Je vais vous montrer.

Sur ce, il disparaît à travers le toit de la fourgonnette. Il t'appelle, tu regardes autour de toi. L'aube s'est levée et les bus se sont remplis d'employés de bureau surexploités et d'écoliers en route pour leur emboîter le pas. Des créatures comme toi, on en trouve accrochées à chaque véhicule. Tu vois des goules sur tous les toits de voiture, à perte de vue.

— Maali sir. Venez. Plongez.

Tu te pinces et ne ressens rien. Ce qui veut dire que tu es peut-être en train de rêver. Ou que tu n'as plus de corps. Ou que tu rêves que tu n'as plus de corps. Et ça signifie sans doute aussi que tu peux essayer, en toute sécurité, de traverser le toit en métal d'une fourgonnette blanche en mouvement. Alors c'est parti. C'est comme sauter dans une piscine dont l'eau aurait un goût de rouille et ne mouillerait pas.

— Comment peut-on voyager dans cette fourgonnette sans en traverser le plancher ?

— Sir n'écoute pas. Nous sommes reliés à nos corps. Nous pouvons emprunter les vents qui soufflent là où nos cadavres sont passés.

— C'est tout ?

— Si vous calanchez à Kandana et qu'on vous conduit à Kadugannawa pour l'enterrement, vous pouvez descendre n'importe où sur Kandy Road.

— Oui, mais si on se fait poignarder dans sa cuisine à Kurunegala et enterrer dans le jardin, les options sont limitées, non ?

Il te pousse à l'arrière, là où se trouve la viande et où l'odeur est infecte. Lui se tient entre Balal et Kottu. Et il attend. Il est fort possible que tu aies tenté quelque chose avec ce gamin maigrichon. Au cours de la dernière décennie, tu as sauté sur tout ce qui bougeait et sur plein de choses qui auraient préféré rester tranquilles. Une citation de DD, ton colocataire, tirée d'une discussion autour d'un verre de Martini. Du sarcasme déguisé en plaisanterie.

La fourgonnette roule sur une bosse près de l'institut Bishop. Sena inspire quelque chose qui n'est pas de l'air avant de gifler Balal et Kottu en même temps. Leurs têtes se cognent dans l'élan de la secousse. Sena et toi laissez échapper un rire. Même les morts apprécient un peu de burlesque.

— Mais bordel, qu'est-ce que tu fous ? crie Kottu, la main plaquée sur son cuir chevelu.

— Désolé, boss, répond Drivermalli d'une voix monocorde. Juste une petite bosse.

— Je vais t'en foutre une, moi, de petite bosse !

— Ces routes sont merdiques. Il est temps pour ce gouvernement de démissionner.

— Tes idées politiques n'intéressent personne, Drivermalli, rétorque Kottu.

Tu demandes à Sena comment il s'y est pris et il te répond qu'il existe des compétences auxquelles les esprits désincarnés peuvent accéder. Mais seulement après avoir pris leur décision.

— Décider quoi ?

— De nous rejoindre.

— Nous ?

— Des gens comme toi et moi.

— Qui se fringuent avec des sacs-poubelle ?

— Qui rendront justice à ceux qui se sont fait assassiner. Et offriront la vengeance à ceux qui n'ont pas de sépulture.

— Comment ?

— En exterminant ces connards. Leurs boss. Et les boss de leurs boss. Les pourritures qui nous ont exécutés. On les aura tous, *hamu*. Sir ne me croit pas ? Voilà votre première erreur.

— Hou là, *putha*[1]. J'ai fait plus d'erreurs que tu as eu de baises.

— Mon corps a été conservé dans un congélateur avec dix-sept autres, avant qu'ils finissent par me jeter dans ce lac, explique Sena en s'enroulant dans ses sacs-poubelle.

La fourgonnette pile, les voyous se mettent à râler. Drivermalli semble avoir écrasé la pédale de frein en s'assoupissant. C'est alors que tu remarques les lignes sur son visage et les ombres qui s'engouffrent dans ses oreilles. Ses yeux sont remplis d'un désespoir fréquemment observable chez ceux qui transportent de la viande humaine sur les routes de Colombo. Sena murmure à l'oreille du garçon alors que le véhicule redémarre.

— Je vais t'aider à retrouver ce que tu as perdu, dit-il.

Rien ne prouve que Drivermalli l'entende, à part un léger froncement de sourcil.

— Ceux qui ont fait du mal seront punis. Ceux à qui on a fait du mal trouveront la paix.

— Il peut t'entendre ?

— Oh que oui.

— On peut parler aux vivants ?

— C'est une compétence qui peut s'apprendre.

La fourgonnette prend la sortie d'un rond-point à Mirihana et se fraye un chemin à travers la banlieue jusque dans la zone industrielle.

— Où va-t-on, Sena ?

1. Terme utilisé pour s'adresser à un garçon plus jeune, « fils », « fiston », d'un emploi plus large que familial.

— Vous n'êtes pas curieux de savoir à qui appartiennent les deux autres cadavres à l'arrière ?

Tu regardes les mouches voler autour de la viande emballée dans le coffre. Et tu te demandes si elles aussi se réincarnent.

— Qui sont-ils ?

— Vous le saurez bientôt.

— Je suis curieux, maintenant. Où va-t-on, camarade Sena ?

— Je l'ignore, boss. Il semblerait bien qu'on ait droit à des tombes.

— Pour ce qu'il reste à enterrer…

— Ce n'est rien que de la viande, *hamu*. La plus belle partie de vous est toujours là.

Peu de gens t'ont qualifié de beau gosse, c'est pourtant exactement ce que tu étais. Tu repenses à ton joli corps découpé en rondelles par un hachoir. Comme tous les êtres humains sont affreux, réduits à un tas de viande. Comme cette terre magnifique est affreuse. Et comme tu as pu être affreux avec ta mère, DD et Jaki.

## AUBERGINES

DD t'avait dit un jour qu'il s'agissait des choses les plus répugnantes de l'univers, et tu lui avais répondu que le monde recelait trop de laideur pour que les aubergines se hissent dans le Top 10. De la laideur, les cinq enveloppes rangées dans la boîte sous le lit en renfermaient une sacrée dose. Ces enveloppes étaient remplies de photos en noir et blanc, et chacune portait au dos le nom d'une carte à jouer écrit au stylo-feutre. Tu vivais dans une chambre sans meubles et te débarrassais d'à peu près tout, sauf de tes clichés et de tes boîtes.

DD t'avait confié n'avoir vu que trois aubergines dans sa vie : la tienne, celle de son père et la sienne.

— Quel privilégié tu fais ! lui avais-tu dit. Elles ne ressemblent pas toutes à des aubergines. La plupart ont l'air de cous de poulet, certaines de champignons, quelques-unes de poings de nouveau-né.

— Tu en as vu pas mal, non ? t'avait demandé DD, question plus lourde de sens que ce véhicule blindé conduit par des enfants qui t'a un jour escorté jusqu'à Kilinochchi.

— Quelques-unes, tu lui avais répondu, elles étaient toutes magnifiques.

— Je parie que tu poserais tes lèvres sur tout et n'importe quoi. Tout ce qui bouge. Et tout ce qui ne bouge pas.

— S'agissant des aubergines, elles ont toujours tendance à bouger quand tu en as le moins besoin.

Tu lui avais fait part de tes grandes théories sur le pénis. Comme quoi les Asiatiques étaient ceux qui baisaient le plus malgré le fait qu'ils étaient dotés de la plus petite. Que le membre viril standard était à la fois charnu et musculeux, humide et sec, dur et mou, doux et ridé. C'est la seule partie du costume d'Adam capable de changer de forme. Imagine une seconde que ton nez s'allonge quand tu mens. Ou que ton petit doigt de pied enfle jusqu'à ressembler à ton gros orteil.

— Combien ? t'avait demandé DD, le menton posé sur tes genoux. (Tu faisais des abdos pendant qu'il te coachait.) Vingt ? Cinquante ?

Passé un nombre à trois chiffres, tu avais arrêté de compter.

— Moins de dix ? N'importe quoi. Le double, sans doute. Je le savais. Plus que ça ? Plus de vingt ? C'est dégoûtant.

— On aime tous les aubergines, où est le problème ?

— Je n'aime que la tienne.

Tu lui avais expliqué que la circoncision pratiquée à la naissance instille la rage dans le subconscient et rend les hommes violents.

— C'est à la fois stupide et sectaire, s'était-il opposé. Je suis circoncis, toi non. Et qui est le plus violent ?

— Humm.

— Tu penses que je suis violent ?

— Tu es un passionné. (Tu tenais l'haltère au-dessus de son joli cou et l'avais observé le soulever.) Quand tu es excité ça fait déjà froid dans le dos. Alors, je n'imagine pas quand tu es enragé.

Il t'avait lâché un sourire au moment où le poids obéissait à la gravité et que sa poitrine se remplissait de sang.

— Tu ne m'as jamais vu excité.

— Faux.

— Et tes théories sont merdiques.

— Alors comment se fait-il que les Américains, les musulmans et les juifs continuent à se faire la guerre ? C'est à cause de la rage inscrite dans leurs subconscients, parce qu'ils ont perdu leur prépuce en bas âge. Un bébé, ça hurle quand il se cogne la tête. Imagine la souffrance de…

— C'est la chose la plus stupide que tu aies jamais dite. Et pourtant, des conneries, tu en débites.

— Je l'ai lu dans un rapport de l'OMS. Toutes les nations belliqueuses pratiquent la circoncision. Israël, Liban, Iran, Irak, États-Unis, Congo…

— Les Russes, les Allemands, les Britanniques, les Chinois ? Eux aussi sont circoncis ?

— Aucune théorie n'est parfaite.

— Ha !

Il t'avait souri en te tendant les haltères.

— Et qu'en est-il des Cinghalais et des Tamouls ? avait-il ajouté. Ni les uns ni les autres ne sont circoncis.

Il avait haussé les sourcils et creusé ses fossettes jusqu'aux oreilles. DD avait la fâcheuse habitude de sortir, de temps à autre, un argument valable.

Après ça, vous vous étiez battus et aviez roulé par terre. Puis DD t'avait demandé des détails sur la plus grosse et la plus petite que tu aies vues, alors tu lui avais parlé d'un simple fermier de la région du Vanni et d'un rockeur berlinois baraqué. Tu avais omis de préciser que le fermier, monté comme un étalon, était un cadavre lorsque tu l'avais rencontré. Et que le guitariste t'avait tabassé dans une petite ruelle, malgré son membre minuscule et non circoncis, ou peut-être précisément à cause de ça.

Tu lui avais dit que la bite constituait la preuve que l'homme n'avait pas de libre arbitre. Après un court silence, DD s'était mis à ricaner.

— C'est l'excuse la plus bidon que j'ai jamais entendue.

— Nous ne contrôlons pas ce qui fait monter le sang jusqu'à notre queue. C'est comme s'il y avait des démons qui nous susurraient aux oreilles et nous collaient des œillères.

— Pour toi, peut-être.

Cette nuit-là, tu avais retiré l'une des enveloppes de la boîte. Tu ne l'avais pas intitulée, mais si tu avais dû le faire, ça aurait sans doute été « Aubergines ». Elle contenait une riche collection de photos de parties génitales masculines, prises avec ou sans le consentement de leurs propriétaires. Tu avais sélectionné les meilleures d'entre elles, les avais glissées dans l'enveloppe intitulée « Valet » et avais détruit le reste. DD s'était mis à fouiner dans tes boîtes et ces clichés constituaient un spectacle bien trop pénible pour ses jolies petites mirettes. Dans la boîte se trouvaient cinq enveloppes, chacune portant le nom d'une carte à jouer. L'« As » contenait des images vendues à l'ambassade britannique. Le « Roi », des photos commandées par l'armée cinghalaise. La « Reine », des clichés achetés par une ONG tamoule. Mais le « Valet », ce n'était rien que pour toi. La cinquième enveloppe, « Le Dix parfait », renfermait des photographies de DD et du Sri Lanka pris sous leurs meilleurs jours.

— Le beau gosse que tu es vaut bien dix, tu lui avais sorti un jour. Sur une échelle de un à treize.

## BOUCHERS QUALIFIÉS

La fourgonnette se remet en route. Kottu s'allume une autre Gold Leaf et se gratte le ventre. L'intérieur est humide et dégage une odeur de rouille, de cendrier et de viande avariée.

— Tu veux que je te dise ce qui me fout le plus en rogne ? dit Balal.

— Le big boss ? répond Kottu.

— Le manque total de professionnalisme.

— Du big boss ?

— Tu commences à me les briser avec le big boss ! Tu couches avec lui ou quoi ?

— Je ne suis qu'un pauvre type qui fait un sale boulot, lui répond Kottu. Si je pouvais avoir un job correct, je le prendrais. Mais qui voudra engager un voleur ?

Kottu caresse mélancoliquement sa moustache tandis que Balal fait craquer ses articulations. Les bras de Balal ont été sculptés par les années de maniement du hachoir. Les joues de Kottu ont été creusées par des décennies de masticage de bétel.

— C'est ce que je me tue à te dire, répond Balal. Applique-toi. Pour faire du bon boulot, on ne peut pas tout bâcler en deux secondes. Il faut découper les doigts, briser les dents, réduire les visages en bouillie. Là, les corps sont impossibles à identifier. Après, on peut s'en débarrasser n'importe où.

— Ça non, c'est pas du boulot, se dit à lui-même Drivermalli, assis sur le siège avant.

— Tu disais que tu avais un plan ? s'enquiert Kottu en tapotant sa bedaine. Le frigo du quatrième étage est plein. On ne peut pas ramener ça là-bas.

— On pourrait les couper en morceaux et les enterrer quelque part ?

— Combien de trous t'as envie de creuser ? Ton hachoir n'est pas la solution à tout.

— Je suis un boucher de formation. Mais ce travail paie mieux que les fermes de poulets.

Drivermalli les interpelle.

— Monsieur Balal, monsieur Kottu. Je suis vraiment fatigué. Quand pourrons-nous rentrer chez nous ?

Les nettoyeurs l'ignorent.

— Et moi, je dis, on fait les choses bien, continue Balal. On étripe, on vide, on coupe, on enterre. Un endroit différent à chaque fois.

— Pourquoi ne pas jeter les ordures dans la jungle et craquer une allumette ?

— De quelle jungle tu parles, hein ? Le parc pour enfants de Sathutu Uyana ?

— Alors c'est quoi ton super plan ? Dans le Beira, ils flottent. Et dans le lac Diyawanna, ils s'échouent sur les rives. La plage est entièrement surveillée. Il faut une autorisation pour allumer un feu de camp.

— Sur Crow Island, il y a une décharge.

— Trop de corbeaux humains là-bas.

— J'en ai déjà mangé, du corbeau, intervient Drivermalli. (Ses lèvres esquissent un sourire mais ses yeux restent ternes.) Ça a un goût de chèvre.

— Et la réserve forestière de Labugama ? propose Kottu. On dit que la STF et l'IPKF y déversent des corps à tire-larigot.

— On peut pas y aller comme ça. Il faut une autorisation, c'est sûr, objecte Balal.

— Je vais en toucher deux mots au big boss, réplique Kottu. Même si on tue, faut bien respecter la loi, non ?

— OK, alors j'ai un plan, assure Balal tandis que la fourgonnette s'enfonce dans la circulation.

— J'ai hâte d'entendre ça, dit Kottu.

— On va les donner à bouffer à mes chats.

— Hein ?

Balal s'esclaffe, son ricanement est forcé et strident. Drivermalli marmonne dans sa barbe pendant que Sena, assis sur le siège passager, lui susurre à l'oreille. Toi, du côté des sacs de viande, tu trembles et approches ton appareil photo de tes yeux.

— Je plaisante ! C'est pour rire ! Faut dire que chez moi, des chats, j'en ai à la pelle. Et même un chat pêcheur que j'ai récupéré dans les égouts. Il a toujours faim.

— Un chat pêcheur ? Vraiment ? rétorque Kottu. Un crocodile des marais aussi peut-être ? Ou une panthère de zoo ?

Kottu prend des libertés avec le ton qu'il emploie, chose que Balal commence à remarquer.

— Pourquoi avez-vous des chats ? demande Drivermalli qui a cessé de rire pour commencer à klaxonner.

— C'est un bon business d'appoint. Les Chinois m'en achètent.

— L'ambassade de Chine ? Arrêtez de mentir !

— Mais non. Les restaurants chinois de Grandpass. Les Chinois ne posent jamais de questions.

Ils ricanent comme trois sorcières en faisant tourner la dernière cigarette.

— Balal, t'es un sacré salopard. Drivermalli, on rentre à l'hôtel. On va bien trouver de la place dans ces frigos.

— D'autres ramassages pour aujourd'hui ?

Drivermalli ne sourit pas, ni ne fronce un sourcil, comme s'il se fichait de la réponse.

— Non, *malli*. Allons dormir un peu, d'accord ?

— Je ne dors jamais, répond le chauffeur en coupant le moteur.

## ÉCLAIRE LES RECOINS DE TON ESPRIT

Tu ne te souviens pas avoir appris à marcher et à parler, ou qu'on t'ait enseigné à chier sur un pot. Qui s'en souvient ? Tu ne te rappelles ni avoir séjourné dans un utérus, ni en avoir été expulsé, ni t'être retrouvé dans une couveuse. Et où tu étais avant ça, mystère.

La mémoire te revient sous forme de troubles corporels. Éternuements, courbatures, irritations et démangeaisons. Étrange, comme tu n'as plus de corps, mais peut-être que les hypnotiseurs ont raison ; peut-être que douleur et plaisir ne résident que dans l'esprit. Les souvenirs remontent, provoquant halètements, crises de suffocation et diarrhées.

Ça arrive chaque fois que tu approches l'appareil photo de tes yeux. En regardant à travers son judas de verre, tu aperçois de brèves lueurs tombant sur des visages, des ombres qui s'étendent sur les collines, des photos que tu as prises, des objectifs que tu as cassés. Tu te souviens par fragments et ne récupères que des débris.

Tu ressens un coup de poignard dans le ventre lorsque tu vois Albert Kabalana et Lakshmi Almeida se tenant par la main sur la plage de Pasikuda la veille du dixième anniversaire de leur fils. À l'époque où ils jouaient encore au badminton en double mixte. Bertie n'est qu'à quelques années du départ ; Lucky, à quelques années du jour où elle s'est mise à boire dès l'après-midi.

Il ignore encore qu'une maladie le ronge, et elle n'est pas encore au courant pour Aunty Dalreen.

Tu appuies sur la gâchette de ton silencieux Nikon et vois un homme dévêtu, roué de coups, au milieu d'une foule hilare qui ramasse du bois pour allumer un feu de joie. C'est l'image qui a poussé cette dame noire aux lèvres pulpeuses à t'appeler. La dame de pique dont le nom ne te revient pas, malgré tes grimaces de douleur et tes gémissements.

Tu appuies à nouveau sur le bouton cassé du déclencheur et tu vois, filmée à la lumière d'une bougie, une veste de kamikaze encore intacte, dont le propriétaire a été abattu alors qu'il tentait prétendument de s'échapper. Tu n'avais eu besoin d'aucune lumière au pied du charnier de Sooriyakanda où le soleil levant avait recouvert d'or les rizières. Tu plisses les yeux et regardes fixement le champ de squelettes qui s'étend jusqu'à l'horizon. Des cadavres d'enfants, d'aussi loin que tu peux voir. De jeunes garçons forcés à écrire des lettres de suicide à leurs familles avant d'être exécutés pour avoir commis le crime de s'être moqués du fils d'un directeur d'école qui connaissait un colonel de la STF.

Tu ne te souviens pas du nombre de fois où tu as trompé DD, juste de t'être senti coupable à une seule occasion. Tu ne te rappelles pas avoir voté pour JR, ni avoir perdu un million trois cent mille roupies en trois minutes, ni avoir raconté à ton père ce qui l'a brisé. Mais tu sais que ces trois choses sont bel et bien arrivées.

Tu ne te rappelles pas Sena. L'avoir rencontré lors d'un meeting et avoir tenté de l'embrasser. Tu ne te souviens pas de ta mort. Ni de comment c'est arrivé ni de ceux qui étaient présents. Ni de pourquoi tu ferais mieux de ne pas le savoir.

Peut-être t'es-tu fais dézinguer parce que tu faisais trop bien ton travail, comme tous ces journaleux et activistes de la dernière décennie. Peut-être t'a-t-on liquidé pour avoir raillé quelqu'un dont le père connaissait quelqu'un. Peut-être t'es-tu foutu en l'air toi-même ; ce n'est pas comme si tu n'avais jamais essayé. Tous les scénarios sont plausibles.

Même si, comme chaque joueur le sait, le pire des assassins dans ce monde impie n'est autre que le jet aléatoire des dés. La poisse impitoyable et puante qui vous tombe sur le coin de la gueule. Personne n'y échappe.

L'appareil photo se remplit de boue. Tu le secoues comme un malade et tires sur les colliers qui pendent à ton cou. Tu plantes les yeux dans l'objectif de ton Nikon, les traces brunes ont disparu, laissant place à du verre cassé et à des couleurs floues. Tu vois les morts après le bombardement de Kilinochchi. Un chien mutilé, un homme qui perd son sang, une mère et son gamin. Tu as pris ce cliché du haut d'un bâtiment en ruine, et pendant que tu regardes, un gouffre naît dans ton estomac et monte dans ta gorge. Ce n'est pas la photo la plus horrible que contient ta boîte, mais pour une raison qui t'appartient, c'est celle que tu trouves la plus triste.

Tu reviens sur ton tout dernier souvenir. Tu étais dans un casino et misais tout ce que tu avais sur quelque chose de noir.

## N'ALLEZ PAS DANS LES CIMETIÈRES

— Hé ! Où tu vas ?

La fourgonnette est bloquée dans la circulation près du cimetière de Borella. Les deux brutes crasses se sont endormies et Drivermalli fredonne un air. C'est une version peu mélodieuse de la lambada. Donc, assez fidèle à la chanson originale.

— J'ai du travail, dit Sena. Et j'ai le sentiment que sir me fait perdre mon temps.

— Et qu'est-ce que je suis censé faire ?

Tu préférais ne pas avoir à passer tes sept lunes dans une fourgonnette remplie de viande humaine. Les sacs-poubelle à l'arrière bruissent dans le vent.

— Personne ne peut obliger quiconque à faire quoi que ce soit. C'est ça, le problème.

Sena saute du capot d'un rickshaw, atterrit à côté d'un bus et bondit sur la grille à l'entrée du cimetière. Tu te demandes si tu es capable de sauter d'un véhicule en marche, même roulant au pas. C'est un coup à se tuer. Il t'interpelle du trottoir :

— Si vous vous fichez de savoir pourquoi vous êtes mort, pourquoi je devrais m'en soucier ?

Tu entends des grondements derrière Balal et Kottu qui, respectivement, ronfle et bave. Deux spectres surgissent des sacs de viande. Les vêtements déchirés, les yeux vides, une coupe mulet, ils te semblent familiers, et pour cause. Tu as vu leurs corps sur les rives du lac Beira, découpés en huit morceaux placés à côté de tes restes et de ceux de Sena. Ils ont l'air de jeunes hommes qui ont reçu la dérouillée de leur vie. Leurs yeux roulent dans leurs orbites alors qu'ils titubent vers toi.

Tu bondis telle une gymnaste accomplissant un triple saut périlleux et atterris aux portes du cimetière à côté d'un Sena plié de rire. Tu jettes un coup d'œil en arrière et vois les deux fantômes te suivre. Tu pousses un cri et Sena se marre de plus belle.

Ils flottent derrière toi, sans mot dire, l'air plus mort que n'importe qui ici. Leurs ongles ont disparu ; c'est un signe qui ne trompe pas. Tout comme les hématomes sur la voûte plantaire et ce regard qui crie « je viens d'avaler mon cerveau ». De ton vivant, tu en as vu quelques-uns, suspendus à l'envers à des poteaux électriques, cuisant sur le bord des routes, cloués aux arbres. Tous avaient la même expression que ces deux-là. Sauf que les cadavres ne bougeaient pas.

— Des types innocents. De pauvres pécheurs, explique Sena. Ils étaient tous deux étudiants en école d'ingénieur. Le gros est de Moratuwa. L'autre gars vient de Jaffna. Raflés, torturés et trucidés.

— Pour quelle raison ?

— Toute la question est là. Parce qu'ils étaient cinghalais ? Ou tamouls ? Ou parce qu'ils étaient pauvres ?

— Les balles n'épargnent pas la classe moyenne. Richard de Zoysa, journaliste, la professeure Ranee Sridharan, activiste, tu rétorques, et moi, comme tu vois. Même si je ne me rappelle pas avoir été abattu.

Tu ne te souviens pas avoir été arraché du lit comme Richard pendant que sa mère implorait pour sa vie. Tu ne te souviens pas avoir reçu des menaces de mort comme la professeure Ranee, de la part d'un de ses élèves.

— Ces mecs sont innocents. C'est ça, le problème. Au moins, vous et moi étions impliqués.

— Je n'étais pas impliqué.

— Ben voyons.

— Je n'appartenais pas au JVP. Comment aurais-je pu être impliqué ? Et je n'étais pas non plus partisan du LTTE.

Tu hausses le ton, mais les deux zombies ne semblent pas le remarquer.

— Vous disiez travailler pour les Britanniques.

— J'ai dit ça ?

Les étudiants assassinés par erreur se mettent à haleter et tu perçois l'ombre se profiler avant d'en connaître la source. La chose est imposante et se promène à quatre pattes comme un chien de chasse. Elle bondit sur le toit des voitures, mais tu ne discernes rien d'autre qu'un amas de poils, d'yeux et de dents.

C'est ce que tu entends qui te glace le sang. Des voix pétries de peur, emprisonnées dans la chair, comme des âmes sans défense. Une cacophonie de gémissements semblable à un duel de synthétiseurs joués avec les pieds. Mais peut-on réellement jouer du synthé autrement ?

La chose a une tête de taureau posée sur un corps d'ours, elle s'avance vers toi d'un pas lourd à un rythme effréné. Elle porte un collier de crânes et des visages sont pris au piège sous sa peau. Des visages dont tu ne peux détourner le regard.

— Reculez lentement, t'intime Sena. Maintenant.

— Qu'est-ce que c'est ?

— Un *naraka*. Une créature de l'enfer. Quelque chose de pire qu'un *yaka*.

Sena t'entraîne dans le vent lorsque tu entends son grognement. Celui-ci résonne dans ta boîte crânienne. Le son de milliers de voix discordantes hurlant à l'unisson. La créature se tient sur un camion en marche et t'observe. Elle est davantage une ombre qu'une forme et émet des parasites comme un vieux poste de télévision diffusant toutes les chaînes en même temps, les âmes mortes dans son ventre hurlent dans des fréquences antagoniques. Tu te laisses emporter par le même vent que Sena alors qu'il souffle à travers le cimetière.

Le cimetière de Borella est habituellement un lieu pittoresque truffé d'arbres, de serpents et de pierres tombales. Tu y es venu plusieurs fois te promener paisiblement. Aujourd'hui, c'est tout sauf un havre de paix. L'endroit grouille d'éclopés, de fantômes et d'êtres pourvus de cornes, et tu ne sais pas où donner de la tête. Ils sont perchés sur les stèles funéraires, planent derrière les personnes endeuillées, occupent les arbres et les balustrades. Ils déambulent comme des damnés, avec leurs yeux aux nuances infinies, leurs peaux écaillées et blafardes. Les Étudiants en école d'ingénieur assassinés par erreur s'arrêtent devant l'entrée. Sena se retourne et leur lance d'un ton moqueur :

— Vous avez peur de quoi ? Vous êtes déjà morts ! Le pire est passé.

C'est une phrase en cinghalais que l'on entend beaucoup, surtout autour des zones de guerre. Tu l'as entendue dans la bouche de travailleurs humanitaires, de soldats, de terroristes, de villageois. L'horreur est derrière nous. Cela ne peut pas être pire que maintenant.

— N'est-on pas censés éviter les cimetières ? t'enquiers-tu auprès de Sena alors qu'il flotte dans l'allée.

— Mahakali ne peut pas pénétrer ici, répond-il.

— Maha quoi ?

— On lui prête de multiples noms, murmure Sena. Maruwa, Maha Sona, Kalu Balla, Kuveni. Moi, je la connais sous le nom de Mahakali, la dévoreuse d'âmes. C'est la chose la plus puissante qui rôde dans ces vents. Une déité devant laquelle les *yakas* s'agenouillent. Ce n'est pas un simple fantôme comme vous et moi. Mais souvenez-vous que les démons ou ceux qui les commandent ne peuvent aller là où ils ne sont pas invités.

— Comment je peux en savoir plus ?

— Sur les *yakas* ?

— Sur la façon dont je suis mort.

— Je croyais que ça ne vous intéressait pas.

— Je croyais t'avoir entendu dire que tu le savais.

Sena tripote sa cape en sac-poubelle.

— Je ne suis pas votre Assistant, sir. Je n'aide que ceux qui m'aident. Si vous ne voulez pas de mon coup main, je m'en vais.

— On croirait entendre l'ONU.

Le soleil matinal achève son ascension. La rue s'est remplie de voitures et de gens qui se pressent vers leurs petits déjeuners. Tu regardes le sang sur tes vêtements. Tu n'es pas mort dans ton sommeil, ça c'est clair. La professeure Ranee Sridharan a été éliminée par le LTTE ; Richard de Zoysa : éliminé par le gouvernement ; la star de cinéma Vijaya Kumaratunga : éliminé par le JVP. Mais toi, qui t'a descendu ?

Les arbres sont bordés d'yeux et l'allée se retrouve bloquée par les goules. Trois enterrements sont en cours de célébration, chacun suivi par une foule d'esprits. Sena t'explique que les fantômes aiment les funérailles plus que les humains n'aiment les mariages.

Tu dois lutter contre le vent et finis par virevolter au milieu des tombes où reposent les défunts de Colombo. Ici gisent d'héroïques soldats, des politicards assassinés et des journalistes aux grandes gueules. Tu cherches des visages familiers, des célébrités comme la professeure Ranee, ou Vijaya peut-être. Mais tu ne vois que des âmes aussi anonymes et oubliées dans la mort que de leur vivant. Et parmi les victimes de bombes, les brûlés vifs et les disparus, il y a toi, dont la cause du décès reste encore indéterminée.

— Pourquoi les fantômes restent-ils ici ? tu demandes.

— C'est là que se trouvent leurs dépouilles, répond Sena.

— Et pour ceux qui n'ont pas de tombe ?

— Gardez les yeux baissés. Ne parlez à aucune de ces créatures.

La chaleur ne décourage en rien les spectres d'arpenter l'allée principale. Deux processions funéraires défilent, escortées par d'innombrables goules et *preta*, les plus voraces de tous les fantômes, en quête d'âmes à dépouiller et à désorienter.

Sena te guide jusqu'au crématorium, moins bondé que les allées qui serpentent entre les tombes. Les deux étudiants se tiennent près du mur du bâtiment à côté d'un fût de charbon de bois. Sena s'en approche et se frictionne les mains. Il flotte ensuite jusqu'au mur et commence à y inscrire des lettres. Lorsqu'il a fini, six noms écrits au fusain occupent la surface du mur. Les Étudiants Ingénieurs observent la scène avec émerveillement.

*DRIVERMALLI*
*BALAL*
*KOTTU*
*LE MASQUE*
*LE MAJOR RAJA*
*LE MINISTRE CYRIL*

Sena fait glisser sa capuche sur ses épaules. Il regarde les étudiants, puis pose les yeux sur toi.

— Voici l'escadron de la mort qui m'a tué il y a plusieurs mois. Ce sont eux qui vous ont liquidés tous les deux la semaine passée. Eux qui ont tué M. Maali la nuit dernière.

— Cela a-t-il été corroboré par une source fiable ?

— Je vais les faire souffrir. Chacun d'entre eux. Allez-vous m'aider ?

Les étudiants inclinent la tête, Sena sourit.

— Comment tu vas t'y prendre ?

— J'ai un plan.

Tu as l'habitude de côtoyer des gens douteux qui parviennent à te convaincre de faire des choses que tu ne veux pas faire. Cette fois, c'est non.

— Navré, camarade Sena. J'aurais adoré apprendre à faire des graffitis. Mais je dois y aller.

— Ne m'appelez pas camarade, Maali *hamu*. Vous n'êtes qu'un socialiste de façade.

— Pourquoi m'appeler *hamu* ? Je ne suis pas ton maître.

— Depuis tout petit, nous subissons un lavage de cerveau qui nous pousse à appeler « *hamu* » et « sir » les personnes médiocres. Ça fait partie des bonheurs de grandir pauvre. J'ai travaillé comme domestique. J'ai été vendeur de légumes dans la rue, même après avoir obtenu mon diplôme. La seule façon que nous avons d'entrer dans certains quartiers de cette ville est d'appeler les riches « sir ».

Tu écoutes siffler le vent en pensant à toutes ces choses que tu n'as jamais comprises.

— Mes amis. Ma mère. Il faut que je les voie.

— Pourquoi ?

— Pour dire à DD que je suis désolé. Pour parler à Jaki de la boîte. Pour dire à ma mère que c'est à mon père que j'en veux.

— Très touchant, sir, mais nous avons à faire.

— J'ai besoin de les voir.

— Je ne vous ai pas secouru pour me payer vos jérémiades.

— Je ne t'ai pas demandé de me sauver.

— Personne ne demande rien. Personne ne demande à naître pauvre, personne ne demande à être malade, personne ne demande à être homo.

— Je ne suis pas homo, tu protestes, comme tant de fois par le passé.

— *Hamu* aurait-il perdu la tête lorsqu'il s'est fait jeter du toit ? Ou l'a-t-il perdue dans une rave party dans le quartier de Colombo 7 ?

— J'habite Colombo 2. Qui dit que j'ai été jeté d'un toit ?

— Regardez votre corps fracassé. Si ça se trouve, votre esprit aussi s'est disloqué.

Tu baisses la tête et ne vois qu'une sandale manquante. Comme Cendrillon, à part que tes demi-sœurs du Missouri n'étaient pas aussi pestes que toi.

— Tous les *godayas*[1] envient Colombo 7. J'ai eu besoin d'avaler pas mal de cachetons pour supporter ces soirées.

— Vous ne vous souvenez pas avoir rejoint le JVP, c'est ça ?

— Je ne me souviens pas être mort, je ne me souviens pas d'un escadron de la mort, je ne me souviens pas avoir été balancé par-dessus un toit.

— Et donc, ce qui vous intéresse, c'est photographier les pauvres. Pas les aider.

— OK, OK. Si je t'aide, tu arrêtes de me faire la morale ?

— Bien sûr.

— Et toi, tu m'aideras ?

— Pourquoi pas ?

Pour ce qui est de chevaucher les vents, tu commences à te débrouiller, mais tu as du mal à en saisir le fonctionnement. C'est un peu comme si la gravité était un bus te permettant de t'accrocher à son marchepied. Comme si tu retenais ton souffle jusqu'à ce que ce soit lui qui te soutienne. Comme un tapis magique, la carpette en moins. Tu flottes telle une particule qui aurait trop picolé. Mais quel vent t'emmènera auprès de DD ?

— Quand on débite ton cadavre, peu importe que tu sois un marxiste dans l'âme ou un marxiste de comptoir. Un socialiste pur jus ou de la gauche mondaine. Ça n'empêche pas les mouches de te chier dessus ni les asticots de te bouffer.

La cape en sacs-poubelle de Sena flotte derrière lui. Il ressemble moins à Superman qu'à un parapluie cassé.

— Où allons-nous ? tu lui demandes.

1. Paysan, « cul-terreux ».

— Le *mara tree*[1] au bord du cimetière.
— Pour quoi faire ?
— Vous aider.
— Comment ?
— Je ne crois pas en grand-chose. Mais je crois en ces *mara trees*.

L'arbre étire ses bras au-dessus des herbes hirsutes et des rochers renversés. Des créatures pendent par les griffes à chacune de ses branches. Rats, serpents et putois se cachent entre les pierres tombales, il y a beaucoup d'ombres où disparaître même si aucun être présent ne semble en projeter. Tu suis Sena alors qu'il grimpe sur une branche vacante.

— Pourquoi on s'assoit ici ? tu demandes.
— Les *mara trees* captent les vents. Comme une radio capte les fréquences. Tout comme les arbres de la bodhi, les banians et probablement n'importe quel autre grand arbre qui souffle le vent.
— Je pensais que c'était le vent qui soufflait dans les arbres.
— Votre grand-père croyait que la Terre était plate. Vous voulez être un fantôme ou une goule ?
— Quelle différence ?
— Les fantômes se laissent entraîner par le vent. Les goules dirigent le vent.
— Qu'est-ce qu'on fait ici ?
— Si vous faites le vide dans votre esprit, il se peut que vous entendiez votre nom. Si ça arrive, vous pouvez aller là où on l'a prononcé. Faites-le pendant que votre cadavre est, pour ainsi dire, encore frais. Après quatre-vingt-dix lunes, plus personne ne se souciera de vos miches de privilégié.
— Je préférais quand tu m'appelais « sir ».

1. Arbre appelé *Pare mara* en cinghalais ou « arbre à pluie ». Nom scientifique : *Albizia Saman*.

Tu renifles et regardes autour de toi les esprits en pleine séance de méditation. Tout le monde dans l'arbre marmonne en se balançant d'avant en arrière. Difficile de savoir qui médite et qui souffre d'un syndrome catatonique.

— Faites le vide dans votre tête et écoutez.

— Je n'ai pas médité depuis les années soixante-dix, tu réponds.

— La méditation, c'est seulement pour ceux qui respirent.

— Qu'est-ce que je dois écouter ?

— Votre nom. Vous ne l'avez quand même pas oublié ? *J'entends souffler ton nom et en partage la honte*[1].

— Où as-tu appris la poésie ?

— Comme je suis allé au Sri Bodhi College, je ne connaîtrais pas la poésie ?

— Tu en veux au monde entier, toi, je me trompe ?

— Écoutez !

Le soleil décline et la lumière commence à jouer des tours. Les cortèges funéraires se dispersent tandis que de nombreux autres corbillards roulent vers toujours plus de tombes. Tu restes immobile, à l'écoute d'une chanson qui viendrait résonner dans ta tête. Mais rien. Pas même Elvis ou Freddie.

Chaque fois que tu le regardes, l'arbre a changé de texture. L'écorce se pare de nuances différentes de café, les feuilles sont mouchetées d'or et son feuillage vire de forêt tropicale à mousse des sous-bois.

L'air chaud s'emplit des grognements de la circulation, du bâillement des chiens et de l'ondulation des esprits. Tu te vides de toute pensée et laisses les visages venir à toi, des visages que tu reconnais et sur lesquels tu ne peux pas mettre de nom. Parmi eux se trouvent un homme blanc corpulent,

1. Vers de Lord Byron, tirés du poème « When we two parted ».

un autre homme à la tête couronnée, une dame noire aux lèvres rubis et un garçon moustachu.

Les visages se transforment en cartes à jouer. L'as de carreau, le roi de trèfle, la dame de pique et le valet de cœur flottent devant toi, et c'est à ce moment que tu commences à entendre quelque chose. D'abord, un murmure, puis un mot, puis plusieurs autres, puis des millions. Les chuchotements s'entremêlent, créant tantôt des harmoniques, tantôt des interférences.

Ensuite, on dirait des fourmis munies de micros grouillant sur une carcasse. Puis, des cailloux dans des boîtes en plastique secoués par des sales gosses. Et puis, c'est comme si on parlait portugais, allemand et tamoul en même temps. Les esprits saturent les ondes d'invectives. Chaque voix siffle dans l'éther, hurle contre l'univers et mugit dans des fréquences inusitées.

C'est alors que tu l'entends, le nom. Il est prononcé une fois, répété, puis crié.

— Son nom est Malinda Almeida. Il travaille pour le consulat britannique.

— Nous ne connaissons pas de Lorenzo Almeida[1].

— Vous croyez que c'est une blague ? J'ai une lettre du ministre Stanley Dharmendran. Auriez-vous l'amabilité de vérifier ?

Cette voix, tu la connais pour l'avoir entendue en colère à maintes reprises. Tu regardes autour de toi, l'arbre est réduit à des touches de pinceau, une peinture impressionniste aux aplats de vert et d'or où le regard se perd. À côté de toi, le camarade Sena Pathirana est tout sourire. Il t'adresse un salut sarcastique tandis que tu t'évapores devant ses yeux morts.

1. Lorenço de Almeida, le fils du vice-roi des Indes portugaises, envoyé en expédition en 1505 à Ceylan pour établir des alliances et des liens commerciaux.

— Son nom complet est Malinda Almeida Kabalana, précise le jeune homme à la coupe hérisson. Voici une copie de sa carte d'identité. Pouvez-vous vérifier, s'il vous plaît ?

— Il est écrit Malinda Albert Kabalana, dit le commissaire adjoint de police. Vous ne connaissez pas le nom de votre ami ?

— Si, intervient la vieille femme prostrée dans un coin, Bertie était le nom du père. Il l'a changé quand son père est parti.

— Nous utiliserons le nom inscrit sur la carte d'identité, tranche l'inspecteur de police assis derrière son bureau.

Au cours de l'année écoulée, les commissariats de la ville ont passé leur temps à recueillir les plaintes de parents venus s'enquérir de leurs filles et de leurs fils qui n'étaient jamais revenus à la maison. Les jours de forte affluence, tous ces parents inquiets et éperdus sont rassemblés dans des couloirs mal ventilés et alignés jusqu'à l'aire de stationnement pour vélos.

Trois mères suent à grosses gouttes dans le couloir et pleurent en silence. À l'intérieur, un beau garçon se penche sur un bureau et montre une photo à la police. Lui et les deux femmes trimballant des sacs à main au style contrasté se sont débrouillés pour passer devant cette file d'attente interminable.

— Je m'appelle Dilan Dharmendran. Je suis le fils du ministre Stanley Dharmendran. Voici la mère de Malinda. Et là, sa petite amie. Matin hier il a disparu.

DD parle cinghalais aussi bien que Mahagama Sekara parle afrikaans. Et, quand il est nerveux, sa syntaxe part en vrille.

— Désolé, mais nous ne pouvons rien faire, déclare le commissaire adjoint, debout à l'embrasure de la porte. Vous comprenez, il ne peut être considéré comme disparu qu'après soixante-douze heures.

— A-t-il été arrêté ? demande la fille en robe rouge. Vous pouvez vérifier, s'il vous plaît ?

Elle porte des boucles d'oreilles en argent, du noir sur les lèvres et un mascara sombre qui dégouline sur ses joues. Elle s'enroule dans sa veste alors qu'un courant d'air pénètre dans la pièce malgré les fenêtres fermées. Tu flottes jusqu'à l'une d'elles et te perches sur le rebord.

— Vos noms, s'il vous plaît ? demande la femme plus âgée en posant la main sur l'épaule de la fille.

— Ranchagoda, commissaire adjoint. Et voici Cassim, inspecteur. Il enregistrera votre plainte. Mais impossible de remplir un rapport avant trois jours, vraiment désolé.

Dilan Dharmendran observe les deux femmes. L'une a dans les soixante-dix ans, l'autre la vingtaine, l'une renfrognée, l'autre en pleurs.

L'inspecteur Cassim est trapu et a la bougeotte, on dirait un enfant potelé déguisé en policier. Le corps de Ranchagoda ressemble à un enchevêtrement de cintres sur lequel pend un uniforme. Cassim tend un formulaire et jette un coup d'œil à l'embrasure de la porte tandis que d'autres mères entrent dans le hall d'entrée flanquées d'hommes en sarong.

— Madame, veuillez remplir ceci. Monsieur Dharmendran, quand avez-vous vu Malinda Albert Kabalana pour la dernière fois ?

— Almeida. Il est parti à Jaffna la semaine dernière. Il a appelé à mon bureau hier et disait être de retour à Colombo, répond DD. Il a dit qu'il avait de grandes nouvelles et qu'il m'appellerait plus tard dans la nuit.

Il prend une profonde inspiration en tirant sur le collier qui pend à son cou.

— Il n'a pas rappelé.

— Peut-être qu'il est toujours en déplacement.

— Ses sacs sont à l'appartement. Sa serviette est encore humide dans la salle de bains. Il m'a appelé au bureau depuis chez nous. Il a dit qu'il devait rencontrer des clients. Puis qu'il me rappellerait.

— Quels clients ?

— Il ne l'a pas précisé.

— Jaffna est un endroit dangereux ces derniers temps. Pourquoi s'est-il rendu là-bas ?

— Une mission pour le travail.

— Quel genre de travail ?

— Il est photographe.

— De mariage ?

— De presse.

— Pour qui ?

— Il travaille pour l'armée, l'Associated Press et quelques autres agences, intervient la jeune fille à l'épaisse chevelure, la seule qui t'ait jamais écouté raconter ta journée.

— L'armée sri-lankaise ?

— C'était il y a quelques années. Il ne travaille plus pour eux maintenant.

— Alors, possible qu'il soit parti sur une autre mission pour un journal, non ?

Le commissaire adjoint a détourné son attention du couloir. Sa tête oscille comme si elle n'était pas rattachée à ses épaules.

— Il nous prévient quand il quitte la ville. Et appelle quand il est de retour, reprend DD. Il était censé passer prendre Jaki ce matin. Pas de nouvelles.

— La nuit, j'anime une émission à la SLBC[1], ajoute Jaki. Maali vient toujours me chercher.

1. Sri Lanka Broadcasting Corporation, radiodiffuseur sri-lankais de service public.

L'inspecteur Cassim lève les yeux des gribouillages illisibles qu'il est en train de coucher sur papier. Il se tourne vers la femme plus âgée. Ta mère.

— Madame, pourquoi ne pas tous rentrer chez vous et voir s'il revient ?

— Vous croyez que c'est un canular ? rétorque ta mère, rageuse. Il m'a appelée hier. On ne s'est pas parlé depuis des mois. Il voulait qu'on déjeune ensemble, ce qui n'arrive jamais. Quelque chose n'allait pas. Je l'ai senti tout de suite.

Quoi ? Un déjeuner avec maman ? La dernière fois que c'est arrivé, Elvis était encore de ce monde. Tu secoues ton appareil photo, espérant en déloger un souvenir qui donnerait du sens à tout ça. Mais l'objectif reste obstrué par la boue.

L'inspecteur Cassim et le commissaire adjoint Ranchagoda échangent un regard que tout le monde dans la pièce saisit au vol. Le premier acquiesce tandis que le second secoue la tête.

— Vous avez tous une pièce d'identité ?

DD sort une carte du portefeuille que tu lui as offert pour son anniversaire, il y a deux ans. Ta mère, qui a perdu sa carte d'identité dans une machine à laver, retire un passeport sri-lankais marron d'un sac en cuir. Jaki extirpe un passeport britannique bleu d'un sac en tissu et se tamponne les yeux avec un mouchoir.

L'inspecteur Cassim transcrit en remuant les lèvres. Le commissaire adjoint s'approche et lit par-dessus son épaule.

— Jacqueline Vairavanathan. Vingt-cinq ans. Tamoule, lit Ranchagoda. Lakshmi Almeida. Soixante-treize ans. Burgher[1]. Il se tourne vers la femme la plus âgée.

— Malinda Kabalana, c'est un nom cinghalais, non ?

1. Groupe ethnique eurasien du Sri Lanka, formé notamment de descendants de Portugais, de Néerlandais et de Britanniques.

Ta mère lève les yeux du formulaire qu'elle est en train de remplir. Elle lui répond d'une voix aussi glaciale que son regard.

— Son père était cinghalais. Je suis burgher. Nous sommes sri-lankais. Y a-t-il un problème ?

— Aucun problème, madame. Aucun problème.

Ranchagoda lâche un rire si étrange qu'on croirait un grognement.

Dehors, dans la salle d'attente, on entend des gémissements. Ranchagoda sort consoler la femme en pleurs. Pour ce faire, il dégaine sa matraque et ordonne à un agent de l'évacuer.

— Vous avez vérifié les hôpitaux ?

— Oui. Et les casinos, répond Jaki.

— Il a recommencé à jouer ? demande DD.

— C'est un joueur ? s'enquiert l'inspecteur Cassim.

DD répond non et Jaki, oui, pendant que ta chère mère dodeline de la tête, les yeux rivés sur son sac à main.

— Ah, dans ce cas, revenez jeudi, tranche le commissaire adjoint Ranchagoda alors que l'inspecteur pose son stylo sur une feuille que personne ne lira jamais. Nous ne pouvons rien faire d'ici là. Il y a tellement de cas de disparition de nos jours.

Il fait un signe en direction de la salle d'attente, là où la mère d'un disparu hurle sur une autre. Les yeux de Jaki lancent des éclairs, comme ce jour, à Nuwara Eliya, où le garçon avec lequel elle flirtait a commencé à te draguer.

— DD, appelle ton père s'il te plaît.

DD tripote le morceau d'os sculpté sous sa pomme d'Adam, la croix avec une tête ovale que tu lui as offerte quand tu t'es senti coupable après avoir joué avec ce garçon du magasin FujiKodak. Dans son propre lit, sans qu'il n'en sache jamais rien. En dessous de cette croix, il porte un pendentif en bois qui contient ton sang.

— DD, appelle ton foutu père ! fulmine Jaki.

L'inspecteur et le commissaire adjoint haussent les sourcils.

— Calme-toi, répond DD. Aunty Lucky, vous en avez fini avec ce formulaire ?

Ta mère s'assoit dans un coin et regarde les quatre pages écrites principalement en cinghalais, qui n'est pas sa langue natale bien qu'elle ait passé sa vie dans un pays qui prétend qu'elle est sa seule et unique langue. Elle secoue la tête.

— Il peut être n'importe où.

— Nous allons chercher dans les gares et l'aéroport, assure l'inspecteur Cassim. Il y a eu du grabuge la semaine dernière à Jaffna. Il s'y trouve peut-être encore. Peut-être a-t-il rejoint d'autres amis. Avait-il d'autres amis ? (Il se tourne vers Jaki.) Des petites amies, peut-être ?

— Pas de petites amies.

— Les gens ont des secrets, vous savez. Dans ce boulot, on a tout vu.

— Vérifiez s'il n'est pas retenu dans un autre poste de police. Nous allons attendre.

DD reste poli et sa syntaxe ne flanche pas, mais tu perçois de la lave bouillonner dans ses yeux. Il joue toujours avec ses bijoux avant d'exploser. Il presse entre ses doigts la croix ankh pendue à son cou comme si c'était du papier bulle.

— On va mettre quelqu'un sur le coup, dit Ranchagoda, le service est débordé.

— Débordé, c'est ce que je vois, rétorque DD en regardant par la fenêtre un groupe de flics qui sirotent leur thé.

Les mères dans la queue pestent contre DD et son petit cul serré de resquilleur de file d'attente. Jaki se tamponne les yeux et leur lance un regard provocateur.

— Il s'est déjà fait arrêter. De simples malentendus. Pouvez-vous vous renseigner s'il vous plaît, monsieur l'agent ?

— Fait-il de la politique ?

Ta mère se tourne vers DD, qui se tourne vers Jaki. Dieu merci, ils ne savent rien de ce que tu as fait.

— Il est photojournaliste, répond Lucky Kabalana, née Almeida, en tendant le formulaire. Il prend des photos pour la presse.

— Le JVP ?

— Jamais, dit-elle.

Ranchagoda met dix minutes à signer le formulaire. Cassim en met dix autres à trouver le tampon officiel. DD appelle son père avec le téléphone de la salle d'attente pendant que les mères dans la file continuent à lancer des regards furieux. Jaki et ta mère se relaient pour insister sur le fait que Maali Almeida n'a jamais été en lien avec un quelconque groupe politique ou terroriste.

— Vous dites qu'il a travaillé pour l'armée ? Qui était son major ?

Jaki secoue la tête en direction de DD. Les policiers échangent des regards. Ceux-ci ne savent pas que tu es assis entre eux à les couvrir d'injures. Tu sens la nausée monter et des visions inondent tes rétines, des images de sang, de corps et de torture. Si tu pouvais parler, tu leur aurais donné la réponse : le roi de trèfle, le major Raja Udugampola.

Cassim arrive avec le tampon et sourit. Il pointe le truc qui pend au cou de DD.

— Ça vient de chez l'Homme Corbeau ?

— Pardon ?

— L'Homme Corbeau. Kark Maama, de Kotahena ? Qui jette des sorts ? Laissez tomber.

Et là, DD se met à traiter les flics de tous les noms dans un mauvais cinghalais.

— Clébards à foutre… Vos mères à niquer ! Je vais vous traîner en justice, tous les deux.

Une fureur venue de nulle part dont tu as été témoin à de multiples occasions. Au milieu des jurons et des insultes, il déballe un ensemble cohérent de griefs, comme la fois où tu lui as soumis ton projet de partir dans la région du Vanni pendant trois mois. Jaki le pousse dans la salle d'attente et l'assoit à côté des mères qui, forcées de prendre leur mal en patience, semblent ravies de voir le gosse de riche péter les plombs.

À l'intérieur de la pièce, un ange passe. Ta mère braque les yeux sur Ranchagoda, puis sur Cassim.

— Vous allez trouver mon fils, dit-elle.

— Madame, répond Ranchagoda en fermant le dossier. Vous savez comment ça marche, non ?

— Je couvrirai vos dépenses. Trouvez mon fils.

Les talents de négociatrice de ta mère compensaient son manque total d'empathie, de sympathie et de sens moral. Elle était capable de marchander avec un vendeur de fruits criblé de dettes jusqu'à ce qu'il lui lâche des mangues gratuites.

— L'armée et la STF arrêtent des révolutionnaires partout dans le pays. La police n'arrive sur place que pour nettoyer le bazar. Si les forces militaires sont impliquées, nous sommes pieds et poings liés. Nous ne pouvons vous donner aucune garantie, madame, surtout si votre fils est politisé.

Ta mère se penche vers Ranchagoda, lequel reste droit comme un I.

— Je n'en attends aucune.

— Je dois vous prévenir, madame. Certains corps ne sont jamais retrouvés. Chaque jour, je parle avec, quoi… vingt, trente mères comme vous.

— Alors, vous devez être riche. Prenez ça. Si vous me rendez mon fils, vous en aurez davantage.

— Riches et pauvres sont tous égaux devant la loi.

— La bonne blague.

Ta mère sourit, sans se départir de son regard noir ni de sa détermination forgée par des années de mariage avec un narcissique.

— Vous allez trouver mon fils. Ou vous pourrez dire adieu à votre insigne et à votre uniforme. Pas besoin des tribunaux. Est-ce que vous comprenez ?

Ranchagoda hausse un sourcil et hoche la tête. Cassim est resté silencieux tout au long des négociations. Il rentre le ventre en ajustant sa ceinture, les yeux rivés sur le rapport fraîchement tamponné.

— Madame, le commissariat de Cinnamon Garden n'accepte pas les pots-de-vin. Nous ne sommes pas les larbins des politiciens. Pas même des gros bonnets comme Stanley Dharmendran. Nous n'enfreignons pas les lois. Les policiers ne sont pas tous des voyous, madame Kabalana.

— Madame Almeida. Je suis peut-être burgher, mais j'ai aussi des relations. Stanley Dharmendran est membre du gouvernement. Il enverra le ministre de la Justice parler à votre patron.

— Madame, le ministre de la Justice *est* notre patron, glousse Ranchagoda. Et qui est Dharmendran ? Le ministre chargé de la Jeunesse ?

— Je le croyais délégué aux Droits des femmes, marmonne Cassim.

DD et Jaki reviennent en trombe et la discussion s'échauffe, tu as de la peine à suivre à cause des cris et du rythme haché du cinghalais. D'autres mères entrent dans la salle d'attente avant que les agents ne leur barrent la route avec leurs questions, leurs formulaires et leurs bâtons. Elles menacent de prendre le bureau d'assaut, et montrent du doigt DD, Jaki et ta mère en demandant pourquoi ils n'ont pas fait la queue. L'inspecteur Cassim fait un signe de tête au commissaire adjoint Ranchagoda qui lui répond en levant les yeux au ciel.

— Il nous est demandé d'attendre soixante-douze heures, dit Ranchagoda.

— Mais, pour rendre service au ministre Stanley, nous allons enquêter, poursuit Cassim. Vous avez parlé d'une rencontre avec un client la nuit dernière ?

— Il travaillait pour une ONG de défense des droits de l'homme. Quelque chose en rapport avec les événements de 1983, répond Jaki, la seule dans cette pièce qui écoute plus qu'elle ne parle.

— Il ne m'a pas dit ça, réagit DD.

Jaki se tourne vers l'inspecteur.

— Il avait des clients. Pas seulement l'armée ou l'AP. La BBC, *Pravda*, Reuters. Il avait des clients privés. Mais il n'était pas politisé. Il n'avait pas choisi de camp.

— Tout le monde choisit un camp, madame. Surtout par les temps qui courent. Vous avez des noms ou des numéros ? Au moins celui du major ?

Tu te tiens derrière elle et murmures le nom du major Raja Udugampola, encore et encore, comme si tu voulais implanter une mélodie dans son cerveau. Pas très entraînante la mélodie, on dirait.

— Nous ne savons pas.

— Comment voulez-vous qu'on travaille ? Et ses contacts chez *Pravda*, Reuters et *Dinamina* ? Donnez-nous quelque chose.

Jaki prend une inspiration et parle lentement.

— Il rencontrait ses clients à l'hôtel Leo.

DD et Lucky la regardent, étonnés.

— Le casino ? demande DD.

— L'hôtel Leo est un endroit peu recommandable. Pourquoi là-bas ? interroge Cassim.

— Je ne sais pas. Il s'y plaisait. (Jaki fronce les sourcils en se tournant vers DD.) Tu pensais qu'il avait arrêté les jeux d'argent ?

— Ce n'est pas le problème. (Ta mère n'a pas besoin d'élever la voix pour diriger les opérations.) Mon fils a disparu, vous devez le retrouver. Nous perdons du temps.

Ranchagoda reste à la porte, pivotant le cou comme une girafe. Un œil sur le grabuge dans la salle d'attente, l'autre sur les négociations en cours. Cassim retourne à son bureau et parcourt le formulaire pour les personnes portées disparues, rempli en deux heures et juste tamponné.

— Je vais être honnête avec vous, madame Almeida. Les temps sont durs. Nous ferons de notre mieux.

Il se lève et tous les autres l'imitent.

— Nous enquêterons personnellement, dit Ranchagoda. Nous vous recontacterons, madame, vous pouvez laisser votre formulaire ici, si vous le souhaitez.

Lakshmi Almeida, née Kabalana, mère de l'orphelin de père Maali Almeida, pose de l'argent sur le formulaire en observant le crâne de Ranchagoda opiner tandis que Cassim détourne son visage joufflu et prend congé.

DD, Jaki et elle traversent le four qu'est la salle d'attente, feignant de ne pas voir les mères réduites à minauder auprès des gardes et les pères aux regards haineux crachant des insultes. La rage et la confusion qu'on lit sur leurs visages et dans leurs yeux te rappellent une autre salle d'attente d'où tu t'es récemment échappé.

Tu devrais suivre DD, Jaki et ta mère, et leur dire ce que tu n'as pas pu leur dire. Leur dire où les photos sont cachées. Dire à deux d'entre eux que tu les aimes. Et à l'autre que tu ne l'aimes pas. C'est ce que tu veux faire, ce que tu devrais faire. Mais au lieu de ça, tu suis les flics.

## LES PROBABILITÉS

Tes souvenirs ressurgissent dans la douleur. Une douleur aux multiples nuances. Elle survient parfois sous forme de sueurs froides, de démangeaisons et d'éruptions cutanées. À d'autres moments, elle se manifeste par des nausées et des maux de tête. Peut-être as-tu l'illusion de sentir ton cadavre se décomposer, comme les personnes amputées qui ressentent leurs membres manquants. Pendant une minute, tu as des haut-le-cœur, puis la tête te tourne, l'instant d'après, tu te souviens.

Cinq ans plus tôt, tu faisais la connaissance de Jaki au casino de l'hôtel Leo. Elle avait vingt ans, était à peine sortie de l'école et perdait lamentablement au baccara. Tu revenais d'un torride séjour dans le Vanni, perturbé par les massacres, où tu avais partagé ton repas avec des types louches et vu le mal partout où tu posais les yeux, le front orné de ton tristement célèbre bandana rouge. Tu avais vendu les photos à Jonny de l'Associated Press et encaissé un appréciable chèque à six chiffres. Même en roupies sri-lankaises, six chiffres valent mieux que cinq.

Tu avais dominé le croupier à la table de blackjack, fait sa fête à un tourteau au buffet et t'étais rincé la bouche avec un verre de gin gratuit. Une de tes journées classiques au bureau.

— Ne mise pas sur l'égalité, *sister*, avais-tu glissé à la fille étrange aux cheveux frisés et au maquillage noir.

Elle t'avait regardé et avait levé les yeux au ciel, chose que tu avais trouvée bizarre. D'habitude, les femmes aiment ton look, ne sachant pas que tu préférais la bite à la chatte. Une barbe taillée, une chemise repassée et un peu de déodorant te suffisaient pour surpasser un troupeau de mâles hétéros sri-lankais en sueur.

— Je viens de gagner vingt mille roupies, avait-elle dit.

Tu avais remarqué qu'elle était seule et que personne ne la draguait, faits rares pour une femme dans un casino de Colombo.

— Et les chances pour que tu rafles à nouveau cette somme sont de neuf pour cent. Ce casino ne paie que sept contre un en cas d'égalité, moins la commission. Ça veut dire que si tu maintiens cette stratégie pendant encore cent parties, tu perdras, même si tu gagnes.

— Un homme qui sait tout. Quelle surprise !

Le croupier t'avait regardé de travers. Tu avais haussé les épaules et placé ses jetons sur la banque. Elle avait tiré une tête mi-figue, mi-raisin, mais t'avait laissé prendre le commandement de sa mise.

— Tu as plutôt intérêt à me payer si je perds.

— Si tu ne sais pas réfléchir en termes de nombres, cet endroit va t'avaler toute crue, ma belle. L'univers n'est que mathématique et probabilités.

— Je viens ici pour me détendre. Pas pour faire des additions, avait-elle rétorqué.

Quand elle avait remporté la mise, elle t'avait laissé faire encore une fois, puis deux.

— Ce n'est pas très fun quand c'est quelqu'un qui joue à ta place.

— Ce n'est pas vrai du tout, avais-tu répliqué.

Tu l'avais emmenée au buffet manger de la forêt-noire et fumer des Gold Leaf pendant qu'une diva vieillissante chantait *Tarzan Boy* accompagnée par un synthé Yamaha. Jaki s'était plainte, avec son accent londonien, du Sri Lanka, qu'elle détestait autant que de vivre chez sa tante et que de travailler les matins à la Sri Lanka Broadcasting Corporation. Et t'avait parlé du nouveau mari de sa tante qui entrait dans sa chambre sans frapper ; ça la faisait flipper.

Ton père, absent depuis tes quinze ans, a sponsorisé la plupart de tes carrières ratées. Dans la vingtaine, tu as étudié la finance pendant un été et travaillé dans les assurances durant un hiver. Tu as claqué la porte de ces deux mondes qui te répugnaient, mais avec en poche tout ce qu'il fallait savoir sur les rudiments des jeux d'argent. Investissement *vs* rendement. Ce que tu dépenses *vs* ce que ça rapporte. La probabilité qu'une chose se produise *vs* ce qu'il en coûte.

Tu n'as jamais fait un pari que tu ne pouvais gagner. Ce qui n'est pas la même chose que de ne pas perdre. Tu t'es lancé en toute connaissance de cause, conscient des moindres aspects et de la plupart des probabilités. Les chances de gagner à la loterie sont de une sur huit millions. Les chances de périr en voiture, de une sur quatre mille. Et, selon M. Kinsey, celles de naître homo sont de une sur dix.

Quelles sont les chances de naître dans un trou à rat déchiré par la guerre ? Si on considère le nombre de gens démunis sur cette planète et le fait qu'il n'y a jamais eu d'ère de paix au cours de toute l'Histoire, tu dirais qu'elles sont assez élevées.

Tu avais dit à Jaki d'arrêter de penser rouge *vs* noir et de commencer à penser probabilités. Quelles sont les chances pour que le mec d'à côté ait un valet ou que le croupier tire un cinq, ou même que tout le monde croie que ta main est meilleure que la leur ?

Elle s'était saoulée et avait fini par s'endormir à la roulette. Tu t'étais porté volontaire pour la mettre dans un taxi et les videurs t'avaient fait un clin d'œil. Elle n'était pas en mesure de te donner son adresse, alors tu l'avais ramenée chez toi. Quand elle s'était réveillée sur ton canapé, tu lui avais fait un sermon sur les dangers de sortir seule et de se bourrer la gueule. Elle était trop occupée à regarder tes photos pour écouter.

— Ces clichés pourraient te conduire dans la tombe, avait-elle dit.

— Tout comme te saouler dans les casinos, avais-tu répliqué.

Après ça, elle était revenue chez toi de nombreuses nuits. Pendant que ta mère ronflait dans le couloir, vous vous asseyiez et buviez du vin en écoutant « Top of the pops » sur ta radio à ondes courtes, discutant de tout et de rien. Et de probabilités. Quelles sont les chances pour que le massacre s'arrête, pour qu'une bombe te tombe dessus, pour que les voix dans ta tête survivent à ta mort ? Quelles sont les chances pour qu'une femme puisse se promener dans les rues de Colombo sans qu'on l'appelle « *nangi*[1] », « chérie » ou « salope » ? Quelles sont les chances pour que la capitale se dote d'un night-club qui soit ouvert après deux heures du matin ?

Habituellement, quand tu ramenais des femmes chez toi, ce qui était à peu près aussi fréquent qu'une élection libre et équitable, celles-ci – ivres, en général – attendaient de toi que tu les tripotes, les couvres de baisers et finissaient par s'offusquer que tu ne le fasses pas. Jaki semblait s'en moquer.

— Tu as une petite amie ? t'avait-elle demandé en plissant les yeux.

— Aucune qui compte.

— Mais beaucoup qui ne comptent pas ?

Elle avait pouffé d'un rire étrange.

Il y avait quelque chose d'effronté chez elle, quelque chose de bizarre. Quelque chose derrière son maquillage, ses cheveux et sa robe sans forme. Elle parlait d'une voix suraiguë d'enfant, mais avait l'autorité d'un tyran.

1. Terme utilisé pour s'adresser à une fille plus jeune, signifiant « petite sœur », d'un emploi plus large que familial.

— Si tu veux que je revienne, faudra arrêter de m'appeler « meuf », *« sister »* ou « mon chou ».

— Tu as un petit ami ?

— Je me préserve pour ma nuit de noces. Alors ne te fais pas d'idées.

— Ça me va, meuf.

Tout d'abord, tu étais devenu son compagnon de casino, puis son courrier du cœur et ensuite, son partenaire de soirée. Tu lui avais appris à gérer les pauvres mecs à son boulot, les tantes à la maison et son nouvel oncle qui entrait dans sa chambre sans frapper.

— Sois toujours de bonne humeur. Mais ne laisse jamais personne te marcher sur les pieds. Et pose un verrou sur cette porte.

En échange, elle chassait de ton esprit les clichés que tu avais pris dans les zones de combat. Elle te faisait entrer dans toutes les fêtes organisées dans les ambassades et les hôtels par de riches camarades de classe de son école internationale à Colombo, parmi lesquels se trouvaient quelques garçons à la peau parfaite et à l'orientation encore confuse. Jaki se moquait que tu disparaisses des soirées et que tu parles aux garçons, mais détestait que tu t'adresses aux filles. Et elle se foutait pas mal que tu ne la touches pas.

Certains soirs, elle t'infligeait sa musique, des chanteurs aux voix fausses gémissant sur des rythmes ennuyeux. Elle te noyait dans le chardonnay et te suggérait des projets loufoques, comme aller habiter dans un camp de hippies à Arugam Bay ou monter une exposition avec toutes les photos que tu cachais sous le lit. C'est elle qui a eu l'idée de génie de devenir colocs.

Arriver à cibler les cartes sur lesquelles ça vaut le coup de miser, voilà où réside la beauté dans l'étude des probabilités. Et savoir que des phénomènes insolites se produisent tous les jours pendant que personne ne regarde. À cet instant, tu peux en mélanger un paquet et distribuer une suite jamais vue dans toute l'histoire de l'humanité. D'après tes estimations, tu as plus de risques de mourir dans l'explosion d'une bombe dans la ville cosmopolite de Colombo qu'au fin fond de la très sombre ville de Jaffna. Parce que au moins, dans les zones de conflit, tu savais dans quelle direction les bombes tombaient et qui les lâchait.

Étonnamment, qu'une célibataire de vingt-deux ans partage un appartement avec deux hommes dans la trentaine, également célibataires, n'avait pas fait scandale. Ses tantes étaient heureuses de se débarrasser de leur fardeau et ta propre mère, fidèle à son habitude, n'en avait rien eu à faire. Pour les parents de Jaki à Londres, leur fille était en colocation avec son cousin et un ami de celui-ci, et l'oncle Stanley était là pour les chapeauter. Les amis de Jaki pensaient qu'elle et toi sortiez ensemble, rumeur que ni l'un ni l'autre n'aviez confirmée ou démentie. Être en couple t'offrait un chaperon et une couverture, quel que soit l'endroit où tu te pointais.

— Tu risques de pas aimer mon cousin. Le mec est hyper bourgeois.

— Il est marrant ?

— On ne se parle pas, t'avait-elle répondu. Ne te sens pas obligé de lui faire la conversation. C'est un avocat qui joue au rugby et sort avec des bimbos. Il est ennuyeux et superficiel. Il fera un grand politicien.

Durant le premier mois, tu avais rarement été à l'appartement. Occupé que tu étais à photographier l'arsenal intercepté par le major Raja Udugampola, à couvrir le bombardement d'Anuradhapura avec Andy McGowan de *Newsweek*, et à battre ton record de défaites au casino Pegasus.

Tu n'avais pas eu l'occasion de croiser le cousin avant le mois suivant et votre rencontre s'était résumée à un échange de banalités. Tu l'avais reconnu, vous aviez fréquenté la même école, mais lui n'avait pas idée de qui tu étais. Puis, tu avais commencé à remarquer son odeur après la piscine, le rythme de ses pas, la façon dont son short lui moulait les hanches et ses regards en coin. Tu t'asseyais dans le salon dont les fenêtres donnaient sur le parc de Galle Face Green pour observer les corbeaux et rêvasser au fils du propriétaire.

L'appartement appartenait à Stanley Dharmendran, ministre de la Jeunesse, député du Kalkuda, unique Tamoul au sein du gouvernement sri-lankais, débiteur de nombreuses faveurs. Son fils, bien évidemment, était Dilan Dharmendran, ex-nageur, athlète et rugbyman, ancien élève de St Joseph's College et amour de ta triste et courte vie.

## CONVERSATION AVEC UNE AVOCATE DÉCÉDÉE (1983)

Tu tentes de suivre les flics, mais le vent se dissipe et t'emmène à la cime des arbres. Des chats, des mangoustes et des fantômes se faufilent dans les courbes de chaque toiture ondulée. Tu passes au-dessus du lac Beira, frôles la ligne de chemin de fer et perds le cap à l'arrêt de bus « Pettah » alors que tu entres en collision avec des brises contraires.

Une créature que tu reconnais est juchée sur l'arrêt de bus. Une femme en sari rose à la chevelure toute en boucles entremêlées. Une femme que tu as vue brûler vive. Tu avais pris une photo d'elle que *Newsweek* avait achetée sans jamais la publier. Tu espères qu'elle ne te remette pas.

Elle te dévisage de ses yeux injectés de sang. Son sari brûlé la moule comme de la Cellophane. Sa peau craquelée a l'aspect du porc grillé, seul plat que DD pouvait mieux réussir que Kamala, la cuisinière de ta mère, sous le lit de laquelle l'œuvre de ta vie prend la poussière.

« C'est arrivé si vite » – excuse derrière laquelle tu t'es caché, comme tous les autres autour de toi. « Ce devait être une terroriste », ça, personne ne l'a dit ce jour-là, ni après. Car, en 1983, tous les Tamouls n'étaient pas encore considérés comme des ennemis jurés. Ce qui allait bientôt changer.

Tu étais en route pour photographier un groupe punk du nom de Coffin Nail[1] à leur résidence de Green Path. Ils avaient fait appel à toi parce que tu possédais un appareil photo correct, l'un de ces cadeaux chargés de culpabilité envoyés par ton père pour te prouver son amour. C'est le même Nikon 3ST que tu as maintenant autour du cou, mais celui-là fonctionnait. Prendre des photos était la seule chose que tu puisses faire, alors ça t'a conforté dans l'idée que tu ne restais pas les bras ballants. Tu l'as prise en train de se faire traîner par les cheveux et de se faire asperger d'essence. Et, au moment où l'allumette avait crépité, le Nikon s'était bloqué.

— Je sais que tu étais là, dit-elle. Je me rappelle chaque visage. Le ministre était là aussi et regardait depuis sa voiture. Tu étais là, à me prendre en photo, comme à un putain de mariage.

— Je ne faisais pas partie de la foule, je le jure, j'avais juste un appareil photo.

— Si tu en avais fait partie, je t'aurais jeté illico dans la gueule de Mahakali.

— J'étais au mauvais endroit avec mon appareil photo.

— C'est ça, ton excuse ?

Ses yeux virent du rouge au brun. Sa voix est noire.

1. « Clou de Cercueil ».

— Je suis désolé de ce qui est arrivé. J'aurais aimé qu'on puisse arrêter ça.

— Merci. Pour moi, ça ne signifie franchement rien.

Elle a entendu dire que des victimes de l'attentat de Pettah de 1987 ont retrouvé les poseurs de bombes et les détiennent dans une grotte à proximité. Elles attendent l'arrivée de l'ensemble des cent treize victimes afin de rendre la justice. Elle est venue pour aider à décider d'un châtiment approprié.

— Si les kamikazes savaient qu'ils finissent dans la même salle d'attente que leurs victimes, s'exclame la goule de sa voix sifflante, ils y réfléchiraient sans doute à deux fois !

La goule te dit qu'elle était avocate et détenait son propre cabinet à Maradana, jusqu'au jour où, le 21 juillet 1983, elle est passée devant l'arrêt de bus pour acheter des cigarettes et a croisé une foule de Cinghalais brandissant des torches.

— J'ai toujours su que fumer me tuerait, dit-elle, impassible.

Quand tu vois son sari et le *pottu*[1] qu'elle a entre les sourcils, tu te dis que c'est plutôt ça qui l'a tuée, mais tu te tais.

Elle te raconte qu'elle a erré pendant un millier de lunes avant de trouver la paix. Et que de nombreuses victimes des émeutes de 1983 continuent à rôder dans l'Entre-Deux.

— Certains sont entrés dans la Lumière. D'autres sont devenus des démons. La Lumière efface les souvenirs. Nous ne devrions jamais oublier.

Sous la lueur vacillante de la lune, sa peau ressemble à celle d'un serpent. Ses bras s'entrelacent comme des cobras, ses cheveux s'entortillent comme un nid de vipères et les brûlures sur son corps luisent comme du charbon ardent. Une fois

1. Marque portée sur le front par les femmes tamoules, à l'instar du *bindi* pour les Indiennes.

de plus, tu lèves ton appareil cassé et prends une photo sans demander la permission.

— En 1983, nous n'avons pas pensé à nous organiser. Nous étions tellement abasourdis. De nos jours, les gens sont bien plus en colère. Surtout quand ils meurent. Est-ce que je t'ai permis de me photographier ?

— Il y a de la boue dans le diaphragme. L'objectif est cassé.

— Alors pourquoi le trimballer ?

— Les photos que je ne prends pas sont souvent les meilleures.

Elle t'apprend que les cent treize victimes de l'explosion de la bombe à l'arrêt de bus de Pettah en 1987 ont refusé de faire vérifier leurs oreilles ou d'entrer dans la Lumière. Elles veulent voir les kamikazes être punis et demandent à parler au manager.

Selon l'Avocate Décédée, les Assistants vêtus de blanc sont des volontaires. Des âmes qui sont entrées dans la Lumière et ont choisi de revenir ici. Ils prétendent représenter le manager, mais personne n'est d'accord sur qui ça pourrait être.

— Qu'est-ce qu'ils y gagnent ?

— Qui sait ? Même les âmes charitables ont des idées derrière la tête.

La goule raconte qu'elle a été sauvée par un *naga yaka*, un démon serpent, et que sa peau lui a été rendue.

— Et ma dignité. Mon estime de moi, ajoute-t-elle. Seigneur Naga m'a aidée à me débarrasser de la douleur et à me souvenir de ce que j'étais. Je ne suis pas ma peau.

Tu décides de ne pas faire allusion à son épiderme, qui ressemble à celui d'une couleuvre, et elle te siffle au visage, comme si elle avait lu dans tes pensées.

— C'est pas comme si j'avais été d'une grande beauté auparavant.

— Si la Lumière aide à oublier, où est le mal ?

— Je vois qu'ils t'ont déjà eu.

Malinda… Almeida…

Tu entends prononcer ton nom dans les rues de Pettah et te lances à sa suite. Tu regardes derrière toi. L'Avocate Décédée en ensemble *salwar* rose ne t'a pas vu partir. Tu grimpes au sommet de l'arbre et tends l'oreille, puis tu l'entends à nouveau.

Au-dessous, à l'arrêt de bus, la goule vêtue de rose lève les yeux et te voit t'enfuir. Elle siffle en retroussant les lèvres.

— Reviens ici, le photographe !

Tu préfères ne pas t'éterniser. Alors, tu fais le vide dans ta tête et écoutes les vents. Tu entends souffler ton nom. Et, une fois de plus, en partages la honte.

## HÔTEL LEO

— Pas de Malinda, ni de Kabalana, ni d'Albert, ni d'Almeida.

Le commissaire adjoint Ranchagoda et l'inspecteur Cassim prennent la Datsun bleue au lieu de la voiture de patrouille. Ranchagoda tourne la clef de contact et une chanson cinghalaise que tu ne connais pas ni ne peux fredonner se lance. Cassim se sert de sa bedaine comme d'un bureau et inscrit tes trois noms sur son calepin.

— Tu as checké tous les postes de police ?

— Est-ce que j'ai l'air d'un ordinateur ? répond Ranchagoda. J'ai appelé les cinq principaux.

Cassim entoure quatre noms et colle un point d'interrogation à côté de chacun d'eux.

— On va à l'hôtel.

— Maintenant ?

— Tu as pris de l'argent à la mère.

— Et alors ?

— Maali Almeida devait rencontrer quelqu'un là-bas.

— On peut pas y aller demain ? demande Ranchagoda alors que la Datsun s'engage dans les embouteillages du quartier des bureaux.

Le soir est tombé, tu as manqué le premier coucher de soleil depuis que tu es mort.

— Quatre sacs à ordures ont été entreposés à l'hôtel Leo la nuit dernière, dit Cassim en lisant un rapport ronéotypé. Seulement trois étaient sur la liste.

— Depuis quand les listes sont-elles exactes ?

— Si tu prends de l'argent, on est forcés d'enquêter.

— Bon, on a un sac-poubelle en plus au Leo. C'est pas une première.

— Allons tirer ça au clair.

— Je suis crevé. Pas un seul jour de congé en trois mois.

— On peut demander à se faire payer les heures supplémentaires.

— Vraiment ?

— Ah, ça te la coupe.

— On peut demander le double ?

— Hé ! Fais gaffe.

La voiture fait une embardée pour éviter un bus qui tangue alors que Cassim jure entre ses dents. Ils sont entrés dans Slave Island par-derrière le lac Beira. Les ruelles sont étroites et jonchées de détritus. Dans une boîte cachée sous un lit, tu possèdes une photo de cette rue à l'aube montrant un chien qui urine pendant qu'un chat mange un corbeau. Tu l'as soumise à de nombreux concours sans jamais remporter de prix.

Au XIXe siècle, le Leo était une auberge prisée des travailleurs migrants en raison de ses tarifs abordables. L'établissement fut racheté et rasé après la « Seconde Guerre européenne » par un homme d'affaires dénommé Sabaratnam qui fit construire un cinéma, inauguré en 1965 par le Premier ministre Dudley en personne.

Le célèbre film *La Mélodie du bonheur* y était resté à l'affiche pendant neuf mois en 1967, tandis que *Hard Ticket to Hawaii*[1], moins connu, avait été diffusé pendant deux mois en 1989.

Sabaratnam était un ami du parti au pouvoir dans les années soixante-dix et louait les étages supérieurs au ministère de la Justice. Le huitième étage abritait des salles d'interrogatoire durant la purge du JVP en 1971 et les émeutes tamoules en 1977. En 1983, les émeutiers ne savaient rien de tout ça quand ils mirent le feu au rez-de-chaussée. Le propriétaire, un riche Tamoul avec assez d'argent pour assurer ses arrières, avait assisté au feu de joie, consterné, mais en toute sécurité derrière une fenêtre de l'hôtel Galadari. Le vieux Sabaratnam mourut le cœur brisé, sa famille déménagea au Canada, le bâtiment se dégrada et les fantômes emménagèrent.

En 1988, le casino Pegasus s'installa au sixième étage, commença à repeindre les murs, carreler les briques roussies et à aménager. En moins d'un an, une boîte de nuit et un salon de massage avaient ouvert au cinquième étage, le septième accueillait des chambres à louer. Le bail des locaux du quatrième fut cédé à une entreprise appelée Asian International Fisheries qui emballait, réfrigérait et transportait des fruits de mer invendus de la côte ouest vers trois pays d'Asie. Les trois étages inférieurs abritèrent un centre commercial que personne ne fréquentait.

1. Film de série B dont le succès public fut surtout dû à la présence à l'écran de plusieurs playmates, devenu par la suite culte, à cause de la piètre qualité de ses dialogues et de son scénario absurde.

Comment tu sais tout ça et combien d'argent tu as perdu ici, tu ne te le rappelleras peut-être jamais. Comme la raison pour laquelle tu continues à voir le visage de cette femme dont le nom t'échappe. La dame de pique. La dame aux yeux encore plus noirs que sa peau, avec un *pottu* plus rouge que son rouge à lèvres et qui, assise en face de toi après t'avoir payé une bière, t'a posé cette question : « Dites-moi, *kolla*[1], de quel côté êtes-vous ? »

Tu talonnes les flics qui piétinent le parquet et entrent par une porte rouillée. Au troisième étage, il flotte un parfum de kérosène et de naphtaline. On y trouve des boutiques de photocopie, des agences d'intérim et des tailleurs. Tu suis les flics alors qu'ils se pavanent dans le couloir et s'arrêtent devant un magasin nommé Pegasus Finance.

Cassim se tourne vers son partenaire.

— Tu peux parler à ces imbéciles ?

— Pourquoi, tu as perdu ta langue ?

— Tu les veux tes heures sup ou pas ?

— D'accord, mais tu remplis la demande. Ça marche ?

— Je ne suis pas là pour négocier avec toi, tranche Cassim.

— Tu en es sûr ? réplique Ranchagoda.

— Quand je serai transféré, tu devras faire ça tout seul.

— Où as-tu demandé ton transfert ?

— Un endroit où il n'y a pas de cadavres.

— Et où ça ? Les Maldives ?

— Ça ne peut pas être comme ça partout.

— Des cadavres, il y en a partout, mon ami. Tu penses que ça va se faire bientôt ?

— D'ici à un an ou deux.

Le magasin a un cheval ailé comme logo, le même que le casino se trouvant trois étages au-dessus. Les flics entrent,

1. Terme d'adresse signifiant « jeune homme », « gamin » ; peut également s'utiliser pour un domestique (pas nécessairement jeune).

tu leur emboîtes le pas. Assis derrière le bureau coincé entre des chemises cartonnées, des dossiers et un télécopieur se trouvent deux hommes de petite taille que tu aurais préféré ne pas reconnaître. Ils voient les policiers et sourient de toutes leurs dents, les yeux grands comme des soucoupes, les sourcils froncés.

Ranchagoda pose ses mains sur le bureau avant d'y faire claquer une photo de toi que ta mère leur a donnée. Tu portes ton bandana rouge et des pendentifs autour du cou. DD l'avait prise à Yala sous un ciel ombragé.

— Kottu *Aiya*[1], Balal *malli.* Avez-vous vu ce type ?

Chose étrange pour un homme s'adonnant à de tels passe-temps, Balal ne supporte pas l'odeur du poisson mort. L'Asian International Fisheries occupe le quatrième étage de l'hôtel Leo, mais ne possède les clefs que de la porte principale. Vous êtes dans la salle de vente en gros où supermarchés et chaînes hôtelières négocient leurs petites créatures marines congelées. Des hommes en sarong traînent des serpillières sur le sol. C'est aussi efficace contre cette puanteur que de brandir une tige de jasmin face à un éléphant qui charge.

Plus loin se trouvent les chambres froides. L'AIF en possède les clefs, de même que le ministère à qui appartient le bâtiment. Balal et Kottu mènent une conversation animée sur un match de cricket contre le Pakistan que personne n'a vu et dont tout le monde se fiche. Ils ouvrent la voie dans ce labyrinthe, les murs sentent le corps pas lavé, odeur qui ne t'est pas inconnue.

Ranchagoda et Cassim pressent des mouchoirs kaki sur leur nez, se frayant un chemin dans les couloirs de plus en

1. Adresse respectueuse en langue tamoule.

plus étroits maculés de taches brunâtres de sang séché. Tu ne savais pas que les flics possédaient des mouchoirs assortis à leur uniforme. Tu avais pris l'habitude de ne jamais sortir sans un mouchoir, c'est la seule leçon que tu aies apprise en un mois chez les louveteaux.

— Où l'avez-vous trouvé ? demande Ranchagoda.

— Derrière, répond Kottu. Pas à l'endroit habituel.

— Et vous n'auriez pas pu nous appeler ?

— Sir, s'il fallait vous appeler pour chaque sac d'ordures supplémentaire, je vous raconte pas la facture de téléphone.

— Il n'était sur aucune liste ? l'interroge Cassim.

— Pas sur votre liste, ni celle du big boss.

— Le problème avec les connards dans votre genre, c'est que vous avez trop de boss.

— Seul votre commissariat me file des listes. Les autres ne le font pas. Ils nous laissent juste le bordel à nettoyer.

— Alors, vous reconnaissez ce visage ?

— Je ne regarde jamais les visages, sir, dit Kottu.

Au bout du couloir se trouve une immense porte fermée par un gros cadenas. Le passage est aussi éclairé qu'un hôpital. Le plafond est peuplé d'ombres que toi seul peux voir. Tu entends des chuchotements et n'oses pas lever la tête. Balal bataille avec la clé et la porte s'ouvre sur une autre pièce renfermant davantage de chambres froides. Il n'y a plus d'odeurs de poisson mais plutôt de produits chimiques concentrés.

Trois longs blocs de viande sont posés sur un chariot métallique.

— C'est l'un d'eux ? demande Ranchagoda en éloignant le mouchoir de sa bouche.

— Non. Ça, c'est les déchets d'aujourd'hui, dit Balal.

Le commissaire adjoint fait les gros yeux.

— Un problème ? Trop de boulot ?

— Non, sir. Pas du tout.

— Alors, arrête de pleurnicher. Où est Almeida ?

Kottu montre quatre paquets emballés dans des sacs plastique sur une table en métal. Deux d'entre eux semblent contenir des membres, les autres des kilos de viande. Balal laisse échapper un gloussement et Cassim le rappelle à l'ordre d'un sifflement.

Le quartier avait été baptisé « Kompanya Veediya » par les Cinghalais, et « Kimani Theru » par les Tamouls, signifiant tous deux « Rue de la Compagnie ». Les Britanniques l'appelaient « Slave Island ». Ces noms perdurent aujourd'hui et fournissent des indices assez peu subtils sur la manière dont indigènes et colonisateurs se percevaient les uns les autres.

À l'arrière de l'hôtel Leo se trouve un terrain abandonné servant de décharge pour le voisinage. Les rues environnantes ne sont qu'immeubles en ruines et bidonvilles. Les toits crénelés sont squattés par des chats inquiets et des chauves-souris qui s'ennuient.

— Le corps était là ?

Cassim montre du doigt un renfoncement dans le tas de sacs-poubelle criblé d'éclaboussures écarlates.

Kottu et Balal acquiescent.

— Vous pensiez que c'était une livraison ?

— Sir, cet immeuble est un point de livraison, rétorque Kottu.

— Vous ne vous êtes pas dit qu'il y avait trop de sang ?

— J'y ai pas réfléchi, sir.

Cassim éclaire le mur de l'hôtel à la lampe torche. On dirait que de la peinture rouge et marron a été renversée.

— Vous n'avez pas remarqué ces taches ?

— Sir, quand on ramasse les poubelles, on n'a pas le temps d'admirer le paysage.

— Continue à parler comme ça et tu vas voir, dit Ranchagoda d'un ton cassant. À partir d'aujourd'hui, vous nous donnerez toute la paperasse.

Balal et Kottu se taisent. Cassim promène sa torche sur le reste de la décharge. La nuit a été riche en mauvaises odeurs. Une brise siffle près de lui et le fait frissonner.

Il se tourne vers Kottu.

— Il a été jeté d'un de ces balcons. Pas par nous. Pas vrai ?

Balal acquiesce, Kottu tousse et regarde ailleurs.

— Bon, où est le reste du corps ?

Kottu regarde Balal, lequel regarde ses chaussures.

— Disparu, sir.

— Je suis censé donner à sa mère des membres, une épaule et… je ne vois même pas ce que c'est. Comment prouver que c'est bien Almeida ?

Ranchagoda intervient.

— S'il a déjà été arrêté, ses empreintes seront dans le fichier.

Cassim secoue la tête.

— J'ai plus confiance en toi qu'en notre département Empreintes digitales. Où est la tête ?

— On l'a jetée dans le lac.

— Je ne veux pas le savoir. Rapportez-moi cette tête, même s'il vous faut vider ce lac puant jusqu'à la dernière goutte. Il nous la faut pour ce soir.

De retour dans le bureau, Kottu décroche le téléphone et réveille Drivermalli. Cassim traîne les pieds jusqu'à l'ascenseur.

— On fait quoi, inspecteur ? demande Ranchagoda, une fois hors de portée de voix.

— On a plutôt intérêt à faire des heures sup, *putha*.

Ranchagoda marque une pause devant l'ascenseur. Cassim entre et empêche la fermeture des portes en pressant le bouton.

— Quel est le problème ?

— D'abord, tu parles de te faire transférer loin des cadavres. Et maintenant, tu veux faire des heures sup.

— Il faut faire notre job.

— C'est quoi notre job ?

— Protéger les innocents, répond Cassim.

— Je croyais qu'on protégeait les puissants.

— On doit vraiment parler de ça maintenant ?

Cassim retire son doigt du bouton, ce qui déclenche la fermeture des portes. Il peste et tend le bras pour bloquer les mâchoires d'acier.

— Il y a autre chose qui me turlupine.

— Monte !

— On est en train d'enquêter, là ? Ou d'étouffer l'affaire ?

Ce n'est qu'à l'intérieur de l'hôtel que tu aperçois les visages dissimulés dans les ombres. Leurs yeux brillent d'innombrables couleurs, passant par toutes les nuances de bleu, de brun, de jaune et de vert. Tu n'as pas plus envie de te mêler à eux que de lécher une ruche, alors tu te fais tout petit et talonnes les flics.

Kottu retourne au bureau du quatrième où il tient la permanence téléphonique et reçoit des appels laconiques annonçant la livraison d'autres cadavres.

— Six sacs de plus ? D'où ils viennent ?

Balal attend l'arrivée de Drivermalli afin de lui donner des instructions très précises.

Un étage plus haut, les agents Cassim et Ranchagoda pénètrent dans le salon du Mango Massage House, une photo à la main. Elle a été prise par DD en des temps plus heureux, comme on dit. Tu portes ta saharienne, c'est ta marque de fabrique, et une barbe moins fournie que d'habitude.

Les filles en sari semblent habituées à être exhibées. Elles nient avoir vu l'homme sur la photo. Les flics descendent dans le hall et se rendent au Den, un bar karaoké. Il n'y a que du personnel de nettoyage et un homme en minijupe qui détale à la vue des hommes en uniforme. L'endroit est vide, si l'on excepte les apparitions au bar qui boivent de l'alcool imaginaire en se disputant.

Les flics sont dirigés vers l'arrière-boutique pour voir le boss, un type baraqué dénommé Rohan Chang. Son prédécesseur n'était autre que l'illustre Kalu Daniel, actuellement en prison pour braquage. Chang aussi vole les gens pour vivre, seulement les armes qu'il utilise sont la roulette et les jeux de cartes. Il s'assoit derrière son bureau, commande des jus de fruits frais pour les policiers et appelle son responsable de salle, son chef de table et deux croupiers.

Chang a les traits chinois de son père et l'accent cinghalais de sa mère.

— Si vous voulez vous pointer dans mon casino, ne venez pas avec vos foutus uniformes. Je connais le ministre. Vous ne pouvez pas débarquer comme ça.

— Vraiment désolé, monsieur Chang. Affaire très urgente.

— Quelle affaire urgente ?

— M. Maali, le joueur, répond le croupier qui t'a autrefois dépouillé de cinq *lakhs*[1].

— Régulier ? Flambeur ? Buveur ?

— Fumeur. Peu loquace. Joue aux cartes. Blackjack, baccara, un peu au poker, intervient le chef de table qui t'a un jour filé une pénalité pour avoir éparpillé des jetons.

1. Soit 500 000 roupies.

— Porté disparu, informe Ranchagoda.

Haussements de sourcils et d'épaules.

— Il a disparu ?

Le croupier que tout le monde ignore se gratte la barbe.

— Quand l'avez-vous vu ? demande Cassim en sortant un bloc-notes encore vierge.

— Hier soir, je crois, répond le chef de table. Il a gagné quelques *lakhs*. Offert des boissons à tout le monde. Il n'arrêtait pas de répéter en rigolant : « Les boissons sont gratuites. » Puis il s'est volatilisé.

— Il ne s'est pas volatilisé, objecte le croupier. Il est monté à l'étage. Je l'ai vu partager un verre avec un étranger.

Tu ne reconnais pas ce croupier, ni te rappelles avoir fait ce qu'il dit. Soit il ment, soit pire, il dit la vérité. Tu approches l'œil du viseur de ton appareil et ne vois que de la boue.

— Quel genre d'étranger ?

— Un *suddha*. Un homme blanc. Allemand, je pense. Ou anglais.

## LE BALCON

Situé au sixième étage, le balcon domine le bidonville et la décharge. Tout au bout se trouve un bar et cinq tables avec la carte des boissons. Un escalier hélicoïdal en métal descend jusqu'au palier du quatrième.

Le croupier fait passer les flics par les cuisines, préférant ne pas les faire défiler dans le casino. Le balcon est grillagé de la balustrade au plafond.

— Quelques-uns de nos clients ont sauté d'ici. Alors, nous l'avons condamné.

— Pourquoi ont-ils fait ça ?

— Vous avez déjà perdu un an de salaire en une main au poker ?

— Mon salaire annuel ne vaut pas la peine que je le mette en jeu, répond Ranchagoda.

— Où étaient Almeida et son ami étranger ?

— Ils étaient assis près du bord.

— Et ?

— Ils ont commandé trois gins, trois vodkas, deux eaux gazeuses et trois assiettes de crevettes à la diable.

— Vous avez mémorisé ça ?

— Non. Voici leur facture, répond le chef de table en prenant un duplicata rose des mains du jeune barman baraqué.

— Ça fait cher la crevette. Pourquoi un chef de table traînerait-il sur le balcon pour s'occuper des commandes ?

— J'étais avec un client, inspecteur.

— Qui ?

— Un simple client, venu pour affaires.

— Vous avez reconnu l'homme blanc ?

— Pas vraiment.

— C'est un non ?

— Pour moi, tous les *suddhas* se ressemblent.

Cassim se tient au bout du bar. Il regarde la décharge en contrebas et inspecte les taches de sang qui apparaissent le long du mur. Puis, il lève les yeux vers le balcon du sixième.

— Mais vous avez reconnu Almeida ?

— M. Almeida est d'ici.

— Alors, vous le connaissiez ?

— Je connais les gens qui aiment jouer.

Voici ce dont tu te souviens des événements de la nuit d'avant-hier : (a) tu es allé au casino du Leo ; (b) tu as pris des verres au bar ; (c) tu as mangé au buffet ; (d) tu as peloté le serveur. Et voici ce dont tu ne te souviens pas : (a) t'être assis avec un *suddha* ; (b) être précipité vers ta mort.

— Et à quelle heure sont-ils partis ?

— Ils étaient encore là quand je suis parti avec mon client.

— À quelle heure ?

— Vers vingt-trois heures.

— Y avait-il d'autres employés ?

— Juste le barman.

— Ce type ?

Le chef de table l'appelle.

— Chaminda !

Le garçon n'est franchement pas terrible. Il est taillé comme un bœuf et a en le visage. Tu ne lui as jamais demandé son nom, et après quelques rencontres, il aurait été impoli de lui poser la question, alors tu t'étais contenté de l'universel *« malli »*. Il te servait rapidement, acceptait tes généreux pourboires et te laissait l'accompagner à sa pause clope au balcon du sixième, et jamais ne s'était inquiété de savoir où se baladaient tes mains. Il regarde les flics droit dans les yeux, comme le font souvent les menteurs.

— Oui, je connais ce sir. Je l'ai vu hier, il était tout excité.

Sans vouloir jouer avec les mots, tu penses.

— Il était dans les vingt-trois heures. On s'est croisés pendant ma pause clope.

Ah, ah, sa « pause clope », bien sûr !

— De quoi avez-vous parlé ?

— De pas grand-chose. Il a dit qu'il allait à San Francisco. Il avait gagné un paquet de fric au casino.

— Il vous a donné de l'argent ?

Le bovin se raidit, jette un coup d'œil au bar, ne te voit pas, évidemment, et se reprend, espérant que personne ne le remarque, en vain.

— Chaminda ?

— Il me devait quelques milliers. Il m'a remboursé.

— C'était pour quoi ?

— Il venait m'emprunter de l'argent quand il était à court de jetons. Beaucoup de nos clients le font.

— Quand comptait-il aller à San Francisco ?

— Hé, Cassim ! (Ranchagoda a décroché le grillage et passé la tête au travers.) Viens voir ça.

En voyant les fils de fer arrachés de leurs attaches, le chef de table perd son semblant de politesse.

— Ho ! Faites gaffe !

Ranchagoda regarde à travers le grillage et suit la trace de sang qui monte dans les cieux.

Il grimpe l'escalier de secours, ignorant les protestations du personnel du casino. Le corpulent Cassim observe l'ascension et conclut que le suivre n'est pas une bonne idée. Le balcon est poussiéreux et couvert de toiles d'araignée, la porte communicante est verrouillée. C'est une terrasse à ciel ouvert, vide, à l'exception d'une table et de deux chaises.

— Où mène cette porte ? demande Cassim en montrant du doigt le cadenas.

Ranchagoda se penche sur la balustrade et examine le mur. Contrairement au balcon jumeau de l'étage inférieur, mieux entretenu, celui-ci n'est pas protégé par un grillage.

— Personne ne vient ici.

Le chef de table tapote son talkie-walkie du bout des doigts, les yeux rivés sur le commissaire adjoint Ranchagoda. Chaminda, le barman, fixe ses chaussures, sachant pertinemment, comme toi, que cette déclaration n'est pas tout à fait exacte. Que des gens contournent le grillage et montent ces marches pour aller batifoler dans le noir n'est pas un secret.

— Cet endroit a été nettoyé récemment. C'est d'ici qu'il a sauté. (Cassim repasse en mode inspecteur.) Ou qu'il a été poussé.

— Alors où est le corps ? fait remarquer le chef de table.

— Bonne question, répond Ranchagoda.

Le chef de table a jusque-là gardé son sourire et sa patience, mais il les perd tous deux lorsque les flics demandent à se rendre au septième étage.

— Ce sont juste des chambres, sir.

— Qui y séjourne ?

— Des invités.

— Des putes ?

— Des clients du casino. Et leurs invités.

— Malinda Almeida a-t-il séjourné ici ?

— Aucune idée.

Le commissaire-adjoint Ranchagoda regarde le croupier, puis le chef de table. Il suit l'inspecteur Cassim jusqu'à l'ascenseur et sourit. Il y a un silence gênant.

— Est-ce une habitude chez vos clients de sauter du balcon ?

— Personne ne va sur ce balcon, sir.

— Manifestement, ce n'est pas vrai, réplique Cassim.

— Sir, il y a eu des suicides. Mais plus maintenant. Depuis que nous avons installé le grillage et bloqué l'ouverture des fenêtres.

— Vous savez que d'autres personnes utilisent les locaux de l'hôtel Leo. Qui ne veulent pas que cet endroit ait mauvaise réputation.

— Compris, sir.

— Depuis combien de temps ce barman travaille-t-il pour vous ?

— Quelques mois seulement. Un bosseur.

— Nous allons l'emmener pour l'interroger. Il semble être la dernière personne à avoir vu Almeida.

Les flics prennent l'ascenseur sous les protestations du chef de table.

— Sir, nos invités payent pour avoir leur intimité. Vous devez d'abord parler à Rohan.

Les deux autres l'ignorent et quittent le palier en poussant une porte non verrouillée. Dans le hall du septième étage se trouve un agent de sécurité. Un tee-shirt noir moule son torse musclé tout aussi noir. Il fronce les sourcils en se tournant vers le chef de table et adresse un signe de tête aux flics.

— Messieurs les policiers, puis-je vous aider ?

— Nous aimerions parler à quelqu'un qui se trouve là derrière.

Cassim se tient à la hauteur du menton du videur, essayant de l'intimider avec son visage de poupon. Ranchagoda tend la main et appuie sur la sonnette. C'est une version électronique de *Cherry Pink and Apple Blossom White*, un tube des années cinquante. Tu connais cette sonnerie stridente, cet étage et ce garde. Tu entends actionner plusieurs verrous avant que la porte ne s'ouvre. Tu ressens une douleur à l'endroit où se trouvait ton ventre. Elle s'accroche à tes tripes comme une créature piégée dans ta cage thoracique.

— Oui ?

C'est elle. La dame dont tu connais le visage, mais dont le nom te reste sur le bout de la langue. Peau charbonneuse, lèvres cramoisies, la reine noire.

— Excusez-moi, madame. Nous sommes de la Brigade criminelle. Nous recherchons cet homme. L'avez-vous vu ?

Elle hésite, regarde Ranchagoda et Cassim, puis entre eux, juste à l'endroit où tu flottes.

— C'est Malin. Que s'est-il passé ?

Ses yeux sont toujours braqués sur toi. Tu soutiens son regard et essayes de te rappeler. Cassim redresse les épaules, Ranchagoda se racle la gorge.

— Pouvons-nous discuter à l'intérieur, madame ?

Dans le couloir derrière elle se trouve une photo en noir et blanc encadrée où l'on voit des corps brûler sur un bûcher pendant que des hommes munis de bâtons dansent autour des flammes. Elle a été prise en 1983 avec un Nikon 3ST par un photographe amateur dénommé Malinda Almeida Kabalana.

## CANADA NORWAY THIRD WORLD RELIEF

Sur les murs figurent des clichés que tu reconnais et des peintures que tu ne connais pas. Les photos datent pour la plupart de 1983 et ont été prises sans préparation, ni expérience ni objectif convenable. Elles sont toutes empreintes de violence. Quant aux peintures, il s'agit de paysages expressionnistes de rizières et de huttes de village, achetées dans des bazars pour le prix d'un dîner chic. Dégoulinantes de coups de pinceaux, de barbouillages et de couleurs flamboyantes, elles sont signées de façon illisible par un amateur exploité.

À part la table près de la fenêtre, jonchée de boîtes, de dossiers et de tasses de thé, la pièce est bien tenue. La femme invite les policiers à prendre place sur le canapé en rotin. Tu es déjà entré ici. Ça ne fait aucun doute. Mais comment s'appelle cette femme ? Tu as la vision d'un lion apprivoisé sorti d'un film que ton père t'a emmené voir au cinéma Savoy avant de disparaître.

— Vous avez des visiteurs ?

Cassim s'approche de la table d'un pas lourd.

— Mon cousin est en ligne avec Toronto. Voulez-vous du thé ?

— De l'eau, s'il vous plaît, lui répond l'inspecteur en balayant la pièce du regard.

— Un thé nature avec un peu de gingembre ne me dérangerait pas, fait Ranchagoda en s'asseyant sur un siège près de la fenêtre, sous l'œil réprobateur de son partenaire.

— Bien sûr, dit la dame.

Un garçon barbu, qui a davantage l'air d'un employé de bureau que d'un domestique, entre pour prendre la commande.

— Votre nom, madame ?

— Que s'est-il passé ?

— Votre nom ?

— Est-ce que Malin va bien ?

— Veuillez répondre à la question.

— Je m'appelle Elsa Mathangi. Mon cousin et moi travaillons pour le CNTR. Ici, ce sont nos bureaux. Nous levons des fonds pour les victimes de la guerre. Nous possédons un local pour récolter les dons, en bas, dans le centre commercial.

— Que signifie CNTR ?

— Canada Norway Third World Relief[1]. Cela se prononce « centre ».

— CNTR. Hmm. Vous travaillez tard ?

Cassim regarde le toit des bicoques de Slave Island par la fenêtre givrée. Puis il jette un coup d'œil à l'intérieur des boîtes posées sur la table.

— Désolée, ces dossiers sont confidentiels, dit la femme.

1. Association canado-norvégienne d'aide aux pays du tiers-monde.

Cassim l'ignore et fait un signe de tête à son partenaire. Le garçon revient avec le thé et l'eau quand soudain, tu as soif, sensation que tu avais oubliée, comme tant d'autres choses.

— Quand avez-vous vu Malinda Almeida pour la dernière fois ?

— Hier. Il travaille pour nous en freelance. Il est venu prendre son chèque.

— Quel genre de travail ?

— Nous utilisons ses photos dans notre newsletter.

— Ce sont ses photos ? demande Cassim en montrant la boîte sur la table.

— Certaines d'entre elles.

— Et vous, madame, que faites-vous ?

— Nous aidons les petites entreprises, prêtons assistance aux pauvres et leur assurons un accès à la formation. Nous aidons les orphelins dans le nord et l'est. Nous collectons des dons, sensibilisons les gens et protégeons les civils.

— C'est financé par les Tamouls ? demande Ranchagoda.

— Nous sommes financés par des gens souhaitant aider ceux qui souffrent.

— Qu'est-ce qui se passe ?

La voix émane de la porte qui fait face à la cuisine. L'homme est trapu, a la peau très sombre et arbore une moustache aussi épaisse que celle du grand chef des Tigres.

— Voici mon cousin. Ils sont là pour Malin.

— Dis-leur qu'il ne travaille pas pour nous.

Il ressemble à sa cousine comme un ours polaire ressemble à un paon. Elle est svelte, lui massif. Elle a des traits fins, lui un gros groin. Elle a un accent aux scansions nord-américaines, lui une voix rauque de Tamoul de Madras.

Cassim se tourne vers lui.

— Et vous êtes ?

— Kugarajah, directeur du CNTR. Je travaille en relation avec les gouvernements canadien et norvégien. Je connais le chef de la police. À qui ai-je l'honneur ?

— Cassim, inspecteur. Et Ranchagoda, commissaire adjoint.

— Malinda a démissionné hier. Il a pris son chèque, puis il est parti. Sans doute est-il encore en bas en train de flamber son argent.

— Pourquoi a-t-il démissionné ?

— C'est à lui qu'il faut poser la question.

— C'est à vous que je la pose.

— Il disait en avoir assez des missions.

— Il est porté disparu.

Elsa lève la main à sa bouche et fixe le sol. Le dénommé Kugarajah s'assoit sur le bord d'un canapé vacant.

— A-t-il été arrêté ?

— Pas à notre connaissance. La dernière fois qu'il a été vu, il se rendait ici pour un rendez-vous.

— Pas avec nous.

— Vous avez dit l'avoir vu hier ?

Kugarajah se tourne vers Elsa qui regarde dans le vide en secouant la tête. Des larmes perlent dans ses yeux.

— Il nous vend des photos. Qui montrent la façon dont les gens meurent dans la zone de guerre. Nous les utilisons pour notre travail.

Cassim saisit un tract illustré de photos de mères tenant des clichés de leurs fils disparus. Chacune avec la mention © *MA* sur le côté.

— Travail ou propagande ?

— Ce n'est pas de la propagande si c'est la réalité, réplique Kugarajah

Tu ressens une sensation désagréable, comme si tu te noyais et éternuais en même temps. Le liquide qui s'écoule de ton nez n'est pas gluant mais te laisse un arrière-goût métallique, comme du sang. « Kugarajah » n'est pas son vrai nom et il sait exactement pourquoi tu as démissionné.

— Malinda Almeida avait-il des ennemis ? demande Ranchagoda.

— Nous ne savons rien de sa vie privée, répond Elsa.

— Qu'a-t-il photographié d'autre pour vous ?

— Des scènes de guerre. Des maisons incendiées, des cadavres d'enfants. Vous savez, les horreurs habituelles.

— Et qu'est-ce que vous en faites ?

— Nous les utilisons pour tenter de mettre fin à la guerre.

— Et ça marche ?

— Un jour, ça marchera.

— Almeida faisait-il du chantage ?

— Comme vous l'a dit ma cousine, nous ne le connaissons pas personnellement, dit Kugarajah en buvant dans le verre d'eau d'Elsa Mathangi. Vous avez retrouvé son corps ?

— Nous n'avons pas dit qu'il était mort.

— Qui vous paye ? L'armée ou la STF ?

— Et vous, monsieur Kugarajah, qui vous paye ? L'Inde ou le LTTE ?

— Prenez garde à ce que vous dites, inspecteur, prévient Elsa.

— Nous faisons notre travail, miss. C'est tout, dit Cassim. Pouvons-nous jeter un coup d'œil à ces photos ?

Elsa ouvre un dossier contenant des brochures rédigées dans diverses langues européennes. Elles sont illustrées de clichés pris à Vavuniya, Batticaloa et Trincomalee. Des corps d'enfants étalés sur des nattes. La carcasse calcinée d'une hutte de village. Des femmes attachées à des poteaux à l'aide de morceaux de chiffon. Des survivants d'une attaque aérienne piégés dans un camp, le regard tourné vers l'objectif. Tu as la nausée. Le vent tourbillonne jusqu'au plafond, comme si les esprits des lieux s'étaient tous donné rendez-vous sur le toit.

— Votre association traite-t-elle avec le LTTE ?

— Il ne se passe pas une seule journée, monsieur Ranchagoda, sans qu'on nous pose cette question, répond Elsa. La fondation américaine Fund For Peace nous sponsorise, ainsi que les gouvernements canadien et norvégien. Nous sommes modérés. La plupart des Tamouls ne souhaitent pas franchement courir les jungles une arme à la main.

— Almeida avait-il des amis étrangers ? Un homme de type caucasien d'âge mûr, peut-être ?

— Il avait beaucoup d'amis. Vieux et jeunes, étrangers et d'ici, répond Kugarajah. Vous parlez de lui comme s'il était mort.

— De nos jours, lorsque quelqu'un disparaît, c'est comme ça qu'il finit, dit Ranchagoda.

— Tout le monde le sait, réplique Kugarajah.

— Si nous le voyons, nous vous le ferons savoir, coupe Elsa en se levant.

— Vraiment ?

— Bien entendu, répond-elle en ouvrant la porte.

— Je peux prendre quelques brochures ? demande Cassim en se servant.

— Prenez et partez, leur dit Kugarajah.

Un tapotement que toi seul peux entendre provient de derrière la fenêtre. Une vague d'air glacial traverse la pièce, comme si la climatisation installée au mur avait lâché un rot. Les policiers prennent congé pendant que le cousin et la cousine échangent des regards dans leurs dos. Tu entends des murmures et ressens des ombres te traverser. Tu commences à t'y habituer. Ce bourdonnement dans l'air que seuls les morts peuvent discerner.

Dehors, une silhouette à capuche accompagnée d'une dame vêtue de blanc frappe à la fenêtre et te regarde en fronçant les sourcils. Elles flottent au niveau du huitième étage et se disputent. Tu aurais souhaité ne pas les reconnaître, mais tu ne peux pas faire l'autruche. La Grande Faucheuse aux sacs-poubelle et Marraine la bonne fée en sari. Elles sont transparentes, comme le sont tous les esprits, et te montrent du doigt avant d'en faire autant l'une envers l'autre. Elles se disputent, semble-t-il, à ton sujet.

## DES CINGHALAIS TUANT DES CINGHALAIS

Les flics empruntent l'ascenseur et descendent dans le centre commercial. Ils se rendent au bureau des dons du CNTR qu'ils trouvent fermé par un gros cadenas. Ses portes vitrées sont décorées de posters invitant à offrir vêtements et denrées alimentaires ou à faire des dons. L'un d'eux met en scène une actrice du petit écran et un enfant réfugié du nord blotti dans ses bras.

— Ranchagoda, tu taperas les rapports. Moi, je les classerai.

— Comme si je n'avais pas assez de travail comme ça.

— Tu me feras deux rapports.

— Qui disent quoi ?

— L'un qu'il n'y a ni rapport d'arrestation ni avis de recherche au nom d'Almeida alias Kabalana, et qu'il se cache sans doute quelque part en raison de ses dettes de jeu. L'autre disant que nous avons deux suspects. Chaminda Samarakoon, barman, dernière personne à l'avoir vu, et ses employeurs, deux Tamouls, Elsa Mathangi et Kugarajah.

Cassim fait exprès d'écorcher leurs noms, prononçant le premier à l'américaine et le second avec un accent bollywoodien.

Il brandit les brochures.

— Si le corps refait surface, on se sert du second rapport. Sinon, le premier suffira.

— J'ai déjà pas le temps pour un rapport. Et toi, tu en veux deux ?

— Je te l'ai dit, non ? Ce sera compté en heures supplémentaires.

— On aurait dû prendre plus d'argent à la mère. Le temps que ça nous prend, ça ne vaut vraiment pas le coup.

— Et si elle demande à voir le corps ?

— Sers-lui la même soupe qu'aux autres, répond Ranchagoda.

— J'en ai marre de faire ça. Qu'est-ce qu'on lui dit ?

— La vérité. Le corps de son fils n'a pas été retrouvé.

— Elle va vouloir récupérer son argent.

— Ou nous en donner plus.

— Et ensuite ?

— On envoie Balal et Kottu trouver quelque chose.

— Ces deux-là n'arriveraient pas à trouver le bout de leurs queues.

— Tu en penses quoi de ces Tamouls ? demande Ranchagoda.

— Pour moi, ça ne colle pas. S'ils l'avaient assassiné, pourquoi le faire à proximité de leurs bureaux ? On peut en dire, des choses sur les Tamouls, mais ce ne sont pas des cons.

Parvenus au parking, ils sont accueillis par une femme au visage familier portant une écharpe violette et un parapluie assorti.

— Où est votre voiture de patrouille ? demande Elsa Mathangi.

— Comment êtes-vous descendue si vite ? l'interroge en retour Ranchagoda.

— Certains parlent vite. D'autres marchent lentement. Moi, je prends l'ascenseur de service.

— En quoi pouvons-nous vous aider ?

— C'est moi qui vous aide.

— Ah oui ?

— Malin était un vrai baratineur. Toujours à se vanter d'exploits imaginaires. Il parlait souvent d'une boîte de photos cachée sous son lit. Il disait qu'elles pouvaient renverser le gouvernement. Si vous m'aidez à mettre la main dessus, je les partagerai avec vous.

— Très généreux de votre part. Mais il se fait tard et notre service se termine.

— Parfait, alors vous êtes disponibles.

— Pourquoi n'en avoir rien dit là-haut ?

— Kuga n'aime pas trop les flics. Mais vous avez l'air de pros.

— Ce monsieur Kuga est-il votre cousin ou votre mari ?

— Mon cousin… Mon mari est à Toronto.

— Je vois. Que voit-on sur ces photos ?

— Des choses qui pourraient intéresser vos patrons. Des choses qu'ils seraient sans doute prêts à vous racheter. Nous sommes également heureux de vous offrir une petite compensation pour tous ces problèmes.

Elle place une enveloppe sur le pare-brise de la Datsun bleue. Ranchagoda ouvre la portière du conducteur. Cassim a l'air embêté.

— Madame, il est tard. Si nous devons faire quelque chose, ce sera demain matin.

Ranchagoda prend l'enveloppe et jette un coup d'œil à son contenu.

— Ça ne couvrira pas les heures supplémentaires.

— Vous avez peut-être une chance de clore l'affaire.

— Peut-être que vous devriez continuer à vous occuper de ce qui se passe au nord et à l'est. Et nous laisser résoudre les crimes de Colombo.

— Obtenez-moi un mandat, et je vous mène jusqu'à la boîte. Vous pourrez vous faire une idée de sa valeur.

Elle ouvre la porte arrière et monte. Ranchagoda pose l'enveloppe sur le tableau de bord. Cassim voûte les épaules en ours paresseux qu'il est. Ranchagoda se glisse sur le siège passager et se retourne.

— Bien. Pour la dernière fois, qu'y a-t-il dans cette boîte ?

— Malin nous a parlé d'une enveloppe marquée « Reine ». C'est tout ce que je veux.

— Ça n'a rien à voir avec nous.

— Il y a aussi des photos de Batticaloa.

Ranchagoda se gratte l'arrière de la tête et baisse le regard sur le levier de vitesses.

— Ce qui se passe à l'est nous concerne en quoi ?

— Le commissariat de police de Batticaloa. Il y a trois mois, dit-elle.

— Le massacre ?

— Six cents de vos frères exécutés par…

— *Vos* frères ? la coupe Ranchagoda en haussant le sourcil.

— Si chaque Cinghalais pense que tous les Tamouls sont du LTTE, cette guerre n'en finira jamais. Les Tigres n'ont aucun respect pour la police cinghalaise. J'ai vu les photos. Ils n'ont pas même pris la peine de dissimuler leur visage. Combien ont été arrêtés pour ce crime ?

Cassim démarre la voiture.

— Vous dites que Malinda Almeida a pris des photos du massacre de Batticaloa ? Comment s'est-il retrouvé là-bas ?

— Il a le don pour se trouver au mauvais endroit, répond Elsa en détournant les yeux. Pourquoi ne roulons-nous pas ?

— Pas ce soir, madame, dit Cassim. Rendez-vous demain à huit heures au commissariat de Cinnamon Garden. Nous ferons le nécessaire.

Bien sûr, elle se trompe. Si tu as un appareil photo, les mauvais endroits, ça n'existe pas. Elsa vérifie son rouge à lèvres dans le rétroviseur et croise le regard de Ranchagoda.

— Vous croyez que personne ne sait ce qui se passe au quatrième étage de l'hôtel Leo ?

— L'Asian International Fisheries, c'est ça ? Que s'y passe-t-il, miss ? Dites-nous tout.

— Ce ne sont pas mes affaires. À chacun son business.

Elle allume une cigarette sans baisser sa vitre. Une Gold Leaf tirée d'un paquet rouge provenant d'une cartouche que tu as volée à Batticaloa la semaine où tu as pris des clichés du commissariat avec un téléobjectif caché sur la colline derrière la route. C'est drôle quand même, ce que ton esprit choisit de retenir.

— Les cadavres de membres du JVP ne sont pas notre problème, inspecteur, dit Elsa. Si les Cinghalais se massacrent entre eux, pourquoi nous en soucier ?

— Je vous pensais préoccupée par la mort des innocents, objecte Ranchagoda.

— Nous devons d'abord nous occuper des nôtres.

— C'est un peu raciste.

— Seulement si c'est la politique du gouvernement.

— Et quand ce sont ces chiens du LTTE qui s'attaquent aux rats du TULF[1] ? Des Tamouls qui s'entre-tuent. C'est grave ?

— Au moins, les musulmans ne s'entre-tuent pas, intervient Cassim.

1. Le Tamil United Liberation Front, parti tamoul nationaliste à vocation séparatiste.

Les deux autres le regardent avec des yeux ronds.

— Au Sri Lanka, je veux dire, précise-t-il.

— Laissez faire le temps, poursuit Elsa. Un jour, les Malais s'en prendront aux Maures. Et les Burghers massacreront les Chettiars[1]. Rien dans ce pays ne pourra me surprendre.

— Malinda Almeida était-il marxiste ? Partisan du JVP ? demande Ranchagoda.

— Les photos contenues dans la boîte vous diront tout ce que vous voulez savoir.

— S'il était partisan du JVP, ce sera plus facile d'obtenir un mandat.

— D'accord. Je crois qu'il a participé à quelques meetings.

— C'est bon à savoir.

— Huit heures, alors. Autre chose ?

— Où se trouve l'endroit ?

— Galle Face Court, je crois. Combien de temps vous faut-il pour obtenir un mandat ?

Tu te cramponnes au toit de la voiture, tes pensées te piquent comme des aiguilles contaminées. Le vent tourbillonne autour de toi, pollué de souvenirs auxquels tu ne fais pas confiance. Une nouvelle vague de douleur part de tes pieds et déferle jusqu'à tes globes oculaires. Tu laisses ton appareil photo tranquille. La voiture démarre à toute vitesse, et toi, tu restes sur place. Tu cours après la Datsun bleue, tes pieds ne touchent pas l'asphalte. Tu tentes de flotter à sa poursuite, mais tu es paralysé.

La dame en sari blanc et la silhouette aux sacs-poubelle se tiennent à tes côtés, t'offrant leurs mines désapprobatrices.

1. Commerçants originaires des trois États du sud de l'Inde (Karnataka, Kerala, Tamil Nadu) et particulièrement de la région du Chettinad, au sud du Tamil Nadu, qui leur confère leur nom.

Leur joute oratoire est terminée, mais tu n'es pas sûr de savoir qui en est sorti vainqueur. La capuche s'abaisse et tu découvres un Sena tout penaud. Sa peau, comme ses yeux, sont injectés de sang.

— Maal, vous n'avez pas à parler à cette femme. Elle ne vous aidera pas.

— Professeure Ranee Sridharan, dis-tu, content de vous revoir.

La femme en sari pose un index sur une page de son registre, remonte ses lunettes sur l'arête de son nez et sourit.

— Vous pouvez m'appeler Ranee. Je suis là pour vous aider, dit-elle. Vous avez sept lunes. Et vous en avez déjà gaspillé une.

# Deuxième lune

*Tout arrive à tout le monde, tôt ou tard,*
*s'il y a assez de temps.*

George Bernard Shaw

## CONVERSATION AVEC UNE DÉFUNTE PROFESSEURE (1989)

Ils t'entraînent sur le toit terrasse de l'hôtel Leo. On y a une vue imprenable sur cette ville fétide où les crimes demeurent impunis et où les fantômes errent incognito. Les ténèbres remuent sur la tôle en amiante et ce n'est pas seulement l'ombre des chats, des chauves-souris, des cafards ou des rats. Est-ce que les animaux ont une vie après la mort ? Ou sont-ils condamnés à renaître sous forme humaine ? Le vent d'est souffle, empli des arômes de pluie dans les arbres et de rosée sur les fleurs des temples. La brise étouffe la puanteur un instant avant de flotter vers la mer en emportant les parfums de Colombo.

— Ce Sena me confirme que vous êtes amnésique. C'est très courant. Tout le monde refoule le souvenir de sa mort, de même que celui de sa naissance. La mémoire finit toujours par revenir. Un bon Contrôle des oreilles devrait arranger ça.

La professeure Ranee porte un sari de couleur crème et un cardigan ; ses cheveux frémissent dans son chignon. Elle parle, le nez plongé dans son registre, et te regarde à travers ses lunettes avec plus d'intérêt que lorsque tu te tenais devant son guichet.

— Je suis vraiment désolée. La dernière lune a été assez mouvementée. De nouveaux protocoles entrent en vigueur, nous avons un tas de réunions, enfin vous voyez. Bref. C'est bien mieux de se parler face à face comme maintenant. Qu'en dites-vous ?

Tu repenses à toutes les photos que tu as vues de cette femme dans les journaux alors que les hommages mielleux pleuvaient sur son sort. Une jeune mère de deux enfants et professeure dévouée, fauchée dans la fleur de l'âge. Parmi tous les Tamouls modérés qui ont été assassinés, elle était clairement la plus photogénique.

— Professeure Ranee, vous vous souvenez m'avoir volé ? Vous vous êtes servie de mes photos dans vos articles sans ma permission. J'aurais dû vous poursuivre en justice.

— Allons, mon enfant. Ça suffit maintenant. Laissez tomber, voulez-vous ? J'ai soixante-quatorze vies antérieures derrière moi, chacune avec son lot de tragédies, d'erreurs et de mascarades. Comme tout le monde. Vous y compris.

Les activistes, à l'instar des politiciens, sont toujours habiles dans l'art d'esquiver les accusations.

— Dans votre livre, *Anatomie d'un escadron de la mort*, se trouvent trois de mes photos. Les assassins de Vijaya, le passage à tabac de Rohana et l'immolation de la femme en *salwar* en 1983. Aucune autorisation, aucun remerciement. Et bien sûr, aucun paiement.

— Je n'ai plus rien à voir avec ma précédente vie. Et vous non plus.

— Je voulais venir à Jaffna pour vous massacrer, mais j'ai été envoyé en mission à Kilinochchi. Et vous vous êtes fait… euh…

— Massacrer. Oui, monsieur Maal. Nous disposons désormais d'un protocole accéléré. Seulement trois étapes. D'abord, vous méditez sur vos ossements, ce que vous semblez avoir déjà fait. Ensuite, vous passez au Contrôle des oreilles. Et enfin, vous vous baignez dans la Rivière des Naissances. Le tout, en sept lunes.

— Votre bouquin a été censuré au Sri Lanka. Est-ce que ça signifie que vous êtes morte pour rien ?

— Rien n'est inutile, *putha*. Cette leçon, je vous la donne gratis.

— Vous avez vu le visage de votre assassin ? Croyez-vous qu'il se sente coupable ?

— Nous sommes dans l'Entre-Deux. Ce n'est pas l'endroit pour traînasser et palabrer.

— Le Tigre qui disait avoir organisé votre assassinat faisait partie de la faction commandée par Mahatiya. Je l'ai photographié à Kilinochchi. Peut-être qu'il affabulait. On trouve des baratineurs dans les deux camps.

Cette chère professeure ignore la perche que tu lui tends et consulte son bloc-notes.

— Le Contrôle des oreilles nous dira si vous êtes prêt pour la Lumière. La Rivière des Naissances vous révélera votre passé. On y va ?

— Vous auriez voulu écrire plus de livres ? Moins ?

— Rien n'est jamais suffisant, Ici-Bas.

— Pourquoi ça vous intéresse que j'entre dans la Lumière ?

— Nous aidons les âmes restées coincées dans leur ancienne vie. L'Entre-Deux est surpeuplé.

— Et donc ?

— Cet espace est devenu dangereux. Il n'y a rien que vous puissiez changer. Votre vie est terminée. Si quelqu'un vous assure du contraire, c'est qu'il vous mène en bateau.

Debout sur le bord de la corniche, Sena fait semblant de ne pas écouter. Sa capuche ressemble à une tête de cobra et sa cape bat l'air comme les ailes d'un corbeau. À cette distance, sous le clair de lune, on ne saurait pas dire si sa tenue est faite de sacs-poubelle ou de peau humaine.

— Bien, quand est-ce que je rencontre Dieu ?

— J'ai entendu dire que vous avez vu Mahakali.

— Dieu est-il incapable d'arrêter le mal ? Ou ne le veut-il simplement pas ?

— S'il vous plaît, grandissez un peu.

— Mon père m'a payé des études à Berlin. Il ne croyait ni en Dieu ni en l'université de Peradeniya.

— Mahakali se nourrit d'âmes perdues. Dernièrement, elle est devenue énorme.

— Qui paye pour vos saris blancs ?

— Si vous restez dans l'Entre-Deux, vous deviendrez un *yaka*, un *preta* ou une goule. Peut-être même l'esclave de l'une de ces créatures.

— Enseigne-t-on le dilemme du tramway à Peradeniya ?

— Vous n'êtes pas l'unique personne dont j'ai à m'occuper.

— Si le meurtre d'un individu peut en sauver cent, devons-nous pour autant nous précipiter pour aiguiser une machette ?

— *Putha.* Croyez-vous que chacune du trillion de bactéries qui vivent et meurent sur votre carcasse ait l'occasion de vous rencontrer pour vous questionner sur leur raison d'être ?

— Là, vous m'embrouillez.

— Votre place n'est pas ici, dans l'Entre-Deux.

— Je dois montrer au monde ce que j'ai vu.

— Ce n'est que votre ego. Ce n'est qu'illusion.

À l'autre bout du toit, un groupe de suicidés trébuchent sur la corniche comme des bambins chutant de leur tricycle. Une fille en cravate à l'expression perplexe avance près du bord et saute. À sa suite s'élance une femme avec des nattes qui accomplit un saut en hauteur de compétition, chose que tu pensais impossible en étant vêtu d'un sari. Puis c'est une forme anthropoïde au dos voûté ayant l'air d'avoir mariné dans l'océan depuis l'époque du roi Buvenekabahu III qui titube au bord du vide avant de basculer.

Tout se passe lentement et dans un silence solennel. D'autres silhouettes s'avancent en regardant les huit étages s'étendre sous leurs pieds tels des galériens condamnés au supplice de la planche.

— Les suicidés adorent les grands immeubles. Vous n'avez pas peur des autres fantômes ? demande-t-elle. J'étais terrifiée quand je suis arrivée ici.

— Ils n'ont pas l'air de me remarquer.

— Parce qu'ils ne vous voient pas. Pouvons-nous poursuivre la procédure ?

— Écoutez, je refuse d'y retourner. Je ne veux pas renaître. Je ne veux plus être quoi que ce soit. Je ne peux pas être rien, tout simplement ?

— Vous ne pouvez pas rester ici.

Sena plane au-dessus de la corniche et murmure aux suicidés qui scrutent l'abîme. Sa cape et sa capuche lui donnent un air royal. Il semble leur délivrer des discours, mais il n'est pas évident de savoir s'ils l'écoutent vraiment. Quand il t'arrivait de rêvasser au paradis, tu imaginais être accueilli par Elvis ou Oscar Wilde, et non par une professeure décédée trimballant un livre de comptes. Ou par un marxiste assassiné affublé d'une cape.

— Si vous pouviez faire la somme de tout le bien et le mal à l'œuvre dans ce monde, les colonnes de votre registre s'équilibreraient ?

Elle croise les bras et hoche la tête.

— Tout finit par s'équilibrer.

— Où en est la preuve ?

— Je n'ai pas le temps pour ça, mon garçon. Vous non plus.

Elle ferme son livre et regarde les morts le long de la corniche tenter à nouveau de se suicider. Elle laisse tomber sa routine de guide touristique. Tu dégaines ton Nikon et photographies sa silhouette serrant un registre avec les âmes suicidaires en arrière-plan.

— J'étais obsédée par la justice, par la protection des plus démunis, par mes étudiants, par le sort des Tamouls. Je n'ai pas vu mes filles grandir. J'ai gâché mon mariage. Tout ça pour quoi ?

— Pourquoi vous battre au nom de la Lumière ?

— L'Entre-Deux est saturé. Il corrompt les esprits Ici-Bas. Trop de goules courent dans tous les sens en murmurant d'abominables pensées aux mauvaises oreilles.

— Alors, mettons que tout le monde aille dans la Lumière : les Tigres cesseraient de se battre et le gouvernement arrêterait ses enlèvements. C'est ça que vous essayez de me vendre ?

— L'Entre-Deux est rempli de créatures qui se nourrissent du désespoir.

— Donc, si l'Entre-Deux était vide, les riches arrêteraient de voler et les pauvres, de mourir de faim ?

— Restez ici, et vous deviendrez l'un d'entre eux. Peut-être que cela a déjà commencé.

— Je dois prévenir mes amis. Mon assassin va voler mes photos. Je dois voir qui c'est de mes propres yeux.

— Tout le monde s'en fiche, *putha*. Tout le monde s'en fiche. Vous avez six lunes devant vous. Nous y allons ?

— Qui ça « nous » ?

— Nous devons faire examiner vos oreilles. Juste ça.

— Nous ne devons rien faire du tout. Ni maintenant ni jamais.

— Madame la professeure, je pense que c'est bon, non ?

Sena a remis sa capuche et porte autour du cou un foulard à damier rouge et blanc. Il pose sa tête à l'endroit où ton épaule devait se trouver.

Tu frissonnes et la professeure Ranee lui aboie dessus.

— Nous étions d'accord pour que vous n'interveniez pas.

— Toujours à essayer de nous faire taire, hein ? Typique des intellectuels de la classe moyenne.

— Vous ne pouvez pas le toucher pendant sept lunes. Ni vous ni votre patron.

— Je n'ai pas de patron. Je suis Sena Pathirana, coordinateur du JVP pour le district de Gampaha. Et lui c'est Maali Almeida, photographe génialissime. Enculeur en chef de tout le sud de Jaffna. Jeté d'un toit par un escadron de la mort. Maali *hamu*. S'il vous plaît, ne faites pas vérifier vos oreilles. Ou vous faire effacer la mémoire dans cette rivière.

La professeure s'avance à la manière d'une institutrice armée d'une règle. Derrière elle, deux hommes en blouse blanche surgissent des ténèbres. Ils sprintent dans les airs. C'est le type avec la coupe afro que tu te rappelles avoir vu au guichet et qui te fait penser à Moïse. Une grosse barbe, une couronne d'épines et des yeux menaçants, du genre je suis à deux doigts de séparer n'importe quelle mer en deux. L'autre est le grand balaise, comme le Musclor du dessin animé. Si Musclor était né à Avissawella. Ils attrapent Sena et le plaquent au sol. La professeure Ranee se penche au-dessus de lui en secouant la tête. Sena lève le regard vers elle, les yeux brillants.

— Vous avez eu votre mot à dire. C'est mon tour maintenant.

Alors que des boîtes dorment tranquillement sous des lits et que les méchants rêvent à leur butin futur, il est décidé, dans un souci de fair-play et de respect des valeurs démocratiques – deux notions qui ne vont pas toujours de pair – que Sena sera autorisé à prendre la parole. Adoptant en un clin d'œil la posture d'orateur à un meeting du JVP, il se tient sur la corniche et fait quelques pas lents. Les suicidés se blottissent dans le noir et l'écoutent tels des disciples.

— Mesdames, messieurs, chers camarades et compagnons de route. Je me souviens de ma dernière naissance. Je me souviens de ma dernière mort. Je n'ai pas eu besoin de poireauter à un guichet pour prendre un numéro et qu'un Assistant me serve ses conneries sur la Lumière. Tout m'est revenu.

Un murmure parcourt l'assemblée des suicidés. La professeure te regarde et secoue de nombreuses fois la tête avant de griffonner dans son livre de comptes.

— Cela fait maintenant deux cent cinquante lunes que je suis dans l'Entre-Deux. Je ne connais pas meilleur endroit. Je n'ai pas touché le gros lot à ma naissance. J'ai grandi dans une carrière à Wellawaya et travaillé comme domestique à Gampaha. Ici-Bas, on me disait que la pauvreté était mon karma, ma croix, mon calvaire. Ma faute. J'ai rejoint le JVP, non pas parce que c'était à la mode, mais parce que c'était nécessaire. J'ai connu la pauvreté et je connais les pauvres. J'ai connu la lutte et la douleur.

Il longe le périmètre de son auditoire, s'arrête en face de toi et s'accroupit. Sa voix se réduit à un murmure.

— Si la Lumière, comme le dit cette madame prof, est le paradis et que l'Entre-Deux est un purgatoire rempli d'âmes perdues, que devient le monde d'Ici-Bas ?

— L'Enfer ! crie quelqu'un dans la foule.

Sena ricane d'un air satisfait.

— Chaque âme a le droit d'errer sept lunes dans l'Entre-Deux. Pour se souvenir de ses vies passées. Et ensuite, pour oublier. Ils veulent que vous oubliiez. Parce que, quand vous oubliez, rien ne change… Le monde ne se rétablira pas tout seul. La vengeance est votre droit. N'écoutez pas les mauvais Samaritains. Exigez la justice. Le système vous a laissés tomber. Le karma vous a laissés tomber. Dieu vous a laissés tomber. Sur Terre comme ici.

Le murmure des suicidés a gagné quelques décibels. Ils ont désormais cessé de se jeter dans le vide. La professeure Ranee plane aux côtés de Moïse et de Musclor en s'étranglant d'indignation.

— C'est un tissu de mensonges, s'égosille-t-elle. Se venger, ce n'est pas ça la justice. La vengeance vous abaisse. Seul le karma peut vous rendre justice. Mais vous devez être patients. Il n'y a rien d'autre à faire.

Sena grimace et crache ses mots.

— Tellement typique de l'Administration. Prenez un ticket et allez vous asseoir. Veuillez patienter jusqu'à ce que vous ayez oublié ce pour quoi vous êtes venu.

Moïse se redresse de toute sa taille de nabot.

— Montre un peu de respect, espèce de porc.

— Nombre d'entre vous ont été assassinés. Nombre d'entre vous ont été poussés à se suicider, scande Sena. Peut-être est-il plus facile d'oublier. Mais l'oubli n'est pas le remède. Les injustices ne doivent pas être effacées. Ou vos meurtriers courront toujours en liberté. Et vous ne connaîtrez jamais la paix.

Cette fois-ci, la douleur te frappe en plein dans la gorge et tu t'étrangles alors que les souvenirs que tu avais tenté d'enfouir ressurgissent. La peur qui te tenaillait lors de ta première affectation au sein de l'armée, la peine que le départ de ton père t'a infligée et la déception que tu as ressentie en te réveillant à l'hôpital après ton overdose. Tu réalises à quel point les personnes que tu as été à vingt-neuf, onze et dix-sept ans se seraient détestées. Et à quel point ton moi défunt les hait toutes les trois.

Sena éponge la sueur qui lui dégouline dans le cou avec son foulard à damier, le genre d'écharpe popularisée par les rois du pétrole, les groupes terroristes et les hippies. Il plane vers toi et t'attrape par les oreilles.

— L'escadron de la mort qui m'a tué vous a tué vous aussi, Maali. Six hommes sont responsables de nos meurtres. Et si vous voulez bien m'aider, je les ferai souffrir.

— Fantastique ! s'exclame la professeure Ranee. Vos leaders tout craché. Des escrocs de bas étage juste bons à vendre des contes de fées et de faux espoirs. Vous êtes mort ! Vous ne ferez souffrir personne.

— Les innocents ont le droit de venger leur propre mort.

— La vengeance n'est pas un droit. Cette île n'a pas besoin de plus de cadavres. Vous vous comportez comme un gamin.

— Les gens puissants peuvent assassiner en toute impunité, et tous les dieux planqués dans le ciel ferment les yeux. Maintenant, les choses vont changer. Nous allons changer tout ça.

— Et comment ? Vous n'avez pas de main pour tenir un couteau. Les vivants ne peuvent ni vous voir ni vous entendre. Comment comptez-vous vous venger de quoi que ce soit ?

— Je peux chuchoter.

Un murmure se répand dans la foule.

— Et je peux vous enseigner à tous comment chuchoter.

— C'est de la magie noire. Vous deviendrez des esclaves ! hurle la professeure. Comme votre fameux Homme Corbeau. Il n'est qu'un esclave de Mahakali.

— On s'en moque, de la couleur de la magie, du moment que ça marche ! rétorque Sena en te regardant droit dans les yeux.

— Vous entendez ça, Maal ? (Cette chère professeure semble nerveuse.) On s'en moque ? Vraiment ?

— La magie n'est ni bonne ni mauvaise. Ni noire ni blanche. Elle est comme l'univers, comme chacun de ces dieux absents. Puissante et d'une suprême indifférence.

Les suicidés frappent sur le toit tandis que les misérables l'applaudissent. Sena a trouvé son public et, malgré les regards furieux que te lance la professeure Ranee, tu descends les rejoindre. Et c'est alors que Mahakali décide de s'incruster à la fête.

## ALLÉGATIONS MENSONGÈRES

L'ombre prend la forme d'une bête. Elle possède une tête d'ours et un corps de femme obèse. Sa chevelure grouille de serpents, ses yeux sont intégralement noirs. Elle fend la foule et montre les crocs tandis que les Assistants vêtus de blanc reculent. La créature pousse un rugissement avant de plonger le toit dans la brume. Une sensation de froid t'envahit en te provoquant des haut-le-cœur. Les Assistants lâchent le groupe des suicidés et ramassent des bâtons.

La bête porte un collier de crânes, mais ce n'est pas ce qui attire ton regard. C'est son ventre nu qui pend par-dessus une ceinture de doigts tranchés. Des visages humains y sont incrustés, des âmes piégées hurlant pour qu'on les délivre.

La créature lève une main et laisse échapper un cri déchirant, pareil à des milliers de gémissements. Pareil à des cris d'animaux dévorant leurs progénitures. Pareil au couinement d'un univers entier se prenant un coup de pied dans les couilles.

Puis, la brume disparaît en même temps que la bête et la foule des suicidés. Existe-t-il un nom pour désigner des groupes de suicidés ? Overdose de suicides ? Suicides de masse ?

La professeure Ranee aboie sur son équipe en maillot blanc.

— C'était lui ?

Moïse regarde Musclor qui regarde Sena lequel te regarde.

— C'était *elle* ?

Les Assistants balayent le toit du regard, à la recherche des suicidés disparus.

— C'était Mahakali, déclare Sena. Vous devriez tous vous faire du mouron.

Il dessine un grand rectangle sur le mur qui surplombe la ville. Il utilise pour ce faire le même morceau de charbon dont il s'est servi pour écrire le nom des assassins. Il y inscrit une série de chiffres et de lettres dans le désordre. On dirait une grille de mots croisés se résolvant toute seule.

— Vous travaillez pour elle ? demande la professeure.

— Je travaille contre la Lumière. Contre l'oubli. Nous ne devons jamais oublier. Nous devons aider ceux qui ont été oubliés. Nous devons détruire les mensonges.

Les lettres sur le mur commencent à former des mots, puis des phrases.

*ALLÉGATION MENSONGÈRE # 1 :*
*CETTE TERRE APPARTIENT À SES CITOYENS.*

*ALLÉGATION MENSONGÈRE # 2 :*
*TOUS LES CITOYENS SONT ÉGAUX DEVANT LA LOI.*

La langue dans laquelle Sena écrit est un mélange de cinghalais, de tamoul et d'anglais d'école maternelle qui te rappelle les plaques de rue de Jaffna avant qu'elles ne soient badigeonnées de goudron par des activistes en colère.

*ALLÉGATION MENSONGÈRE # 3 :*
*LES GOUVERNEMENTS NE PRENNENT*
*PAS LES CITOYENS POUR CIBLE.*

*ALLÉGATION MENSONGÈRE # 4 :*
*LES PRÉSIDENTS NE NÉGOCIENT*
*PAS AVEC LES TERRORISTES.*

— Ça suffit maintenant, monsieur Sena.

La professeure Ranee plane au-dessus de toi, un ange avec un livre de comptes. Elle descend en piqué pour arracher le fusain des mains de Sena, mais celui-ci l'esquive et un autre paragraphe apparaît sur le mur noir.

*ALLÉGATION MENSONGÈRE # 5 :*
*CE PAYS N'APPARTIENT NI AUX VEDDAS,*
*LES PREMIERS ARRIVÉS, NI AUX TAMOULS,*
*MUSULMANS OU ENCORE BURGHERS,*
*QUI Y SONT INSTALLÉS DEPUIS DES SIÈCLES.*
*IL APPARTIENT AUX CINGHALAIS QUI ONT*
*ABONDAMMENT PEUPLÉ L'ÎLE. ET À LEURS PRÊTRES*
*QUI ONT ÉCRIT TOUTE UNE SAGA À CE PROPOS.*

Tu ne sais pas comment, mais tu parviens à lire et à comprendre ce charabia trilingue. Sena se tord de rire.

— Maali sir. Vous, l'activiste de salon, le photographe girouette. Lisez attentivement ceci. Ici-Bas, personne ne tente de dénoncer ces mensonges et de redresser ces torts. Mais nous le pouvons.

— D'accord, ça suffit.

La professeure Ranee referme son livre et flotte vers Sena. Moïse et Musclor l'attrapent et le traînent au bord du vide, à l'endroit même où Mahakali est apparue. Il continue à s'esclaffer. Son rire est feint, mais plein de défi.

— Laissez M. Malinda prendre sa décision, dit la professeure. Mais d'abord, nous devons passer au Contrôle des oreilles.

Elle regarde autour d'elle et finit par constater que tu n'es plus là.

## GALLE FACE COURT

Tu n'as pas particulièrement envie de suivre le monstre à tête d'ours. Ce qui t'intéresse, c'est rejoindre le *mara tree* au carrefour. Alors que tout le monde avait les yeux braqués sur la stupide liste de Sena, tu t'es laissé porter par le vent arrière de la créature et t'es écrasé pile en face du feu tricolore.

Il t'a fallu attendre le petit matin pour réussir à vider ton crâne de ses pensées et empêcher les souvenirs de te submerger. Le monde est assourdissant et les voix se faufilent le long des branches. Tu te dis, Je crois au *mara tree.* Et alors que l'heure se fait tardive, les murmures se multiplient. Tu voles à la cime de l'arbre et, une fois les yeux fermés, tu te vois.

Tu portes un bandana rouge, une saharienne, une sandale, et autour du cou, trois colliers ainsi qu'un appareil photo. En planant un peu plus haut, tu te vois t'observer, mais cette fois, tu es vêtu d'un sarong et un tee-shirt, et tes mains sont couvertes de cloques. Tu as sous les yeux quatre corps qui cuisent dans la poussière de Jaffna. Un chien, un homme, une mère et son enfant. Ils ont les yeux ouverts et respirent encore. Ils te regardent fixement en répétant une question que tu prétends ne pas comprendre. Tu colles ton appareil photo devant ton visage et regardes les corps devenir poussière.

Tu entends des clameurs au loin. Les cris de la professeure Ranee se mêlant au fou rire de Sena. Tu fais ton possible pour les ignorer et écoutes ce que le vent t'amène. Tu entends souffler ton nom et en partages la honte.

— Occupant principal : Dilan Dharmendran. Bailleur : Stanley Dharmendran. Autres locataires : Malinda Almeida et Jacqueline Vairavanathan.

Tu suis la brise et te retrouves à dériver vers une Datsun bleue roulant au pas sur Duplication Road en direction de Galle Face Green.

Tu es sur le siège arrière aux côtés d'Elsa Mathangi. À l'avant, Ranchagoda fredonne sur une musique qui passe à la radio pendant que Cassim remplit un mandat de perquisition.

— Vous savez exactement où elle est, miss ?

— Sous son lit. C'est ce qu'il a dit. Peut-être qu'il blaguait. Il se croyait drôle.

— On n'a pas le temps pour les plaisanteries, dit Cassim en gardant ses yeux fatigués sur la route.

Il est neuf heures du matin et ils ont l'air aussi frais que toi. Un couvre-feu a été décrété pour la fin de la journée et tout Colombo se presse dans les magasins pour acheter du sucre, au cas où il viendrait à manquer.

Tu ne blaguais pas. Mais tu n'aurais jamais imaginé que tes bavardages soient un jour consignés dans un mandat de perquisition. Tu te demandes s'il est possible pour les fantômes de provoquer des pannes de voiture. C'est peut-être de là que proviennent tous les accidents routiers. Des esprits qui, pour chasser l'ennui, font piquer du nez les conducteurs, font déraper les pneus et sectionnent les freins.

« Prier Dieu, c'est comme demander à une voiture pourquoi elle s'est crashée, avait un jour dit ton père au cours d'une de ses disputes avec ta mère. Beaucoup d'entre nous mourrons dans un accident de voiture. Il n'y a que les imbéciles pour penser que ça n'arrive qu'aux autres. » Ces querelles se terminaient par des soliloques et avaient lieu le dimanche, juste avant que ta mère te traîne à l'église.

— Alors, c'est quoi le plan ? demande Ranchagoda.

— Vous leur dites que des indices liés à la disparition de Malinda pourraient se trouver dans la maison. Je peux me charger de leur parler si vous voulez. Oui, laissez-moi faire, dit Elsa en observant la route encombrée de bus.

Son regard passe lentement des bâtiments aux cocotiers et aux points de contrôle de Galle road.

— Si je fais ça, c'est uniquement parce que c'est en lien avec une affaire en cours, dit Cassim. Je dois être muté, de toute manière.

— Si ça peut vous permettre de dormir tranquille, inspecteur, dit Elsa alors qu'ils passent devant Temple Trees, le palace solidement fortifié du Premier ministre.

— Et comment allez-vous vous présenter ?

— Comme son employeur. Il faut toujours dire la vérité, quand c'est possible.

— Vous savez quoi, dit Cassim, je crois que je vais rester dans la voiture.

Ils sortent du rond-point de Galle Face, où DD et toi vous êtes pelotés à trois heures trente-trois du matin exactement. Ils traversent le parking où tu l'as une fois viré de son propre appartement. Ils pénètrent dans la cage d'escalier où tu t'es fait engueuler par la vieille Malaise du deuxième pour avoir fumé. Ils pénètrent dans un couloir aussi large que Duplication Road, lequel a vu défiler un tas d'indésirables que tu faisais entrer clandestinement par les issues de secours quand personne n'était à la maison.

Ranchagoda frappe à la porte et sonne pendant qu'Elsa s'entraîne à sourire. C'est la petite Jaki qui leur ouvre, en kimono. Après un moment de flottement, elle prend l'air de la fille pour qui ouvrir la porte à des flics fait partie de sa routine matinale.

— Qu'est-ce qui se passe ?

— Bonjour, miss. Pouvons-nous entrer ?

Jaki ne bouge pas.

— Vous l'avez retrouvé ?

— Non, pas encore, répond Elsa avec son sourire forcé. Nous avons besoin de votre aide.

— Qui êtes-vous ?

— Inspecteur Mathangi. Pouvons-nous parler un instant ?

Jaki ne voit pas Ranchagoda lever les yeux au ciel. Ils avancent dans un hall d'entrée tapissé de bouquins que DD et toi vous êtes offert pour des anniversaires oubliés. Ces livres reçus en cadeau n'avaient jamais été ouverts que par ceux qui les avaient achetés.

— Euh, pardon, inspecteur. Je ne savais pas que la police sri-lankaise engageait des femmes. Ou des Tamouls, dit Jaki.

Elle parle en mangeant ses mots, son accent de gamine des quartiers sud de Londres ressort davantage quand elle est nerveuse.

C'est si bon de rentrer à la maison. C'est comme ça que tu as appelé l'appart ces trois dernières années. Stanley, le père de DD, l'avait fait rénover pour récompenser son fils unique après sa réussite aux examens du barreau de Londres, générosité qui, en même temps, était un pot-de-vin pour lui faire rejoindre son cabinet à Mutwal. Ça n'avait pas eu l'air de le déranger que Jaki et toi emménagiez, en tout cas, pas au début. Vous occupiez chacun une chambre et laissiez les autres spéculer sur qui partageait quoi avec qui.

Stanley n'avait pas fait d'histoires quand DD avait repeint les murs en violet et commencé à organiser des fêtes pour les gens de l'Arts Center. Il n'avait pas non plus renié son fils lorsqu'il était rentré à la maison les oreilles percées. Stanley avait simplement commencé à demander un loyer à DD le jour où le fiston avait quitté le cabinet de papa, pour rejoindre bénévolement Earth Watch Lanka.

Jaki les conduit dans le salon, mais personne ne s'assied.

— C'est vrai, Colombo ne compte pas beaucoup de femmes inspecteurs. Et vous êtes miss…

— Jacqueline Vairavanathan, dit Ranchagoda en ouvrant le calepin de Cassim à une nouvelle page vierge. Depuis combien de temps Almeida et vous êtes en couple ?

— Nous ne sommes pas un couple.

— Mais votre cousin a dit que…

— Mon cousin sait que dalle.

— Savez-vous où se trouve la boîte de photos de Maali ? demande Elsa.

— Des photos de quoi ?

— Il disait qu'elle était sous son lit.

— Alors, c'est qu'elle doit être sous son lit. Il prend des photos, conserve des boîtes, dort dans des lits, enfin, ça lui arrive. Où vous voulez en venir ?

— Pouvons-nous jeter un coup d'œil ?

— Je ne comprends pas.

Ranchagoda s'approche de la fenêtre pour contempler la pelouse brune de Galle Face Green et l'océan agité grignoter la côte.

— Miss Jaki, nous avons un mandat pour fouiller les lieux.

— Vous avez vérifié s'il a été arrêté ? Si ce n'est pas la police, c'est peut-être l'armée ?

— Où est la chambre de Maali ?

Comme Jaki reste muette, Elsa lui barre la route en souriant pendant que le commissaire adjoint entre dans l'une des chambres. Jaki la pousse sur le côté en lui faisant une prise de judo qu'elle a apprise à son club, cette même prise qu'elle a déjà testée sur toi une bombe lacrymogène à la main. Elle rejoint Ranchagoda dans la mauvaise chambre. Elsa se frotte le bras et jure.

Tu te faufiles dans la cuisine et laisses les odeurs tourbillonner en toi. Des effluves d'ail et de cardamome flottent dans l'air, tu en conclus que Kamala est venue faire la cuisine pour la semaine et a préparé du biryani et du riz turc à la demande de DD. Elle vient chaque jeudi, ça signifie donc aussi que tu es mort depuis deux jours.

La chambre de DD est un vrai foutoir, jonché de bandeaux antitranspirants, de raquettes, de baskets et de boîtes marquées « Earth Watch Lanka ». Ce parfum de vestiaire est ce qui t'a empêché d'y passer trop de nuits. Le flic ouvre les boîtes et trouve des dossiers sur des décharges, des rivières polluées et des forêts rasées au bulldozer.

— Ce sont les photos ? demande le commissaire adjoint Ranchagoda.

Elsa se joint aux recherches. Elle met la main sur un dossier relatif à l'extinction du léopard à Yala, suivi d'un autre faisant état des dépotoirs urbains de Kelaniya.

— Ce n'est pas sa chambre, dit-elle.

Ils empruntent un couloir et pénètrent dans l'antre d'adolescente en détresse de Jaki. Les visiteurs indésirables ne sont visiblement pas intéressés par les posters de The Cure et du Bauhaus. Le flic ouvre les rideaux tandis qu'Elsa s'agenouille pour regarder sous le lit. Il règne dans cette pièce une odeur de tristesse et de Chanel n°5.

— Je peux le voir, ce mandat ? intervient Jaki. Et merci de pas toucher à mes affaires.

Ils l'ignorent et se frayent un chemin à travers la salle de bains commune jusqu'à ce pentagone dans lequel tu avais l'habitude de dormir. Comparée aux autres chambres, la tienne est un désert aride. On y trouve un lit *queen size*, un bureau avec une lampe, un placard rempli d'appareils photo et trois reproductions encadrées sur le mur. Une photo de la famine en Somalie, prise par James Nachtwey ; une autre des derniers jours de Beijing[1], prise par Henri Cartier-Bresson ; et une dernière du massacre de policiers à Batticaloa, prise par toi.

Ranchagoda a le souffle coupé, Elsa hoche la tête. La photo montre une douzaine de policiers agenouillés comme si c'était un vendredi à la mosquée. Elle a été recadrée au magasin Fujikodak de Thimbirigasyaya pour cacher les bords de la fenêtre à travers laquelle tu as zoomé. Tu n'as pas rogné le canon de la AK-47 dans le coin supérieur droit, malgré ta position au sommet de la colline, tu n'avais pas le bon angle pour immortaliser celui qui le tient.

Des radiographies encadrées sont accrochées à l'extérieur de la penderie. Une de ta poitrine quand tu as eu un accident de voiture et une autre de tes dents de sagesse, planquées dans ta mâchoire tels des icebergs. Tu avais pris en photo les radios, augmenté l'opacité et les avais encadrées pour un projet artistique, qu'évidemment tu n'as jamais terminé.

À l'intérieur de la penderie se trouvent un ours en peluche et toute une collection de sahariennes, de chemises hawaïennes et de pendentifs. L'ours en peluche est assis sur un carnet d'adresses que personne ne recherche. Et tu espères bien que ça continue.

Tu aimais porter des trucs autour du cou, mais des cravates, jamais de la vie. Mets une cravate pour tes entretiens

1. Reportage commandé au photographe par le magazine *Life*, à la veille de l'entrée dans la ville des troupes maoïstes, en 1948-1949.

d'embauche, avait l'habitude de dire ton père. Tu veux vraiment que je me mette ce nœud coulant autour du cou chaque jour comme tu le fais ? Voilà ce que tu lui répondais, mais seulement dans ta tête.

Les pendentifs sont accrochés à la porte, à des cordons ou à des fils tressés. C'étaient tes « pièces de rechange ». Un symbole de paix, une croix, un yin-yang et un Om. Manquent à l'appel le Panchayudha[1] en or, les capsules de cyanure volées sur les cadavres de Tigres et cette croix de vie égyptienne en bois contenant le sang de DD, datant de l'époque où chaque jour ressemblait à des vacances et où tu avais fait ce serment stupide à Yala. Tu les avais tous sur toi quand on t'a brisé le cou. On t'a brisé le cou ? Qui ? Qui a dit ça ?

Tu regardes autour de toi pour t'assurer que Sena ou l'un de ses disciples n'est pas en train de te murmurer à l'oreille. Mais il n'y a que le vent qui siffle dans ta chambre vide.

Ici, l'air est chargé d'une odeur de substances chimiques et de produits d'entretien. Passais-tu ton temps, tel un hippie de fac, à concocter du LSD, du hasch et de l'anarchie ? Pas vraiment. Tu mélangeais du révélateur, du bain d'arrêt et du fixateur, emportant tes bidons dans le cellier que tu avais transformé en chambre noire sans le dire à Uncle Stanley[2]. S'ils se donnaient la peine d'y jeter un coup d'œil, ils trouveraient tes bobines de négatifs des six dernières années soigneusement classées dans des boîtes tupperware. Mais pour le moment, ils sont bien trop occupés à s'accroupir sous ton lit *queen size*.

Voici une évaluation objective de tes compétences : Joueur D-, Fixeur C+, Baiseur B-, Photographe A+. Tu étais peut-être un amateur et un fanfaron, mais n'empêche, tu savais cadrer une photo. Tu savais comment baigner le papier dans

1. Représentation du dieu Vishnou porteur de ses cinq armes.
2. « Oncle », à l'instar d'*aunty*, est d'un emploi plus large que familial.

des plateaux et extraire la lumière des pièces obscures. Tu étais capable de faire frémir un monochrome et de faire briller le sépia. Tu pouvais insuffler de la profondeur au superficiel, de la texture aux surfaces planes et du sens à la banalité.

Tu n'avais besoin dans ta palette que des nuances de noir, de blanc et de gris – jamais tu n'utilisais de couleur. Tu as débuté en photographiant des couchers de soleil et des éléphants pour finir par prendre des clichés d'homos refoulés et de soldats massacrés.

— Il disait que la boîte à chaussures cachée sous son lit contenait ses photos les plus dangereuses. Il nous a demandé de les publier s'il lui arrivait quelque chose.

Elsa jette un regard autour de la pièce pour voir si quelqu'un a percé son mensonge à jour.

— Alors, vous le connaissiez ? demande Jaki.

— Il travaillait pour nous.

— Comme enquêteur ?

— En quelque sorte.

— Je croyais qu'il bossait pour une ONG.

— Il servait plusieurs maîtres, ma chère.

Elsa pose une main sur l'épaule de Jaki, laquelle s'en dégage d'un geste brusque. Jaki n'aimait pas qu'on la touche sans y être invité, pas même si c'étaient des mecs pour qui elle craquait. Ça avait un rapport avec son beau-père et les câlins qu'il lui infligeait durant son adolescence.

DD et Jaki étaient de véritables accumulateurs compulsifs. Ils encombraient leurs chambres, leurs vies et leurs pensées. Ils n'ont jamais cru en ton minimalisme, ni que tu jetais tout ce dont tu n'avais pas besoin. Tous deux étaient persuadés que tu possédais une pièce secrète quelque part où tu stockais tout un tas de choses dont tu ne leur avais jamais parlé. Et ils n'avaient pas tout à fait tort. Même si cette pièce, en réalité, avait la taille d'une boîte.

— Vous êtes sûre qu'il parlait de son lit ? demande Ranchagoda.

— Mais… qu'est-ce que… vous fichez… ici ?

Cette voix, tu ne l'avais pas entendue dans l'appartement depuis plusieurs mois. Stanley Dharmendran, tant dans ses discours au Parlement que dans les sermons servis à son fils, est connu pour son usage excessif de pauses dramatiques.

— Foutez le camp de cette chambre, s'il vous plaît.

En revanche, cette voix furieuse et aiguë, les murs et toi vous en souvenez. DD est moins connu pour ses pauses que pour son abus de grossièretés.

— Ils disent avoir un mandat, dit Jaki en reculant vers le seuil de la porte.

Ce n'est pourtant pas son genre de fuir devant un bon mélodrame.

— Laissez-moi voir ça ! braille Stanley.

DD est en survêtement, ses cheveux sont mouillés. Ça veut dire que son vieux l'a emmené à l'Otters Aquatic Club et lui a fait la morale tôt ce matin. Son père et lui sont tous deux grands et se prennent pour des sportifs.

— Veuillez quitter la chambre de Maali, merci.

Elsa et le flic entrent dans le salon en file indienne en poursuivant leurs investigations illégales, jetant autour d'eux des regards fouineurs. Ranchagoda remet le mandat tandis que DD et Jaki chuchotent dans un coin.

— Ceci… n'a pas été certifié… par un juge, dit Stanley avec un accent emprunté au Cambridge du début des années cinquante.

— Sir, nous enquêtons sur la disparition d'Almeida. Il existe des photos susceptibles de nous fournir des indices sur l'endroit où il se trouve.

DD et Jaki cessent de chuchoter et regardent Elsa avec insistance.

— Madame, pouvez-vous me dire qui vous êtes ?

— La seule femme tamoule inspecteur du Sri Lanka, répond Jaki.

— Je travaille pour le CNTR, sir. Canada Norway Third World Relief. Nous pensons que Malinda a quitté le pays avec des photos nous appartenant.

— Son passeport était dans le tiroir que vous venez de vérifier, dit Jaki. Beau travail d'enquête.

— Nous le suspectons d'utiliser ces photos pour faire du chantage, dit Ranchagoda en examinant la photo encadrée d'un pangolin, prise à Yala.

Elsa lui fait un signe de tête.

Stanley explique calmement ce que doit contenir un mandat en bonne et due forme, ce que le mandat qu'il tient dans la main ne contient pas. Le commissaire adjoint acquiesce, comme si ces omissions étaient de véritables oublis. Elsa essaye d'en placer une, mais les pauses d'Uncle Stanley sont impénétrables.

— Veuillez à présent… quitter… cette maison, leur intime-t-il en lissant ses cheveux et sa cravate. Et ne revenez… que lorsque vous aurez un mandat valable… Ou ne revenez pas. Dilan, veux-tu les raccompagner. Dilan ? Jaki ?

Un vrombissement de moteur et des crissements de pneus résonnent dans Galle Road. Rien qu'au son, tu reconnais la Mitsubishi Lancer de Jaki, tu sais exactement où DD et elle se dirigent et tout ce que tu espères, c'est qu'ils y arrivent au plus vite.

Une brise charriant le parfum d'Elsa envahit l'air. De la lavande mélangée à du talc qui te provoque des spasmes et des picotements à travers tout ce qui reste de toi. L'odeur est agréable, mais te donne des haut-le-cœur. Et ça te rappelle un homme dont le métier consistait à faire la chasse aux nazis.

## WIESENTHAL

— Avez-vous entendu parler de Simon Wiesenthal ?

C'est la première question qu'Elsa t'a posée. C'était à l'Arts Centre Club, elle t'avait pris en embuscade pendant que tu faisais semblant d'écouter les Coffin Nails chanter des reprises de Talking Heads. Tu t'étais, en fait, mis en tête de séduire ce garçon à l'accent français, et elle venait te gêner.

— Il a survécu à Auschwitz et a passé trente ans à traquer les nazis, uniquement à l'aide de photos.

Elsa avait les cheveux courts à l'époque, mais portait déjà du rouge à lèvres rubis.

— Je sais qui est Simon Wiesenthal. Mais vous, je ne vous connais pas et je suis là pour écouter ce groupe.

Elle avait réglé ta boisson et en avait commandé une autre, mais tu avais fait comme si tu n'avais rien remarqué.

— Si vous êtes là, c'est parce que trois casinos vous ont banni, et que vous en pincez pour le gosse de riche là-bas. Il n'est pas homo, au passage. Même vous, vous le savez.

Tu ne considérais pas « tapette », « homo » ou « pédé » comme des insultes, parce que tu n'étais rien de tout ça. Tu étais simplement un bel homme qui appréciait les jolis garçons. Ni plus ni moins, et ça ne regardait personne d'autre que toi. Tu avais observé son tailleur et son sourire mielleux sans piper mot, en sirotant la boisson qu'elle t'avait offerte.

— Mes employeurs sont prêts à rembourser vos dettes au Bally, au Pegasus et au Stardust, si vous nous vendez vos photos.

Tu l'avais entraînée dehors, sur le balcon où femmes et hommes s'étreignaient, mais sans mélanger les genres. Tu t'étais assis dans l'ombre et l'avais laissée parler.

— Nous avons cru comprendre que vous aviez des pellicules photo des pogroms de 1983.

— C'est comme ça qu'on appelle ce qui s'est passé ?

— Je préfère ce mot à « émeutes ». Et les gens deviennent irritables quand on leur parle de « génocide », en particulier les Cinghalais.

— Après 1983, j'ai cessé de me considérer cinghalais, tu lui avais dit.

Mais ce n'est pas comme si tu te considérais comme tel avant. Les hippies des années soixante-dix t'avaient transmis plus que quelques mauvais acides. Tu pensais que vous étiez tous sri-lankais, tous des enfants de Kuveni, des bâtards de Vijaya[1]. Tous frères et sœurs, avançant vers l'avenir, main dans la main sur fond d'arc-en-ciel.

— Elle est de vous, n'est-ce pas ?

Cette photo de la femme en salwar qui se fait arroser d'essence n'avait jamais été publiée par *Newsweek*. Ce que tu avais sous les yeux était une impression finition mate format 27x7 faite à partir des négatifs originaux. Il n'en existait que deux copies, l'une se trouvait dans ta boîte, l'autre à New Delhi.

— Pour qui vous travaillez ?

— Le CNTR, prononcé « centre ».

— Qui ?

— Nous disposons de fonds et d'une équipe juridique. Nous poursuivons les meurtriers de 1983.

Ton éclat de rire avait fait sursauter tous les gays et les lesbiennes qui se pelotaient dans l'obscurité.

— On nous a assuré que vous aviez des photos inédites.

— En parlant de Wiesenthal, j'ai rencontré deux Israéliens dans un casino le mois dernier.

1. Kuveni, première reine mythique de Lanka. Après avoir combattu Vijaya, héritier rebelle de sang royal venu d'Inde, la princesse Kuveni en tomba amoureuse et trahit son peuple pour l'épouser. Leur union connut une fin tragique.

— Avez-vous davantage de photos prises en 1983 ?

— Ils disaient être producteurs de films. Jusqu'à ce que l'un d'eux, complètement saoul, se vante d'être dans le business des armes. Il a fini par me dire qu'il vendait de l'artillerie lourde à des gros bonnets.

Elle ne s'était pas décontenancée et, sourire aux lèvres, avait poursuivi la discussion en sirotant son jus d'orange.

— Je connais bien Yael Menachem. Ils produisent des films d'action merdiques et vendent des armes de troisième ordre au gouvernement.

— C'est ça le problème avec les trafiquants d'armes. Ils font des films de merde.

— Monsieur Almeida, avez-vous des photos du massacre des Tamouls en 1983 ?

— Est-ce que vous travaillez pour ces gens qui achètent des armes de troisième zone auprès du peuple élu ?

— Nous n'avons rien à voir avec le LTTE. Mais nos objectifs ne sont pas incompatibles.

— Vous parlez déjà comme un politicien.

— Ce qui s'est produit en 1983 est une horreur. Huit mille maisons, cinq mille magasins, cent cinquante mille réfugiés, et s'agissant des corps, aucun décompte officiel. Le gouvernement sri-lankais n'a jamais reconnu le massacre, ni présenté d'excuses. Vos photos vont contribuer à changer les choses. Dites-moi, *kolla*, de quel côté êtes-vous ?

Tu avais pris une profonde inspiration, comme on le fait avant de balancer un coup de poing, et puis, tu lui avais parlé de la boîte. Pour la première fois, son sourire s'était effacé et elle t'avait écouté, les sourcils froncés, sans t'interrompre.

Au début, c'était marrant. À l'époque où c'était juste Elsa et toi. Tu apportais tes négatifs à Viran, un *nerd* du magasin

FujiKodak qui te filait un coup de main pour réimprimer tes photos de l'année 1983 et en agrandir ou en retoucher certaines. Viran était un développeur de photo talentueux et un amant timide. Il possédait dans sa maison de Kelaniya un meilleur équipement que le magasin FujiKodak. Il emmenait tes travaux persos chez lui, et t'invitait aussi parfois, mais Elsa, jamais.

— Comment vous allez faire, au juste, pour identifier ces visages ?

— Il existe une base de données regroupant toutes les photos d'identité. Et un logiciel capable d'identifier les images. Nous pourrons alors scanner ces gros plans sur l'ordinateur et les faire correspondre.

Elsa avait ajouté de la cannelle à son café jusqu'à ce que sa couleur concorde avec celle de sa peau.

— Vous avez ce genre de technologie ?

— Bien sûr que non, idiot. Dans cinquante ans, peut-être, avait dit Elsa avec un sourire en coin. Mais nous avons des contacts à Wella et à Bamba qui peuvent mettre des noms sur ces visages.

Elle t'avait remis un chèque au nom du CNTR en précisant qu'elle serait intéressée par toute photo montrant la situation critique des Tamouls. Après un tour dans le nord avec l'armée, puis en compagnie des journalistes de Reuters, tu étais revenu avec une tonne de clichés répondant à ses attentes.

Quand tu avais revu Elsa, c'était début 1988. Elle t'avait invité à l'hôtel Leo, mais cette fois, elle n'était pas venue seule. Kugarajah était assis sur le divan. Il était bel homme, robuste, pile-poil ton genre, même si tu avais des goûts plus électiques.

Les murs de leur suite à l'hôtel Leo étaient couverts de tes photos prises en 1983 avec des Post-it collés sur chaque visage.

*Hommes cinghalais en sarong dansant devant des magasins en flammes (4 visages)*

*Jeune Tamoul nu frappé à mort (3 visages)*

*Policiers en uniforme regardant des femmes tamoules se faire traîner hors des bus (6 visages)*

Kuga t'avait été présenté comme le cousin d'Elsa, mais la façon qu'il avait eue de se glisser près d'elle pour s'asseoir t'avait laissé penser qu'ils étaient le genre de cousins qui s'embrassent.

Il t'avait tendu une feuille avec des adresses en te demandant si tu pouvais prendre discrètement des photos des occupants.

— Nous avons retrouvé la trace de sept auteurs des pogroms de 1983. Nous devons confirmer leur identité.

— Et ensuite ?

— Nous pourrons les poursuivre.

Tu avais éclaté de rire, et Kuga avait esquissé un petit sourire.

— J'ai dit quelque chose de drôle ?

— Personne ne prendra en charge cette affaire. Le CNTR engagera-t-il vraiment des poursuites ?

— Il y a différentes manières de rendre la justice.

— Et moi qui croyais que vous n'aviez rien à voir avec le LTTE.

Elsa avait posé une main sur le genou de son cousin et celui-ci s'était tu.

— Maali. Voici votre chèque pour les photos de la région du Vanni. Et une avance pour vos prochaines missions.

Tu avais regardé les chèques en repensant à ce que disait ton père. Les photographes ne gagnent pas leur vie à moins de faire des mariages ; un diplôme en sociologie te permettrait, au mieux, de décrocher un poste d'enseignant. « Quand tu t'engages dans quelque chose, ne le fais pas à moitié », te disait l'homme pour qui la paternité ne semblait pas être un engagement.

— Il y a d'autres missions ?

— Rendez-vous à ces adresses et dites que vous venez pour le recensement national. Photographiez-les. Offrez-leur quelques photos d'identité gratuites. Les Cinghalais prendraient même le quotidien tamoul s'il était gratuit.

— On n'appelle pas ça de la fraude ?

— De quel côté êtes-vous, *kolla* ?

— Je suis du côté qui souhaite ne plus voir les Sri-Lankais mourir comme ça.

— Parfait. Nous voulons que ces monstres souffrent. Et ils vont souffrir.

— Comment ?

Kugarajah avait à la main une photo prise lors de ton excursion dans le Vanni. C'était une simple mission de fixeur et, par conséquent, les clichés que tu avais pris pouvaient être vendus au plus offrant. Le CNTR avait acquis ce que l'armée et l'Associated Press n'avaient pas retenu.

— Vous connaissez cet homme ?

Cette photo, tu l'avais prise en prétendant nettoyer ton appareil photo à la base des Tigres. C'était la fois où tu y avais conduit cet odieux reporter de chez Reuters pour filmer un camp d'entraînement du LTTE.

— Colonel Gopallaswarmy, avais-tu répondu.

— Aussi connu sous le nom de Mahatiya. Que savez-vous de lui ?

— Il dirige la seule base des Tigres qui autorise les appareils photo. Et il a la confiance du chef suprême.

— On dit qu'il complote contre lui.

— Je n'écoute pas les rumeurs. Je ne fais que les colporter.

— Un vrai marrant, ce gars.

Kugarajah s'était penché vers toi, te forçant à t'allonger sur ton fauteuil et à croiser les bras. Avec ce regard qu'il avait, on aurait dit qu'il était, à son tour, sur le point de te balancer une blague. Ou un coup de boule. Tu t'étais allumé une cigarette sans demander la permission, car il faut dire que cette brute te terrifiait autant qu'elle t'excitait.

— Je vous le redemande, de quel côté êtes-vous, *kolla* ?

Elsa Mathangi t'avait imité en allumant une Benson, aussi instinctivement que le chien de Pavlov.

— Du côté qui paie.

Ils t'avaient appris que le CNTR gérait un orphelinat à Vavuniya et une clinique à Medawachchiya, dont l'armée refusait d'assurer la sécurité. Ce colonel Gopallaswarmy se trouvait à la tête de la province du Centre-Nord et pouvait leur garantir une protection.

— Nous aimerions que vous nous arrangiez une rencontre avec lui.

— Je ne le connais pas.

— Vous le connaissez assez pour ramener des journalistes dans son camp.

— C'est un camp de démonstration. Comme un décor de Hollywood. Le colonel ne parle pas aux étrangers.

— Nous ne sommes pas des étrangers.

— Ce n'est pas risqué pour le CNTR de traiter avec le LTTE ?

— La plupart de nos projets sont au nord ou à l'est. Là-bas, le gouvernement, c'est le LTTE. Vous le savez déjà.

Peut-être était-ce la taille du chèque, peut-être était-ce la taille du verre que Kuga t'avait rempli, ou la taille du bras qui t'avait passé ce verre, ou la rugosité de la paume qui t'avait effleuré le dos de la main, mais tu te sentais réchauffé par la compagnie et la conversation.

Ils étaient emballés par ce projet 1983, mais toi, tu ne le sentais pas.

— Vous pensez réellement pouvoir traîner un groupe de milliers de personnes devant la justice ?

Kuga t'avait alors adressé un clin d'œil, lequel ne pouvait être qu'une manifestation d'amour fraternel ou l'affirmation que ses pensées étaient aussi pornographiques que les tiennes.

— Avec n'importe quel groupe, quelle que soit sa taille, on frappe d'abord les leaders.

— Ce genre de discours ne peut signifier que deux choses. Soit que vous êtes sérieux, soit que vous êtes stupide.

— Tout le monde n'a pas l'étoffe d'un plaisantin, avait rétorqué Elsa.

Ils avaient discuté de ce prétendu groupe dissident mené par Mahatiya et des conséquences que l'éclatement du LTTE pourrait avoir sur la population tamoule. Elsa déplorait le fait que le LTTE soit devenu un mouvement fasciste, étouffant les autres voix tamoules. Kuga lui était rentré dedans.

— Une voix tamoule unifiée, c'est du luxe. Ça ne sauvera pas les Tamouls. Par contre, une voix forte, si.

— Une voix forte comme celle de la professeure Ranee Sridharan ? avait répliqué Elsa. Regarde comme elle a été réduite au silence.

— De quel côté êtes-vous, Kuga ?

Tu avais posé une main sur son épaule et le regard qu'il t'avait lancé te l'avait fait retirer illico. Adieu les petits clins d'œil, monsieur Maali.

— Votre mère est moitié burgher, moitié tamoule, je me trompe ? avait demandé Kuga. Vous êtes un bâtard, tout comme moi. Mais vous avez ce nom sur votre pièce d'identité, « Kabalana ». Vous feriez mieux de remercier votre père. La meilleure chose qu'il pouvait vous donner, c'est bien son nom de famille cinghalais.

Tu aurais voulu t'indigner et lui rétorquer qu'il ne vous connaissait pas, ni toi ni ton père. Mais évidemment, il avait raison. Ton père t'avait légué ça, ainsi qu'un dégoût pour l'argent et pour ceux qui en font étalage.

« Ce n'est pas spécialement que les socialistes de Colombo aiment les pauvres. C'est simplement qu'ils détestent les riches », disait-il, comme si la phrase avait jailli de son cerveau génial.

— Je suis partant pour ce projet 1983, tu leur avais dit. Parce que vous me payez. Parce que j'étais là-bas. Et parce que ce gouvernement nous doit beaucoup de réponses.

— Prudence, *kolla*, prévient Elsa. Ce genre de propos vous verra finir dans un pneu en feu.

— Et c'est pourquoi je ne pourrai pas espionner le colonel pour vous.

— On ne vous demande pas d'espionner. Contentez-vous de fixer un rendez-vous.

— C'est quoi le pire : un pneu en feu ou la prison des Tigres ?

Tu plaisantais volontiers sur la mort, tant qu'elle restait un événement improbable, comme tout le monde le fait, jusqu'au jour où elle ne l'est plus.

Tu avais pris tes chèques et les avais échangés en bas contre des jetons que tu avais perdus à la table de poker avant de te refaire au baccara. Tu t'étais rendu sur la voie ferrée et n'avais trouvé personne de potable à peloter. Pendant que tu fixais les rochers sous les rails, ce mince rempart qui empêchait la nature de dévorer la côte, tu avais repensé aux derniers mots échangés avec Kuga.

— J'espère que vous n'avez parlé à personne du CNTR.

— Je ne suis pas une pipelette.

— Ce pays regorge de grandes gueules. Et de petits faiseurs.

— Je n'ai rien dit à personne.

— Bien. Nous n'avons pas besoin de publicité, pour faire ce qui est juste.

Kuga t'avait tendu la main. Alors que tu la serrais, il t'avait attiré contre lui en comprimant tes phalanges dans sa paume. Il t'avait maintenu ainsi en te regardant te tordre et grimacer.

— Personne ne veut finir dans un pneu, n'est-ce pas ?

Puis il t'avait décoché un clin d'œil avant de te laisser partir.

## UN SI DOUX FOYER

La maison de Bambalapitiya appartenait à ta grand-mère paternelle et a été léguée à sa fille avant d'être cédée à la première femme de ton père, après son divorce. Toi, le fils de sa première femme, tu as grandi ici, entre Temple Trees, chiens endormis et parents en conflit. Les disputes se produisaient dans la cuisine, la véranda et sur le balcon. En arrivant là, porté par un vent favorable, tu découvres qu'une altercation a déjà éclaté dans la rue.

Observant le grabuge à distance, Jaki gare sa Lancer dans le virage, trois maisons plus bas. Ta mère se tient au portail aux côtés de Stanley Dharmendran, hurlant sur Elsa et le flic. Dans la voiture, la dispute est d'un autre genre.

— Et s'il n'y avait rien dans la boîte ? Et si c'était l'une des blagues pourries de Maali ?

— Toi et tes stupides raccourcis, dit Jaki.

DD serre le poing et fait craquer ses phalanges. Quand il fait ça, c'est qu'il meurt d'envie d'une cigarette. Neuf mois auparavant, tu avais parié avec lui qu'il ne tiendrait pas un an, et DD déteste perdre, plus qu'il ne t'aime toi ou les cigarettes. Cette fois, les souvenirs remontent sans douleur.

À l'école, Dilan Dharmendran faisait partie de toutes les équipes sportives. Tu détestais le rugby autant que le cricket, mais le regarder ne te déplaisait pas. Il était le capitaine de l'équipe de water-polo de St Joseph, et toi, le chef de classe, tu passais tes après-midi à te délecter de son corps lisse en ajustant ton uniforme blanc.

Lorsque vous vous êtes revus, dix ans après la fin de l'école, son corps avait changé, mais il avait le même sourire, la même peau sombre et s'avérait toujours aussi long à la détente. Il était toujours canon, dix sur une échelle de un à treize. Il n'avait pas la moindre idée que tu en pinçais pour lui il y a de nombreuses années. Quand tu as emménagé dans l'appartement de son père avec sa cousine Jaki, il ne t'avait pas reconnu et n'avait pas grand-chose à dire.

Tout a changé progressivement au cours de six mois de persévérance. À ce moment-là, tu lui rendais visite dans sa chambre en pleine nuit, il disait chaque fois que c'était la dernière et vous finissiez par faire des projets de voyages ensemble. Quand vous sortiez tous les deux, vous n'étiez que de bons vieux copains d'école et personne ne se doutait de rien, ou peut-être qu'aussi bien, tout le monde savait. Il pense que tu es emprisonné quelque part dans un cachot et que s'il use de ses contacts chez Earth Watch Lanka pour déposer la plainte adéquate, il pourra te délivrer. Ton petit crétin chéri.

— A-t-il dit qu'il partait ?

— Il ne m'a rien dit.

— Il m'a demandé de venir à l'Arts Centre ou à l'hôtel Leo. Il avait quelque chose à me dire. Il devait me rappeler pour confirmer. Il ne l'a pas fait, comme d'habitude.

— Il jouait au casino tous les jours, dit Jaki en tournant la tête vers son cousin, lui jetant un regard à mi-chemin entre la pitié et le mépris.

— Tu crois qu'il est mort ?

La voix de DD se brise. Il avait l'habitude de te masser les épaules et la plante des pieds chaque fois que tu revenais de mission, et tu lui racontais les horreurs que tu avais vues.

Il changeait de sujet à la première occasion venue et te parlait de cette université américaine qui lui offrait une bourse pour étudier la dégradation environnementale dans les pays du tiers-monde, ou un truc du genre. Tu lui demandais ce que l'un des plus gros pollueurs mondiaux pouvait avoir à lui apprendre sur ce paradis naturel. Ensuite, vous débattiez des crimes et des actes immoraux des États-Unis et évitiez de vous engueuler sur la possibilité d'aller y vivre.

— Maali affirmait qu'il était le seul photographe à travailler pour l'armée, la presse étrangère et les Tigres, dit Jaki, je pensais simplement qu'il se vantait, comme d'habitude.

Après tes disputes avec DD, elle te ramassait, toi et tes pieds massés, et t'emmenait en ville, te racontait les derniers potins et histoires de cul, te parlait des écolières de troupes de théâtre qu'elle avait perverties et des chansons punk qu'elle avait glissées en douce dans la playlist de la radio.

Après quelques bières, quand tu commençais à te plaindre de DD, elle te filait l'une de ses pilules magiques, alors vous rigoliez comme des cinglés et ne parliez jamais des choses que tu avais vues sur les lignes de front. Ni de pourquoi tu étais fauché alors que tu venais juste de recevoir ta paye. Ni même de vous deux, de ta fidélité envers elle et si tout ça importait.

— C'est quoi l'intérêt d'attendre dans la voiture ?

— C'est quoi l'intérêt de sortir, petit génie ? Ils peuvent nous voir.

— Tu sais où est la boîte ?

— Toi aussi, tu le sais. Il nous l'a dit à cet after où il a fait sa *drama queen*. Tu t'en souviens ?

— Maali racontait des conneries à longueur de temps et te balançait ses « Ha, ha, tellement naïf ! » comme si c'étaient de grosses blagues.

— Ouaip, je sais. Et si tu avais le malheur de ne pas rire, ça lui faisait péter un boulon.

— Tu te rappelles comme il a boudé quand tu ne l'as pas cru lorsqu'il a dit avoir été recruté comme assassin ?

— Ou la fois où il a prétendu avoir sauvé un bunker rempli d'enfants. Ou quand il a dit avoir vu une panthère noire dans la jungle.

— Ou la fois où il a parlé d'une boîte cachée sous son lit contenant des photos qui ébranleraient le monde.

DD marque une pause.

— Tu es sûre que cette fois, il disait la vérité ?

— Il m'a dit qu'il l'avait changé de place. Juste après l'enlèvement de Richard de Zoysa. Elle doit être sous le lit de Kamala.

Elle coupe le contact et tous deux sortent de la voiture en s'accroupissant avant de ramper sur Lauries Lane. À ce que tu vois, ils ont pris du poids. Lui est un étalon avec un ventre de vache, et elle, une paonne avec des cuisses de pangolin. Tu aurais aimé que ton amnésie te permette d'oublier tout ce temps gaspillé à vous disputer au sujet de San Francisco.

— Je pense démissionner de Earth Watch Lanka. Et me réinscrire à l'université. J'ai postulé à quelques écoles.

La rengaine qu'il te servait tous les mois. Habituellement, lorsque tu ne lui accordais pas assez d'attention. Ou quand tu faisais tes bagages pour te rendre quelque part et n'avais pas le temps pour une partie de jambes en l'air.

— Si tu te fais arrêter pour avoir couvert les meetings du JVP, je ne mêlerai pas mon père à ça.

Tu aurais pu lui dire d'aller lécher la noix gauche de son paternel, mais l'ampleur de l'engueulade t'aurait fait rater ton bus. Tu aurais pu lui dire que le meeting du JVP avait eu lieu la semaine d'avant et que tu te rendais à Trincomalee pour couvrir le massacre d'un village. Que les chances de se faire arrêter étaient minces en comparaison du risque de se faire kidnapper par les Tigres.

Au lieu de ça, tu lui avais dit que tu l'aimais plus que tout et que vous en parleriez à ton retour. Généralement, ça lui clouait le bec.

Tu regardes l'étalon et la paonne disparaître derrière le manguier. Une légère brise te traverse et t'entraîne comme un grain de poussière vers le portail. Le ton est monté d'un cran.

— C'est notre propriété, nous l'avons payée, dit Elsa Mathangi, main sur la hanche, cigarette à la bouche.

Elle est la seule à sourire.

— Il existe une chose... qu'on appelle la loi, rétorque Stanley en agitant le doigt devant elle. J'ai appelé le ministre de la Justice. Vous pourrez lui montrer votre mandat.

— Qu'est-ce que ça peut faire, Stanley ? Laisse-les chercher. Nous n'avons rien à cacher, dit ta mère.

Tu peux dire au tremblement de ses mains qu'elle en est à sa troisième tasse. Quand ton père est parti, elle a commencé à remplir sa théière avec autre chose que de l'eau. D'abord du brandy, ensuite du whisky, et pour finir, du gin. Kamala appelait la bouteille de Gordon's le « remède de Madame ».

— Là n'est pas la question, Lucky. Ils n'ont aucun droit légal.

Ta mère regarde fixement le commissaire-adjoint Ranchagoda qui se tient près du portail. Il semble moins embarrassé que Cassim, assis dans sa voiture, les yeux plantés sur ses genoux.

— Vous avez dit que vous trouveriez mon garçon. Vous l'avez trouvé ? Ça veut dire quoi tout ça ?

— Pour le retrouver, nous avons besoin de votre aide, madame. Cette boîte contient des informations, lui répond Ranchagoda. Vous ne faites qu'entraver notre enquête.

— Vous pensez que mon fils se cache ici ?

On entend un grand bruit à l'intérieur. Ils se taisent. Puis ta mère se précipite dans la véranda en criant : « Kamala ? Omath ? » Sa cuisinière n'est pas encore revenue du marché et son amant ratisse les feuilles dans le jardin, sans se rendre compte de l'agitation. Tous deux tamouls, « Kamala » et « Omath » sont des noms qu'ils avaient empruntés afin de trouver du travail à Colombo pour ne plus jamais en changer, à la suite des émeutes de 1983.

La maison de Bamba était assez grande pour sept frères et sœurs et trois domestiques, mais s'était avérée trop petite pour ta mère, ton père et toi. C'est un loft comme on n'en fait plus, avec une cour remplie de plantes en pot arrosée par l'eau de pluie, deux vérandas garnies de sièges en rotin et un jardin à l'arrière où les chiens de ta mère font leurs besoins.

Ta mère passe devant en traînant des pieds, escortée par Stanley, suivie d'Elsa et de Ranchagoda. Omath, le jardinier, franchit la porte latérale donnant sur ce salon où personne ne s'assoit jamais, à part en cas de visite. Au-delà de la cuisine, on entend des voleurs s'aboyer dessus alors que les chiens de compagnie de ta mère somnolent. Tu flottes à travers des pièces empreintes de tes cris et de tes bouderies et arrives dans la cour de l'autre côté de la maison.

À côté du garage et de la porte de derrière se trouve la pièce que se partagent la cuisinière et le chauffeur de ta mère. Une boîte en carton, ou ce qui autrefois devait être une boîte en carton, est posée à l'entrée. Cette boîte était restée cachée douze mois sans jamais avoir été déplacée, et certainement pas dans une telle hâte.

À l'intérieur se trouvent de vieux 33 tours, forcés à l'exil par les cassettes audio de Jaki et les CD de DD. Et une boîte à chaussures contenant cinq enveloppes. Tu venais y glisser des photos après chacune de tes excursions. Après quoi, tu réenterrais la boîte sous les vinyles.

Les charançons et les psoques vivant sous le lit avaient-ils développé un penchant pour les boîtes en carton ? Ou était-ce l'eau qui s'était infiltrée et avait stagné là depuis la dernière mousson ? Le fond de la boîte s'est effrité comme l'accord de paix de 1987. Sous le fatras de documents et de disques renversés se trouve une solitaire boîte à chaussures blanche.

Il y a du courrier et des aérogrammes à ton nom postés à cette adresse. Des mots d'amour épars dont tu pourrais te servir pour faire du chantage si tu le voulais, d'anciennes factures d'eau quasiment toutes payées ; une lettre de ton père. On trouve aussi des disques – *Jesus Christ Superstar*, ABBA, Jim Reeves, l'album d'Elvis *Harum Scarum*, la bande originale de *Flash Gordon* par Queen – qui n'ont pas été écoutés très souvent, éparpillés sur le carrelage en granito rouge.

Et, à genoux, fouillant dans les décombres tels des enfants récupérant des billes tombées par terre, se trouvent DD et Jaki. Celle-ci contourne les lettres et les disques pour sauver la boîte à chaussures du désordre.

— Dilan ! Qu'est-ce que tu fabriques ? hurle son père.

Pendant ce temps, ta mère titube jusqu'au bric-à-brac et ramasse *Twelve Songs of Christmas*, de « Gentleman » Jim et *Who's Sorry Now ?*, de Connie Francis, qui lui appartiennent tous les deux. Derrière eux, Elsa murmure quelque chose au commissaire adjoint. Ranchagoda s'avance vers Jaki, laquelle serre la boîte dans ses bras et recule.

— Ça appartient à Maali. Il m'a dit de la garder en sécurité.

Elle leur fait son meilleur regard de tueuse.

— Alors pourquoi vous la prenez ? demande Elsa en s'approchant du tas d'affaires.

— Parce qu'elle appartient à Maali. Pas à vous.

— Que tout le monde se calme. Allons à l'intérieur. (Stanley marche vers DD et passe le bras autour de son cou.) Omath. Nettoyez ceci, je vous prie.

Tu es pris d'une irrépressible envie de boxer le gros crâne chauve de Stanley, pulsion qui remonte au jour où tu l'as vu discourir au Parlement avec son accent prétentieux de Cambridge. Il n'a jamais manqué de politesse à ton égard, bien que celle-ci, toute britannique, lui servît d'arme. Il envoie Ranchagoda attendre à l'extérieur tandis qu'Elsa suit la petite troupe dans le salon où personne ne s'assoit.

En temps normal, ta mère offrirait à tout le monde du thé de Ceylan ou des sodas Elephant House. Mais elle n'a pas l'air d'humeur à jouer les hôtes. Elle tient dans sa main une enveloppe laissée par ton père, la seule que tu aies jamais ouverte. Tu ne veux pas qu'elle la lise, même si tu ne vois pas comment l'en empêcher.

DD et Jaki déposent la boîte à chaussures sur la table basse et tout le monde tourne autour comme s'il s'agissait d'une œuvre exposée dans la vitrine d'un musée. La boîte est blanche, avec des noms de cartes inscrits dessus au feutre noir ou rouge. Les mots forment une quinte royale : as de carreau, roi de trèfle, reine de pique, valet et dix de cœur.

— Tout le contenu de cette boîte appartient au CNTR ! s'écrie Elsa en montrant la boîte qui, un temps, contenait une paire de sandales de cuir marron provenant de Madras.

Jaki la reprend et en tripote le couvercle. Tu survoles l'assemblée en regardant les enveloppes empilées à l'intérieur, chacune marquée d'un nom de carte. Des images inondent l'espace derrière les globes oculaires que tu n'as plus. Des souvenirs de photographies que tu ne te rappelles pas avoir prises et de choses qui t'ont marqué à jamais. Tu te gardes de saisir l'appareil photo pendu à ton cou, ce qu'il pourrait dévoiler te terrifie.

— Ne… touchez… à rien, dit Stanley. Cela ne vous appartient pas.

— Sir, ce n'est pas vrai, réplique Elsa. Maali nous a certifié que nos photos se trouvaient dans une boîte à chaussures sous un lit. Voici la boîte, voici le lit. Mon cousin a commandé des photos à Maali. Je l'ai payé pour avoir les négatifs originaux. Ils sont à nous.

— Et d'où il sort, cet épouvantail ? demande Stanley en désignant Ranchagoda qui vient juste d'entrer dans la pièce.

— Sir, je travaille sous les ordres de Cyril Wijeratne, ministre de la Justice, répond Ranchagoda en déployant son corps dégingandé.

— Ah vraiment ? Alors, passons-lui un coup de fil. Et laissons-le régler cela.

Le commissaire adjoint ne bronche pas lorsque Stanley le met au pied du mur, il se contente de s'en aller. Elsa, elle, perd aussitôt son sourire et fait non de la tête.

— En attendant, donnez-moi cette boîte, ordonne Stanley.

Jaki hausse les sourcils à l'adresse de Stanley et lui lance le même regard que lorsqu'elle a traité sa tante de pauvre pouffiasse. Ce même regard qu'elle t'a jeté quand tu l'as convaincue de s'excuser auprès de son patron et de le supplier de lui rendre son job. Ce même regard qu'elle a eu lorsqu'elle t'a déclaré savoir ce que DD et toi traficotiez ensemble, et qu'elle s'en fichait, du moment que tu n'attrapais pas le sida.

Elle tourne les yeux vers Elsa, ouvre la boîte, déverse les cinq enveloppes sur la table et étale la quinte royale.

AFTER

Tu avais parlé de cette boîte sous ton lit lors d'un after de l'Arts Centre. À DD, Jaki et à un uncle nommé Clarantha de Mel. Ils étaient tous les trois pintés à ce moment-là et tu ne t'attendais pas à ce qu'ils s'en souviennent.

DD détestait ces afters où les cendriers débordaient, où les liquides se répandaient et où les photos que tu prenais atterrissaient dans une boîte. Il se réfugiait dans sa chambre en boudant et tapait contre le mur quand les décibels grimpaient.

— Ne me dis pas que tu vas encore inviter ces crétins chez nous, si ?

— Jaki en a envie.

Les afters se déroulaient sur la terrasse donnant sur Galle Face Green et sur le balcon surplombant le parking de l'hôtel Taj. Le salon était colossal et offrait assez de surfaces moelleuses pour parquer tous les glandeurs en état d'ébriété que recelait le monde de la nuit de la capitale. Sena disait vrai. Maali Almeida ne se contentait pas d'aller aux fêtes de Colombo 7, il les accueillait aussi.

Ton appartement se trouvait à l'épicentre de trois nightclubs – le 2000, le Chapter et le Blue –, du coup, tous ceux que Jaki avait croisés sur la piste de danse finissaient ici. Vautrés sur des coussins, les invités s'enivraient avec le café de la machine expresso de DD, avec des enregistrements de DD écoutés sur la radiocassette portable de DD et avec l'alcool chouré au père de DD. Et pendant ce temps, allongé dans son lit, DD se morfondait sur son sort.

Les gamins récemment diplômés de l'École internationale s'asseyaient là et picolaient de la vodka en se plaignant de devoir diriger les entreprises de leurs parents. Tous ces pauvres nantis se mettaient à critiquer les autres pauvres nantis en fumant de la dope avant de baiser entre pauvres nantis. Quant aux expats, ils regardaient du balcon les cocotiers qui se découpaient sur l'océan et partaient dans des envolées lyriques sur la beauté du Sri Lanka.

C'était vrai. Quand le vent soufflait sur le balcon et que la brise s'emplissait des volutes de fumée et des rires, il était facile d'oublier qu'une terrible guerre faisait rage à un trajet de bus de là. Par ici, les étoiles et les lumières de Colombo rutilaient dans des nuances de jaune et de vert. Le calme étreignait les rues et l'océan ronronnait. La capitale s'emmitouflait dans une couverture de survie que personne ne méritait.

L'after dont tu te souviens est celui qui a suivi l'élection de Miss Working Girl 1989. Ton ami Clarantha de Mel, conservateur à la galerie Lionel Wendt, était l'un des juges et avait offert à ses marginaux préférés des places gratuites pour l'événement, mais tous n'avaient pas apprécié l'invitation.

— Y a qu'au Sri Lanka qu'on peut organiser des concours de beauté et des matchs de cricket alors que le pays est à feu et à sang, avait déclaré Jaki en servant de la vodka de Stanley aux invités dans le salon.

Sur le balcon, une fille ayant hérité d'un café et un garçon destiné à diriger une banque, tous deux à peine sortis de l'adolescence, se roulaient des pelles. Un négociant en thé et un DJ de radio discutaient de politique dans la cuisine. Assis sur les coussins, de parfaits inconnus se faisaient tourner des joints et réduisaient des pilules en poudre dans un mortier servant à moudre du piment.

Une femme corpulente enveloppée dans un kaftan et un garçon potelé portant un boa en plumes s'étaient posés à côté de Jaki et toi. Ils avaient saupoudré vos boissons avec un peu de poussière d'extase et s'étaient adressés à Clarantha comme s'il s'agissait du roi.

— Uncle Clara, vous êtes fabuleux, comme toujours ! s'était exclamé le garçon en s'inclinant à la manière d'un majordome. Superbe discours.

— Hmm, avait grommelé la femme en zyeutant la jupe remontée de Jaki.

— Attendez, vous me dites quelque chose.

Clarantha était du genre sociable, même lorsqu'il était fatigué. Ce défilé de poupées en bikini et en tailleur avait dû être aussi ennuyeux à juger qu'à regarder. Surtout que Clarantha était deux fois plus homo que toi et enfermé dans le placard à double tour.

— Je suis Radika Fernando, avait répondu la femme. Je présente le journal sur Rupavahini[1]. Voici Buveneka, mon fiancé.

— Vous êtes le fils du ministre Cyril Wijeratne, c'est ça ?

Le garçon au boa était devenu rouge.

— C'est mon oncle. Je ne fais pas de politique.

Il te regardait fixement, comme s'il attendait ta permission pour sourire. La poudre d'extase coagulait dans ta gorge, déclenchant un rot dont le goût devait, imaginais-tu, se rapprocher de celui du poison. Tu avais hoché la tête.

— Regardez-moi cette bulle ! Faire la fête après des concours de beauté pendant que nos soldats meurent.

Manifestement, Radika Fernando était passée par là pour délivrer un discours et avait pris pour cela sa voix de présentatrice télé.

— Il n'y a rien de mal à aimer les bulles, bébé, avait lancé Buveneka en levant son verre de champagne. Que peut-on faire d'autre à Colombo pendant le couvre-feu ?

Radika s'était lancée dans un monologue que tu avais eu du mal à suivre. Elle avait commencé par critiquer le discours de

1. Chaîne de télévision nationale sri-lankaise.

Clarantha, lequel promettait un avenir radieux aux candidates du concours.

— Difficile d'imaginer un avenir radieux pour les femmes dans ce pays quand quatre mille d'entre elles se font violer chaque année. Et pour beaucoup, au sein de leur propre famille.

Comme à son habitude devant un conflit, Clarantha s'était éclipsé. Jaki, elle, s'était jetée dans l'arène.

— Et vous, que faites-vous à part en parler à la télé ?

Radika avait rougi, comme si elle s'attendait à cette pique.

— Je suis aussi hypocrite que toi, ma chérie. Hollywood a colonisé nos esprits. Le rock'n roll nous a lavé le cerveau. Les gens qui meurent là dehors ne font pas vraiment partie de notre peuple, n'est-ce pas ? C'est quoi ton nom, ma belle ?

C'est à ce moment que tu t'étais rendu compte que cette femme, Radika, était en train de planer, et quand les yeux de Buveneka avaient commencé à se multiplier, tu avais réalisé que toi aussi. Dans la pièce, les bavardages et les mouvements étaient devenus flous et distants. Une note s'était échappée du tourne-disque et restait suspendue dans les airs, sans que tu puisses dire exactement si elle était sortie de la gorge de Freddie, d'Elvis ou de Shakin' Stevens. Tu t'étais affalé dans les coussins et avais caressé les cheveux de Jaki alors qu'elle donnait son nom à la présentatrice.

Radika et Buveneka formaient un véritable duo de Vaudeville. Elle faisait des discours enflammés, lui balançait des punchlines.

Elle avait poussé son coup de gueule, martelant que les gens malfaisants ne savent pas qu'ils sont malfaisants, de la même manière que les fous ignorent qu'ils sont fous. Que les États-Unis ne pensaient pas avoir envahi trop de démocraties ni assassiné tant d'innocents. Que nous devrions stopper leur folie meurtrière et les empêcher de lâcher des bombes sur les enfants comme le font les pires tyrans. Qu'il n'y avait rien d'exceptionnel à ce qu'un pays se construise sur le génocide et sur le dos d'esclaves.

— Je pensais comme ça quand j'étais au lycée, avait dit Jaki. Vous préféreriez qui à la tête du monde ? Les soviets ou les japs ?

— Si j'avais grandi en écoutant du métal russe et en regardant les films de Kurosawa, peut-être que ça ne m'aurait pas semblé absurde.

— Le métal russe, c'est cool, avait dit Jaki en souriant.

— Le napalm nous vient de Harvard. La bombe atomique, de Princeton. La bombe H, du projet Manhattan.

— Vous pensez que les Tigres savent qu'ils sont malfaisants ? avais-tu lancé, mais personne n'avait répondu.

— Et notre gouvernement, le sait-il ? avait murmuré Buveneka Wijeratne, le neveu du ministre de la Justice.

Et puis la musique s'était amplifiée, Radika embrassait Jaki et Buveneka te léchait. Soudain, vous vous étiez retrouvés dans la chambre de Jaki, crépitante de lumières aveuglantes et de sons devenus lugubres et discordants, et Jaki répétait : « Arrêtez, s'il vous plaît. »

— Désolée, mais ce n'est pas notre truc. Je crois qu'on a trop bu.

Radika lui massait la nuque et Buveneka te caressait la main.

Tu n'arrivais pas à croire que tu venais juste de rouler une pelle au neveu de Satan.

— Chérie, on est tous défoncés, avait dit Radika.

— Vous êtes fiancés tous les deux ? avais-tu demandé.

— Je suis son alibi en jupe. Il est ma couverture à barbe.

Radika avait arrêté son massage pour s'étendre sur le lit de Jaki.

— Au cas où ça ne crèverait pas les yeux.

— Nous avons un groupe qui se réunit chaque mois. Vous devriez venir tous les deux, avait dit Buveneka.

— Ce n'est pas notre truc, avait insisté Jaki.

— C'est quoi, votre truc, alors ? avait demandé Radika en dessinant des motifs sur la colonne vertébrale de Jaki avec son gros orteil.

Jaki s'était tournée vers toi, et tu avais porté ton regard sur la table ouija posée près des cassettes de ton amie.

— Est-ce qu'une séance de spiritisme vous brancherait ? avais-tu lancé.

Clarantha de Mel était entré dans la chambre en compagnie d'une participante au concours, laquelle avait répondu « Enid Blyton[1] » quand on l'avait questionnée sur son écrivain favori.

— Quelqu'un a parlé d'une séance ?

La séance avait été un désastre. Les gens n'arrêtaient pas de glousser, malgré la lueur des bougies et le spectacle qu'offrait Clarantha en tentant d'entrer en communication avec le Hamlet de Laurence Olivier. Radika Fernando avait également essayé, avec sa voix de présentatrice télé. Elle avait invoqué les fantômes de la reine Anula, de Madame Blavatsky[2] et du couple qui s'était pendu au toit de Galle Face Court dans les années quarante. Mais aucun esprit n'était venu faire vaciller la flamme des bougies.

Jaki était sur le point de rallumer la lumière quand Buveneka Wijeratne s'était écrié :

1. Autrice de littérature jeunesse britannique ayant notamment créé les séries *Oui-Oui* et *Le Club des Cinq*.

2. Respectivement la première reine du Sri Lanka (Ier siècle AEC) et la cofondatrice de la Société théosophique, à la fin du XIXe siècle, établie à Madras.

— J'invoque les révolutionnaires disparus ! Ranee Sridharan. Vijaya Kumaratunge. Richard de Zoysa. Sena Pathirana…

Un vent provenant de Galle Face s'était engouffré dans la chambre et avait éteint toutes les bougies. Tout le monde s'était mis à hurler, Jaki avait allumé la lumière. Vous aviez tous éclaté de rire, puis vous vous étiez tus. Ensuite, les gens avaient commencé à partir, les uns après les autres. Jaki avait pointé du doigt la présentatrice télé et le neveu du ministre enveloppé dans son boa en leur disant : « Ne recommençons jamais ça ! »

Avant que Buveneka ne parte, tu lui avais demandé :

— Quel était le nom que vous avez prononcé avant que les bougies ne s'éteignent ?

— Sena Pathirana, le fils de notre chauffeur. Un étudiant communiste qui a rejoint le JVP. L'un des premiers à avoir été éliminé par les escadrons de la mort de mon oncle. Je n'oublierai jamais ce que notre chauffeur m'a dit quand il a démissionné.

Buveneka lisse ses cheveux et sa chemise avant de fourrer son boa dans le sac à main de sa pseudo-petite amie.

— *Baba*, il a dit, tu es le seul de cette famille de bâtards que je ne maudirai pas. Même l'Homme Corbeau ne pourra pas protéger ton oncle pour toujours.

Il ne restait à l'after plus que toi, tes colocataires et Clarantha de Mel.

— C'est qui cet Homme Corbeau ? avait demandé Jaki.

— Ce sont des conneries de sorcellerie locale à dormir debout. L'Homme Corbeau de Kotahena vend des amulettes à de riches ministres comme Cyril Wijeratne. On dit que c'est grâce à lui que le ministre de la Justice a survécu à toutes ces tentatives d'assassinat. Les gens sont prêts à croire n'importe quoi, sauf la vérité.

C'est autour du dernier verre de la nuit que tu leur avais parlé de la boîte de photos et de ta décision de la déplacer chez ta mère. Jaki était à moitié endormie et DD à peine réveillé, mais Clarantha t'avait écouté et fait une promesse.

— Si jamais un jour tu es forcé à l'exil, j'exposerai tes photos.

Clarantha était gérant du bar de l'Arts Centre, conservateur à la galerie d'art Lionel Wendt et, en tant que grand-père homosexuel de quatre petits-enfants, vivait dans un plausible déni. Il avait promis que si Jaki et DD pouvaient lui apporter les photos, il les accrocherait dans sa galerie jusqu'à ce qu'elles soient confisquées. Puis vous vous étiez tous les quatre tapé dans la main comme une bande de super-héros, aviez trinqué avec de la vodka volée, et tout oublié.

## LA PREMIÈRE ENVELOPPE

La boîte est fragile, faite de papier qui rêve de devenir carton quand il sera grand. Elle recèle cinq enveloppes. Cette boîte contenait autrefois des sandales, offertes par ton père pour ta réussite aux examens de comptabilité. Tu n'as jamais porté ces chappals madrasi et les as refilées à l'un de ces garçons des toilettes du Liberty Plaza qui te caressaient l'entrejambe la nuit tombée.

Jaki dispose les enveloppes en éventail, comme ce croupier un peu trop frimeur du Pegasus qui s'était fait virer parce qu'il distribuait les cartes à partir du bas du paquet. Elle les montre à l'assemblée qu'elle tient en respect par la seule force de son regard. Jaki savait être féroce quand elle le voulait, ce qui n'était pas très courant.

— Jaki, laisse-moi les voir en premier.

La cravate de Stanley est desserrée et son staccato vacille.

— Ce sont nos projets confidentiels, proteste Elsa en se levant de sa chaise.

Jaki l'ignore, ouvre l'enveloppe marquée « Reine » et regarde chaque photo comme s'il s'agissait de sangsues venues se coller sur sa paume. Elle tend les clichés à Stanley, lequel les examine à son tour un à un en secouant la tête, incapable d'en détourner le regard. Les images transitent tel un murmure au jeu du téléphone arabe, passant par ta mère, DD et Elsa avant de retourner dans leur enveloppe.

Tu reconnais chacune de ces images, développées dans le studio provisoire d'Uncle Clarantha.

Au début, ce sont juste des clichés de foules en noir et blanc, pris dans un cyclo-pousse en mouvement, un peu à l'aveugle et les doigts tremblants. Puis ce sont des choses qui brûlent : des magasins, des voitures, des enseignes tamoules aux consonnes interminables. Puis ce sont des gens.

La dame en salwar rose qui se fait asperger d'essence. Le garçon nu encerclé par la farandole démoniaque. Les visages collés aux fenêtres d'une maison en flammes à Wellawatte. Ces photos ont été publiées, beaucoup les connaissent déjà.

Viennent ensuite celles qui furent jugées trop gore pour être diffusées à l'international. Un garçon et sa mère frappés à coups de bâton, le bambin au bras cassé, le type charcutant le flanc d'un vieil homme avec un hachoir.

Ta mère laisse tomber le dernier cliché avec un geste de dégoût. Elle se lève, se ressert du thé et en boit une longue gorgée.

Puis vient le tour des photos de visages, agrandies pour la plupart dans le cellier de Galle Face Court. Des gros plans des hommes derrière les bâtons, des animaux anonymes armés d'essence et de bulletins électoraux, des fanatiques anonymes, persécutant des étrangers et les immolant par le feu. Tous anonymes, jusqu'à aujourd'hui. Le démon qui danse, l'homme au bâton, le garçon au bidon d'essence, la bête au hachoir ensanglanté.

Si les policiers Cassim et Ranchagoda étaient là, ils reconnaîtraient le visage de la dernière photo. Le boucher qualifié, vêtu d'un maillot de corps, brandissant un hachoir taché par le sang de poulets, de porcs, de minorités persécutées et de milliers de chats. Au lieu de ça, tous deux sont dans leur voiture en train de se disputer. Cassim insiste pour partir alors que Ranchagoda suggère de voler la boîte. Cassim déclare qu'il n'a jamais accepté de travailler avec les escadrons de la mort et souhaiterait pouvoir raccrocher.

Ils ne remarquent pas la Mitsubishi Pajero qui approche, bourrée à craquer d'hommes n'ayant l'air ni de flics ni de militaires. Mais même s'ils l'avaient vue arriver, ils n'auraient jamais aperçu le démon assis sur le capot de la voiture.

— Nous montons des dossiers contre les criminels de 1983, dit Elsa. Nous sommes parvenus à identifier des visages dans la foule et à mettre des noms sur ces visages. Nous pouvons traquer ces meurtriers.

— Pourquoi n'ai-je jamais entendu parler de votre CNTR ? Ou de ce projet ? demande Stanley en retirant ses lunettes afin d'étudier les photos de plus près.

Il en regarde une qui montre des corps sur un bûcher, prise non loin d'ici.

— Si vous n'avez jamais entendu parler du CNTR, c'est parce que nous ne courons pas après la publicité. Nous ne sommes pas des politiciens.

Elsa regarde l'enveloppe marquée « Reine » dans les mains de Jaki d'un air renfrogné, comme un corbeau affamé louchant sur un reste de nourriture abandonné.

Ta mère tient entre ses doigts la seule enveloppe dans cette pièce qui ne contient pas de photos. C'est une lettre de ton père absent qu'elle n'est pas arrivée à détruire, à l'inverse de tant d'autres auparavant.

— Maali nous a parlé de la boîte, dit Jaki. Et il n'a jamais parlé de la donner à qui que ce soit.

— Gardez votre fichue boîte, et donnez-nous notre enveloppe.

Elsa jette sa cigarette par la fenêtre.

DD louche sur une photo d'un soldat indien des forces pour le maintien de la paix prise devant un hôpital.

— C'était l'année dernière. Quand Maali est allé à Jaffna. Il m'avait demandé de l'accompagner, dit-il en regardant son père.

Tu te rappelles la dispute. C'était au sujet des préservatifs et de pourquoi tu insistais pour que vous les utilisiez. Il t'avait demandé si tu couchais avec d'autres hommes quand tu étais en déplacement. Alors, tu l'avais invité à venir avec toi à Jaffna. Tu lui avais dit que tu devais faire le fixeur pour un journaleux américain dénommé Andrew McGowan. Tu ne lui avais pas précisé que tu avais accepté une mission spéciale d'une dame aux lèvres rouges et de son charmant cousin.

— Est-ce que tu fais des trucs avec cet Andrew McGowan ? t'avait interrogé DD de manière détachée.

— Ce que je fais avec toi, je ne le fais avec personne d'autre, tu lui avais répondu.

Techniquement, ce n'était pas un mensonge puisque tu ne parlais d'avenir qu'avec lui après le sexe.

— La Force indienne de maintien de la paix est à l'origine de deux massacres de civils cette année. L'un d'eux s'est produit dans un hôpital. Malinda était en mission pour nous à Jaffna lorsque c'est arrivé. Nous l'avons payé pour ces photos. Pouvons-nous les récupérer ?

DD fronce le nez et toussote, puis passe une photo à Jaki. Elle tressaille. Le cliché montre des lits d'hôpital où sont empilés des cadavres de médecins et d'infirmières, châtiés par les soldats indiens pour avoir commis le crime de soigner des combattants du LTTE. Stanley jette un coup d'œil par-dessus l'épaule de Jaki.

— Ces étrangers sont des monstres, murmure-t-il avant de se tourner vers Elsa. Et nous, pauvres imbéciles, les avons invités sur notre sol.

— Là, nous sommes d'accord, dit-elle.

— Commandez-vous aussi des photos… montrant les atrocités… perpétrées par le LTTE ?

— Nous sommes une organisation tamoule, et sommes soumis à des contraintes, répond Elsa. Vous devriez le savoir, sir.

— Vous êtes une organisation tamoule, maintenant ? demande Jaki. Plus inspectrice ?

Tu regardes les quatre autres enveloppes sur la table. Tu ne te souviens que de deux choses au sujet de leur contenu. Que DD ne devrait pas voir ce qui se trouve dans celle marquée « Valet de cœur ». Et qu'il y a une chance sur deux pour que l'une de ces enveloppes renferme une photo de ton assassin.

DD prend l'enveloppe marquée « Reine » que Jaki a dans la main et tente d'y fourrer les photos qui sont sur la table.

— Qu'est-ce que vous faites ?!

Elsa élève la voix et arrache l'enveloppe vide des mains de DD, le mettant face à un dilemme : comment se battre avec une femme devant son père ? Il repose sur la table les photos qu'Elsa s'empresse de ramasser.

Jaki, moins esclave des convenances, traverse la pièce en trombe. Une fois, elle a giflé le videur du My Kind of Palace à trois reprises, lequel lui avait effleuré les fesses de la main. Elle se mord la lèvre, comme lors de cette nuit-là, et Elsa recule. Tu te rappelles que Jaki pratique le judo et qu'Elsa cache un couteau dans son sac à main. Elles se tiennent face à face, photos au centre, se regardant dans les yeux comme des cow-boys tout droit sortis d'un western spaghetti.

Un bruit fracassant provenant de l'extérieur vient arrêter le duel à temps. Elsa se glisse vers l'embrasure de la porte alors que l'agitation envahit la véranda et se répand dans le couloir. Ce même couloir où tu t'es disputé avec ta mère au sujet des lettres de ton père, celles qu'elle a détruites sans te les avoir montrées.

Sept gars baraqués, tous habillés en noir et blanc, déboulent dans le salon. La tasse de ta mère rebondit sur le tapis sans se briser. Stanley se dresse.

— C'est quoi… ce cirque ?

Les hommes qui ne sont ni des flics ni des militaires se postent devant chaque porte et fenêtre. Un vieil homme entre, vêtu du costume traditionnel. Si tu pouvais lui cracher dessus, lui vomir dessus, lui chier dans la bouche… Tu paierais des fortunes et vendrais même ce qu'il reste de ton âme. C'est le ministre de la Justice, le Très Méprisable Cyril Wijeratne, pilier du gouvernement, reconnu pour avoir corrompu le système judiciaire, mis en place les escadrons de la mort et déclenché les pogroms de 1983. Le sixième nom sur la liste de Sena.

Stanley Dharmendran, en bon larbin tamoul qu'il est, le salue en inclinant la tête. Deux hommes en noir ordonnent à Jaki et DD de libérer le canapé afin que le ministre puisse y poser son gros derrière. Ils n'ont pas l'air enchantés. Tu te rappelles DD, écrivant une lettre officielle au bureau du président et refusant d'utiliser l'expression « Votre Excellence ». « Qu'y avait-il de si excellent dans son mutisme en juillet 1983 ? » avait-il lancé. Question purement rhétorique. Il avait adressé sa lettre à « Cher Monsieur » et n'avait obtenu aucun financement pour son projet de recyclage à Malabe.

« Viens à Jaffna, avais-tu proposé à DD, et tu verras que ce pays est confronté à des problèmes plus graves que la disparition de l'habitat naturel des pangolins. » Il t'avait répondu qu'il ne prenait pas son pied à photographier des cadavres. Et toi, tu lui avais rétorqué que s'il voyait ce qui arrive à son peuple, ce ne serait pas les lacs nauséabonds qui l'inquiéteraient. « Ne sois pas un vendu comme ton père », tu avais insisté, et la relance t'avait fait gagner le pot. Si tant est que faire partir en pleurant la personne qui vous aime puisse être considéré comme une victoire.

— Qu'est-ce que nous avons là, hein ? Une exposition photo ?

Cyril prend l'enveloppe des mains d'Elsa et baisse les yeux sur la table. Il se penche en avant tel un arbitre de cricket et examine le pêle-mêle de clichés. Tu planes au-dessus de lui, non pas comme un ange mais tel un moustique. On dit que les moustiques ont décimé la moitié de la population humaine depuis les origines. C'est bien plus que de vies sauvées par les anges.

Tu perçois un bourdonnement dans l'air, un grondement de très basse fréquence que seuls ceux qui vident leur esprit de pensées et leurs oreilles de murmures peuvent entendre. Ça pourrait être la terre qui gémit ou les cris de milliers de personnes. C'est un son que tu n'avais jamais remarqué auparavant et qui t'accapare tout entier. Et puis, tu remarques la chose tapie derrière le ministre.

Les photos posées sur la table témoignent du carnage et du chaos dont le gouvernement de Cyril Wijeratne est en grande partie responsable, gouvernement dans lequel Uncle Stanley n'est qu'un vulgaire pion.

— Dharmendran. Que signifie tout cela ?

— Le camarade de classe de mon fils, sir. C'est un photographe de talent. Un garçon intelligent et de très bonne famille. Un ancien de St Joseph. Il a disparu et nous sommes tous inquiets.

Ouah, alors ça, Stan, je ne savais pas que tu en avais quelque chose à faire.

— Est-ce là ce à quoi les anciens élèves de St Joseph occupent leur temps ? réagit Cyril en montrant le cliché d'une maison en flammes.

— Les émeutes de juillet 1983, sir, intervient DD en serrant entre ses doigts la croix ankh à son cou.

— Ah, réplique Cyril. Ce jour où le lion endormi s'est réveillé.

— Sir. Cette femme et ces policiers là dehors ont débarqué dans l'appartement de mon fils. Sans mandat ni autorisation. Mon fils ne mérite pas ce genre de harcèlement.

Le ministre ne semble pas l'écouter. Il regarde Elsa comme s'il avait vu un fantôme. Le véritable spectre est pourtant dissimulé derrière lui. Sa silhouette rappelle celle d'un grand singe enveloppant les épaules du ministre de ses bras protecteurs. Ses deux yeux, postés derrière l'oreille de l'homme d'État, passent du charbon à la braise, et tu sais qu'ils te voient.

Le ministre regarde la photo qu'elle tient à la main, on y voit un homme assis dans une Mercedes en train d'observer la foule. Un homme affichant son visage autrefois plus jeune. Elsa rassemble les clichés en noir et blanc et il tend la main dans sa direction en faisant signe de les lui remettre. Elle secoue la tête.

— Désolé, sir. Ces photos sont confidentielles.

Il lève les yeux sur Elsa et la dévisage un instant, le temps qu'il faut à ta mère pour remplir une autre tasse de thé. Tu captes le regard qu'elle lui lance et éprouves une vive douleur à l'endroit où ta tête devait se trouver de ton vivant. Cette fois, aucun souvenir ne ressurgit. Puis, tu suis son regard à lui, qui se pose sur un agrandissement de la photo précédente. L'homme assis dans la Mercedes porte des lunettes de soleil et une chemise en batik, et bien que l'agrandissement ait rendu l'image plus floue, tu le reconnais. C'est le visage que le ministre voit dans le miroir quand il prend la peine de s'y regarder.

Il fait un signe à l'un des gardes du corps, lequel saisit Elsa par les épaules et lui soustrait les photos. Il les remet au ministre pendant qu'Elsa se frotte la clavicule. C'est son deuxième hématome de la journée. Le ministre étudie les photos, et tu aimerais t'approcher pour les examiner avec lui, mais l'ombre tapie derrière lui t'en dissuade. Cyril Wijeratne dodeline de la tête et glisse les clichés dans la poche de son manteau.

— Est-ce là votre œuvre ?

— Sir, ces photos sont confidentielles, répète Elsa, comme si le concept de vie privée intéressait l'homme qui supervise les escadrons de la mort.

— Elles le sont certainement, ma chère. Qui les a prises ?

— Son nom est Maali Almeida. C'est un innocent garçon, bafouille Stanley.

— Il ne me semble pas si innocent, réplique le ministre.

— Ça non, sir, dit Elsa, il ne l'est pas.

— Ne me prenez pas pour un imbécile. Je veux qu'on embarque ce photographe pour l'interroger, tranche Cyril. Où est-il ?

— Personne ne l'a vu depuis hier. Nous craignons qu'il ait été enlevé, sir.

— Enfin quoi, Dharmendran ? Vous savez qui appeler. Suis-je votre putain de secrétaire ?

— Sir, c'est à vous que la Special Task Force rend des comptes.

— Vous êtes la mère ?

Le ministre pose la question à Lakshmi Almeida qui, après avoir bu quatre tasses, est passée en mode silencieux.

— Je vous en prie, retrouvez mon fils. Petite, j'allais à l'école avec votre sœur, sir. Lucky Almeida, de la chorale. Demandez-lui. Elle se souviendra.

— Oh, vous étiez à l'école St Bridget. Je suis un très bon ami de toutes ces nonnes.

Le ministre marque une pause pour réfléchir à ce qu'il va dire.

— À St Bridget, les religieuses sont très ouvertes. Vous pouvez leur taper la bise.

Il marque une nouvelle pause et agite le doigt.

— Mais ne comptez pas vous les taper.

Il ricane et les autres gars rient avec lui. Même Stanley esquisse un sourire. Ça n'a pas l'air d'amuser ta mère.

— Mon fils ne fait pas de politique.

Comme d'habitude, elle ne comprend rien à rien.

— Il est inoffensif, selon vous ? Alors pourquoi photographie-t-il ces choses dégoûtantes ? dit Cyril avec ce sourire qui a malmené un millier de détenus. Merci de m'avoir appelé, Dharmendran. C'est une affaire très sérieuse.

Stanley pointe Elsa du doigt.

— Sir, cette femme n'a pas de mandat et a ramené la police dans mon appartement. Je suis un membre du Conseil des ministres, ceci est du harcèlement.

La manière dont les pauses de Stanley s'évaporent lorsqu'il s'agenouille devant le pouvoir est tout à fait curieuse. Même DD, avec sa méconnaissance des réalités, peut sentir que les plans de son père s'effondrent. Il replace les enveloppes dans la boîte à chaussures, pensant à tort que personne ne le voit faire.

— Dharmendran, des problèmes, j'en ai jusqu'au cou. Nous sommes désormais en guerre sur deux fronts. Nous devons maintenir le JVP à terre et virer les Indiens. La police, l'armée et la STF viennent toutes me voir pour me demander si elles peuvent contourner la loi. Et comment donc ? Je ne peux assouplir la loi pour personne.

Jaki s'empare de la boîte et se dirige vers la porte du fond, sans remarquer le garde du corps de la STF qui se dirige sur elle.

C'est alors que ta mère se met à pleurer, comme jamais elle ne l'a fait, en tout cas, pas depuis ta venue au monde, et jamais en ta présence.

— Monsieur le ministre. Est-ce qu'ils ont mon fils ? Votre sœur Surangani lui a appris à chanter. Demandez-lui, c'est sûr qu'elle se le rappellera.

Si Aunty Surangani parvient à se souvenir du garçon dépourvu d'oreille musicale qui a quitté sa classe après quatre leçons en 1966, tu fais le serment d'entrer dans la Lumière immédiatement. Tu adores faire des paris impossibles. Comme la fois où tu as promis à DD que vous iriez vous installer à San Fransisco si Dukakis battait Bush aux élections.

— Madame, il a disparu depuis moins de deux jours. Peut-être même n'a-t-il pas disparu. Je suis certain qu'il réapparaîtra. Et, lorsqu'il le fera, j'aimerai avoir une petite conversation avec lui.

Le ministre se tourne vers Jaki.

— Excuse-moi, ma jolie, où vas-tu comme ça ?

Un solide gaillard habillé en noir lui barre la route et s'empare de la boîte. Elle le pousse et il lui attrape le bras. Elle grimace de douleur, puis il la lâche.

— Pouvons-nous récupérer l'enveloppe marquée « Reine », s'il vous plaît ? demande Elsa.

— Bien évidemment, et ensuite, vous demanderez que je vous cède aussi le Nord et l'Est ? s'amuse le ministre Cyril. (Son regard se tourne vers Stanley.) Je vais avoir besoin de ces éléments de preuve. Permettez que je les examine soigneusement, Dharmendran ? À ma discrétion, avant de faire une recommandation.

— Putain de connerie, marmonne DD.

— Dilan, tu la fermes. Sir, est-ce nécessaire ?

— Avant de délivrer le mandat, je dois connaître les faits. Nous ne pourrons trouver votre garçon qu'en ayant accès à tous les faits. Dites à ces policiers dehors que je veux leur parler.

— Donc, si je comprends bien, vous prenez les affaires de Maali, sans mandat de perquisition, pour voir si vous avez besoin de délivrer un mandat de perquisition, grommelle Jaki.

Il faut la force conjuguée de sept gorilles pour s'emparer de la boîte.

Elsa sort et se presse vers l'endroit où les flics se tiennent, aussi inutiles que les passages piétons qui ponctuent Galle Road. Elle chuchote quelques phrases courtes et précises à Ranchagoda pendant que Cassim s'enfonce dans son siège en plaquant les mains sur son visage. Elle exige d'être remboursée et Ranchagoda plonge dans la voiture lorsqu'il aperçoit le ministre sortir de ton ancien si doux foyer. Il fait semblant de ne pas l'entendre.

Le chef des gorilles transporte la boîte à chaussures blanche contenant le travail de toute ta vie. Tu regardes le démon bestial qui accompagne Son Excellence le Très Horrible Intolérant à la sortie. On dirait que ses bras, qui se balancent à son corps de sumo, ont poussé. Sa face anguleuse et ses yeux sanguinolents sont pointés vers toi.

DD lance des regards noirs à son père. Ta mère range les tasses de thé et Jaki fixe le vide, avec cette même expression qu'elle avait après t'avoir dit qu'elle était prête et que toi, tu lui avais répondu que tu ne l'étais pas. Tu flottes jusqu'au plafond et pries pour que la douleur revienne. Parce que tu sais que la boîte est perdue, et pour de bon.

Ce qui signifie qu'il te faudra redoubler d'effort pour te remémorer. Les souvenirs risquent d'entraîner des maux dont tu préférerais te passer, mais il y a une chose que tu voudrais te rappeler. Non pas les circonstances de ta mort ou l'identité de ton assassin, mais l'endroit où tu as caché les négatifs. Et tout ce que tu sais, c'est qu'ils se trouvent là, quelque part, à un emplacement évident.

## CONVERSATION AVEC UN GARDE DU CORPS MORT (1959)

Le démon te décoche un sourire et t'adresse un signe de tête tandis que les voyous s'entassent dans deux Pajeros. Il s'accroupit sur le capot de la Mercedes du ministre et t'invite à approcher. Tu t'attends à ce que le capot ploie sous son poids, mais celui-ci ne bouge pas d'un millimètre.

— On lève les voiles ?

— Y a assez de gens comme ça pour me mener en bateau ! tu lui cries.

Tu es en vol stationnaire dans la véranda, là où ta mère avait l'habitude de lire son journal et se plaindre de ton père. Dans la maison, des voix familières s'engagent dans des débats stériles à propos de toi et des choses que tu as faites. Tu n'as pas plus envie d'écouter ça que de revenir à la vie.

La chose posée sur la voiture ministérielle a des dents pointues, des ongles démesurément longs et porte une chemise blanche avec un pantalon noir, l'uniforme standard des serveurs, des gardes du corps, des gangsters et des voyous.

— C'étaient tes photos, non ? J'ai réussi à y jeter un œil. Impressionnant. Superbe travail, vraiment.

— Quel genre de *yaka* es-tu ?

— Je suis l'ombre du ministre. Le ministre de l'ombre. Ah, ah ! Alors, tu viens ? C'est pas comme si tu avais autre chose à faire.

La créature marque un point, tu ne peux pas le nier. De toute façon, ce n'est pas la première fois que tu tailles la route en compagnie de gens peu recommandables. Un jour, tu es même monté dans un bus pour Kilinochchi avec des Tigres sous couverture et tu as bien failli te faire canarder par l'armée.

La voiture démarre au moment où tu montes sur le toit. Tu louches sur la tenue de la créature. La chemise blanche a des froufrous et le pantalon noir a l'air d'avoir été taillé par un aveugle. Plus mal assorti, tu meurs. Il est pieds nus, ses orteils sont poilus et ses ongles longs s'enroulent comme des serres.

— Tes photos sont répugnantes.

Comme ta tronche, tu te dis. Le cortège arrive à un checkpoint où les voitures sont alignées pour être inspectées. Les deux Pajeros et la Mercedes passent sans encombre.

— Alors peut-être que les gens devraient cesser de faire des choses répugnantes.

— Cette terre est maudite. Aucun doute là-dessus, dit la créature.

Ses yeux changent de couleur, passant du cramoisi au noir ébène, de l'acajou au rouge écarlate.

— Comment es-tu devenu un démon ?

Tu te tiens prêt à sauter de la voiture, en cas de gestes brusques. Mais cette créature informe, vautrée sur le capot, fixe le ciel de ses yeux insondables. Bouger ne semble pas être sa priorité.

— Qui te dit que je le suis devenu ? Peut-être en ai-je toujours été un.

— Qui étais-tu avant ?

— Peut-être bien que j'étais un leader, comme celui-ci. (Il désigne l'homme assis à l'arrière qui a sa main plongée dans une boîte à chaussures qui t'appartenait.) Peut-être bien que j'étais un grand businessman propriétaire d'un tas d'usines et d'employés surexploités.

— Mais ce n'est pas le cas.

— J'étais garde du corps. Même si je n'ai jamais pris aucune balle pour personne. Malheureusement.

— Tu aurais voulu te prendre une balle ?

— Mon dernier boulot était d'assurer la protection de Solomon Dias.

— Qui ?

— SWRD[1].

Tu te marres de bon cœur pour la première fois depuis le début de tout ce foutu bordel.

— Un type sympa.

— Tu peux te lâcher. J'ai tout entendu à son sujet. Le Führer du Sinhala Only[2]. Le Parrain du grand merdier.

— J'ai entendu pire.

---

1. Solomon West Ridgeway Dias Bandaranaike, quatrième Premier ministre du Sri Lanka (1956-1959).

2. Loi adoptée par le Parlement du Sri Lanka en 1956 visant à remplacer l'anglais, langue officielle jusqu'alors, par le cinghalais, affichant la volonté politique de créer un État-nation cinghalais et bouddhiste dans un pays composé notamment d'une importante minorité tamoule. Cette loi, qui a provoqué, *in fine*, la demande d'un État séparé, l'Eelam tamoul, constitue l'un des facteurs qui précipitèrent le pays dans la guerre civile.

— S'il avait survécu, il aurait abrogé sa loi et promu le multiculturalisme. C'était un fédéraliste dans l'âme.

— Il a été assassiné par un moine bouddhiste cinghalais, la bête sauvage qu'il tentait d'apprivoiser, parce qu'il n'était pas assez intolérant à son goût.

SWRD était le seul sujet sur lequel toi et ton défunt père étiez d'accord.

— Tu es mort depuis combien de temps ? demande le démon.

— Une lune, apparemment. Comment était Solomon ?

— Ce n'était pas sa faute. Il voulait bien faire. Cette terre est maudite.

— Oui, ça, j'ai compris. Mais comment ça ?

— C'est toi qui me poses cette question, après avoir pris toutes ces photos ?

— Bien vu.

— Ceylan était une île magnifique avant de se remplir de sauvages.

— C'est clair. Certains pays importent leurs sauvages. Nous, nous les engendrons.

— Sais-tu qu'il y avait des gens ici bien avant l'arrivée des Cinghalais ?

— Le peuple de Kuveni ?

— Eux n'étaient pas considérés comme des gens. On les qualifiait de démons ou de serpents.

— Les *yakas* et les *nagas* étaient-ils là avant ou après Ravana[1] ?

— Tout le monde s'en fiche.

1. Roi rakshasa (démon) du Lanka, principal personnage antagoniste apparaissant dans le *Râmâyana*, l'un des deux textes épiques fondateurs de l'hindouisme composé en sanskrit, narrant le mythe de Râma, avatar de Vishnou.

— Alors, qui étaient les indigènes du Sri Lanka ?

— Ce n'est pas Vijaya et sa bande de pirates. Ça, c'est sûr.

Si l'on en croit le *Mahavamsa*[1], le peuple cinghalais s'est construit sur le kidnapping, le viol, le parricide et l'inceste. Ce n'est pas un conte de fées, mais bien l'histoire de vos origines telle qu'elle est relatée dans la plus ancienne chronique de l'île, chronique qui fut utilisée pour édifier des lois visant à réduire à néant tout ce qui n'est pas cinghalais, bouddhiste, masculin et riche.

Il était une fois une princesse du nord de l'Inde qui rencontra un lion. Le lion enleva la princesse et la viola. La princesse donna naissance à un garçon et une fille. Le garçon grandit, tua son père le lion avant de devenir roi et de prendre sa sœur pour épouse. Celle-ci donna à son tour naissance à un garçon qui devint un grand fauteur de troubles. Il fut alors banni du royaume avec sept cents larbins, constitua une flotte et accosta sur les rives de Ceylan.

Le prince Vijaya et sa bande de gros durs écrivirent la première page de votre histoire en massacrant le peuple naga qui vivait ici et en séduisant leur reine. Enfin, peut-être pas dans cet ordre-là. Si ce récit originel ne ment pas, le chaos dans lequel vous vous trouvez aujourd'hui n'est pas si surprenant. Trahie et détruite par ce prince cruel, Kuveni, la reine de la tribu des Naga, maudit l'île avant de se suicider et d'abandonner ses enfants à la forêt. La malédiction perdura pendant quelques millénaires et, en 1990, ne semble toujours pas avoir été levée.

— Nos ancêtres ont été diabolisés, littéralement, dit la créature. J'ai entendu dire que Mahakali était une descendante

1. Chronique historique datant de 450-480 comprenant une histoire du Bouddha et des trois premiers conciles bouddhiques.

de Kuveni. Certains vont même jusqu'à dire que c'est Kuveni en personne.

Galle Road est complètement embouteillée. Il commence à pleuvoir, mais aucun de vous deux n'est trempé. Tu regardes alentour, les gens courent avec des parapluies et se blottissent contre les devantures des magasins. Seuls ceux qui n'ont plus de souffle continuent à déambuler.

— Plus ça va, et plus j'en suis convaincu, dit la créature. L'Histoire c'est ça, des gens dans des bateaux qui se pointent un beau jour quelque part avec des armes pour exterminer ceux qui ont oublié de les inventer. Chaque civilisation commence par un génocide. C'est la loi de l'univers. L'immuable loi de la jungle, même si celle-ci est faite de béton. Tu peux le voir dans le mouvement des étoiles, et dans la danse de chaque atome. Les riches continueront à asservir les pauvres. Et les forts, à écraser les faibles.

La créature rampe sur le pare-brise et se trouve désormais assez près de toi pour pouvoir te donner un coup. La Mercedes passe devant un magasin de souvenirs qui vend de l'artisanat local, sur son toit flotte un drapeau sri-lankais.

— J'ai toujours eu du mal avec ce drapeau, dis-tu, en gardant un œil sur ses ongles démesurément longs.

La créature regarde par la vitre le ministre qui s'est endormi avec ta boîte sur les genoux. Les voitures recommencent à avancer et le démon te sourit.

— Le majestueux drapeau au lion ?

— Depuis quand on a des lions, ici ? Ou des tigres ?

— Des éléphants, ça aurait été plus logique.

— Ou des pangolins.

La plupart des drapeaux présentent des blocs de couleurs souvent assez tranchées : horizontales, verticales, parfois diagonales, quelques fois les trois, comme c'est le cas de l'Union Jack qui flotta au-dessus de vos têtes. Certains sont agrémentés de symboles sympathiques comme des feuilles d'érable, des croissants de lune, des roues qui tournent et des soleils aux coupes afros. En des temps plus barbares, les maisons arboraient des blasons ornés de loups, d'éléphants, de dragons ou de licornes. Juste pour montrer à quel point ils se montreraient féroces si vous veniez les embêter. De nos jours, le règne animal ne figure que sur de très rares drapeaux. Ce sont presque toujours des oiseaux, majestueux et non violents, à l'exception de l'aigle mexicain qui dévore un serpent.

— Non, mais regarde un peu notre drapeau. On dirait une assiette de *achcharu*[1]. Il y a tout. Des lignes horizontales, des lignes verticales, des couleurs primaires, des couleurs secondaires, des symboles végétaux, des symboles animaux, des armes. Du jaune, du marron, du vert et de l'orange. Des feuilles de l'arbre de la bodhi, une épée et une bête. Une vraie salade de fruits.

— Et le drapeau de l'Eelam Tamoul, tu l'as vu ? Pas mieux.

Le lion pointe un cimeterre vers les bandes verticales orange et verte, qui représentent les dravidiens et les mahométans, tenant ainsi les minorités en respect avec sa lame. En guise de représailles, le drapeau séparatiste de l'Eelam Tamoul arbore un tigre pointant son museau entre deux fusils à la manière de Kilroy[2]. Comme pour dire, « Eh le lion avec l'épée, on t'a vu ; nous, on a un tigre avec deux baïonnettes ».

1. Plat d'origine malaise composé d'une grande variété de fruits ou légumes coupés en dés mélangés à une sauce aux saveurs sucrées, aigres et épicées, accompagnant souvent du riz.

2. Graffiti d'origine inconnue, apparu au cours de la Seconde Guerre mondiale et découvert par les troupes américaines, montrant un personnage avec un gros nez, caché derrière un mur, accompagné de ce message : *Kilroy was here.*

Les deux drapeaux exhibent une bête sauvage, une composition lamentable et sont de la couleur du sang. Un rouge tomate de blessure superficielle pour l'Eelam Tamoul, un rouge lie-de-vin de cicatrice jamais refermée pour le Sri Lanka.

Rien ne prouve que l'une de ces bêtes ait jamais foulé ces terres, mais les voilà qui s'invitent sur ces drapeaux, brandissant des armes et baignant dans le sang. Comme pour apporter la preuve que le Sri Lanka s'est bâti dans la bestialité et le carnage.

La Mercedes passe près du port et vous plissez tous deux les yeux en observant l'horizon, au-delà des bateaux amarrés à quai. Tu rêvasses à de lointaines divinités et de soleils vieillissants. De pères absents et de gamins homos.

— Tu veux savoir pourquoi je pense que le Sri Lanka est maudit ?

— Tu viens de le dire. Kuveni.

— Ce n'est pas seulement à cause d'elle. Notre nation est née en 1948. Tu crois au *nakath* ?

Chaque véritable musicien ou sportif vous le dira, tout est une question de timing. En plus de croire aux *yakas* et aux malédictions, les Sri-Lankais croient au *nakath*, au caractère auspicieux ou non d'une situation selon le calendrier, une sorte de feng shui temporel. Si le jour du nouvel an tamoul et cinghalais, vous allumez une bougie à six heures quarante-huit en faisant face à l'ouest, vous attirerez à vous la joie ; si ce jour, vous faites la même chose, mais face au nord et à sept heures trois, le ciel vous tombera sur la tête.

— Non, je ne crois pas au *nakath*.

— Tu en penses quoi de l'année 1948 ? Favorable ou de mauvais augure ?

— Le ministre, est-ce que tu lui chuchotes à l'oreille ?

— Lorsque j'en ai besoin.

— C'est difficile à apprendre ?

— Avec un bon professeur, rien n'est difficile.

— Je dois me rendre au cimetière. Alors, je vais descendre là.

— Pourquoi allez-vous tous au cimetière ? Quelles funérailles pour vous autres, les hommes ? Après tout juste une lune.

— Sena, mon professeur, sera peut-être là. Il sait comment murmurer à l'oreille des vivants.

— Tous les prétendus professeurs qui traînent au cimetière exigeront de toi plus que des frais de scolarité.

— Que veux-tu dire ?

La voiture traverse Bullers Lane et entre dans le bâtiment qui abritait le ministère de la Justice.

— Pour les Philippines aussi, tout a commencé en 1948. Comme nous, ils sont souriants, insouciants, et vicieux quand ils veulent.

— Tu étais vraiment le garde du corps de SWRD ?

— C'était un homme puissant. Mais pas aussi puissant que Cyril le sera un jour. Pour ça, je m'en charge.

— Tous les ministres ont un démon attitré ?

— Seulement les meilleurs.

Tu essayes de prendre une photo du démon posé sur le capot de la Mercedes, mais ne vois que de la boue dans le viseur.

— Les meilleurs ? SWRD était pourri jusqu'à la moelle. Et Cyril est pire encore. Tu ne protèges que de la vermine.

La bête se jette sur toi, mais tu es déjà en train de t'agripper au pylône électrique au bord de la route. Elle te lance un coup et réussit à arracher l'un de tes pendentifs. Tu sautes des fils électriques pour atterrir dans un manguier.

— Fais gaffe à ce que tu dis. Sais-tu quels pays ont vu le jour en 1948 ?

La Mercedes se retrouve bloquée dans la circulation, mais les vents soufflent dans tous les sens.

— Si cette terre est maudite, c'est à cause d'hommes comme Wijeratne et Solomon Dias ! Et à cause de ceux qui les protègent ! cries-tu, enhardi par la distance qui te sépare de la créature.

Elle hurle le nom de cinq pays. Et la Mercedes disparaît en même temps que la gargouille assise sur son toit.

— Je t'aurai à l'œil, grogne-t-elle avant d'être hors de portée de vue.

Mais les cinq noms qu'elle t'a hurlés résonnent dans ta tête. Birmanie, Israël, Corée du Nord, Afrique du Sud de l'Apartheid. Sri Lanka. Tous créés en 1948.

Peu importe si Maali Almeida croit ou non au *nakath*. Parce que l'univers, lui, doit certainement y croire.

## LES OREILLES

Lorsque la Mercedes disparaît dans la circulation, tu ne parviens plus à bouger. Des murs invisibles te barrent la route, tous les vents sont retombés. Tu te sens comme piégé dans une cage en verre trempé, retenu par des bras que tu ne peux pas voir.

Tu n'as jamais été claustrophobe, en dépit de tout ce temps passé dans les bunkers, les lits étroits, et malgré une vie entière à rester dans le placard. Mais, comme toute personne douée de raison, morte ou vive, tu aimes avoir la possibilité de t'enfuir, surtout quand les situations à fuir sont nombreuses.

Au lieu de ça, tu te retrouves là, immobile et privé de possibilités, détenu contre ton gré par des personnages en blouse blanche. Moïse à ta gauche, Musclor à ta droite. Ils regardent droit devant eux sans un sourire. La professeure

Ranee vous précède : sari blanc, livre de comptes et air renfrogné d'institutrice.

— Vos Assistants vont vous accompagner. Ils ne vous feront aucun mal si vous vous comportez bien.

— Pourquoi les anges ont-ils besoin de brutes ? tu demandes, aussi gentiment que possible.

— Qui a dit que nous étions des anges ? répond la professeure. Vous évitez la Lumière parce que vos péchés vous effraient.

— Pourquoi forcer les âmes à rejoindre la Lumière ? Ne devrions-nous pas être libres d'aller où bon nous semble ?

— Qui vous a raconté ces bêtises ?

— Le camarade Sena.

— Vous allez où les voix dans votre tête vous commandent d'aller, dit-elle. Seulement, ces voix que vous entendez ne vous appartiennent pas toujours.

Les Assistants t'entraînent sur une route inconnue reliant Slave Island à la banlieue de Mattakuliya en passant par ce qui ressemble à une gare ferroviaire abandonnée, jusqu'à ce que tu reconnaisses l'endroit que tu as fui.

— Oh, non ! Pas encore ici. Pitié.

— Ce ne sera pas long.

Tu passes les portes rouges et pénètres dans l'interminable couloir. C'est tout aussi bondé que la première fois que tu t'es réveillé ici, et tout aussi bien organisé. Des Assistants vêtus de blanc rassemblent les déséquilibrés, les estropiés et les malades pour les diriger vers des guichets aux files d'attente entrelacées. La professeure Ranee envoie Musclor et Moïse dans la mêlée et flotte avec toi au bord du chaos.

— On commence par le Contrôle des oreilles ?

Tu observes le nouvel arrivage d'âmes, chacune à différents stades de détresse, qui se cognent les unes aux autres comme des atomes dans un accélérateur de particules. Certaines tremblent, d'autres se débattent, d'autres encore se cramponnent au gigantesque néant.

— Qui est le responsable ? Qui est votre boss ?

La professeure secoue la tête.

— Laissez-moi reformuler. Y a-t-il un responsable ?

— Je ne suis qu'une Assistante, Maal. Nous faisons tout notre possible. Peut-être existe-t-il un Créateur. Peut-être a-t-il régurgité le monde, comme ce dieu africain, Mbombo. Ou l'a-t-il fabriqué en une semaine et s'est reposé le dimanche, comme le gars de la Bible.

— Alors, qui vais-je rencontrer ? Yahvé ou Zeus ?

— Nous devrions chercher à nous rapprocher de l'Âme Créatrice. Au lieu de débattre de son nom.

— J'ai un super nom pour Dieu : Quiconque.

— Ne venez pas me voir au terme de vos sept lunes pour me supplier de vous délivrer. J'ai cessé de m'occuper des cas de dernière minute.

— Tout le monde devrait prier Quiconque. Du coup, personne ne serait offensé. « Cher Quiconque, veille sur ma famille. Garde-nous de la souffrance et couvre-nous de richesses. Affectueusement. Moi. »

— Vous commencez à me fatiguer avec vos blagues.

— Je n'ai jamais été aussi sérieux.

Elle te dispense un cours sur les oreilles, et te raconte que la vérité de tout ton être réside dans leurs caractéristiques. Que le cartilage, la peau et la chair qui les composent possèdent des formes et des ombres plus uniques encore que les empreintes digitales. Que les oreilles renferment des fragments fossilisés des vies passées et des péchés oubliés. Ces indices sont hors de portée de vue, ce qui est généralement le cas de l'indice.

— Le fait que nos oreilles soient invisibles à notre propre regard en dit long sur le génie de l'Âme Créatrice, dit la professeure Ranee.

— Ou sur la haine qu'elle éprouve pour nous tous, répliques-tu.

Ton Assistante secoue la tête. Elle t'assure que les oreilles sont les empreintes digitales karmiques et que ton « manteau de viande » est truffé d'indices sur tes vies antérieures. Le *suliya*[1] au sommet de ton crâne, les proportions de tes orteils, les motifs sur ta peau, l'angle de tes dents, le rebond de ton pas. Ce n'est pas pour rien que les plus habiles jeteurs de sorts utilisent des cheveux, des ongles, des dents ou du sang dans leurs sortilèges et incantations. On te traîne en direction de la cage d'ascenseur. Moïse brandit son bâton dans le vent. Musclor braque les yeux sur toi, comme pour te mettre au défi de t'enfuir. Le vent s'est transformé en tempête et hurle comme une bête prise au piège.

— Si vous voulez des réponses, crie la professeure Ranee par-dessus le vacarme, pour trouver le « Quiconque » derrière tout ça, cherchez d'abord le « quiconque » qui se cache au creux de vos oreilles !

Tu t'élèves dans la cage d'ascenseur, au milieu d'esprits qui flottent dans toutes les directions. Les étages défilent les uns après les autres. Si tu y avais fait attention, tu en aurais compté quarante-deux.

— Comment connaître le visage de Dieu, quand vous ne connaissez pas le vôtre ? ajoute-t-elle.

Aujourd'hui, les affaires ont repris au quarante-deuxième étage, ou quoi qu'il se trame derrière la rangée de portes rouges. Les esprits ont tous l'air d'être fraîchement débarqués, tu le vois à leurs regards, leurs démarches et à cause des personnes habillées en blanc qui les chaperonnent. Tes trois gardiens font un signe de tête à leurs collègues et te conduisent devant l'une des portes rouges. Tu tiens à la main

1. Cheveux qui forment un « tourbillon ».

une feuille d'ola avec des sections soigneusement marquées. Tu la reconnais, mais ignores comment elle a atterri là.

Une fois à l'intérieur de la pièce, l'atmosphère te fait penser à un repaire d'opiomanes, la fumée en moins. Des corps sont allongés sur le dos ; des hommes et des femmes torse nu, bedonnants et aux iris violets, sont accroupis au-dessus d'eux, penchés sur leurs oreilles.

On te demande de t'installer alors qu'une fille de la campagne et un type qui ressemble à un ivrogne du village plantent leurs yeux dans tes oreilles. Ils ont la peau violet foncé comme un mangoustan et une haleine fruitée.

— A vécu trente-neuf vies, déclare la nymphe.

— Exact, affirme l'ivrogne.

La nymphe inspecte ton oreille droite et l'ivrogne, ton oreille gauche. Ils marmonnent entre eux en griffonnant sur un recueil de feuille d'ola.

— A été tué. Violent. Soudain.

— A aimé à moitié.

— A volé. Et a été volé.

La nymphe et l'ivrogne se regardent, puis se tournent vers toi.

— A tué ?

— Oh ! s'exclame la professeure Ranee en portant une main à sa joue.

— C'est des conneries, dis-tu avant d'être propulsé dans un couloir avec les autres macchabées, dont les yeux changent de couleur dès que les tiens se posent sur eux.

À chaque arrêt, une paire de mains saisit ta feuille d'ola pour y consigner quelque chose. Tu te fais tripoter par différents spectres, certains portent des smokings, d'autres des sarongs et quelques-uns n'ont rien d'autre sur la peau que des parures en or. Ils ont tous des yeux violets et des ventres ronds.

— Les *pretas* sont des esprits affamés, te dit la professeure. Ils sont aussi experts dans la lecture des oreilles.

— Ils ont aussi dit que j'avais tué quelqu'un. Petit problème : je n'ai rien fait.

— En êtes-vous sûr ?

C'est alors que tu entres dans une pièce où tu te trouves seul face à un miroir. Tu ne perçois tout d'abord rien dans son reflet, et puis tu vois tes yeux s'ouvrir sur différents visages, ton visage se calquer sur différentes têtes et ta tête reposer sur différents corps. Chacune de tes caractéristiques se métamorphose au moment où tu focalises ton attention dessus. Ton nez s'allonge, puis rétrécit. Les traits de ton visage muent du bestial au beau. Tes cheveux s'allongent et disparaissent. Tes yeux passent du vert au bleu puis au marron.

Mais tes oreilles, elles, ne changent pas.

Et finalement, tu reconnais la chose qui apparaît dans le miroir. Elle porte un bandana rouge, une saharienne, une sandale et des trucs autour du cou – des cordelettes entremêlées au bout desquelles pendent la croix ankh en bois contenant le sang de DD, le Panchayudha et les capsules. Tu regardes l'entrelacs de fils et réalises à quel point il ressemble à un nœud coulant. Ton appareil photo pend, lourd comme un fardeau ; tu tires dessus et baisses les yeux sur l'objectif brisé.

Tu vois un chien, un vieil homme et une femme serrant tendrement un bébé dans ses bras. Ils dorment tous paisiblement, la scène te fait l'effet d'un coup de poignard. Pour la troisième fois, tes yeux s'emplissent de larmes. Lorsque tu lèves le regard, la feuille d'ola est de nouveau dans ta main, mais cette fois, elle n'est plus vierge. L'écriture est jolie et précise quoique étrangement bureaucratique.

*Décès – 39*
*Oreilles – Bouchées*
*Péchés – Nombreux*
*Lunes – 5*

Le bas de la feuille a été tamponné. Il y a cinq cercles blancs qui se chevauchent. Les lunes qu'il te reste.

Tu te trouves à la réception du quarante-deuxième étage, Musclor et Moïse se sont volatilisés. Sans doute ont-ils d'autres pécheurs indignes à bousculer vers la Lumière. Il ne reste dans cette halle bruyante plus que toi et cette brave professeure, et tes souvenirs coincés aux confins de tes pensées, dans ta vision périphérique et sur le bout de ta langue. Ils viennent frapper contre les fenêtres de ton esprit, mais restent dissimulés dans la tempête.

La professeure Ranee te prodigue un nouveau cours, plus plaisant cette fois-ci.

— Votre âme n'est pas toute jeune, vous avez vécu trente-neuf vies. Vous avez de la culpabilité, du chagrin, des dettes impayées. Pour eux, votre mort n'est pas un accident, ni un suicide, ils pensent que vous avez été assassiné.

— Comment peuvent-ils le savoir ?

— Vous avez peut-être causé la mort. Vous ne m'avez pourtant pas l'air d'un tueur. Mais remarquez, les gamins qui m'ont tiré dessus non plus.

Elle attend, tête penchée sur le côté, pour scruter ta réaction.

Tu restes silencieux. S'il existe une réponse, tu ne peux pas te la rappeler. Ton cerveau sécrète des souvenirs, mais jamais ceux que tu cherches à obtenir. Tu te souviens de tes photos et de l'endroit où tu as rangé les négatifs. Ce n'est pas une info que ton Assistante apprécierait d'entendre, mais tu sais qui ça pourrait intéresser.

— J'ai payé mes dettes.

— Vraiment ?

— Sauf envers mes photos. Elles doivent être vues. Et j'ai encore cinq lunes devant moi. Ça devrait suffire.

— Ils disent que votre mémoire est bloquée.

Tu baisses les yeux sur la feuille d'ola. Est-ce que ces gribouillis racontent vraiment tout ça ?

Tu te souviens que Jaki t'avait un jour parlé d'un endroit à Kotahena, dans la banlieue de Colombo, qui contenait les horoscopes de chaque être humain né sur cette Terre. Jaki avait eu sa phase astrologie une semaine après sa phase casino et des mois avant sa phase théâtre.

Voici le mythe : Il y a trois mille ans, sept astrologues indiens écrivirent les biographies de tous ceux qui devaient naître sur une vaste quantité de feuilles de palmier. Chacune d'elles pouvait être achetée pour le prix d'un rouleau de tissu sur le marché de Pettah.

Il vous suffisait de leur donner une date et une heure de naissance, ils se chargeaient de faire venir votre feuille d'ola d'une grotte en Inde, et un astrologue à la chemise amidonnée la déchiffrait pour vous ici. En s'appuyant sur les inscriptions en langue pali, sanskrite et tamoule, l'astrologue disait aux jeunes filles quand elles se marieraient et aux femmes de ménage quand elles quitteraient ces rivages. Aux vieillards, il prédisait encore de longues années à vivre, et aux estropiés, annonçait qu'ils marcheraient peut-être un jour. Par contre, curieusement, cet astrologue n'a jamais révélé à personne le jour de sa mort.

Tu te rappelles avoir rétorqué à Jaki qu'il aurait fallu à ces sept sages un million d'années pour rédiger les biographies de 5,3 milliards d'âmes. Rien que pour laisser ces traces écrites, la forêt entière de Sinharaja aurait dû être rasée. Vain exercice, au bout du compte.

Toutes les histoires sont recyclées, toutes les histoires sont injustes. Nombreux sont ceux qui ont eu de la chance et nombreux sont ceux qui en ont bavé. Beaucoup sont nés dans des foyers dotés de livres, beaucoup d'autres ont grandi dans les marécages de la guerre. À la fin, tout devient poussière. Toutes les histoires s'achèvent par un ultime fondu au noir.

La voix de la professeure Ranee coupe court à tes sombres pensées.

— Ça dit que vous êtes endommagé. Et que vous ne devriez pas vous éterniser dans l'Entre-Deux.

— Écoutez, Aunty, merci pour tout.

— Ne m'appelez pas Aunty. Si vous restez ici, vous serez capturé.

— Par qui ?

— Votre camarade Sena travaille pour Mahakali. Il se sert de vous, tout comme on se sert de lui. L'Entre-Deux est rempli de goules et de démons qui tirent leurs pouvoirs du désespoir. Ne leur faites pas ce cadeau. Ça n'aidera personne.

— Sena va m'aider à chuchoter aux vivants. Ça, vous pouvez me l'offrir ?

Tu observes la professeure et les anges aux gros muscles. Tu inspectes les environs et, fort heureusement, ne trouves nulle trace de la silhouette encapuchonnée de Sena. Tu humes l'air et sais que Mahakali n'est pas très loin.

— Je dois voir Sena.

— Vous êtes cinglé ?

— Tout le monde, partout, travaille pour un genre de Mahakali. Alors qu'est-ce que ça peut me faire ?

— Vous êtes un idiot. Et vous me faites perdre mon temps.

Elle se mure dans le silence quand elle perd son sang-froid, tout comme le faisait Jaki. Ton père était tout le contraire. Et, à l'inverse de ton papa, elle sait quand mettre un terme à une dispute.

— Les démons ne peuvent vous dévorer que si vous les y invitez. Du moins, pas avant votre septième lune. Et il vous en reste seulement cinq.

Elle te regarde avec sévérité, malgré tout, tu lis dans ses yeux qu'elle veut toujours t'aider. Et ce sont généralement ces personnes-là que tu traites le plus mal.

— Je viendrai vous voir avant, alors. Sans faute.

— Je disais souvent ça à mon mari et mes filles. Sans faute. Toujours après avoir fait une promesse que je ne pouvais pas tenir.

Elle s'envole jusqu'à un guichet vacant, sans se retourner. En chemin, elle dirige une vieille femme vers l'ascenseur et un garçon vers une porte rouge. Elle n'a pas vu ce que tu as vu et elle n'a pas fait ce que tu as fait. Ce qu'elle ne comprend pas, c'est que si tu redoutes tant d'entrer dans la Lumière, ce n'est pas à cause de l'oubli, mais de ce qui va y entrer avec toi.

## CRÉATURE MYTHIQUE

Tu attends la brise qui te conduira au cimetière, afin de payer Sena en devise qu'il voudra pour acquérir le pouvoir de chuchoter. Alors que tu guettes l'arrivée des vents, tu observes les âmes qui volent en direction de la gare routière de Maradana. Tu peux désormais reconnaître les *pretas* à leur ventre et à leur peau violette ; les démons, à leurs yeux rouges et à leurs griffes ; et les spectres ordinaires, à leurs regards hagards.

— Fais gaffe à ceux qui ont les yeux noirs, *brother*. Ils cherchent toujours les embrouilles.

Tu baisses les yeux et aperçois un léopard. Ce n'est pas un euphémisme pour parler de ces êtres humains armés jusqu'aux dents qui cachent leur violence derrière des noms de chats féroces. Il s'agit là d'un véritable animal. Son pelage est zébré d'entailles et de griffures, ses yeux sont d'un blanc immaculé.

— Désolé, je ne comprends pas.

— À l'évidence, non.

— Je ne savais pas qu'il existait des animaux fantômes.

— Je devrais peut-être disparaître, pour préserver ton ignorance ?

— Je ne voulais pas t'offenser.

— Et pourtant, tu l'as fait, rétorque le léopard en escaladant le parapet.

Sur ce, il disparaît dans une ruelle en direction des canaux de Panchikawatte.

C'est vrai, pourquoi n'y aurait-il pas de fantômes d'animaux ? Pourquoi les humains seraient-ils les seuls à posséder une âme ? Est-ce que ça signifie que tous les insectes que tu as écrasés dans ta vie vont se retrouver là, à errer pendant sept lunes et à réclamer une ristourne au guichet ? Pas étonnant que les Assistants soient surchargés de travail.

Tu attrapes un vent au passage et observes les âmes qui contemplent bouche bée la lune du haut des toits. Tu penses à toutes les créatures dont tu as croisé le chemin, Ici-Bas et dans l'Entre-Deux. Tu passes devant un panneau d'affichage où figure un homme politique décédé, et te demandes pourquoi certains êtres humains jouissent de panneaux publicitaires quand d'autres n'ont pas même droit à une tombe. Au milieu de toute cette folie, il n'existe qu'une seule créature dont tu doutes de l'existence. Et ce n'est pas à Dieu, alias

Quiconque, auquel tu songes. Tu penses à la plus irréelle de toutes les chimères : le Politicien Honnête.

Tu as entendu des histoires sur une seule créature de cette espèce. Un gentleman arrivé en politique ni par cupidité ni par profit. Don Wijeratne Joseph Michael Bandara, né à Kegalle en 1902, fils de cordonnier, obtint une bourse d'études à la faculté de droit de Ceylan en 1919. Après s'être battu pendant des années pour la main-d'œuvre dans les plantations, il devint un élu du parti communiste et continua à travailler sans relâche. Il dévoua son temps aux opprimés et aux laissés-pour-compte, plaida pour les ouvriers tamouls, les commerçants musulmans, les chauffeurs burghers et les chefs cuistots chettiars. Il fit construire deux bibliothèques dans le district de Kegalle, permit à toute une génération d'enfants d'apprendre à lire l'anglais et chassa de la mairie tous les corrompus. Jamais il n'accepta de pot-de-vin, jamais il ne courut les jupons, et jamais il ne jura, même après un verre. Car oui, il buvait. Même les chimères ont parfois soif.

Don Wijeratne Joseph Michael Bandara mourut en 1967 à la suite d'une attaque, causée par les cigares taille Churchill sur lesquels il tirait et un procès à son encontre qui l'empêchait de dormir la nuit. Mis à terre par les syndicats locaux, les ingrats pour lesquels il bossait dix-huit heures par jour. Son plus jeune fils, Don Wijeratne Buveneka Cyril Bandara, entra au Parlement en 1977, avec en tête la magistrale leçon tirée de l'échec paternel.

Conduire son père au tribunal des prud'hommes chaque semaine pendant trois ans avait radicalement affecté la vision du monde de Cyril Bandara. Bandara Senior était poursuivi pour appel d'offres frauduleux, la plainte émanait d'une compagnie forestière dont il avait dénoncé les pratiques en matière de droit du travail. Bandara Junior avait observé le tribunal engloutir son héritage et salir la réputation de son père – raison probable pour laquelle Junior se présenta à sa première élection au poste de député de Kalutara sous le nom de Cyril Wijeratne.

Quand Cyril truqua des appels d'offres, jamais il ne se fit prendre. Il s'armait de cette excuse que chaque homme marié utilise : quitte à être accusé d'un crime, autant l'avoir commis. Des créatures redoutables, on en trouve dans cette histoire comme dans toutes les autres. Le *yaka* calciné qui répand cancers et rumeurs ; Riri, le *yaka* sanglant qui arrache les bébés aux ventres de leurs mères ; Mohini, le démon oiseau ; Ravana et ses dix têtes ; Mahakali.

Et puis, il y a le chauffeur de bus en état d'ivresse, le moustique porteur de la dengue, le moine maniaque, le soldat dément, le tortionnaire masqué, le fils du ministre. Les hommes qui n'appartiennent ni à l'armée ni à la police. Les hommes qui portent le costume traditionnel au travail.

Cyril Wijeratne avait la capacité de pacifier les pacifistes comme Rajapaksa, de surpasser les idéologues de la trempe de Jayewardene, de déjouer les manœuvres de populistes tels que Premadasa[1], d'impressionner les dignitaires étrangers avec son accent emprunté et de duper les pigeons qui avaient voté pour lui en faisant croire qu'il était dans la droite lignée de son mythique père. Et si vous lui demandiez comment il avait pu survivre à cinq tentatives d'assassinat (trois du JVP, deux du LTTE), il ne lui serait pas venu à l'idée de répondre : « Le spectre du garde du corps de SWRD protège mon fortuné

1. Mahinda Rajapaksa, homme politique issu de l'UNP, a occupé des fonctions de député et de ministre dans les années quatre-vingt-dix, de Premier ministre (2004-2005 et 2019-2022) et de président de la République (2005-2015). Ranasinghe Premadasa, issu du parti travailliste, rejoint l'UNP et devient le troisième président de la République du Sri Lanka en 1989. Il est assassiné durant son mandat en 1993 par le LTTE.

postérieur. » Il aurait dit : « Si je suis en vie aujourd'hui, c'est grâce à l'Homme Corbeau. »

## LA GROTTE DE L'HOMME CORBEAU

Tu aperçois Sena sur le parking du cimetière. Les yeux tournés vers la tour du crématorium, il distribue des tracts aux fantômes dont le corps vient d'être incinéré. Il t'adresse un grand sourire et te fait signe de le rejoindre.

— Bonsoir, sir. C'est bon de vous revoir. Je pensais vous avoir perdu aux mains des Assistants.

— Tu ne m'as jamais dit que ton père était le chauffeur des Wijeratne.

— Sir n'a jamais demandé.

— Tu connaissais Buveneka Wijeratne ?

— *Thathi*[1] ne m'a jamais emmené sur son lieu de travail. Pourquoi l'aurait-il fait ? Il savait que je pensais qu'il n'était qu'un paysan.

— Ton père a dit qu'il avait maudit les Wijeratne.

— Les malédictions d'un chauffeur ne valent rien. Qu'attendez-vous de moi ?

— Chuchoter aux vivants, ce serait possible ?

— Absolument, tout est possible, boss, répond-il en tirant des trucs verts et circulaires de sa sacoche en sac-poubelle. Mais pour ça, il faut vous engager. Je ne vois de votre part aucun signe d'engagement, sir. Je dis ça, je dis rien.

Tu remarques que Sena ne tend de tracts qu'aux fantômes dont les yeux sont verts ou jaunes, uniquement à ceux qui ont l'air effrayés ou déboussolés. Comme tous les

1. Père.

marchands de religion, Sena a sagement choisi de s'attaquer aux faibles.

— Je suppose que la réunion avec les Assistants s'est bien passée, te lance Sena en ricanant.

Il a la désagréable habitude de planter sa langue entre ses dents lorsqu'il essaye de faire de l'humour. Il y a quelque chose de différent chez lui. On dirait qu'il a des crocs à la place des dents, ses lèvres sont plus gonflées, ses yeux plus globuleux, ses cheveux plus hérissés, son sourire encore plus fourbe. Il sert le même discours à chaque pauvre goule qu'il croise. « Rejoignez-nous. Nous pouvons faire payer vos assassins, murmure-t-il en collant un tract au creux de chaque main desséchée. La justice vous apportera la paix. Vos assassins imploreront votre pitié. »

— Tu en as recruté combien ? tu lui demandes.

— Ces deux étudiants en école d'ingénieur, répond-il. Et environ sept autres pourraient les rejoindre. Personne ne devrait rester seul dans l'Entre-Deux. Ensemble, nous sommes plus forts.

— Seuls, nous le sommes tous. Je dois entrer en contact avec mon amie.

— Pourquoi ?

— Pour l'aider à récupérer mes négatifs.

— Pourquoi ?

— Parce que sinon, ce que j'ai vu disparaîtra. Comme des larmes dans la pluie.

C'est une réplique de film, le premier que tu as vu avec DD, durant lequel il a ronflé tout du long pendant que tu lui tenais la main et pleurais à chaudes larmes devant la prestation de Rutger Hauer.

— La mort a fait de *hamu* un vrai poète !

— Est-ce que je peux apparaître devant Jaki et lui parler ?

— Hou là. Du calme, sir. Si c'était si facile, tout le monde verrait des fantômes.

— Alors, les fantômes ne peuvent pas parler aux gens ?

— Seulement dans les films d'horreur. Mais on peut influencer les humeurs et murmurer des pensées.

Sena tend son dernier tract à une bête au corps disloqué. C'est une victime d'attentat à la bombe. Elle crache dans ta direction. Tu en as vu plein durant ton court séjour sur terre.

— Alors, qu'est-ce que je peux faire ?

— Sir Malinda Almeida. Je crois qu'il est temps pour vous de rencontrer l'Homme Corbeau.

Sous le pont, en dessous d'un escalier d'acier, derrière une entrée condamnée se trouve, à l'abri des regards, une grotte urbaine. Une boîte à fusibles sur le trottoir avec l'inscription « Danger ! Haute tension » camoufle une porte latérale à laquelle tu n'accèdes qu'en te baissant.

Sena te pousse à travers du métal rouillé, te bouscule entre des plaques de béton et t'entraîne contre des panneaux de bois.

La grotte est balayée par d'étranges courants d'air. Tu aperçois des trous d'aération qui courent du sol au plafond, permettant aux rayons du soleil et aux gaz d'échappement d'entrer.

Contre toute attente, l'intérieur de la caverne n'abrite ni hôtel de ville pour cafards ni urinoir collectif pour chauves-souris, mais un sanctuaire éclairé à la bougie, dédié à tous les dieux de tous les livres saints. Des affiches plastifiées glanées sur les trottoirs de Maradana sont accrochées avec du Scotch et fixées avec des clous. Jésus, Bouddha et Osho. Shiva, Ganesh et Sai Baba. Marley, Kali et Bruce Lee. Une croix, un croissant de lune, un proverbe tibétain tatoué sur le visage du dalaï-lama, un koan bouddhiste griffonné en cinghalais sur une impression pixelisée de l'arbre de la bodhi.

Au centre de la grotte trône un homme bedonnant en tee-shirt, à la chevelure soigneusement peignée et à la barbe orange teinte au henné. Des lunettes aux verres épais réduisent ses yeux à deux billes. Il est assis à un bureau jonché de bétel, de fleurs, de cendres, d'encens et de roupies et, les yeux clos, il babille dans une langue inventée.

Au-dessus de lui pendent des cages en bois et en fil de fer dépourvues de portes, certaines contiennent des nids, d'autres des perroquets, des moineaux et, surtout, des corbeaux. Ils battent des ailes derrière le grillage, picorent les haricots mungo dans leurs bols, mais ne font pas de fientes.

Devant le gros type se trouve une femme en sari qui s'est mis trop de maquillage et pas assez de déodorant. Elle s'accroche à son sac à main bordeaux, les yeux rivés sur l'homme. Sena plane autour de la table et la contourne pendant que tu examines la pièce et prends conscience que vous n'êtes pas seuls. Entassées dans les coins et blotties les unes contre les autres, des ombres suivent les échanges et vous lancent, à Sena et toi, des regards assassins.

Au début, le type a juste l'air d'un tenancier de casino douteux (comme s'il pouvait en être autrement d'un casino) car la femme en sari dépose des billets de cent roupies sur la feuille de bétel après chaque déclaration qu'il fait, comme un homme d'affaires ivre essayant d'adoucir une strip-teaseuse. Tu te rapproches et entends des bribes de leur conversation. Elle demande des nouvelles de son père, il lui sert des platitudes, elle lui glisse d'autres billets, et il lui sert davantage de platitudes.

— Il dit qu'il vous aime, qu'il est fier de vous et qu'il veille sur vous à chaque instant.

Elle se tamponne les yeux.

— A-t-il parlé des bijoux ?

C'est alors que tu vois le vieux fou penché qui murmure à l'oreille du gros bonhomme. Le spectre se retourne et crache sur la table.

— Cette truie cupide ne peut pas être ma fille.

— Monsieur Piyatilaka, votre fille veut savoir où se trouve son héritage, dit l'Homme Corbeau, les paupières papillonnant derrière ses lunettes pour simuler un état de transe.

— Dites-lui que je les ai donnés à la nana que je baisais en 1973. Quand son ingrate de mère a arrêté de me toucher.

L'Homme Corbeau répond à la fille du fantôme, les yeux fermés.

— Votre père vous aime profondément. Il pense que les bijoux ont été volés.

— Qui les a volés ?

— Monsieur Piyatilaka, dites-moi où ils se trouvent.

L'homme ventru enlève ses lunettes et secoue la tête tel un chanteur de musique soul. C'est à cet instant que tu remarques ses yeux. Ils sont blancs, mais pas tout à fait comme ceux d'un Assistant. Ses pupilles sont grises, avec un point noir en leur centre. Ils fixent sans voir et perçoivent les choses invisibles.

Le vieil homme hausse la tête en même temps que les sourcils. Sa fille pose davantage d'argent sur la feuille de bétel.

— Sale voleur de merde ! Tu crois que je vais te le dire ?

Sur ce, il part en trombe et se fond dans les ombres.

— Votre père doit se reposer. Vous voir l'a submergé d'émotions.

La femme acquiesce et ferme son sac à main.

— La prochaine fois, pourrez-vous obtenir plus de renseignements sur les bijoux ?

— Je vais essayer, répond l'Homme Corbeau.

Il sourit et reste assis lorsqu'elle se lève. Il tend l'oreille et attend que ses talons claquent dans l'escalier pour se tourner vers toi.

— C'est qui ça, bordel ? fulmine-t-il. Qui vous envoie ?

Tu n'es pas sûr de savoir s'il s'adresse à toi ou à Sena. Ses pupilles grises roulent en tous sens dans leurs orbites.

— Vous êtes ce type du JVP, c'est ça ? C'est vous, Sena Pathirana ?

— Oui, *Swamini*[1].

— Ne m'appelez pas comme ça, sombre connard. C'est quoi cette chose que vous avez ramenée ici ?

Des gloussements fusent parmi les ombres, tu ne sais pas trop si tu dois fuir ou riposter.

— Il veut le pouvoir de chuchoter.

— Ne vous pointez pas dans ma foutue grotte quand je suis en train de bosser, merde !

— Désolé, *Swamini*.

— Depuis combien de temps vous venez ici, Sena Pathirana ?

— Environ trente-cinq lunes.

— Et qui peut m'appeler *Swamini* ?

— Vos disciples, *Swa*...

— Et mes disciples, que font-ils ?

— Ils vous rendent visite toutes les trois lunes.

— C'est ça. Vous m'avez promis une armée. Où est-elle ?

— J'ai fait passer le message. Je tiendrai mes engagements.

— Et c'est ça que vous m'apportez ? C'est quoi ? Un autre gars du JVP ?

— Il s'est fait assassiner parce qu'il prenait des photos de la guerre. Il doit parler à sa petite amie.

1. Variante de *swami*. Titre de respect donné aux philosophes hindous, considérés comme des maîtres, et par extension à des personnages auxquels on confère une autorité spirituelle ou de l'ordre de la connaissance.

De nouveaux ricanements secouent l'assemblée des ténèbres. Tu distingues parmi ces ombres des silhouettes aux formes trop disproportionnées pour être humaines.

— Votre nom ?

— Malinda Almeida.

— Almeida, vous m'avez l'air chamboulé. Et je m'en fiche. Je me fiche de vous, de ce à quoi vous croyez ou de ce que vous avez fait. Ce qui m'importe, c'est la transaction. Vous m'aidez, je vous aide. Point barre. C'est clair ?

Tu acquiesces en observant une ombre qui sort des ténèbres. C'est un petit garçon à qui il manque une main. Il vient s'asseoir au bureau avec une feuille de papier et donne une poignée de pois chiches aux moineaux. Tu ne saurais dire si c'est un spectre ou un être de chair, il n'a l'air ni de l'un ni de l'autre.

« L'Homme Corbeau ne voit rien sans ses lunettes, t'avait expliqué Sena sur le chemin de la grotte. Certains disent que c'est à cause de l'explosion de la bombe de 1988, d'autres racontent que c'est dû à une mine antipersonnel ou encore à une morsure de serpent. Dans sa grotte, c'est lui qui fait les blagues. Ne jouez pas au plus malin avec lui.

« Une fois qu'il enlève ses lunettes, le monde se brouille et il ne voit plus rien. Ni les oiseaux qu'il nourrit, ni la population des bidonvilles pour qui il érige des sanctuaires, ni les clients auxquels il ment. Mais il peut voir les esprits, il peut entendre les fantômes, et eux aussi peuvent l'entendre. »

L'histoire du Garçon Moineau possède également de nombreux coauteurs. Selon les versions, il aurait perdu sa main lors d'un incident sur la voie ferrée, dans l'explosion de la bombe de 1988 ou à cause d'un oncle violent. Il est assis à la table, un stylo à la main. Des poupées rudimentaires fabriquées avec des feuilles de cocotier sont disposées sur le rebord, à côté d'un bol rempli de charbon de bois et d'une boîte décorée de gravures.

— Nous devons tout d'abord convoquer votre petite amie, dit l'Homme Corbeau.

— Par la magie noire ? tu demandes. Par le *huniyam*[1] ?

— Non, crétin. Nous allons lui écrire une carte postale.

Sena a disparu dans les ténèbres, où il papote avec les autres spectres. Il t'a précisé que le garçon ne parlait pas et que s'adresser à lui devant l'Homme Corbeau serait pris comme un grave manque de respect.

— Le nom de votre amie ?

— Jacqueline Vairavanathan.

— Adresse ?

— 4/11 Galle Face Court.

— Je lui donne rendez-vous pour demain. Êtes-vous certain qu'elle viendra ?

— Je l'espère.

— Ce n'est pas suffisant.

Avec deux doigts, il prélève une sorte d'onguent d'un bol en cuivre brillant qu'il étale sur la carte.

— *Kolla*, tu peux livrer ça ? Ah, oui. Il faut qu'elle apporte un de vos objets personnels. Quelque chose auquel vous tenez. Dites-moi ce que c'est et où le trouver.

Tu réfléchis un instant et des cartes à jouer dansent devant tes yeux. Des as, des rois, des reines et des chiens morts. Tu lui dis. Le garçon sort en empruntant la porte latérale ; contrairement à la plupart des clients, il n'a pas besoin de se baisser pour passer.

— Malinda, voilà comment ça marche. J'ai un don et une malédiction. Je vis dans le brouillard, mais rien ne m'échappe. Les plus riches et les plus puissants, tous me

1. Rites de sorcellerie de tradition pré-bouddhique encore pratiqués au Sri Lanka de nos jours.

demandent de l'aide. Parce que je suis humble. Parce que je suis brillant.

Tapies derrière lui, des ombres murmurent à son oreille. Il acquiesce puis secoue la tête.

— Interdiction de m'interroger. Vous me dites ce dont vous avez besoin et je vous le fournis, dans la limite de mes pouvoirs. Vous voulez parler aux vivants, je peux vous aider. Vous voulez bénir quelqu'un, c'est possible. Vous voulez maudire quelqu'un, ce sera plus cher. Mais vous me devrez des faveurs. Et il faudra tenir parole. Est-ce que c'est clair ?

Les ombres s'agglutinent autour de ses oreilles et Sena, dans un coin, te fait signe de te prosterner devant lui. Ça, il en est hors de question.

— Je peux vous offrir le pouvoir de chuchoter. Je peux même vous offrir le pouvoir de posséder les vivants. Mais vous devez m'aider. Y consentez-vous ?

Tu hausses les épaules, Sena s'avance.

— Oui, *Swamini*. Nous y consentons.

— Vous, apportez-moi l'armée promise. Sinon, la ferme. Je veux l'entendre de la bouche de cet imbécile.

— Je ne vais pas m'incliner devant vous, tu dis.

— Alors pourquoi êtes-vous à genoux ? demande-t-il.

Tu n'en reviens pas de découvrir que, ni pour la première ni pour la dernière fois dans l'histoire ou dans la mythologie, un malvoyant dit la vérité.

## LIVRES DE DROIT ROMANO-NÉERLANDAIS

Le Garçon Moineau attend devant l'ascenseur lorsque Jaki revient du travail. Elle a assuré son service ultramatinal à la SLBC avec la gueule de bois. Tu sais quand elle a bu ou s'est rendue au casino rien qu'à la façon dont elle se traîne. Le garçon traverse le hall d'entrée et lui remet une carte postale. Celle-ci est collante au toucher et sent un mélange de lavande et de *gotu kola*[1].

— Qu'est-ce que c'est ?

Le garçon remue les lèvres sans émettre de son. Il montre du doigt l'adresse écrite en bas de la carte que Jaki lit pendant que tu t'appuies sur son épaule et lui murmure au creux de l'oreille. La sienne est charnue et toute en courbes. Tu serais curieux de savoir quelles vies se cachent dans les replis de son cartilage.

> Miss Jaki Vayranathan,
> Almayda veut vous parler
> Il veut que vous rapportiez son carnet d'adresses.
> Dans l'armoire. Sous l'ours en peluche.
> Venez demain matin à Kotahena Junction.
> Le kolla vous y emmènera.

Qui d'autre que Jaki répondrait à une assignation aussi douteuse ? Elle qui s'est un jour pointée au casino Pegasus avec la carte de crédit de sa mère sans jamais parler du savon qu'elle s'est pris à longue distance au téléphone. Qui t'a un jour offert sa dernière pilule magique après que tu lui avais parlé des restes fumants d'un bébé que tu avais vu à Akkaraipattu.

— Pourquoi tu continues ? t'avait-elle demandé. Ça paye tant que ça ?

— Non, c'est juste que je suis doué pour ce boulot.

— OK.

1. Plante utilisée dans la médecine ayurvédique et la médecine traditionnelle chinoise.

— Je n'ai jamais été bon à rien. Mais je sais comment m'approcher pour prendre la bonne photo. Je ne suis pas un crack de la prise de vue. Mais je suis toujours au bon endroit. Peu importe où je suis.

Jaki, tu l'as portée complètement bourrée et sortie de plus d'un taxi. Tu l'as protégée d'un tas de mecs peu recommandables. Elle a payé ta part de loyer quand tu étais en déplacement. Elle a menti à DD lorsque tu te laissais entraîner par la folie du jeu.

Elle t'a emmené dans les boîtes de Colombo 3, les galeries de Colombo 4, les casinos de Colombo 5, les fêtes de Colombo 7. Des endroits que Sena paierait pour voir. Tu as pris plaisir à avaler les cachetons qu'elle obtenait sur ordonnance et qu'elle mélangeait à du gin. Et tu as pris plaisir à résoudre ses problèmes au boulot et à la maison, même si tu n'as jamais travaillé dans un bureau, pas plus que tu n'as eu d'oncle.

Lorsqu'elle t'avait suggéré d'aller voir son psychiatre, qui n'était autre que son dealer de pilules magiques, pour lui parler de tes cauchemars, tu ne t'étais pas offusqué.

— Quels cauchemars ?

— Ceux que tu fais toutes les nuits.

— Je ne rêve pas.

— Non. Ça ressemble pas à des rêves.

— Comment tu le sais ? Tu es venue dans ma chambre ?

C'est le côté tactile qui a fini par devenir un problème. Vous avez commencé par vous tenir par la main et vous masser les épaules, puis un soir, ce fut une main posée sur ta cuisse, des doigts glissés dans tes cheveux, et à chaque fois qu'elle te touchait, tu avais l'impression qu'un clown te chatouillait. Quand elle a posé ses lèvres sur les tiennes, tu as frémi et tu as laissé échapper un ricanement. Après ça, les choses sont devenues étranges.

— Je suppose que c'est toi, le *kolla*, dit-elle au garçon.

Il acquiesce et déplie les doigts comme un enfant apprenant à compter.

— Tu as mangé ? *Malu paan* ?

Il secoue la tête.

Elle sort les deux petites brioches fourrées au poisson de son sac bordeaux, l'éternel encas qu'elle ramenait toujours intact à la maison.

— Vas-y, prends. T'inquiète pas. Je suis ton amie.

Le Garçon Moineau la fixe en mordant dans la brioche.

— On y va demain ?

Il acquiesce, des miettes se répandent sur ses joues.

— Matin ?

Il acquiesce à nouveau en savourant son festin et esquisse un début de sourire.

— Tu viendras ici ?

De son moignon, il lui montre les mots qu'il a lui-même écrits sur la carte postale quelques heures auparavant : « Kotahena Junction ». Jaki hoche la tête et pénètre dans la vieille cage d'ascenseur.

Elle ne s'est jamais disputée avec toi, n'a jamais fait son cinéma, ni fait de scène comme DD. Au lieu de ça, elle disait juste « OK », et se taisait pendant un moment. Mais à ses yeux brillants et au demi-sourire qu'elle te lançait, tu savais qu'elle était furieuse.

Ce « OK », elle te l'a balancé le jour où tu lui as dit que tu ne pouvais pas rencontrer ses parents, quand tu lui as signifié que tu irais dîner au Blue Elephant sans elle, et quand tu lui as annoncé que tu irais t'installer dans la chambre d'ami. La chambre dans laquelle elle entre à présent et dont elle fouille l'armoire. Elle regarde les photos encadrées de radiographies, le défilé de vestes et de chemises, puis les pendentifs contenant du cyanure.

Tes vestes et tes chemises sont aux couleurs de l'automne, sélectionnées pour passer inaperçues dans la jungle et pour se distinguer en ville. Sur les radios, c'est ta poitrine et ta mâchoire qu'on voit, elles ont été prises à la suite d'un accident de voiture impliquant ta petite personne, un gentleman plus âgé et une malencontreuse fellation. Tu as essayé d'en faire un projet artistique que tu as fini par abandonner. Et ces flacons proviennent des cadavres de Tigres tamouls que tu as photographiés à Kilinochchi pour l'armée.

Elle aperçoit aussi un ours en peluche que ton père avait ramené d'un voyage en même temps qu'une maladie sexuellement transmissible qu'il a refilée à ta mère en guise d'adieux. Et le nom de cette maladie était le désespoir. Ton père est décédé dans un hôpital du Missouri alors que tu étais en route pour son lit de mort et bloqué à l'aéroport LaGuardia. Il t'avait prodigué le peu de sagesse qu'il possédait comme un ultime cadeau au bout du fil.

— N'en veux pas à ta mère. C'est une femme bien. Nous n'étions pas faits l'un pour l'autre. Jamais il ne faudrait se mettre avec une personne qui ne rit pas à tes blagues. Pourquoi tu m'appelles maintenant ? Tu n'as pas répondu à une seule de mes lettres.

Il t'avait dit avoir écrit à chacun de tes anniversaires, pour s'excuser de certaines choses, et te donner des conseils. Il avait refusé de croire que tu ne les as jamais vues.

— Et si tes blagues ne sont pas drôles ?

— Tu fais toujours de la photo ?

— Je photographie la guerre.

— Je pensais que tu préparais ton MBA.

— C'était il y a dix ans.

— Quelle guerre inutile. Maintenant, les Tamouls veulent la moitié de l'île. Je me demande pourquoi tu perds ton temps avec ça.

— Tu te sens mieux ?

— Je suis en train de mourir. Alors, voilà mon conseil. Fais tout ce qui te chante, parce que la mort nous attend tous.

— Toi, qu'est-ce que tu as fait ?

Tu étais là, dans cet aéroport new-yorkais, dégoulinant de sueur, écoutant l'homme à qui tu as toujours reproché d'avoir le dernier mot. Non, papa. Pas cette fois-ci. Tu t'étais cramponné au combiné et avais inséré trois autres pièces dans la fente de la cabine téléphonique en t'imaginant devant la machine à sous du Pegasus.

— Pardon ?

Tu avais tiré le levier en arrière et l'avais relâché.

— Ta génération a niqué ce pays. Et après, vous vous êtes barrés en courant.

— C'est toi qui me fais la leçon sur le fait de tout plaquer ?

Tu avais entendu un halètement au bout de la ligne et tu avais marqué une pause avant de lui réciter ces lignes écrites dans tes chambres d'adolescent tout au long de ta vie.

— Tu n'as rien fait. Et maintenant, c'est trop tard. Moi, j'ai pris des photos qui marqueront l'histoire. Toi, la seule chose bien que tu aies faite, c'est de m'avoir engendré.

Lorsque tu étais enfin arrivé dans le Missouri, tu avais découvert que ton père était mort d'une crise cardiaque alors qu'il était au téléphone avec toi. Aunty Dalreen t'avait interdit d'assister aux funérailles. Jenny et Tracy Kabalana, tes deux demi-sœurs, n'étaient pas venues jusqu'à la porte pour te saluer et n'avaient jamais répondu à tes appels.

Jaki soulève l'ours et voit le carnet d'adresses en dessous.

— OK, fait-elle.

Ce carnet, que tu avais dégoté dans une librairie KGV, avait survécu à tous les livres de ton étagère. Elle fronce les sourcils devant des noms qui ne lui disent rien, puis aperçoit un symbole qu'elle reconnaît, la dame de pique, figurant à côté du numéro de téléphone de l'hôtel Leo.

— OK, répète-t-elle en emportant le carnet dans sa chambre.

En sortant, elle repère un bandana rouge qui pend au crochet de ta porte. Il est couvert de souillures, et si elle avait bien voulu ouvrir les oreilles, tu lui aurais dit lesquelles étaient des taches de boue, d'essence ou de sang.

Les rideaux de sa chambre sont tirés et la lumière tamisée, un pitoyable groupe de musique britannique agonise en fond sonore. À côté de son miroir se trouve un mur de photos, prises par toi pour l'essentiel, montrant votre « Trio de choc », surnom que vous vous donniez les jours où vous ne vous chamailliez pas. DD, Jaki et Maali en vacances à Yala, Kandy, Vienne, buvant des verres à l'Arts Centre Club.

Les noms inscrits sur le carnet d'adresses sont écrits dans différentes couleurs correspondant à divers stades de tes multiples vies. Des tantes, des cousins, des amants, des plombiers, des joueurs, des voleurs et quelques rares femmes et hommes importants. Certains noms te disent quelque chose, d'autres ne t'offrent que du silence, et ce sont précisément ceux-là que tu redoutes. Jaki ne reconnaîtra qu'une infime partie d'entre eux, mais elle n'en sera pas surprise, ni perturbée. Contrairement à DD, Jaki avait accepté le fait qu'elle n'avait aucune autorité sur ta vie, ton temps ou ton affection.

Elle parcourt les pages avec son doigt depuis Alston Koch jusqu'à Zarook Zavahir et découvre d'autres symboles dessinés au stylo-bille à côté de numéros sans noms correspondants. Des symboles tirés du jeu de cartes. Ce sont les mêmes que sur les enveloppes, formant la même quinte royale. Elle pose le carnet sur ses genoux et regarde dans le vide.

Est-elle en train de se demander si tu es toujours en vie, si tu te caches ? Ou se remémore-t-elle vos après-midi passées ensemble à planer, à jouer au blackjack et à écouter de la musique sur le tourne-disque avant qu'il ne rende l'âme ? Les longues soirées platoniques dédiées à Shakin' Stevens, Elvis Presley et Freddie Mercury.

Elle ouvre à nouveau le carnet à la page où figure un numéro avec un as de carreau dessiné à côté au stylo rouge et se dirige vers le téléphone.

Le quotidien d'un fantôme n'est pas si différent de celui d'un photographe de guerre. De longues périodes d'ennui entrecoupées de courtes explosions de violence. Aussi mouvementée que soit votre existence post mortem, vous passez l'essentiel de votre temps à regarder des gens qui fixent d'autres gens. Et les gens, ça regarde tout, tout le temps, ça lâche des vents sans arrêt et se touche les parties génitales beaucoup trop souvent.

La plupart pensent être seuls, et comme souvent, ils se trompent. Il se trouve, au minimum, une centaine d'insectes à proximité de vous et un trillion de bactéries partout où vous posez la main. Et oui, certaines d'entre elles vous observent.

Des choses rôdent au-dessus de vous et vous traversent à chaque minute, mais dites-vous bien qu'elles sont aussi intéressées par vous que vous l'êtes par les vers de terre. Au moins cinq esprits errent à l'endroit même où vous vous trouvez. L'un d'eux lit peut-être par-dessus votre épaule.

Tu regardes Jaki assise à côté du téléphone. Elle mâchouille ses cheveux, une habitude déplacée qu'elle a prise en fréquentant les tables de jeu. Elle tirait des mèches de derrière son oreille, les plaçait entre ses dents et les grignotait quand elle ne savait pas si elle devait renchérir ou se coucher.

Elle ne devrait pas ouvrir ce carnet d'adresses, ni composer l'un de ces numéros. Elle devrait se concentrer sur une chose, trouver les négatifs, parce que sinon, elle risque bien de finir comme toi.

Tu lui murmures à l'oreille, te plantes devant elle et gueules de toutes tes forces. Tu essayes même de lui chanter du Shakin' Stevens. Et c'est alors qu'un visage rubicond et fiévreux apparaît à la fenêtre du quatrième étage.

Sena a gonflé comme Elvis lors de sa tournée à Las Vegas, on dirait qu'il s'est fait dévorer la figure par un essaim de guêpes. Avec son nez aplati et ses cheveux frisés, il ferait penser à un Hawaïen ou un Africain, mais lorsqu'il ouvre la bouche, pas de doute, il est bien sri-lankais.

— Hé, ramenez vos fesses ! On a du boulot.

Sena te fait traverser Pettah en direction du nord. Les vents soufflent mollement et chutent sans prévenir.

— Nuit agitée. Trop de goules dans l'air.

Il n'a pas tort. À Dematagoda, des goules aux crocs acérés guettent les tricycles aux feux de signalisation, assoiffées de carambolages. Des *pretas* rôdent autour des poubelles que les mendiants fouillent, volant le goût de la nourriture et la rendant putride.

Sena ne précise pas où vous allez, mais te dispense un cours d'économie.

— Ici, on ne paye pas en roupies, en roubles, en coupons d'obligations ou en noix de coco, mais en *varam*[1]. Plus tu en as, plus tu es utile, à toi-même et aux autres.

Il t'explique que le meilleur moyen d'obtenir des *varam*, c'est d'avoir des gens qui prient pour toi, allument des bougies,

1. Bénédiction.

déposent des fleurs, brûlent des bâtons d'encens ou d'autres poudres odorantes en ta mémoire. Que des démons comme Bahirawa, Mahasona, Kadawara et le Prince Noir tirent leurs pouvoirs des corbeilles de fruits pourris déposées à leurs pieds par ceux qui se prosternent.

— Très bien. Mais nous ne sommes pas des dieux. Nous n'avons pas de sanctuaire. Comment des moins-que-rien tels que nous peuvent-ils se procurer des *varam* ?

Il ne répond pas, et flotte sur les rives du canal en direction d'un chemin pavé de briques cassées, en face d'un bidonville. Le chemin serpente entre les déchets et mène à une table en pierre installée sous un manguier.

D'après Sena, l'Homme Corbeau dispose d'une congrégation de pauvres, de nécessiteux et de mutilés : les gens de la rue, les habitants des bidonvilles et les mendiants qui se rendent à ce sanctuaire de fortune. Il s'agit d'une arche décrépite provenant d'une bicoque délabrée sous laquelle est installée une table de pierre encombrée de figurines de divinités et de masques de démons. Bouddha, Ganesh et Mahasona sont ceints de fleurs fanées, mais ce ne sont pas eux les stars.

Au centre du sanctuaire se trouve la peinture d'un démon, grossier et cartoonesque, exécutée dans un style tibétain qu'il n'est pas courant de rencontrer dans l'iconographie bouddhique d'ici. Tu reconnais les yeux noirs, les crocs et la chevelure fourmillant de serpents. Tu regardes le collier de crânes, la ceinture de doigts, puis les visages emprisonnés dans la chaire.

— Ils prient Mahakali, souffles-tu, attirant l'attention de Sena.

L'Homme Corbeau a chargé le Garçon Moineau de glisser quelques curiosités dans le sanctuaire, représentant les âmes qui sollicitent ses conseils. Ceux qui aident l'Homme Corbeau reçoivent les prières d'une myriade de dévots et accumulent suffisamment de *varam* pour acquérir des compétences.

— C'est bon d'avoir le pouvoir de son côté.

— Tu parles comme un vrai camarade.

— Si vous voulez communiquer avec votre amie, c'est le moyen le plus facile.

Le *kolla* ne peut pas te voir ; il ne possède pas le don, ou la malédiction, de l'Homme Corbeau. Mais il ressent les vents que tu entraînes. Tu l'as vu frissonner et avoir la chair de poule chaque fois que tu étais à proximité de lui. Tu l'observes disposer des objets hétéroclites dans le sanctuaire – des morceaux de tissu, des livres avec des noms écrits dessus, des dents enroulées dans des mèches de cheveux.

— Il a besoin d'un objet personnel. Mon *thathi* a rapporté mon uniforme d'écolier de Gampaha.

— C'est quoi son problème, au Garçon Moineau ?

— Demandez-lui vous-même.

Le garçon a l'air nerveux. Il a allumé une poignée de bâtons d'encens qu'il agite en projetant de la fumée et de la cendre dans les airs, comme un magicien apprenant à se servir d'une baguette magique.

— Trouvez M. Piyatilaka, dit-il en fouettant l'air avec son bâtonnet d'encens. Trouvez où il cache son or.

Il ne te voit pas, bien que son regard soit dirigé vers toi. Il gifle l'air avec son bâtonnet d'encens une nouvelle fois et un vent d'est vient te trouver. Il te percute le flanc.

— Accrochez-vous, dit Sena, c'est le début de votre première mission.

Le fantôme anciennement connu sous le nom de M. Piyatilaka n'est pas un personnage impressionnant. C'est un homme chauve qui croit avoir des cheveux, un bossu aux dents de travers qui pense que sa moustache soigneusement taillée contrebalance le reste de ses traits. Ce qui rend la maison aux allures de palace qu'il hante d'autant plus impressionnante.

Elle se trouve non loin du cimetière de Borella, bardée de décorations d'animaux provenant de tout le Sri Lanka, sauf de ce quartier. La bâtisse principale est conçue comme une *walauwa*, une ancestrale villa coloniale, et le jardin s'avère assez grand pour accueillir un second bâtiment ainsi qu'un garage rempli de voitures anciennes.

La femme rondelette de la grotte de l'Homme Corbeau, toujours trop maquillée et aussi avare sur le déodorant, donne des instructions à un jeune homme aux gros biceps. Elle lui fait vider le coffre et inspecter sous les sièges d'une voiture qui ressemble à une Jaguar des années soixante.

M. Piyatilaka les regarde avec colère et amusement. Quand il lève les yeux et vous aperçoit, Sena et toi, flottant à côté d'une Morris Minor verte, son sourire s'évanouit.

— Alors comme ça, maintenant, l'Homme Corbeau m'envoie des chochottes ? Très sympa. Veuillez foutre le camp de ma propriété.

Le jeune homme est désormais allongé sous une Ford des années soixante-dix et commence à taper sur le châssis métallique.

— Vas-y bouffon, défonce-la. Qu'est-ce que ça peut me foutre ? Ma catin de fille en a déjà marre de toi. Comment veux-tu qu'elle vende ces voitures après ces mutilations, pauvre crétin ?

M. Piyatilaka flotte hors du garage dans le jardin tropical.

— Comme si j'allais cacher le trésor dans l'une de mes voitures ! s'exclame-t-il d'un ton moqueur. Je les ai héritées de mon arrière-arrière-grand-père. Peut-être que mes petits enfants en seront dignes un jour.

Au pied du jardin se trouve un bâtiment constitué d'une seule pièce. Trop petit pour être un cottage, trop grand pour servir de remise. Le vieil homme s'assoit sur le balcon et sourit.

— Vous perdez votre temps, bande d'idiots. Laissez-moi deviner. L'Homme Corbeau vous a promis qu'en me vendant, vous obtiendrez du *varam*. Il se moque de vous !

— Sir, ces bijoux ne vous sont d'aucune utilité. Pourquoi vous obstiner ?

Tu flottes dans une pièce qui ressemble à un cabinet juridique. Deux des murs sont occupés par des étagères débordant de livres de droit. Les autres sont couverts de diplômes, de certificats universitaires encadrés et de photos de M. Piyatilaka avec ses filles.

— Je suis le seul de ma famille à avoir fait des études, vous savez. Tous mes frères sont restés à Polonnaruwa et passent leurs journées à raconter des conneries.

— Ces livres sont à vous ?

— C'était mon père, l'avocat. Moi, j'étais dans les affaires. Mais je connais la loi. Et je sais comment le *varam* fonctionne.

Sena disparaît dans les armoires et les placards, plonge sous le plancher. Il passe la tête à travers le plafond sous le regard amusé de l'ancien occupant des lieux.

— Vous ne trouverez rien. Ma fille a déjà envoyé l'un de ses garçons là-haut. Les enfants doivent mériter leur héritage. Quelqu'un devrait légiférer là-dessus.

Sena te fait signe de t'activer, mais vu l'attitude de l'hôte, tu doutes qu'il y ait de l'or à trouver ici. Tu entends la fille du vieil homme hurler sur son petit ami dans le garage. Puis, tu entends le petit ami prendre une clef anglaise et frapper sur la voiture, réduisant sa valeur de moitié d'un seul coup.

— Allez voir chez l'Homme Corbeau si j'y suis. Circulez, il n'y a rien à voir, dit Piyatilaka en regardant amoureusement ses livres de droit. Les avocats sont des trous-du-cul. C'est pour ça que je n'en suis pas devenu un. Mais les lois sont nécessaires. Parce que toutes ces religions qu'on s'est inventées ne suffisent pas.

— Encore un athée, lances-tu en plongeant la tête dans les livres de droit.

La vie après la mort et la vie dans une tranchée n'ont, semble-t-il, rien à voir. Les livres sentent le moisi et le mildiou, tu en sors avec une quinte de toux, sans trouver de livre creux rempli de bijoux. Ces ouvrages font partie d'une série de volumes portant le même titre. *Le Droit romano-néerlandais commenté*, de Simon van Leeuwen, édité en 1652. Le Sri Lanka observa longtemps le droit romano-néerlandais, bien après que les Romains et les Hollandais l'avait abandonné.

— Je n'étais pas religieux, mais j'étais croyant. Puis j'ai eu le cancer. Alors, je me suis mis à lire les textes sacrés, à fréquenter les hommes de religion et à me rendre dans les lieux saints. Personne n'a entendu mes prières.

— Dans les zones de guerre, les gens prient chaque jour, réponds-tu. Les soldats, les civils, même les journalistes. Jamais personne n'entend les prières.

— Nous avons besoin de ces livres de droit, parce que la religion n'interdit même pas le viol. Tu le savais ? Selon les commandements, tu ne prendras point le nom de Dieu en vain, mais il n'est écrit nulle part : « Tu ne violeras point. »

— C'est incroyable.

— Les disciples hindous mentionnent le *brahmacharya* et la fidélité, mais pas le viol. Le *kaamesu michch charya* des bouddhistes n'évoque pas le cas du viol non plus. D'autres interdisent de manger du bacon, de garder son prépuce et de s'adonner aux jeux d'argent. Mais ne prohibent pas le viol.

— Les lois sont écrites par des hommes qui se moquent pas mal que des trucs horribles arrivent aux autres, tant que ce n'est pas à eux.

Tu te souviens de DD. De l'égoïsme qu'on lui a inculqué à la London School of Economics. Et de l'une de vos disputes récurrentes.

— Les gens ont toujours souffert, disait-il. Tu peux légiférer pour lutter contre ça, réduire la souffrance au maximum. Mais jamais tu ne pourras l'éradiquer. Le mieux qu'on puisse espérer, c'est que des trucs horribles n'arrivent pas à quelqu'un qu'on connaît.

— On ne devrait pas se féliciter d'être né accidentellement du bon côté.

— Non, répondait-il. Mais on peut en profiter.

— Oui, laissons les trucs horribles arriver aux autres, tu marmonnais. Tu parles comme l'un de ces conservateurs britanniques.

Sena a passé la pièce, le garage et la maison au peigne fin sans succès.

— Venez, Maali. Ils doivent être enterrés dans le jardin.

— Ma catin de fille a fait venir un type avec un détecteur de métaux, dit M. Piyatilaka en se tordant de rire. C'était hilarant. Mais pas autant que le spectacle de deux fantômes de chochottes plongeant dans la boue de mon jardin.

Tu regardes les volumes du *Droit romano-néerlandais commenté*, puis le suffisant vieil homme flotter dans les airs et dans sa rancune. Tu te demandes si ton père est coincé quelque part dans un Entre-Deux du Missouri et s'il pense parfois à toi.

— Te fatigue pas, Sena. Tu ne trouveras aucun bijou.

— Exactement. Retournez voir l'Homme Corbeau et dites-lui d'arrêter d'extorquer de l'argent à ma fille.

— Il n'y a pas de bijoux.

— Je vous l'ai déjà dit ! Je les ai donnés à ma maîtresse en 1973.

— Sena, si je te dis où se trouve le trésor, l'Homme Corbeau me donnera-t-il le pouvoir de murmurer aux vivants ?

— Bien sûr, Maali *hamu*. Sans problème.

Sena te regarde avec perplexité et les yeux de M. Piyatilaka perdent soudain de leur pétillant.

— Je crois qu'il est temps pour vous deux de partir.

— Les bouquins de droit. C'est une première édition, vieille de trois cents ans, et il y a quarante-neuf volumes. Ils valent plus que toutes ces voitures dans le garage.

Piyatilaka hurle en te fonçant dessus. Sena te tire à lui, hors de la trajectoire du colérique fils d'avocat, lequel heurte de plein fouet l'étagère, charriant derrière lui un vent qui fait claquer la porte. Sous l'effet de l'appel d'air, le volume 49, déjà en équilibre précaire sur un coin de l'étagère mangée par les termites, bascule sur le volume 32 en dessous de lui. Celui-ci tombe à son tour sur les volumes 33 à 38, qui dégringolent sur l'étagère inférieure, la cassant net, entraînant les volumes 1 à 23 en cascade sur le sol, comme des blocs d'immeubles sous un raid aérien.

La fille de Piyatilaka et son gigolo débarquent et ne trouvent dans la pièce, emplie d'odeurs étranges et de courants d'air frénétiques, qu'un tas de livres de droit éparpillés par terre.

# TROISIÈME LUNE

*On oublie ce qu'on a besoin de se souvenir*
*Et on se souvient de ce qu'il faut oublier*

Cormac McCarthy, *La Route*

## LA VOIX

— Et maintenant ? On se cache dans l'arbre pour échapper à ce psychopathe de Piyatilaka ?

— Patience, *hamu*. On va s'asseoir et attendre l'appel de l'Homme Corbeau. Ça va venir.

Tu grimpes sur une plus haute branche parmi les bras agités du *mara tree* ; ses feuilles ont l'air vivantes dans le vent, comme des doigts dont les ongles t'écorchent le visage ; ses fleurs ont la couleur d'une plaie ouverte, de la chaire déchiquetée par des éclats d'obus.

Sena babille en listant les compétences que l'Homme Corbeau peut te transmettre.

— Sir, vous pouvez commander les insectes, apparaître dans les rêves, et même posséder les vivants.

Tu regardes les gens qui se baladent dans le parc. Des gens tout à fait ordinaires, qui ne te voient pas. Plus de la moitié d'entre eux ont un esprit sur le dos, qui court à leur côté, chuchote à leur oreille.

Tu as toujours pensé que la voix dans ta tête appartenait à quelqu'un d'autre, te racontant l'histoire de ta vie comme si elle s'était déjà produite. Un narrateur omniscient venant ajouter une voix off à tes journées. Un coach t'encourageant à cesser de te morfondre et à faire ce pour quoi tu es doué. C'est-à-dire, gagner au blackjack, séduire de jeunes paysans et photographier des scènes terrifiantes.

C'est cette voix qui t'a incité à faire le tour des zones de guerre, à cinq reprises, chaque fois pour le compte d'un maître différent. C'est cette voix qui t'a précipité dans les casinos, les ruelles et aux côtés d'étranges garçons dans la noirceur des jungles. Et pourtant, tu te poses la question. Comment aurais-tu pu savoir si un esprit s'était bel et bien calé derrière toi et t'avait murmuré à l'oreille ? Et, même si tu l'avais su, comment aurais-tu pu dissocier cette voix de tous les autres chuchotements dans ta tête ?

Tu entends quelqu'un prononcer ton nom, puis celui de Sena. C'est l'Homme Corbeau, et il a l'air aussi agacé que toi. Une fois de plus, tu t'évapores, la sensation t'est devenue familière et n'est pas du tout déplaisante. Te voilà revenu dans la grotte remplie d'oiseaux, de fruits et d'une myriade de bougies alignées aux flammèches dansantes.

Tu planes jusqu'à la fenêtre circulaire coupée en son milieu par une barre verticale qui surplombe le sanctuaire peuplé de nombreuses divinités. La plus imposante arbore un collier de crânes et n'a techniquement rien de divin, mais au final, Bouddha non plus. Des familles de sans-abri, ou mendiants, comme on les appelle communément par ici, sont agglutinées tout autour, têtes baissées. On aperçoit, au sud du canal, une femme qui prépare des *roti*, un vendeur de tickets de loterie en chaise roulante et un cordonnier qui a l'air assez intelligent, ou assez stupide, pour avoir pu diriger une grande entreprise s'il était né à Colombo 7.

— Enfin ! aboie l'Homme Corbeau en jetant son regard aveugle dans le coin où vous vous êtes tapis Sena et toi. Beau travail avec ce Piyatilaka. J'espère que vous allez continuer comme ça, hein !

Il éternue dans un mouchoir rouge et vide son nez de ses saletés.

— Quand est-ce que je vais apprendre à chuchoter ? tu cries. Je dois parler à quelqu'un.

— Il faut apprendre à marcher avant de savoir courir, monsieur Maali. (Sena enlève sa capuche et sourit.) Désolé, *Swamini*, nous ne sommes là que pour vous servir.

— Vraiment, monsieur Sena ? Moi aussi je suis là pour servir, mais uniquement ceux qui s'en montrent dignes. Monsieur Maali, approchez. Venez voir notre invité.

Tu remarques le garçon, assis sur un tabouret à côté de la porte, en train de se gratter l'oreille avec trois doigts de sa main valide. Puis, la chaise destinée aux visiteurs qui n'est plus vide. Assise là se trouve ta meilleure amie, ton amante de jamais, Jaki Vairavanathan.

## CARNET D'ADRESSES

Jaki a une main calée sous le menton et l'autre fourrée dans son sac en tissu. Tu sais qu'elle serre entre ses doigts une bombe lacrymogène issue d'un carton de douze envoyé par son cousin de Detroit, horrifié qu'une célibataire dans la vingtaine puisse marcher seule dans les dangereuses rues de Colombo.

Tu te demandes ce qu'elle peut penser alors qu'elle scrute les recoins de la grotte, à l'affût du moindre mouvement. Et des mouvements, il y en a évidemment beaucoup ici, mais aucun qu'elle puisse percevoir.

Le vent que tu entraînes éteint la bougie et Jaki sursaute.

— Il est là, miss. Avez-vous apporté un objet lui appartenant ?

— Qui vous a donné mon adresse ?

L'Homme Corbeau étouffe un autre éternuement dans son mouchoir brodé d'un Om. Il se mouche, répandant sa morve sur le symbole de l'infinité du macrocosme et du microcosme. Puis il tousse.

— Je suis navré, miss. Mais votre ami est décédé. Il me parle en cet instant.

— Je vais vous dénoncer à la police, dit Jaki, vous m'entendez ?

— Demande-lui de calculer les probabilités, tu lui dis.

— Hein ?

— Les probabilités. Demandez-lui. Quelles sont les probabilités ?

— Quelles probabilités ? Désolé, miss, je suis enrhumé aujourd'hui. J'entends mal.

Jaki retire sa main de dessous son menton et fronce ses sourcils épilés.

— Qu'est-ce que vous venez de dire ?

— Demandez-lui quelles sont les chances pour que quelqu'un ait su au sujet du carnet d'adresses sous l'ours en peluche.

— Les chances pour le carnet d'adresses de quoi ?

— Dites-lui que les chances sont de une sur vingt-trois mille neuf cent cinquante-cinq. Moins qu'une quinte flush. Dites-lui que l'univers n'est que mathématiques et probabilités. Que nous ne sommes rien de plus que le fruit du hasard de notre naissance.

L'Homme Corbeau répète le message mot pour mot, et quand il en a fini, des larmes pointent dans les yeux hagards de Jaki.

— Vous savez où il est ?

— Il est ici, miss. Il dit d'oublier la boîte sous le lit.

— Il n'y a plus de boîte. Elle a été confisquée.

— Il sait. Il dit de ne pas s'inquiéter. Il vous demande de retrouver les négatifs.

En la regardant, tu te mets à sangloter, même si tu n'as ni les yeux ni les larmes pour pleurer. Pourtant, pleurer, ça t'arrivait aussi souvent que de coucher avec des filles. Tu n'as pas versé de larmes quand tu enjambais les cadavres pour photographier les Tigres qui battaient en retraite, ou quand tu as regardé cette gamine de huit ans serrer dans ses bras le corps sans vie de sa sœur, ni quand tu as entendu ton père mourir alors que tu étais coincé à la douane.

— J'ai besoin d'un objet. Puis-je avoir le carnet d'adresses ?

— Non.

Jaki sort la main de son sac et au lieu d'une bombe aérosol, en retire le bandana rouge maculé de taches. Elle essuie ses larmes avec et inspire ton odeur une dernière fois avant de le déposer sur la table. Ton cerveau est assailli d'images trop nombreuses et terrifiantes à décrire. Comme si la vie de quelqu'un d'autre défilait devant toi, une vie remplie de cadavres et de sang.

Tu hurles et l'Homme Corbeau se bouche les oreilles avant d'être secoué par une nouvelle quinte de toux.

— Du calme, ça ne mènera nulle part. Miss, il veut que vous laissiez ce carnet d'adresses.

— Et pourquoi ?

— Il dit quelque chose à propos d'un roi. Le roi des Elfes ? Ou la reine. Quelque chose comme ça.

L'Homme Corbeau continue d'éternuer et de se moucher pendant que tu lui cries dessus.

— Il dit que les négatifs se trouvent avec le roi des Elfes et la reine. Sena, vous êtes là ? Dites-lui que je l'entends mal quand il crie.

Tu parles calmement, mais il n'arrive toujours pas à te comprendre.

— Navré, miss. Je ne suis pas en grande forme. Il dit qu'il y a des enregistrements de négatifs de quelque chose de négatif. Des rois, des reines et un certain DD, ou quelque chose comme ça. Il veut que vous me remettiez le carnet d'adresses. Il gagnera ainsi du *varam.*

— Je ne peux pas encore me séparer d'une de ses affaires, répond Jaki. S'il est mort, où se trouve son corps ?

La main de l'Homme Corbeau tatônne jusqu'au bandana, qu'il tend ensuite au garçon.

— Mets ça sur l'autel, *kolla.* Miss, je ne me sens pas bien. Revenez la semaine prochaine, et nous ferons ça correctement. Toutes mes condoléances. N'oubliez pas de faire un don. Pour les pauvres.

Le garçon prend le bandana et s'avance vers Jaki. Il lui fait des grimaces, comme s'il essayait de lui mimer un mot. Sa bouche s'ouvre lentement et se referme. Ce mot inaudible pourrait être « ami ». Elle se lève, porte une mèche de cheveux à sa bouche, la mâchouille et s'enfuit. Elle s'en va en emportant le carnet d'adresses aux pages agrémentées de figures de cartes à jouer et ne t'entend pas la supplier de le laisser derrière elle.

— C'est un quoi ?

DD vient juste de rentrer de l'Otters Aquatic Club, un complexe sportif avec une loutre pour mascotte où il joue au badminton, et sent comme ce que tu imagines qu'une loutre sent.

— Je ne sais pas, bon sang. Un astrologue, ou un truc du genre.

DD s'assoit sur la table où tu avais l'habitude de poser les pieds, ce pour quoi il ne manquait jamais de t'engueuler. Son père avait un jour obtenu un poste d'ambassadeur dans un État arabe où montrer la plante de ses pieds était un geste irrespectueux. DD a intégré certains tics culturels. Comme l'incapacité à s'excuser et la promptitude à n'être jamais d'accord.

— T'es sûre que ce n'est pas un sorcier guérisseur ? Ou un chamane ? Ou un Jedi ?

— Ça y est, t'as fini ?

— Je me tape des allers-retours au tribunal pour essayer de récupérer les photos de Maali. Et toi, pendant ce temps, tu vas rendre visite à des devins ?

— Comment ça, les tribunaux ? Je croyais que le ministre Cyril et ton père étaient comme cul et chemise.

— Les flics disent que la boîte constitue un élément de preuve. L'avocat de Cyril Wijeratne veut six semaines pour considérer leur affirmation. Six semaines !

Elle tire le carnet d'adresses de son sac. Elle pose les yeux sur DD et attend qu'il croise son regard, mais elle peut toujours attendre. Le jeune Dilan n'a jamais été très porté sur les contacts visuels, signe potentiel d'autisme, même si DD n'est pas Rain Man.

— Tu crois qu'il nous a quittés ?

— Ne redis jamais ça, répond-il. S'il était mort, je le saurais.

— Comment ?

— Je le saurais.

— Et tu le saurais s'il était en train de se faire torturer ?

— Je ne peux pas penser à ça.

— Pourquoi pas ?

— Parce qu'y penser ne résout rien. Pas plus qu'aller voir un astrologue.

— Il a dit des trucs que seul Maali aurait pu dire.

— Comme quoi ?

DD se frotte toujours le nez lorsqu'il cache quelque chose. Il était le pire joueur de poker que tu aies jamais rencontré – et des joueurs pitoyables, tu en as croisé quelques-uns. Il arrête de s'astiquer le nez et passe ses jolis doigts dans sa chevelure humide de sueur.

Elle pose ton carnet d'adresses sur les genoux de DD. Il l'ouvre et reconnaît quelques noms. La page intitulée « Valet de cœur » est remplie de numéros et de surnoms. Il fronce les sourcils en parcourant la liste – Byron, Hudson, George, Lincoln, Brando – et imagine le pire.

— L'Homme Corbeau m'a dit qu'il était dissimulé dans son armoire. Sous son ours en peluche. Comment pouvait-il le savoir ?

— Maali bavardait avec tout le monde. Peut-être qu'il en a parlé.

— À un astrologue aveugle retiré dans une grotte ?

— Maali traînait avec un peu n'importe qui. C'est qui ce type ?

— Il dit aider les politiciens, les joueurs de cricket et les agences de publicité.

— Et comment ?

— Avec des sortilèges et des horoscopes. Des malédictions. Des trucs contre le mauvais œil. Il dit qu'il peut parler aux esprits. J'ai conscience que ça a l'air stupide.

— Non, c'est pathétique.

— Ma tante me dit que je ne devrais pas porter de mini-jupe, que je vais finir par être maudite, avec l'*huniyam*, ou je sais pas quoi. Que je vais attirer sur moi le mauvais œil.

— Et alors, tu as été ensorcelée ?

— Il vend des trucs comme ce machin que tu as autour du cou.

Contrairement à toi, DD ne porte souvent qu'un seul collier à la fois. Là, c'est un petit cylindre de bois avec des inscriptions en sanskrit. Il faisait partie d'un lot de deux pendentifs, chacun ayant pendu au cou des parents de DD, jusqu'à ce que sa mère soit emportée par un cancer il y a cinq ans. Uncle Stanley les avait donnés tous les deux à DD en lui disant de l'offrir à la femme qu'il épouserait. Il lui avait dit que ça fonctionnait mieux quand le sang de l'homme et de la femme était mélangé et étalé dessus. DD avait trouvé ça dégoûtant et t'en avait offert un lors d'un voyage à Yala. Puis il avait peint sa chambre en violet. C'est à ce moment-là que Stanley avait cessé de vous rendre visite et avait commencé à te réclamer un loyer. Il n'a pas fait payer son fils jusqu'à ce qu'il quitte le cabinet d'avocats.

— À quoi il ressemblait, cet Homme Corbeau ?

— Au prêtre dans *Kung Fu* qui appelle son élève « petit scarabée ».

Tu laisses échapper un rire, mais personne ne t'entend. DD ne regardait jamais les programmes télé normaux, et certainement pas les westerns bouddhiques. Il ne louait que des documentaires et des comédies musicales. Le premier film que vous aviez vu ensemble était *Blade Runner*, au Liberty, et il avait ronflé presque tout du long.

— Jamais vu *Kung Fu*.

— Il n'arrête pas d'éternuer et vit dans un garage rempli de cages à oiseau. Il m'a dit que Maali était décédé.

— Où c'était ?

— Kotahena.

— Tu y es allé avec qui ?

— Un garçon, son serviteur.

DD se tait et resserre sa cravate.

— Tu crois que je n'ai pas assez de choses à gérer ? Je n'ai pas dormi depuis trois jours. Je ne peux pas te poursuivre jusque dans les putains de grottes de Kotahena. Tu sais combien il y a de cas d'enlèvement dans ce pays ?

Jaki reprend le carnet d'adresses.

— J'ai repéré cinq numéros de téléphone là-dedans avec des figures de cartes à jouer dessinées à côté.

— Vraiment ?

— Parmi ces numéros, il y a le tien.

— Quoi ?

— Le tien, le nôtre, celui de l'appart. Le numéro est écrit à côté d'un dix de cœur.

— Et les trois autres ?

Elle a marqué les pages en les cornant comme jamais tu n'aurais osé le faire. Elle les tourne et montre du doigt tes dessins griffonnés au feutre noir et au feutre rouge.

— La reine de pique mène aux bureaux du CNTR à l'hôtel Leo, là où travaille cette femme, Elsa Mathangi.

— Tu as appelé ?

— J'ai appelé tous les numéros avec des symboles. Elle voulait savoir si nous avions les négatifs.

— Et alors, on les a ?

— Hum. Négatif.

DD remarque alors le désordre qui jonche le sofa. La raison pour laquelle son esprit absent l'avait amené à poser ses fesses sur cette table basse, là où personne n'était autorisé à mettre ses pieds. Ce sont les restes du contenu de la boîte qui se trouvait sous ton lit. Le carton désagrégé, les disques délaissés. Les crooners Elvis, Shakin' Stevens et Freddie Mercury qu'il a bannis de la maison après que les cassettes avaient remplacé les 33 tours et que, ah ! ah !, Bronski Beat et les Pet Shop Boys avaient remplacé le rock'n roll.

— Pourquoi t'as ramené ça ?

— Parce que c'est à lui, répond Jaki. Et j'aime bien Shakin' Stevens.

DD examine ses ongles avant de les ronger.

— Maali m'a parlé d'une mission pour l'Associated Press. Et d'un gars britannique. Joey ou Jerry.

— Jonny. Jonny Gilhooley. Ce doit être lui, l'as.

Bénie sois-tu, Jaki. Tu es bien la seule qui écoute. Elle trotte jusqu'au téléphone et compose le numéro de l'Associated Press. Quelqu'un décroche dès la première sonnerie.

— Bonjour.

— Puis-je parler à Jonny Gilhooley, s'il vous plaît ?

— C'est lui-même.

Elle fronce les sourcils.

— Je vous appelle au sujet de Maali Almeida.

— Oui, qu'y a-t-il ?

— Il a disparu.

Tu te glisses derrière Jaki et entends une voix que tu n'as que trop bien connue.

— Combien vous doit-il, à vous ?

Jaki lance un regard à DD qui a pris deux disques dans la pile d'affaires sur le sofa. L'exemplaire de ta mère, *Twelve Songs of Christmas* de Jim Reeves et l'un de tes exemplaires de Shakin' Stevens, *Give Me Your Heart Tonight.*

— Beaucoup.

DD lui fait les gros yeux pendant qu'elle parle.

— Si c'est moins de vingt mille, je me charge de vous les rendre.

— Je suis sa petite amie, dit Jaki. Pouvons-nous nous rencontrer ?

Un rire fuse à l'autre bout du fil.

— Maali a une petite amie ? Évidemment…

— Monsieur Jonny, nous avons l'une de ses boîtes à photos.

Silence sur la ligne.

— Cette boîte est en votre possession ?

— Oui.

Jaki ment comme une pro, elle a appris avec le meilleur.

— Vous serait-il possible de venir au consulat britannique ?

## AS DE CARREAU

DD et Jaki se disputent en chemin. C'est une dispute d'un ennui infini, une querelle entre cousins jaloux remâchée beaucoup trop de fois. Comme ces vains débats lancés pour déterminer à qui appartiennent les nations, quels dieux sont les plus dignes d'être craints, ou si les pauvres doivent être aidés ou méprisés. Ils se disputent à ton sujet.

— Qu'est-ce qu'il t'a dit sur l'Associated Press ? demande Jaki.

— Qu'ils payaient dans les temps. Mais qu'ils n'ont jamais rien publié, répond DD. Est-ce qu'il t'a dit qu'il faisait partie du JVP ?

— J'y crois pas une seconde. Maali était snob, oublie cette histoire de coco à la con. Il regardait les paysans de haut, tout comme toi et oncle Stanley.

La sale petite morveuse effrontée !

— Et toi, j'imagine que tu es une femme du peuple ? rétorque DD.

Ni pour la première ni pour la dernière fois, tu aimerais pouvoir le serrer dans tes bras.

— Pourquoi l'Associated Press se trouve au sein du Haut-Commissariat britannique ?

Jaki fait marche arrière sur le parking en tenant le volant d'une main, pointant le doigt de l'autre sur le visage de DD. Elle recule la voiture jusque dans un coin et se met à le houspiller comme jamais elle ne t'a houspillé.

— Tu aurais dû lui parler, dit-elle, il t'écoutait.

— Il n'écoutait personne.
— Toi, il t'écoutait.
— Tu viens juste de dire que tu étais sa petite amie.
— Non, DD, réplique-t-elle. Sa petite amie, c'était toi.

DD lève la main, Jaki ne bronche pas. Il t'a frappé tant de fois. Des baffes au visage, laissant des marques pour quelques minutes. Tu avais même mérité certaines d'entre elles. Mais le fils de Stanley, frapper une fille, jamais.

— C'est bon. Personne ne sait. Juste moi.

DD baisse la main et fixe le rétroviseur.

Le premier mois, tu lui avais à peine parlé, mais tu l'avais observé. La manière qu'il avait de se glisser dans la cuisine, en sarong et tee-shirt, un café noir à la main, évitant ton regard. Il se levait tôt et travaillait tard. Toi, tu te réveillais dans l'après-midi et commençais ta journée lorsque le soleil se couchait. L'obscurité d'après dîner était le seul moment où vos horaires se chevauchaient.

Au cours du second mois, tu avais commencé à lui demander comment se passaient ses journées et à lui raconter les tiennes. Tu supposais que les avocats parlaient peu de leur travail parce qu'il s'avérait complexe et confidentiel. Tu avais finalement découvert que le job était la plupart du temps ennuyeux et n'avait pas grand-chose à voir, hormis de rares fois, avec les dossiers jugés à la cour pénale britannique qui passaient sur la chaîne ITN trois nuits par semaine. Mais quand Dilan Dharmendran t'avait parlé des injonctions à empêcher le déboisement des forêts au profit de construction de nouvelles usines, tu avais feint de trouver le sujet fascinant.

À partir du troisième mois, vous aviez commencé à vous asseoir à table en buvant du thé noir, et tu lui soutenais que la guerre allait en empirant, que les Tigres ne pouvaient pas être vaincus, qu'il était possible que l'Inde envahisse le pays et qu'on avait repéré dans les zones de guerre des agents de compagnies minières américaines cherchant des gisements de phosphate et des marchands d'armes britanniques ; et lui avait commencé à porter des boxers et à s'attarder après le dîner pour boire une seconde tasse en ta compagnie.

Lors du quatrième mois, quand Jaki avait arrêté son émission pour noctambules à la SLBC, vous vous réunissiez tous trois autour de la table et buviez parfois plus que du thé et du café. Elle avait avoué à DD qu'elle avait toujours pensé qu'il était chiant. Mais qu'elle s'était trompée. DD lui avait répondu qu'il avait toujours pensé qu'elle était bizarre, et qu'il ne s'était pas trompé. Puis, il avait demandé si Jaki et toi sortiez ensemble. Jaki s'était tournée vers toi, tu avais rougi et répondu que vous étiez de très bons amis.

Le cinquième mois, tous les trois vous partiez en voyage. Tout d'abord à Galle, puis à Kandy et à Yala. Vous aviez commencé à louer des vidéos ensemble. Jaki regardait des films récompensés aux Oscars. *Platoon. Le Dernier Empereur. Rain Man.* DD et toi dévoriez les VHS de *Falcon Crest* et de *Crown Court.* C'est durant ce mois-ci que Jaki était entrée une nuit dans ta chambre, qu'elle t'avait demandé si elle pouvait rester et que tu lui avais dit non.

Et puis, le sixième mois, tu étais entré dans la chambre de DD, t'étais assis sur son lit et lui avais caressé les cheveux pendant qu'il faisait semblant de dormir. La nuit d'après, tu avais recommencé, mais cette fois, en lui caressant la peau. Et, la nuit suivante, alors que tu le massais, il avait ouvert les yeux et t'avait dit qu'il ne pouvait pas faire ça, parce que c'était mal et que sa famille serait scandalisée. Et ça en était resté là pendant un petit moment.

Comme convenu, ils évitent les files d'attente étirées jusqu'aux angles du Haut-Commissariat, où les gouttières projettent leurs ombres sur ceux qui cherchent à obtenir un visa pour le Royaume-Uni. Des migrants pleins d'espoir se tiennent dans la pénombre et répètent leurs semi-vérités. Jaki et DD suivent la pancarte indiquant « Salle de cinéma » et poussent la porte vitrée pour entrer dans un flot d'air conditionné.

La pièce possède un écran de télévision géant ainsi que des photographies de Britanniques célèbres dont aucune n'est de toi. Tu n'es jamais venu ici, ces canapés et cet air respirable ne te rappellent rien. Tu ne peux pas en dire autant du gars costaud derrière le bureau.

— Alors, comme ça, c'est vous l'épouse ? mugit-il en gloussant.

— Pas tout à fait, répond Jaki, alors qu'il regarde DD.

— D'accord, dit Jonny en dévorant le beau garçon des yeux. Maali a beaucoup parlé de ce charmant jeune homme.

Il tourne son regard vers la fille renfrognée.

— De vous, pas tellement.

Jonny sert un thé infusé avec du gingembre et de la gelée royale. C'est comme ça qu'il t'a appris à le faire.

— Il n'a jamais parlé de vous, dit DD, ce buveur de café invétéré n'ayant que mépris pour la principale exportation du pays. Depuis combien de temps vous le connaissez ?

— Assez longtemps, répond Jonny en versant le thé comme s'il s'agissait d'une bière blonde.

— Il travaille pour vous ?

— Pas exactement. Mais si j'étais vous, je ne m'inquiéterais pas trop, fiston. Ce n'est pas la première fois qu'il disparaît sans prévenir. Il reviendra. Comme toujours.

— Il nous a toujours dit où il allait, rétorque DD, les yeux scintillants. Cette fois, rien. Pas un mot d'excuse.

— Si vous voulez des excuses de la part de Maali Almeida, il va falloir prendre un ticket et faire la queue pendant un bon bout de temps. J'imagine que vous n'avez pas la boîte.

— Elle est dans la voiture, dit Jaki.

— Ce n'est pas ce que j'ai entendu.

— Qu'avez-vous entendu ?

— Que le ministre de la Justice l'a rapportée chez lui.

— Qui vous a dit ça ?

— Vous ne reverrez plus jamais cette boîte. Vous savez où sont les négatifs ?

DD a les yeux rivés sur la manche de Jonny, juste au-dessus de son coude. Lorsqu'il sert le thé, celle-ci se lève et révèle un as de carreau tatoué à l'encre rouge sur sa peau rose.

— La boîte contenait cinq enveloppes. L'une d'elles avait un as de carreau dessus.

— J'ai ce tatouage depuis l'Ouganda. Où voulez-vous en venir ?

— L'une de ces enveloppes contenait des photos qu'il a prises pour vous.

— Il n'a jamais pris de photos pour nous. Il a seulement travaillé comme fixeur.

— Pourquoi vous êtes-vous fait tatouer un as de carreau ? demande Jaki.

— Il est toujours bon d'avoir un as dans sa manche. J'étais jeune et stupide. Tout comme vous.

— Alors pourquoi cet as sur l'enveloppe de Maali ?

— Pourquoi porte-t-il ce stupide bandana ? Je ne suis pas dans sa tête.

— Maali disait qu'être fixeur, c'était comme être un coolie qui parle anglais, dit DD en passant en mode avocat, c'est-à-dire en forçant l'accent et en imitant les pauses de son père.

— Maali aimait exagérer les choses. Vous devez le savoir. Il acceptait les missions, encaissait les chèques. Avez-vous appelé les autres ?

Il y a un silence. Jaki se gratte le front et DD tripote sa croix ankh.

— Je ne peux pas avoir été le seul à hériter d'une carte dans cette boîte.

— Comment connaissez-vous Maali ? l'interroge DD.

— Je l'ai rencontré à une fête. Et vous ?

— Quelle fête ?

— Je pense que vous le savez.

— Non, je ne vois pas, répond DD, alors qu'il le sait.

— Donc, vous n'avez aucune idée de ce que contient l'enveloppe marquée « As de carreau » ? demande Jaki en buvant une gorgée de son thé.

Le thé sucré est servi dans de la porcelaine à la cendre d'os, probablement volée par ses compatriotes durant les guerres de l'opium.

— Il trimballait son appareil photo partout, alors qui sait, peut-être que ce sont des photos de fêtes. Nous avons organisé quelques réceptions au Haut-Commissariat. Votre père, Stanley, est venu à l'une d'elles.

— Pourquoi les cacher sous un lit, dans ce cas ?

— Nous cachons tous des choses sous notre lit, mon garçon. Maali, plus que la plupart des gens. Je ne m'inquiéterais pas si j'étais vous. Je vais me renseigner. Je suis sûr qu'il va bien. Votre père est-il en faveur du fédéralisme ou de la création de deux États ?

— Je ne comprends pas quels sont vos liens. Vous étiez son ami ?

— Les hommes comme nous sont alliés. Vous le savez.

— Je ne vais pas à ces fêtes.

— Vous devriez.

Jaki se lève et inspecte le mur. Elle passe en revue les portraits de Lord Mountbatten, de Sir Oliver Goonetilleke, de la reine Elizabeth, de Sir Richard Attenborough et du Haut-Commissaire britannique. Près de l'énorme télévision se trouve un bar bien approvisionné sur lequel Jaki promène son doigt. À côté, une table fourmille de documents et de factures.

— Vous voulez boire quelque chose de plus fort ?

Elle secoue la tête, regarde les factures et jette un coup d'œil au dossier au-dessus de la pile.

Jonny se précipite vers la table, rassemble les documents, les fourre dans un tiroir et sourit comme s'il n'avait rien à cacher.

— Veuillez excuser le désordre.

Jaki retourne s'asseoir et commence à se mâchouiller les cheveux. DD boit une gorgée de thé et fait la grimace. Ton petit Dilan déteste le miel au moins autant qu'il méprise le thé.

— Vous travaillez pour le Haut-Commissariat ou l'Associated Press ?

— Le Haut-Commissariat. C'est Robert Sudworth qui travaille pour l'Associated Press. Il avait besoin de fixeurs. Je l'ai mis en contact avec Maali. C'est tout. L'AP, Reuters, la BBC et même la *Pravda* se retrouvent aux réceptions que nous organisons ici. Quand on m'a demandé si je connaissais quelqu'un qui pouvait obtenir des interviews avec l'armée ou les Tigres, j'ai recommandé Maali.

— Depuis combien de temps lui obtenez-vous des missions ?

— Deux ans. Je ne faisais qu'organiser les rencontres.

— Vous jouiez au casino avec lui ?

— Ce n'est pas mon truc. Je ne suis pas allé dans un casino depuis Entebbe. Pour moi, les jeux d'argent sont bons… pour les cons.

— Et les cartes tatouées sur le bras, c'est bon pour qui ? demande Jaki.

DD intervient avant que Jonny ne puisse répondre.

— Quand on l'a vu pour la dernière fois, il parlait à un Européen d'âge mûr au Pegasus.

— Suis-je le seul *suddha* de cette ville ? Ne soyez pas stupide. Andy McGowan de *Newsweek* faisait souvent appel à lui. Il disait qu'il était le seul fixeur respecté par les deux camps.

— Parce qu'il parlait les trois langues ?

— Peut-être. Ou peut-être que c'était à cause de son bandana rouge.

DD plisse les yeux, Jaki les écarquille. Tout le monde n'a pas entendu parler de ces bandanas que la Croix-Rouge distribuait aux journalistes, aux médecins et à d'autres non-combattants sur le champ de bataille. Pourtant, depuis le jour où des otages avaient été retrouvés attachés avec ces mêmes bandanas durant le siège du Dollar Farm[1], les médecins, les journalistes et les bandanas rouges ont tout simplement disparu des zones de conflit. Ils sont devenus aussi rares que les soldats de la paix de l'ONU. Mais toi, tu as continué à en porter un et à échapper aux balles et à la mort.

— Écoutez. Je vous appelle si j'entends quelque chose. Mais je suis sûr qu'il va réapparaître.

Le truc le plus sympa avec le Nikon 3ST que t'avait envoyé ton père du Missouri, c'est qu'il n'émettait aucun bruit quand tu appuyais sur le déclencheur. Tu as pris plus de clichés durant ces missions merdiques de fixeur que lorsque tu étais en reportage photo.

— Quand l'avez-vous vu pour la dernière fois ?

— Il y a quelques semaines. À une conférence de presse. Il m'a dit qu'il abandonnait les zones de conflit. Si c'était ce qu'il voulait, alors très bien. Voilà ce que j'ai pensé.

---

1. Qui a donné lieu à l'un des premiers massacres attribués au LTTE, en novembre 1984.

Jonny devrait jouer au poker. Il pouvait mentir avec ses yeux, son nez et ses dents.

— Que savez-vous au sujet du CNTR ?

— J'en ai entendu parler. Je crois que c'est une organisation humanitaire. Ce qui veut donc dire tout et n'importe quoi.

— Alors, vous les connaissez ?

— Pas vraiment. Il se pourrait que le CNTR collecte des fonds pour des groupes politiques. Ou procure des armes aux partis militants. Il se pourrait même qu'ils aident réellement des innocents. Difficile de savoir qui fait vraiment quoi de nos jours. Est-ce que Stanley, votre papa, sait que vous courez les rues en jouant les inspecteurs Columbo ?

— Pourquoi avoir proposé de payer les dettes de Maali ?

— Ce ne serait pas la première fois. L'AP passe par mon intermédiaire pour le payer. Il me reste encore quelques-uns de ses arriérés de salaire.

— Pourquoi par votre intermédiaire ?

— Nous sous-traitons les services administratifs aux médias internationaux. Cela permet aux journalistes de protéger leurs sources tout en gardant une trace écrite.

— Savez-vous ce que renferment ces cinq enveloppes ?

— Je n'ai pas besoin de le savoir. Je peux deviner. Il y a deux guerres en cours. Ça veut dire beaucoup de choses affreuses à photographier. Maali fait probablement profil bas, maintenant. Je vous suggère d'en faire autant.

Deux messieurs âgés font irruption dans la pièce sans frapper. L'un a l'air saoul, l'autre d'un cinglé. Jonny Gilhooley se lève aussitôt.

— Hé, Jonny, le match va bientôt commencer, dit l'ivrogne.

— Désolé de vous interrompre, dit le cinglé en tirant l'autre du seuil de la porte.

— Nous devons en rester là, les gars, dit Jonny. Croyez-moi, il est sans doute en mission en ce moment. Je vous fais savoir si j'entends quoi que ce soit.

Sur le trajet du retour, Jaki scrute les corbeaux et les check-points par la fenêtre de la voiture.

— Il y avait un bon pour des boissons sur sa table. L'un des documents qu'il a rangés.

— Et ?

— On te l'offre avec tes jetons. C'est un papier qui te donne droit à des boissons gratuites pendant une heure. Il y a donc la date et l'heure dessus.

— Je l'ai pas senti, ce type. Les Anglais, plus ils sont polis, plus ils sont menteurs.

— Et que dire de ceux qui se tatouent des cartes à jouer sur les bras ?

— Et alors, ce bon ?

— Il provient du casino Pegasus, daté de lundi à vingt-trois heures vingt-deux. Étrange pour quelqu'un qui considère que les jeux d'agent sont bons pour les cons.

## BANDANA ROUGE

Jonny se vantait d'avoir eu l'idée du bandana rouge. Il en avait parlé à Gerta Müller de la Croix-Rouge lors d'un cocktail à l'ambassade, et celle-ci, fidèle aux clichés qu'on se fait quant à l'efficacité de ses compatriotes, avait mis à disposition des boîtes desdits bandanas dans le mois qui suivit. Ils devaient constituer l'équivalent du drapeau blanc pour les non-combattants, la zone de cessez-le-feu au cœur du champ de bataille, un talisman pour éviter les pierres et les flèches comme la mythique *henaraja thailaya*[1]. Tout le monde semblait oublier qu'il s'agissait d'un drapeau rouge, et que la plupart de ceux qui portaient les armes étaient des taureaux.

Tu trouvais que le bandana se mariait bien avec ta saharienne et tes pendentifs, mais c'était avant que les partisans du JVP commencent à prendre des conseils de mode auprès des Khmers rouges.

— C'était bien pensé, avait dit Jonny, longtemps après que l'idée se fut soldée par un échec. Dommage que tes petits potes n'aient pas su lui faire honneur.

— Pourquoi avoir vécu ici pendant vingt ans si vous détestez tant les autochtones ? tu lui avais demandé un jour.

— Tu sais ce qu'on dit, au royaume des aveugles ?

— On croirait entendre l'un de vos ancêtres impérialistes.

— J'ai vécu à Newcastle pendant vingt-cinq ans, et les autochtones de là-bas, je les détestais aussi. Rien de personnel, mon garçon. Tous les êtres humains sont des ordures.

— Le *suddha* est venu, a vendu des choses qui ne lui appartenaient pas, s'est enrichi et s'est tiré.

— Combien de temps ? Combien de temps vont-ils encore chanter cette chanson ? avait entonné Jonny d'une voix fausse.

La relation que tu entretenais avec lui était purement professionnelle. Même s'il faut admettre que lors de cet échange, vous étiez assis en sous-vêtements dans son jacuzzi. Avec deux mecs bruns et musclés qui vous tripotaient. Ratne et Duminda avaient la vingtaine et prétendaient travailler comme maçons dans la villa de Jonny à Bolgoda.

1. Amulette qui, dans une légende forgée autour de Saradiel, sorte de Robin des Bois sri-lankais, avait le pouvoir de protéger son porteur des balles et, selon les versions, de rendre invisible. *Henaraja thailaya* est également le nom d'une huile médicinale en ayurveda.

Pour une raison qui t'échappe, son écran géant diffusait un match de cricket.

— On est obligé de regarder cette merde ?

Jonny était attaché culturel au sein du Haut-Commissariat britannique, mais fourrait son nez partout, en plus de fourrer ses doigts dans la bouche ouverte de Duminda devant tes yeux. Il était au Sri Lanka depuis plus de dix ans et avait fait construire plusieurs magnifiques domaines. Affairé avec son giton, il avait pris son temps pour te répondre.

— Désolé, mon beau, si tu n'aimes pas le cricket, tu ne peux pas péter dans mon jacuzzi.

Tu t'es bécoté avec le boss de DD, tu as entretenu une relation avec sa cousine, tu as reçu des fellations de membres de son équipe de foot et t'es tapé un serveur pendant l'un de vos rendez-vous. Mais jamais tu n'as pensé une seule seconde faire quoi que ce soit avec Jonny Gilhooley.

— Ces missions sur lesquelles vous m'envoyez. Ces boulots de fixeur. Je sais que ce n'est pas pour le compte de l'Associated Press.

— Pourquoi te soucier de celui qui signe tes chèques ?

— Pour la même raison que Maggie Thatcher se soucie de notre stupide guerre.

Jonny avait tiré une taffe sur la *beedi* que Duminda lui avait placée entre les lèvres, puis celui-ci avait tiré à son tour une bouffée avant de recracher la fumée au creux de l'oreille de Jonny.

— Qu'est-ce qui t'a mis ces bêtises dans la tête ? Tu ne fais pas la fine bouche quand tu es à court de fric, n'est-ce pas, mon garçon ! Mais puisqu'on en est à jouer franc-jeu, je vais te dire la vérité. Nous sommes là pour promouvoir la démocratie, la liberté et les droits de l'homme.

Vous vous étiez gondolés comme deux drag-queens, et les garçons vous avaient imités même s'ils n'avaient pas saisi la blague. Tu avais demandé à Ratna de t'attraper une bière et de ne surtout pas arrêter ce qu'il faisait avec son autre main sous l'eau bouillonnante. Tu avais secoué la tête, désapprobateur, en direction de Jonny.

— Apparemment, c'est ce que font les États-Unis au Panama, au Nicaragua et au Chili.

— Avant, ces territoires aussi nous appartenaient. Voici la position officielle de Sa Majesté la reine. Brittania en a ras le bol de posséder le monde. Nous préférerions simplement regarder.

— Comme ce prêcheur, Jimmy Swaggart[1].

— Nous choisissons le bon camp. Soutenons la bonne équipe. Et nous avons raison la plupart du temps. Tout le monde peut se tromper.

— On dirait un slogan : « La nouvelle Brittania. Des Malouines aux Maldives. Presque toujours du bon côté. »

Votre discussion s'était interrompue un instant, distraits que vous étiez par vos compagnons. Les garçons étaient ensuite partis préparer le déjeuner pendant que vous vous vautriez dans l'eau chaude. Jonny regardait le match de cricket et toi, tu regardais Jonny.

— Quelque chose te tracasse, mon garçon ?

— Je n'aime pas me mettre en danger. J'ai besoin de plus d'argent.

— Je comprends, avait dit Jonny. J'ai fait une demande. Elle a été rejetée parce que tu as ouvert ta grande bouche.

— Quoi ?

— Tu es censé travailler comme fixeur pour l'AP. Tu emmènes les journalistes où ils veulent aller, leur obtiens des interviews, t'assures qu'ils ne se fassent pas tuer. Personne ne te demande de prendre des photos. Ou de te vanter d'être un espion de la reine.

1. Télévangéliste pentecôtiste américain à succès.

— Me vanter ?

— Tu en as parlé à ton pote. Qui en a parlé à son père. Qui l'a rapporté à son boss. Qui m'a convoqué à une réunion avec mon boss.

— Bob Sudworth est-il vraiment journaliste ?

— Ce n'est pas à moi de le dire. Ni à toi.

— Les Britanniques viennent de perdre un gros contrat d'armement face aux Chinois. On dirait que le gouvernement sri-lankais a d'autres options. Vraiment désolé pour toi.

— Je travaille pour les Renseignements. Je ne m'occupe pas de la quincaillerie.

— Alors que devient la quincaillerie invendue ?

— J'étais un hippie, tu sais. Je suis un pacifiste, bordel de merde.

Les garçons étaient revenus avec des peignoirs sous le bras en annonçant que le déjeuner était servi. Duminda était mieux membré que Ratne et sa bosse de slip ridicule. Jonny avait enfilé le peignoir et lui avait mis la main au paquet. Duminda affichait son sourire de façade.

— Si tu peux garder tes commentaires politiques pour toi, on pourra peut-être envisager une augmentation, avait dit Jonny.

Le gouvernement sri-lankais avait fixé des règles pour tous les journalistes embarqués : il était hors de question de loger avec les terroristes ou de casser la croûte avec eux. Ce n'était pas la politique officielle de l'AP et, dans le brouillard de la guerre, la décision restait à la discrétion du journaliste et du fixeur.

Jonny t'a présenté à de nombreux journalistes, et tous demandaient la même chose : Peut-on voir les corps ? Peut-on obtenir une interview avec le Leader ? La première requête était envisageable, la seconde, pas du tout. Tu leur expliquais qu'on ne pouvait pas établir de contact avec des forces armées sans partager une tasse de thé. Et que parler au chef suprême était aussi facile que d'obtenir une rencontre exclusive avec Elvis.

C'était au début de l'année 1987, l'une de tes premières missions. Le journaliste que tu avais à charge était Andy McGowan, un gamin enjoué au cœur brisé qui travaillait comme pigiste pour *Newsweek*. Jonny t'avait fait une avance conséquente que tu avais brillamment doublée au Pegasus, avant de la dilapider de manière spectaculaire lors d'une partie de poker avec d'autres correspondants de guerre.

C'était ta seconde visite à Vavuniya destinée à la recherche des enfants soldats. On avait rapporté des signalements concernant des adolescents qu'on entraînait dans des commandos suicides et des orphelins auxquels on apprenait à se servir de fusils d'assaut, et tu avais trimballé Andy à travers tout le nord sans trouver de preuves confirmant ces allégations.

À la caserne de Vavuniya, tu étais tombé sur Robert Sudworth, correspondant de l'Associated Press, furieux que son fixeur l'ait abandonné lorsqu'il avait envisagé de partir en exploration dans la jungle du Vanni. Le major Raja Udugampola, futur chef de la STF, avait refusé de leur fournir une protection armée en territoire ennemi. Il était ton ancien patron et, vu la façon dont vous vous étiez quittés, il était peu probable qu'il t'accorde une faveur.

Contrairement à Andy, le doux dingo débraillé, Sudworth était toujours bien sapé. Il portait des tenues de camouflage de créateur et des pantalons taillés sur mesure même sur le terrain. Il avait conquis McGowan avec son numéro de charme offensif.

— Je suis franchement désolé de dire ça, mais l'angle de l'enfant soldat est voué à l'échec. J'ai quelques pistes à

Akkaraipattu, mais les Tigres ne vous laisseront pas les photographier ou les interviewer. Et aucune famille avec des enfants ne parlera.

Sudworth vous avait entraînés tous les deux vers sa jeep de location et dit à voix basse :

— J'ai eu vent d'une autre histoire, les gars. Si nous mettons en commun nos ressources, nous pourrons partager le scoop.

Les ressources de Bob Sudworth comprenaient en tout et pour tout un garde du corps dénommé Sid, un Écossais censé parler anglais, bien que tu n'aies jamais saisi ce qu'il disait. Bâti comme un char d'assaut et mandaté par KM Services, une société de sécurité privée employant des mercenaires, il portait une tenue de camouflage, des bottes et se trimballait avec un Uzi.

D'après Sudworth, il existait un village où les civils étaient formés au combat contre leur gré par le LTTE. L'armée connaissait sa localisation, mais n'était pas prête à y envoyer des troupes. Tu ne voyais pas le moyen d'y entrer, et quand tu le leur avais annoncé, Sudworth t'avait révélé que si son budget lui permettait les services d'un garde du corps, il l'autorisait aussi à t'octroyer une généreuse rétribution.

Après maintes mises en garde, tu avais accepté de les y conduire et avais été étonné de la facilité avec laquelle vous vous étiez frayé un chemin depuis le checkpoint de Nambukulam jusqu'à celui d'Omanthai. Une fois au village, tu avais tout de suite compris pourquoi.

Il y avait là des hommes âgés et des jeunes femmes. Des types pas tout jeunes, des grands-mères, des fermiers, des vachers et des institutrices, tous en train de charger leurs fusils et de tirer sur des cibles, sous la supervision du colonel Gopallaswarmy alias Mahatiya, un membre fondateur des Tigres originaire du village du chef suprême dont la réputation grimpait en flèche au sein de la chaîne de commandement. Ce grand colonel moustachu était une version plus effilée et affamée du leader des Tigres. Il avait accepté d'accorder une interview à Sudworth et McGowan et t'avait autorisé à photographier les villageois.

Aucun d'entre eux n'avait admis avoir été forcé à quoi que ce soit, et personne n'avait l'air de parler sous la contrainte.

— On a moins peur d'eux que de l'armée. C'est l'armée qui a brûlé notre village, avait déclaré un garçon ayant à peine quitté les bancs de l'école, bien que trop âgé pour contribuer au sujet des enfants soldats. On s'entraîne pour se protéger des menaces de ce genre.

L'équipe du major Raja voyait toute cette histoire comme une parfaite illustration de l'oppression qu'exerçait le LTTE sur les civils. Quant aux Tigres, ils en avaient fait une fable sur le pouvoir du peuple. Cette guerre n'en finira jamais, tu t'étais dit en regardant les villageois se servir de leurs armes. Tu avais été autorisé à utiliser ton Nikon sans restriction, on t'avait juste dit : « Ne le pointe pas sur le colonel », mais tu as fini par ne faire que ça.

McGowan et Sudworth, que tu appelais désormais par leurs petits noms, Andy et Bob, t'avaient surnommé le « meilleur fixeur à l'est du Mexique » et t'avaient promis un gros bonus en complément de tes honoraires de guide. Et c'est à ce moment-là que l'armée avait annoncé son arrivée en lançant une grenade. Des balles perforèrent l'air, mutilèrent les arbres et percèrent des trous dans le sol. Bob, Andy et toi aviez rampé vers un buisson qui ressemblait à un théier, mais ne pouvait pas en être un. Vous vous étiez blottis sous le rocher qui se trouvait à son pied. Sid, le garde du corps, avait dégainé son Uzi et avait pris des balles dans le bras lui servant à tirer. Il avait regardé son arme voler dans la poussière avant de jurer comme un Écossais et de s'évanouir.

On dit que ça fait comme un bruit de pétards, mais ce n'est qu'en partie vrai. Ça fait comme un bruit de pétards lancés sur des haut-parleurs qu'on aurait collés à tes tympans. McGowan s'était mis à pleurer, Sudworth à répéter un seul gros mot en boucle, et la poussière avait commencé à jaillir autour de vous comme si des gouttes de pluie invisibles s'abattaient sur le sol. L'air n'était plus que fumée, bruits et hurlements. Roulés en boule sous votre rocher, derrière ce frêle buisson, vous aviez prié des dieux auxquels vous ne croyiez pas.

Alors, tu avais agi. Tu avais attaché ton bandana rouge à un bâton que tu avais calé en haut du buisson où il avait flotté haut comme un drapeau de trêve imbibé de sang. Pendant les quarante-cinq minutes qu'avait duré cette bruyante et peu concluante fusillade, aucune balle n'avait été tirée dans votre direction.

Lorsque les tirs avaient cessé et que l'armée sri-lankaise était entrée dans le camp, les villageois avaient fui ou étaient morts. Bob et Andy portaient le corps inerte et lourd de Sid l'Écossais pendant que tu agitais ton bâton au-dessus de ta tête comme le chef d'orchestre d'une fanfare socialiste. Tu avais levé les bras et crié en cinghalais :

— Nous sommes des journalistes internationaux ! Nous avons un étranger blessé !

Vous aviez tous les trois marché lentement dans la brume, prêts à vous cacher si les balles recommençaient à fuser. Vous aviez été accueillis par des médecins, lesquels s'étaient occupés des blessés et avaient mis de côté les simples traumatisés pour un interrogatoire. Un bandana rouge et deux cartes de presse vous avaient permis, à toi et Andy, de vous sortir d'affaire, mais Robert avait été emmené à la hutte près de la cocoteraie pour un interrogatoire plus approfondi. Il y était allé sans protester. Le champ de bataille l'avait-il transformé en guerrier intrépide ou lui avait-il fichu assez la frousse pour le réduire au silence ? À cette époque, tu n'avais pas pu trancher entre les deux ; cette lèvre supérieure rigide pouvait cacher toutes sortes de secrets.

Alors que tu marchais dans la cocoteraie avec Andy, tu avais aperçu un deuxième visiteur dans la hutte. Un prisonnier avec un sac noir sur la tête. Quand la porte s'était refermée, tu avais remarqué une fenêtre ouverte, avait analysé avec précision les angles et la lumière. Andy t'avait aidé à grimper à un arbre, pile la hauteur dont tu avais besoin. Tu étais en train de cadrer ta photo lorsqu'un troisième personnage était entré dans la hutte. C'était quelqu'un que tu connaissais, et tu t'étais collé au tronc dans l'espoir qu'il ne t'ait pas vu.

Tu avais repéré une table sur laquelle se trouvaient des documents, le zoom de ton objectif t'avait permis d'immortaliser les trois silhouettes assises autour. À un bout, Bob Sudworth ; sur le côté, démasqué, en sueur et défait, le colonel « Mahatiya » Gopallaswarmy, leader de la plus grande faction des Tigres ; et à l'autre bout, le commandant des forces armées qui venaient juste de s'emparer du village. Ton ex-patron, le major Raja Udugampola.

Après cette excursion, Jonny t'avait emmené boire un verre à l'Arts Centre Club et remis une enveloppe. Elle contenait un chèque plus gros que prévu et une photo prise avant les pires moments de la fusillade d'Omanthai. Jonny matait les garçons maigrichons qui grattaient leurs guitares acoustiques sur la scène en se versant de la bière dissimulée sous la table. L'Arts Centre rencontrait des soucis juridiques avec sa licence d'alcool et, pour contourner le problème, avait demandé à sa clientèle d'apporter ses propres boissons tout en contribuant à son fonds légal et en gardant leur alcool caché.

— Bob a été très impressionné, mon garçon. Tout comme Andy. On dirait que mon bandana rouge n'était pas une si mauvaise idée.

— J'ai été assez impressionné par votre pote Bob.

— Écoute. Fais une pause. Prends des vacances. Reste à l'écart des casinos. Et, quand tu seras prêt, on parlera d'autres missions.

— Soixante civils tamouls ont été tués lors du massacre d'Omanthai. Il y avait des enfants qui pissaient le sang devant moi. Mais j'ai pris cette photo au lieu de les secourir.

— De grosses missions. Un paquet de fric. Fini, les enfants qui pissent le sang.

La photo n'avait rien de spécial. On y voyait juste une femme en sari se faire évacuer par le colonel au tout début de l'assaut. Elle faisait face à l'appareil photo comme si elle t'avait vu, caché derrière le buisson. Au moment où tu avais appuyé sur le déclencheur, elle se couvrait la tête avec son sari, mais il était trop tard pour dissimuler son visage et, qu'il était beau ce visage, même dans les tourbillons de poussière…

— C'est le colonel Gopalla-je-sais-pas-quoi ? Mahatiya.

— Et là, son amante, apparemment.

— Alors comme ça, on outrepasse les directives du chef suprême : pas de sexe chez les Tigres ? Vilain garçon.

— Ce sont des rumeurs propagées par l'armée. Je suis sûr que même le leader des Tigres n'est pas célibataire. C'est juste un stratagème pour empêcher les kamikazes d'avoir des petites amies.

— En tout cas, cette photo a de la valeur…

— Qu'est-ce que Bob avait à en dire ?

— … Étant donné que Mahatiya et le chef suprême Prabhakaran ne peuvent pas se blairer.

— Bob devrait savoir tout ça. Il a eu une longue conversation avec le colonel.

— Tant mieux pour lui. Tu as d'autres photos à vendre ?

— Pas pour vous.

Un vieil exemplaire du journal *Island* cachait les boissons, tu avais utilisé les pages consacrées à l'actualité pour éloigner les mouches du porc grillé. On y trouvait des histoires d'accords de paix et des spéculations sur la possibilité que l'armée indienne double ses troupes sur le territoire sri-lankais.

— Nos gars des Renseignements pensent que tu vaux mieux que ce boulot de fixeur, avait dit Jonny. Tu as un bel avenir devant toi. Ne gâche pas tout.

Il continuait à loucher sur les garçons au bar, mais savait pertinemment qu'il ne pouvait pas les approcher, même dans un endroit comme celui-ci.

— Alors, Bob n'a jamais parlé d'une discussion avec le colonel ?

— Je n'ai pas parlé à Bob.

— Pour quelqu'un dont la profession est de mentir, vous êtes plutôt mauvais en la matière, Jonny.

— Au fait, tu devrais arrêter de frayer avec le JVP. Il n'y a rien de plus pathétique qu'un coco de classe moyenne.

Quand Jonny changeait de sujet, cela voulait dire que la discussion était terminée.

— Je ne suis pas insensible, tu sais ? Nous sommes tous passés par là. J'ai pu jubiler quand les Vietcongs ont baisé les Yankees. J'ai même pu pleurer pour des camarades qui se sont fait massacrer en Indonésie. Et sans aucun doute, les mains du capitalisme finiront par nous étrangler. Mais nous devons affronter la réalité, mon garçon. Les cocos sont les plus grands assassins de cocos. Le seul meurtrier qui soit plus prolifique que Staline, Mao ou Pol Pot, c'est Dieu lui-même.

— Sacré discours, tu avais dit en lorgnant le serveur au tee-shirt moulant.

— On dit que ce colonel Gopalla-Mahatiya est en train de constituer une faction rivale. Une mutinerie contre le chef suprême. Dieu nous en garde, mon garçon !

— Le colonel n'est pas assez stupide pour se frotter à Prabhakaran.

— Il semble que le gouvernement ait censuré cette histoire de villageois combattants du LTTE, avait dit Jonny en te scrutant attentivement.

— C'est bien pratique pour Bob. Il peut se faire passer pour un reporter sans vraiment faire de reportage.

Tu soutenais son regard. Vous vous étiez observés en silence alors que le groupe faisait une nouvelle pause inopinée.

— Tu as quelque chose à dire, Maali ?

— Si j'avais une photo de Bob, du colonel Mutinerie et du major Raja Udugampola papotant autour d'une table, combien elle vaudrait ?

Jonny avait froncé les sourcils et secoué la tête.

— Mais tu ne peux pas avoir une telle photo, mon garçon.

— Comment pouvez-vous le savoir ?

— Parce que ce genre de photo te ferait tuer. Et tu aimes la vie plus que tes photos.

— Ils vont envoyer Sid l'Écossais à ma poursuite ? Quelle belle utilisation de votre budget mercenaire.

— Ils n'auront pas besoin d'envoyer qui que ce soit. Ce sont les Tigres, l'armée et leurs grenades que tu auras à tes trousses. Ne blague pas avec ce genre de photo, Maali. Tu as plutôt intérêt que ce soit une blague.

— Évidemment, avais-tu répondu en empochant ton chèque. Tout ce que j'ai ramené du seuil de la mort, c'est ce bandana rouge. Et ce cœur qui saigne.

## DIS MON NOM

Tu veux demander à l'univers ce que tout le monde veut demander à l'univers. Pourquoi on naît, pourquoi on meurt, pourquoi tout ça existe. Et tout ce que l'univers trouve à te répondre, c'est : Je ne sais pas, connard, arrête de poser des questions. L'Au-Delà est aussi déroutant que la vie avant la mort, et l'Entre-Deux, aussi arbitraire que l'Ici-Bas. Alors, on s'invente des histoires parce qu'on a peur du noir.

Le vent souffle ton nom, tu le suis à travers les airs, le béton et l'acier. Tu te laisses porter par les brises dans une ruelle de Slave Island et entends des murmures à chaque pas de porte. « Almeida… Malinda… » Puis le vent s'engouffre dans les rues animées de Dehiwala et tu distingues d'autres voix. « Un partisan du JVP… activiste… Almeida… Maali… disparu… »

De Slave Island à Dehiwala en une inspiration, plus rapide qu'en hélico. Au moins, la mort t'épargne les bouchons de Galle Road, les chauffeurs de Parliament Road et les checkpoints postés à chaque coin de rue. Tu passes devant les visages de gens qui déambulent dans les rues insalubres de Colombo, insouciants, les frères et sœurs mortels de regrettés disparus aussitôt tombés dans l'oubli. Tu es une feuille dans une bourrasque, entraînée par une force que tu ne peux pas contrôler et à laquelle tu ne peux pas résister.

Le visionnaire Arthur C. Clarke disait que trente fantômes se tenaient derrière chaque personne vivante, ratio par lequel les morts surpassaient les vivants en nombre. Tu regardes autour de toi et crains que l'estimation du grand homme ait été quelque peu timorée.

Un esprit est tapi derrière chaque personne que tu vois. Des gardiens planent au-dessus de certaines, repoussant les goules, les *pretas*, les *rahu* et les démons. D'éminents membres de ces derniers groupes se dressent devant d'autres, leur sifflant de vaines pensées au visage. Quelques personnes ont des démons accroupis sur leurs épaules, remplissant leurs oreilles de bile.

Sir Arthur a passé trente ans de sa vie sur ces rivages hantés, cela fait clairement de lui un Sri-Lankais. Les Autrichiens ont convaincu le monde que Hitler était allemand et que Mozart était des leurs. Sans doute qu'après avoir subi des siècles de pillages, de visites de courtoisie des pirates de Londres, d'Amsterdam et de Lisbonne, vous les Sri-Lankais pouviez au moins vous approprier un visionnaire de la science-fiction ?

La pluie crache des éclairs et le tonnerre fracasse le vent. Tu as perdu le compte du nombre de fois où il a plu depuis ta disparition prématurée. Soit les moussons sont arrivées tôt, soit l'univers verse des larmes sur toi et ta stupide petite vie. Aujourd'hui, les larmes sont aussi épaisses que des gouttes d'encre et crèvent les nuages en colère pour s'écraser sur la tête des humbles.

— J'ai vu la liste des disparus, dit un Européen en K-way à un autre.

— T'as reconnu des noms ? demande son collègue, en faisant courir un doigt sur une feuille dactylographiée protégée par du plastique.

— Maali Almeida. Il est fiché comme activiste et partisan du JVP. Il n'était ni l'un ni l'autre.

L'homme en imperméable est Andrew McGowan, correspondant de guerre et occasionnel ami. Son visage est humide et rouge, mais tu ne peux pas dire si c'est dû à la pluie ou aux larmes.

Tu es de retour à la case départ, sur les rives du lac Beira, l'averse s'est arrêtée et une foule s'est rassemblée près du temple. C'est étrange, car ce n'est ni un jour de Poya[1] ni un jour d'aumône. Des Européens costauds vêtus d'imperméables bleu clair se tiennent aux abords de la foule et semblent former une barricade. Une fourgonnette arrive, sept policiers en sortent. Parmi eux se trouvent tes chers amis le commissaire adjoint Ranchagoda et l'inspecteur Cassim qui ferment la marche, apparemment dépêchés sur les lieux pour observer le chaos plutôt que pour le réguler.

Les flics et les Européens en imperméable se font face tels des putois et des serpents. La foule gronde comme le ciel au-dessus d'elle. Tu prends tes repères et regardes autour de toi. La puanteur te pique les narines que tu n'as plus. Les pluies incessantes ont fait déborder la rivière et dévasté les berges du Beira. La route qui ceinture le lac est jonchée de morceaux de plastique froissé, de poissons ratatinés, de nourriture avariée et de papiers détrempés. Tout le monde a l'air étonné – qui aurait pu dire que des poissons pouvaient survivre dans ce lac crasseux ?

L'attroupement observe la police tenter de forcer le passage et les Européens les faire à nouveau reculer. Tu es davantage intéressé par la scène dont les gens ont détourné leur regard. Au bord de la rivière se trouvent d'autres Européens en imperméable ; certains prennent des clichés, d'autres tiennent des parapluies au-dessus des photographes. Et ce qu'ils photographient sur les rives de la Beira, ce sont des os. Des os détrempés, étalés sur des bâches, sur lesquelles sont placées des cartes à jouer. Il y a un full aux as par les valets, une suite de carreaux à hauteur du neuf, et cinq cartes dépareillées d'aucune utilité pour personne.

Les cartes virevoltent devant tes yeux, des rois, des reines et des valets qui tourbillonnent à une vitesse folle, telle une scène d'un James Bond filmé durant le *Summer of Love*. Cette

1. Jour de pleine lune dédié à la célébration de Bouddha.

fois, c'est comme si la nausée t'arrivait du centre de la Terre et entrait par tes plantes de pied, remplissant ton ventre et ta gorge d'argile. Les cartes reposent sur des os, des colonnes vertébrales, des cages thoraciques et d'autres membres hétéroclites. Dans le tas, tu comptes quinze crânes et aperçois celui qui t'a un jour appartenu. La seule partie de ton corps qui ait coulé avant de retourner au frigo.

— Tu as eu des nouvelles de Malinda ?

— Rien.

— L'équipe médico-légale de l'ONU a réclamé ces squelettes, dit Stanley Dharmendran.

— Pourquoi l'ONU est ici ?

— Ils sont à Colombo pour une conférence.

— Sur quoi ?

— Ça n'a ni queue ni tête. Un coup de l'opposition. Pour semer la zizanie dans nos rangs.

— On commande plus de seiches ?

Tu étais rarement invité à l'Otters Aquatic Club avec le père et le fils. Peut-être bien parce que tu étais un sujet de conversation récurrent. Le père y voyait l'occasion de délivrer des discours d'encouragement, tandis que le fils venait pour se goinfrer à l'œil. Autour d'une assiette de porc à la moutarde, Stanley raconte à son fils qu'un tract du CNTR, titré « Mères des disparus », a été brandi au sein du Parlement par un activiste du Sri Lanka Freedom Party, nommé PM Rajapaksa. « Nos morgues regorgent de cadavres d'innocents, avait proclamé le jeune député, originaire de Beliatta. Laissez-nous au moins les identifier et permettre aux familles de faire leur deuil. »

— Il n'a pas tort, dit DD en fourrant dans sa jolie bouche de la nourriture épicée bourrée de cholestérol.

DD n'était pas le meilleur amant que tu aies eu, mais il était de loin le plus beau, le parfait canon, ton dix de cœur. Lorsqu'on tombe amoureux, ce n'est pas d'un visage ou d'un corps, mais du plus grand de tous les organes : la peau. Et celle de DD était douce, sombre, lustrée et sans éraflures. Tu aimerais tant la humer et la sentir sous tes doigts. Tu essayes, mais n'obtiens qu'une odeur de chlore et de sueur. Ce n'est presque rien, mais à cet instant, c'est énorme. DD enroule ses épaules dans une serviette.

— C'est facile de brailler quand on est dans l'opposition, dit son père. Qu'il la mène, la guerre, ce petit Rajapaksa, qu'on voie un peu comment il se débrouille. S'il devait traiter avec le JVP, que ferait-il ?

— Papa, on parle juste d'identifier des corps.

— On parle… de laisser ces satanés étrangers… se mêler de nos affaires.

— N'est-ce pas Son Excellence le président qui a invité l'armée indienne ? Ce sont des anges, peut-être ?

— J'ai voté contre, Dilan. Tu le sais. Ne te ronge pas les ongles, bon sang. Quel âge as-tu ?

L'équipe médico-légale de l'ONU avait été invitée par Rajapaksa pour former les autorités locales à l'identification des corps en s'appuyant sur les rapports concernant des personnes disparues. Pendant ce temps, la rumeur courait que la CIA formait vos tortionnaires. L'équipe de l'ONU avait séjourné à l'hôtel Oberoi de Colombo et organisé des conférences pour les fonctionnaires du gouvernement. Comment au juste sont-ils arrivés aux ossements avant les flics ? Cela restera un autre mystère non résolu sur cette île de secrets.

— Ils demandent des dossiers dentaires et des groupes sanguins. Comme si nos imbéciles mâchouilleurs de bétel allaient chez le dentiste.

DD regarde autour de lui tout en continuant à grignoter ses calamars à la diable.

— Très classe, papa. Ce journaliste, là, près de la piscine, n'a pas bien entendu.

Stanley tend le cou et voit un homme s'enfiler un verre d'*arrack* cul sec et griffonner dans un calepin.

— Ce n'est qu'une perte de temps et d'argent.

— Comme tout, dit DD en soupirant.

Stanley détache le regard de son assiette et plante ses yeux dans ceux de son fils.

— Arrête de parler comme ça. On croirait entendre Maali.

— Comment tu pourrais le savoir ? Est-ce que tu lui as déjà parlé ?

— C'est un gars talentueux. J'espère qu'il se trouve en sécurité quelque part. Mais nous devons regarder la réalité en face, fiston.

— En voici une de réalité. En 1989, le Beira a été classé par Greenpeace quarante-sixième lac le plus pollué de la planète.

— Maali est un jeune homme intelligent. Mais parfois, il n'est pas bon d'être trop intelligent.

— Le Sri Lanka a perdu vingt pour cent de sa couverture forestière depuis l'indépendance. Le Sri Lanka a le taux de suicides le plus élevé au monde de ces dix dernières années. Rien de tout ça n'apparaît dans les gros titres, ou à la page des sports.

— S'il avait été arrêté, là je serais inquiet. Le STF ne fait pas de prisonniers.

— Alors, où est le corps ?

Stanley fixe Dilan pendant un long moment.

— Enfin, papa. C'est ridicule.

— Le ministre Cyril Wijeratne m'a demandé de travailler en coopération avec l'équipe médico-légale de l'ONU.

— Pour quoi faire ?

— Pour les aider dans leurs investigations. Pour m'assurer qu'ils suivent le protocole.

— Le Sri Lanka a des protocoles ?

— S'il n'est pas mort, peut-être ne veut-il pas qu'on le trouve.

— Ça t'arrangerait bien, n'est-ce pas ?

— Si tu ne peux pas m'aider, alors je demanderai à Jaki.

Depuis le décès de la mère de DD, le troisième siège de cette table avait rarement été occupé. Jaki était restée assise bien tranquillement à observer les nageurs et les serveurs. Elle lève les yeux vers son oncle Stanley et sort trois objets de son sac à main marron. Deux photos encadrées de radiographies extraites d'un projet artistique avorté et une chaîne à laquelle est accrochée une capsule en bois.

— OK, dit-elle en les posant sur la table.

Stanley regarde son fils et prend une grande inspiration.

— Dilan. Je ne peux pas croire que tu lui aies donné le médaillon de ta mère. Elle l'a porté pendant vingt ans.

DD lève les yeux et secoue la tête.

— Ce n'est pas celui-là.

— Et le sang dessus ? C'est le tien ou le sien ?

Le pacte de sang à Yala était son idée, un truc new age de fraternité. Apparemment, sa mère et son père avaient fait la même chose lors d'un rituel hindou. Quand DD l'avait raconté à Jaki et à son père, ils n'avaient pas vraiment trouvé ça drôle. Alors il n'en avait jamais reparlé.

— Si ces restes de corps ne sont pas à lui, mieux vaut le savoir, dit Jaki.

— Oui, je pense aussi, dit Stanley.

DD jette aussitôt son propre pendentif avec ton sang dans le cendrier intact et part en trombe dans les vestiaires.

À la morgue, les fantômes se regroupent autour des tables et râlent. Les ossements ont été disposés sur de longues bandes de Cellophane et deux climatiseurs rafraîchissent la pièce. Cinq hommes en blouse blanche se penchent au-dessus des fragments de squelettes et les manipulent avec des ustensiles en métal argenté. Trois pathologistes employés par le gouvernement sont également présents, vraisemblablement pour apprendre des experts tout en les espionnant.

Tu observes la scène à partir du haut plafond et regardes les autres esprits éparpillés le long des murs comme des mouches. Des esclaves Kaffir[1] se blottissent dans un coin, des prostituées mortes survolent leurs os, un jeune garçon avec une marque de morsure sur le flanc contemple l'arsenal d'instruments argentés, un Britannique coiffé d'un chapeau blanc chiffonné s'assoit dans un autre coin et bâille. Tu reconnais les deux étudiants. Leurs yeux sont violets et leurs langues pendantes.

— Qu'est-ce que vous attendez tous ? lance avec mépris une voix familière.

Sena porte une tunique et une cape confectionnées dans un matériau noir qui n'est plus un sac-poubelle.

— Vous croyez que vous allez avoir un enterrement digne de ce nom ? Une décoration à titre posthume ? dit-il en regardant le Britannique. On va vous balancer dans un incinérateur. C'est tout.

— Mais maintenant, ils peuvent faire des datations carbone et…, dit l'Étudiant Ingénieur originaire de Jaffna.

— Trouver quoi ? Que ce gamin s'est fait dévorer par un crocodile il y a cinquante ans ? C'est quoi ton nom, petit ?

— Vincent Salgado, murmure le timide garçon en culotte courte.

1. Groupe ethnique qui descend notamment de commerçants portugais du XVIe siècle et d'esclaves africains (le peuple Bantu).

— Vous croyez qu'on érigera une statue à la mémoire de Vincent Salgado ? se moque Sena.

Il se glisse derrière les hommes en blouse blanche avec un air arrogant et se frotte à leurs postérieurs. Un par un, les experts en médecine légale passent leur main sous leur manteau et se grattent.

— Maali *hamu* ! Vous aussi vous êtes là ? Mais, bordel ! Vous n'avez rien écouté de ce que j'ai dit ?

Tu ne peux pas expliquer pourquoi tu es là, ni ce que tu espères voir, tu peux seulement dire que tu as été attiré ici et que tu ne peux pas partir.

— Et s'ils trouvaient ton crâne congelé dans le Beira ?

— Ils le rejetteraient à l'eau, répond Sena. Les chances pour qu'ils arrivent à faire correspondre les os avec les rapports sont…

— Plus minces que de donner naissance à des jumeaux siamois, moins d'une chance sur deux cent mille.

Apparemment, les statistiques du *Reader's Digest* sont la dernière chose dont le cerveau se débarrasse.

— On passera peut-être aux infos, dit l'un des matelots morts.

— Où peut-on les regarder ? demande une prostituée décédée.

— J'épie aux fenêtres des appartements de Navam Mawatha[1], répond le matelot en ajustant sa casquette. Vous voulez vous joindre à moi ? Ils passent *My Fair Lady* sur la chaîne Rupavahini.

La prostituée sourit et secoue la tête.

— « L'ONU offre un soutien médico-légal au gouvernement sri lankais », dit Sena. Ça finira en petit article à la fin d'un journal. Vous croyez qu'ils vont admettre que

1. Quartier d'affaires et aisé de Colombo.

des corps ont été trouvés dans le Beira ? Vous rêvez, bande d'idiots.

Ton regard tombe sur la table lumineuse et les radiographies qui y sont plaquées. Des radios de tes poumons et de trois dents de sagesse enfouies sous une rangée de molaires. Elles ont été retirées de leur cadre, lesquels ont coûté plus cher que les radios, conservées pour te souvenir de ta carrière artistique éphémère, encore une autre chose que tu as aimée sans jamais la mener à terme.

« Ceci est un bulletin spécial de la Sri Lanka Broadcasting Corporation. Les restes de quinze corps se sont échoués sur les rives du lac Beira. Une équipe médico-légale de l'ONU, en collaboration avec des pathologistes du gouvernement sri-lankais, tente d'identifier les fragments de squelettes. Un porte-parole du gouvernement a toutefois affirmé que les corps étaient antérieurs à 1948 et n'avaient aucun lien avec le climat politique actuel. »

Jaki a reçu son premier avertissement pour diffusion de bulletins d'informations non approuvés. Son patron, un certain Som Wardena, dit avoir reçu un coup de fil d'un ministre qui lui aurait stipulé que de tels agissements ne sauraient être tolérés, et que la SLBC recevrait un « blâme sévère ».

Les types de l'ONU établissent le rapport que les gars locaux transmettent au ministre, qui le partage avec le ministre de la Jeunesse Stanley Dharmendran, lequel en discute avec son fils, qui le montre à sa colocataire. Ils pleurent tous les deux pendant un après-midi, puis s'arrêtent. Pendant les jours qui suivent, Jaki parcourt toute la presse avant de décider de l'action qui la fera virer.

« Deux corps parmi les quinze ont pu être identifiés. L'un d'eux appartenait à Sena Pathirana, originaire de Gampaha, coordinateur de la Janatha Vimukthi Peramuna, et le second, à Maali Almeida, photographe de guerre basé à Colombo. Les escadrons de la mort du gouvernement sont soupçonnés de les avoir tués tous les deux. L'ONU affirme que, rien que cette année, huit cent soixante-quatorze corps non identifiés ont été enterrés, et que mille cinq cent quatre-vingt-quatre citoyens sri-lankais ont été portés disparus. C'était un bulletin spécial de la Sri Lanka Broadcasting Corporation. »

Elle délivre son message, impassible, sa voix ne tremble pas lorsqu'elle prononce ton nom. Elle est licenciée sur-le-champ et expulsée de la SLBC par des agents de sécurité sous-payés. Elle prend un rickshaw pour rentrer à Galle Face Court, s'allonge sur son lit en regardant le ventilateur tourner, feuillette ton carnet d'adresses et pleure.

— Merci, ma chérie, tu lui murmures. Maintenant, va trouver le King et Queen.

Elle ne t'entend pas. Elle monte le son de la sinistre musique et avale deux de ses pilules magiques.

Les négatifs se trouvent avec le King et Queen, petite. C'est maintenant ou jamais. Va chercher les disques. Tu sais où.

Tu murmures, tu siffles, tu beugles, tu gueules – et elle n'entend toujours rien.

— Tu as entendu ? Ils ont tué Maali Almeida.

— Qui ? Le gouvernement ?

— Ça pourrait être le LTTE. Qui sait ?

— Pourquoi buter un photographe ?

— Les Tigres tuent tous ceux qui osent les critiquer. Surtout ceux qui sont à moitié tamouls.

— Je croyais qu'il était partisan du JVP.

— Et d'après qui ?

— Par les temps qui courent, comment savoir ?

Ce sont deux journaleux au Press Club qui ont travaillé avec toi, mais qui ne te connaissaient pas. Tous deux sont correspondants de guerre. Assis dans leurs bureaux de Colombo, ils rédigent les communiqués de presse du gouvernement. Tu leur craches dessus et regardes ta salive s'évaporer avant d'atteindre leurs têtes grasses. Le vent souffle ton nom une fois encore, alors tu embarques et laisses les écrivaillons à leurs articles non sourcés.

— C'est affreux. Almeida a été jeté d'un hélico dans le lac Beira.

— Qui t'a dit ça ?

— Mon beau-frère est dans l'armée.

— Ton beauf raconte de la merde. Aucun président ne gaspillerait un trajet en hélico pour un type du JVP.

— Il ne faisait pas partie du JVP. Il prenait des photos de la *Bheeshanaya*[1]. Et je ne parlais pas du président. On sait tous qui fait le sale boulot dans ce pays.

— J'ai vu Malinda jouer le rôle d'Hamlet à l'université. Une vraie omelette.

— Un joueur de cricket apparemment, un batteur gaucher.

— Bizarre, non ?

C'est un cercle d'hommes dans un troquet, tu ne les as jamais rencontrés. Ils ne savent rien de toi et encore moins de ce qu'ils racontent. Même s'il est vrai que tu as été épouvantable dans *Hamlet*. Tu enfourches un autre vent.

À ce qu'on dit, la seule chose qui soit pire que de parler d'une personne dans son dos, c'est de ne pas en parler du tout. C'est peut-être vrai pour des dramaturges irlandais jetés

1. « La Terreur », période de violence marquée par des disparitions et des exécutions sommaires à la fin des années quatre-vingt, lors de l'insurrection du JVP.

en prison, mais pas pour des fixeurs morts en Asie. L'obscurité tombe et tu n'entends que le vacarme de ton nom qui roule sur les langues et sur lequel on crache.

On parle de toi au Haut-Commissariat de l'Inde, où est organisée une réunion d'urgence de la RAW, un rassemblement d'espions indiens, pour déterminer si l'un d'entre eux t'avait employé. Tous, excepté I.E. Kugarajah, secouent la tête et la séance est levée.

Dans le milieu des casinos, d'autres joueurs parlent à tort et à travers. Le Pegagus a condamné le balcon du sixième étage avec du grillage à poule et le barman qui te tripotait dans la cage d'escalier est viré sans préavis. Les fantômes de l'hôtel Leo t'ignorent toujours autant que le monde les ignore.

Tu n'as jamais rêvé de devenir célèbre. Malgré un père absent et une mère indifférente, ce fantasme adolescent n'a jamais germé dans ta tête. Tu n'as jamais brigué la popularité, même si dans la zone de combat, chaque fois que tu t'es affiché avec ce bandana rouge, c'est exactement ce que tu obtenais. Tu as essayé de n'être l'ami de personne pour finir par être celui de tout le monde. Tu te demandes si la nouvelle s'est répandue vers le nord et l'est, et si tu serais transporté là-bas s'il arrivait que ton nom soit mentionné. On dirait que tout dans l'Au-Delà est histoire de rayon et de barricade.

— Tu l'as annoncé à la radio ! Avant qu'on le dise à sa mère ! s'insurge DD qui, sous le coup de la colère, a adopté la rythmique paternelle. Qu'est-ce que tu as dans la tête ?

— Il y avait neuf noms dans le carnet d'adresses, sur la page du valet de cœur. Tous m'ont répondu : « C'est un mauvais numéro. » Certains d'entre eux m'ont carrément traitée de tous les noms quand j'ai mentionné Malinda.

— On va aller le dire à sa mère immédiatement.

— Ils se détestaient.

— Ils ne rendront pas le corps.

— J'ai entendu dire qu'il ne restait que des morceaux.

Jaki se mord la lèvre et laisse échapper un sanglot.

— Nous allons organiser une cérémonie commémorative. Nous allons réclamer une enquête. Et nous allons faire ça comme il faut.

Tu ne connais rien de plus sexy que DD débitant une liste de choses qu'il ne parviendra jamais à faire.

— J'ai rappelé le numéro du roi de trèfle. Personne n'a décroché. Puis j'ai réessayé. Quelqu'un avec une voix rauque m'a répondu et m'a demandé si j'étais de la Special Task Force.

— Et pourquoi pas la CIA ? Ou le KGB ? Est-ce que tu sais ce que tu fais, au moins ?

— J'essaye de découvrir comment le crâne de Maali a atterri dans le lac Beira. Tout le monde semble s'en foutre.

La petite joue avec le feu en croyant que c'est de la barbe à papa. Arrivés chez ta mère, ils la trouvent étalée sur le canapé. Elle vient juste de terminer sa longue journée de travail et sa troisième tasse de thé. Quand la nouvelle tombe, sa main commence à trembler.

— C'est la vie, dit-elle. Je savais que ça allait arriver. Stupide garçon. Il n'a jamais écouté.

— OK, lâche Jaki.

— Dites pas ça, Aunty, dit DD en tripotant un autre os sculpté autour de son cou. Il a été assassiné. Papa s'occupe de l'enquête.

— Pour quoi faire ? demande ta mère en fixant sa tasse vide. Ils n'attraperont personne. Ils ne le ramèneront pas.

— Nous devons être sûrs qu'il s'agit bien de son corps.

— Tu sais, il a commencé à mentir très tôt. Il racontait des bobards sur les domestiques. Quand il voulait de l'argent, il venait vers moi et me lançait : « Papa dit que t'es radine. » Et il n'avait que huit ans.

Ta mère ne leur offre pas de thé, c'est assez inhabituel venant de sa part. Elle insiste toujours pour faire chauffer la bouilloire, surtout pour les visiteurs qu'elle déteste. Elle boit une gorgée et leur sourit à tous les deux.

— Lequel des deux était le plus proche de lui ?

Jaki et DD se regardent.

— Elle, répond DD.

— Pas moi, dit Jaki.

— Vous a-t-il dit qu'il avait tenté de se suicider ? leur demande Lakshmi Almeida en haussant un sourcil, de la même manière qu'elle l'avait fait quand tu lui avais raconté au sujet d'Aunty Dalreen.

Ton amour et ton amie se tournent l'un vers l'autre, puis détournent le regard.

— Quand son père est parti, il m'en a voulu. Il a quitté tous les cours où Bertie l'avait envoyé. L'escrime, le badminton, les louveteaux, le rugby. J'étais devenue responsable de tout ce qui n'allait pas. Puis un jour, au petit déjeuner, il m'a dit : « Maman, si les Beatles se séparent, je me tue. »

— Les Beatles ? répète DD.

— Je croyais qu'il préférait les Stones, dit Jaki.

— Pour lui, c'était une blague. « Si la révolte de 1971 échoue, je me tue. » ou encore : « Si le Liberty passe encore un film de Jerry Lewis, je me tue. » Toujours à vouloir attirer l'attention. Toujours à vouloir me faire du mal.

— Ce n'est pas vrai, Aunty. Il vous aimait.

DD est un comédien pitoyable, et c'est pire encore quand il essaye de mentir.

— Il a avalé mes somnifères. Mais pas assez pour terminer le boulot. Juste assez pour me faire passer pour la méchante. Quel gamin pénible.

— Nous sommes tous sous le choc, Aunty Lucky. Ça ne sert à rien de parler de ça maintenant.

— Vous ne lui avez jamais demandé pourquoi il avait fait ça ?

Jaki fixe la théière et les tasses inutilisées rangées à côté.

— Moi, je vais vous le dire. Parce que son père l'a abandonné et qu'il nous a rayés de sa vie. Comme j'étais la seule dans le coin, je lui ai servi de punching-ball.

Tu soulèves la théière, l'écrases sur la tête de ta mère et, avec un éclat tranchant que tu lui mets sous la gorge, tu l'exhortes à retirer son mensonge. Et puis, tu es arraché à ta rêverie. Tu regardes la théière intacte, le cou indemne de ta mère et réalises qu'à partir de maintenant, d'autres personnes vont se mettre à raconter ton histoire, et qu'il n'y a rien que tu puisses faire contre ça. Alors, tu trépignes, tu sautes et tu hurles.

— A-t-il parlé de moi ? Dit que j'étais une mauvaise mère ?

— Pas si souvent que ça, ment Jaki en se servant une tasse.

— Je vais t'en préparer une autre, propose ta mère en se levant.

— Il disait que vous mettiez du gin dans votre thé, dit Jaki en prenant une lampée et en faisant la grimace. Je croyais qu'il inventait des histoires. On dirait bien que non.

DD a le visage enfoui dans ses mains. Tu ne sais pas s'il sanglote ou s'il roupille. Il finit par se lever, les yeux rivés sur le sol.

— Aunty, nous sommes juste venus vous l'annoncer. Ça va aller ? Je peux m'occuper des funérailles.

— J'ai entendu dire qu'il n'y avait pas grand-chose à enterrer, dit ta mère, en haussant à nouveau le sourcil.

— Il voulait que son corps soit donné à la science, intervient Jaki en vidant sa tasse. (Elle esquisse un léger sourire.) C'est ce qu'il voulait.

Ça, c'est une chouette fille. La seule qui se soit souvenue.

— Je pense que la crémation sera mieux pour tout le monde. Ce n'est pas comme s'il était religieux, dit Lucky.

Tu penses n'avoir jamais réclamé de pierre tombale et tu maudis ta mère pour chaque jour de pluie depuis ta naissance. Elle ne sait pas que tu as pris ses pilules le jour où tu t'es rendu compte que tu aimais les garçons, elle n'y pouvait rien, pas plus que ton père ou n'importe qui d'autre. Tout ne tourne pas autour de toi et de ton mariage de merde, chère maman.

Ils ont l'inévitable discussion au seuil de la porte.

— Tu te souviens quand il est parti dans le Vanni pendant trois mois ? Tu te rappelles, Dilan ?

DD acquiesce.

— Il m'a dit qu'il ne m'avait jamais aimée et que tout était ma faute.

DD serre ta mère dans ses bras. Jaki se contente d'un signe de tête.

— Il disait beaucoup de choses affreuses qu'il ne pensait pas.

— Oh, il le pensait vraiment, dit ta mère.

Après avoir fermé la porte, elle se dirige vers le canapé et s'assure que Kamala et Omath ne sont pas dans les parages. Elle regarde fixement par la fenêtre et verse des larmes. D'abord une goutte, puis un filet, puis un torrent. Ta mère, qui n'a jamais pleuré devant toi, ni devant personne d'autre, sanglote.

Sur le coup, tu aimerais pouvoir apparaître devant elle, ne serait-ce que pour l'embarrasser. Lui dire que les chances de survivre à un crash d'avion et les chances de survivre à un enlèvement par la STF sont exactement les mêmes : trente-huit pour cent. Mais pour finir, tu choisis de faire l'inverse. Tu décides à cet instant, mieux vaut tard que jamais, quelques jours après ta mort soudaine, de la laisser tranquille.

Tu ne connais pas grand-chose de cet endroit, l'Entre-Deux, même si tu as appris à enfourcher les vents. Tous les esprits ne savent pas le faire, c'est pour ça qu'on en trouve parmi eux un paquet confinés dans des piaules sinistres qui se frappent la tête contre des murs imaginaires.

Si tu arrives à choper le bon vent, il peut t'emmener loin. Mais rarement là où tu as besoin d'aller.

— Vous avez entendu pour Maali ?

Si le vent est un bus bondé, alors entendre ton nom, c'est comme un rickshaw qui pétarade de porte en porte. Un genre de téléporteur, mais pas comme dans *Star Trek* ou *Blake's 7*. Un instant, tu es sur un arbre à attendre le vent, et le suivant, tu te retrouves dans l'espace de détente du Haut-Commissariat où Jonny Gilhooley regarde le cricket sur un écran géant.

— Il a refait surface ?

— On peut dire ça. Ils ont retrouvé une tête et quelques os dans le Beira.

— Bon sang.

Jonny parle dans un machin qui ressemble à une brique, censé être la dernière évolution en matière de téléphone, même si tu as du mal à imaginer que quelqu'un puisse, de son plein gré, transporter dans sa poche de la roche qui crache des radiations. Dans la même pièce que lui se trouvent deux vieux messieurs que tu as déjà vus auparavant. Ils ont l'air de se disputer, mais tu n'arrives pas à suivre.

— Je sais. C'est terrible. Nous sommes tous sous le choc.

Jonny gratte son tatouage sur la cuisse, un serpent qui se mord la queue. Tu approches de son écouteur. La voix à l'autre bout du fil a une cadence saccadée reconnaissable entre mille, lustrée par des années à vociférer sur des fixeurs dans les zones de combat.

— Jonny. Ça ne venait pas de chez nous, rassure-moi ?

— Ne sois pas stupide, Bob. Reste juste prudent. Prends peut-être des vacances.

— Tu penses que je suis pris pour cible ?

— Est-ce que quelqu'un t'a vu avoir cette petite discussion avec le colonel et le major ?

— Bien sûr que non.

— Pas même l'autre journaliste ?

— Andy McGowan ? Impossible.

Robert Sudworth, correspondant pour l'AP, qui a passé quarante-cinq minutes plaqué contre toi sous une pierre à l'extrémité d'un stand de tir à Omanthai. Qui a un penchant pour les villageoises et n'a jamais écrit un seul article depuis son arrivée sur l'île il y a un an.

— Je ne parle pas de lui, Bob.

— Tu penses que Maali était visé ? Par qui ?

C'est alors que le rickshaw se pointe, piloté ni par Scotty de l'*Entreprise* ni par Villa du *Liberty* et tu te retrouves dans une chambre d'hôtel où une jeune fille basanée ronfle sous les draps. Bob, drapé dans une serviette, ébouriffé, a l'air d'avoir la gueule de bois.

— Sois juste prudent, Bob. C'est tout.

— Est-ce une menace, Jonny ?

— Ne laisse pas ton business interférer avec le mien.

— Mon business, c'est le journalisme, c'est quoi le tien ?

Tu n'es pas certain de l'endroit où se trouve cette chambre, mais par la fenêtre, tu vois la tour rouge de l'hôtel Leo non loin. Sudworth fume une Bristol et sirote une Lion lager. La voix que tu entends à l'autre bout du fil est celle de Jonny, avec son accent de Newcastle asianisé, et en fond, les deux vieux messieurs qui se disputent en piaillant comme des volailles.

— Bob, je ne suis pas stupide. Tu as déjeuné avec des Israéliens. Rencontré des Tigres. Et je ne pense pas que tu écrives des articles sur le trafic d'armes.

— Tu as quelque chose à me dire, Jonny ? Maali était un pote.

— Je ne dis pas le contraire.

— Si je suis là, c'est pour faire du business. C'est tout.

— Je croyais que tu étais journaliste.

Robert Sudworth raccroche le téléphone, regarde sa bière posée sur la table, puis la demoiselle couchée sous ses draps, et décide de s'abstenir de toucher à l'une comme à l'autre.

Ils sont tous les deux dans un bureau aux murs lambrissés décorés de photos des piliers de l'UNP. DS, Dudley, Sir John, JR, une collection vintage de trous-du-cul privilégiés dépourvus de l'imagination et de la compassion nécessaires pour mener ce paradis à la gloire. Tu tournoies dans la pièce telle une mauvaise odeur et t'installes sur une table en acajou, avec l'envie de les cogner, mais tu te contentes de leur cracher des injures qu'ils ne peuvent pas entendre. Sur la table se trouvent des dossiers, des enveloppes et une boîte à chaussures n'appartenant à aucun être vivant dans cette pièce.

— C'est au sujet de Malinda Almeida, je suppose, commence le ministre Cyril Wijeratne.

— Il s'agit des photos appartenant au CNTR, dit Elsa Mathangi.

— J'ai vu ces clichés. Vous avez de la chance de ne pas être en prison.

— Nous voulons seulement récupérer celles qui nous appartiennent, sir. Vous pouvez garder le reste.

— Très généreux. Qui les publie ?

— Nous ne sommes pas des journalistes.

— Savons-nous seulement si elles sont de 1983 ?

— Quand auraient-elles été prises, sinon ?

La légende populaire entourant les émeutes de 1983 raconte qu'elles ont commencé au cimetière de Borella, aux funérailles de treize soldats tués par des Tigres dans le nord lors de la plus grande offensive jamais vue à l'époque. Ce malheureux chiffre treize apparaît maintenant dérisoire, une petite escarmouche, comparé à la rivière de cadavres qui a inondé le pays depuis. En réalité, les émeutes ont débuté dans un bureau semblable à celui-ci, avec des hommes furieux en costume qui ronéotypaient des formulaires électoraux pour des ivrognes en sarong.

— On dirait que vous avez un grand studio photo. Comment avez-vous réalisé ces agrandissements de visages et le reste ?

— Malinda s'est occupé de tout. Il disait connaître quelqu'un.

— Vous me prenez pour un idiot. Pourquoi vous les remettrais-je ?

Il ouvre la boîte et brandit les enveloppes. As, roi, reine, valet, dix. En désordre. Une quinte royale.

Ce regard qu'Elsa affiche, tu l'as déjà vu. Quand elle envisage la voie diplomatique avant d'y renoncer.

— Il n'y a eu aucune reconnaissance des événements de juillet 1983. Oublier n'efface pas les choses. Si vous traînez ne serait-ce qu'un meurtrier devant les tribunaux, vous regagnerez la confiance des Tamouls. Sans ça, vous ne remporterez jamais cette guerre.

Le ministre prend l'enveloppe marquée « Reine de pique » et la retourne. Les photos atterrissent une à une devant elle. Des gros plans réalisés par Viran du magasin FujiKodak pour un bon prix et une pipe en prime. Le Démon dansant, l'homme au bâton, le garçon au bidon d'essence, la bête au hachoir ensanglanté. Les visages sont assez agrandis pour être quasiment reconnaissables.

— Si ces photos paraissent, ce pays sera de nouveau à feu et à sang. Est-ce là ce que les vôtres veulent ?

Elsa les rassemble, espérant qu'elles ne lui soient pas reprises. Des clichés en noir et blanc de gens mettant le feu à d'autres recouvrent la table. Pendant qu'elle les récupère, le ministre en retire deux du tas. Il se recule sur son onéreux fauteuil et les brandit devant lui.

— Et celles-ci, que comptez-vous en faire ?

L'une des photos est un agrandissement. L'original montre un homme nu d'origine tamoule raillé par des gamins munis de bâtons. En arrière-plan apparaît une Mercedes dont la plaque d'immatriculation n'est pas visible, contrairement à l'homme assis sur le siège arrière. Ce dernier observe par la fenêtre ouverte le déchaînement de violence. L'expression de son visage est indéchiffrable et sa bouche fermement scellée. L'autre photo est un agrandissement flou du même homme. Le ministre l'agite devant lui.

— Que comptez-vous faire de celle-là ? siffle-t-il.

— Vous admettez que c'est vous ? dit Elsa, choisissant sagement de ne pas sourire.

— Faites très attention, miss. Vous n'êtes pas la première à m'accuser d'organiser des émeutes. Comme si j'étais aussi puissant. La foule était furieuse et, malheureusement, les Tamouls ont dû en pâtir. C'est tout.

— Des Tamouls innocents.

— C'est terriblement triste.

— Alors pourquoi n'avoir rien fait pour arrêter ça ?

— Ce qui s'est passé en 1983 est la faute de votre communauté, non de la mienne, dit le ministre. Réveillez un lion qui dort et il vous réduira en charpie. Rappelez-vous toujours cela.

— Comment les émeutiers savaient-ils quelles étaient les maisons des Tamouls ?

— Vous ne jouez pas très bien vos cartes, madame Mathangi.

— Miss.

— Je consens à vous donner ces photos. Excepté ces deux-là, évidemment.

— Évidemment.

— Mais je veux les négatifs. Où sont-ils ?

— La petite amie et le petit ami de Maali le savent peut-être.

— Ce sont les enfants de Stanley. Je ne peux pas les toucher.

— Il n'y en a qu'un sur les deux qui est intouchable.

— Si vous m'apportez les négatifs, vous pourrez garder les autres photos.

— Si j'avais les négatifs, je n'en aurais pas besoin.

— Il y a une autre faveur que vous pouvez me faire.

Elsa essaie de décoder le sourire du ministre et s'attend au pire.

Tu flottes au plafond et regardes le ministre Cyril Wijeratne parler à Elsa Mathangi d'un courtier en armes britannique possédant du matériel israélien avec qui le gouvernement aimerait discuter, chose qu'il lui est impossible de faire en raison des termes de leur nouveau contrat avec les Chinois. Il lui révèle que ces armes seraient cédées au colonel Mahatiya à condition qu'il les utilise pour arracher le commandement des Tigres au chef suprême. Mahatiya n'ayant aucune confiance en l'armée ni en les Britanniques, le gouvernement aurait besoin d'un intermédiaire.

— N'en parlez pas à votre associé, Kugarajah. Nos sources indiquent qu'il entretient des liens étroits avec les Tigres et les services secrets indiens.

— Vous croyez que je ne suis pas au courant ?

— En contrepartie, vous récupérerez toutes vos photos, sauf celles-ci, bien sûr. Et vous ne serez pas jetée en prison. C'est une offre de rêve pour quelqu'un dans votre position. La meilleure offre que vous puissiez obtenir.

— Tout ce que je vais obtenir, c'est me faire tuer. Soit par vous, soit par eux.

— Nous ne tuons que les gens mauvais. Et ceux qui menacent l'État sont des gens mauvais, sans doute les pires.

— Et les gens morts en 1983 ?

— Vous savez, 1983, c'était il y a longtemps. Et cela ne sert pas à grand-chose d'en reparler maintenant. À moins que vous souhaitiez que cela ne se reproduise.

— Et si j'emmenais les négatifs au Canada et révélais à la presse que le gouvernement sri-lankais fournit des armes aux terroristes ?

— Mais vous êtes plus intelligente que ça. J'ai besoin de connaître votre décision avant que vous ne quittiez ce bureau.

Le ministre aurait pu dire « si vous quittez ce bureau », mais il n'en avait pas eu besoin. Le pouvoir consiste à proférer des menaces sans avoir à les formuler.

— Si le CNTR y consent, nous voulons le départ de l'Inde. Et nous exigeons que les civils tamouls soient protégés.

— Pas le CNTR. Vous seulement. Vous semblez avoir vite oublié Almeida. Nous ne l'avons pas tué. Vous et votre Kuga, nous n'en sommes pas certains.

— Ce n'est pas notre manière d'opérer, sir.

— Vous n'avez pas l'air si chamboulée d'avoir perdu un collègue.

— J'ai perdu de nombreux collègues, sir. Nous y sommes habitués.

— Tout comme moi, ma chère, dit le fils d'un grand homme et l'oncle d'un porteur de boas à plumes. N'oubliez jamais cela.

— Je ferai de mon mieux.

Elsa n'a jamais joué au poker, mais elle aurait été excellente.

— Vous avez le week-end. Ni plus ni moins. J'ai besoin des négatifs et de votre présence à une réunion dimanche.

— Puis-je récupérer les photos, maintenant ?

Tu regardes le ministre décrocher son téléphone et grogner des ordres. Puis les hommes armés vêtus de noir n'appartenant ni à la police ni à l'armée apparaissent pour escorter Elsa Mathangi vers la sortie. L'un d'eux reste en arrière et range les enveloppes. Le sourire d'Elsa s'efface, elle secoue la tête alors qu'on la pousse hors de la pièce.

Le ministre repose le téléphone et hoche la tête d'un air satisfait.

— Vous avez quarante-huit heures. À compter de maintenant. Je veux les négatifs et votre parole, tout de suite. En attendant, je garde les photos.

— Si je reçois encore un appel au sujet de Maali Almeida, je vous envoie – oui, vous personnellement – à Jaffna où vous ferez le larbin pour les Indiens.

Il utilise un couteau de cuisine pour ouvrir une lettre et manque de se couper le bout du doigt.

— Putain de merde. Je parie que le fantôme de cette pédale est ici pour bousiller ma journée.

Si seulement il savait, tu te dis. Si seulement.

— Mendis, vous avez compris ?

— Oui, sir, répond timidement le corpulent caporal qui range des dossiers dans un coin.

— Vous avez dit qu'il y avait des visiteurs ?

— Oui, sir. Deux flics.

— Envoyez-les-moi. Mettez en attente tous les foutus appels, à moins que ce soit qui-vous-savez.

— Oui, sir.

L'homme corpulent sort par la porte qui jouxte le meuble de classement. La pièce est rectangulaire et en désordre. Des dossiers, des cartes, des tables recouvertes d'armes. Un Uzi, une Kalachnikov, un Browning 38, quelques grenades et des balles dum-dum sont entreposés dans une armoire en verre fermée à clef. Sur le bureau dans le coin se trouvent plusieurs téléphones ainsi qu'un écriteau où l'on peut lire : « Major Raja Udugampola ». Tu t'es déjà assis face à ce bureau pour demander des faveurs et recevoir des ordres en retour.

L'homme corpulent revient avec les deux officiers de police. L'un est costaud et silencieux, l'autre, sec et bavard. Le major continue à ouvrir ses lettres avec le couteau en fronçant les sourcils.

— Commissaire adjoint Ranchagoda. Inspecteur Cassim. Si je vous ai choisis, c'est parce que vous m'avez été recommandés. Vous avez pas mal de boulot, les gars.

— Sir !

Ils se mettent au garde-à-vous et évitent le regard du big boss.

— Combien de sacs à ordures reste-t-il au Leo ?

Ça le démange d'attraper le calepin sur lequel le chiffre est écrit, mais Cassim se souvient peut-être de cette histoire au sujet du major Raja, racontant qu'il a un jour cassé le nez d'un soldat qui avait osé gigoter.

— Soixante-dix-sept ! crie-t-il.

— Ne mentez pas. Je croyais que c'était quarante et quelques.

— On a eu de nouveaux arrivages la semaine dernière, sir, dit Ranchagoda.

— J'ai demandé un couvre-feu. Le ministre va m'appeler bientôt. Vous allez superviser le transport. Au cimetière, la STF prendra le relais. Vous avez assez de véhicules ?

— Nous avons trois camions.

— Rah ! Pas assez. Je peux dégoter des chauffeurs. Il faudra faire plusieurs voyages. J'ai aussi entendu de très mauvaises rumeurs.

— Sir ?

— Que nous embauchons des criminels. Qu'on donne des corps à manger aux chats. J'espère que ce sont des conneries.

— Il est difficile de trouver de bons nettoyeurs, sir. Pas un à qui vous pouvez faire confiance. Nos types ne sont pas des saints, mais ce ne sont pas des meurtriers ou des trafiquants de drogue.

Ranchagoda parle tandis que Cassim regarde fixement le sol.

— C'est bien.

— Concernant les chats, je ne vois pas, sir.

— OK. Nous verrons. Faites le nécessaire. Maintenant, sortez.

Au moment où les flics prennent congé, l'un des téléphones sonne. Tu es tiré d'une rêverie dans laquelle tu te voyais échanger des enveloppes à la réception. Tu as été invité à pénétrer dans cette pièce à seulement deux occasions. Une fois pour être félicité de tes efforts, l'autre fois pour être informé que tes services n'étaient plus requis.

Une lumière clignote à côté du téléphone, le major décroche.

— Oui ?

— Pourrais-je parler au major Raja Udugampola, s'il vous plaît ?

— Qui êtes-vous ?

— Mon ami a ce numéro dans son carnet d'adresses.

— Qui est votre ami ?

— Malinda Almeida.

*Clic.*

— Mendis !

Il raccroche brutalement le téléphone et attend que le caporal entre dans le long couloir.

— Espèce de babouin ! J'avais dit aucun appel.

— Sir, c'était votre ligne privée.

— Mais personne n'a ce numéro.

La lumière près du téléphone clignote à nouveau.

— OK, tirez-vous !

Il attend que le caporal ferme la porte derrière lui.

— Oui.

— Comment avez-vous connu Malinda ?

— Miss, c'est le quartier général de l'armée sri-lankaise, ici. Ce numéro est confidentiel. Je vais vous faire tracer et placer en détention.

— Pourquoi Maali avait-il ce numéro ?

— Je suis le major Raja Udugampola, de l'armée sri-lankaise. J'ai fait une déclaration à la presse. Almeida a été employé comme photographe de l'armée de 1984 à 1987. Je n'ai jamais rencontré personnellement ce trou-du-cul. Cela fait trois ans qu'il ne travaille plus pour l'armée. Si vous appelez encore, je vous massacre.

Il raccroche violemment et range son bureau. Il place ses lettres sur un plateau et jette les enveloppes à la poubelle. Le téléphone clignote à nouveau. Le major est sur le point de jurer, mais heureusement pour lui qu'il s'est retenu.

La voix à l'autre bout du fil est assez puissante pour qu'on l'entende résonner jusque dans le couloir.

— Ah, Raja ! Vous ne pourrez pas dire que je ne vous soutiens pas, hein ?

— Sir, j'apprécie énormément.

— Vous avez votre couvre-feu. De minuit à minuit. J'espère que cela suffira.

— Oui, sir. Ça suffira amplement. Merci, sir.

— Le président m'a demandé pourquoi.

— Qu'est-ce que sir lui a répondu ?

— Je lui ai tout expliqué.

— Et ?

— Il a dit : « Vous êtes sûr que vingt-quatre heures suffiront ? »

On dit que le rire est une musique, mais ce n'est qu'un mensonge parmi les milliers dont l'humanité se nourrit. Certains rires sont piquants, certains hideux, d'autres peuvent glacer le sang. Le chant du major Raja Udugampola et du ministre Cyril Wijeratne gloussant à l'unisson est la musique la plus laide qui ait jamais résonné dans tes oreilles récemment vérifiées.

— Autre chose.

— Dites-moi, sir.

— Un autre ramassage.

— Son nom, sir ?

— Elsa Mathangi. Vous la trouverez à…

— Je sais, sir. L'hôtel Leo.

— Faites-la surveiller. Tenez-vous prêt à la cueillir à mon signal.

— Quel genre d'invité est-ce, sir ?

— Réservez-lui le traitement royal.

— Renseignement ou punition ?

— Les deux.

— Alors, je ferai appel au Masque.

— Faites appel à tous les *yakas* que vous voulez. Mais ne merdez pas.

# QUATRIÈME LUNE

*Je suis un ange. Je tue les premiers-nés sous les yeux*
*de leurs mères. Je transforme les villes en sel.*
*Il m'arrive, si le cœur m'en dit, d'arracher leurs âmes*
*aux petites filles et à ce jour jusqu'à la fin des temps,*
*la seule chose dont vous pouvez être sûrs*
*dans votre existence tout entière,*
*c'est de ne jamais comprendre pourquoi.*

Greg Widen, *The Prophecy*

## COUVRE-FEU

Les jours de couvre-feu, rien ne bouge, si ce n'est les vents, les esprits et les yeux des gardes aux checkpoints. Tu as passé la nuit dans un arbre à regarder le croissant de lune et les nuages l'obscurcir. Te demandant à quoi chaque bodhisattva et les trente fantômes d'Arthur C. ont pensé auparavant. Est-il possible d'arrêter tout ça ?

Les premiers couvre-feux dont tu te souviens sont ceux qui ont suivi le massacre de 1983. Ensuite, les couvre-feux sont devenus aussi courants que les jours de Poya. Ils suivaient chaque explosion de violence, comme les inondations suivent les pluies. Dans le Sud, dans le Nord et ici même, dans le Far West, le gouvernement retirait les gens du trottoir, les voitures de la rue et les libertés des droits fondamentaux. Jonny t'a dit un jour que les gouvernements se servaient des couvre-feux pour maintenir l'ordre, attraper les méchants et « faire des choses qu'ils ne peuvent pas faire au grand jour ».

Ton arbre est envahi de suicidés qui baragouinent. Ce sont les plus faciles à repérer, après les *pretas* ; leurs yeux sont vert jaunâtre, leur cou, souvent brisé et ils bavardent sans arrêt, mais seulement avec eux-mêmes. Tu laisses le vent te porter d'un checkpoint à l'autre, en passant le long des routes vides et devant des arrêts de bus déserts. Les chats patrouillent dans les ruelles, les corbeaux surveillent les toits, et les créatures dépourvues de souffle se traînent plus lentement que les autres.

Un camion avance en vrombissant sur la route principale, un Ashok Leyland bleu clair, le premier véhicule de la matinée à apparaître sur le tronçon habituellement le plus fréquenté de Galle Road. Il passe le checkpoint de Bamba sans ralentir, les gardes ne lèvent ni la main ni le sourcil. Quelques instants plus tard, ils arrêtent une Toyota verte, tirent le conducteur hors du véhicule et le fouillent. Quand l'homme montre l'autocollant médical sur son pare-brise, ils le laissent partir.

Un deuxième camion, rouge cette fois, prend de la vitesse au niveau du poste de contrôle et les gardes lui font signe de passer. Tu bondis à l'arrière alors qu'il tourne sur Bullers Road. Le trajet est mouvementé et la puanteur formidable. L'absence de nez ne t'a pas épargné les fragrances de corps congelés en décomposition.

Tu n'es pas seul sur le toit du poids lourd. D'autres créatures dépourvues de souffle ballottent avec toi. Le vent hurle à travers elles en laissant des marques sur leurs visages. Des sourires oubliés et des yeux ahuris flottent dans l'air alors que le camion pénètre dans le cimetière.

Il y a d'autres véhicules, deux camions, et à l'arrière, des hommes qui déchargent de la marchandise. C'est une cargaison de cadavres, non emballés et souples, certains encore congelés, d'autres déjà en train de pourrir. L'air est saturé de mouches bourdonnant de plaisir face au banquet s'offrant à elles. Les hommes de corvée portent des masques épais, pour beaucoup constitués de vieux sarongs enroulés sur la bouche et le nez, grimés comme des bandits de grand chemin ou des assassins, ce qui est probablement le cas d'une bonne partie d'entre eux.

Tu aurais aimé avoir ton Nikon, tout comme tu aurais aimé avoir un endroit où développer tes photos, avoir quelqu'un à qui les montrer. Tout comme tu aurais aimé avoir plus de temps, avoir quelque chose qui t'importe. Tout comme tu aurais aimé savoir qui t'a tué. Personne ne porte d'uniforme, bien que certains hommes se déplacent comme des soldats, droits et rapides, parlant peu, travaillant sans répit.

À l'entrée du cimetière, deux flics et deux hommes n'appartenant ni à la police ni à l'armée vérifient les cartes d'identité et en notent les informations. C'est le seul exemple d'ordre et d'organisation au cœur de cette pagaille de brancards et de brouettes. Certains portent des gants, d'autres des sacs plastique. Certains ont des chaussures aux pieds, d'autres des claquettes. Il n'y a aucun bavardage, seulement des gémissements au moment où les corps sont hissés sur des tables à roulettes et acheminés vers le crématorium. Les gémissements émanent des hommes qui soulèvent les cadavres et des esprits qui les observent.

Les hommes en noir hurlent des ordres et s'assurent que les corps sont empilés bien droit. Il suffirait qu'une brouette se renverse pour que la file de Sri-Lankais qui la suit se retrouve bloquée.

Le camion qui vient d'arriver est en train de déverser son chargement sur le parking, un deuxième voit la moitié de sa cargaison entassée dans les brouettes, et un troisième remplit les brancards vides qui reviennent du crématorium. Trois hommes marchent vers le troisième camion et, malgré leurs visages à moitié dissimulés, ils sont reconnaissables à la lenteur de leur démarche, plus bovine qu'humaine. Balal et Kottu piétinent comme des buffles ; Drivermalli trotte sur sa fausse guibolle.

Les officiers Ranchagoda et Cassim se tiennent au milieu du chaos, comme des feux de signalisation, tentant de réguler le désordre auquel ils ne réussissent qu'à contribuer. Une multitude d'esprits se penchent sur leurs cadavres tels des succubes, les yeux baissés comme des enfants endeuillés, essayant de découvrir comment réintégrer leurs coquilles.

Tu observes la cheminée géante qui crache de la fumée noire en direction des cieux, où les étoiles détournent le regard et où les dieux refusent d'entendre. Tu te souviens des nombreuses fois où tu as vu l'air de Colombo s'emplir de cette fumée. Tu n'es pas parmi ces tas de chair ; tu le sens jusque dans les os que tu n'as plus. Les brouettes et les brancards sont poussés vers la tour, charriés jusqu'au trou béant creusé dans le mur et vidés dans la fournaise. Le brasier dévore les corps en sifflant et en éructant tandis que les esprits gémissent, simplement pour être entendus par ceux qui ont cessé d'écouter.

Des pneus crissent dehors et une voix gronde. Tu t'envoles hors du crématorium et vois le major Raja Udugampola agiter les bras devant la cohue. L'air, humide de chuchotements, est écorché par ses jappements.

— Mais c'est pas vrai, qu'est-ce que vous foutez, bande d'ânes ?

Si on ferme les yeux, les inflexions aiguës du major peuvent sembler comiques, on dirait qu'il double Bugs Bunny en cinghalais. Ce n'est qu'en voyant sa carrure voûtée d'orang-outan qu'on se rend compte que cette voix peut te marteler la poitrine avec ses poings jusqu'à faire craquer tes côtes.

— On a deux heures de retard, putain de branleurs ! Mes hommes vont décharger. Apportez le reste des ordures. Immédiatement ! Ou je vous balance tous dans ce feu !

L'agitation monte quand les hommes vêtus de noir n'appartenant ni à l'armée ni à la police grognent contre les officiers en civil. Ranchagoda et Cassim hurlent sur Balal et Kottu, lesquels bousculent Drivermalli, lequel maudit le gouvernement tout en exécutant les ordres. Les flics déboulent dans la cabine avec le chauffeur, tandis que les nettoyeurs arrosent l'intérieur du camion au jet d'eau. Ils effacent les motifs rouges, bruns, jaunes et bleus, kaléidoscope confectionné avec les entrailles de personnes mortes.

— Où allons-nous, sir ? demande Drivermalli en faisant ronronner le moteur.

Ranchagoda lui sourit de toutes ses dents tordues.

— À ton avis ?

Le mutisme de l'inspecteur Cassim commence à l'exaspérer.

— Tu es blanc comme un *pittu*[1]. Ça ne sert à rien de gamberger. Ce sont tous des terroristes et des voyous.

— Je ne crois pas.

— Comment tu peux le dire ?

— Ils sont si jeunes. Je ne suis pas d'accord avec ça. Je ne l'ai jamais été. J'ai demandé mon transfert l'année dernière. J'attends toujours.

— Le JVP a menacé l'armée, la police et leurs familles. On ne fait que protéger nos familles. Si tu es assez grand pour tuer, tu es assez grand pour mourir.

— Et leurs familles à eux ? Qui les protège ?

— Ils auraient dû mieux s'occuper de leurs enfants. Drivermalli, pourquoi on ralentit ?

— Le Sri Lanka sera dévasté. D'abord par les flammes. Puis par les inondations, marmonne Drivermalli en enfonçant la pédale d'accélération.

— Qu'est-ce que tu dis ?

— Rien.

---

1. Cylindre de riz moulu cuit à la vapeur, saupoudré de copeaux de noix de coco, parfois fourré d'une garniture sucrée ou salée, souvent consommé au petit déjeuner.

Tu t'assois sur le capot du camion alors qu'il s'ébranle dans un vrombissement. Tu entends ton nom flotter doucement dans le vent, prononcé par une voix que tu as du mal à remettre lorsqu'elle est dépouillée de son habituelle théâtralité.

— Je ferai en sorte que le corps de Maali soit rendu à sa famille, dit Stanley à son fils.

— Il n'y a pas de corps, papa, répond DD, la voix éteinte, les yeux brillants.

— Qui t'a raconté ça ?

— Les médecins légistes de l'ONU.

— Tu les as rencontrés ?

— Ils sont venus me trouver.

— Où ça ?

— À l'Arts Centre Club.

— Tu ne devrais pas aller là-bas.

— Pourquoi ?

— C'est plein de drogués et de pédés. Il y aura bientôt une descente.

Entre ton père et Stanley, ça aurait bien pris. Comme une maison en feu remplie de corps de pédés à immoler. Tu essaies de les imaginer tous deux habillés en femme, comparant les horoscopes et choisissant les robes de mariée de leurs fils.

— Je quitte Earth Watch Lanka, annonce DD.

— Je pense que c'est une sage décision, dit son père. Vous étiez très proches. Prendre un peu de temps pour souffler te changera les idées. Quand tu seras prêt, tu pourras toujours venir travailler au cabinet.

— J'ai accepté un poste à l'ONU.

— Je vois. C'est un programme environnemental ?

— Je mets en place une unité médico-légale locale pour identifier les corps.

— Est-ce avec ce type, Rajapaksa ?

— Cette unité sera apolitique.

— Rien dans ce pays n'est apolitique. J'aurais espéré que tu grandisses un peu, Dilan.

Stanley se penche et pose les mains sur les épaules de son fils. Tu vois qu'il bouillonne intérieurement, mais DD, lui, ne le voit pas. Et avec ce que DD ne voit pas, ne sait pas et ne comprend pas, on pourrait ériger des cathédrales. Le père pousse un profond soupir. De profil, ils se ressemblent assez pour avoir l'air de jumeaux.

— Si nous ne rendons pas ce pays meilleur, qui le fera ? dit le plus jeune.

— Fais ce que tu dois faire, mon fils, grommelle l'aîné. Fais ce que tu dois faire.

C'est seulement lorsque Jaki surgit de la cuisine en trébuchant que tu prends conscience que tu es de retour dans l'appartement de Galle Face Court. Tu te demandes ce qui a changé dans cette pièce et remarques les espaces sur le mur où tes photos étaient accrochées.

Jaki trouble le moment père-fils comme un partisan du JVP soufflant dans une corne de brume, comme un voyou agitant une liste électorale. Elle brandit le carnet d'adresses et une feuille portant les noms de cinq cartes à jouer.

— Ça y est, mystère résolu. J'ai tous les noms.

DD a l'air épuisé et accablé.

— Quels noms ? Qu'est-ce que tu racontes ?

— Les cinq enveloppes avec des cartes à jouer dessinées dessus…

— Oui, oui. Les mêmes cartes qui sont dessinées dans le carnet d'adresses à côté des numéros.

— Je sais à qui appartiennent ces numéros, dit Jaki.

Tu ne sais pas si tu dois te réjouir ou te faire du mouron pour elle. Et, à voir leurs têtes, le père et le fils ne le savent pas non plus.

Jaki ouvre ton carnet d'adresses aux pages qu'elle a cornées.

— L'as de carreau, c'est le numéro de Jonny Gilhooley, le sale type du Haut-Commissariat. (Jaki entoure le nom inscrit sur sa feuille.) Maali a aussi fait allusion à un mec appelé Robert Sudworth, de l'AP.

— Je bosse avec l'AP. Jamais entendu parler d'un Sudworth, réplique DD. Tu veux peut-être parler de ce mec zarbi, Andy McGowan ?

— Sudworth ? dit Stanley en secouant la tête. Il y a un représentant de chez Lockheed Systems qui porte ce nom.

— Lockheed quoi ? demande DD.

— Ils vendent des armes à la plupart des gouvernements de la SAARC[1].

— Dans une minute, tu vas dire que Maali était trafiquant d'armes.

— Ça, j'en doute, dit Stanley. Les trafiquants d'armes peuvent payer leur loyer.

Il regarde son fils, lequel détourne les yeux.

— La dame de pique correspond à Elsa Mathangi du CNTR, dit Jaki.

— Papa, tu l'as faite, cette enquête ?

— Je te l'ai déjà dit. Emmanuel Kugarajah entretient des liens avec des mandataires du LTTE, comme EROS[2]. Et avec la RAW, les services secrets indiens. Il a été arrêté pour

1. L'Association sud-asiatique pour la coopération régionale regroupe huit pays de l'Asie du Sud (le Bangladesh, le Myanmar, l'Inde, les Maldives, le Népal, le Pakistan, le Sri Lanka et l'Afghanistan). Elle encourage la coopération dans divers domaines.

2. Eelam Revolutionary Organisation of Students, groupe tamoul militant absorbé par le LTTE dans les années quatre-vingt-dix.

agression au Royaume-Uni, mais les charges ont été abandonnées. Elsa Mathangi collectait des fonds pour les Tigres à l'université de Toronto. Le CNTR est financé par les gouvernements du Canada et de la Norvège. Mais aussi par le Fonds américain pour la paix.

Soit Stanley a refilé ses devoirs à faire à son ministère de la Jeunesse, soit il invente des histoires pour son naïf de fils.

— Les États-Unis ont un fonds pour la paix ? s'étonne DD.

— Leur budget est-il le même que celui du Fonds américain pour la guerre ? ironise Jaki, mais ça ne fait sourire personne.

— Si le CNTR sert de couverture au LTTE ou à la RAW, on peut deviner le reste.

— Ah bon ? demande DD.

— Tous deux n'ont pas le moindre problème à réduire au silence leurs propres employés.

Après un court silence, Jaki toussote.

— Derrière le valet de cœur, il y a ces noms : Byron, George, Hudson, Guinness, Lincoln, Brando, Wilde. Presque tous m'ont dit que j'avais fait un mauvais numéro. Certains ont raccroché quand j'ai mentionné son nom.

Quelques hommes auxquels tu as goûté t'ont donné leurs numéros. Tu les as notés et jamais ne les as appelés. Quand ils demandaient le tien, tu leur en fournissais un faux, mais seulement après qu'ils t'avaient laissé les photographier.

— Peut-être d'autres membres du JVP. Qui ont dû entendre parler du corps, dit Stanley.

DD secoue la tête en se tripotant les cheveux.

— Maali était pote avec tout le monde. Ça, on le sait, Jaki. Et le roi et le dix, qu'est-ce que ça dit ?

— Le roi de trèfle mène directement au bureau du major Raja Udugampola.

— Mais vous êtes tous cinglés ! rugit Stanley, sa cravate flottant dans la brise. Udugampola est le chef des opérations de la STF. Tu as appelé sa ligne directe ?

— J'ai juste composé le numéro.

— S'il te plaît, dis-moi que tu ne lui as pas parlé.

La main de Stanley tremble.

— Non, ment effrontément Jaki.

Stanley la fixe en plissant les yeux, puis gobe le mensonge.

— Ce n'est pas un jeu, Jaki ! Udugampola est un truand. On compte dans son escouade des tortionnaires formés par la CIA. Tu as entendu parler du Masque ? Si Malinda avait affaire avec lui, nous ferions tous mieux de faire profil bas.

— Est-ce qu'on va récupérer la boîte de Maali ?

— Le ministre Cyril Wijeratne m'a donné sa parole.

— OK, dit Jaki.

— Qu'y avait-il dans cette boîte ?

— On voudrait tous le savoir. Tu l'as appelé, mon oncle ?

— Combien de fois dois-je le répéter ? Tu ne me crois pas ? Je l'appelle tout de suite.

— OK, dit Jaki.

Stanley se dirige vers le téléphone, décroche le combiné et commence à composer le numéro sans réfléchir. Le numéro contient de nombreux zéros et met à l'épreuve la patience du doigt de Stanley qui s'agite sur le cadran rotatif.

— Bon, Jonny, c'est l'as ; la STF, le roi ; Elsa, la reine ; les valets, le JVP. Et le dix ?

— Je te l'ai déjà dit. Le dix de cœur est à côté du numéro de notre appart.

— Du coup, qu'est-ce que ça veut dire ?

— C'est peut-être des photos de nous ? dit Jaki. Ou peut-être juste de toi.

DD prend le carnet des mains de Jaki et commence à tourner les pages.

— Ton nom est là, à la lettre J. Il y a écrit « Jaki ». Et entre parenthèses : « cousine Dilan ». Il date de quand, ce carnet d'adresses ?

Tu ressens une douleur fulgurante à l'endroit où se trouvait autrefois ta poitrine, irradiant jusque dans tes bras invisibles. Tu penses à toutes ces photos que contient l'enveloppe intitulée « Le Dix parfait ». Et tu réalises que ces photos, qui méritent le moins d'être volées, sont pour toi les plus dignes d'être protégées.

## TON POINT FAIBLE

Tu es de retour à l'Otters Aquatic Club, la première et dernière fois que tu as été convié à la causette hebdomadaire père-fils. Tu étais là en tant que rencard de Jaki et n'avais jamais été réinvité. C'était dans les six premiers mois, quand Jaki et toi sortiez en boîte et traîniez dans les casinos, vous comportant comme un couple, sauf dans la chambre à coucher.

Stanley s'était montré cordial et avait joué les hôtes avec vigueur en commandant de la bière importée et des assiettes de seiches. Tu avais eu ton premier et dernier match de badminton en double mixte : DD et Jaki contre Stanley et toi. À la moitié du match, il était clair pour tout le monde que Jaki était mauvaise et, à la fin, il était évident que tu étais pire. Mais tu comblais ton manque d'agilité à récupérer le volant avec ton sens de l'humour.

— DD, je crois que j'ai trouvé ton point faible.

— Ah oui ?

— Le badminton.

Stanley n'avait rien dit pendant que tu continuais à rater coup sur coup et à vous faire perdre match après match. Sauf à la fin, quand tu t'es miraculeusement trouvé en position de force et que tu as envoyé le volant en cloche dans le filet, tu l'avais entendu murmurer : « Putain de merde », avec une fureur contenue plus hargneuse que ses smashs.

Vous aviez commencé à discuter de *North & South*, une mini-série américaine avec Patrick Swayze à laquelle vous étiez tous les trois accros. Stanley avait le regard vide et un sourire faux plaqué sur le visage. Vous étiez en train de débattre du caractère irréaliste des séquences de combat quand il a brusquement changé de sujet.

— Une fois, ils ont jeté une grenade sur ma voiture. Tout près d'ici. En bas de Bullers Lane.

DD nous avait serinés avec ça, son père avait été sur la liste des assassins du LTTE jusqu'à l'accord de paix de 1987. Depuis, ils voyageaient toujours dans des véhicules séparés, même pour aller à l'Otters.

— Malinda, votre mère est tamoule ?

— Moitié burgher, moitié tamoule.

— Et votre père ?

— Décédé il y a trois ans. Il était cinghalais.

— Navré de l'apprendre. Alors, vous êtes quoi ?

— Sri-lankais.

— C'est ce que diront les jeunes. J'espère que votre génération pourra penser comme ça. Pour nous, il est trop tard.

— C'est des conneries tribales, était intervenue Jaki. La race avant le pays.

— Il y a une réalité derrière le tribalisme, ma chère, avait rétorqué Stanley. Les Cinghalais sont plus nombreux que les Tamouls. Mais les Tamouls sont plus intelligents que les Cinghalais. Nous travaillons plus dur. Et nous devons être meilleurs. Mais nous devons le cacher. Ou les Cinghalais risqueraient de devenir jaloux.

— Tu es toujours inquiet pour ta sécurité, mon oncle ?

Tu avais essayé de le regarder dans les yeux, mais tu ne pouvais t'empêcher de lorgner son fils qui se déshabillait pour aller nager. Il avait troqué son tee-shirt plein de sueur et son short contre un maillot de bain Speedo bleu.

— Je garde mes distances et je fais profil bas. Je m'abstiens lors du vote des projets de loi sensibles. Je n'affronte pas les Cinghalais. Je travaille avec eux. Nous voulons tous la paix. N'est-ce pas, Malinda ?

Ensuite, Stanley vous avait fait un exposé sur les terres natales des Tamouls, comme quoi ces derniers possédaient des royaumes dans le Nord pendant la période médiévale jusqu'à la domination coloniale. Jaki avait demandé pourquoi les Cinghalais se sentaient tellement en danger, Stanley avait répondu que c'était pour la même raison que les Blancs d'Amérique avaient peur des Noirs qu'ils avaient autrefois réduits en esclavage et, pendant ce temps, DD faisait le dauphin sur deux longueurs suivies d'une brasse coulée.

— Mais la race n'est pas une réalité. C'est de la fiction, avait répliqué Jaki. C'est des conneries inventées par l'homme. Qui peut distinguer un Cinghalais d'un Tamoul ?

— Ce n'est pas vrai, avait rebondi Stanley. C'est un fait que les Noirs courent plus vite, que les Chinois travaillent plus dur et que les Européens sont plus créatifs.

Et puis il s'était lancé dans un monologue sur les notions de nature et de culture dans lequel il s'était débrouillé pour glisser qu'il avait nagé et couru pour le Royal College dans les années cinquante. Il avait conclu en affirmant que la race, l'école et la famille de chacun déterminaient le cours de son destin.

DD était revenu, enroulé dans une serviette, et s'était jeté sur le plat de seiches, juste après t'avoir décoché un sourire. Il avait hoché la tête, comme il le fait toujours après un discours de son père. Jaki et toi vous étiez abstenus.

Une fois les seiches englouties, Stanley avait fait signe au serveur d'apporter l'addition, et pour la première fois depuis le match de badminton, t'avait regardé dans les yeux.

— Nous sommes des Tamouls de Colombo instruits. Nous devons être prudents et ne pas attirer l'attention. Vous comprenez, n'est-ce pas ?

Tu pensais à la loterie de la naissance et à tout le reste. Aux mythologies qu'on s'invente et aux histoires que l'ego se raconte pour justifier la chance, ou trouver des raisons aux injustices. Tu te demandais si tu devais tenir ta langue.

— Uncle, ce pays a été légué à de goulus buveurs d'*arrack* qui ont envoyé leurs gamins dans des écoles britanniques. Cinghalais pour la plupart, mais pas tous. Des citoyens de Colombo, voilà ce qu'ils étaient. Et être un citoyen de Colombo anglophone nous dispense de partager le lot de souffrances des autres Sri-Lankais.

— Je ne savais pas qu'il restait des marxistes dans ce pays, avait dit Stanley en t'adressant le plus faux des sourires alors qu'il se levait pour partir. Dites-moi, Maali. Combien vos photographies vous rapportent-elles ?

— Papa ! s'était exclamé DD, l'air aussi gêné que sidéré.

— C'est bon, DD, avais-tu dit. C'est normal de demander, du moment qu'on est également prêt à répondre aux questions. Combien ça vous rapporte de ne pas voter les projets de loi sensibles ?

— Vaste sujet. Et je dois y aller. Une prochaine fois, peut-être.

Stanley semblait contrarié d'avoir perdu la face en présence de son fils.

— Pas de problème, Uncle. Si le divulguer vous met mal à l'aise, vous ne devriez pas demander. Mais je suis ravi de vous répondre.

— Cela ne m'intéresse pas, avait dit Stanley en signant l'addition.

— Ça me rapporte ce que ça ne rapportera jamais à tous les millionnaires du monde.

Stanley avait froncé un sourcil.

— Et quoi donc ?

— Assez.

Tu lui avais souri, il s'en était allé et Jaki avait levé les yeux au ciel, parce qu'elle avait déjà entendu cette punchline quelque part et pas de ta bouche.

DD avait passé son bras autour de ton épaule et t'avait donné l'accolade. Le genre d'accolade qui se voulait fraternelle, mais tu ne l'avais pas ressentie ainsi.

— J'adore voir quelqu'un tenir tête à papa. Jaki, tu l'as trouvé où, ce mec ?

Jaki avait éteint sa cigarette et haussé les épaules.

— C'est lui qui m'a trouvée.

Sa bouche souriait, mais pas ses yeux.

Quelques mois plus tard, vous vous disputiez autour de la table à manger à propos de son père et de son incapacité à condamner les bombardements du gouvernement sur les civils à Jaffna.

— Papa condamne toute forme de violence. Il l'a toujours fait.

— A-t-il seulement essayé de s'y opposer ? Ou, au moins, de les remettre en question ?

— Il ne doit rien à personne. On ne peut pas changer le monde, Maali. On peut juste résoudre quelques petits trucs par-ci par-là.

— Tu parles comme un connard privilégié.

— Et c'est reparti pour le speech sur la loterie des naissances. C'est facile de faire la morale quand ton père t'envoie de l'argent du Missouri pour soulager sa culpabilité.

— Tu peux user de tes privilèges pour aider les autres, ou pour les exclure.

— Alors, que veux-tu que je fasse ?

— Rien. Continue à sauver tes arbres.

— C'est mieux que de photographier des cadavres.

— OK, tu m'as convaincu. Barrons-nous à San Francisco gagner de l'argent et faire l'amour et laissons ce pays de merde devenir un tas de cendres.

— Il s'embrasera, que tu le photographies ou non.

— Non, je suis sérieux. On le fait. Je suis prêt.

— Tu n'es qu'un trouillard, avait lâché DD. Que des belles paroles. Jamais tu ne le feras.

Il avait pris son assiette et l'avait jetée dans l'évier en même temps que la poêle à frire qu'il venait de ruiner en la faisant surchauffer avec trop peu d'huile. Ce qui voulait dire qu'il allait bouder, ne ferait pas la vaisselle non plus ce soir et qu'elle allait s'empiler jusqu'à ce que Kamala vienne jeudi.

— Faire quoi ? avait demandé Jaki, debout devant la porte.

Quand DD t'avait annoncé qu'il allait faire son coming out auprès de son père, tu lui avais dit que c'était franchement une très mauvaise idée, et il t'avait accusé de faire partie de ces pédés qui se détestent avant de te balancer qu'il allait quitter son job et partir faire son master à Tokyo.

C'est à ce moment que tu lui avais demandé si tu pouvais lui emprunter un peu d'argent. Il t'avait demandé combien. Et tu le lui avais annoncé. Il t'avait demandé pour quoi faire. Et tu lui avais répondu que c'était pour passer un mois dans le nord dans un camp de réfugiés du Vanni. Il t'avait demandé pour quoi faire. Et tu lui avais raconté un autre bobard.

— Ça va s'arrêter quand, Maali ?

— Si t'as pas de fric à me prêter, tu n'as qu'à le dire. Je n'ai pas besoin de tes leçons de morale.

— C'est pour l'Associated Press ? Ou l'armée ?

— Je ne peux pas le dire.

— Alors, je ne peux pas te le donner.

— Très bien. J'irai emprunter à quelqu'un qui ne prétend pas m'aimer.

— Pourquoi tu ne parles pas à Jaki ?

— Elle est encore plus fauchée que moi.

— À propos de nous ?

— Quoi, à propos de nous ?

— Elle doit l'entendre de ta bouche. Elle te suit partout comme un petit chien qui attend qu'on le caresse. C'est immonde.

Tu étais parti en promettant de parler à Jaki, ce que tu n'as pas fait. Et lui s'était éloigné en disant qu'il ne pouvait pas te prêter l'argent, ce qu'il a bien évidemment fini par faire. Tu en avais perdu une petite partie à la roulette, utilisé une autre pour t'offrir une pipe à Anuradhapura et donné le reste à une famille qui fuyait les bombardements à Vavuniya.

Vous aviez eu une petite conversation dans la voiture alors que vous étiez en route pour voir Jaki jouer dans une pièce d'un célèbre Russe avec Radika Fernando, la dame qui présente les infos, dans le rôle principal. Il t'avait dit qu'il n'était jamais sorti qu'avec des filles et que toi, tu rencardais sa cousine, que tout ça n'avait aucun sens, que son père serait scandalisé et qu'il se passerait bien d'un drame. Tu lui avais dit « OK », puis avais fait serpenter tes doigts sur son genou tout au long du spectacle. Plus tard, tu avais confié à Jaki que l'alchimie entre elle et l'autre tête d'affiche était palpable, et lorsqu'elle t'avait avoué avoir peut-être eu un coup de cœur pour elle, tu lui avais ri au nez et elle t'avait lancé :

— Voilà, j'étais sûre que tu t'en foutrais.

La porte communicante entre vos deux chambres était restée close pendant une semaine après ton retour du Vanni. Tu avais passé des jours entiers au casino pendant que Viran développait tes pellicules. Le garçon avait commandé, par le biais de la boutique FujiKodak, du matériel neuf qu'il ramenait chez lui avec tes tirages photo.

Tes oreilles étaient assaillies par un bourdonnement qu'aucune quantité de cigarettes ni aucune série de gains au jeu ne pouvait dissiper. Et quand tu fermais les yeux, tu revoyais sans cesse ces enfants dans les bunkers qui se cramponnaient les uns aux autres, des petites têtes glissées sous de petits coudes, des yeux écarquillés et vides.

Et puis, en revenant bourré d'une fête au bureau, il t'avait surpris en train de regarder des épisodes enregistrés de *Crown Court* et t'avait traîné jusqu'à ton lit, sans se préoccuper de savoir si Jaki était dans sa chambre, et vous ne faisiez jamais rien quand elle était à la maison et réveillée.

Et, durant ces ébats des plus sauvages et dégoulinants de sueur, il s'était mis en colère quand tu avais sorti un préservatif de ton portefeuille. Il t'avait demandé si tu avais le sida, tu lui avais répondu que non, mais que tu allais te faire dépister, puis il t'avait demandé si tu avais couché avec quelqu'un d'autre dans le Vanni, et tu lui avais répondu que non. Parce qu'une pipe, ce n'est pas du sexe, ce n'est pas du sexe si tu ne vois pas le visage de l'autre, et puis ça ne compte pas si tu pensais à lui tout du long.

Après lui en avoir prodigué une qu'il avait drôlement appréciée, tu t'étais allongé sur le lit en pagaille, épuisé, et il t'avait tiré par la barbe en approchant son visage qui sentait encore l'alcool hors de prix vers le tien. Et il t'avait prévenu :

— Si jamais tu fais ça avec quelqu'un d'autre, je te tue. Et je ne plaisante pas.

Vous aviez sursauté en entendant la porte d'entrée s'ouvrir et Jaki trébucher dans le hall. Il semblait qu'elle avait de la compagnie, bien qu'elle ait pu parler toute seule, ça lui arrivait parfois.

Il t'avait regardé en plissant les yeux et tu avais caressé sa peau d'ébène comme s'il s'agissait du pelage d'un poney de concours.

— Et si Jaki découvre ça, elle nous tuera tous les deux.

Tu avais plaqué tes lèvres sur les siennes, délicieuses malgré leur goût de raisin fermenté.

Vous aviez entendu Jaki s'écrouler dans sa chambre et papoter avec un invité, possiblement imaginaire, avant que sa porte ne se ferme et se verrouille. De toute évidence, elle avait mieux à faire qu'assassiner ses colocataires dans leur lit.

## LUNE NOIRE

Les lunettes du ministre se teintent au soleil, comme pour le protéger de la souillure du parking, de l'effervescence du crématorium et du cimetière rempli d'esprits en colère, exilés pour beaucoup sur ses ordres.

— Stanley, rien ne prouve que ces photos aient été prises par Malinda Almeida. Comment donc seraient-elles sa propriété ?

Les voyages sont devenus pour toi plus rapides que tout ce qu'on peut voir dans *Star Trek* ou *Blake's 7*. La mention de ton nom, dirait-on, te transporte à travers les lignes téléphoniques, et à présent, tu te retrouves dans une somptueuse Mercedes, assis aux côtés du Très Déplorable ministre de la Justice.

Son Garde du corps Mort, installé sur le capot, scrute les parages, à l'affût de potentiels assassins. À l'avant se trouvent un chauffeur et un voyou ; tous deux vêtus de noir, chapeaux vissés sur la tête.

Le ministre dispose d'un téléphone dans sa voiture, dans un pays où la moitié de la population ne peut pas se permettre d'en avoir un chez soi. Tu n'as nul besoin d'entendre ce qui se dit à l'autre bout du fil.

— Je sais, je sais, bon sang. Mais je regarde cela en toute objectivité. D'un point de vue purement judiciaire. C'est trop proche de vous, Dharmendran. Il faut être impartial. Faire passer les intérêts du pays en premier.

« … Oui, Stanley, l'ONU a toujours ces prétendus corps. Bon sang, c'est du grand n'importe quoi. Nous avons réclamé qu'ils nous soient rendus. Nous allons les récupérer et les identifier convenablement.

« … Cette boîte contient des photos troublantes. Mon équipe juridique est en train de les analyser. Je ne veux pas qu'on me mène en bateau. Certaines sont classées secret-défense. Je ne sais pas s'il est bon pour le pays de les rendre publiques.

« … 1983 ? Oui, je crois qu'il y en a de cette année-là. Je ne pense pas qu'il soit opportun de remettre ça sur le tapis pour le moment. Je suis sûr que vous êtes de mon avis.

« … Écoutez, Stanley, j'ai du travail. Dès que je récupère les photos, j'organise une entrevue avec vous et nous les passerons toutes en revue. Vous me direz alors ce qu'il faut en faire.

« … Nous avons besoin de votre contribution, Stanley. C'est peut-être un pays à majorité cinghalaise, mais nous veillons au bien de tous. Telle est notre priorité. Toutes les grandes nations ont été dirigées d'une main de fer. La Grande-Bretagne, la France, le Japon, l'Allemagne, et regardez ce qu'est devenu Singapour à présent.

« … Je vous l'ai dit, je suis débordé. Je vous préviendrai dès que j'aurai rendu mon verdict. Vous avez ma parole.

« … Vous savez, Stanley, le Sri Lanka vit ses heures les plus sombres. Mon astrologue dit qu'il s'agit de l'influence de la lune noire. La période de râhu ou d'*apale*[1]. L'ONU a beau débarquer ici et nous faire la morale, qu'est-ce qu'ils font au sujet de l'Afrique du Sud, de la Palestine ou du Chili ? Nous seuls pouvons résoudre nos problèmes, n'ai-je pas raison ?

La Mercedes traverse le parking du cimetière et se gare dans un coin à l'ombre, non loin de la cheminée géante. Les hommes vêtus de noir sortent et ouvrent les deux portières arrière, ce qui te paraît bizarre. Le ministre a-t-il l'intention de sortir des deux côtés ? Le chauffeur se penche et attrape une boîte sur le siège passager tandis que le ministre sort du côté gauche. Tu n'avais pas remarqué à côté de quoi tu flottais.

— J'ai des affaires à régler, Stanley. Je vous appelle dès que j'ai des nouvelles.

Un garde n'appartenant ni à l'armée ni à la police ouvre le coffre et, alors qu'il en sort un sac en toile de jute, tu as cette sensation, comme si quelqu'un marchait sur ta tombe et y déféquait. Derrière toi apparaissent Sena, les Étudiants Ingénieurs de Moratuwa et de Jaffna, des Tigres morts et quelques autres que tu ne reconnais pas. Ce n'était donc pas

1. En astrologie, *râhu kâlaya* et *apale* désignent la mauvaise fortune, les périodes peu propices de la journée.

seulement ton nom qui t'avait fait rappliquer ici si rapidement, mais les os contenus dans le sac.

— C'est comme ça que vous vous habillez pour vos funérailles ? se moque Sena. (Il revêt désormais une plus grande cape et présente une chevelure hérissée ainsi qu'une dentition acérée.) Allons rejoindre les pleureuses.

Le ministre est flanqué de ses deux officiers tout de noir vêtus et d'un démon garde du corps ceint de ténèbres. L'un des officiers porte le sac en toile, l'autre une boîte en voie de désintégration sur laquelle est dessinée une suite à l'as. Une main gagnante d'habitude, mais peut-être pas cette fois.

Et c'est alors que tu perds les pédales et te mets à griffer le ministre au visage, à la gorge et à la nuque. Se dressant entre son maître et toi, le démon te repousse violemment. Tu es propulsé par-dessus la Mercedes et tombes dans les bras de Sena, dont l'étreinte est froide et étrangement réconfortante. Le ministre passe à côté de trois camions stationnés que des hommes en sarong nettoient au jet d'eau.

— Je peux vous aider à supprimer vos assassins, te murmure Sena à l'oreille.

Ranchagoda et Cassim sont postés à l'entrée du crématorium. Ils saluent le ministre.

— Tout est en ordre ? demande Cyril Wijeratne.

— Oui, sir, répond Cassim.

— Oui, sir. Presque, rectifie Ranchagoda.

— Le couvre-feu touche à sa fin, dit le ministre. Faites le nécessaire.

Les fumées commencent à se dissiper et l'odeur de chair cramée qui régnait dans l'air est remplacée par celle de produits chimiques déversés par bidons pour masquer la puanteur. Il ne reste des soixante-dix-sept corps que des braises fumantes, une odeur nauséabonde évanescente et une ombre qu'aucun être vivant ne peut voir. Il y a un chariot devant la bouche du fourneau. Un des hommes vêtus de noir y dépose le sac. L'autre y place la boîte. Tu la regardes basculer en même temps que les os.

Le ministre soupire alors que tes restes et tes photos tombent dans le feu. Puis il se retourne et se dirige vers sa voiture. Le démon du ministre grimpe sur le capot, te regarde en haussant les épaules et te salue.

## TROIS RATS

Tu ne sais pas depuis combien de temps tu es là, à fixer la fumée. Tu n'es pas le seul. Et de loin. Soixante-dix-sept âmes contemplent les braises et les cendres qui abritaient autrefois leurs esprits ; c'est aussi relaxant que de regarder sa maison brûler, assis confortablement dans un fauteuil de planteur. Les gémissements se sont éteints et, pour l'instant, même les chauves-souris et les corbeaux sont silencieux.

Le chuchotement vient cogner entre tes oreilles, comme l'affectionnent la plupart des chuchotements. La tête posée sur ton épaule, Sena fait ramper sa voix dans ton crâne.

— Toutes mes condoléances.

— Va te faire foutre.

— Ils vont s'en tirer. Parce que le karma, c'est des conneries.

Tu sens un frisson te parcourir. Sa voix émet des grésillements, comme si elle avait été amplifiée et diffusée à travers des fréquences en conflit.

— Vais-je devoir me taper un autre discours ?

— Vous connaissez le problème avec le karma, boss ?

— Sena, je ne suis pas d'humeur.

— C'est qu'on part du principe que tout est à sa place. Donc, on ne fait rien et on laisse le karma suivre son cours. C'est aussi vain que de dire « *Inchallah* ».

— Est-ce qu'ils ont aussi fait rôtir ton cadavre ?

— Ce je-m'en-foutisme n'avantage que les privilégiés. Cet éclopé là-bas, il a brisé les jambes de quelqu'un lors de sa dernière vie. Bien fait pour lui. Ces paysans étaient dépensiers pendant leurs vies antérieures, alors maintenant ils crèvent de faim. Ce directeur d'usine était autrefois un bodhisattva de la générosité. Du coup, il mérite toutes ses demeures. Et, si j'astique assez sa Porsche, peut-être que son *varam* déteindra sur moi.

— Ne me parle pas. Je ne peux pas chuchoter aux vivants, ni mener personne à mes négatifs ni trouver mon assassin. Tu n'es qu'une putain de grande gueule.

Les cicatrices et les contusions qui constellent le corps de Sena commencent à devenir élégantes, comme si elles avaient été retouchées par un tatoueur.

— Le bouddhisme pousse les pauvres à croire qu'ils sont à leur place là où ils sont. Tout est fait pour que ça paraisse naturel. C'est du putain d'égoïsme pour maintenir les pauvres dans la misère.

— Ils ont brûlé mes photos, Sena. Qu'est-ce qu'il me reste ?

Tu le regardes flotter, avec une grâce qu'il n'a jamais eue auparavant. Il y a encore autre chose d'étrange chez lui et tu réfléchis un petit moment avant de percuter. Il ne t'appelle plus « sir ».

— Toute religion vise à maintenir les pauvres dociles et les riches dans leurs châteaux. Même les Américains s'agenouillent devant un Dieu qui a détourné les yeux de ceux qu'on lynchait.

— Où tu veux en venir ?

— Où je veux en venir, monsieur Maali, c'est que le karma n'équilibre rien du tout. Fais-le bien aujourd'hui, plus tard, tu en recueilleras les fruits. On récolte ce qu'on sème. Ne fais pas aux autres ce que tu ne veux pas qu'on te fasse. C'est des grosses conneries.

— Un coco athée. Comme c'est intéressant.

— C'est tout ce que vous avez à dire ?

— Les Soviétiques, les Chinois et les Khmers étaient athées. Peut-être que ne pas croire en Dieu te donne la permission de devenir démoniaque.

— Comme si croire en Dieu faisait de toi un agneau.

— Tout à fait d'accord, camarade Pathirana. Nous sommes tous des sauvages, peu importe devant quoi on se prosterne.

— C'est ce que je voulais dire. L'univers a bien un mécanisme pour rétablir l'équilibre. Mais ce n'est pas Dieu, ou Shiva, ou le karma, dit-il en plongeant en piqué sur le camion qui s'ébranle. C'est nous.

Sena s'attend à ce que tu le suives, et bien sûr, c'est ce que tu fais. Le camion a été nettoyé au jet, mais sent encore la viande. Drivermalli est recroquevillé sur le volant, deux goules perchées sur ses épaules lui sifflent dans les oreilles. Il démarre le moteur pendant que Kottu et Balal grimpent dans la cabine et s'allongent sur la banquette élimée. Ils soupirent, puis ferment les yeux en tapotant leurs gros ventres et le fric fourré dans leurs poches.

— Prêt à punir les hommes qui nous ont assassinés ?

— Ils ont tout brûlé. Tout ce que j'ai fait. Tout ce que j'ai vu. Parti en fumée.

— Il faut plus que des photos pour stopper le train en marche, *putha*. S'apitoyer sur son sort ne sert à rien, mon frère. Réfléchissez à votre rôle Ici-Bas. Quelle était votre raison d'être ? Était-ce juste de traîner dans les casinos, prendre des photos et tripoter des bites ?

— J'étais là pour témoigner. C'est tout. Ces levers de soleil et ces massacres ont existé parce que je les ai photographiés. Tout ça est mort avec moi.

— Vous pouvez continuer à pleurnicher. Ou vous mettre au boulot.

Vous êtes sept à flotter au-dessus du camion ; toi et Sena, les deux étudiants ainsi que trois personnages inquiétants que tu essayes de ne pas dévisager, ce dont, évidemment, tu ne peux pas t'empêcher. L'un d'eux présente un visage criblé de coups de couteau avec des vers qui sortent des entailles, un autre a les quatre membres brisés et le troisième a la pâleur grisâtre d'une chose qu'on a noyée.

Ce sont tous des victimes de la *Bheeshanaya* des douze derniers mois, la purge qui a écrasé le JVP. Et tout ce beau monde semble suivre Sena.

— Qu'est-ce que tu regardes, *ponnaya* ? te lance la chose au visage suintant de vers.

Tu as subi plus d'insultes homophobes dans l'Au-Delà qu'en vingt ans de batifolage avec des garçons. Sena se redresse et délivre son discours.

— Camarades, gardez votre sang-froid. Ils ont essayé de nous assassiner, mais nous sommes là. Nous faisons partie de quelque chose de plus vaste. La force des injustices que nous avons essuyées va balayer cette Terre. L'Entre-Deux et l'Ici-Bas, même combat. Pour la Lumière, c'est pareil. Il n'y a pas de forces qui gouvernent les papillons, les bouddhas, ou ce qui est juste. L'univers n'est qu'anarchie. Un trillion d'atomes qui se repoussent pour essayer de libérer de l'espace.

La pluie tombe sur le couvre-feu nocturne. Rien ne bouge à part les vents, les esprits et ce camion esseulé. Les immeubles bondés et les rues grouillantes sont vides et silencieux. Sena lève les yeux vers le ciel qui se dégage et rit.

— On dirait bien que l'univers est avec nous, lui aussi ! Êtes-vous prêts, mes guerriers ?

Les étudiants acquiescent, les trois gargouilles acquiescent, et toi, tu hausses les épaules.

— Pendant que vous dormiez, Maali mon frère, nous n'avons pas chômé. L'Homme Corbeau demande après vous. Peut-être qu'il est temps de vous réveiller, non ?

— Et faire quoi ? tu demandes. D'autres discours ?

— Il ne s'agit pas de comment nous sommes morts. Mais de comment nous avons eu à vivre. Ce soir, nous équilibrons la balance.

— Et moi qui croyais que la balance ne pouvait jamais s'équilibrer. Même sur le long terme, tu répliques.

Les guerriers, autrefois étudiants ingénieurs, froncent les sourcils à chaque fois que tu ouvres la bouche.

— L'Homme Corbeau m'a appris quelques combines. Mais j'ai trouvé un meilleur professeur.

— Tu as rejoint Mahakali ?

— Nous faisons alliance avec tous ceux qui peuvent nous aider.

Ce qui arrive ensuite se passe rapidement, comme un coup de feu ou une crise cardiaque. Ce n'est que bien plus tard, une fois perché sur le *mara tree*, que tu parviens à reconstituer les événements.

Les étudiants se glissent furtivement sur le toit du véhicule tandis que les gargouilles courent à côté du camion pour capter l'attention de Drivermalli.

Sena plante ses yeux dans les tiens. Tu n'es pas sûr de savoir s'il va te galocher ou te dévorer le nez.

— Tout le monde est pacifiste. Tout le monde revendique la non-violence. Sauf quand il s'agit de moustiques, de rats, de cafards. Ou de terroristes. Alors là, c'est tuer ou être tué. Comme si certaines vies comptaient plus que d'autres, et bien sûr que c'est le cas. Les moustiques ont décimé la moitié de l'humanité. Je n'ai aucun problème à utiliser de l'insecticide. Et je répondrai de mes actes devant n'importe quel dieu qui me questionnera.

Sena plonge sur le siège conducteur et grogne à l'oreille de Drivermalli. Son discours au vitriol est parsemé de jurons et provoque chez le chauffeur des froncements de sourcils. Le camion prend de la vitesse sur la route déserte menant à l'hôtel Leo, où les corps s'entassent et les secrets s'enterrent. Ce véhicule n'ira pas jusque-là.

Les gargouilles se dressent au milieu de la route et agrippent les os à leurs cous. Ils chantent quelque chose dans une langue que tu n'arrives pas à comprendre, mais que tu suspectes d'être un mélange de pali, de sanskrit, de tamoul et de démoniaque.

Drivermalli plisse les yeux, puis secoue la tête. Il articule des mots qui passent de ses oreilles à ses lèvres :

— Je répondrai de mes actes devant n'importe quel dieu qui me questionnera.

Il se frotte les yeux et regarde, bouche bée, les gargouilles qui se dressent au milieu de la rue. Il fait une embardée, mais évidemment, les freins ne répondent pas, car un Étudiant Ingénieur s'est enroulé autour des plaquettes, alors le camion fonce vers un arrêt de bus situé juste à côté d'un transformateur électrique près duquel tu crois apercevoir des gens assis, mais ensuite le camion percute le transformateur, et il s'ensuit un vacarme assourdissant, comme si le Tout-Puissant s'était pris un coup de pied dans le tibia.

Et puis, le transformateur se fissure avant de tomber sur l'arrêt de bus et sur les gens qui attendaient à côté.

La tête de Drivermalli heurte le volant alors que les voyous endormis volent au plafond et se réveillent en toussant. Puis, quelque chose prend feu et explose, après quoi on entend des cris à l'intérieur du camion. Sena et sa bande d'hommes en colère dansent dans les flammes, scandant des malédictions et des insultes tandis que dans le camion, trois rats brûlent vifs.

Tu regardes autour de toi et vois des morceaux de corps n'appartenant pas aux rats restés coincés dans le camion. Combien de personnes pouvaient bien se trouver là pendant un couvre-feu ? Trois ? Cinq ? Et là, tu vois une mère et son enfant rencontrés dans la zone de combat, le vieil homme cerné d'éclats d'obus et le chien mort. Ils te disent quelque chose que tu ne peux pas entendre. Te demandent quelque chose que tu ne peux pas donner. Et alors, le chien se met à parler et tu es propulsé dans le présent, observant Sena et son équipe de démolisseurs faire quelque chose d'encore plus déroutant.

Quelque chose de curieux pour des individus qui viennent de causer un accident et de danser dans le brasier. Ils tirent sur la porte du conducteur, qui s'ouvre en grinçant bien que ses charnières aient été pulvérisées. Drivermalli s'extirpe du véhicule en gémissant alors que les flammes lèchent sa prothèse de jambe. Les esprits tamponnent la torche vivante et entonnent un chant en direction du camion en feu. Lorsque Drivermalli s'évanouit, les flammes qui le dévoraient ont disparu.

La foule accourt partout où se produit un désastre, pour la même raison qui pousse chacun à regarder dans son mouchoir après s'être mouché. Les gens sortent en masse des échoppes en bord de route, faisant fi du couvre-feu, et se tiennent à distance en hurlant à la vue du camion en feu. Quelques-uns apportent des seaux d'eau pour arroser Drivermalli et l'éloignent du carnage. Il y a des gens au sol qui saignent et qui crient. Certains ne bougent pas.

Derrière ceux qui ne bougent pas se tiennent des silhouettes vêtues de blanc. À croire que dans cette ville, les Assistants sont plus rapides que les ambulances. Les morts sont emmenés au loin, la confusion qu'on lit sur leurs visages t'est plus que familière.

Deux silhouettes sortent en rampant du camion qui brûle. Sena et ses goules se jettent sur elles. Les Étudiants Ingénieurs saisissent Balal et Kottu qu'ils entraînent ensuite sur le terrain à côté de la route. Ils ne se débattent pas. Ils regardent, interloqués, le camion en flammes et leurs corps fumants.

Sena et son gang continuent à psalmodier alors qu'ils traînent les nettoyeurs sur la pelouse décharnée. Tu aperçois une forme dressée là, sa chevelure ébouriffée et son collier de crânes. Tu n'es pas assez près pour discerner les visages gravés sur sa peau, et c'est très bien comme ça. Sena se tourne vers toi et te fait signe de les suivre. Ses yeux sont un mélange de rouges et de noirs. Le bourdonnement qui gronde au bord de l'univers remplit tes oreilles déjà vérifiées. Tu ne les suis pas.

## LE MASQUE

Le nom de cet arbre sur lequel tu es perché t'est inconnu, tu sais seulement qu'il possède d'épaisses feuilles qui semblent capter les vents et les chuchotements. Tu regardes la fumée qui s'élève des toits au loin en te demandant si là-bas, ce sont des personnes ou des photos qui se consument.

Le vent d'est souffle ton nom, tu essayes de l'ignorer de toutes tes forces. Tout ce que tu étais et ce que tu as fait a été réduit en cendres. Personne ne récupérera tes négatifs, si ce n'est les insectes qui les grignoteront jusqu'à ce que les noirs deviennent blancs. Tu cesseras bientôt d'entendre ton nom et ce sera la fin.

— Prends juste une minute pour réfléchir, c'est tout ce que je te demande. Cette histoire avec Malinda t'a fait paniquer.

— Non, c'est cette histoire avec le ministre qui m'a fait paniquer, Kuga. Je sais que tu ne travailles pas pour le CNTR. C'est ça qui me fait flipper.

Tu quittes l'arbre sans nom et te retrouves dans la suite du septième étage de l'hôtel Leo. Tout ce qui reste du siège du CNTR se réduit à des boîtes en carton et des sacs-poubelle. Les murs affichent des carrés vides où tes photos étaient autrefois accrochées.

Kugarajah fume à la fenêtre tandis qu'Elsa Mathangi fourre des dossiers dans une valise.

— Et si on t'arrêtait à la douane ?

— Je dirai que ce sont des dossiers de l'ambassade canadienne où je travaille.

— Peut-on en discuter ?

— Tu vois une fourgonnette dehors ?

Kuga écarte le rideau et jette un coup d'œil au panorama sur Salve Island. Il tire sur sa cigarette et secoue la tête.

— Le couvre-feu n'est pas terminé. Il y a trois fourgonnettes en bas. Et une Jeep. Je dis ça, je dis rien. Et si on jouait le jeu, au moins pour l'instant ? Jusqu'à ce qu'on récupère les photos. Si le gouvernement te doit des faveurs, ce n'est pas une mauvaise chose.

— Utilise ta tête, bon sang. Le ministre ne nous remettra pas les photos. Comment tu crois que ça va finir ? Quand les Tigres découvriront que j'arrange des coups entre Mahatiya et le gouvernement, ils me briseront le cou.

— Les Tigres ne te feront aucun mal. Je peux te le garantir.

— Vraiment, tu peux me le garantir ?

— Jamais je ne te mettrai en danger.

— Alors pourquoi ne pas te porter volontaire pour aller négocier avec le colonel Mahatiya ?

Elsa observe le désordre en bouclant sa valise. Tu regardes les boîtes saucissonnées avec du ruban adhésif et te demandes si leur destin sera de rejoindre l'ambassade ou l'incinérateur.

— Je ne suis pas comme Malin, je ne joue pas. Peut-être est-il là, quelque part. À vendre les négatifs aux Israéliens.

— Il est mort.

— Tu sais qui l'a tué ?

— Et toi ?

— Si c'est à cause des photos qu'on l'a liquidé, nous ne sommes pas en sécurité.

— OK, je réserve ton vol. Le Canada, la Norvège ou Londres ?

— Je vais réserver mon vol, merci. Il faut juste que tu me sortes de là.

Tu regardes les deux amants se tourner autour. Elsa fait rouler sa valise jusqu'à la porte. Tu te souviens avoir pris ton chèque, puis démissionné. Mais tu ne te rappelles toujours pas pourquoi.

— Tu t'occuperas des cartons ?

— Je les rangerai dans la matinée. Que dit le CNTR ?

— Je n'appelle personne avant d'avoir quitté le pays. Je n'en ai parlé qu'à toi, en qui je n'ai déjà pas confiance.

— Alors, c'est tout ? Tu abandonnes ?

— Je suis venue ici pour aider le peuple tamoul. Mon cadavre n'aidera personne.

Kuga s'avance vers elle en levant la main. Elsa tressaille alors qu'il écarte les mèches de cheveux tombant sur son visage.

— Tu ne m'as jamais demandé de venir avec toi.

— Viens avec moi, alors.

— Il me reste une dernière chose à faire.

— Voilà pourquoi je ne t'ai rien demandé.

— C'est quoi, ton plan ?

— Un bus d'Allemands doit partir cette après-midi du Hilton. Tu peux me faire monter à bord ?

— Ils doivent probablement surveiller les deux entrées.

— Mais pas l'ascenseur de service.

Kuga sourit et prend le téléphone.

— Dis au ministre que tu es sur une piste et que tu espères obtenir les négatifs d'ici à dimanche soir.

— Tu peux me faire monter dans ce bus ?

— Est-ce que je t'ai déjà laissée tomber ?

Elsa prend une profonde inspiration et fait son devoir. Lors de ta dernière nuit, elle te l'avait dit, les modérés de cette ville finissent soit dans un avion, soit sur une plaque de béton à la morgue.

Les vingt-quatre heures de couvre-feu ont nettoyé les rues et rafraîchi l'air. Il s'est débarrassé de son haleine fétide et les vents soufflent librement, charriant occasionnellement quelques bouffées de fumée et de poussière. Une camionnette Delica blanche aux vitres teintées est garée en face de l'hôtel. Assis sur le siège arrière, le commissaire adjoint Ranchagoda, l'air en colère et en manque de sommeil, braque ses yeux épuisés sur l'entrée de l'hôtel.

Une Jeep s'arrête au niveau de la fourgonnette et baisse sa vitre. L'homme bedonnant au volant porte des lunettes teintées et un masque chirurgical. À côté de lui est assis le major Raja Udugampola, muni d'un talkie-walkie.

Il regarde le flic, qui se redresse, au garde-à-vous.

— Je veux qu'on surveille les deux entrées. Prévenez-moi quand elle sort. Suivez-la et ne la perdez pas de vue. À mon signal, vous l'embarquez. Est-ce que c'est clair ?

— Oui, sir, dit Ranchagoda.

Le major approche le talkie-walkie de sa bouche : « Aucun mouvement. Mais nous sommes en position. » Le talkie-walkie émet des grésillements. Le major hausse les sourcils et écoute. « Il reste toujours de la place au Palais, sir. » Il y a davantage d'interférences et le major dévisage Ranchagoda. « Sinon, on en fera », dit-il.

Il ne répond pas au dernier grésillement. Il pose le talkie-walkie et souffle lentement à Ranchagoda :

— Vous allez me livrer la fille, ou les négatifs. Si vous revenez avec les deux, je vous paye vos heures supplémentaires. Si vous revenez avec l'un des deux, je serai content. Si vous revenez les mains vides, je ne le serai pas.

— Je dois faire ça tout seul, sir ?

— Vous avez les chocottes ? *Aney*[1], pauvre chou. N'ayez crainte, *baba*. Mon ami va venir s'asseoir à côté de vous et vous tenir la main.

L'homme au masque descend de la Jeep et, bien que ses yeux et sa bouche ne soient pas visibles, il est évident qu'il sourit.

## LE PALAIS

Le major Raja Udugampola était un soldat de bureau ; tu ne l'as vu sur un champ de bataille qu'une seule fois. Akkaraipattu, en 1987. Il avait tout d'abord ordonné aux terrassiers de creuser des tombes assez grandes pour y enterrer des villages entiers, puis avait chargé les soldats d'habiller les corps avec des uniformes de Tigres avant de les mettre en scène. Il t'avait ensuite forcé, toi et des pigistes de Lake House[2], à prendre des photos. Puis avait confisqué ta pellicule.

1. Interjection exprimant la pitié.
2. Nom donné à l'Associated Newspapers of Ceylon Limited (ANCL), qui publie de la presse quotidienne, hebdomadaire et annuelle en cinghalais, tamoul et anglais.

Aucun des autres photographes n'avait tenu plus de deux massacres. La plupart ne pouvaient pas supporter le gore et pour beaucoup, le salaire médiocre ne valait pas le coup au vu des risques encourus. Mais tu étais accro.

Parce que, selon ton stupide ancien « toi », le problème, c'était que les gens de Colombo, de Londres et de Delhi n'avaient pas idée de l'étendue de l'horreur. Et que peut-être, ton jeune « toi » intelligent, pourrait réaliser la photo qui convaincrait les décideurs politiques de s'opposer à la guerre. Et de faire pour la guerre civile du Sri Lanka ce que la fille nue au napalm avait fait pour le Vietnam.

Le major avait ordonné à tous les journalistes embarqués de l'appeler s'ils avaient la moindre idée de l'endroit où se cachait le leader des Tigres. Il avait partagé un numéro à six chiffres et fait miroiter une récompense en comportant autant, promise à quiconque le conduirait à Prabhakaran, et cette fois, la somme n'était pas en roupies.

C'était au début du conflit, quand l'armée était assez stupide pour croire qu'elle pouvait capturer le chef suprême et gagner la guerre. Pour le major Raja, les journalistes s'avéraient plus facilement remplaçables que les balles achetées par ses patrons aux Britanniques. Autre raison pour laquelle tant de journalistes démissionnaient.

Le souvenir te revient sous la forme d'une toux. Une toux coquelucheuse qui te décroche le cerveau et te plie en deux. Elle brûle l'extrémité des nerfs que tu n'as plus et te ramène à un endroit qui était autant une pièce qu'un couloir. Les murs sont tapissés d'armoires et de meubles à vitrines. Des Uzi, des mitrailleuses, des revolvers Browning, des balles dum-dum et des grenades qui font boum-boum y sont conservés dans un musée militaire appartenant à un major qui n'a jamais tiré avec une arme sous le coup de la colère ou de la peur.

Tu te tenais debout devant le bureau, les yeux baissés sur la tête chauve du caïd. En essayant de te racler la gorge, tu t'étais mis à tousser plus violemment que prévu. Le major Raja Udugampola, alias King Raja, t'avait jeté un regard de dégoût.

— Besoin de voir un docteur ?

— Non, sir. C'est juste la toux du fumeur.

— C'est comme ça que vous l'appelez ? Pas la toux du pédé ?

Tu étais resté immobile un très long moment alors qu'il continuait à te dévisager. Un siège libre se trouvait devant toi, mais il ne t'avait pas invité à t'asseoir, alors tu étais resté debout. Un dossier à ton nom contenant des photos que tu avais prises sur le front était posé sur la table – des clichés en noir et blanc, 18 x 12 pouces, finition mate. Il s'agissait du bombardement à Valvettithurai où les mortiers faisaient pleuvoir des corps embrasés sur les cocotiers. Le dossier consistait en une pile de photos ; tu te souviens de chacune d'elles. C'était une saison de tueries mensuelles, au moment où les deux camps se relayaient pour massacrer des villages en représailles du carnage du mois précédent. Le major n'avait commandé de séances photo que pour les atrocités perpétrées par les Tigres. Kokkilai, Kent Farm, Dollar Farm, Habarana, Anuradhapura. Les massacres commandités par l'État n'avaient que rarement besoin d'être photographiés.

— C'est du bon boulot. Nous devons recueillir des données là-dessus. Ce que les Tigres font à ces enfants innocents, à ces femmes et à leurs bébés. Sinon, les Tamouls diront que ça n'a jamais eu lieu.

Il avait marqué un silence. Tu l'avais laissé s'étioler dans l'air.

— Tellement dommage au sujet de l'autre chose, n'est-ce pas ?

— Sir ?

— Malinda Albert Kabalana, avait-il dit en posant les yeux sur ton dossier, nous ne renouvellerons pas votre contrat à compter d'aujourd'hui.

— Mon contrat n'expire qu'en 1991.

— C'est exact. Mais votre comportement constitue une violation du code pénal de 1883.

— Je ne vois pas de quoi…

— Vous entretenez des relations contre nature avec des soldats. Cela ne saurait être toléré en temps de guerre. Ni jamais d'ailleurs. Vous aviez été prévenu.

Contre nature, les relations le sont toutes au cœur des zones de combat. Les amitiés sont forcées et fragiles. La terreur, l'ennui et la solitude peuvent faire naître d'étranges alliances quand on peut trouver le réconfort dans les bras d'un étranger. Tu savais comment repérer les jolis garçons attirés par les beaux mecs, qu'ils portent l'uniforme, le sarong ou le costume traditionnel. Qu'ils soient en train de sourire dans un bus ou de se disputer avec leur femme. Tu ne jouais qu'avec les plus réservés, les garçons de village, les paumés solitaires, ceux qui n'auraient personne à qui moucharder, du moins c'est ce que tu croyais.

Le major s'était levé, avait lentement contourné son bureau et s'était planté à tes côtés. Il t'avait regardé un long moment pendant que tu gardais les yeux rivés devant toi. Il avait passé sa main sur ta joue et laissé ses doigts glisser le long de ta nuque.

— Êtes-vous une tafiole ?

— Non, sir.

Ses doigts avaient effleuré les colliers autour de ton cou – à cette époque, tu en avais plus de trois : la croix ankh, le Om, la plaque d'identité, les capsules, la fiole de sang –, continuant leur chemin le long de ton ventre et plus bas, jusqu'à ton entrejambe. Il te caressait du revers des doigts, pas avec force, mais sans douceur non plus. Comme s'il cherchait des rouleaux de pellicules cachés derrière de la chair délicate. Ses mains étaient calleuses et son contact tendre. Tu te tenais au garde-à-vous et restais stoïquement mou.

— Vous savez qu'il n'y a pas qu'un seul problème.

Tu t'étais figé tandis que ses doigts s'attardaient sur ton entrejambe recroquevillé.

— La rumeur court que vous êtes malade. Vais-je attraper le sida en vous touchant ?

Il avait retiré sa main, était retourné derrière son bureau et avait attrapé son képi qui pendait sur un clou au mur.

— Allons-y.

Un jeune soldat avec une prothèse de jambe conduisait la Jeep. Il ne t'avait adressé aucun regard de tout le trajet. Le major Udugampola s'était assis en face de toi, genou glissé entre tes jambes. En se penchant en avant, il pouvait très bien t'écraser les noix avec sa rotule.

— Ne vous faites pas d'illusions. Nous avons de meilleurs photographes que vous, avait-il dit. Des gars loyaux. Des gars qui soutiennent leur peuple quoi qu'il arrive. Et qui n'ont pas de grandes gueules.

— Sir, où allons-nous ?

— Mes gars l'appellent « Raja Gerada ». Peut-être en mon honneur. La maison du Roi. Le Palais. Marrants, ces gars. J'ai participé à la conception, bien sûr. Voulez-vous savoir pourquoi nous vous congédions ?

— Mon contrat stipule que je peux travailler en free-lance.

— À la seule condition d'y avoir été autorisé. Avez-vous reçu la permission d'emmener Robert Sudworth faire une visite au colonel des Tigres ?

— Je travaille comme fixeur pour l'Associated Press. Robert Sudworth en fait partie.

— Et pour son garde du corps ?

— Bob Sudworth est paranoïaque.

— Un mercenaire du KM Services. Vous avez conduit des combattants non autorisés en première ligne.

— Leurs papiers étaient tamponnés.

— Pas par moi. Vous aviez eu la permission d'accompagner l'AP au camp militaire du Vanni. Non pas d'emmener des trafiquants d'armes casser la croûte avec l'ennemi.

— Des trafiquants d'armes ?

— J'ai rencontré Sudworth, une fois. Dans le Vanni, pour être précis.

— Vraiment ?

— Vraiment ? Vous étiez là.

— J'étais là ?

— Après que nous avons attaqué le camp. Et fait prisonnier le colonel. Vous ne vous en souvenez pas ?

— J'ai été blessé dans la fusillade. Je ne me rappelle rien.

— Quelles blessures ?

— Je ne me rappelle jamais ce que je ne suis pas censé voir.

— *Aney.* Quel petit garçon candide.

Il s'était penché en avant et son genou avait frôlé ton entrejambe.

— Ça m'aiderait de savoir de quel côté vous êtes.

— Un bon journaliste ne choisit pas de camp.

— C'est vrai. Et qu'en est-il des photographes homos ?

— Pardon ?

— J'ai contre vous sept plaintes de cadets pour agression sexuelle.

Tu avais regardé dehors par les fenêtres teintées les rues qui se vidaient et t'étais demandé si un couvre-feu avait été décrété. Il n'avait aucune preuve, tu avais pensé. Et seulement sept ? Il n'y avait eu là aucune agression sexuelle, vous le saviez tous les deux. La seule agression sexuelle avérée s'était produite quelques instants auparavant dans son bureau. Tu avais répété ce mantra qui t'avait permis de te tirer d'affaire pendant trente-quatre ans :

— Je ne suis pas homosexuel. J'ai une petite amie.

— Arrêtez vos conneries. J'ai reçu des plaintes. Quand on est dans l'armée, on suit les règles de l'armée. Un jeune caporal de la division Vijaya a appris qu'il était séropositif lors de son dernier examen médical. Je ne peux pas me permettre d'avoir des types comme vous ici.

— Je ne connais aucun caporal.

— Fermez-la. C'est moi qui vous ai engagé. Je ne laisserai pas la maladie se répandre dans mon armée.

— Je ne suis pas malade.

— Et c'est pour ça que vous utilisez des préservatifs de la Croix-Rouge ? Je vois comment vous toussez. Je vois les marques sur votre peau. C'est intolérable.

La Jeep avait pris à droite sur Havelock Road et déboulé sur une avenue arborée bordée de grandes demeures aux murs immenses où aucun déchet ne traînait. Après deux virages, le chauffeur avait coupé par une ruelle.

— De plus inquiétantes rumeurs courent à votre sujet, évidemment. Des rumeurs que je ne peux pas prouver. Nous menons la guerre sur deux fronts. Je n'ai pas le temps de courir après les pédales et leurs appareils photo.

Au bout de l'impasse se dressait un imposant portail. Il s'était ouvert à distance, grâce à une télécommande, révélant deux gardes armés de mitraillettes qui vous avaient salués.

— L'endroit n'est pas encore complètement opérationnel. Mais il le sera bientôt.

Les soldats t'avaient confisqué ton appareil photo et ton portefeuille, mais tu n'avais pas eu peur. Tout comme tu n'avais jamais eu peur de marcher à travers les terrains minés ou d'embarquer sur des bateaux avec les Tigres. Tu croyais que rien ne pouvait t'arriver parce que tu étais protégé, non pas par les anges, mais par les lois de la probabilité, qui établissent que les choses vraiment graves n'arrivent pas très souvent, à part quand elles surviennent.

À première vue, ça ressemblait à un baisodrome, un endroit parfait où ramener une conquête de la classe moyenne. Tu avais une méthode bien huilée pour faire entrer en douce des garçons dans ce genre de bouge ; leur faire enfiler une burqa que tu avais trouvée sur une corde à linge dans un village en flammes près d'Akkaraipattu. La seule façon de les faire passer devant la réception sans attirer les regards.

Le bâtiment tournait le dos au portail, des soldats sur des échafaudages étaient en train de le peindre en vert. Le chemin passait entre des camions stationnés et des brouettes abandonnées pour aboutir à un escalier en béton inachevé. Le bâtiment s'élevait sur trois étages comprenant chacun sept pièces. Celles-ci étaient dotées de grandes baies teintées, caractéristique assez inhabituelle pour un baisodrome. Chaque pièce comportait un équipement identique. Une table en bois, un seau, de la corde, un manche à balai, un tuyau en PVC, du fil barbelé, un robinet installé sur un mur et une prise sur un autre.

— Si je vous ai emmené ici, c'est juste pour vous dire ceci.

Le major était passé derrière toi en dégainant son bâton. Jusque-là, tu n'avais pas vu l'attirail qui pendait à la ceinture du soldat.

— Nombreux sont ceux qui, après avoir été renvoyés de l'armée, et après avoir vu ce que vous avez vu, se prennent à devenir des activistes. À basculer dans l'autre camp. Très mauvaise idée.

Tu n'avais pas aperçu de fantômes dans ces pièces vides du premier étage, mais tu les avais sentis. Ça, c'était avant que tu apprennes que les esprits existaient. Après avoir vu avec quelle facilité une balle pouvait effacer une âme sur le champ de bataille, après avoir regardé des créatures dotées de souffle se transformer en viande pourrie, il ne restait plus aucune place pour les croyances. Jusqu'à cette visite au Palais où tu avais senti les picotements de la peur dans l'air fétide et entendu des chuchotements dans les ombres.

L'odeur de merde et d'urine t'avait frappé dès que tu avais grimpé l'escalier. Les chambres du deuxième étage étaient identiques à celles du premier, sauf que des personnes s'y trouvaient enfermées. Une dans chacune, tous des garçons, la peau sombre et couverte de bleus. Quelques-uns étaient assis et enlaçaient leurs genoux, d'autres fixaient le vitrage sans te voir passer.

— Ces vitres m'ont coûté la moitié de mon budget, t'avait précisé le major en tapotant le côté de son genou avec son bâton. Elles sont sans tain et insonorisées. Je les ai fait venir de Diego Garcia.

Le garçon dans la dernière cellule te regardait, la bouche et les yeux grands ouverts. Il t'avait fallu un moment pour réaliser qu'il était en train de hurler. Diego Garcia est une île en forme de fer à cheval au sud du Sri Lanka, réquisitionnée après les guerres napoléoniennes par les Britanniques, lesquels l'avaient débarrassée de ses deux mille autochtones pour la louer ensuite aux États-Unis. Dans les années quatre-vingt, elle servait de base militaire et exportait plus que du double vitrage aux alliés occidentaux présents en Asie.

— Ils m'envoient des formateurs, pour entraîner mes interrogateurs. Ils ont même convaincu le gouvernement de m'accorder davantage de budget.

Le troisième étage était identique aux deux autres. Des pièces rectangulaires, du vitrage teinté, un équipement minimaliste et une puanteur insoutenable. Mais les pièces comptaient davantage d'occupants.

Dans la salle n° 1, deux hommes masqués frappaient un garçon avec des tuyaux. Dans la salle n° 2, un autre attaché sur un lit hurlait. Dans la salle n° 3, deux autres encore étaient suspendus à l'envers, la tête recouverte d'un sac. Dans la salle n° 4, un homme portant un masque chirurgical et des lunettes teintées était penché sur un autre cloué sur une chaise.

— Voici le Masque. C'est lui que tous les invités du Palais rencontrent en premier.

Dans la salle n° 5, une fille complètement dévêtue, à genoux, sanglotait pendant qu'un homme torse nu lui tournait autour. Les salles n° 6 et n° 7 étaient occupées par des garçons allongés sur des tables, immobiles.

Le major Raja Udugampola t'avait attrapé par les épaules et t'avait plaqué contre le mur du fond. Derrière son épaule, on pouvait voir par une baie vitrée d'autres corps disposés sur d'autres tables.

— Je vais vous laisser partir, avant que vous puissiez me mettre dans l'embarras.

Tu avais posé tes mains sur son entrejambe et l'avais caressé. Il avait relâché sa poigne et pris une inspiration avant de retirer tes mains et de les pousser contre le mur.

— Mais si vous me mettez dans l'embarras, il pourrait vous arriver des choses pires que de perdre votre travail.

Il t'avait embrassé sur la joue, puis sur la bouche. Après quoi, il t'avait giflé violemment. Puis, il s'était gratté le sourcil, avait serré le poing et t'avait asséné deux coups dans l'estomac. Tu avais senti l'air s'échapper de tes tripes et ta vision s'obscurcir alors que tu te préparais à recevoir un autre coup, qui, finalement, n'était jamais arrivé.

Et puis, il t'avait laissé partir.

## CONVERSATION AVEC UN PRÊTRE MORT (1962)

Tu quittes Galle Face Court et flottes jusqu'à l'endroit que tu ne devais jamais revisiter. Pendant de nombreuses nuits obscures, bien avant que les ténèbres ne s'emparent de toi, tu n'avais cessé de te demander si tu pouvais retourner là-bas avec ton appareil photo, t'asseoir sur le manguier au coin de la ruelle et prendre les clichés qui te feraient gagner le Pulitzer.

Le major ne t'avait pas bandé les yeux, car il savait que tu ne reviendrais jamais. Tu ne doutes pas que les vingt et une chambres du Palais aient été pleinement occupées durant la *Bheeshanaya* de l'année précédente. Le massacre de présumés anarchistes n'avait pas été aussi prolifique que la boucherie de l'État indonésien, avec son million de communistes dézingués en 1965, alors personne ne s'était donné la peine de compter les morts. Certains disent cinq mille, d'autres vingt mille ou même cent mille, d'autres encore estiment qu'il n'y en a pas eu tant que ça.

De toute manière, seuls les Américains remportent des Pulitzer. Les Américains, dont la CIA a sponsorisé le massacre indonésien, qui possèdent une base navale au sud des Maldives et ont dépêché des équipes de formateurs spécialistes en interrogatoire auprès de ce prétendu Palais, dans ce soi-disant paradis.

Tu n'es jamais revenu ici, parce que tu savais que personne ne ressortait vivant du Palais. Tu as vu les cadavres être acheminés et exposés sur des plaques dans les commissariats et les casernes. Des « suspects » abattus bien utiles à la propagande pour mener la lutte contre les insurgés, les agitateurs, les criminels et les terroristes. Même si la plupart d'entre eux ne l'étaient pas. De temps en temps, il t'arrivait de repérer un journaliste ou un professeur dans une cellule, un visage connu frappé jusqu'à devenir méconnaissable. Et tu prenais un cliché supplémentaire, le cachais dans ta boîte et clipsais les négatifs avec les autres dans ta cachette, un endroit où personne doté d'une bonne paire d'oreilles ne viendrait fouiner.

De ton perchoir sur le manguier, tu vois clignoter les lumières du deuxième étage, tu entends les cris stridents, les gémissements et les crépitements électriques. Une odeur de bile flotte dans la brise. L'indésirable puanteur du vomi de quelqu'un d'autre, un arôme rance de nourriture ingurgitée de force et de sueur parfumée à la terreur. D'autres lumières s'allument, suivies d'autres cris. Qu'est-ce que ça peut être ? De l'eau dans les narines, de l'électricité sur les parties génitales, des clous dans les pieds ?

Tu n'es jamais revenu ici parce que tu avais peur de ce que tu verrais, et parce que tu craignais de finir, toi aussi, dans un cachot. Maintenant que l'horreur est derrière toi, tu ne peux toujours pas te résoudre à flotter à travers le jardin pour rejoindre les lumières vacillantes.

— Approchez, t'enjoint une voix rauque. Vous n'êtes pas obligé de regarder si vous n'en avez pas envie.

Tu aperçois l'ombre sur le toit. Grande et informe, elle n'a pas d'yeux, pas même rouges. Des fumées noires s'échappent du toit bien qu'il n'y ait aucune cheminée. Elles s'étendent comme des vrilles, venant alimenter la masse noire. Tu te retrouves à flotter vers elle, attiré par sa voix.

— Tout cela est vraiment, profondément affreux. J'étais prêtre avant, vous savez.

— Bouddhiste ? tu lui demandes. Ou catholique ?

— Est-ce important ? J'ai vu le cœur sombre du monde. Et je n'ai toujours pas rencontré mon Créateur.

— Pourquoi êtes-vous assis là ?

La créature prend forme, tu vois apparaître ses dents noires, ses yeux sombres et le contour de son dos courbé.

— Je ressens de l'énergie, ici. Venez vous asseoir à côté de moi. Il n'y a ni Dieu à suivre ni Diable à craindre. Il n'y a que de l'énergie.

— Est-ce que vous vivez là ? tu lui demandes, sachant que c'est loin d'être le verbe le plus approprié.

Tu ne t'engages pas sur le toit.

— Lorsque j'étais prêtre, les non-croyants se querellaient avec moi. Dieu est-il disposé à stopper le mal ou non ? Dieu est-il seulement capable de stopper le mal ?

— J'ai déjà entendu cette blague.

Soudain, la professeure Ranee te manque, ça fait un bail que tu ne l'as pas vue, et tu te demandes pourquoi. Sait-elle que tu te trouvais avec Sena à l'instant, alors qu'il tuait cinq civils pour punir deux rats ? Se noie-t-elle sous un flot d'âmes désorientées, de formulaires à compléter, de contrôles auditifs et de débats sur la Lumière ? Ou t'a-t-elle seulement relégué au rang des causes désespérées qui avaient pourtant d'honorables intentions ?

— Y a-t-il quelque chose de plus terrifiant que cet immeuble sur le toit duquel nous sommes assis ? demande le Prêtre Mort.

— Il existe d'autres immeubles comme celui-ci, où des vieillards jouent avec des enfants apeurés à chaque étage.

— Je me suis rendu en ces lieux. Et me suis nourri des hurlements.

— Vous aimez les hurlements ?

— Épicure pensait que Dieu ne pouvait être qu'impuissant, ou malveillant. Car s'il était désireux et capable d'arrêter le mal, pourquoi ne le faisait-il pas ? Il existe pourtant une possibilité inexplorée par ce Grec éminent.

L'ombre devient de plus en plus imposante. Une créature avec une tête de bête, ou une coiffure afro biscornue.

— Que Dieu est absent ?

— Non.

— Que Dieu est distrait ?

— *Nehi*[1] ! Dieu est incompétent. Il veut empêcher le mal, il en a le pouvoir. Mais seulement, il est très mal organisé.

— Vous voulez dire qu'il se regarde trop le nombril, comme nous ?

— Je veux dire qu'il a toujours un wagon de retard, et qu'il ne sait pas établir de priorités.

Tu ressens une sensation de froid qui te glace le sang et embrouille tes cellules. C'est quelque chose qui t'a toujours effrayé et que tu n'as jamais été capable de nommer.

— Vous la ressentez, n'est-ce pas ? L'énergie. Qui est tout. L'alpha et l'oméga. Qu'elle soit positive ou négative, l'univers s'en moque. Vous voulez bien vous asseoir ?

Un vent soufflant de Mutwal t'en donne le courage ; il te sera possible de t'y jeter si les vrilles venaient à s'approcher pour t'agripper.

— Je n'ai pas été torturé. Je ne suis pas tourmenté. Peut-être bien qu'on m'a tué, mais je n'en suis même pas sûr. Vous ne pouvez pas vous nourrir de moi comme vous le faites avec ceux-là en bas.

— En êtes-vous certain ?

Les contours de l'ombre se muent et la créature n'a plus rien d'un prêtre en soutane. Elle s'accroupit comme un chien de chasse et tu vois des choses pendre à son cou.

— Je vous ai observé sur cet arbre, monsieur le photographe. Vous savez qu'il n'y a aucune logique à tout ça. Vous le savez depuis toujours.

Et, soudain, le froid se transforme en quelque chose de familier. Quelque chose d'intangible, peut-être davantage un

1. Non.

manque, un creux qui s'étend jusqu'à l'horizon, un vide qui te connaît depuis toujours. Quand ton cher papa est parti, tu t'étais imaginé chaque nuit différents scénarios en essayant de t'endormir. Peut-être avait-il senti que tu étais homo, peut-être aurait-il voulu que tu sois son portrait craché, peut-être que tu lui faisais penser à elle, peut-être qu'il espérait que tu vaudrais mieux que ça. Tu avais ressassé chaque mot désobligeant, chaque regard acéré, chaque marque de dédain, chaque petite critique jusqu'à ce que ta poitrine soit vide.

— Vous la ressentez, n'est-ce pas ? Toute cette énergie.

Ces sentiments de vide et de haine n'étaient pas totalement déplaisants. Le désespoir commence toujours par n'être qu'un encas que l'on grignote quand on s'ennuie avant de devenir le repas qu'on avale trois fois par jour.

— Selon vous, qui doit-on blâmer pour ce chaos ? Les colonisateurs qui nous ont baisés pendant des siècles ? Ou les superpuissances qui nous baisent présentement ?

Un cri terrible retentit d'en bas et le toit crache des ombres noires que le Prêtre Mort aspire avec ce qui ressemble à une grosse paille.

— Qui nous a baisés ?

— Les Portugais ont opté pour la position du missionnaire. Les Hollandais nous ont pris par-derrière. Lorsque les Brits se sont pointés, nous étions déjà à genoux, mains derrière le dos et bouches ouvertes.

— Je suis heureux que les Britanniques nous aient colonisés, tu dis.

— Valait mieux ça que de se faire massacrer par les Français, ajoute le prêtre.

— Ou que d'être réduits en esclavage par les Belges.

— Ou que de se faire gazer par les Allemands.

— Ou que de se faire violer par les Espagnols.

— Parfois, quand je pense au merdier dans lequel ce pays se trouve, je crois qu'il serait mieux de laisser les Chinois ou les Japonais nous acheter, de laisser les Ricains et les Soviets contrôler nos pensées, ou de laisser les Indiens s'occuper de notre problème tamoul, comme nous avons laissé les Hollandais le faire avec notre problème portugais.

Tu es désormais assis dans l'ombre et respires le vide.

Assis devant toi, le Prêtre Mort chuchote dans l'obscurité :

— Cette île a toujours été une terre d'échanges. Nous avons fait du commerce d'épices, de pierres précieuses et d'esclaves avec Rome et la Perse, longtemps avant que les livres d'histoire ne soient inventés. Notre peuple aussi a toujours été échangeable. Regardez aujourd'hui. Les riches envoient leurs mômes à Londres et les pauvres envoient leurs femmes en Arabie saoudite. Les pédophiles européens se dorent la pilule sur nos plages, les réfugiés canadiens financent le terrorisme, les chars israéliens tuent notre jeunesse et le sel japonais empoisonne notre nourriture.

C'est alors que tu réalises qu'il y a un endroit où tu dois être, et que ce n'est pas ici. Et que, si tu t'attardes plus longtemps, tu oublieras ce pour quoi tu es venu.

— Les Britanniques nous vendent des armes et les Américains forment nos tortionnaires. Quelles chances avons-nous ?

Le Prêtre est devenu musculeux et rampe vers toi. Sa voix double, triple et se démultiplie. Tu reconnais cette démarche et ce grognement. Alors que tu t'éloignes de l'ombre, celle-ci te bloque le passage.

— Les Brits nous ont légué une perle brute et nous avons passé quarante ans à remplir cette huître de merde.

La chose a collé son visage au tien et tu n'es plus vraiment sûr de savoir si c'est un homme ou une femme. Tu sens le froid et le rugissement du vide te transpercer. Ses yeux sont faits de milliers d'autres yeux et sa voix, de milliers d'autres voix. Ce bourdonnement à la limite de ta capacité auditive n'émane pas d'un il, d'un elle, d'un ça, d'un ils ou d'un elles. C'est une cacophonie.

— Voilà la puante vérité, prenez-en une pleine bouffée. Nous avons tout foutu en l'air tout seuls.

Les bras de Mahakali t'enserrent, les bras de quelqu'un d'autre t'enserrent et les bras de tout le monde t'enserrent.

— Dites-le encore. Plus fort et plus lentement.

Ses dents sont aussi noires que ses yeux, et lorsque sa gueule commence à s'élargir, tu vois sa langue noire et les yeux qui te regardent du fond de sa gorge.

— Nous avons tout foutu en l'air. Tout seuls.

# CINQUIÈME LUNE

*Invoque-moi, et je te répondrai ;*
*Je t'annoncerai de grandes choses, des choses cachées,*
*Que tu ne connais pas.*

Jérémie, XXXIII, 3

## DANS LES RÊVES, JE MARCHE

Ta chute au cœur du maelstrom est interrompue par une femme munie d'un bloc-notes. Autour de toi, l'air est pétri de chair et de visages implorant la mort ; leurs expressions passent de l'orgasme à la douleur. Tu es sur le point de t'évanouir quand un son te secoue.

— Excusez-moi. Celui-ci n'en est qu'à sa cinquième lune. Vous ne pouvez pas le prendre. Ne faites pas semblant de l'ignorer.

La voix de la professeure Ranee est aussi stridente que la sirène d'un camion de glace et tu réponds à l'appel comme un gamin en train de jouer dans une véranda. Tu te dégages de l'étreinte de l'ombre et te retrouves dans les bras de la professeure, tombé de Charybde en Scylla.

— Vous ne pouvez pas le toucher avant sa septième lune. Il y a des règles. Je sais ce que vous faites, et nous n'avons pas peur. Il existe des règles que même vous ne pouvez pas enfreindre.

Vous fuyez la créature en direction du manguier. La professeure Ranee te pousse sur une branche. Tu jettes un regard en arrière, Mahakali est redevenue ténèbres. Des ombres serpentines et des lianes noires surgissent de l'immeuble et viennent nourrir la forme démoniaque.

— Allez vous faire foutre.

La chose parle comme une douzaine de prêtres essayant de chanter en harmonie. Des rires stridents éclatent, suivis d'une grêle de crachats.

La professeure grimpe à toute allure dans l'arbre, t'entraîne dans un vent et te revoilà à planer au-dessus des toits.

— Je viendrai avec des renforts et vous chasserai d'ici !

Elle pousse son dernier cri alors que le vent vous emporte tous deux. Tu te demandes si elle était aussi effrontée face au LTTE. Et si ceux-ci lui avaient donné un avertissement avant de l'abattre.

— Votre cinquième lune, Malinda. Après-demain, je ne pourrai plus rien faire pour vous.

— Pourquoi j'ai mal à la tête ?

— Ils vont vous classer « disparu » et vous allez finir dans le ventre de cette chose. Vous n'avez pas de tête. La douleur n'est rien d'autre que votre stupidité qui essaye de s'échapper.

— Je ne savais pas que c'était Mahakali.

— Si, vous le saviez. Cet endroit est infesté de créatures de l'enfer. Elles se nourrissent des tortures. Vous savez que Sena travaille pour cette bête. Pourquoi croyez-vous qu'il s'intéresse à vous ?

— Il a dit qu'il m'apprendrait à chuchoter. Il le fera si je le rejoins.

Le vent te hisse plus haut que d'ordinaire. Alors que les toits et la cime des arbres s'éloignent, ta nausée succombe à l'euphorie. Tu t'élèves jusqu'au plafond de la Terre et la ville se transforme en carte postale. L'air est plus frais, plus vif et le vent souffle de tous côtés. À cette altitude, Colombo ne semble pas chaotique. Elle repose dans des ombres décorées d'arbres et de lumières. Même le lac Beira prend des airs légèrement pittoresques.

— Je peux vous aider à chuchoter.

— Vous pouvez ?

— Je n'offre ça qu'aux âmes qui se sont engagées dans la Lumière. Vous me faites enfreindre les règles. Je déteste ça.

— Merci de m'avoir tiré de là.

— Je ne fais pas ça pour les remerciements.

Tu arrives aux confins des nuages et ton émerveillement doit sembler comique parce qu'elle interrompt ses réprimandes pour s'autoriser un petit rire.

Tu as déjà survolé les nuages à bord d'un Boeing 747, mais il faut croire que le spectacle t'avait échappé. On dirait le bleu d'une piscine, sauf que l'eau est composée de vapeurs chaudes et sans fond où tu flottes suffisamment pour pouvoir garder la tête hors de l'eau.

Tu regardes autour de toi la mer de nuages et les étendues turquoises ondulant au centre de chaque masse brumeuse, invisibles pour le monde lointain d'Ici-Bas.

— C'est ici que résident les rêves. Je viens très souvent. Pour les voir, lui et mes filles.

— Lui ? Dieu, vous voulez dire ?

Elle rit.

— Non, mon enfant. Mon mari. Le père de mes petites chéries.

— Le professeur ?

— Il m'a toujours soutenue, même lorsque nous étions en désaccord. Il a cessé toute politique après ma mort. Il est Ici-Bas. Et veille sur mes filles. C'est un père formidable. Je lui rends visite en rêve pour le lui dire aussi souvent que possible.

Tu n'arrives pas à détacher ton regard de ce bleu nébuleux.

— On peut aller voir les gens dans leurs rêves ?

— À condition de ne pas vous perdre, dit-elle.

— Je peux rendre visite à n'importe qui ?
— À condition que le dormeur vous accorde sa permission.
— Et comment on...
— Tenez-moi juste la main. Pensez à une personne. Et...
Elle te tire vers le bas et vous plongez dans un bassin de nuages.

Tu te retrouves dans une chambre que tu reconnais aux posters accrochés aux murs et à l'odeur de tristesse, laquelle, tu le réalises maintenant, avait toujours été un parfum de lavande, et tu ne comprends pas comment ça a pu t'échapper. Elle porte un tee-shirt Joy Division qui lui descend jusqu'aux genoux, les bras étendus tel un christ martyrisé.

— Synchronisez-vous sur sa respiration.

La voix de la professeure Ranee résonne dans tes oreilles, bien qu'il n'y ait aucune trace d'elle dans cette chambre lugubre. Tu fais comme elle te dit, même si tu trouves absurde d'adresser cette consigne à quelqu'un qui n'a pas de poumons. Tu inspires et expires au rythme des narines de Jaki. Tu captes des images d'ours paresseux, de champs de fraises, de jardins de coraux. Et puis, plus rien.

Jaki se réveille et titube en direction des toilettes que vous avez partagées pendant sept moussons. Elle n'est ni tout à fait somnambule ni tout à fait éveillée. Tu entends la chasse d'eau s'actionner avant de la voir se tromper de porte et se rendormir accidentellement sur ton ancien lit. Elle étreint les oreillers et hume les draps.

La chambre est telle que tu l'as laissée, vide et bien rangée. Alors qu'elle se remet à ronfler, tu t'allonges à ses côtés.

Tu entends des rires et vois un labyrinthe de fraisiers dans lequel DD court après Jaki. Tu reconnais l'hôtel et le jardin de Nuwara Eliya. Tu les poursuis tous les deux avec un appareil photo et tout le monde tombe en tas au centre du labyrinthe. Tu les mitrailles avec ton appareil alors qu'ils se roulent par terre ; DD te dit de faire attention à Jaki, d'arrêter de l'ignorer, et tu nies en bloc avant de prendre conscience que tu es venu pour lui parler, mais ne l'as pas encore fait.

— Jaki, ma tendre et douce Jaki. Tout ce dont tu as besoin est caché…

— Ne soyez pas littéral, bon sang. Elle ne s'en souviendra pas. (La voix de la professeure résonne de nouveau dans tes oreilles.) Exprimez-vous indirectement. En images, pas en mots.

Tu as partagé le même lit que Jaki pendant un mois entier avant qu'elle ne remarque ton absence au petit matin. Au bout d'un moment, elle a arrêté d'essayer de t'embrasser, et puis un jour, tu as cessé de répondre à ses étreintes. Vous n'avez jamais abordé le sujet, elle n'a jamais cherché à savoir, et après quelque temps, tes excuses étaient devenues trop peu convaincantes. Par la suite, tu as emménagé dans la chambre d'ami, et dès lors, les choses ont été plus faciles.

Jaki est sur une plage d'Unawatuna et te regarde masser DD. Lui te lance un regard noir.

— Va masser Jaki. Sinon, elle va encore mettre du sel dans ma glace.

C'est le rêve de qui, là ? tu te demandes. Es-tu mon DD, ou le DD dont rêve Jaki ? Et pourquoi toutes ces personnes bizarres sur la plage me fixent comme ça ?

— Dans les rêves, les gens ne sont jamais ce qu'ils semblent être, dit la professeure Ranee. Surtout dans les rêves des autres.

Tu fais un massage à Jaki et lui chuchotes à l'oreille.

La professeure revient à la charge.

— Les images, c'est bien. Les mots, non. Chantez une chanson, si vous voulez.

Tu te demandes qui chuchote à son oreille, qui chuchote aux oreilles de ces chuchoteurs et quelle proportion de nos pensées provient des murmures des autres.

— Le King et Queen. Trouve le King et Queen. Que personne n'écoute. Tu sais où ils sont.

Tu te retrouves dans une autre chambre et, rien qu'à l'odeur et au désordre, tu sais à qui elle appartient.

— Je peux pas être une tapette. Regarde un peu comme je suis bordélique. Les tapettes sont maniaques.

— N'emploie pas ce mot, *kolla*. Ça te donne un air débile.

Vous êtes tous les deux déshabillés et enfouis sous les draps, il te tourne le dos et tu respires dans ses cheveux alors que tes mains se baladent sur sa peau.

— Je ne suis pas une tapette, tu n'es pas une pédale, nous ne sommes pas des *ponnayas*. Nous sommes des beaux mecs aimant les beaux garçons.

— Tu l'as dit à Jaki ? s'enquiert-il.

— Je vais le faire, tu dis.

— Je déteste ce putain de pays. On ne fait que parler des autres.

— De quoi tu préférerais parler ?

— De Hongkong.

D'abord, ça avait été Hongkong. Puis Tokyo. Et lorsqu'il s'était senti plus à l'aise dans sa peau de garçon qui aime les beaux mecs, c'était devenu San Francisco.

Tu te trouves à Yala. Jaki ronfle dans une tente en compagnie de deux autres filles, DD et toi êtes cachés dans une cabane perchée dans un arbre en train de faire des cochonneries.

— Colombo vit dans l'ignorance de ce qui se passe au nord. Tu sais pourquoi ?

— Parce que les gens se moquent pas mal de ce qui peut arriver aux autres, tant que ça ne les touche pas.

Tu lui mordilles le lobe de l'oreille et grognes.

— Aide Jaki à trouver le King et Queen.

Tu l'avais convaincu qu'il serait plus heureux en acceptant qui il était, même s'il devait rester dans le placard. Tu l'avais persuadé de quitter le secteur privé pour le droit de l'environnement. Quand tu étais revenu de Mannar, après t'être fait confisquer ta pellicule, avec en prime une retenue de salaire et une foulure à la cheville, il t'avait prodigué un massage tonique et déclaré :

— Un jour, tu ressentiras de la nostalgie pour cette journée merdique. Tu t'en souviendras en pensant que c'était le bon vieux temps.

Il n'avait pas souvent raison, mais là, il avait visé juste. Et te voilà de retour dans la piscine où d'autres nageurs barbotent. La professeure Ranee serre dans ses bras un homme grand aux cheveux argentés.

— Les rêves touchent à leur fin. Vous avez dit tout ce que vous aviez besoin de dire ?

Tu te rends compte que non et replonges aussitôt.

Cette fois, l'eau du bassin est profonde, tourbillonnante et tu es emporté par un torrent de photographies. Tu atterris sur des berges où gisent des corps ; certains sommeillent, d'autres se font renifler par des chats. Tu nages jusqu'à un tapis rouge menant à un grand chapiteau sous lequel une femme est assise sur un trône et où des gens aux tenues insolites sont installés sur des tabourets pendant qu'un groupe joue du Jim Reeves.

La cour est tapissée de fresques, réalisées dans le style des peintures rupestres de Sigiriya. Elles ne montrent pas de femmes aux seins nus et n'ont rien à voir avec les fameuses fresques de concubines posant à l'air libre. On voit des journalistes aux mains liées, des activistes aux chemises déchirées, des présentateurs de journaux télévisés avec le nez cassé. Des hommes célèbres placés en garde à vue dont les corps n'ont jamais été retrouvés. Des photos que tu as prises pour le Roi, lequel avait gardé tes négatifs sans jamais te payer. Le major Raja Udugampola et tes deux autres employeurs, Elsa la Reine et Jonny l'As, avaient une méconnaissance en commun. Aucun d'entre eux ne savait que ton Nikon fonctionnait avec des rouleaux de trente-six et non pas de trente-deux. Tu pouvais ainsi garder quatre photos sur chaque pellicule, moyennant un petit découpage dans les négatifs, sans qu'ils n'en sachent jamais rien.

La femme assise sur le trône est Lakshmi Almeida Kabalana, ta chère mère. Sur ses genoux repose quelque chose qui ressemble à un animal au poil soyeux, mais qui est en réalité une théière. Tu regardes autour de toi les autres membres de la cour. Tes yeux se posent sur trois touristes européens vêtus de chemises hawaïennes. Tu baisses le regard sur ta saharienne et découvres qu'elle s'est transformée en robe de chambre multicolore. Tu as dans la main un bâton de bouffon.

— La plupart des gens qui peuplent les rêves sont des fantômes comme vous, annonce la voix de la professeure Ranee au moment opportun. Certains se perdent dans le paysage onirique et se faufilent dans les rêves des autres.

Lorsque tu approches du trône, ta mère éclate en sanglots, comme jamais elle ne l'a fait de ton vivant. Le truc qui repose sur ses genoux n'est ni duveteux ni animal et n'est pas non plus une théière. Mais un paquet de lettres.

— Je croyais que tu les avais jetées.

— Je les ai jetées, dit-elle en se mouchant dans un tissu brodé. La toilette royale lui va à ravir, bien mieux que ces robes d'intérieur dans lesquelles elle broyait du noir.

— Je ne les ai même pas ouvertes.

— Tu ne pensais pas que j'en avais besoin ?

— Il savait que tu avais besoin de lui. Mais il est parti. Dieu l'a rappelé à lui. Et puis Dieu t'a pris.

— Je ne l'ai jamais revu. Je t'ai menti. Tout ce à quoi j'ai eu droit, ce sont trois appels téléphoniques et une lettre.

Tu lui avais fait croire que tu avais retrouvé Bertie Kabalana, sa seconde épouse Dalreen et leurs deux filles, avec lesquelles tu entretenais une correspondance, pour un dîner de Thanksgiving dans le Missouri. Qu'il t'avait dit à quel point elle était ennuyeuse et que tout le monde, attablé autour de la dinde et de la sauce aux airelles, avait gloussé. Une histoire que tu as fabriquée de toutes pièces pour la blesser. Parce que lui avouer qu'il était mort alors que tu étais coincé dans un aéroport et que la famille endeuillée n'avait pas daigné t'adresser un mot aurait lancé ta mère dans une autre diatribe sur les volontés du Seigneur.

Apparemment, ton père t'avait écrit deux fois par an depuis son départ en 1973. Tu avais trouvé une lettre en 1984 sous des sachets de thé dans la poubelle. Plus tard, ta mère avait admis avoir fait preuve de négligence ; elle s'en débarrassait généralement à l'agence de voyages où elle travaillait.

— Je n'avais que toi (le paquet de lettres disparaît de ses genoux) pour me rappeler ce salopard égoïste.

Ta mère ne jurait jamais, sauf quand elle évoquait ton père.

— Était-ce ma faute ?

— Il est parti. Pas moi. (Des rumeurs grondent au sein de la cour à l'instant où la Reine élève la voix.) Tu n'as pas été facile, mais je n'ai jamais abandonné. Il ne peut pas partir pour ensuite jouer les héros en envoyant des cartes d'anniversaire.

Le jour de tes quatorze, quinze et seize ans, tu étais resté assis devant le téléphone à attendre l'appel du Missouri. Lors de ton dix-septième anniversaire, tu étais trop occupé à te faire embrasser par un beau gosse en costume pour t'en soucier.

— Il n'aura pas à voir que tu deviens exactement comme lui ! s'écrie ta mère.

Ensuite, la cour rugit et tu entends un murmure.

— Dis la vérité, maman. Tu as eu un bébé pour sauver ton mariage. Tout le reste n'est que pure fiction.

— Les rêves s'achèvent. Remontez à la surface.

Et alors, tu te retrouves au bord de la piscine des nuages. La professeure Ranee dit au revoir à deux adolescentes et à l'homme aux cheveux argentés. On entend une musique dans l'air, chantée par Jim Reeves, qui s'intitule *It's Now or Never.* Et il est clair pour toi que ceux qui interprètent le mieux cette chanson sont Queen et le King, et te voilà de retour dans la chambre de départ.

— Il est toujours de bon ton de quitter le monde des rêves de la même façon qu'on y est entré. Question de respect pour ceux qui suivent et pour ceux qui rêvent.

Jaki se réveille dans ton lit en sursaut. Elle fredonne *It's Now or Never*, mais pas la version d'Elvis ni celle de Jim Reeves, celle de Freddie Mercury sur la face B de la célèbre chanson. Puis elle tire une boîte de sous ton lit, prend les disques et en retire *His Hand in Mine* d'Elvis et *Hot Space* de Queen, des albums épouvantables de deux grands artistes.

Elle ouvre les pochettes et trouve une note écrite de ta main alors que de grands carrés sombres tombent comme des confettis. Les négatifs pleuvent sur ses genoux, une averse de noirs aux bords coupants où figurent ici et là des silhouettes blanches et spectrales prenant d'étranges pauses. Tu lui fais un câlin qu'elle ne ressent pas et lui chuchotes un dernier ordre à l'oreille.

— Ma petite Jaki. Je suis désolé pour tout. S'il te plaît, fais-en mille copies et colle-les dans tout Colombo.

## CE QUE VEULENT LES *YAKAS*

La professeure Ranee plane à la frontière du paysage onirique. Elle attache ses cheveux en chignon, tentant de cacher ses yeux brillants de larmes. Tu observes les esprits se faufiler dans le sommeil des autres et en ressortir. Des esprits aux formes innombrables, de toutes tailles et aux yeux de toutes les couleurs.

— Vous êtes satisfait ? En a-t-on fini avec les chuchotements ? Allons à la Rivière des Naissances. Votre septième lune ne s'est pas encore levée.

— Il me reste encore deux lunes.

— Une lune et demie.

— C'est impossible. Pas déjà. Jaki doit trouver Viran. Je dois démasquer mon assassin. Il faut que je protège mes amis des monstres.

— Il reste toujours des choses à faire. Qui ne servent souvent à rien.

— Jaki m'a entendu, je crois.

— Êtes-vous certain d'avoir été assassiné ?

— L'Homme Corbeau le pense. Tout comme vos experts en lecture d'oreilles.

— Oui, mais vous, en êtes-vous sûr ?

— Si je le savais, je vous le dirais.

— L'Homme Corbeau est un charlatan. Et il arrive parfois aux *pretas* de se tromper.

— C'est évident. Ils ont dit que j'ai tué des gens.

— Que vous avez peut-être tué. C'est ça qu'ils ont dit.

— Mahakali est-elle le plus grand des démons ? Est-ce que Mahakali a un boss ?

Cette chère professeure secoue la tête, encore, encore et encore.

— Ignorez-vous donc tout de ce pays qui vous a nourri et vêtu ?

Peu importe ce qu'elle est devenue aujourd'hui, elle reste une enseignante sans salle de classe. De tels êtres se laissent facilement distraire quand se présente l'opportunité de donner des leçons.

— Il n'y a pas qu'un seul Satan à détruire. Ce sont des centaines de démons et des milliers de *yakas* qui rôdent sur chaque route et dans chaque rue.

Elle a raison. Ici, ce n'est pas un combat entre le Bien et le Mal. Mais divers degrés de malveillance se chamaillant avec un conglomérat de forces perverses.

— Derrière tous les satanés maux qui frappent ce pays se cache un *yaka*, poursuit-elle. Le Prince Noir provoque des fausses couches et des crampes menstruelles. Mohini séduit les conducteurs solitaires la nuit, le *yaka* Riri propage les cancers. Le moine au trident est techniquement un fantôme, mais sa rage l'a transformé en goule.

— Fantôme, goule, *preta*, esprit malin, *yaka*, démon. Est-ce que j'ai bien compris l'ordre hiérarchique ?

— Il n'y a pas de hiérarchie dans ce chaos, mon enfant. Même les simples *pretas* sont malveillants.

Elle dit qu'ils se déclinent à toutes les sauces. Les *mala pretas* volent la saveur de la nourriture, les *gevala pretas* volent la consistance de nos excréments et la plupart d'entre eux sont doués pour lire dans les oreilles et les désirs.

Elle commence à être assommante, mais au moins, elle ne remet pas le sujet de tes lunes qui défilent sur le tapis.

Elle radote encore sur tous ces démons qui envahissent l'Entre-Deux.

— J'ai perdu tant d'âmes aux mains des *yakas* que je ne peux les compter.

— Et que veulent les *yakas* ?

Elle te répond qu'ils sont obnubilés par les plaisirs de la chair. Si la nourriture se gâte, c'est parce qu'ils en absorbent les nutriments. Si le sexe perd sa passion, c'est parce qu'ils dérobent le plaisir. Ils restent là, à épier les vivants, attendant que des imprudents les invitent.

— Les *yakas* sont capables de bien des choses, mais ne peuvent pas entrer dans la Lumière, ni renaître sous forme humaine, ajoute cette chère professeure. Ils peuvent semer la discorde, faire du mal et répandre la cruauté. Mais seulement si vous le leur permettez. Et jamais avant sept lunes. Même Mahakali ne peut pas vous toucher, sauf si vous la laissez faire.

Elle te parle des *naga yakas*, de leurs beaux visages, leurs têtes de cobra et leur incapacité à oublier les événements de 1983. Elle t'apprend que Kota yaka a un chat pour monture, qu'il est paré de perles et porte une hache de guerre. Que Bahirava est né des hurlements de Sita et qu'il ne se manifeste que lorsque les dieux se battent ou que le soleil saigne.

— Mais vous avez raison. Mahakali est la créature la plus redoutable d'entre toutes. Je ne pourrai pas vous en protéger une fois votre septième lune écoulée.

— J'ai besoin d'une lune supplémentaire pour faire publier mes photos.

— Ça suffit, maintenant. Venez ! Vous mêler de ce qui se passe Ici-Bas n'aidera personne.

— Sena dit que…

— Si c'est pour me citer Sena, partez. Ne me faites pas perdre mon temps. Vous avez vu ce dont Mahakali est capable.

Ses yeux sont quasi blancs, mais on y distingue quelques petites taches jaunes et vertes.

— Vous avez encore deux couchers de soleil. Veillez à éviter tout ce qui a des yeux noirs.

— Sena n'a pas les yeux noirs.

— Pas encore. Personne ne naît démon.

— Ça, j'en doute.

Elle dit que les *yakas* ne naissent pas démons, mais qu'ils le deviennent et possèdent tous une histoire qu'ils ne racontent plus. Uncle Cannibale était une victime des attentats de Pettah. L'Enfant Sauvage fut contraint de tuer ses propres oncles, sur ordre des Tigres. Le Démon des Mers fut battu à mort à l'université. La Goule Athée était conseiller municipal, taillé en pièces par le JVP. La Dame au Sari Noir perdit cinq enfants dans la guerre.

Elle t'explique que les *yakas* sont de lamentables flambeurs et qu'ils finissent, comme la plupart des rats de casino, par être criblés de dettes qu'ils remboursent en faisant les larbins.

— Votre Sena a une dette envers Mahakali. Les démons persuadent les fantômes de leur livrer des âmes. Ce n'est pas compliqué à comprendre.

Elle cesse de parler et secoue la tête. Elle a décoché toutes ses flèches sans qu'aucune n'ait atteint sa cible. Elle arrache une page de son bloc-notes et la froisse en boule.

— Merci de m'avoir aidé. Encore une fois. Je vous le promets, professeure Ranee. Je rejoindrai votre Lumière avant mes sept lunes.

— Vous ne le ferez pas.

— Où dois-je me présenter ?

— À la Rivière des Naissances. Prenez le vent le plus faible depuis le lac Beira. Suivez les canaux jusqu'aux trois arjunas[1].

— C'est promis.

— Deux promesses valent moins qu'une.

— J'ai aimé un garçon qui disait ce genre de choses.

— Et avez-vous tenu vos promesses ?

— Pas une seule.

— Est-ce que cela le mettait en colère ?

— Il n'a jamais rien remarqué.

— Vous a-t-il fait du mal ?

1. Arbre à feuilles persistantes qui pousse principalement en Inde et au Sri Lanka, dont l'écorce est utilisée en médecine ayurvédique.

Tu regardes dans ton appareil photo, mais n'y trouves aucune réponse. Tu te grattes la tête et baisses les yeux sur ton unique sandale.

— Je suis sûr de l'avoir mérité. Au revoir, professeure.

Un vent souffle depuis l'océan et tu sautes sur son marchepied.

— J'ai une promesse à tenir.

Elle lève les yeux tandis que le vent t'emporte. Elle a l'air triste et déçue, mais pas surprise.

## BOUTIQUE FUJIKODAK

Les négatifs sont scellés dans des enveloppes en plastique scotchées à l'intérieur des pochettes de *Hot Space*, de Queen et de *His Hand in Mine*, d'Elvis. Tu pensais peu probable qu'une personne dotée d'une paire d'oreilles en état de marche les déterre de ta collection. Bien évidemment, quiconque découvrirait des fragments de négatifs dissimulés dans de mauvais albums ne saurait pas nécessairement qu'en faire. Tu avais donc ajouté une note à l'intérieur de la pochette, par souci de clarté.

À MANIPULER AVEC PRÉCAUTION.
SI VOUS TROUVEZ CELA,
VEUILLEZ LES RETOURNER À MALINDA ALMEIDA
APPARTEMENT 4/11 GALLE FACE COURT, COLOMBO 2.
SI MALINDA N'EST PAS DISPONIBLE,
VEUILLEZ VOUS RENDRE AU MAGASIN FUJIKODAK,
39 THIMBIRIGASYAYA ROAD
ET REMETTEZ-LES À VIRAN

Jaki serre les disques dans ses bras et court jusqu'à la chambre de DD.

— Non, pauvre crétine ! tu lui cries, mais évidemment, elle ne t'entend pas.

DD dort, vêtu de son ensemble Calvin Klein. Il a pris du gras au niveau de la taille et le devant de son pantalon est déformé par une gaule matinale causée, tu l'espères, par le rêve qu'il a fait de toi.

— Hé ! Ne le réveille pas ! tu cries.

Jaki secoue son cousin par l'épaule jusqu'à ce qu'il émerge en bafouillant.

— Qui... quoi ?

— Mais c'est qui, ce Viran ? demande-t-elle.

La camionnette Delica suit la Lancer de manière flagrante. Jaki la repère pendant que toutes deux tournent autour du rond-point de Thummulla. Elle en fait trois fois le tour, la Delica suit le rythme. Elle retourne vers Thimbirigasyaya, la Delica est toujours collée derrière. Puis elle fait à nouveau demi-tour.

— Qu'est-ce qui se passe ? demande DD, assis sur le siège passager.

Peau d'ébène tendue sur une mâchoire carrée, coupe hérisson soignée, même à cette heure indue.

— Ils ne sont pas en uniforme. Mauvais signe.

Elle a les yeux braqués sur la route, la langue entre ses dents.

DD se tourne pour jeter un coup d'œil.

— C'est juste une camionnette, Jaki. Laisse-la passer.

Celle-ci ralentit au milieu d'un concert de klaxons, mais la camionnette ne les double pas. Alors Jaki s'engage brusquement et sans clignotant dans le labyrinthe de Longdon Place.

— C'est pas nous dépasser qui les intéresse.

— C'est juste une stupide camionnette. Tu as assez dormi ? Tu veux que je conduise ?

— OK, dit Jaki en écrasant l'accélérateur avant de prendre des virages serrés dans le labyrinthe.

De vous trois, c'est elle l'experte en conduite et, par conséquent, la plus téméraire. Elle entre par le nombril de Thimbirigasyaya et sort par la narine de Bambalapitiya. Les voitures et les rickshaws changent de voie sans prévenir pour s'écarter de son chemin en filant des coups de klaxon stridents.

La route se remplit de fumée, d'émanations de pots d'échappement et de feux de freinage inopérants. La camionnette n'est nulle part. Alors que la voiture passe devant les postes de contrôle, DD porte une cigarette à sa bouche sans l'allumer. Ce qui signifie, en théorie, qu'il n'a toujours pas perdu le pari fait il y a plusieurs mois.

Par miracle, ils trouvent une place de parking devant la boutique FujiKodak. Aucune trace de la camionnette Delica.

L'intérieur du magasin est tapissé de clichés d'Asiatiques hauts en couleur affichant d'énormes sourires. On y trouve des appareils photo entreposés sous une vitrine et un étalage de pellicules. Des autocollants et des affiches dans les tons vert et blanc de Fujifilm. Des autocollants et des affiches plus petit format aux couleurs jaune et rouge de Kodak. Derrière le comptoir se tiennent deux femmes, l'une réceptionne les pellicules, l'autre remet les enveloppes. C'est étonnamment bien organisé, et les clients semblent savoir comment faire la queue. Trois personnes attendent en ligne au moment où DD passe devant tout le monde comme seul un enfant pourri gâté peut le faire et demande :

— Où est Viran ?

La dame fait un signe en direction de la porte derrière elle. Jaki et DD traversent un studio inondé de lumières et d'écrans où ils trouvent, penché sur une planche de contact, un jeune homme de petite taille portant des lunettes.

— Viran ?

— Oui ?

— C'est Malinda qui nous envoie.

Le type parle à Jaki alors que ses yeux louchent sur DD.

— Il est parti ?

— Il paraît que oui.

Le jeune homme secoue la tête et regarde le sol.

— À l'étranger ou arrêté ?

DD lui répond en soupirant.

— On nous a dit qu'il était mort. Mais personne n'a vu le corps.

Le visage de Viran se décompose. Il nettoie ses lunettes avec un pan de sa chemise.

— Alors, c'est peut-être seulement qu'il se cache ?

— Vous êtes un ami de Maali ?

— Je le connais depuis des années. Il vient développer ses photos ici.

Jaki pose les disques sur la table. La pochette de l'album de Queen est en lambeaux et le King a du Scotch sur la bouche.

— Donc, vous savez quoi faire avec ça.

— Vous êtes venus seuls ?

— Oui.

— Personne ne vous a suivi ?

— Bien sûr que non.

— Vous en êtes sûrs ?

— Il y avait bien une camionnette derrière nous. Mais nous l'avons semée.

— Alors, ne perdons pas de temps. Vous devez aller à l'Arts Centre Club et parler à M. Clarantha. C'est ce que Maali voulait pour le premier lot de photos.

— Le premier lot ?

— Il m'a demandé d'en faire deux. Un pour M. Clarantha, un pour quelqu'un d'autre.

— Quelqu'un d'autre ?

Tu avais rencontré Viran au cinéma New Olympia lors de la séance de vingt-deux heures du film *Bons Baisers d'Athènes* avec Roger Moore, Telly Savalas et Stefanie Powers, au milieu de couples hétérosexuels qui forniquaient et d'hommes qui se pelotaient. Il faisait dans les un mètre soixante, mais mesurait dix-huit centimètres là où c'était le plus important. Il s'intéressait aussi aux appareils photo anciens, travaillait chez FujiKodak et possédait une chambre noire à Kelaniya dotée d'un matos performant qu'il avait hérité de son oncle. Il était délicat et talentueux, sentait le savon et le talc, et se désintéressait de la politique. Jusqu'à ce qu'il voie tes photos du JVP pour l'Associated Press.

Tu l'avais prévenu que si un beau garçon accompagné d'une fille aux longs cheveux se pointaient un jour avec sous le bras des disques de Queen et d'Elvis et demandaient à le voir, il devait emporter les négatifs chez lui et les développer pour en faire des tirages 8 x 10 à faible luminosité et contraste augmenté.

Le second lot de photos était destiné à Tracy Kabalana, la plus jeune fille de ton père, qui t'a un jour promis de garder tes clichés en sécurité alors qu'elle accompagnait celui-ci lors d'une de ses rares visites au pays natal. Elle devrait maintenant être bientôt en âge de voter, mais tu n'es pas sûr qu'elle s'en souvienne, considérant que tu avais – littéralement – brisé le cœur de son père.

Ça avait commencé par des agressions de quelques photographes à la sortie du Press Club, puis Andy McGowan s'était vu confisquer sa pellicule avant que le journaliste Richard de Zoysa ne se fasse enlever et assassiner. Tu avais pris tes dispositions après une cuite carabinée au casino, suivie d'un incident évité de justesse avec l'armée. Tu avais briefé Viran pendant qu'il jouait avec toi près de la voie ferrée et rappelé à Clarantha le serment qu'il avait fait lors de ton after. Uncle Clarantha était l'une de ces rares âmes qui sache honorer ses promesses d'ivresse.

Tu attrapes un vent qui te mène à Colpetty Junction. Tu planes au-dessus du toit d'une Delica blanche et atterris sur une Lancer gris métallisé. Dans cette ville, comme dans la plupart des autres, le vent progresse plus vite que la circulation. Jaki s'accroche au volant tandis que DD l'interroge.

— Est-ce qu'il t'a parlé de ça ?

— Pendant l'une de nos soirées avec Uncle Clarantha. Il nous a dit ce qu'il fallait faire de ses photos s'il était forcé à l'exil. Tu ne t'en souviens pas ?

— J'étais ivre. Toi, tu dormais.

— Donc, tu te souviens.

Le bar est fermé. Les chaises sont retournées sur les tables et les femmes de ménage passent la serpillière sur le parquet. Clarantha fume une cigarette au bar en lisant le journal. C'est un fou de dramaturgie rondouillard et maniéré qui a fait trois infarctus dans la quarantaine. Le bruit courait qu'il avait attrapé la grande maladie au tout petit nom. Tu ne lui avais jamais posé la question, mais après ce trop-plein de discussions nocturnes sur la mort, tu te demandais si c'était vrai.

— Salut Jaki. DD, fait Clarantha en repliant son journal. Désolé, nous sommes fermés.

— C'est Viran, de la boutique FujiKodak, qui nous envoie.
Clarantha marque une pause et pose le journal.
— Mon Dieu, ne me dites pas ça. Où est Maali ?
— On n'a pas vu le corps, répond DD. On n'en sait rien.
— Alors peut-être s'est-il échappé ? dit Uncle Clarantha.
— Non, répond Jaki.
Elle secoue la tête en le regardant droit dans les yeux tandis que son visage se décompose.
Deux fantômes rôdent autour du juke-box, une machine vintage offerte par un crooner sri-lankais chevronné qui l'avait ramenée de Las Vegas. Il avait été question de le vendre pour racheter l'Arts Centre Club au groupe propriétaire du théâtre. Les deux fantômes frappent sur les boutons.
— C'est une période dangereuse pour faire ça, dit Clarantha.
— On comprend, répond DD.
— Je voulais écrire des pièces de théâtre qui changeraient le monde. Au lieu de ça, j'ai créé des comédies musicales.
— Les comédies musicales peuvent changer la face du monde, dit Jaki.
— La ferme, Jaki, lance DD.
— J'ai fait une promesse. Je la tiendrai, dit Clarantha. Dans combien de temps ce Viran pourra fournir les photos ?
— Demain.
— Foutaises. Comment ?
— Il a son propre matériel, a priori. C'est ce qu'il a dit.
— Il peut livrer toutes les photos dans la nuit ?
— C'est ce qu'il a dit.
— Je ne dispose que de vingt cadres. Pourquoi se presser ? Combien de photos ?
— Une cinquantaine.
— C'est absurde. Je vais avoir besoin de plus de bras. Est-ce que vous pouvez recruter des collègues ?

— Je vais demander.

Les fantômes ont l'air européens et te semblent quelque peu familiers. Ils portent tous deux un short de plage et une chemise hawaïenne. Le plus potelé prend son élan et écrase son poing sur le juke-box. Il y a une vibration suivie d'un cliquetis de loquet qui tombe et la chanson d'Elvis *It's Now or Never* se met à brailler.

DD a l'air surpris, Jaki effrayée et Clarantha se contente de hausser les épaules.

— Il fait ça tout le temps. Nous avons un fantôme, Iris. (Il s'esclaffe.) C'est peut-être elle.

Jaki écoute le King chantonner en pensant très certainement à toi.

— Vous êtes sûrs qu'il n'a pas fui le pays ? demande Clarantha.

— Qui sait ? répond DD. Avec Maali, rien ne pourrait me surprendre.

— OK, dit Jaki.

Elle se lève, prend son sac et quitte la pièce.

Jaki sort de l'Arts Centre Club et rejoint la rue en passant par la galerie Lionel Wendt. Avant de monter dans sa voiture, elle scrute la route et les trottoirs afin de vérifier s'il n'y a pas de camionnette Delica ou d'individus n'appartenant ni à l'armée ni à la police.

Elle démarre sa Lancer et la laisse glisser sur Guildford Crescent. Sa voiture accélère et prend la mauvaise direction. Tu en déduis qu'elle ne retourne pas à la maison de Galle Face. Tu sais exactement où mène cette route et n'approuves qu'à contrecœur.

Lorsqu'elle se gare dans une rue en face à l'hôtel Leo, elle s'assure, tout comme tu es en train de le faire, que personne ne l'a suivie. Elle pénètre ensuite à l'intérieur du bâtiment, passe devant l'agent de sécurité endormi et prend l'ascenseur jusqu'au sixième étage.

Dans ton élan, tu te retrouves à planer un étage trop haut et à épier par la fenêtre de la suite du septième. Tu aperçois des murs nus, des boîtes vides, une porte ouverte, mais nulle trace de Kuga ou d'Elsa, ni des cadres qui contenaient les photos prises par ton Nikon et développées par ton Viran. La chambre n'a pas été saccagée comme ton appartement de Galle Face Court, mais les rideaux ont été déchirés et les tables renversées par quelqu'un de très mauvaise humeur.

Tu planes jusqu'au Pegasus et observes Jaki à la table de blackjack se mettre à l'aise pour la nuit qui s'annonce, commandant des gins et fumant des cigarettes gracieusement offertes que tu rêverais de pouvoir goûter. Tu tentes de lui murmurer à l'oreille, mais vous n'êtes plus dans un rêve. Tu essayes de deviner à quoi elle pense alors qu'elle compte les cartes et s'appuie sur les probabilités, comme tu le lui as enseigné, mais en faisant n'importe quoi.

Tu dérives vers la table de poker, où Karachi Kid joue gros avec les Israéliens. Jeune, rondouillard, crâne rasé et casquette de base-ball, Karachi Kid se montrait généreux avec ses jetons et te renflouait quand tu jouais trop de mains. Il tenait le compte et te le rappelait chaque fois que tu rejoignais sa table.

— Y a une caméra ici ? il demande en dirigeant son regard au plafond, puis sur les murs.

— Pourquoi il y aurait des caméras ? rétorque Yael Menachem. À moins que tu en aies une de planquée sous ce stupide chapeau.

Yael Menachem est grassouillet et exubérant ; Golan Yoram, son associé en affaires, est trapu et réservé. Autour de la table siègent également deux Chinois qui font semblant de ne pas parler anglais. Certains disent que ce sont des proches de

Rohan Chang, le patron du casino, et qu'ils sont là pour espionner les gros parieurs. Tu as joué au poker avec eux lors de la nuit de ton dernier souffle, mais tu ne te rappelles pas avoir gagné ou perdu.

— Allons dehors, dit Karachi Kid. Ça pue la sauce soja ici.

Les Chinois attablés sont trop occupés à surenchérir l'un sur l'autre pour s'offusquer. Les Israéliens et le Pakistanais emportent leurs boissons sur la terrasse.

— Nous avons vu la dernière liste, dit Golan Yoram en allumant sa cigarette.

— Et ?

— Il n'y a qu'à verser une avance de soixante-dix pour cent et nous pourrons tout nous procurer.

— Tout ?

— Besoin d'un missile Scud ? Nous pouvons l'avoir, mec.

Menachem jette un coup d'œil furtif au serveur venu poser un cendrier sur la table. Il murmure sa question suivante.

— Tu as déjà fait affaires avec le colonel Mahatiya ?

— Tous ceux qui ont tenu une arme dans ce pays ont fait affaires avec moi, mon ami, répond Karachi Kid en sirotant son jus d'orange. Tu peux me croire.

— Intéressant, dit Menachem. Nous sommes dans le business du cinéma. C'est tout nouveau pour nous.

— Tu es trop modeste.

— Oui. Et ça ne m'arrive jamais. Et je n'aime pas tes tarifs. Nous aurons besoin de quatre-vingts pour cent d'avance.

— J'ai adoré vos films avec les Ninjas.

— Lequel ? *Enter the Ninja* ou *Ninja 3 : The Domination* ?

— *Ninja USA* ?

— C'est pas de moi, dit Menachem.

— En fait, je crois que c'était *Enter the Ninja*. Superbe, ouais. Bon film d'action.

— Ce film était une grosse merde. Mais il a rapporté de l'argent, non ?

— Il a marché, répond Yoram.

Karachi Kid tend une feuille que Yoram examine avant de secouer la tête.

— À ces prix-là, ça va pas le faire. Où tu les a pêchés, ces tarifs ?

— Ce sont les prix du marché.

— Ce sont les prix du Hezbollah et du Hamas. Pour ces prix-là, on te refourgue de la merde russe niquée. Pour ce prix-là, tu n'auras que du matos pourri du Nicaragua. Tu revoies ton budget à la hausse, sinon que dalle.

— Mon client va avoir besoin de références, bien entendu.

— Tu peux prendre ça comme référence, dit Menachem en lui adressant un doigt d'honneur.

— Puis-je vous demander, avec tout le respect que je vous dois, si vous avez déjà fait du business dans ce milieu avant ?

— Bien sûr.

— Avec le gouvernement ?

— Possible.

— Les Tigres ?

— Peut-être.

— Le JVP ?

— Jamais.

— Et avec notre ami flambeur qui a disparu ?

— Qui ?

— Vous savez qui.

— C'était un hippie et une tarlouze. Les hippies et les tarlouzes peuvent crever. Ça ne nous concerne pas.

— Ravi de l'entendre, dit Karachi Kid.

## CONVERSATION AVEC DES MORTS SUIÇIDÉS (1986, 1979, 1712)

Tu flottes sur le toit de l'hôtel Leo, à cette heure avancée de la nuit où le casino reste ouvert. La nuit grouille de voitures qui calent, de chiens errants qui grognent et de joueurs au bar qui se racontent que ce soir est celui où ils cassent la baraque. Tu es tellement cliché – dans la mort comme de ton vivant. Traîner à l'endroit où l'on est mort, c'est un truc que les fantômes ont toujours fait. C'est aussi commun que de poireauter sur sa tombe ou de rôder dans son ancienne maison. Et tout aussi vain.

Jaki est assise seule à une table et se fait servir un jus d'orange par le serveur qui ressemble à un bœuf, celui que tu as tripoté lors de la nuit de ton dernier souffle. Elle se croit seule et ne te voit pas, ni la ribambelle de fantômes qui peuplent le toit et contemplent la lune.

Le toit de l'hôtel Leo est paisible à trois heures du matin si on excepte les suicidés qui font le pied de grue sur les corniches. Le premier est une drag-queen, un homme d'âge mûr vêtu d'un sari de Kandy[1] portant des bracelets, des colliers et une tonne de maquillage.

— Je l'ai fait parce que j'étais triste. Comme la plupart d'entre nous. Mais aussi parce que j'étais bouddhiste. J'ai pensé que la réincarnation me coûterait moins cher qu'un changement de sexe.

— Pourquoi n'êtes-vous pas entrée dans la Lumière ?

1. *Kandyan sari* désigne la manière spécifique dont les femmes cinghalaises portent le sari pour se distinguer des femmes appartenant aux minorités tamoules et musulmanes. Ce style est appelé ainsi car il est originaire de Kandy, ville traditionnellement conservatrice, située au centre du Sri Lanka.

— J'ai vécu dans l'Entre-Deux toute ma vie. Peut-être que ma place est ici.

L'homme au sari longe la corniche comme s'il s'agissait d'un podium, s'accroupit au bord et contemple le vide spectaculaire s'écraser sur le parking, ou le dépôt d'ordures, selon les caprices du vent. Le toit est saturé d'esprits qui, pour la plupart, ne sont pas d'ici, presque tous des suicidés, comme l'attestent leurs yeux jaune et vert ainsi que leurs marmottages incessants.

Tu en reconnais certains, vus il y a quelques lunes, lorsque Sena et la professeure Ranee se disputaient au sujet de ton âme insignifiante.

La fille à la peau fétide qui porte un uniforme scolaire et la silhouette voûtée qu'on dirait avoir mariné dans l'océan depuis le règne du roi Buvenekabahu bavardent non loin. Tu flottes dans l'air vicié et laisses traîner l'oreille. Tu es devenu hyperdoué dans ce domaine ces derniers temps.

Comme tous ces groupes d'abrutis ennuyeux à mourir qui parlent boulot même pendant leur pause déjeuner, ces suicidés causent de suicide.

— Pourquoi le Sri Lanka est-il le champion en nombre de suicides ? demande la fille en scrutant le toit à travers d'épaisses lunettes. Sommes-nous vraiment plus tristes ou plus violents que le reste du monde ?

— Tout le monde s'en fiche, lance la silhouette bossue, tandis qu'une femme avec des tresses accomplit un saut en hauteur par-dessus bord.

— C'est parce que nous sommes juste assez instruits pour comprendre que le monde est cruel, dit l'écolière. Et qu'il y a juste ce qu'il faut de corruption et d'inégalités pour qu'on se sente complètement impuissants.

— Et puis, on a facilement accès au désherbant, ajoute le bossu.

Tu flottes ici et là en continuant à tendre l'oreille. Tu tombes sur cinq enfants soldats enrôlés par les Tigres, emmenés à Colombo pour être rééduqués et interrogés. Dans la cour de la prison, ils avaient trouvé un plant de datura noir avec lequel concocter un thé pour cinq personnes. Ils adorent l'Au-Delà (« personne pour nous crier des ordres ») et sautent dans le vide avec un enthousiasme juvénile.

À en juger par la foule rassemblée sur ce toit, il est difficile de mettre en doute le taux énorme de suicides au Sri Lanka : des jeunes, des vieux, des moins vieux, des hommes, des femmes, et tout ce qui se trouve entre les deux ; des amoureux largués, des fermiers sur la paille, des réfugiés de révolutions foirées, des victimes de viol, des étudiants qui ont raté leurs examens, et pas mal d'homos restés dans le placard ; tous flottent jusqu'au bord et font le grand plongeon.

Un de ces derniers s'approche pour faire la conversation, mais les garçons qui ne sont pas mignons ne t'intéressent pas, particulièrement depuis que tu n'es plus un bel homme. Tu surprends le regard de la silhouette bossue et flottes à sa rencontre.

— Je me suis pendu dans le port de Colombo quand les Portugais ont mis le feu à mon bateau. Je suis allé me noyer dans le lac Diyawanna lorsque j'ai perdu mon lopin de terre. Sans argent, vivre ne rime à rien. Je me suiciderais encore si je le pouvais. Pour en finir avec tout ça.

— Pourquoi aucun d'eux n'entre dans la Lumière ?

Il semble contrarié et jette une boulette de bétel dans le vide. Tu la regardes disparaître dans l'obscurité.

— Et toi alors ?

— Je ne me suis pas suicidé.

— Tu en es sûr ?

— J'ai tenté de le faire à quatorze ans. Je me suis loupé et n'ai jamais réessayé.

— Même le suicide exige de la persévérance.

— On dirait bien. La Lumière vous laverait de vos péchés et vous accorderait un nouveau départ.

— Tu es un Assistant ? Si c'est ça, tire-toi.

Tu regardes cet étranger dont tu distingues à peine le visage, dont tu comprends à peine l'histoire, et lui poses cette question restée coincée au fond de ta gorge depuis que tu es mort.

— Si j'ai aidé à mourir des gens qui voulaient en finir, est-ce que ça fait de moi un meurtrier ?

— Comment tu savais qu'ils voulaient mourir ?

— J'ai vu leur souffrance. Je le savais.

— Il aurait été préférable pour la majorité des créatures qui arpentent cette Terre de n'avoir jamais vu le jour.

— Donc, si j'ai aidé à soulager la souffrance, la Lumière me récompensera, n'est-ce pas ?

La silhouette voûtée te fixe et se met à rire.

— Si tu cherches du réconfort, tu t'es trompé d'endroit, bouffon.

Et sur ce, il se jette du toit en hurlant de rire sans jamais heurter le sol.

Tu n'es pas étonné que Jaki ne soit plus assise seule. Mais simplement surpris qu'elle ait été rejointe par une femme que tu reconnais, Radika Fernando, la présentatrice du journal télévisé. Elles enquillent des gins, puis des rhums et, au moment où le soleil se lève, fument sur la corniche, main dans la main.

Six étages plus bas, tu vois la camionnette Delica garée et un homme portant un masque chirurgical réprimander un flic assis à l'arrière. Le pantalon et la chemise du Masque sont repassés, l'uniforme du flic est tout froissé. Le premier n'a manifestement pas dormi dans une camionnette la nuit dernière.

— Que voulez-vous dire par « partis » ?

— Les bureaux du CNTR sont vides, il n'y a plus personne là-bas. Tout a disparu, déclare Ranchagoda.

Ses yeux cernés lui donnent l'air d'une grenouille-taureau.

— Mais ça fait deux jours que des gardes surveillent cet endroit. Vous avez fouillé le bâtiment ?

Le talkie-walkie grésille, le Masque jure et l'approche de son oreille. On entend des bribes de mots et des parasites.

— Sombres crétins ! Elsa Mathangi a pris un vol pour Toronto la nuit dernière. Elle est montée dans un bus avec des touristes allemands.

— Merde, mais comment ? dit Ranchagoda. On l'a pas vue partir ?

— Vous résoudrez ce mystère pendant votre temps libre. Il me faut une solution, et vite. Le major veut les négatifs.

Le commissaire adjoint lève les yeux vers le balcon et, en regardant le soleil levant, aperçoit deux silhouettes s'y découper, deux femmes en train de fumer.

— J'ai peut-être une idée, dit-il.

Le Masque suit son regard et acquiesce.

— On a besoin d'idées. Qu'est-ce que vous proposez ?

Ranchagoda ouvre la boîte à gants et en ressort un sac en toile de jute ainsi qu'une petite bouteille.

— Pas sûr que le major ou le ministre approuve, commente le Masque. Mais ça me va.

Sur le balcon, Radika Fernando est en train de jouer avec les cheveux de Jaki. Elle l'embrasse et lui dit adieu, même si la manière dont elle le fait ressemble davantage à un au revoir.

Tu te focalises sur le septième étage, sur ce siège désormais vide où tu as annoncé à Elsa que tu raccrochais. Tu te focalises sur les fenêtres teintées du casino où tu as joué ton ultime main et encaissé tous tes jetons.

## PAIRE DE VALETS

Jaki et toi surnommiez la table de blackjack la *BJ table*[1], juste pour la blague, parce que en réalité, ni toi ni elle n'en aviez jamais reçu ou prodigué en étant assis là. Au blackjack, si tu te contentes de jouer en te fondant sur les pourcentages et en comptant les cartes, avec le temps, tu peux réaliser un joli petit gain. Le casino Pegasus n'avait que deux paquets de cartes dans le sabot, ce qui facilitait le comptage, même pour ton petit cerveau.

Le casino est disposé en demi-cercle autour du buffet à l'entrée, comme un fer à cheval drainant la chance. Les roulettes, à chaque extrémité du « U », sont les plus bruyantes, les tables de blackjack et de baccara sont les plus encombrées, et les tables de poker, situées sur la courbure du « U », sont les moins bien éclairées.

Tu possédais des formules pour battre la banque aux cartes, des méthodes pour survivre aux balles dans les zones de combat et disposais de techniques pour flairer les bobards. Au blackjack, il te suffisait de battre le croupier, dont tu étais capable de prédire le comportement. Dans les zones de combat, il fallait savoir qui lâchait les bombes et où ne pas mettre les pieds. Pour ce qui était des baratineurs, il s'agissait de comprendre ce qu'ils attendaient de toi.

Tu avais tiré une série de figures, le croupier n'arrêtait pas de perdre, et tu savais qu'il te restait deux heures avant ton premier rendez-vous et trois heures avant le second. Tu avais

1. BJ, comprendre *blow job*, « fellation ».

repensé à la note écrite sur du papier rose que tu avais laissée sur la raquette de DD.

*Rendez-vous au bar du Leo ce soir à 23h.*
*J'ai des nouvelles à t'annoncer.*
*Je t'aime. Maal*

Lors de ta dernière excursion dans le Nord, tu t'étais promis, à toi-même et à qui l'entendait, que si tu survivais au bombardement, tu arrêterais tout. Tu rendrais ton tablier, t'engagerais avec DD et le suivrais partout où il voudrait aller. Trois promesses valent encore moins que deux.

Te débarrasser d'Elsa et Kuga t'avait fait un bien fou. Ils t'avaient remis un gros chèque contre la promesse de leur remettre tes négatifs. Une promesse que tu avais bien l'intention de tenir. Bientôt, tu allais être débarrassé de tout le monde, du moins tu l'espérais.

Tu avais apporté ton énorme chèque au croupier du blackjack, puis tu avais pris tes gains et t'étais faufilé jusqu'à ta table de jeu préférée, juste là, dans la courbe du fer à cheval. La table de poker où on joue gros, où les gosses de riches, les proxénètes, les trafiquants d'armes et les assassins financiers viennent se voler les uns les autres.

— Tu me dois du fric, mon ami le hippie.

Une pique lancée par Karachi Kid, confortablement assis sur une pile de quarante. Il portait des lunettes de soleil et buvait de la vodka, choses que personne n'était censé faire à cette table. Il t'avait tendu un verre, sachant pertinemment que tu ne le refuserais pas.

— Mais c'est pas grave. Aujourd'hui, jouons.

Vous étiez six participants. À proximité du Pakistanais se trouvaient deux Chinois – un tout sec et un balaise –, à côté d'eux, Drunken Lankan Uncle, entouré de deux femmes originaires des Maldives. En bout de table, Yael Menachem, leader incontesté en termes de jetons, avec une pile de soixante unités.

Les deux trafiquants d'armes présents à la table faisaient mine de ne pas se connaître. Big China et Little China restaient silencieux, à part entre les mains, quand ils se racontaient des blagues en mandarin et éclataient de rire sans révéler la chute. L'Israélien était le plus loquace de la table et le plus doué.

Tout le monde semblait vouloir plumer Drunken Lankan Uncle, qui héritait de mauvaises mains et se laissait entraîner dans des relances de jeu funestes. Il avait fait tapis avec une paire d'as pour voir Karachi Kid l'emporter avec une quinte. Il avait titubé jusqu'au buffet, espérant que les dames des Maldives le suivraient, ce qu'elles ne firent pas.

— Je savais que tu avais une suite, avait lancé l'Israélien à Karachi Kid. Tu joues petit quand tu veux ferrer le poisson et lâches gros quand tu bluffes.

Le Pakistanais s'était contenté de regarder devant lui en mâchant son chewing-gum.

Le ton était monté lorsque Little China avait relancé sur le flop alors que Yael Menachem avait avancé la moitié de son tas. Quand il avait vu Little China relancer avec rien et obtenir un full, l'Israélien avait piqué une crise.

— C'est qui ces gens ? Des joueurs de poker ? Qui relance avec un valet et un trois ?

Il avait injurié le croupier, puis était parti avec ses jetons. Big China et Little China l'avaient suivi de leurs yeux d'acier et partagé une autre blague en mandarin.

Karachi Kid et toi aviez joué en silence et de manière agressive. Tu avais reçu quelques bonnes mains, mais tout le monde s'était couché à chacune de tes relances. Il te restait moins d'une demi-heure avant ton premier rendez-vous et tu avais décidé de mettre le paquet.

Karachi Kid avait descendu sa vodka d'un trait et déplacé l'ensemble de ses jetons au centre.

— Voyons voir qui va cracher ce soir. Ces bridés sont des petites bites. Ils se coucheront. Même avec un as.

Ça avait murmuré en mandarin et cette fois, pas de blague, ils fusillaient tous deux le Pakistanais du regard. L'un avait mordu à l'hameçon, l'autre s'était couché. Avec les jetons de tout le monde au centre, c'était maintenant à ton tour. Dans les films, une foule se serait massée autour de la table, des femmes de petite vertu s'accrocheraient au cou du plus gros parieur, les agents de sécurité murmureraient des noms de code dans leurs talkies-walkies et des types éméchés passeraient en titubant pour pousser des « oh ! » et des « ah ! ». Mais cet étalement de jeux s'était déroulé sous une lumière tamisée avec pour seuls témoins le croupier et l'enfer.

Tu n'as jamais prié quand tu jouais au casino, quand tu t'élançais sur les champs de bataille ni quand tu goûtais à la chair ou lorsque tu voulais dire à quelqu'un que tu l'aimais. Tu calculais les probabilités, envisageais les options, puis tentais le coup.

Les chances de naître avec un orteil supplémentaire sont de une sur mille, la probabilité que le pilote d'un avion soit bourré est de une sur cent dix-sept et, selon certains, les chances qu'un meurtre reste impuni sont de trois contre une.

Tu t'attendais toujours au pire. Tu tentais de deviner d'où les bombes pouvaient venir. Tu faisais mettre des préservatifs aux hommes. Et tu demandais aux lois de la probabilité d'aller dans ton sens, ce qui n'est pas la même chose que d'implorer un dieu invisible, si ?

Jaki adorait ça, quand tu faisais tes calculs. Même si elle avait foiré ses examens de maths deux fois à Londres, juste après avoir raconté à sa mère ce qui se passait avec son beau-père.

Tu avais fait comme si elle était là.

— Oh, ma petite Jaki. Même un deux de cœur battrait tes valets. Sur un pot aussi élevé, je me coucherais.

Trois cœurs étaient posés sur la table et tu avais deux valets en main. Tu avais poussé ta pile de jetons au centre.

Lorsque la dernière carte avait été tirée, le neuf de trèfle, personne n'avait sauté de joie. Karachi avait abattu une quinte à hauteur du roi, Little China avait gloussé avant que Big China ne montre à tout le monde son as de cœur et son doigt d'honneur. Il avait dit quelque chose en mandarin qui ne voulait sûrement pas dire « bien joué, les gars » et s'était tourné vers toi.

Tu avais posé tes deux valets à côté de la paire de neuf et du valet de cœur, puis haussé les épaules. Un full passé inaperçu battra une couleur évidente tous les jours de la semaine, et deux fois le dimanche. Tu aurais aimé avoir une petite punchline à lancer en quittant la table, mais tu n'avais pu leur offrir autre chose que ce sourire à la Renard[1].

Big China avait collé ses mains sur son cuir chevelu, les yeux rivés sur les trois valets et les deux neuf, atterré.

— Ce soir, monsieur Karachi, j'ai l'impression que je vais enfin pouvoir effacer mon ardoise.

Tu avais emmené Karachi Kid au bar où il t'avait confié qu'il s'appelait Donald Duck et dirigeait une entreprise de construction. Quand tu lui avais demandé combien tu lui devais, il avait sorti un carnet de la poche de son jean. Tes

1. Personnage créé par Charles Dickens dans *Oliver Twist*, un rusé pickpocket.

dettes étaient consignées sous le nom « Hippie du Pegasus », tu lui avais payé le montant indiqué sur la page et lui avais laissé la monnaie.

— Les boissons sont pour moi !

Tu avais rincé les trois serveurs et ajouté un pourboire, puis tu avais filé de l'argent au chef de table pour la rallonge de jetons et la bouteille que tu avais cassée après une série de défaites. Tu étais ensuite allé trouver le jeune barman qui était bâti comme un bœuf et en avait le visage pour lui rendre les mille roupies que tu lui devais.

— J'ai gagné un peu au casino. Tiens, voilà pour toi.

— Pas de problème. J'avais déjà oublié.

Le zézaiement était la seule chose chez lui qui collait avec le stéréotype du gay.

— Moi, je ne t'ai pas oublié. À quelle heure est ta pause clope ?

— Quand tu veux.

— Là, j'ai un rendez-vous. On se voit après ?

— Pourquoi pas !

Ce serait la dernière, tu t'étais dit. Ton ultime (c)lope avant arrêt définitif. Tu avais fait de la monnaie pour passer deux appels à la cabine téléphonique. Le premier à ton bien-aimé. L'appel qu'il a déclaré à la police n'avoir jamais reçu.

— Allô ?

Il avait une voix fatiguée.

— Tu as vu mon mot ?

— Je viens de rentrer du badminton.

— Je l'ai mis sur ta raquette.

— OK.

— Alors, tu viens ?

— Où ?

— Au bar de l'hôtel Leo. À vingt-trois heures.

— Maali, je suis crevé. Je dois me lever super tôt demain.

— C'est important. J'ai de grandes nouvelles.

— Bon sang, Maali, ça fait des semaines qu'on ne s'est pas parlé et maintenant, tu veux faire la fête.

— Non, pas de fête. Tu m'as manqué.

— Je suis fatigué, Maal. Parlons-en demain.

*Clic.*

Tu l'avais rappelé et la sonnerie avait retenti encore et encore jusqu'à ce que ça sonne occupé. Tu n'avais pas eu l'intention de passer ce deuxième appel, mais tes doigts avaient composé le numéro que ton père t'avait fait mémoriser quand tu avais cinq ans, et tu savais qu'on décrocherait malgré l'heure tardive.

— Oui ?

— Maman, c'est Malinda.

— Qu'est-ce qui se passe ?

— Rien. Je pense qu'il est temps qu'on parle. J'ai réfléchi à certaines choses. Je peux venir pour le déjeuner ?

— Je suis très occupée, Malinda.

— Le dîner, alors ?

— Si tu viens pour m'engueuler, ce n'est pas la peine.

— Pas d'engueulade, maman. J'ai besoin de te parler. Pour le dîner ?

— Non, va pour le déjeuner. Je vais demander à Kamala de préparer quelque chose.

Elle avait mis fin à l'appel comme elle l'a toujours fait, sans prévenir ni dire au revoir, souvent avant que tu puisses lui dire quelque chose de cruel.

Tu avais senti deux gros doigts te pincer les fesses.

— Tu appelles qui, petite lopette ?

Jonny Gilhooley était habillé en pantalon et blazer, Bob Sudworth était en short et tee-shirt.

— Content de te voir, flambeur, avait dit Bob.

Si tu ne te souvenais pas d'avoir rencontré un étranger lors de ta dernière soirée au Leo, il y avait bien une raison. C'est qu'en réalité, ils étaient deux.

Ils n'avaient pas été enchantés d'apprendre que tu comptais démissionner. Le bar commençait à être noir de monde, Bob et toi alliez fumer des clopes à tour de rôle sur la terrasse du sixième. Tu avais enveloppé l'argent dans une serviette en papier et l'avais placé devant la bouteille de gin bon marché.

— C'est l'avance que vous m'avez filée pour le prochain taf. Je vous la rends.

— On dirait bien que quelqu'un a battu les machines à sous aujourd'hui, avait dit Jonny en fronçant le sourcil. C'est quoi ton nouveau plan, mon garçon ?

— DD et moi partons à San Francisco. J'en ai fini avec ce trou à rats.

Jonny s'était esclaffé.

— Fantastique, n'oublie pas de visiter la Baie. Mais pourquoi y emmener ta femme ?

— Vous voudriez que je vous emmène, mon petit Jonny ?

— Les voyages, c'est plus de mon âge, mon garçon.

— Alors, retournez d'où vous venez.

— Je m'efforce de sauver ce pays de lui-même.

— En vendant des armes aux Tigres ?

En disant ça, tu regardes Bob Sudworth baisser les yeux sur son verre.

— Tu peux parler. Tu bosses pour le CNTR. Et devine qui paie leurs factures ?

— Je viens de démissionner. On m'a dit que j'étais doué pour tout plaquer.

— Que s'est-il passé pendant ta dernière excursion ?

— Ce qui s'est passé, c'est que tout le monde me paye pour être fixeur et me demande de jouer les espions.

— On se sent vraiment mal pour ce qui s'est passé, était intervenu Bob.

— Qui ça « on » ?

Bob avait secoué la tête et s'était éclipsé pour fumer. Jonny avait regardé autour du bar rempli de joueurs épuisés pour s'assurer que personne ne s'intéressait à lui ou à sa politique. À la table près du comptoir, le chef de table avait posé un écriteau « réservé » et attendait là. Il t'avait fait un signe de tête.

— Bob travaille pour l'Associated Press. Je travaille pour le Haut-Commissariat britannique. Tu travailles pour le CNTR. Le major travaille pour Cyril. Nous vivons dans la maison érigée par JR.

— Vous vendez des armes au gouvernement, lequel les vend à son tour aux terroristes qui les utilisent contre les Indiens. Et maintenant, vous voulez armer un groupe dissident. Comment pensez-vous que ça va se terminer ?

— Qu'est-ce qui s'est passé là-bas, Maali ?

— La même chose que d'habitude. J'ai compris qui vous étiez. Et tout ce que ça représente. Et j'en ai conclu que j'en avais fini.

Bob était revenu de sa pause clope et Jonny était parti aux toilettes. L'argent était resté sur la table.

— Je comprends. Tu en as assez. Si tu dois partir, pars. Tu me manqueras, Maali.

— Non, je ne pense pas, tu avais rétorqué.

— Qui d'autre pourra m'obtenir des interviews avec le major Udugampola et le colonel Gopallaswarmy ?

— Combien d'articles avez-vous publiés depuis le début, Bob ? Je n'en ai vu aucun.

— J'en ai sept de rédigés. Tous en cours d'autorisation légale.

— Je ne vous obtiendrai pas d'autres interviews avec Mahatiya. Je ne prendrai pas des photos de son bunker pour vous. Si je me fais choper, vous croyez que le bandana rouge me sauvera la peau ?

— Je suis navré que tu te sois retrouvé coincé dans le bombardement. Personne n'avait prévu ça. Au moins, nous t'avons sorti de là.

— Vous m'avez laissé faire coucou à votre hélicoptère. J'ai dû prendre le bus.

— Trajet que nous t'avons payé.

— Oui, merci infiniment.

— Écoute…

— Oubliez le bombardement. J'en ai juste ma claque de photographier des gens morts.

Bob avait pris une profonde inspiration et s'apprêtait à te transmettre des bribes de sagesse. Quelque chose qui aurait soulagé ton âme et apaisé sa conscience. Le *malli* au bar t'avait regardé en tapotant sa montre. Jonny était revenu des toilettes, avait pris l'argent et n'avait pas proposé de payer l'addition.

— Qu'il aille se faire foutre, Bob, avait-il lâché. On bouge.

Et ils étaient partis.

C'était ta dernière mission à Jaffna. Et tout le monde t'avait assuré que tu serais en sécurité, mais ça avait été loin d'être le cas. Une fois la mission terminée, ils t'avaient fait embarquer dans un bus pour rentrer chez toi. Les treize heures de route t'avaient donné pas mal de temps pour réfléchir, mais tu n'avais cessé de te repasser les événements en boucle.

Cela faisait une heure que le dernier obus avait été lancé, l'air était encore chargé de fumée et de cette odeur infecte. Tu avançais péniblement dans la poussière quand tu as vu les gémissements. Tu ne pouvais pas les entendre, tes oreilles étaient saturées par le bourdonnement de fin du monde, la fréquence à travers laquelle les esprits tourbillonnent, le bruit blanc de milliers de cris. Mais tu voyais, tout autour de toi, ces gémissements. Les gens avaient cessé de courir et restaient cloués au sol, les yeux rivés vers le ciel, et hurlaient. Il y avait une femme avec un enfant mort dans les bras, un homme criblé d'éclats d'obus et un chien errant qui tremblait derrière un palmier déraciné. Le doigt céleste a désactivé le mode silencieux et les cris se sont déchaînés dans tes oreilles. Il n'y avait pas de toubib, ni de travailleurs humanitaires, ni de soldats de la paix, ni d'insurgés, ni de séparatistes. Il n'y avait que des pauvres villageois et un pauvre fixeur. Lorsque la femme avec l'enfant mort dans les bras t'a vu, elle a cessé de crier et a planté son regard dans le tien en montrant du doigt les colliers que tu avais autour du cou. La croix ankh avec la fiole de sang de DD, le Panchayudha accroché au cordon et, attachées à des cordelettes, les capsules de cyanure des Tigres. Tu t'étais dit, devant la réserve d'armes du major Udugampola, qu'elles seraient utiles au cas où tu te ferais capturer, peu importe par qui. Le gouvernement pouvait très bien te faire passer pour un traître, et le LTTE, pour un espion. Tu pouvais les avaler avant qu'ils ne puissent te poser des questions auxquelles tu n'aurais pas de réponses. Les capsules étaient censées rester dissimulées derrière les autres breloques qui pendaient à ton cou, mais ce n'était qu'une chose parmi tant d'autres que le bombardement avait délogée. Elle essayait de parler, mais ne faisait que haleter en pointant du doigt les capsules ; tu as regardé le cadavre du gamin pendre comme un vulgaire sac en toile et tu lui en as donné deux, tu l'as regardée les insérer entre ses lèvres, puis t'es éloigné pour rejoindre l'homme qui tremblait, perforé par un morceau de bois, et lui en as enfoncé deux dans la bouche ; puis tu t'es accroupi près du chien qui braillait, tu as caressé son corps grelottant, lui en as glissé deux sous la langue et lui a fermé la mâchoire.

Tu n'avais pas prévu de te coucher lors de ton ultime nuit. Jaki faisait son émission nocturne et tu voulais passer la prendre au matin, comme tu en avais l'habitude. Pour regarder le lever du soleil et te noyer avec elle dans le café jusqu'à l'évanouissement. Seulement, cette fois, tu lui dirais toute la vérité.

Le barman et toi étiez montés à la terrasse du sixième étage, aviez fumé une cigarette et il t'avait caressé l'entrejambe alors que tu lui confiais que c'était la première fois depuis toutes ces années que tu gagnais gros. Il t'avait embrassé dans le cou en te disant que, dans la vie, il suffisait de gagner gros une seule fois pour effacer tout ce qu'on a perdu. Il portait un slip kangourou sous son jean et tu avais glissé tes doigts entre les plis pour caresser sa chair avide.

Tu avais regardé ta montre, il était vingt-trois heures dix, DD serait déjà là s'il comptait venir. Et puis, comme c'était la dernière fois, autant en profiter pour que ça finisse dans la joie. Mais, alors que sa langue titillait ta chair, tu avais senti ton désir décroître. Peut-être était-ce le signe que le temps de l'errance libidineuse touchait à sa fin. Tu avais relevé le garçon agenouillé devant toi, avais remonté ta braguette et t'étais allumé une autre Gold Leaf, et c'est alors que tu avais aperçu une silhouette émerger de l'ombre. Tu reconnaissais la foulée et connaissais bien la démarche. Corps de nageur, grâce de danseur.

Il tenait à la main le papier rose sur lequel tu lui avais écrit le mot. En apercevant le barman détaler de la terrasse, il avait pivoté la tête et, au lieu de se jeter dans tes bras afin que tu puisses lui annoncer que tu avais tout plaqué pour partir avec lui, il avait foncé sur le barman et la lune, surgissant de derrière les nuages, t'avait laissé voir l'expression sur son visage.

# Sixième lune

*Nous sommes ce que nous feignons d'être,*
*aussi devons-nous prendre garde à ce que nous feignons d'être.*

Kurt Vonnegut, *Nuit Mère*

## LE PANGOLIN

Tes pensées sont interrompues par un tiraillement insistant alors que tu perçois ton nom flotter dans l'air. C'est un faible murmure porté par le vent, un gémissement émanant des lèvres d'un amant abandonné. Nombreuses sont les raisons qui t'ont poussé à mettre tes plus belles photos dans des boîtes. Pour éviter qu'elles ne soient volées, détruites, ou pire encore, critiquées. Mais maintenant, elles vont paraître au grand jour. Et tu es aussi surexcité que terrifié.

— Tu ne peux pas être parti, Maali. Je n'arrive pas y croire.

Un panneau « fermé » est accroché à la porte de l'Arts Center. En bas, dans la galerie Lionel Wendt, cinq hommes insèrent des photos 8x10 dans des cadres cartonnés. Quatre hommes, pour être précis, le cinquième ne fait que regarder les clichés en secouant la tête et en prononçant vainement ton nom. Les hommes travaillent à toute vitesse et en silence. Viran consulte une liste écrite de ta main, puis passe une photo à Clarantha qui l'insère dans un cadre avant de la remettre aux deux assistants du bureau de DD. L'un y enfonce des clous, l'autre l'accroche.

DD est assis derrière le bureau improvisé en atelier d'encadrement et passe au crible les piles de clichés mis à l'écart, ceux qui n'ont pas été retenus dans ta liste. Il porte une chemise amidonnée à manches longues, tu en déduis qu'il a passé la nuit chez son père. Tu avais banni ce genre de chemises de son armoire.

Il regarde des photos de la faune de Yala et de Wilpattu, il était là quand tu les as prises. Elles sont issues de l'enveloppe « Le Dix parfait », la seule des cinq ne contenant pas d'horreurs.

Les cigognes au coucher du soleil, les éléphants à l'aube, le léopard perché dans l'arbre, le serpent glissant dans l'herbe et l'indémodable photo de paon. Et puis, il y avait une douzaine de photos du pangolin qui s'est aventuré dans votre campement au lever du soleil alors que tu essayais de réveiller DD avec des caresses pendant que Jaki ronflait. Les pangolins sont des créatures nocturnes qui se roulent en boule face à une mouche, mais ce petit gars-là était encore debout, bien après l'heure du coucher, et grignotait le fruit du jacquier que Jaki était censé avoir mis à l'abri.

Tu disposes de gros plans de cette étrange créature, un caprice hybride de l'évolution à côté duquel l'ornithorynque paraît presque banal. Un mammifère couvert d'écailles, muni d'une queue de singe, de griffes d'ours et d'un museau de fourmilier. À mi-chemin entre le dinosaure et le chat domestique. Quitte à avoir un animal pour symbole national, pourquoi pas le pangolin ? Ce serait original. Comme tant de Sri-Lankais, les pangolins possèdent de grandes langues, d'épaisses carapaces et de petits cerveaux. Ils s'attaquent aux fourmis, aux rats et à tout ce qui est plus petit qu'eux. Ils en profitent pour faire des bêtises une fois les lumières éteintes et se recroquevillent de terreur lorsqu'ils croisent des brutes.

Ils existent depuis des centaines de milliers d'années et sont en voie d'extinction.

DD fait défiler des clichés de forêts que l'homme n'a pas encore souillées, baignées dans les rayons épais d'un soleil fatigué. Il retient ses larmes lorsque vient la photo de lui, Jaki et toi au lac des buffles, celle où vous aviez posé tous les trois sur la colline de terre rouge d'Ussangoda. Et puis arrivent celles où vous n'êtes que tous les deux, torse nu, allongés au bord d'un ruisseau, les yeux rieurs, prenant des poses ridicules. DD hurle sans bruit, le visage déformé, les lèvres retroussées ; il tremble, la tête lovée entre ses mains. Viran et Clarantha lèvent les yeux, puis se replongent dans leur travail.

À Yala, il t'avait annoncé qu'il avait été accepté à l'université de San Francisco et envisageait d'y aller. Sa rengaine mensuelle. Il parlait souvent de s'enfuir, soutenant que le Sri Lanka était un endroit dangereux pour les jeunes et les Tamouls, mais c'était la première fois qu'il parlait d'aller de l'avant.

— À San Francisco, nous pourrions être nous-mêmes. Pas ce qu'on nous oblige à être.

— Personne ne force personne. Je suis moi-même. Et toi aussi. Tu n'as pas besoin de t'enfuir de chez toi.

— Je ne me suis jamais senti libre, ici. Je peux me faire jeter en prison pour rien, du jour au lendemain. Peu importe l'influence de mon père. Si je reste, je me marierai, rejoindrai le cabinet et deviendrai quelqu'un d'autre. Si je suis ici, c'est uniquement pour toi.

Il t'avait conté une vie faite d'art, de bagels et de baisers dans la rue où vous pourriez danser en public, sans avoir à vous cacher et, alors que les étoiles pointaient sur vous leurs projecteurs à travers les arbres, tu l'avais presque cru. La semaine suivante, tu acceptais une mission de deux mois à Jaffna avec Bob Sudworth, opportunité que tu ne pouvais pas refuser même si c'est exactement ce que fit DD pour l'université de San Francisco.

C'était toujours la même stupide ritournelle. DD te racontait qu'il avait dégoté un boulot, tu étais impressionné. Il te demandait de partir avec lui, tu lui disais non, parce que ce que tu faisais ici, personne d'autre ne le faisait, et que là-bas, tu ne serais personne. Il disait que de toute manière, il partirait et tu lui répondais, vas-y, je t'en prie, et il ne partait pas. Et ça recommençait, encore et encore, jusqu'au jour où c'en a été fini.

Ton esprit est submergé de photos et d'échos de DD te reprochant d'aimer ton Nikon plus que lui, et de toi lui répondant qu'il n'a peut-être pas tort.

Clarantha et Viran fixent des cadres en carton à des crochets et mettent en place tes meilleures photos de la faune et de la flore. Comme stipulé sur ta liste, ils ont omis les photos de DD, Jaki et des moussons de fleurs sauvages de 1988. DD et toi étiez assis sous un jacaranda, vous vous étiez embrassés sous la pluie et aviez décidé de rester ensemble encore un an. Il sauverait la beauté naturelle du Sri Lanka pendant que tu en dévoilerais la laideur créée par l'homme. Que tu exposerais la guerre et en précipiterais la fin. Les moussons et les pleines lunes rendent toutes les créatures stupides, en particulier les doux imbéciles épris d'amour.

DD parcourt des photos de matériel militaire. Celles qui remplissent les enveloppes intitulées « Roi ». Tes meilleures réalisations pour Raja Udugampola n'ont en grande partie jamais été publiées.

Des grenades confisquées aux Tigres capturés, des lance-roquettes, des fusils et des bottes emballés dans des caisses tamponnées d'inscriptions en hébreu et en arabe. Des petits garçons apeurés revêtant l'uniforme qui se blottissent sur les lignes de front. Les corps à Valvettithurai, empilés sur un bûcher, la crémation de masse qui t'a fait arrêter de manger du porc, parce que l'affreuse odeur de chair humaine grillée ressemblait trop à celle des côtelettes au barbecue.

Viran a accouché de magnifiques tirages en noir et blanc de terroristes capturés et attachés à des rondins, de l'épave de l'hélicoptère d'un politicien tamoul modéré, de la coque mutilée du vol 512 d'Air Lanka en provenance de Gatwick, prise avant que les corps des touristes allemands, britanniques, français et japonais soient retirés des décombres.

Ensuite, il s'agissait de la dernière mission pour King Raja. Qu'il ne t'ait pas vu depuis 1987 était inexact. Les soldats n'ont aucun problème à déformer la vérité ; ils la tordent à leur avantage. Il t'avait fait venir trois mois auparavant au Palais pour photographier le leader du JVP, Rohana Wijeweera[1], encore en vie et placé en détention. Le Che Guevara sri-lankais, plus laid que l'original, te lançait des sourires complices et discutait avec les gardes. Sans sa barbe et son béret, il faisait penser à un professeur de musique. Trois jours plus tard, on t'avait rappelé pour venir photographier son cadavre mutilé.

Il y avait des photos issues de fragments de négatifs dont le Roi ignorait l'existence. Le père Jerome Balthazar, prêtre anglican et militant des droits de l'homme originaire de Mannar, ligoté et bâillonné, mort en détention, alors que les autorités avaient prétendu qu'il avait pris un bateau pour l'Inde. D.B. Pillai, journaliste de Radio Ceylan, abattu lors de sa garde à vue et jeté sur la plage, pour avoir osé faire état du nombre exact de victimes dans son émission hebdomadaire. La voiture incendiée remplie de jeunes cadavres tamouls, prise

1. Activiste marxiste, fondateur du JVP.

pour les archives personnelles du major Raja, mais que tu as conservée dans les tiennes.

Tous ces clichés se trouvent désormais accrochés aux murs de la galerie Wendt comme tu l'as toujours espéré. Ton plan consistait à orchestrer ça depuis l'exil ; au lieu de quoi, tu l'as mis en œuvre d'outre-tombe. Félicitations.

— Où vas-tu après ça, *putha* ? demande Clarantha à Viran.

Il frotte le dos de Viran, les yeux pétillants. Viran se cambre, sourit et accroche la photo du groupe de survivants du massacre de Kokkilai à une patère près de la fenêtre.

— Où aller, Uncle ?

— Je m'envole pour Bangkok avec ma femme demain matin. Toi aussi, tu dois disparaître. Vous tous ! dit-il en se tournant vers les deux assistants.

— Où devons-nous aller, sir ?

— Chez vous. Prenez des vacances. Je vous enverrai votre paie.

DD tient la photo des capsules de cyanure arrachées aux cous des Tigres capturés. Elles sont attachées à des monceaux de cordelettes et reposent sur une assiette à la morgue, comme des haricots rouges sur un lit de nouilles de riz. Tu te souviens en avoir pris une poignée et les avoir glissées dans ta saharienne.

Les photos que tu as prises pour le CNTR sont désormais encadrées et accrochées aux murs. Presque toutes sont exposées, et tu as le sentiment que justice a été faite, ce qui ne t'empêche pas de te sentir nerveux. Celles qui montrent la barbarie de l'Inde au nord en 1989, la cruauté des Tamouls à l'est en 1987 et la sauvagerie des Cinghalais dans le sud en 1983. Même les images les plus choquantes – et il y en a beaucoup – possèdent un truc qui retient ton regard. Viran a modifié l'exposition, recadré lui-même les clichés, et tu ne t'en plaindrais pas même si tu le pouvais. Son art a transformé tes banales photos en quelque chose d'assez inattendu.

Il reste une dernière série d'impressions que les garçons, à ta grande stupeur, insèrent dans des cadres. Celles-là n'étaient pas destinées au public. Elles étaient strictement réservées à un visionnage privé. Viran le sait, mais c'est là tout le problème avec les artistes : ils n'entendent que ce qu'ils veulent entendre. Lorsque DD saisit les premières photos de la pile, tu vois ce qui va suivre gros comme une maison. Tu cherches autour de toi d'autres fantômes qui pourraient t'aider à empêcher la catastrophe. Mais ceux qui se sont laissés dériver là depuis le théâtre t'accordent autant d'attention que les jeunes en accordent aux vieillards. Pendant que DD parcourt les images, tout ce que tu peux faire, c'est te préparer à l'impact.

Il s'agit de photos de différents hommes, certains habillés, certains torses nus et quelques-uns complètement dévêtus. Si le fantôme de Lionel Wendt était là, il regarderait par-dessus l'épaule de DD et hocherait la tête en signe d'approbation. Tu en connaissais quelques-uns par leurs noms, et le reste, seulement par leurs pseudos.

Lord Byron de Kotahena, cheveux longs et visage huileux, pris en train de voler dans un bus et photographié torse nu dans des toilettes publiques.

Boy George du parc Viharamahadevi, photographié sous un arbre, portait du maquillage et fredonnait une chanson d'Amaradeva[1] pendant qu'il recevait du plaisir.

1. Né d'un père bouddhiste et d'une mère méthodiste, Pandith Amaradeva (1927-2016) est une figure légendaire dont l'influence déborde le monde de la musique sri-lankaise.

DD éprouve du mal à respirer, parce qu'il reconnaît l'expression sur le visage de ces hommes. La redescente post-coïtale, hallucinée et ébouriffée. Un regard qu'il t'a rarement laissé voir.

Abraham Lincoln, croisé près de la voie ferrée, qui avait essayé de te frapper et de voler ton appareil photo.

Le barman de l'hôtel Leo, à l'aube, dans une chambre du septième louée à l'heure.

DD reconnaît deux des modèles, même si leurs visages sont dissimulés derrière le seul accessoire que tu transportais dans ta sacoche avec tes préservatifs, tes cartes, ta pellicule et ton bandana rouge : un minimasque de démon. Les hommes apparaissant sur les dernières photos de ta collection « Valet de cœur » étaient les seuls que tu puisses identifier par leur nom. Viran, le garçon de la boutique FujiKodak, allongé sur le lit à Galle Face Court la semaine où DD était à Genève avec Stanley, masque de démon entre les cuisses. Jonny Gilhooley, torse nu dans un jacuzzi, exhibant ses tatouages chinois, masque de démon plaqué sur les yeux.

DD se rue sur Viran, le pousse contre le mur et le gifle violemment. Sa paume ouverte claque comme un fouet, les lunettes de Viran s'envolent et ses yeux se remplissent de larmes tandis que quatre marques de doigts roses apparaissent sur sa joue.

DD le prend par le cou et tout le monde retient son souffle, les yeux de Viran se remplissent de terreur, ceux de DD deviennent noirs. Il lui assène deux autres gifles, comprime sa pomme d'Adam et le regarde suffoquer. Et alors qu'il lève le poing, les ténèbres dans ses yeux se dissipent, puis il lâche la photo ainsi que le garçon avant de sortir en trombe. Même en colère, il se déplace avec la légèreté d'un danseur.

Tu es envahi par ce sentiment que tu as éprouvé lorsque Aunty Dalreen t'a annoncé que ton père était mort pendant que tu étais en train de lui hurler dessus.

Le regard de Clarantha se pose sur les torses nus qui émergent des photos tombées au sol. Il ramasse les clichés éparpillés et les contemple avec nostalgie et, peut-être aussi, une pointe d'envie. Rock Hudson, à Anuradhapura, que tu as ramassé dans un supermarché et baisé contre le grillage d'un temple. Marlon Brando, qui t'a pénétré dans le camp militaire de Mullaitivu. Tu l'avais photographié, lui et son membre modeste, pendant son sommeil.

Clarantha observe Viran et secoue lentement la tête avec dédain, comme seule peut le faire une folle qui n'a pas fait son coming out.

— Ces photos sont magnifiques.

— Elles ne sont pas pour l'exposition. Seulement pour un visionnage privé.

— J'en ai assez des visionnages privés. Accrochons-les. Maali comprendra.

Tu ne suis pas DD pour t'assurer qu'il va bien. Tu ne le faisais déjà pas de ton vivant. Tu écoutes ses pas crisser sur le gravier dehors, puis le bruit de la Nissan de Stanley dépasser la limite de vitesse.

— Et celles-ci ? Tu es sûr qu'elles sont sur la liste ? demande Clarantha, six photos à la main.

— Oui, certain. J'ai vérifié trois fois, répond Viran.

Sa joue gonflée lui confère une voix étouffée ; sa mâchoire est raide à force de réprimer des bâillements. Il reste une demi-heure avant l'ouverture de la galerie et les dernières photos sont sur le point d'être exposées.

Les deux assistants placent une pancarte manuscrite à l'entrée. En dessous se trouve une photocopie de mauvaise qualité d'une photo de léopard dévorant un paon.

« LA LOI DE LA JUNGLE.
PHOTOGRAPHIES DE MA »

Clarantha a fini de passer ses sept coups de fil. Chaque fois qu'il organise un vernissage, il appelle sept des plus grandes commères de Colombo et, autour d'elles, la nouvelle se répand parmi des centaines de personnes qui se presseront aux portes de la galerie.

Il brandit six photos. Deux d'entre elles ont été agrandies au point de devenir floues, deux autres présentent un arbre qui obstrue la vue, les deux dernières sont claires et nettes comme de l'eau de roche.

Les agrandissements montrent le ministre Cyril Wijeratne lors des émeutes de 1983. Les photos prises dans la jungle présentent les silhouettes granuleuses de trois hommes assis autour d'une table en bois dans une petite maison au toit de chaume. L'un d'eux est en uniforme, un autre est vêtu d'un costume froissé, le dernier porte une chemise tachée de sang. Sur les photos nettes apparaissent des journalistes décédés que le gouvernement nie avoir arrêtés. Ce n'est que lorsqu'il accroche la dernière que Clarantha reconnaît le visage sur la photo.

— Maali, pauvre imbécile, lâche-t-il dans un soupir.

Tu prends l'homme dans tes bras et lui murmures un « merci » à l'oreille. La galerie est remplie des meilleures photos que tu aies jamais prises. Tu as apporté ton témoignage.

Tu as fait tout ce que tu pouvais. Bientôt, tout le monde les verra. Bientôt, tout le monde saura.

Clarantha tient la main gauche de Viran et lui pince la fesse droite.

— Maintenant, tu quittes la ville et tu attends deux semaines. Ça va faire beaucoup de bruit et mieux vaut ne pas être là pour répondre aux questions. Tu comprends ?

Viran se penche vers Clarantha et dépose un doux baiser sur l'oreille du vieil homme. Il était un développeur de photos doué et une salope sans complexe.

— Emmène-moi avec toi à Bangkok. Quitte ta femme.

— Darling, ça fait quarante ans que j'y songe.

Ils sortent par la porte d'entrée pendant que tu t'assois dans la galerie, entouré par le travail de toute ta vie, et attends. Tu contemples les murs décorés de photos de pangolins et de pogroms. On dit que la vérité vous libère, mais au Sri Lanka, la vérité peut vous faire atterrir dans une cage. Et tu n'as plus besoin de vérité, ni de cages, ni de tueurs, ni d'amants à la peau parfaite. Tout ce qui te reste, ce sont tes images de fantômes. Et ça pourrait bien être suffisant.

## CONVERSATION AVEC DES CHIENS MORTS (1988)

Il reste encore quelques heures d'obscurité avant l'ouverture de ton exposition, mais un couple spectral de canidés se pointe à l'entrée pour une avant-première. Deux chiens errants bien nourris qui ne semblent pas intéressés par le travail de toute ta vie. À la manière dont la lumière les traverse, les deux clebs sont à l'évidence morts et perdus. Tu prends une photo d'eux, encadrés par la porte d'entrée.

— Excusez-moi, sir. Savez-vous où se trouve la Rivière des Naissances ? demande celui aux oreilles de loup.

Tu sursautes.

— Désolé, je ne savais pas que vous pouviez parler.

— Nous ne savions pas que les singes pouvaient entendre, réplique celui avec les seins pendants. Tellement condescendant, dit-elle à son compagnon.

Tu te souviens des paroles de la professeure Ranee et réponds :

— Trouvez le vent le plus faible qui longe le canal. Et il vous mènera à la rivière. Cherchez les trois arjunas.

— Merci, répond la dame chien. Pouvez-vous être encore plus vague ?

— Du calme, Binky, intervient le chien-loup.

— Je t'ai dit de ne pas m'appeler comme ça.

— Désolé, je ne savais pas que les animaux devenaient des fantômes.

Le chien-loup secoue la tête et la dame chien te lance un regard noir en t'adressant trois aboiements aigus avant de quitter la galerie.

Tu entends ses derniers mots.

— Si jamais je renais humaine, j'avale mon cordon ombilical.

Le chien-loup jappe en signe d'approbation. À l'extérieur de la galerie Lionel Wendt se trouve un arbre sans nom aux branches décharnées sur lequel un Léopard Mort est perché. Tu sais qu'il est mort, parce que tu vois à travers et que ses iris sont blancs. Il te regarde droit dans les yeux et secoue la tête.

Sa voix est élégante et rauque, cependant ses lèvres ne semblent pas bouger.

— Je suis tombé dans un piège tendu par un défenseur de l'environnement pour attraper un braconnier. Accablé de chagrin, l'écologiste a apporté mon corps à l'université de

Colombo avant de tenter de se suicider. J'étais abasourdi. Ce fut une découverte. Certains êtres humains sont en fait dotés d'une âme.

Les Chiens Morts se mettent à braire de rire tandis que le Léopard Mort descend en chaloupant de l'arbre sans nom.

## CONVERSATION AVEC DES TOURISTES MORTS (1987)

Les trois qui trébuchent en bas de l'escalier portent chacun des chemises hawaïennes – une rouge, une jaune, l'autre bleue. Chemise rouge et Chemise bleue, tu te souviens les avoir vus près du juke-box de l'Arts Centre Club. Celle en jaune, une dame d'âge mûr, porte un short ultra-court. Ils flânent dans la galerie en regardant tes clichés, trimbalant chacun sac à dos et appareil photo.

Ils ont tout l'air européens. Les deux du juke-box sont roses et trapus. Ils émettent des murmures appréciateurs suivis de grognements de dégoût alors qu'ils passent devant tes photos du front, le must parmi tes images de propagande prises pour le compte de King Raja et de Jonny l'As. Checkpoints, champs de bataille, explosions de bombes. Ils s'arrêtent devant l'épave du vol 512 d'Air Lanka en provenance de Gatwick et poussent un cri de surprise à l'unisson. Puis, ils se mettent à bavarder :

— Regarde ! Regarde, c'est Frieda. T'as vu ?

— N'importe quoi !

— Hé, regarde, Frieda ! C'est toi.

— Je ne trouve pas ça drôle, Léon.

Tu flottes jusqu'à la photo qu'ils examinent et planes au-dessus de leurs têtes. Le cliché montre la queue de l'avion séparée du fuselage et des corps éparpillés sur le tarmac. Tu compares les visages figés avec ceux qui scintillent devant toi. C'était à l'époque où King Raja t'appelait dès qu'il y avait un attentat. Ce matin-là, tu te trouvais à Negombo et te réveillais aux côtés d'un garçon brun qui ressemblait à Glenn Medeiros. Ce qui t'avait permis d'être le premier sur les lieux et de prendre cette photo avant qu'ils ne dégagent les corps.

— C'est votre travail ? demande celle qui porte la chemise jaune.

Elle a l'accent chantant d'une Allemande et le sourire facile.

Tu hoches la tête et hausses les épaules, les deux autres froncent les sourcils.

— Nous avions prévu de nous envoler pour les Maldives à sept heures du matin. Le vol a été retardé. La bombe était programmée pour exploser dans les airs.

Le balaise avec la chemise bleue à fleurs vient du pays de *Liberté, égalité, fraternité*[1].

— On nous a donc fait embarquer, nous les étrangers, en premier. Typique d'Air Lanka, en foutu retard, comme d'habitude. Ça a sauvé la vie des locaux qui se sont pointés à la bourre. Ces salopards de chanceux n'ont eu qu'à se détendre dans le terminal en buvant de l'alcool détaxé, explique celui avec la chemise rouge dans un cockney courant. Pendant que nous, pauvres couillons, qui nous sommes radinés à l'heure, sommes restés assis sur le tarmac pendant trois heures, en compagnie d'une bombe.

Ils acquiescent tous solennellement.

Les vingt et une personnes qui ont péri dans l'attentat d'Air Lanka étaient pour la plupart des ressortissants étrangers, qui emportèrent ce qui restait de l'industrie touristique du Sri Lanka. Personne n'avait revendiqué l'attaque. Tous

1. En français dans le texte.

les doigts étaient pointés sur le LTTE qui tentait de saboter les négociations entre le gouvernement et le groupe Tamoul rival. Il aurait pourtant pu s'agir de n'importe lequel de ces acteurs cherchant à faire des Tigres le bouc émissaire. De tels mystères demeureront tant qu'il n'y aura que des types du genre de Ranchagoda et Cassim pour enquêter.

— Où sont les autres ?

— Qui ça ?

— Le reste des vingt et une victimes.

— Bon nombre de ces tocards sont rentrés au bercail avec leurs cadavres. Certains se sont tirés dans la Lumière. Nous, on a décidé de rester, déclare le Brit.

— Pourquoi ?

— Tu sais combien j'ai payé pour ce voyage ? lance le Frenchie. Combien j'ai dû économiser ? Ma femme est rentrée à la maison avec son cadavre. Bon vent.

— Cette île *ist wunderbar* ! s'exclame l'Allemande, en contemplant tes photos de la faune et de la flore. Un tel rapport qualité-prix. Tant de choses à voir !

— Comment faites-vous pour vous déplacer ? tu demandes. Vos corps n'ont jamais quitté l'aéroport.

— Qui a besoin d'aéroport ? Ou de corps ? répond l'Anglais. On chevauche la mousson, mon pote. On visite ton pays à travers les rêves.

— Le Sri Lanka, *c'est magnifique*[1], dit le Français.

C'est là que tu les avais vus auparavant. Ils se gavaient bruyamment de fraises à Nuwara Elias pendant que tu poursuivais Jaki dans le labyrinthe. Ils étaient allongés sur la plage d'Unawatuna pendant que tu massais les épaules de DD. Ils étaient dans le rêve humide de DD à Yala, piétinant dans la jungle, sans guide.

1. En français dans le texte.

Tu leur demandes si tu peux les photographier et ils prennent la pause avec joie. Puis ils font le tour de l'exposition en secouant la tête et en marmonnant.

— Vous avez un si beau pays. Pourquoi photographiez-vous ces saloperies ? demande la *Fräulein.*

— Pendant combien de temps comptez-vous visiter les rêves des autres ?

— Oh, s'il te plaît. On vient juste d'arriver, répond Chemise rouge.

— Et les rêves des gens sont bien plus sympas que les endroits réels, ajoute l'Allemande. Véridique.

— L'un de ces bouffons d'Assistants nous a assuré que la Lumière revenait après quatre-vingt-dix lunes. On a le temps.

Tu décides de ne pas leur dire que la bombe d'Air Lanka a explosé il y a mille lunes.

Ils regardent tes photos de pangolins avec fascination, mais passent rapidement devant celles des jeunes hommes aux visages flous. Ils s'attardent devant les dernières pièces de l'exposition, placées derrière un pilier, comme tu l'avais demandé.

— Je ne comprends pas. Qui sont ces gens ? demande le Français.

Ce sont les six photos qui avaient laissé Clarantha songeur. Les perles de ta collection. Composées dans le feu de l'action, l'acuité de la mise au point compensant la maladresse des angles. Deux visages des émeutes de 1983, deux morts en détention. Et deux hommes qui n'ont aucune raison de chercher la compagnie de l'autre, entrant et sortant d'une hutte dans le Vanni. L'objectif zoome à travers la foule pour saisir l'ennui d'un ministre. Il épouse doucement les corps du prêtre sans vie et du journaliste mort. Il se faufile à travers les arbres et les barreaux de fenêtre pour mettre en lumière des documents sur une table. Les résultats ne sont peut-être pas formidables, mais ils ne mentent pas.

— C'est pas ce que t'as fait de mieux, dit le type à la chemise rouge.

— Hmm. Aucun intérêt, marmonne celui à la chemise bleue.

Tu remarques d'autres esprits planer au seuil de la cage d'escalier, certains même empruntent la porte d'entrée.

— *Herr* photographe, t'interpelle la femme à la chemise jaune. Est-ce que ce sont là les photos qui vous ont fait tuer ?

Tu baisses les yeux sur ton appareil photo. Le Nikon est fissuré, cabossé, taché de boue et de sang. Tu l'approches de ton œil droit et essayes de te souvenir.

## CHASSE AUX MONSTRES

Le cimetière est inhabituellement calme cet après-midi ; pas de processions funéraires, ni de serpents, ni de flots de macchabées errants et tourmentés. Les démons, semble-t-il, font la sieste et même les vents sont silencieux.

— Bon sang ! Vous étiez où ? Combien de fois je suis censé répéter votre nom ?

Sena est accroupi au pied du *mara tree* et taille des brindilles en pointe avec ses griffes.

— Ce sont des flèches ?

— Non. Juste des trucs dont je me sers pour poignarder si besoin.

— Vraiment ?

— Vous êtes mort depuis six lunes, non ? demande-t-il.

— Je n'ai pas compté.

— Avez-vous enfin retrouvé la mémoire ?

— Mes photos sont exposées. C'est déjà ça.

— Prêt à prendre du service ?

— Pour qui ?

— Êtes-vous prêt à faire quelque chose d'utile ?

— Utile à quoi ?

Sena éclate de rire en jetant la tête en arrière et tu remarques ses muscles onduler sous sa peau sombre. Ses cicatrices ont pris des nuances d'encre et les motifs sur sa chair sont plaisants à regarder. Ses dents étincellent et ses yeux brillent d'un mélange de pourpre et d'ébène. Le rire résonne dans les arbres et ricoche sur les tombes silencieuses qui, à ce moment précis, cessent de l'être.

— Vous pouvez continuer à traînasser avec les suicidés à l'hôtel Leo et à bouder. Ou bien vous rendre utile.

La terre marmonne comme si elle avait perdu ses mots, un son sourd bourdonnant dans une tonalité entre le *si* bémol et le *si*, à une fréquence que tu aurais du mal à siffler. Le marmonnement se transforme en grondement, des fumées s'élèvent du champ sépulcral et tu aperçois des visages, puis des yeux. Il t'est difficile de savoir combien de paires tu en vois. Il pourrait y en avoir vingt, ou vingt fois plus. Ceux que tu distingues t'apparaissent rouges, noirs, jaunes et verts. Certains présentent des cicatrices luisantes comme celles de Sena et tous brandissent une lance de taille différente. On dirait que ton Anarchiste Mort préféré a enfin levé son armée.

Pendant que tu sillonnais l'Entre-Deux, Sena Pathirana en avait profité pour recruter. Sa troupe se compose pour l'essentiel de Partisans Morts du JVP, de Tigres Décédés et de Morts Innocents soupçonnés de faire partie de l'un des groupes précédents. Tu reconnais les étudiants de Moratuwa et de Jaffna, dont les corps ont été jetés à l'eau puis incinérés avec le tien. Ils ne semblent pas te reconnaître.

Il y a des Journalistes Exécutés, des Reines de Beauté Souillées, des Révolutionnaires Torturés, des Femmes au Foyer Assassinées. Des Esclaves du Temps des Colonies, des Victimes de Bombes, des Mendiants Tués par des Ivrognes et des Enfants Soldats que tu as déjà vus sur les toits.

Comme on pouvait s'y attendre, la troupe se chamaille, se plaint et jure, mais lorsque Sena donne un ordre, tout le monde se tait et obéit. Ils volent dans les vents avec une précision et une rapidité tout à fait dignes de soldats. À Nugegoda, l'unité se disperse pour rejoindre les postes qui lui ont été assignés à l'avance. Tu te retrouves à suivre Sena alors qu'il flotte vers une pension de famille à Kotahena.

— Où on va ?

C'est un immeuble décrépit de quatre étages. Tu pénètres dans une cage d'escalier qui empeste l'urine et glisses à travers une porte en contreplaqué humide. Une prothèse de jambe est appuyée contre un mur, à côté d'une assiette métallique posée sur le sol contenant du riz et un *dhal* qui sent l'oignon fermenté. Des écureuils grignotent le riz et en répandent partout. La pièce est plus petite que les cellules du Palais. Elle contient un matelas, un minuscule poste de télévision, des journaux éparpillés par terre et sent un mélange de sueur et de larmes.

Drivermalli est assis sur le matelas, vêtu d'un sarong, son moignon repose sur un oreiller, sa jambe valide repliée en-dessous. Il a un bras bandé et présente des traces de brûlures sur son crâne rasé. Il boit une bouteille de Portello. Le liquide sirupeux a perdu ses bulles et imprégné le plastique d'un violet sanguin. La télévision diffuse une danse de Bollywood exécutée par une actrice déguisée en déesse hindoue au cou orné de têtes de mort. La seule chose qui soit rangée dans cette pièce est un uniforme militaire drapé sur une planche à repasser.

Au-dessous se trouve une veste kaki avec des charges de TNT cousues dans la doublure.

— Ah, mes petits princes écureuils ! s'écrie Drivermalli. On dirait que mes démons sont de retour.

L'un des écureuils lève la tête, les autres continuent à grignoter. Manifestement, ils sont tout aussi habitués aux vociférations de Drivermalli qu'à sa nourriture avariée.

— Combien vous êtes aujourd'hui ? La dernière fois que j'ai compté, vous étiez trois.

Il pose le regard pile à l'endroit où Sena et toi flottez. Sena rampe jusqu'au matelas et lui siffle aux oreilles.

— Nous sommes là pour toi. Nous venons t'apporter la paix.

Le visage de Drivermalli se déforme et il commence à trembler.

— S'il vous plaît, laissez-moi tranquille.

Sena se retranche sur le rebord de la fenêtre et te chuchote :

— Mieux vaut ne pas trop parler. Ça peut les effrayer. En plus, je ne peux faire que trois chuchotements par jour, alors autant ne pas les gâcher.

On entend frapper à la porte et une voix murmurer :

— *Thambi*[1].

— C'est ouvert, répond Drivermalli.

Ses yeux passent furtivement de la télévision à la fenêtre, des écureuils à la planche à repasser et à la veste fourmillant de câbles.

— Je sais que vous êtes là. Et je veux que vous partiez.

Un homme à la peau sombre, aux muscles velus et à l'épaisse moustache entre dans la pièce. Il chasse les écureuils

1. Terme d'adresse tamoul affectueux signifiant « petit frère », « petit garçon », parfois utilisé pour dénigrer une personne d'origine tamoule.

qui déguerpissent par la fenêtre grillagée. Il tire une chaise se trouvant près de la planche à repasser.

— Tu parles encore tout seul ? demande Kugarajah.

Kugarajah a apporté trois photographies. Une d'un village massacré, une de corps abandonnés au bord de la route de Malabe et une autre d'un conseiller municipal assassiné. Toutes prises par toi.

— C'est formidable, ce que tu fais, *thambi*. L'escadron de la mort de Cyril Wijeratne a tué des milliers de personnes comme celles-ci. Tu es un véritable héros.

— C'est ce qu'ils disent tous.

— Tu entends à nouveau des voix ? Tu as pris les pilules que je t'ai données ?

— Je ne peux pas les voir, dit Drivermalli en attrapant sa béquille et en se hissant sur son pied. Mais je les entends. Ils sont là en ce moment. Au moins deux.

Tu planes jusqu'au plafond, Drivermalli lève la tête et frissonne en ressentant la brise que tu laisses derrière toi.

— Comment va ton bras ?

— Parfois, j'oublie que ça me fait mal. Le Portello m'aide. Pas ces pilules.

— Y a-t-il quelqu'un à qui tu voudrais que je livre un message ? Ta famille ?

— Ma famille est en cendre.

— Tu as envie de quelque chose ? Un repas chinois ? Une femme russe ?

— Tu me donnerais une femme ?

— Ce n'est pas légal. Mais pour toi, je le ferai. De quoi as-tu besoin ?

Drivermalli attache sa prothèse de jambe et baisse les yeux sur la veste.

— Je veux que ça s'arrête, répond-il.
— À quelle heure est la rencontre ? s'enquiert Kugarajah.
— Aujourd'hui, dans la soirée.
— On revoit le plan ensemble ?

Sena ne répond pas à tes questions, mais insiste pour que tu le suives à travers les profondeurs ténébreuses de Dehiwala, au-delà du zoo et de l'hôpital, jusqu'à une impasse verdoyante où les maisons ont des jardins fleuris et où les enfants jouent au cricket sur la route déserte. Il piste un homme chauve qui fait à la fois le gardien et l'arbitre.

— Je l'ai cherché pendant longtemps, ce tas de merde, et j'ai eu de la peine à le trouver. Vous allez voir ce qu'il va prendre.

— Cet uncle-là, qui joue au cricket ?

— C'est le prochain monstre qu'on liquide.

Tu regardes l'homme envoyer une balle de tennis à un gamin qui l'éjecte dans un cocotier. La seule chose monstrueuse chez cet homme, c'est cette mèche rabattue pour cacher sa calvitie et son ventre proéminent. La famille déjeune paisiblement, un curry accompagné de riz servis par une épouse souriante aux cheveux qui lui descendent jusqu'à la taille. Cinq esprits pénètrent dans la maison en se dispersant dans différentes pièces. Ils inspectent les luminaires, la toiture et les assiettes de curry, puis épient les badinages de la famille attablée.

L'homme change de chemise et se rend à l'arrêt de bus. Il plaisante avec le garçon du kiosque à tabac et prend le bus 134 en direction de Colombo. Il cède sa place à une vieille dame et n'essaye pas de se frotter aux écolières qui sont montées à Kirulapone. Sena et sa troupe chevauchent le toit du véhicule et soudain, tu es pris d'inquiétude.

— Ce bus est plein à craquer. Si tu le fais se crasher, tout le monde va mourir.

L'armée de Sena se marre.

— Du calme, *hamu*. On ne causera plus d'autres accidents de voitures. Trop bordélique. On est plus professionnels, maintenant.

— Où sont Balal et Kottu ?

— Avec Mahakali.

— Ils n'ont pas eu droit à sept lunes ?

— Les Assistants ne lèvent pas le petit doigt pour ce genre de raclures.

— Combien d'autres sont morts dans des accidents que tu as provoqués ?

— Pas tant que ça. Nous chassons des monstres. Personne ne souhaite la mort des innocents. Mais nous en sacrifions quelques-uns pour en sauver beaucoup. C'est comme ça que ça marche, la guerre.

— Maintenant, tu parles comme un militaire.

— Et vous, vous parlez comme un gamin.

L'homme descend à Havelock Town et allume une cigarette en marchant. Lorsqu'il s'engage dans cette longue allée bordée de maisons aux grandes façades, tu devines où il se rend. Il tend sa Bristol allumée au garde à l'entrée du Palais et franchit la porte de derrière. Deux lunes se sont écoulées depuis ta dernière visite, et les cellules sont plus silencieuses que les tombes ne le seront jamais. Pas un bruit de machines, pas un cri, cette fois. Sur le toit, tu vois des ombres et te demandes si Mahakali y réside toujours, sachant qu'il n'y a aucune raison pour qu'elle s'en aille un jour.

L'armée de Sena flotte au-dessus du parapet et espionne aux fenêtres. Celles-ci sont grandes et ouvertes, fait inhabituel pour des cellules de prison. À l'intérieur, tu aperçois des silhouettes affalées, pour la plupart émaciées, certaines immobiles, d'autres tremblotantes. Il est difficile de connaître leur âge, et impossible de déterminer leur ethnie. Malgré tous les discours prétendant le contraire, les corps nus des Cinghalais, des Tamouls, des musulmans et des Burghers sont indiscernables. À la lumière de la flamme, les Sri-Lankais se ressemblent tous.

À l'étage inférieur, cet adorable père de quatre enfants de Dehiwala a enfilé une chemise maculée de taches. Il met un masque chirurgical, attrape un tuyau en PVC et entre dans une cellule où un garçon est suspendu tête en bas à une corde. Il fait glisser ses lunettes teintées sur l'arête de son nez, lève le tuyau et l'abat avec force sur les pieds du prisonnier. Celui-ci n'a plus de voix pour crier. Il a le souffle coupé et ne bouge plus.

— Voici le *gaathakaya*[1]. Le Masque. Le tortionnaire le plus prolifique du régime. Des centaines de personnes ont péri entre ses mains. Bientôt, c'est entre les nôtres qu'il périra.

Tu observes le Masque monter l'escalier pour rejoindre une pièce où un jeune homme tremblant vient à peine de se réveiller. Tu n'as pas envie de voir ce qui se passera ensuite. Nombreux sont ceux dans la troupe qui, partageant ta révulsion, s'écartent du mur. Sena mène tout le monde à proximité du manguier et parle d'une voix sifflante.

— Camarades. Cet endroit vous angoisse. Certains d'entre vous sont morts ici. Certains d'entre vous ont des amis qui y sont emprisonnés. Mahakali est assise sur le toit et se nourrit de cette pourriture.

— Camarade Sena, l'interpelle un Étudiant Dépenaillé. C'est seulement ma deuxième lune et personne ne veut me le dire : Qui est Mahakali ? Qui est-elle ?

1. Assassin.

— La bête qui rôde, répond un Esclave des Temps Coloniaux au dos lacéré de coups de fouet. Le démon aux mille visages.

— La gardienne des crânes, ajoute un Révolutionnaire Torturé à la nuque brisée.

— Le cœur sombre de Lanka, enchérit un Gardien de Checkpoint avec un trou dans la tête.

— Épargnez-moi ces conneries de contes de fées, intervient Sena dont les dents reflètent la lumière de la lune. Mahakali est l'être le plus puissant de l'Entre-Deux. Elle apaise ceux qui souffrent, absorbe leur douleur. Et Mahakali a accepté de nous aider à mener à bien notre mission. Nous l'avons baptisée « mission Kuveni », en l'honneur de la mère abandonnée de l'antique Lanka.

On entend des lances frapper contre le parapet et des grognements d'approbation secouer le peloton. Lorsqu'un grondement se fait entendre dans l'ombre près du réservoir d'eau au dernier étage, tout le monde se tait.

— N'ayez crainte, camarades. Je vais présenter nos conditions. Tous ceux qui le souhaitent peuvent se joindre à moi.

L'ensemble du peloton exerce son droit de ne pas se joindre à lui et Sena flotte jusqu'au dernier étage en voletant vers l'ombre qui gronde. Tu te tournes vers l'Enfant Soldat Mort et poses ta question, sans te soucier de t'exposer aux ricanements.

— *Thambi*, ce n'est que ma sixième lune. C'est quoi cette mission Kuveni ?

— C'est un plan bien chiadé, boss. Le plan du camarade Sena.

— Raconte pas de conneries, s'emporte un Journaliste Exécuté. C'est l'un des Tigres Morts qui l'a élaboré.

— Le plan existe depuis environ soixante-dix lunes, Uncle, intervient l'Enfant Soldat. Tout a commencé quand…

Le gamin raconte l'histoire d'un jeune cadre des Tigres originaire de Valvettithurai, arrivé à Colombo à l'arrière d'un camion, déguisé avec un uniforme de soldat de la SL[1]. Le garçon avait récemment perdu ses parents et ses deux frères lors d'un raid aérien de l'armée sur Vavuniya. Il avait décroché un job de chauffeur auprès de Rohan Chang, le directeur du casino Pegasus à l'hôtel Leo, lequel prêtait son personnel au major Raja Udugampola pour accomplir des tâches officieuses.

Le nom de ce cadre était Kulaweerasingham Weerakumaran, même si sur sa fausse carte d'identité, il était écrit Kularatne Weerakumara. Cinghaliser un nom tamoul est aisé, il suffit de l'amputer de ses consonnes finales. Mais tout ça n'avait pas d'importance, puisque ses patrons et ses collègues l'appelaient Drivermalli. Le garçon parlait un cinghalais sans accent et travaillait de longues heures durant. Sa fausse jambe le rendait sympathique à tous ceux qui toléraient ses coups de gueule pacifistes. Le Tigre sous couverture se retrouva dans un garage rempli de véhicules gouvernementaux.

— Même si le pays est endetté, même si les guerres s'intensifient, même si les inondations noient les récoltes et que les sécheresses tuent les semences, même si le PIB s'effondre et que l'inflation galope, il y a toujours du budget pour fournir à chaque ministre trois voitures de luxe, déclare le Journaliste Assassiné.

Weerakumaran avait conduit des camionnettes pour l'hôtel Leo, des camions pour le major Udugampola et une armada de Mercedes pour transporter Cyril Wijeratne et son entourage.

Après l'accident de voiture mortel survenu à l'arrêt de bus, il avait bénéficié d'un congé maladie pour se remettre de ses

1. Armée sri-lankaise.

brûlures au deuxième degré et devait reprendre le travail la semaine suivante. Il devait être relevé de ses fonctions de chauffeur et affecté à l'entretien des voitures.

Sena sort de l'ombre de Mahakali et descend sous les murmures de son équipe. Il s'incline devant eux et déclare : « C'est fait », et la foule l'acclame.

Le Palais est sinistre, même sous le soleil éblouissant d'après-midi. Des rideaux noirs masquent les fenêtres, les couloirs s'emplissent d'ombres et de calme. Il se dégage une odeur de toilettes publiques, de déchets humains, de produits chimiques industriels et de vase. Mais c'est le silence qui fait froid dans le dos, même par cette chaude journée.

Sena trie sur le volet les membres de l'équipe pour la mission du jour et les emmène vers le *mara tree* près du Palais pour un dernier briefing.

— C'est ici que je suis mort. Et quand ils m'ont tué, je ne me suis souvenu que de la douleur. Puis, je me suis assis dans cet arbre-là. Pendant combien de lunes, je ne sais pas. Je ressentais la douleur d'avoir été brutalisé par l'école, par la société, par la loi, par mon pays. La douleur de savoir qu'il y a toujours quelque chose de plus fort que toi. Et qui agit toujours contre toi.

L'équipe des esprits murmure et le vent souffle dans les branches.

— Dans les guerres, on envoie des pions tuer d'autres pions. Dans cette guerre, les pions doivent éliminer les fous, les tours et le roi. Le major Raja rencontre le ministre Cyril aujourd'hui. La prochaine réunion aura lieu dans quelques heures. Le Masque sera présent. C'est parfait. Pas de victimes collatérales. Juste des flics.

— Pour une fois ! tu t'exclames alors que les goules tournent la tête vers toi.

— Si quelqu'un a un problème avec notre plan, qu'il aille se faire foutre. C'est à cause d'âmes sensibles comme Maali Almeida que cette guerre va durer éternellement.

— Rien n'est éternel. C'est la seule chose que Bouddha ait comprise, tu glisses à l'Enfant Soldat Mort qui n'écoute pas.

— Nous n'avons pas besoin de lâches, ni de socialistes de salon. Nous avons des Tigres Morts qui peuvent chuchoter aux oreilles. Nous avons des Martyrs du JVP qui peuvent communiquer dans les rêves. Nous avons des Étudiants Ingénieurs Morts capables de canaliser l'électricité. Drivermalli a reçu la veste. Il s'en servira ce soir.

Tu penses aux lacs moribonds débordant de cadavres, aux commissariats où les riches séquestrent les pauvres, aux palais où ceux qui suivent les ordres torturent ceux qui s'y refusent. Tu penses aux amants désemparés, aux amis abandonnés et aux parents absents. Aux traités caducs, aux photos vues et aussi vite oubliées, quels que soient les murs sur lesquels elles sont accrochées. À la manière dont le monde continuera de tourner sans toi jusqu'à oublier que tu étais là. Tu penses à la mère, au vieil homme et au chien, aux choses que tu as faites, ou que tu n'as pas faites, pour ceux que tu aimais. Tu penses aux causes maléfiques et à celles qui valent la peine. Les chances pour que la violence mette fin à la violence sont de un sur que dalle, un sur *nada*, un sur rien du tout.

Tu te laisses flotter jusqu'au toit du Palais en évitant l'antre de Mahakali. Sena te voit partir et poursuit son petit discours. Tu entends des voix familières parvenir de l'étage inférieur. Tu n'y as jamais été, ni durant la visite guidée du major Raja ni lors de tes passages après ta mort. Les murs semblent un peu plus propres et le sol ne sent pas autant le moisi. Dans le couloir se trouvent l'inspecteur Cassim et le commissaire adjoint Ranchagoda en compagnie du Masque, équipé de ses lunettes teintées de brun et de son masque chirurgical bleu. L'inspecteur Cassim, paumes plaquées sur le front, se balance d'avant en arrière, comme s'il priait. Mais ce n'est pas du tout ce qu'il fait – en réalité, c'est tout le contraire. Il jure.

— Je vous dis que ce n'est pas légal ! Je ne peux pas être témoin de ça. Faire du mal à des innocents est contraire à ma religion.

— Allez à la mosquée si vous voulez prier. Ce n'est absolument pas l'endroit ici.

Le Masque regarde fixement par la fenêtre ouverte et ôte ses lunettes pour les nettoyer. Ses yeux sont clairs et vifs, comme s'il avait passé une bonne nuit de sommeil avant un match de cricket et un déjeuner en famille.

Cassim s'engouffre dans le couloir et manque de te traverser.

— Laissez-le partir, dit le commissaire adjoint Ranchagoda. Laissez-le écrire son rapport, se calmer, puis le déchirer. C'est son petit manège habituel.

— Il n'écrira aucun rapport sur ça, dit le Masque en remettant ses lunettes.

Tu jettes un coup d'œil dans la pièce. On y trouve un lit, une unique ampoule, quelques tuyaux en PVC et des cordes qui pendent au plafond. Et, recroquevillée sur le sol comme un écureuil, avec un sac en toile recouvrant à peine ses boucles épaisses, tu ne vois pas un séparatiste des Tigres, ni un marxiste du JVP, ni un Tamoul modéré ou un trafiquant d'armes britannique. Mais ta meilleure amie, Jaki, l'autre grand amour de ta vie.

# Septième lune

*Oui, le don de Dieu, répéta le directeur. Sa violence [...]*
*Dieu aime la violence. Vous comprenez cela n'est-ce pas ? [...]*
*Pourquoi y en aurait-il autant, sinon ? Elle est en nous.*
*Elle vient de nous. Elle est encore plus naturelle*
*pour nous que le fait de respirer [...] D'ailleurs l'ordre moral*
*n'existe pas. Tout se réduit à cette seule question :*
*ma violence est-elle capable de l'emporter sur la vôtre ?*

Dennis Lehane, *Shutter Island*

## MAUVAISES FRÉQUENTATIONS

— Je n'aurai pas le temps de l'interroger maintenant, dit le Masque. Vous auriez dû utiliser plus de sédatif.

En t'approchant, tu vois que Jaki respire. Sa poitrine se lève lentement et s'abaisse rapidement. Son souffle charrie une odeur chimique, comme un mélange de vernis à ongles et de mélasse. Tu hurles sur les murs et les hommes dehors. Tu implores Quiconque, lequel ne renvoie que silence et absence.

— Je m'en occuperai après la réunion, poursuit le Masque. Si elle sait où se trouvent les négatifs, nous pourrons la relâcher. Mais prenez garde à ce qu'elle ne vous voie pas.

— Pourquoi ?

— Ne me dites pas qu'elle vous a vu ? demande le Masque.

— Non, répond Ranchagoda. Je l'ai attrapée par-derrière. Je portais des lunettes.

— Ouah ! Quel maître du déguisement. Espérons que vous dites la vérité. Si elle vous a vu, on ne pourra pas la relâcher.

Cassim est revenu aussi vite qu'il est parti.

— C'est la nièce de Stanley Dharmendran. Le ministre va nous étriper, siffle-t-il.

— Nous avons perdu la trace de cette femme, Elsa, dit Ranchagoda. Il nous faut les négatifs. La petite sait où ils se trouvent.

— *Vous* avez perdu la trace d'Elsa, vocifère Cassim. Je n'ai rien à voir là-dedans.

Tu implores aux oreilles de Ranchagoda : « Laissez-là partir. Je vous mènerai aux négatifs. S'il vous plaît, s'il vous plaît, je vous en prie, laissez-la partir. » Il n'entend rien.

Le Masque s'avance vers Cassim et place les mains sur ses épaules. Ils sont presque de la même taille, pourtant le Masque a l'air de faire une tête de plus que lui.

— Il n'y a pas de « je », « moi » ou « vous ». Seulement un « nous ». Vous faites partie de l'équipe, désormais.

— Alors, je vais monter taper ma lettre de démission.

Le Masque lui comprime les omoplates et Cassim se tord de douleur.

— Vous taperez ce que je vous dirai. Et vous resterez ici pour vous assurer que personne ne met un pied à cet étage. Est-ce clair ?

— Oui, sir.

— J'ai une réunion avec le boss et le big boss. Ranchagoda, j'ai besoin de vous là-bas. Cassim, donnez-lui plus de jus si elle bouge. Et restez vigilant.

Ils allument tous deux une cigarette dans le couloir. Ranchagoda se tourne vers son partenaire et hausse les épaules.

Cassim s'affale sur une chaise et regarde par la vitre sans tain la fille avec le sac sur la tête. Il frotte ses épaules et son cou en sueur. Tu lui chuchotes à l'oreille de toutes tes forces.

— Elle est innocente. S'il vous plaît, s'il vous plaît, relâchez-la. Vous n'êtes pas d'accord avec ça, inspecteur Cassim. Vous ne l'avez jamais été. C'est contre votre religion.

Il s'immobilise un instant, regarde autour de lui, puis plonge le visage dans ses mains en poussant un râle. C'est assez fort pour réveiller les morts, mais Jaki ne bouge pas d'un iota. Ses collègues l'observent avec amusement et crachent de la fumée dans sa direction.

Tu lances un appel à la professeure Ranee. Aux anges du silence et de l'absence. Tu les implores de t'emmener vers la Lumière, leur promets de signer toutes les feuilles d'ola qu'ils te présenteront. Tu pries, comme jamais tu n'as prié. L'Homme Corbeau et sa sorcellerie, les dieux que tu détestes, la magie de l'électricité et les mains qui jettent les dés. Et tu ne reçois en réponse qu'un bourdonnement silencieux venu des confins de l'univers, suivi d'un grand silence.

Tu considères tes options et réalises que tu n'en as qu'une.

Tu pars à la recherche de Sena, sachant exactement où le trouver.

Les esprits ont disparu du *mara tree*, mais Sena flotte au-dessus d'une branche et aiguise sa lance. Il chante une sorte de mantra, ou un rap tamoul. Tu fonces sur lui en réunissant tous les vents que tu parviens à maîtriser.

— Je rejoindrai ta fichue armée. Ta mission Kuveni ou je sais plus quoi.

— Encore un train de manqué, monsieur Maali. Mon équipe est en place, prête à agir. Aujourd'hui, l'escadron de la mort va griller.

— Le ministre est protégé par un démon. Je pourrais lui dévoiler tes plans. Il est assez puissant pour affronter Mahakali.

Sena arrête d'aiguiser sa lance et te jette un regard noir.

— Essayez un peu, pour voir.

— Mon amie est au Palais. J'ai besoin de chuchoter à ses oreilles. Tu vas m'aider.

— Seul l'Homme Corbeau peut accorder ce genre de pouvoir.

— Alors mène-moi à lui.

Le plus fort des vents te porte jusqu'à la grotte de l'Homme Corbeau. Il y parvient rapidement et, arrivé à destination, tu te rends compte que tu es en train de pleurer. Les souvenirs s'écoulent de toi comme de la morve, jusqu'à ce qu'il ne reste plus que la peur. Au Sri Lanka, se faire enlever est la première étape avant de disparaître. Il est moins risqué d'avoir à se débarrasser d'un corps que de relâcher un suspect qui pourrait parler, surtout si celui-ci est proche du pouvoir. Ils ne laisseront jamais partir Jaki, même si elle leur dit ce qu'ils veulent entendre.

La brise t'entraîne jusqu'au plafond de la grotte de l'Homme Corbeau et tu regardes à travers les cages à oiseaux telle une gargouille perchée au sommet d'une cathédrale. Les cris des perruches et des moineaux s'ajoutent aux voix qui harcèlent tes oreilles comme des mouches. Tu baisses les yeux sur le crâne rasé de l'Homme Corbeau et la table devant lui. Tu aperçois une croix ankh en bois familière posée sur un tabouret. Puis tu entends une voix tout aussi familière.

— J'ai besoin de protection. Pour mon fils. Il est plus que jamais en danger.

— Restez chez vous aujourd'hui, dit l'Homme Corbeau. Je sens de la malveillance dans l'air. Quelque chose d'énorme va se produire.

— La dernière fois que vous m'avez dit cela, il ne s'est rien passé du tout.

— Ne vous ai-je pas protégé, sir ? J'ai fait mon maximum. Mais la période *rahu* de votre fils est très, très mauvaise. Je vous conseille de l'envoyer à l'étranger.

— J'ai des projets. De ce genre, dit le client en tendant une liasse de billets de cent roupies.

— A-t-il toujours de mauvaises fréquentations ?

— Plus maintenant, répond Stanley en ramassant un paquet rempli de chaînes et d'amulettes. Il n'a plus de mauvaises fréquentations.

Assis dans un coin parmi les ombres projetées par les bougies, tu vois le Garçon Moineau tracer des formes sur des feuilles de papier. Des lettres en pali, en sanskrit et en tamoul, écrites à l'encre par une main juvénile. Tu glisses le long des cages à oiseaux jusqu'à son tabouret en créant un vent qui fait vaciller les flammèches et disperse les ombres. L'Homme Corbeau renifle l'air et fronce les sourcils.

— Jaki est au Palais. Dites-le à Stanley. Vite ! tu cries. Dites-lui immédiatement !

On dirait que ta voix part en échos.

Le Garçon Moineau interrompt son écriture et pointe le regard dans ta direction. Ses yeux se troublent.

— Des esprits indésirables se trouvent dans cette pièce, dit l'Homme Corbeau, sans regarder ni toi ni Stanley. Disparaissez, je vous prie.

Tu te rues sur l'Homme Corbeau et hurles. Ton unique sandale éparpille l'argent sur la table. C'est la première fois que le vent que tu provoques fait bouger un objet, mais tu ne t'arrêtes pas pour fêter ça.

— Vous n'êtes qu'un foutu imposteur. Je fais votre basse besogne. Mon bandana rouge est dans votre sanctuaire. Pourquoi je ne peux toujours pas chuchoter ?

— Chuchoter est réservé à ceux qui le méritent. Manifestement, vous ne le méritez pas.

— Excusez-moi… C'est à moi que vous parlez ?

La cravate de Stanley flotte dans la brise. Il tient à la main un flacon d'onguent – de l'huile de serpent vendue à un serpent – et regarde l'aveugle.

L'Homme Corbeau remplit sa paume de poussières colorées qu'il prélève d'un plateau en bois. Des poudres mystiques orange brique, jaune soleil et violet drag queen. Lorsqu'il les souffle dans ta direction, tu te rends compte que ce parfum de curry et cette odeur nauséabonde de violette s'avèrent être un mélange de curcuma, de lavande et de piment. La poussière te brûle les yeux et te pousse dans le coin, auprès du Garçon Moineau

— Désolé, sir. J'ai juste besoin de purifier l'air. Commençons.

Tu recommences à crier en donnant tout ce que tu as, et plus encore. Le corps que tu avais autrefois et l'âme en laquelle tu n'as jamais cru.

— Jaki est au Palais ! Dites-le à Stanley immédiatement !

— Je sens une présence autour de mon fils, confie celui-ci à l'Homme Corbeau. Je la sens parfois autour de moi.

— Quel genre de présence ? demande l'aveugle en robe de chambre en jetant des miettes de pain aux perroquets.

Derrière lui, le Garçon Moineau allume les lampes de chaque sanctuaire avant de retourner à sa transcription de lettres que tu es incapable de lire.

— C'est comme un vent. Un affreux souffle glacial. Je frissonne à chaque fois que je suis auprès de mon fils.

— Quelqu'un lui veut du mal ?

— Oui.

— Quelqu'un de vivant ?

— Plus maintenant.

L'Homme Corbeau te fixe de ses yeux aveugles.

— Avez-vous quelque chose ayant appartenu à cette personne ?

Stanley tend une note écrite sur du papier rose et des capsules de cyanure écrasées qui pendent à des cordelettes.

— Apprenez-moi à chuchoter. Ou je mets le feu à votre sanctuaire !

Tu flottes derrière le Garçon Moineau, te frottant les yeux pour en déloger le piment.

— Ceux qui aspirent à la destruction ne font que se détruire eux-mêmes, déclare l'Homme Corbeau, ce prestidigitateur, enveloppant ses petits tours de passe-passe d'un voile métaphysique.

Il transvase une décoction de son pilon dans une petite bouteille en verre qui contenait autrefois un quart de litre d'*arrack*. On dirait du *kola kenda*, cette bouillie médicinale verdâtre à la consistance de vomi que ta mère t'a forcé à avaler chaque matin pendant sept ans.

— Frictionnez cette huile à l'endroit où dort votre fils. Servez-lui-en tous les soirs.

L'Homme Corbeau porte son regard vers toi et secoue la tête.

— Ressentez-vous sa présence ici ?

— Je crois que oui, répond Stanley en enveloppant la bouteille dans du papier journal qu'il glisse ensuite dans sa poche, juste à côté de l'huile de serpent.

L'Homme Corbeau pose ton petit mot écrit sur du papier rose et tes capsules de cyanure dans une lampe en cuivre. Il allume une boule de camphre et la jette dedans. Il psalmodie d'un ton monocorde qui te rappelle les groupes gothiques que Jaki écoutait dans sa chambre lugubre. La flamme crache de la fumée, laquelle te fait tousser, même si tu n'as pas de poumons.

L'Homme Corbeau appelle le Garçon Moineau, assis à son bureau, absorbé par son griffonnage. Il lui désigne un bâton au bout duquel est accrochée une lampe. Le garçon s'en saisit et l'agite dans la pièce pour diffuser le poison qui se consume. Tu vois Stanley poser davantage de billets de cent roupies sur la feuille de bétel, vert clair sur vert foncé.

Et c'est alors qu'une masse de fumée te frappe en plein ventre et te propulse hors de la grotte.

Tu te retrouves dans le caniveau, à tousser et crachoter, et te rappelles Kilinochchi, le bombardement et les trois cadavres avec les capsules de cyanure sur la langue. Celles qui pendaient à ton cou ont disparu.

— Jaki est au Palais ! Aidez-la ! supplies-tu encore une fois Quiconque et Personne, comme un nouveau-né gémissant dans son berceau.

Stanley sort du tunnel menant à la grotte et marche dans le bidonville de Kotahena, passant précipitamment devant le sanctuaire où des centaines de fidèles s'agenouillent chaque lune. Il ne remarque pas le bandana rouge reposant sur un ananas pourri au milieu de fleurs fanées et de fruits en décomposition.

Au centre du sanctuaire, surplombant les bougies et les lampes, se trouve une peinture, une esquisse grossière gribouillée sur du papier bon marché, plastifiée et encadrée, dont la bordure est parsemée de lettres pali, sanskrites et tamoules tracées par une main familière. La peinture représente une bête composée de ténèbres. Avec une tête d'ours et un corps de femme obèse. Ses cheveux grouillent de serpents, ses yeux sont entièrement noirs. Elle montre les crocs et crache de la brume. Tu sens un gouffre se creuser dans tes entrailles.

La bête porte un collier de crânes et une ceinture de doigts tranchés par-dessus laquelle pend son ventre nu. Des visages humains sont incrustés dans sa peau, les âmes piégées en son sein.

Une fois encore, tu te retrouves à genoux, sans savoir comment tu as atterri là.

TROIS CHUCHOTEMENTS

— Si vous voulez chuchoter, il n'y a qu'à demander.

La voix émane du sanctuaire, une voix indistincte, pareille à une colonie de fourmis qui chantent faux. La bête s'extirpe de la peinture grossière, d'abord sa chevelure grouillante de serpents, suivie du collier de crânes. Elle s'accroupit et te domine de sa hauteur, te baignant dans ses ombres. Son corps entier est tatoué d'écritures familières que tu ne parviens pas à lire.

Les lettres se transforment en visages qui s'adressent à toi à l'unisson.

— Si vous souhaitez chuchoter, prosternez-vous devant ce sanctuaire. Et, passées vos sept lunes, tout votre être m'appartiendra. Décidez-vous vite. Vous n'avez plus le temps.

Tu regardes les visages gravés sur sa peau. Il t'est difficile de savoir lesquels sont humains ou bestiaux, et tu n'en reconnais que deux. Balal et Kottu te fixent avec des yeux de poissons morts, tous deux coincés dans la cuisse charnue de Mahakali.

— Je vous accorderai trois chuchotements. Vous pouvez les utiliser à votre guise. Ensuite, vous participerez à la mission d'aujourd'hui. Et vous ne tenterez pas de fuir.

Les têtes parlent toutes avec une voix semblable à celle de Jaki. Tu sais que la lune se lève et que l'heure tourne. Et tu sais que la Lumière ne t'apportera que d'autres questions sans réponses. Et tu sais aussi que certaines vies valent plus que d'autres, chacune est un jeton de poker d'une couleur différente. Ta vie est un jeton en plastique de dix roupies du Pegasus, celle de Jaki, une plaque dorée de Las Vegas.

Tu inclines la tête et prends une inspiration dans l'ombre.

— Faites-le, maintenant.

— Êtes-vous prêt à renoncer à toutes vos lunes, monsieur le photographe ?

— Prenez-les. Faites vite.

— Êtes-vous prêt à renoncer à la Lumière ?

— Je renoncerai à tout, bon sang. Faites-le, maintenant.

Tu sens des chaînes où se trouvaient autrefois tes os, des menottes entrelacées qui remontent le long de ton épine dorsale. C'est une sensation lente qui rampe sur ta nuque puis disparaît.

— C'est fait, déclarent les voix.

Le jeune artiste à qui l'on doit l'esquisse grossière du sanctuaire sort du tunnel, juste au moment où Stanley s'assoit dans sa BMW sponsorisée par l'État. DD est au volant, l'air aussi inatteignable que la première fois qu'il t'a préparé un café en discourant sur les forêts primaires.

Stanley pose sur ses genoux une bouteille verte, un flacon rempli de baume et un pot de cendre. Tu le regardes frotter de la cendre sur le front de son fils, et lui attacher un truc au cou. Il ordonne à DD de démarrer la voiture.

La BMW commence à rouler avant de piler brutalement. Le Garçon Moineau bloque le passage, appuyé sur le capot. Il les regarde d'un air affolé en brandissant une note.

— C'est quoi ce cirque ?! s'écrie DD en baissant sa vitre.

Le garçon se précipite à la fenêtre, se penche et agite le bout de papier sous le nez de Stanley.

Stanley s'en saisit et le déplie. C'est écrit en anglais, avec des lettres aux courbes sanskrites. Six mots murmurés aux oreilles du garçon avant d'être tracés au stylo.

*Jaki est au Palais. Sauvez-la.*

Il lance un regard au Garçon Moineau, lequel articule silencieusement le mot « ami ».

— C'est quoi le Palais ? demande DD en lisant par-dessus l'épaule de son père, d'un ton détaché et las. Une boîte de nuit ?

Les yeux de Stanley flamboient, sa peau brune devient cramoisie.

— Ce n'est pas une satanée boîte de nuit. Roule. Thimbirigasyaya Road.

— Les rues sont fermées. Il faut rentrer avant le couvre-feu.

— Où est Jaki ?

— Elle est sortie hier soir. Elle doit dormir.

— Est-ce que… tu l'as vue ?

— Non.

— Roule.

Tu regardes la voiture filer en direction de routes fermées et embouteillées. Tu as une paire de cinq et des rois noirs sur la table. Tu te demandes si Stanley possède assez d'influence pour franchir les portes du Palais. En aura-t-il suffisamment pour atteindre la cellule de Jaki et faire sauter le verrou ?

Tu as tout misé sur cette probabilité afin de sauver l'amie que tu as le plus déçue. Tu savoures tes derniers instants de liberté avant de faire face à Mahakali.

N'ayez pas peur des démons ; ce sont les vivants qu'il faut redouter. Les horreurs humaines surpassent tout ce qu'Hollywood et l'Au-Delà peuvent engendrer. Rappelez-vous cela quand vous croiserez la route d'un animal sauvage ou d'un esprit errant. Ils ne sont pas plus dangereux que vous.

Les fantômes ont peur des autres fantômes. Et de vous. Et du grand néant. Voilà pourquoi ils agissent de manière si malavisée. Mais ce n'est pas la seule raison.

S'ils agissent ainsi, c'est parce qu'ils ne peuvent plus ni goûter, ni parler, ni baiser. Ils enragent contre ceux qui ont volé leurs vies, contre ceux qui les ont remplacés et contre ceux qui ne prononcent plus leurs noms. Parce qu'ils savent ce que tu sais et ce que chaque toi-qui-n'est-pas-toi sait. À la fin, il ne restera plus personne pour raconter ton histoire. Personne pour répondre à tes questions. Personne pour entendre tes prières.

Quelque part, la professeure Ranee secoue la tête en déchirant ton dossier. Quelque part depuis leurs bureaux, des hommes ordonnent des raids aériens sur des enfants dans des huttes. Tu chevauches Mahakali, assis sur son arrière-train alors qu'elle bondit de toit en toit en direction du Palais. Sa peau est couverte d'écailles et les serpents de sa chevelure sifflent dans le vent. La lumière du soleil touche à son heure dorée, et même l'engorgement des routes en contrebas semble magnifique. Tu vois la BMW de fonction de Stanley se faufiler entre un bus et un camion, et l'exhortes à se presser. Quelles seront tes dernières cartes, maintenant que tous tes jetons sont au centre du tapis ?

Le dos de Mahakali est tatoué de lettres et de visages. Alors que tu approches du Palais, les visages commencent à te parler. Tous en même temps, mais cette fois, pas à l'unisson. La plupart de ces âmes sont pétrifiées, piégées là depuis plus longtemps qu'elles ne s'en souviennent. Toutes ne sont pas humaines.

Au début, ce sont des bruits parasites qui ressemblent à des fourmis munies de microphones miniatures grouillant sur une carcasse, puis de cailloux enfermés dans des boîtes en plastique secouées par des sales gosses. Puis, on dirait que ça parle en même temps portugais, allemand et cinghalais, après quoi, ce sont des mots prononcés à des rythmes différents, des langues qui s'entrechoquent, des cris masqués par des soupirs, des capitulations qui se muent en injures.

… *Si tu protèges ma petite-fille, je te donnerai mon âme.*

… *Seuls les riches possèdent les clés de cette ville. Pas les ordures dans mon genre.*

… *J'ai erré de naissance en naissance, cherchant le bâtisseur de cette maison, sans jamais le trouver.*

Chaque voix siffle dans l'éther, hurle sur l'univers dans des fréquences éculées. Les ondes sont saturées d'esprits qui jurent et supplient. Les désorientés, les jaloux, les colériques, les effrayés, les uns créant la zizanie, les autres cherchant la miséricorde.

*... Faisons-le ensemble, il a dit, et puis il m'a laissée sauter toute seule.*

*... Ça marchera pas. On est déjà morts.*

*... On dit que les pleurs empêchent l'âme des morts de partir. Alors je n'ai pas versé une larme.*

Mahakali s'engage dans une ruelle sinueuse cachée dans la zone résidentielle de Colombo, regorgeant d'arbres verdoyants et de culs-de-sac inattendus. La créature ralentit pour naviguer dans ce labyrinthe suburbain. En contrebas, les jardins s'agrandissent, les murs s'élèvent et les ruelles restent vides.

Tu vois la Mercedes du ministre garée près du bâtiment de quatre étages dont on dirait qu'il a un jour abrité le souverain d'un empire disparu. Ta ravisseuse dépasse le parking et glisse deux ruelles plus bas jusqu'à une bâtisse familière aux portes surveillées par des gardes. Alors qu'elle saute sur le toit du Palais, les visages, en proie à l'agonie, se contorsionnent et poussent des cris stridents. La bête te jette un coup d'œil et sourit. Elle ressemble à une magnifique femme fatale.

— Utilisez vos chuchotements maintenant. Ensuite, rendez-vous sur ce parking là-bas. Plus tard, nous aurons besoin de vous. N'essayez pas de vous enfuir, je vous prie. Les fuyards ne vont jamais très loin.

Cassim est avachi sur son bureau, tête entre les mains, rapport dactylographié recourbé sur le rouleau. À entendre les gémissements qui s'échappent par les fenêtres de l'étage du dessous, les activités semblent avoir repris au Palais.

Sur la table se trouve le sac à main bordeaux de Jaki, lequel est ouvert et semble aussi bordélique que d'habitude, t'empêchant de savoir avec certitude s'il a été fouillé. Même si ça ne fait aucun doute.

Tu flottes par-dessus l'épaule de Cassim pour lire le rapport. Celui-ci établit que Jacqueline Vairavanathan, âgée de vingt-cinq ans, résidant à Galle Face Court, Colombo 3, a divulgué des informations secret-défense sur une chaîne de radio nationale, était une proche de Malinda Almeida, terroriste présumé du JVP, et a été trouvée en possession de stupéfiants.

Tu regardes les deux pilules magiques restantes que contient la petite boîte sur la table et la carte d'identité jaune plastifiée de Jaki posée à côté. Cassim se mord la lèvre et fixe le vide. Tu te glisses près de lui et lui craches tes mots à l'oreille.

— Ils vont la tuer et accuser l'homme qui a tapé le rapport. Ils vont la tuer et vous serez dans la merde jusqu'au cou. Sortez-la d'ici, immédiatement.

Il se redresse dans un sursaut et balaye la pièce du regard. Il vérifie si la radio est allumée, puis écoute attentivement le silence. Tu ne t'interromps pas, au cas où tu perdrais ce premier chuchotement.

— Ils diront que vous acceptiez des pots-de-vin. Que vous étiez un flic véreux. Mais vous valez mieux que ça. Stanley est en route à l'heure qu'il est. Si vous la sauvez, il vous récompensera. Vous obtiendrez votre transfert. Parce que vous n'êtes pas d'accord avec les escadrons de la mort. Vous ne l'avez jamais été.

Cassim se lève et fait les cent pas dans la pièce. Tu ne sais pas ce qu'il pense. Quel serait le prix de Mahakali pour te permettre d'accéder aux pensées d'autrui ? Dans un sac à dos posé dans un coin se trouvent une bouteille contenant un liquide transparent ainsi que quelques compresses. Et en dessous, une boîte de masques chirurgicaux, une casquette, une chemise blanche et un pantalon noir. L'équipement standard des hommes n'appartenant ni à l'armée ni à la police.

L'inspecteur Cassim plie une compresse et l'imbibe de liquide. Tu sens l'odeur de vernis à ongles et de mélasse alors qu'il la replie en la fourrant dans sa poche. Puis il change d'avis, jette la compresse dans le sac à dos et se dirige vers la cellule de Jaki.

Arrivé devant le miroir sans tain, il étouffe un cri de surprise. Jaki s'est réveillée et tente d'ôter le sac en toile lui recouvrant la tête, opération difficile quand on a les mains attachées dans le dos. Elle se tortille, roule en avant et grogne.

Cassim déverrouille la porte et entre dans la pièce sur la pointe des pieds. Jaki l'entend et se recroqueville contre le mur.

— Qui est-ce ? Où sommes-nous ?

— S'il vous plaît, n'enlevez pas cette cagoule. Si vous nous voyez, ils ne vous laisseront pas partir.

— Qui ça « ils » ?

— Avez-vous les négatifs ?

— Quoi ?

— Les négatifs de Malinda Almeida. Les trucs dans cette boîte à l'origine de tout ce foutu merdier.

— Je ne les ai pas, répond Jaki, bien forcée de bluffer. Croyez-moi. Je les ai vendus à Elsa Mathangi. C'est elle qui les a. S'il vous plaît, je peux appeler mon oncle ?

— N'enlevez pas votre bandeau.

— Je suis la…

— Je sais qui vous êtes.

— Je peux avoir un peu d'eau ?

Cassim sort de la pièce et verrouille la porte. Tu flottes auprès de Jaki, l'enveloppe de tes bras et l'assailles de souffles et de chuchotements frénétiques.

— Tu as été arrêtée, Jaki. Reste calme, sois courageuse, on vient à ton secours. Oncle Stanley vient te chercher. Dis à l'inspecteur Cassim que…

L'inspecteur revient avec une tasse et une bouteille d'eau en plastique. Il la prévient avant d'enlever le sac.

— Buvez votre eau. Ne me regardez pas. Je veux vous aider, mais je n'ai aucune confiance en vous.

Elle baisse la tête tandis qu'il lui ôte sa cagoule et lui détache les mains. Elle garde les yeux fermés, sans essayer d'entre-apercevoir ce qui l'entoure ou de jeter un coup d'œil à son ravisseur. Elle tient la tasse entre ses mains engourdies en s'efforçant de ne pas la renverser.

Il la regarde boire.

— Si vous me remettez les négatifs, je vous relâcherai immédiatement.

Jaki finit sa gorgée, les yeux rivés sur le sol. Groggy et embrouillée, elle prend tes chuchotements pour ses propres pensées. Plus tard, il ne lui restera aucun souvenir de cet échange.

— Je sais que c'est vous qui avez fouillé notre appartement. Je sais que ce n'était pas votre initiative.

Tu chuchotes, elle parle. Tes mots passent de ses oreilles à sa bouche. Elle ne questionne pas ce qu'elle dit.

Cassim reste silencieux.

— Oncle Stanley vous récompensera. Oncle Stanley peut vous faire transférer ce soir. Libérez-moi et vous aussi serez libre. Je vous le promets.

Cassim recule en croisant les bras.

— Comment êtes-vous au courant pour mon transfert ?

— Vous êtes un bon inspecteur. Vous valez mieux que ça. Et je sais que vous ferez ce qui est juste.

Tu es à bout de souffle, même si tu n'en as pas. Tu te sens comme si tu avais sprinté sur huit étages avant de sauter d'un toit.

— Le ministre Dharmendran peut faire ça pour moi ?

— Il le peut et il le fera. Je vous en prie, inspecteur. Si nous restons là, nous sommes tous deux perdus. Aidez-moi. Et je vous aiderai.

Complètement exténué, tu te retranches dans un coin et les observes. Ça fait deux chuchotements, que feras-tu de ton troisième ?

Cassim la laisse boire deux autres tasses et la redresse sur ses pieds. Ses jambes se dérobent et elle s'accroche à l'épaule de l'inspecteur alors qu'il la traîne dans le couloir. Il l'assoit sur le siège du bureau et arrache son rapport de la machine à écrire. Il le froisse et le fourre dans sa poche avant d'insérer une nouvelle feuille dans le rouleau. Il se met à taper avec frénésie.

Cassim retire la feuille et y appose sa signature à l'encre. Il se lève, puis tend à Jaki la boîte de masques chirurgicaux et l'uniforme.

— Mettez ce masque, cette casquette et cet uniforme. Je vais tamponner votre formulaire de libération. Ne laissez pas les gardes voir votre visage. Dépêchez-vous !

Il se rend au bureau pour tamponner la lettre qu'il glisse ensuite dans une enveloppe. À son retour, Jaki s'est changée et se tient prête, ses vêtements rangés dans son sac. Le pantalon noir lui sied, mais la chemise blanche bouffe sur ses épaules tombantes.

Au moment de passer devant la sécurité, Jaki parvient à se tenir droite. Le garde jette un coup d'œil à la fausse lettre du ministre tapée par Cassim.

— Vite, vite, bon sang ! Nous avons un rendez-vous. Le ministre l'a signée. Vous voulez vérifier avec lui ?

Le garde secoue la tête, plie la lettre et détourne le regard tandis que Cassim conduit Jaki hors du Palais.

Une BMW s'engage à toute allure dans la ruelle tranquille et s'arrête en dérapant. Stanley en sort dans un nuage de poussière, juste à temps pour rattraper Jaki qui glisse de l'épaule de Cassim. Il fixe le flic en tendant les clefs à DD.

— A-t-elle été blessée ?

— Non, sir.

— Depuis combien de temps est-elle ici ?

— Quelques heures, sir.

— Son nom apparaît-il sur une liste ?

— Non, sir.

— Vous en êtes certain ?

— Oui, sir.

— Dilan ! Ramène-la à la maison. N'ouvre la porte à personne. (Stanley se tourne vers Cassim.) Allez avec eux. Restez chez moi jusqu'à mon retour.

DD a l'air hébété, mais aide Jaki à s'asseoir sur le siège arrière où elle s'écroule et commence à sangloter. De longs sanglots entrecoupés de longs silences.

— Ramène-la immédiatement.

— Où vas-tu ?

Stanley interroge l'inspecteur à voix basse.

— Qui se trouve au bureau ?

— Sir, le ministre et le major sont en réunion.

— L'autre bâtiment, dernier étage, c'est ça ?

— Oui, je pense.

— Partez avec eux, dit Stanley. Ramenez-les sains et saufs à la maison. Et ne dites rien à personne. Rien de tout cela. Ai-je votre parole ?

— Oui, sir.

Stanley fourre dans la main de Cassim le reste de billets que l'Homme Corbeau ne lui a pas soutiré.

— Si vous parlez… Je vous ferai radier.

— Non, non. Je ne veux pas d'argent. Je vous en prie, sir.

— Prenez ça et partez, s'emporte Stanley.

— Sir, au sujet du transfert.

— Pardon ?

— La dame dit que… Peu importe. Nous pourrons en parler plus tard.

— Pardon ?

— Rien, sir.

Stanley fonce vers la maison aux quatre étages, deux ruelles plus bas, où une Mercedes subventionnée par l'État est garée sur un parking qui l'est tout autant.

L'inspecteur Cassim s'assoit sur le siège passager, DD est complètement horrifié.

— C'est quoi ce cirque ? Où va mon père ?

Jaki s'essuie les yeux avec sa manche et secoue la tête.

— J'ai fait un rêve flippant. Et je me suis réveillée avec un sac sur la tête. L'exposition a ouvert ?

— Je m'en fous, répond DD.

— Il a une réunion, dit l'inspecteur Cassim. Maintenant, roulez. Vous n'avez jamais vu cet endroit. Et vous ne m'avez jamais vu.

DD fait demi-tour au bout de l'impasse et roule en direction des routes bordées de feux de circulation, où les cris sont moins faciles à ignorer. Il emmène Jaki et le policier à la maison de son père, loin de l'appartement de Galle Face Court, où vous avez partagé vos rêves, vos peurs et vos caleçons, loin de ce cachot dissimulé au bout d'une voie sans issue. La BMW prend le virage et disparaît dans la ruelle. Tu souhaites à DD, Jaki et Cassim des as, des cœurs et des six.

— Soyez prudents, mes chers amis, tu murmures. Puisse chaque roulette vous sourire.

Puis les arbres se figent et les brises cessent. La voix s'insinue entre tes oreilles et la puanteur des âmes en putréfaction te bouche les narines. L'univers respire à travers toi et semble avoir oublié de se laver les dents.

— En avez-vous terminé, monsieur le photographe ?

Tu te tournes vers Mahakali et les visages qui palpitent sous sa peau comme des veines infectées. Elle t'enjoint de grimper sur son dos et tu sais que la désobéissance n'est plus une option, qu'elle soit civile ou autre. Tu acquiesces.

— Je crois que oui.

— Alors votre mission a commencé. Venez. Servez-moi.

Tu te hisses sur l'épine dorsale de la bête et observes Stanley remonter la rue comme un marathonien à bout de souffle.

Il se dirige vers un immeuble de bureaux situé derrière de grands murs, haut de cinq étages, à l'architecture banale. Des boîtes de béton peintes en gris empilées vers le ciel. Les fenêtres ne sont pas teintées, mais voilées par des stores vénitiens.

Lorsque Mahakali s'immobilise, tu bondis de son dos et la regardes se fondre dans l'ombre projetée par cette hideuse bâtisse.

Du même endroit surgit le visage d'un putois. Il te lance un regard de dégoût, comme tous les autres animaux morts.

— Qu'est-ce que tu mates, le laideron ?

— J'ai pigé. Les animaux ont une âme. Vous rêvez, vous faites des trucs pour le plaisir, vous ressentez la joie et la tristesse. Vous connaissez la douleur, le chagrin, l'amour, la famille et l'amitié. Les humains ne veulent pas le reconnaître parce qu'il leur est plus facile de découper ceux qu'ils trouvent savoureux. Ce qui n'est pas votre cas, mais c'est sans importance. Je suis profondément désolé.

Le putois a l'air surpris, ou affamé, ou agacé, tu n'en sais rien, c'est un putois.

— Allez vous faire foutre, toi et tes excuses, répond-il en disparaissant dans la chair de Mahakali.

Si les humains ne peuvent pas converser avec les animaux, à part après leur mort, c'est pour de bonnes raisons. Parce que les animaux ne cesseraient de se plaindre. Et les tuer deviendrait plus difficile. On peut en dire autant des dissidents, des insurgés, des séparatistes et des photographes de guerre. Moins on les entend, mieux on les oublie.

Le soleil se couche sur Colombo, sans aucun nuage à l'horizon.

Bientôt, ta dernière lune apparaîtra dans le ciel.

Balal et Kottu t'observent depuis la jambe de Mahakali.

— Pardon pour ce qu'on a fait, dit Kottu.

— Qu'avez-vous fait ?

— Des choses immondes.

— Mais seulement parce qu'il le fallait, ajoute Balal.

— Super excuse, tu répliques, alors que Mahakali se glisse hors du vent et se perche sur un *mara tree*.

— Nous sommes des nettoyeurs, dit Balal. On ne crée pas d'ordures. On les ramasse, c'est tout.

— Ça ressemble à quoi là-dedans ? tu demandes.

— Où ça ? dit Kottu.

— Tu le sauras bientôt, répond Balal.

— Tu veux récupérer ton argent ? demande Kottu.

— Quel argent ?

Le service de sécurité n'est pas aussi imposant que celui du Palais au coin de la rue, et bien sûr, aucun des gardes ne voit

Mahakali ni les âmes qu'elle transporte lorsqu'elle franchit les portes et monte les marches. Tu es emporté avec elle, aussi impuissant que la plupart des êtres humains le sont face à la catastrophe. Personne ne peut arrêter Mahakali alors qu'elle glisse dans les couloirs du pouvoir en direction d'une bombe.

## MISSION KUVENI

La bête semble connaître le bâtiment comme sa poche. Elle monte au premier étage, se faufile par la fenêtre, grimpe sur la façade jusqu'au troisième étage, puis emprunte l'escalier menant au cinquième où une secrétaire est assise à l'extérieur d'une grande pièce. Sur le bureau de cette dame plantureuse se trouvent trois photos d'adolescents qui lui ressemblent comme deux gouttes d'eau.

Le panneau dans le hall d'entrée indique : *Service administratif du département de la Justice.* Le premier étage est composé de box où des femmes en sari pianotent sur des machines à écrire, et le quatrième fourmille d'hommes en cravate qui transportent des dossiers. L'écriteau devant l'ascenseur attribue un étage aux services suivants : Comptabilité, Finances, Archives, Bureau du personnel.

Des bâtiments de ce type, on en trouve partout sur l'île, même si la plupart se concentrent autour de la capitale. Des bâtiments qui génèrent des pertes en déclarant des bénéfices. C'est sans doute ici qu'on alloue le budget aux tortionnaires, qu'on organise des plans épargne retraite pour les kidnappeurs et qu'on approuve les prêts immobiliers pour les assassins. Tu te rappelles une chose que ton père t'avait dite et qui ne t'avait pas choqué, même si tu ne saisis toujours pas pourquoi il avait partagé ça avec un enfant de dix ans.

« Sais-tu pourquoi la bataille entre le bien et le mal est si inégale, Malin ? Parce que le mal est mieux organisé, mieux équipé et mieux payé. Ce n'est pas des monstres, des *yakas* ou des démons dont nous devrions avoir peur. Les criminels en bandes organisées qui pensent œuvrer pour le bien, voilà ce qui devrait nous faire trembler. »

Drivermalli se tient dans la salle d'attente, juché sur sa prothèse de jambe, appuyé contre une colonne. Il transpire et respire de manière saccadée. Tu penses aux gens qui trimballent des papiers à l'étage inférieur, à Stanley qui tente de passer la sécurité à l'entrée, et te demandes si un jour on inventera une bombe capable d'épargner les innocents. La seule chose positive que tu puisses dire à propos d'une bombe, c'est qu'elle n'est ni raciste, ni sexiste, ni préoccupée par les classes sociales.

Tu suis Drivermalli dans un couloir bordé de portes au vitrage opaque pour entrer dans une grande salle percée d'une immense baie vitrée. Ce que tu vois là est aussi impressionnant que terrifiant.

Les événements qui conduisirent à la mort de vingt-trois personnes aux quatrième et cinquième étages du service administratif du département de la Justice seront plus tard imputés à la malchance et aux sortilèges maléfiques dont l'Homme Corbeau s'attribuera une part de mérite. Ce fut en réalité l'œuvre de l'équipe des morts qui, sous l'égide de Sena, jouèrent avec les vents et modifièrent les destins. Même si toi, tu as contribué à sauver au moins une vie durant ta dernière lune.

Les humains croient penser librement et posséder une volonté propre. Voilà un autre placebo qu'on avale à la naissance. Les pensées sont des murmures qui viennent aussi bien du dehors que du dedans. On ne peut pas plus les contrôler que le vent. Les chuchotements souffleront dans votre esprit sans relâche, et vous y succomberez bien plus que vous ne pouvez l'imaginer.

Les fantômes sont invisibles à ceux qui respirent, invisibles comme la culpabilité, la gravité, l'électricité ou les pensées. Des milliers de mains régissent, sans qu'on les voie, le cours de chaque vie. Et ceux qui sont manipulés appellent ça Dieu, le karma, la chance ou évoquent d'autres noms encore moins pertinents.

Dans la grande salle du cinquième étage, Sena a déployé son armée avec une précision que vos militaires n'ont jamais connue. Mahakali, la productrice et réalisatrice de ce film, est perchée sur le rebord de la fenêtre.

La Femme aux Cicatrices d'Acide chuchote aux oreilles de Ranchagoda et brouille ses pensées en s'assurant qu'il omette de fouiller Drivermalli avant qu'il n'entre.

Une victime d'attentat vérifie le système électrique de la veste pour être sûr que le courant circule bien dans les fils. La Reine de Beauté Souillée entre en scène la première et distrait le Garde du corps Mort, le démon du ministre, en lui offrant une danse répétée pour un défilé avant sa fin tragique.

La Mère Défunte est chargée de prévenir Drivermalli du bon moment pour faire exploser la bombe. Sena a mis en place un système de pouvoirs et contrepouvoirs aussi méticuleux qu'organisé, comme on en voit peu au Sri Lanka. Rien n'est laissé au hasard.

Aujourd'hui, ce peloton d'Anarchistes Défunts, de Séparatistes Décédés, de Morts Innocents et de Morts Qui-Ne-Se-Souviennent-Plus-De-Quoi va anéantir un escadron de la mort. Et toi, tu regarderas, juché sur l'épaule de Mahakali.

— Je ne savais pas que l'on pouvait voir le lac Beira d'ici, dit le ministre, en admirant par la fenêtre le temple flotter sur les eaux vertes. On dirait un rêve.

— Tant que vous n'en sentez pas l'odeur, fait remarquer le major.

À ses côtés, assis sur le canapé du ministre, se trouve un homme chauve affichant un étrange sourire, qui garde les bras croisés. Il a été présenté comme étant le meilleur interrogateur de la STF, et tu le reconnais, même sans son masque.

Le démon du ministre est appuyé contre une étagère où dorment des livres de droit jamais ouverts et regarde la Reine de Beauté Souillée accomplir des pas de danse empruntés autant aux années disco qu'à l'époque du royaume de Kotte. Elle plante ses yeux dans les siens, cambre le dos. Ses épaules roulent et ses poignets tournoient, sa poitrine et ses hanches ondulent. À n'en pas douter, son sanctuaire chez l'Homme Corbeau lui a fait gagner des fortunes, qu'elle a investies dans son regard et sa chorégraphie. Ses lèvres soufflent des baisers alors que son corps entier palpite.

— Je voudrais que vous assistiez aux réunions d'aujourd'hui, major.

— Oui, bien sûr, sir.

— C'est une drôle de période. Nous invitons les Indiens à nous envahir. Nous traitons avec les terroristes tamouls. Nous tuons des Cinghalais, notre peuple. Il n'y a jamais eu pire situation.

— Cela va encore empirer, sir.

— Vous aussi, vous allez vous fournir en amulettes chez l'Homme Corbeau ?

Le major rougit et tire sur le bracelet orange dissimulé sous sa manche. D'un coup sec, il l'arrache de son poignet.

— Ma femme me l'a donné. Je ne crois pas à ces sornettes.

Il le lâche dans le cendrier.

Le ministre remonte la manche de sa chemise blanche pour révéler un bracelet similaire. Le major récupère le bracelet qu'il a jeté dans la cendre et le met dans sa poche.

— Ne soyez pas si présomptueux. Les hommes comme nous, qui font ce genre de travail, ont besoin de protections de toutes sortes. Bon, où sont passés ces gardes ?

Il ne sait pas que la garde du jour a subi une intoxication alimentaire et qu'une diarrhée carabinée les a cloués sur les toilettes. Sa secrétaire entre précipitamment. La fille vient juste d'être transférée du ministère de la Pêche et, à en juger par la politesse du ministre Cyril Wijeratne, on dirait qu'il n'a pas encore commencé à la tripoter.

— Sir, votre rendez-vous de dix-sept heures est arrivé.

Drivermalli apparaît, grand, brun, nerveux, flanqué d'un commissaire adjoint Ranchagoda anxieux. Ils ont tous deux le bon sens de paraître solennels et d'éviter les regards.

— Commissaire, restez dehors jusqu'à ce que ces satanés gardes se montrent. Drivermalli, avancez, je vous prie.

Le flic sort, Drivermalli se tient droit dans ses bottes cirées et sa tenue de camouflage qui pendouille sur sa carrure élancée.

La Mère Défunte se glisse derrière le garçon et se fond dans les rideaux. Le démon du ministre lance un regard à Drivermalli, puis se retourne vers la danseuse. Il a vu à maintes reprises son maître réprimander des soldats et s'avère davantage intéressé par le solo de danse kathakali et le déhanché électrique de feue Miss Kataragama 1970[1].

Le ministre et le major regardent le troisième homme de la pièce, celui sans cheveux ni masque. Ils attendent de lui qu'il

1. Premawathi Manamperi, couronnée Miss Kataragama en 1970, rencontre à cette occasion l'inspecteur Udawatte, dont elle refuse les avances. Par vengeance, il la fait arrêter, suspectée sans fondement de faire partie des rebelles du JVP. Elle est torturée, et tuée en 1971.

fasse ce pour quoi on l'a fait venir. L'interrogateur s'approche et postillonne à l'oreille de Drivermalli :

— Pourquoi êtes-vous sorti de l'hôpital ?

— Je me sentais mieux, sir.

— Vous n'en avez pas l'air, rétorque l'homme chauve en observant le cuir chevelu brûlé du garçon et ses cicatrices aux joues.

— Comment avez-vous réussi à réchapper des flammes alors que les deux autres sont morts ?

Le ministre se tourne vers le major, lequel hausse les épaules. L'interrogateur tire sur le bout de chair derrière l'oreille de Drivermalli. Ce n'est rien qu'un pincement, mais le sang coule.

— Je ne me rappelle pas, sir, répond Drivermalli. S'il vous plaît, ça fait mal.

— Vous avez grossi, non ?

L'interrogateur lève la main et tous les esprits présents dans la pièce se préparent à recevoir un coup de poing à l'estomac, lequel ne surviendra pas, excepté pour Drivermalli.

— Comment cela se fait-il ?

L'interrogateur se baisse pour se gratter le genou et aperçoit une colonie de fourmis lui grimper sur la jambe. Il jure en se tapotant le tibia. Il ne voit pas les Partisans Morts du JVP qu'il a autrefois torturés guider les insectes jusqu'à son pied.

Le ministre prend le relais.

— Comment la fourgonnette a-t-elle percuté le transformateur ?

— Je ne sais pas.

— Aviez-vous bu ?

— Je ne bois pas, sir. Juste du *thambili*[1].

— Fais-le, maintenant ! siffle Sena.

1. Eau de coco.

— Fais-le, maintenant ! chuchote la Mère Défunte à l'oreille de Drivermalli.

Le détonateur se trouve dans la poche de Drivermalli, sa main rôde autour, mais n'exécute pas le geste attendu. Il est en sueur, bien que la pièce soit équipée de trois ventilateurs.

— Il y a un problème, fiston ?

Le ministre se lève et s'avance vers lui.

— Fais-le, maintenant ! siffle la Femme Balafrée juchée sur le canapé.

L'interrogateur, qui vient tout juste de chasser les dernières fourmis, sent une brise glaciale lui frapper le cœur. Il fronce les sourcils en direction du ventilateur.

— Fais-le, maintenant ! murmure encore la Mère Défunte.

Les lèvres du garçon tremblent, comme s'il était sur le point de fondre en larmes. Pourtant, sa main reste immobile.

Tu balayes la pièce du regard et vois le démon du ministre ronfler près de l'étagère pendant que la Reine de Beauté Souillée lui caresse la touffe de poils qu'il a entre ses deux oreilles pointues. Le ministre, le major, l'interrogateur et le chauffeur sont tous réunis dans la même pièce. Tu te demandes si toutes les coïncidences sont aussi méticuleusement scénarisées que celle-ci. Tu penses à la professeure Ranee et à sa théorie sur les escadrons de la mort sri-lankais, qui soutenait que le Sri Lanka était la première démocratie à créer la version moderne des escadrons de la mort, des modèles qui seraient développés ensuite par les dictatures d'Amérique latine. Tu repenses à l'une des nombreuses allégations non vérifiées qui émaillent son livre, cachée au milieu de phrases qui, sans le vouloir, justifient ce qu'elle condamne : *Une hiérarchie organisée pour mener la violence poussée à l'échelle industrielle pourrait constituer non pas un acte de sauvagerie, mais un comportement d'hommes rationnels face à la barbarie.*

— Fais-le ! souffle Mahakali.

Alors les âmes piégées dans son ventre et tous les esprits présents dans la pièce se taisent.

— Sir, j'ai entendu des voix, confesse Drivermalli.

— Fais-le ! feulent Sena, la Dame Balafrée et la Reine de Beauté Souillée tandis que les Partisans Morts du JVP injectent des démangeaisons dans tout le corps de l'interrogateur.

Un sentiment qui bouillonnait en toi depuis que tu es entré dans cette hideuse bâtisse commence maintenant à coaguler à la base de ton cou brisé et à inonder tes sens. Ta dernière lune a vu un amour trahi, une meilleure amie suspendue au-dessus d'un abysse, et se terminera bientôt par une explosion qui emportera les méchants avec elle. Alors pourquoi tes yeux brûlent-ils et tes oreilles se remplissent-elles d'électricité statique ?

Tu saisis ton appareil photo, balayes la pièce du regard et vois les visages des vivants. Le flic, le voyou, le soldat, le politicien. Tu observes les esprits qui s'apprêtent à réduire la pièce en cendres. Et tu regardes Mahakali, plantée sur le rebord de la fenêtre, admirant le spectacle avec jubilation.

— Arrêtez ça ! tu cries. Arrêtez tout immédiatement !

— Que faites-vous, monsieur Maali ?

Sena émerge de derrière les rideaux en gardant un œil sur le démon du ministre qui ronfle désormais en rythme avec la berceuse que chantonne la Reine de Beauté.

— Il y a des gens en bas. Des employés de bureau. Sur trois étages. La secrétaire avec la photo de trois enfants sur son bureau. Le père de mon ami est aussi en bas. C'est un idiot arrogant, mais il n'a rien à voir avec ça. Et puis, il y a ce pauvre imbécile, tu dis en montrant Drivermalli. Combien vont mourir aujourd'hui ? Est-ce que tu as compté ?

Sena se rue sur toi et te pousse contre le mur.

— Nous sommes sur le point de mettre fin à cette guerre, et vous vous inquiétez pour des fonctionnaires ? Ils tamponnent les documents qui maintiennent ces monstres au pouvoir. Qu'ils aillent se faire foutre.

— Tu disais qu'aucun innocent ne mourrait.

— Il n'y a pas d'innocents dans cet immeuble. Pas même le père de votre copain. S'ils bossent pour le système, ils méritent leur sort.

— Sir, j'entends des voix, répète Drivermalli, bien que personne ne l'écoute

À dix-sept heures, tous les bureaux du gouvernement se vident pour éviter les heures de pointe, peu importe ce qui traîne sur la table et le travail restant à faire. Même les bâtiments sans kamikazes au dernier étage fermeront boutique à ce moment-là.

Plus tu gagnes du temps, moins il y aura de victimes. Parfois, l'important n'est pas tant le pari que l'on fait que le temps que l'on met à le faire.

Sena et toi vous lancez des piques tandis que Drivermalli marmonne pour lui-même des paroles incompréhensibles.

Tu sens un poing se planter dans ta colonne vertébrale et un couteau pointer sous ta gorge.

— Assez de bla-bla, monsieur Maali. Mahakali dit qu'il vous reste un chuchotement. Vous feriez mieux de l'utiliser. Tout de suite.

— J'ai déjà épuisé mes trois chuchotements.

— Mahakali m'a assuré que seuls deux d'entre eux ont été entendus. Utilisez-le, immédiatement.

— Et pour les secrétaires et les comptables en bas ? En quoi ce que vous faites est différent du LTTE qui bombarde des civils ? Ou du gouvernement qui massacre le JVP ? À quoi ces inepties vont nous mener ?

Sena te pousse en face de Drivermalli et les esprits dans la pièce scandent :

— Fais-le, maintenant !

Tu observes les cicatrices sur le visage de Drivermalli. Est-ce que ce sera la dernière chose que tu feras avant que Mahakali n'avale tout ce qui reste de toi ? Tu songes à la photographie, au journalisme et à tout ce foutu bordel. En fin de compte, est-ce que ça en valait la peine ?

La réponse serait sans doute non, et pourtant, à la onzième heure de ta septième lune, tu décides de faire usage de ce qui te reste de voix.

— Drivermalli, j'ai voyagé à tes côtés, j'ai vu qui tu étais. Je suis passé par là où tu es passé. Tu me connais.

Drivermalli lève les yeux un instant puis les baisse sur ses pieds.

— Tu ne me vois pas, mais tu m'entends. Ces hommes méritent de mourir. Mais qu'en est-il de la femme là dehors qui vient juste de préparer ton thé ? Et des autres en bas ? Et de toi ?

— Qu'est-ce que vous faites ?

Sena a l'air horrifié. Quelques-uns de ses partisans tentent de te transpercer de leurs lances. Derrière le démon qui ronfle, au coin de la fenêtre, Mahakali inhale des ombres. Les visages sur sa peau se sont métamorphosés en croix et en pointes de flèches.

— On envoie des pions tuer des rois. Mais les mauvais rois sont remplacés par d'autres, encore pires, et on envoie davantage de pions à la mort, dis-tu en t'adressant à chacune des créatures présentes dans la pièce.

Drivermalli transpire et tremble. Il essaye d'ignorer les voix qui tourbillonnent autour de lui et les kilos de fil qui pèsent sur sa jambe valide. Il récite une phrase que I. E. Kugarajah lui a transmise et qu'il a mémorisée en nourrissant ses écureuils.

— Tous les combattants ennemis sont complices. Tous méritent la mort.

— Ce ne sont pas des combattants, *malli*. Que des garçons comme toi se fassent exploser, ça change quoi ? Ta vie mérite-t-elle d'être sacrifiée, même pour tuer ces pourritures ? Et celle de la secrétaire ? Et des autres personnes dans l'immeuble ?

Sena te crache du venin au visage. Il te tire par la peau du cou et t'entraîne auprès de Mahakali.

— C'était votre dernière chance, monsieur Maali. Vous appartiendrez à Mahakali pour mille lunes.

Mais ses malédictions se noient dans l'agitation qui se trame derrière la porte. Le contreplaqué bon marché pivote sur ses gonds et les esprits sursautent.

— Chantal ! s'exclame le ministre. Vous ne frappez pas ?

Ce n'est pas la secrétaire de Cyril Wijeratne qui entre dans la pièce, mais Stanley Dharmendran.

La lumière de l'après-midi dessine sa silhouette dans l'embrasure de la porte. Ses larges épaules et son pas mesuré te rappellent son fils. Jusqu'à ce qu'il se mette à parler.

— Monsieur le ministre. Je dois m'entretenir avec vous. Immédiatement.

— Nous sommes occupés, Dharmendran.

— La fille de ma sœur… a été emmenée au Palais. J'exige une explication.

Interloqués, le ministre et le major se tournent vers le Masque. Ce dernier secoue la tête en regardant le commissaire adjoint Ranchagoda, qui attend dans le couloir.

L'attention de l'escadron et des esprits se détourne du garçon porteur d'une bombe, qui transpire et tremble seul dans son coin.

— Il nous faut interroger tout le monde, Dharmendran, déclare le ministre. Nous ne pouvons pas exempter ceux qui ont des relations.

— Alors, vous l'avez emmenée au Palais ?

— Je suis désolé, Dharmendran, mais ce n'est pas le moment…

Sena resserre sa poigne. Tu le pousses et lui mords le bras. Le couteau tombe au sol. Tu frappes dedans avec ton pied nu comme tu l'as appris lors des cinq minutes d'entraînement de rugby que tu as suivies. Sauf que cette fois, tu vises juste et atteins ta cible. Le couteau vole à travers la pièce et son manche arrondi vient percuter le démon du ministre en pleine bedaine. Celui-ci gémit et se réveille en grognant.

Les esprits ont le souffle coupé, Sena hurle et Mahakali flotte par la fenêtre, les yeux flamboyants et les visages en état d'alerte. Drivermalli parle assez fort pour que tout le monde l'entende.

— Pour répondre à votre question… Je n'en sais rien. J'y ai réfléchi longtemps et je n'ai pas de réponse. Tout se réduit à ça. Tout se réduit à ce moment.

La pièce entière retient son souffle. Le démon du ministre bondit au ralenti jusqu'à l'endroit où son maître est assis. Drivermalli répète sa phrase et termine sa pensée.

— Tous les combattants ennemis sont complices. Tous méritent la mort. Peut-être ma minable vie vaudra-t-elle enfin quelque chose. Sinon, à quoi bon ?

Et sur ces paroles, il plonge les deux mains dans ses poches.

Toutes les forces les plus puissantes sont invisibles. L'amour, l'électricité, le vent. Et les vagues qui succèdent à l'explosion d'une bombe. D'abord, il y a le souffle de l'explosion, l'air est comprimé jusqu'au point de rupture et des poches de vent se déversent sur l'extérieur, voyageant à une vitesse qui dépasse le mur du son, détruisant tout sur son passage. Cette vague coupe le major en trois et propulse l'interrogateur contre le mur, offrant à chacun une mort instantanée à laquelle leurs nombreuses victimes n'ont pas eu droit.

Viennent ensuite les ondes de choc. Supersoniques, elles charrient plus d'énergie que le son de l'explosion, lequel n'est pas encore survenu. Elles transpercent Ranchagoda et l'empalent sur la porte.

Les fondations de la bâtisse tremblent et ses murs se fissurent. Les cages d'escalier se remplissent de fonctionnaires paniqués qui se poussent les uns les autres à la sortie de l'immeuble. Les chauffeurs et les gardes sur le parking entendent l'explosion et regardent la fumée qui s'échappe par les fenêtres du cinquième étage.

Les vagues transforment les meubles de la pièce en massues et en poignards volants qui matraquent le corps recroquevillé de Stanley. Le crâne de Drivermalli atterrit sur le sol de la salle d'eau attenante au bureau, le reste de son corps éclabousse les murs. Puis la pièce prend feu et des vents violents pulvérisent les fenêtres, arrachant les ventilateurs du plafond et le béton des murs.

À l'étage inférieur, les presse-papiers et les classeurs se transforment en grenades et en obus de mortier alors que toute la structure bourdonne et que l'air s'emplit de fumée et de rugissements de terreur. Tu regardes la marée de gens affolés se déverser sur le parking. Les premiers à sortir hurlent, leurs sacs sous le bras. Les seconds sont couverts de sang et de poussière. Les derniers doivent être portés par d'autres.

Le souffle de l'explosion disperse les esprits, lesquels se retrouvent projetés dans le couloir. Ils s'époussettent, éclatent de joie et dansent dans les flammes. Les Tigres Morts serrent la main des Partisans du JVP Assassinés. Ils s'accroupissent près de l'ascenseur, contemplant la fumée qui s'échappe du bureau, et attendent.

À l'intérieur de la pièce, le feu se propage lentement jusqu'aux fenêtres, laissant la salle d'eau et l'espace cuisine intacts. Allongé dans la baignoire, le ministre Cyril Wijeratne tousse, le coude fracturé. Il se souvient seulement avoir bondi là lorsque Drivermalli a commencé à parler. Il jurerait avoir vu quelque chose dans les yeux du chauffeur, mais au fond de lui, dans un recoin qui le démange, il sait qu'il a été mis à l'abri par une force qui n'est pas humaine.

Le démon du ministre s'assoit au bord de la baignoire et donne des claques à son maître pour le réveiller. Il se tourne vers toi et sourit tandis que Sena émerge du nuage de fumée.

— Vous avez réveillé ce bâtard, Maali !

Sena t'attrape par les cheveux et t'extrait de la pièce.

Le ministre sort de la salle d'eau en rampant.

— C'est votre faute si cette ordure respire encore.

Les esprits acclament Sena. Celui-ci lève le poing et hoche la tête.

— Nous en avons eu trois, mais perdu un, proclame-t-il avec un sourire en tirant plus fort sur ta tignasse.

Tu aperçois un pied chaussé d'un talon haut enfoui sous les décombres d'un mur. Tu vois une cravate, attachée au corps déchiqueté de Stanley.

— Tu en as eu bien plus que trois, sale connard ! craches-tu en retour.

— Monsieur le photographe est à moi, dit une voix émanant de la fumée.

Mahakali émerge, un buffle juché sur deux jambes. Elle te pointe du doigt.

— Vous feriez mieux de ne pas vous enfuir. Les fuyards ne vont jamais très loin.

Sena te tire par les cheveux et te traîne en direction de la bête. Tu essayes de te libérer, mais tu es aussi faible mort que de ton vivant. Un amoureux, pas un combattant.

— Désolé Maali, te glisse Sena. On se reverra peut-être dans mille lunes. Peut-être jamais. Le plus tard sera le mieux.

Mahakali t'attrape de son poing griffu et t'attire vers les visages incrustés dans sa peau. Tu hurles, mais tes cris sont couverts par les gémissements.

Ils proviennent du feu et rampent dans la fumée. Le major Raja Udugampola, le Masque, le commissaire adjoint Ranchagoda et Stanley Dharmendran. Leurs corps sont ensanglantés et en lambeaux, leurs pieds ne touchent pas le sol.

Les esprits fondent sur eux, une lutte fait rage, puis le démon du ministre se jette dans la mêlée et bondit sur Mahakali, te libérant de son emprise. Il t'adresse un baiser dans les airs et te dit :

— Je t'en devais une. Maintenant, nous sommes quittes.

Il envoie valser la tête grouillante de serpents de Mahakali contre le mur.

— Cours, idiot !

Mahakali saisit le démon à la gorge. Le Garde du corps Mort enfonce son poing dans le ventre de la bête. Les visages hurlent dans toutes les tonalités.

— Tu n'es pas Mahakali. Tu crois que je ne te reconnais pas sans ta tunique ? Talduwe Somarama[1] ! Tu m'as déjà doublé une fois. Jamais plus !

---

1. Assassin de SRWD.

Et le poing du démon entre en collision avec le visage de Mahakali.

Le vent lève les voiles, soufflant depuis les flammes pour s'engouffrer dans l'escalier de secours puis ressortir par les fenêtres du troisième étage. Tu t'y élances et passes devant le ministre, affalé sur les marches. Tu vois des corps inanimés aux troisième et quatrième. Peu nombreux, mais déjà bien assez comme ça.

Le vent t'emporte dans les rues où tu aperçois des fantômes à qui tu as parlé et d'autres que tu as évités.

Tu flottes au-dessus des toits qui s'effacent et vois ta septième lune se cacher derrière un nuage, attendant la disparition du soleil. Tu voles à travers l'enchevêtrement des câbles électriques qui serpentent entre de vieilles églises, des balcons miteux, des arbres qui murmurent et des gratte-ciel inachevés. Tu entends les hurlements perçants de Mahakali derrière toi se réverbérer sur les toits et dans les rues.

Sena chevauche un vent plus rapide et lance des injures à tes trousses. Tu continues à courir, percutant les fantômes qui sont soufflés sur ton passage.

Alors que tu approches des canaux, tu aperçois l'Athée Décédé te saluer et la Dame Serpent rire avec son groupe. Tu vois les Chiens Morts hurler depuis l'arrêt de bus, les Morts Suicidés sauter des toits et la drag queen te faire de grands signes de la main au milieu de son plongeon. Tu poursuis jusqu'aux eaux boueuses et attends un vent moins puissant.

Tu espères que Mahakali ne t'a pas suivi jusqu'ici, mais tu sens des murmures et t'attends à ce qu'elle surgisse de derrière chaque arbre que tu croises. Tu sautes dans le plus faible des vents et te laisses porter doucement le long du canal, guettant parmi les branches qui surplombent l'eau l'apparition de lances et de crocs.

Le ciel se déleste de ses nuages et le soleil éclate en un orange acnéique. Tu es heureux qu'il ne se soit pas encore couché. Ta septième lune attend, tapie derrière les nuages, et se lèvera bientôt. Et c'est alors que, sur la rive, tu vois un arjuna, puis tu aperçois la professeure Ranee, Musclor et Moïse, vêtus de toge blanche, t'adresser des signes de mains. Ils te montrent un second arbre, puis t'indiquent de traverser le courant au niveau du troisième.

Derrière ce dernier apparaît Mahakali. Ses yeux flamboient et ses doigts exhalent de la fumée. Après avoir dévoré l'explosion et ses victimes, elle semble maintenant prête à passer au dessert.

— Sautez dans l'eau ! crie Musclor de sa voix stridente bourrée aux stéroïdes. Elle ne peut pas vous suivre.

Mahakali bondit de l'arbre, tu plonges vers le tourbillon et la dernière chose que tu ressens est une griffe labourant ta colonne vertébrale.

Dans ta chute, tu vois de multiples yeux t'observer du fond de la rivière, des yeux qui t'ont appartenu et qui sont tous complètement blancs. L'eau possède une blancheur givrée d'ampoule dépolie. Puis, alors que tu heurtes la surface, tu entends des éclats de verre. Que tes photos soient vues ou non t'indiffère. Parce que Jaki et DD respirent encore et, même si ça ne compensera jamais tout ce fichu désastre, ça compte pour quelque chose. Et c'est sans doute la plus douce des choses que l'on puisse dire au sujet de la vie : ce n'est pas rien.

## LA RIVIÈRE DES NAISSANCES

Cette rivière est aussi vaste que le bassin de l'Otters, mais ne dispose pas de plongeoirs à son extrémité. Elle s'étire à l'infini, comme les routes traversant les déserts australiens et les champs de maïs américains que tu as vus dans *National Geographic* et où tu n'as jamais pris le temps d'aller. Tu regardes la rivière filer à travers les cocoteraies et les rizières avant de disparaître au loin derrière une colline. Tu songes aux autres choses que tu n'auras jamais l'occasion de faire.

Conformément aux indications de la professeure Ranee, le vent le plus faible provenant du lac Beira t'a conduit jusqu'ici et aucun démon ne t'a suivi. La rivière n'est pas profonde ; tu peux en sentir le fond du bout des orteils. C'est vaseux et truffé de rochers. Le soleil s'est désormais couché et la lune est apparue dans le ciel. L'eau est aussi tiède que l'air est frais. Tu n'es pas le seul à barboter dans cette rivière ; partout autour de toi, des nageurs bravent les courants en s'accrochant aux berges.

Tu les dépasses en observant leurs yeux, écoutant leurs bavardages ; ils parlent tous en même temps, parfois entre eux, parfois à eux-mêmes et tu te retrouves à babiller dans des langues que tu ignorais savoir parler. *Tu n'es pas ce que tu crois être. Tu es tout ce que tu as fait, pensé, vu et été.*

Tous les baigneurs te scrutent, te transpercent du regard et se regardent les uns les autres avec la même intensité. Ils possèdent ton visage, même si certains ont des cheveux plus ébouriffés et que d'autres sont des femmes ou des personnes au genre indéfini.

Tu nages en direction de l'horizon, passes devant un employé de plantation tamoul qui se dispute avec un noble de Kandy et dérives vers un instituteur hollandais conversant avec un marin arabe. Visages semblables, oreilles identiques.

Alors c'est ça ? C'est ça, la Lumière ? L'endroit où les démons ne peuvent pas pénétrer ? Tu laisses les eaux te submerger et tu coules. Tu n'as pas à retenir ton souffle, puisque tu n'as plus de souffle pour te retenir.

Tu t'enfonces dans les profondeurs, et la voilà. La chose qui t'a échappé durant toutes ces lunes. La dernière chose que tu as faite, la dernière chose qu'on t'a faite, la chose dont tu as omis de te rappeler. La vérité que tu as évité de voir, la réponse que tu crains le plus de connaître.

Tu respires les eaux limpides, débarrasses ton objectif de la boue, et te souviens de ton dernier souffle en tant que Malinda Almeida Kabalana.

## TON PRIX

Lorsque la silhouette a émergé de l'ombre de ce toit, tu as réalisé à quel point Stanley Dharmendran ressemblait à son fils. La démarche inclinée, le crâne symétrique, la peau foncée, les dents blanches, le pas dansant, le pivotement des hanches. Après l'avoir rattrapé, il a adressé quelques mots tranchants au barman que tu venais de tripoter. Puis il s'est tourné vers toi.

Deux hommes sont sortis des ténèbres en portant une table en plastique et des chaises en Formica. Tu les as reconnus. Ce n'étaient ni des serveurs ni des employés du bar ; ils étaient embauchés par les casinos pour casser la gueule à ceux qui ont cassé la baraque, et récolter l'argent de ceux que la maison a plumés.

Stanley t'a fait signe de t'asseoir, tu avais le choix entre la vue sur Colombo et celle donnant sur l'escalier et les voyous tapis dans l'ombre. Tu as choisi de faire face à la menace et t'es assis dos au panorama. Quand Stanley s'est penché en arrière, tu as vu dans sa main le mot que tu avais écrit sur du papier rose.

*Rendez-vous au bar du Leo ce soir à 23h.*
*J'ai des nouvelles à t'annoncer.*
*Je t'aime. Maal*

Tu l'avais laissé sur la raquette de badminton de DD et, même s'il était possible qu'il l'ait lu avant de le donner à son père, les chances étaient de six à sept contre une pour que ce dernier soit tombé dessus le premier.

— Voudrais-tu boire quelque chose, Malinda ?

— En fait, je dois retrouver DD à vingt-trois heures.

— Il était au lit lorsque je suis parti. Je ne pense pas qu'il viendra.

— Il n'a pas eu mon mot ?

— Tu l'as laissé sur la mauvaise raquette.

— Mais je lui ai parlé.

— Vraiment ? Bon sang, Maali. Ça fait des semaines qu'on ne s'est pas parlé et maintenant, tu veux faire la fête.

Stanley a allongé ses voyelles, de sorte à imiter l'accent snobinard d'école privée britannique que DD tentait de dissimuler en public. Père et fils partageaient la même démarche, la même peau et la même voix mielleuse.

— Alors, que voulais-tu dire à mon fils ?

— Ce ne sont pas vos affaires, Uncle Stanley.

— Très juste. Ce ne sera pas long, a dit Stanley, je suis simplement venu pour te demander une chose.

Il ne devait plus y avoir grand monde au bar, à l'étage inférieur, vu le calme. Personne ne risquerait de faire irruption sur cette terrasse, à moins d'être à la recherche d'un baiser illicite.

— J'attends la chute, Uncle.

— Dans ce mot, tu disais avoir des nouvelles à annoncer. Ce n'est pas ce qui m'intéresse. Je veux seulement savoir une chose. Quel est ton prix ?

— Mon prix ?

— Combien veux-tu pour disparaître de la vie de Dilan ?

— Un million de dollars peut-être, tu as répondu avec un sourire en coin. Ou alors la somme qu'on vous a versée pour rejoindre le Conseil des ministres. Disons le montant le plus élevé.

Stanley n'a pas eu l'air offusqué.

— Il doit bien y avoir un chiffre réaliste.

— Si DD veut me chasser de sa vie, qu'il me le dise lui-même. Je ne suis pas souvent là, de toute manière.

— Où étais-tu ?

— Je rentre d'un reportage photo sur l'IPKF dans le Nord.

— Pour le compte de qui ?

— Cela ne vous regarde pas, Uncle Stanley.

— Dilan pense qu'il s'agit de l'armée, mais apparemment, tu n'as pas travaillé pour elle depuis des années.

— Ils m'ont appelé pour couvrir la capture de Wijeweera[1].

— J'ai entendu dire que tu avais été licencié en raison de ta séropositivité.

— C'est faux.

— T'es-tu fait dépister ?

— Positif. Je n'ai pas. Le sida.

Une bonne vieille réplique, lancée avec la cadence de Stanley.

— Dilan est un bon garçon. Brillant. Mais il est distrait. Je pense qu'il serait mieux de le laisser se concentrer sur son avenir. N'es-tu pas d'accord ?

1. Activiste marxiste, fondateur du JVP.

— Et comme ça, il pourrait rejoindre votre cabinet et cacher l'argent de riches voleurs ?

Uncle Stanley s'est allumé une cigarette avant de te tendre son paquet. Bien sûr, il fumait des Benson et des Hedges, marques aux saveurs impérialistes, même si elles étaient fabriquées dans la même usine que les Gold Leaf et les Bristol. Tu en as pris une, l'as allumée et regardé la pointe flamboyer comme un filament avant de se réduire en cendre. Il t'a observé batailler avec les allumettes sans te proposer son briquet. DD vantait les efforts de son père, qui avait arrêté de fumer ses deux paquets par jour après le décès de sa mère, disant que tu pourrais en faire autant si tu l'écoutais.

— Je croyais que vous aviez arrêté.

— Dilan ne fumait pas, jusqu'à ce qu'il te rencontre. Il m'accusait d'être responsable du cancer de sa mère. Nous avons eu des moments difficiles, mais tout va mieux entre nous désormais. Il est tout ce que j'ai. Tu dois comprendre cela.

Tu as tiré une bouffée, te demandant comment tu allais pouvoir t'extirper de cette conversation. Un passage aux toilettes, peut-être.

— Tu faisais des choses contre nature avec ce serveur, n'est-ce pas ? As-tu déjà essayé cela avec mon fils ?

— En quoi est-ce contre nature ?

— C'est mon fils, espèce de porc ! Je ne l'ai pas envoyé à Cambridge pour qu'il rentre à la maison et attrape le sida à cause d'une pédale.

Les gardes du corps fumaient également, tapis dans leur coin. Ils ont fait un pas en avant lorsque Stanley a élevé la voix, puis reculé quand il a levé la main.

— Vous avez fait de lui un crétin pourri gâté qui ne connaissait rien à son pays, ni à son peuple. Je lui ai ouvert les yeux.

— C'est facile, pour toi qui t'appelles Malinda Kabalana, de me faire la morale. Tu mêles un jeune garçon tamoul à ta politique, tu connais le risque qu'il encourt.

— Jamais je ne mettrais DD en danger.

— Est-ce pour cela que tu l'as invité à t'accompagner à Jaffna ?

— J'aurais veillé sur lui.

— Tu as écrit « je t'aime », sur ce mot. Ce n'est pas naturel.

— Le mariage n'est pas naturel. Manger avec des couverts non plus. Sans parler de la religion. Ce ne sont que des conneries inventées par l'homme.

— Et que sais-tu de l'amour ?

— Je tiens plus à lui que vous.

— Alors tu vas prendre cet argent. Et partir.

Tu as regardé le sac rempli de billets posé sur la table.

— Vous ne pouviez pas mieux tomber. Ce soir, j'ai épongé toutes mes dettes. J'ai quitté tous mes clients. Et je suis prêt à suivre DD partout où il voudra. San Francisco, Tokyo, Tombouctou. J'en ai fini avec ce trou à rats. Et il sera plus en sécurité à l'étranger.

Stanley fumait sa cigarette en silence et te dévisageait. Tu imaginais un échiquier entre vous, son fou face à ton cavalier, chacun essayant de transformer son pion en reine. Mais sur la table ne se trouvaient qu'un paquet de Benson presque vide et un tas de billets sans valeur à tes yeux.

— Le laisseras-tu faire son doctorat ?

— Tout ce qu'il veut.

— Et que feras-tu ?

— Photographier les mariages et les bar-mitzvahs. Peut-être reprendre un job dans les assurances. On verra.

— Et concernant ton addiction au jeu ?

— C'est terminé.

Ça n'avait pas eu l'air d'un mensonge quand tu l'as dit, cette fois.

— Vas-tu continuer à faire ces choses contre nature avec des barmans ?

Tu as marqué une pause pour réfléchir et inspiré un bon coup.

— Non, sir. Je resterai fidèle à DD. Il n'y aura personne d'autre.

Stanley a écrasé la dernière cigarette en souriant.

— C'est tout ce que j'avais besoin d'entendre, *putha*.

Il a levé la main une nouvelle fois et deux ombres ont émergé de la nuit.

Tu les avais souvent vus rôder autour des casinos avant de savoir qui ils étaient. Après 1983, Balal Ajith s'était rasé la barbe et Kottu Nihal avait pris du ventre, tu ne les avais pas reconnus sur les photos que tu as agrandies pour le compte de la Reine Noire et du Beau Valet. La bête au hachoir et l'homme allumant le feu.

Fait étrange pour l'unique ministre tamoul du gouvernement sri-lankais que de travailler avec deux brutes des émeutes de 1983, as-tu songé alors qu'ils t'attrapaient et te maintenaient au sol. Une liasse de billets est tombée de la poche de ton jean et Kottu l'a empochée tandis que Balal tirait sur les breloques qui pendaient à ton cou. Tu as senti les chaînes te cisailler la nuque et reconnu chacune d'elles à la sensation qu'elle te procurait. Le cordon noir du Panchayudha était rugueux, la chaînette en argent de la croix ankh était froide et l'entrelacs de cordelettes des capsules de cyanure faisait couler le sang. Alors que tu sentais ce garrot enserrer ta peau, tu as pensé que s'ils avaient voulu t'étrangler, ils auraient dû s'y employer en tirant par l'autre bout.

— J'ai demandé à un saint homme de maudire toutes tes breloques. Le jour où j'ai vu ces capsules. Pourquoi porterais-tu cela autour du cou si tu n'étais pas un terroriste ? Pourquoi se parer de poison, à moins d'être prêt à mourir ?

Tu aurais pu expliquer à Stanley que tu les avais prises au cas où tu serais capturé, au cas où quelqu'un en aurait besoin, et pour te souvenir que tout le monde n'est qu'à un fil du fondu au noir. Mais Stanley t'a giflé, asséné un coup de poing sur le nez et versé le cyanure dans la bouche. Tu as essayé de le recracher, mais il bloquait tes mâchoires avec ses paumes. Tu lui as mordu le doigt, il a hurlé avant d'arracher le Nikon 3ST de ton cou et de l'abattre sur ton visage. Tes yeux ont explosé, ta tête a basculé en arrière et tu as entre-aperçu Kottu et Balal. Tous deux avaient l'air aussi stupéfaits que toi.

L'appareil photo s'est encore écrasé deux fois sur ton visage. Puis, tu as reçu un coup de pied à l'estomac qui t'a donné des haut-le-cœur, coupé le souffle et fait déglutir.

— Dilan est tout ce que j'ai. Le reste peut aller au diable. Tu comprends, n'est-ce pas ?

Tu n'arrivais plus à respirer, et tu avais besoin de reprendre ton souffle afin de pouvoir vomir, tu avais des ciseaux dans la tête, un marteau dans la poitrine et des aiguilles dans la gorge. Et tu ne te demandais plus qui était ce « tu » et qui était cette personne qui disait « tu ». Parce qu'ils étaient toi tous les deux, et tu n'étais plus ni l'un ni l'autre.

— Pouvez-vous nettoyer cela ? a demandé Stanley, en s'essuyant les mains avec des serviettes de table.

— Bien sûr, sir, a répondu Balal.

— Pas un mot au major, je vous prie.

— Sir, on s'attendait pas à ça, a dit Kottu. On venait juste pour un kidnapping. Comment on va faire pour descendre le corps, maintenant ?

— Je ne m'y attendais pas non plus, a dit Stanley. Il ne m'a pas laissé le choix.

Balal a hoché la tête pendant que Kottu l'a secouée.

— Sir, l'enlèvement de cette ordure va coûter plus cher.

— Vous pouvez prendre l'argent sur la table.

— C'est idiot, sir. Si vous nous aviez prévenus, on l'aurait emmené dans un endroit plus pratique.

— Bonsoir.

Tu as entendu ses chaussures cirées glisser dans la poussière de la terrasse, le même pas que son magnifique fils. Tu étais aveuglé et frissonnais. Tu t'attendais à ce que ta vie défile devant tes yeux, mais tout n'était que nuages et ténèbres. Tu as seulement entendu la voix de ton père t'encourageant à faire de ton mieux, de ta mère te priant d'arrêter de bouder, de ce stupide garçon te demandant de parler à son père et de la fille triste qui disait « OK ». Quand tu as ouvert les yeux, tu flottais au-dessus de la terrasse et pouvais voir à travers chaque étage.

Ton regard traversait les murs de l'hôtel Leo comme si la mort t'avait transformé en Superman. Tu as vu les joueurs au sixième étage, les proxénètes au cinquième, les prostituées qui buvaient du thé dans le centre commercial en bas, puis Elsa et Kuga qui se chamaillaient comme des cousins-cousines au septième. Et ensuite, tu as vu deux voyous soulever un pneu tordu et le jeter par-dessus le balcon. Le genre de pneus qu'on utilise pour brûler les gens, sauf que ce pneu-là se déroulait et qu'il s'agissait d'un corps. Tu as plongé avec lui en pensant à des excuses, à des explications logiques et à toutes les personnes qui ne les entendront jamais.

Alors que le corps heurtait le mur de l'immeuble, y laissant des taches de cramoisi et d'obsidienne, de rouge écarlate et d'ébène, tu as senti des milliers de hurlements jaillir près de toi. Tu as ressenti quelque chose qui n'était pas franchement réconfortant, mais pas si désagréable. Quelque chose d'invisible et vrai, un semblant de point microscopique au cœur de ce gargantuesque gâchis d'espace.

Tu as vu le visage de DD, tu t'es rendu compte à quel point il était différent de celui de son père, et tu l'as vu dans un avion, atterrissant quelque part dans un endroit baigné de soleil, l'imaginant purifier des puits empoisonnés, et tu t'es laissé aller à des rêveries dans lesquelles il souriait. Tu l'as imaginé consacrer sa vie à une cause futile, tout comme tu l'as fait, et ça t'a rendu heureux. Tout le monde devrait trouver une cause futile pour laquelle se battre, sinon à quoi bon respirer ?

Parce qu'à la réflexion, après avoir vu ton véritable visage, reconnu la couleur de tes yeux, goûté l'air, senti la terre, bu l'eau des plus pures fontaines et des puits les plus immondes, voilà ce que tu peux dire de plus doux au sujet de la vie : ce n'est pas rien.

Lorsque ton corps a heurté le sol, il n'a pas fait de bruit, tout du moins, aucun qui puisse être entendu par-dessus le vacarme de la ville ou le bourdonnement des confins de la Terre. Tu as senti ton moi se scinder entre le tu et le je, puis entre les nombreux tu et les infinis je que tu as été auparavant et seras à nouveau. Tu t'es réveillé au beau milieu d'une immense salle d'attente. Un regard jeté alentour t'a suffi pour comprendre qu'il s'agissait d'un rêve et, pour une fois, tu savais que c'en était un et tu étais heureux d'en attendre la fin. Tout a fini par passer, en particulier les rêves.

Tu t'es réveillé avec les réponses aux questions que tout le monde se pose. Les réponses étaient Oui, et Tout Comme Ici Mais Pire. Tu n'en as pas su davantage, alors tu as décidé de te rendormir.

# La lumière

*Les abeilles l'ont su en premier.*
*Ensuite la glace. Puis les arbres.*
*Et toutes les mères du monde.*

Tess Clare, via X

## CINQ BOISSONS

L'eau ne te fait pas mal aux yeux. Au contraire, elle les apaise comme l'une de ces serviettes chaudes imbibées de citronnelle et de cannelle que l'on met à votre disposition dans les hôtels du sud que tu as fréquentés en compagnie d'hommes riches. L'eau n'est ni bleue, ni verte, ni vert bleuté, mais blanche. Ce même blanc fait de toutes les couleurs du spectre comme te l'avait appris un jour un livre pour enfants. Même si, arrivé en classe d'arts plastiques, ayant mélangé toutes les peintures que tu avais pu trouver, tu n'avais obtenu que du noir.

L'eau tourbillonne au gré des courants et t'attire dans ses profondeurs, devant toi défilent des bancs d'anguilles, des myriades de poissons et des rochers tapissés d'algues. Les pierres dessinent de curieuses formes sous l'eau, révélant des crevasses qui dissimulent des sources de lumière. Des gouttes de pluie percent la surface de l'eau au-dessus de ta tête et envoient des bulles se noyer au fond du bassin. Tu t'enfonces plus profondément et te retrouves à l'entrée d'une grotte, protégée par le ressac des eaux vives et les rochers taillés en dents de scie.

Les murs, les plafonds et les sols sont jaune pâle et la lumière te fait écarquiller les yeux. Tu avances, puisque c'est la seule direction possible. Des murs de part et d'autre, un ruisseau qui murmure à tes pieds et, devant toi, la lumière. Les parois et les plafonds se transforment en miroirs dont chaque courbe reflète la lumière. En marchant suffisamment lentement et en t'inclinant dans le bon angle, tu peux apercevoir ton propre reflet. Tes yeux passent du vert au bleu et au marron. Mais tes oreilles ne varient pas.

— Vous y êtes arrivé juste à temps, Maal, dit la professeure Ranee. Vous êtes du genre à tout faire à la dernière minute, non ?

Elle est assise à une petite table sur laquelle est disposée de la vaisselle, comme s'il s'agissait d'un banquet pour une personne.

— C'est ça la Lumière, juste des miroirs ? Ni paradis ni Dieu ni ventre maternel ?

— Je ne pensais pas que vous y arriveriez, *putha*, dit-elle. C'est bien que vous soyez ici.

— Et maintenant ?

— Vous devez boire.

— Je n'ai pas soif.

— Asseyez-vous.

Tu prends place à la table sur laquelle se trouvent des tasses de tailles et de couleurs différentes. Cinq en tout. Une tasse à thé remplie d'un liquide doré, un mug avec un fluide violet, un verre à shooter empli de liqueur ambrée, une coupe de *king coconut* agrémentée d'une paille et un bol de bouillie de *gotukola*, cette panacée contre le rhume et la toux, les bleus et les piqûres d'insectes, infligée par de nombreuses mères sri-lankaises à leurs bambins sans défense.

Elle t'adresse un sourire et, pour la première fois, ne dégaine pas son bloc-notes ni ne fronce un sourcil.

— Le thé si vous voulez tout oublier. Le Portello si vous voulez vous souvenir. L'*arrack* si vous souhaitez pardonner au monde. Je vous le recommande. Le *thambili*, si vous voulez être pardonné. Et le *kola kenda* si vous désirez vous rendre là où vous serez davantage à votre place.

— Et je suppose que boire une gorgée de chaque est hors de question.

— Vous supposez bien.

— Alors, c'est tout ? Et si j'étais un buveur de café ?

— Vous ne l'êtes pas.

— Et si je me sentais d'humeur à boire un Portello, mais que je voulais être pardonné ?

— Si vous vouliez peser les avantages et les inconvénients, il ne fallait pas attendre d'en arriver à votre septième lune.

— J'étais plutôt à mon avantage. Mais ma vie n'a été qu'une suite d'inconvénients.

— Pas le temps non plus pour les blagues idiotes.

— Alors comment je fais pour choisir ?

— Je crois que vous le savez.

Tu regardes autour de toi les miroirs réfléchissants et la femme en blanc. Tu avances vers elle et la serres dans tes bras comme jamais tu n'as étreint ta mère.

— Je souhaite à vos enfants une longue vie. Et j'espère que vous et votre mari serez réunis pour l'éternité.

Tu ne sais pas pourquoi tu dis ça, mais tu le penses vraiment.

— C'est très gentil, Maal. Maintenant, buvez.

Tu quittes ta sandale et la déposes sur le sol. Tu enlèves tes colliers et les poses sur la table. Tu essuies ton appareil photo avec ton bandana, que tu places à côté de tes pendentifs. Puis, tu te délestes de ton appareil photo.

Cela n'a jamais été une compétition. Tu n'as plus le temps de t'enivrer, plus de soif à étancher ou de gourmandise à satisfaire. Quelle est la différence entre un *kola kenda* frais et un *kola kenda* qui a tourné ? Aucune. La bonne vieille blague. Tu tends la main vers la bouillie verte et visqueuse avant de la déverser dans ton gosier. Tu te pinces le nez, retiens ton souffle et attends d'être emmené là où tu as besoin d'être.

## QUESTIONS

Tu te réveilles en présence de la seule vraie divinité. Tu la reconnais, même si tu as oublié son nom.

Tu ne te réveilles pas et n'en sauras jamais rien. Le plus merveilleux avec l'oubli, c'est qu'on y glisse imperceptiblement.

Tu te réveilles dans le ventre de ta mère, nages vers la lumière et sors en criant ta déception.

Tu te réveilles nu aux côtés de DD, sans te souvenir du jour qu'il est.

Rien de tout ça.

Tu te tiens debout derrière un bureau blanc, même si tes pieds ne supportent ni le poids de ton corps ni celui de ton âme. Sur la table se trouvent un téléphone au cadran circulaire et un livre de comptes. Tu portes une blouse blanche et un Om autour du cou ; il y a devant toi une foule de gens qui hurlent et que tu ne parviens pas à entendre.

Tu te bouches les oreilles, clignes des yeux et le son te tombe dessus comme une bourrasque inattendue. Tous te crachent des questions au visage, des questions auxquelles tu n'as pas de réponses.

— Je ne peux pas rester ici. Comment je fais pour sortir ?

— Il faut que je voie mes parents. Où sont-ils ?

— J'dis pas que c'est votre faute, mais les erreurs, ça arrive, non ? Pouvez-vous me renvoyer là-bas ?

Tu clignes à nouveau les yeux et le vacarme cesse. Tu connais cet endroit. Il est peuplé à l'infini d'âmes hurlantes et d'imbéciles vêtus de blanc incapables de les aider. Et maintenant, il semble que tu aies rejoint le clan des imbéciles.

Le téléphone sonne. La voix t'est familière, même si tu ne peux pas mettre de nom dessus.

— Ouvrez le livre. Si vous avez besoin de réponses, ouvrez le livre.

*Clic.*

Devant toi se trouve un livre de comptes dont la page de couverture est décorée d'une feuille de l'arbre de la bodhi. Tu l'ouvres. Quatre petits mots sont alignés sur du papier quadrillé, écrits de ta propre main. Les mots distillent la sagesse accumulée par les millénaires, la connaissance remontant à l'époque où l'univers a été étudié pour la première fois.

Il est écrit : *Un à la fois.*

Tu observes les visages parmi la foule et aperçois des vieillards et des adolescents, des personnes en sari et en blouse d'hôpital, des gens aux yeux cernés et aux lèvres débordantes de gémissements. Et puis, un visage connu. Tu clignes des yeux dans sa direction et n'entends que sa voix tandis que le reste de la foule hurle en sourdine.

— Je viens ici chaque pleine lune, dit l'Athée Décédé. Juste pour voir si vous autres avez du nouveau à proposer.

— Nom ?

Il pose sa tête décapitée sur le comptoir, l'incline vers le haut, te fixe de ses yeux de marbre et t'adresse une moue de mépris en plissant son nez crochu.

— Épargne-moi la routine.

— Comment puis-je vous aider ?

— Mes enfants sont adolescents aujourd'hui. Ils sont devenus odieux. Les voir ne me procure plus aucune joie.

— Vous souhaitez entrer dans la Lumière maintenant ?

— Qu'y a-t-il de l'autre côté ? Je le demande chaque pleine lune et aucun de ces blaireaux n'est capable de me le dire.

C'est le premier fantôme qui t'a parlé sept lunes plus tôt. Et il semblerait que les lunes n'aient pas été clémentes avec lui.

— On dit que c'est différent pour tout le monde.

— Ça, je l'ai déjà entendu.

— Mais, en gros, c'est comme un casino, tu dis. On doit choisir sa boisson, sa carte ou…

— Une vierge ? Je t'ai déjà parlé de ma théorie sur les vierges ?

— En bref, vous devez choisir où vous allez ensuite.

— Et tu as choisi ça.

— C'est cet endroit qui m'a choisi.

— Ça sent l'arnaque.

— Désolé que vous le preniez comme ça.

— C'est ça que ton livre te dit de dire ?

— Oui.

— Du coup, ai-je droit à une compensation pour m'être fait descendre par le JVP ?

Tu regardes l'homme et le livre de comptes en face de toi, et décides de ne pas l'ouvrir.

— Vous devez faire tourner la roue. Parce que c'est ça, le jeu. La roulette sri-lankaise. Les membres du JVP qui vous ont tué sont morts. Vous pouvez passer les mille prochaines lunes à les maudire, ou alors, vous optez pour la roulette. Qu'est-ce que vous choisissez ?

Il fronce les sourcils et se gratte la tête, comme un sceptique essayant d'expliquer un miracle.

— Va te faire mettre ! répond-il avant de s'éloigner.

Au cours de cette première lune, après des débuts hésitants, tu envoies huit âmes vers la Lumière et treize au Contrôle des oreilles. Moïse et Musclor sont tes supérieurs hiérarchiques ; ils sont tous deux satisfaits de ton travail, même s'ils sont peu généreux en instructions ou en éloges. Tous ceux qui viennent à toi sont morts et ravagés, et te rappellent ces femmes et ces enfants accroupis aux abords des villages qui hurlaient tandis que leurs maisons brûlaient. En général, tu suis le registre, même si de temps en temps, tu t'écartes un peu du script.

Comme avec cette dame portant un casque de chantier qui te demande pourquoi elle a dû mourir dans un attentat à la bombe du LTTE, alors qu'elle a protégé des centaines d'ouvriers tamouls durant les pogroms de 1983. Pourquoi, malgré une vie passée à porter des casques, elle était morte d'une blessure à la tête ? Tu ouvres le livre et voilà ce que ça dit :

*Le karma s'équilibre au fil des vies. Si les victimes atteignent la Lumière, ils sont envoyés dans un Meilleur Endroit.*

Un « Meilleur Endroit », c'est un euphémisme que le livre te ressort souvent. Moïse t'explique que c'est pour éviter les disputes théologiques avec les personnes versées dans la religion, lesquelles, après la mort, sont étonnamment peu nombreuses. Tu dis à la femme ingénieure et à son couvre-chef qu'ils peuvent s'en plaindre s'ils le veulent ou se rendre dans la Lumière. Mais que le résultat sera le même.

— Voilà comment ça marche. La chance insolente vous sourit bien après que vous avez oublié votre tragédie. Et vice versa. La seule chose à faire, c'est de rester patient.

Elle te serre la main en souriant.

— Dois-je garder mon casque ?

— Je me suis trimballé un appareil photo pendant sept lunes. Ça n'a fait que m'alourdir.

— Et si quelque chose me tombait sur la tête ? objecte-t-elle.

— Il y aura toujours quelque chose pour vous tomber sur la tête, tu lui réponds.

— Je travaillais sur des chantiers de construction à Kandy, dit-elle. Inutile de me le dire.

— Et lorsque la bombe est tombée, l'avez-vous reproché à la gravité ?

— Si cela ne vous ennuie pas, dit-elle, je pense que je vais garder mon casque.

La professeure Ranee te félicite pour tes résultats. Elle invite Musclor et Moïse pour fêter ça à Galle Face Green, juste en face de la rue où tu habitais. Vous festoyez jusqu'au lever du soleil dans la fraîcheur de la brise. Là-Haut, comme on le fait Ici-Bas. Et tu ignores les éloges.

— C'est juste un gros coup de bol. Je ne recrute personne. Je n'ai pas bu le *kola kenda*.

— Mais si, dit cette bonne professeure.

— Que j'aboutisse ici, c'est une blague ?

— En est-ce une que d'aboutir où que ce soit ? rétorque Moïse.

— Quoi de mieux que l'aboutissement ? renchérit Musclor. Abouti, tu l'es maintenant. Et tu ne le seras bientôt plus.

— Je croyais qu'on était en congé, rétorques-tu. Ça suffit les sermons.

— Nous sommes ravis de vos progrès, dit la professeure Ranee.

— Je peux y retourner et choisir une boisson différente ? tu demandes.

— Vous pouvez toujours essayer. Comme vous rendre au casino et réclamer qu'on vous distribue la même main.

Drivermalli se pointe à ton guichet, on dirait un homme prothèse. Sa tête et ses membres sont déconnectés de son torse. Il ne sait pas qui tu es. Comment le saurait-il ? Il soumet une feuille d'ola et tu l'envoies à l'étage quarante-deux. Il en revient encore plus traumatisé qu'avant et tu le rediriges vers une porte jaune, comme l'indique ton registre.

Abattu, il piétine jusqu'au bout du couloir où une silhouette familière habillée de sacs-poubelle noirs hoche la tête en souriant de toutes ses dents. Sena est flanqué de goules vêtues de capes et, lorsque Drivermalli les rejoint, ils l'accueillent comme un frère perdu, ce qu'il est certainement. Tu alertes la sécurité, mais le temps que Musclor arrive, Sena et les goules sont déjà partis, entraînant avec eux Drivermalli, leur nouvelle recrue. Ça pourrait devenir ton problème si tu t'en mêles. Alors tu t'abstiens d'intervenir.

Les Amants Morts de Galle Face Court arrivent en se tenant par la main et te regardent en souriant. Le garçon te reconnaît.

— Vous avez habité chez nous, non ?

— Il y a longtemps.

Il se tourne vers elle et te désigne de la tête.

— Tu te souviens, Dolly ? Il baisait ce type à la peau sombre.

Aujourd'hui, elle porte une mousseline rose et semble avoir pleuré.

— Nous avons eu une grosse dispute, dit-elle. Nous pensons qu'il est temps de nous séparer. Je suppose qu'après cinquante ans, la lune de miel est terminée.

— C'est triste, réponds-tu.

— On en a assez d'observer les couples blottis sous leurs parapluies. Ils ne font que se mentir tout en se tripotant, déclare-t-elle.

— Alors, serons-nous punis parce que nous nous sommes suicidés ? demande-t-il.

Tu ouvres ton livre et lis ce qu'il en dit :

*L'univers se moque de ce que vous faites de votre manteau de viande.*

Tu le leur répètes.

— Vraiment ?

— La viande ne connaît pas la pénurie.

— Alors nous pouvons entrer dans la Lumière ? demandent-ils de concert.

— Si c'est votre choix.

— Mais qu'y a-t-il de mieux que de contempler un coucher de soleil du dernier étage de Galle Face ?

Tu songes aux chutes du Niagara, à Paris, Tokyo, San Francisco et aux autres endroits où tu n'as jamais emmené DD. Tu ignores la réponse, mais fais comme si tu la connaissais. Tu secoues la tête et les regardes sourire.

DD fait ses valises pour Hongkong après la mort de son père. Il se présente aux funérailles aux côtés d'un blanc-bec à lunettes et des questions qui n'en valent pas la peine viennent te titiller. Mais bizarrement, tu ressens quelque chose qui ressemble à s'y méprendre à de la fierté. Si tu as été envoyé sur cette Terre pour aider ce beau garçon à sortir du placard, alors tout n'a pas été vain.

Lucky Almeida a rejoint le Front des Mères et milite pour celles qui ont perdu leurs enfants. Tu la visites en rêve et lui assures que tout va bien, que tu ne lui reproches rien et que tu es désolé pour tout.

Jaki emménage avec la présentatrice de journal télévisé, Radika Fernando, fait l'amour comme une folle et ne prononce plus jamais ton nom.

Lanka se désintègre. La guerre se poursuit et les gens se consolent en se disant que leur lot actuel n'est pas aussi mauvais que le précédent, même s'il s'avère pire, à bien des égards.

Le gouvernement nie que l'explosion ayant entraîné la mort de vingt-trois personnes a eu lieu dans un bureau gouvernemental. Le ministre, qui s'en sort avec à peine quelques blessures, affirme que le bâtiment appartenait à une société de pêche asiatique où on l'avait fait venir pour discuter d'exportations maritimes. Il remercie son médecin, ses bienfaiteurs et son astrologue.

Le chef suprême découvre la faction de Mahatiya et sa colère est brutale. Deux pelotons de traîtres sont attachés dans des grottes souterraines près de Vakarai et battus jusqu'à ce que la marée les noie. Le LTTE s'en est pris à tous les associés du colonel Gopallaswarmy. Parmi eux figure une organisation basée à Colombo appelée CNTR, dont les bureaux à l'hôtel sont bombardés, bien qu'il n'y eût plus personne à l'intérieur.

Tu avoues à la professeure Ranee que tu aimerais renaître, mais pas tout de suite. Tu savoures ces instants de repos entre ce qui a été et ce qui sera. Tu reposes en paix, même si tu n'as pas de tombe. Tu dis que tu resteras jusqu'à ce que ta mère décède, et elle pense que c'est une bonne idée.

Tu t'installes dans une routine qui te plaît et t'enthousiasme. Même les jours de tristesse, lorsque tu dois prendre en charge de jeunes enfants ou des personnes ayant laissé derrière elles des êtres aimés, tu réalises que chaque mort compte, même si chaque vie ne semble pas compter.

Tu as cessé d'invoquer ton père, car tu sais qu'il n'est nulle part dans les parages et ne le sera jamais. Et même s'il t'entendait, même s'il venait, il ne te reconnaîtrait pas parce que tu n'as pas été ne serait-ce qu'un acteur secondaire dans sa vie, tout juste un figurant. À plus tard, papa. Nous n'avons pas eu le temps de nous dire bonjour.

Lorsqu'il apparaît enfin, il a l'air échevelé et embarrassé. Mais, tu ne ressens aucune rage envers lui, seulement de la peine. C'était un homme qui s'était évertué à protéger un enfant qu'il n'a jamais connu. Et qui s'était battu pour un pays qui n'a jamais existé.

Vêtu de son costume de funérailles, les yeux jaune et vert, le visage poussiéreux et triste, Stanley Dharmendran semble stupéfait de te voir. Il te regarde droit dans les yeux et incline la tête.

— Je suis terriblement désolé, dit-il. Si j'ai fait ça, c'est parce que…

— Ça n'a pas d'importance, le coupes-tu.

— Dieu merci, Dilan va bien.

— C'est vrai. Merci Quiconque.

— Puis-je lui parler ?

— Pour ça, il faudra négocier avec votre vieil ami l'Homme Corbeau. Ce que personnellement, je vous déconseille. Je peux vous inscrire à un cours de Marche dans les rêves à l'étage trente-six. Mais les résultats sont variables.

— Il s'est trouvé un nouvel ami étranger. Ils ont des relations sexuelles.

— Merci pour l'info.

— Et s'ils allaient à San Francisco ? Cet endroit est infecté par le sida.

— Uncle Stanley, il n'y a rien Ici-Bas que vous puissiez changer. Plus vite vous l'accepterez, mieux ce sera.

— Et maintenant ?

— Quoi, maintenant ?

— Qu'est-ce qui se passe ?

— C'est le moment où je vous pardonne.

— Mais je ne sais pas où je suis.

— Eh bien… Uncle Stanley…, dis-tu en adoptant sa diction caractéristique. Vous êtes venu… au bon endroit.

## OÙ EST PASSÉ LIONEL ?

Alors, qu'en est-il de tes photos ? Ont-elles ébranlé le monde ? Ont-elles fait éclater la bulle de Colombo ?

Elles sont restées accrochées sur ces murs des semaines après l'explosion de la bombe, mais tu ne peux toujours pas te résoudre à te rendre à la galerie Lionel Wendt. Tu restes à l'écart des endroits où les probabilités de croiser Sena ou Mahakali sont élevées. La professeure Ranee t'assure que les démons ne peuvent pas te toucher, maintenant que tu portes la tunique blanche, mais tu n'es pas complètement rassuré.

Lorsque finalement tu t'y aventures seul, tu n'es pas surpris de trouver la galerie vide. Tes photographies ont attiré beaucoup d'esprits, mais très peu d'humains. Peut-être parce que c'est la saison des moussons et que le temps est terriblement humide, ou parce que les gens avaient mieux à faire que regarder des clichés en noir et blanc montrant des corps sans vie. Goules, *pretas* et esprits viennent à ta rencontre pour discuter, mais tu en as assez de parler photo.

Le sixième jour, Kugarajah débarque et se sert dans tes clichés pris en 1983, les meurtres de l'IPKF et les dix photos de cadavres de villageois tamouls. Il fait sursauter les Touristes Morts, fascinés par le pangolin pris au coucher du soleil.

— Hé, mon pote ! Il pique tes trucs, hurle l'Anglais à l'agent de sécurité.

L'agent, un vieil homme en uniforme marron, s'approche de Kugarajah d'un pas tranquille alors que celui-ci se dirige au pas de course vers la sortie la plus proche du panneau indiquant : *Loi de la Jungle. Photographies de MA.*

— Je suis le propriétaire de ces photos, dit Kugarajah.

Le vieil homme en uniforme hausse les épaules et retourne bâiller sur son tabouret.

Tu crains que les morts apparaissant sur les photos viennent te trouver et te reprocher ces portraits peu flatteurs. Mais la plupart des corps que tu as photographiés ont péri bien loin de cette galerie. Si tu étais à leur place, tu laisserais l'univers te dévorer pour t'abreuver de cet oubli béni et en finir avec cette loterie.

Quelques jours plus tard, Radika et Jaki entrent tandis que DD reste dans la voiture en compagnie de son blanc-bec à lunettes. Il leur déclare ne rien vouloir avoir à faire avec tes photos ou ta mort, et Radika fait semblant d'être inquiète.

— Pourquoi ne pas faire une pause avec ton boulot ? Pour savoir si tu veux rester au Sri Lanka ou non. Si tu as besoin de parler…

— Occupe-toi de ton JT, lui répond DD en démarrant la voiture.

Tu tentes de les suivre, mais la malédiction de l'Homme Corbeau t'en empêche. L'air te repousse et le vent refuse de te porter.

Radika fait le tour de l'exposition avec Jaki et secoue la tête en regardant les atrocités serties dans les cadres.

— À quoi cet imbécile pensait-il ?

— Il pensait que les photos étaient le meilleur moyen de mettre fin à la guerre.

— Est-ce que tu vas porter plainte pour ton enlèvement ?

— Auprès de qui ?

— Nous allons dénoncer ces flics.

— Je ne me rappelle aucun flic. À part celui qui m'a aidée à m'échapper.

— Pourquoi ne partirions-nous pas ce week-end ? Je ne sais pas si venir ici est une bonne idée.

— Maali voulait que Colombo voie le vrai visage du Sri Lanka.

Radika balaye du regard la galerie vide. Elle ne voit pas la clique de fantômes qui vocifère, seulement l'espace qui les sépare.

— On dirait que Colombo n'est pas follement intéressé.

Jaki s'assoit près de la porte et demande à Radika de partir. Cet après-midi-là, quelques visiteurs entrent au compte-gouttes. Un défilé d'étudiants, un collectif d'artistes, un séminaire de professeurs et une fourgonnette de journalistes. Beaucoup parmi eux sont choqués et émus, et lorsque certains se mettent à photographier tes photos, tu en éprouves à la fois de l'*hybris* et de l'indignation. Dans la soirée, la nouvelle se propage et d'autres visiteurs affluent. Tu en reconnais quelques-uns de la scène théâtrale ou musicale et d'autres du petit écran. Parmi eux se trouvent quelques célébrités. Certains ne se montrent pas vraiment impressionnés.

Jonny Gilhooley arrive aux côtés de Bob Sudworth. Ils secouent la tête, sans trop parler. Jonny retire les deux photos montrant la rencontre entre le major, le colonel et Sudworth. Il pioche également dans quelques photos de nus que Clarantha a affichées après le départ de DD, en dépit de tes instructions. Byron, Hudson et Boy George. Un autre vol perturbant à peine la sieste de l'agent de sécurité.

Tes connaissances de la presse se présentent et commencent à partager des anecdotes. Jeyaraj, de l'*Observer*, te traite d'idiot, alors qu'Athas, du *Times*, affirme que tu étais un génie. C'est ce qui se rapproche le plus de l'éloge funèbre que tu n'auras jamais.

Jonny rejoint Jaki postée à la porte et lui susurre à l'oreille. Tu flottes dans leur direction, assez près pour entendre.

— Va-t'en d'ici tout de suite, ma belle. Ils vont réduire cette galerie en cendres.

— OK, répond Jaki, sans bouger d'un pouce.

Peut-être que sortir avec l'ex du neveu d'un ministre l'a rendue téméraire. Il est plus vraisemblable qu'elle n'ait pas calculé les probabilités et que, par conséquent, elle s'en moque. Elle reste assise là toute la soirée, alors que l'endroit commence à se remplir de monde et que les gens se demandent mutuellement qui est ce MA, et soudain une voix suraiguë perce l'air comme une corne de brume, même si le ministre Cyril Wijeratne n'en a aucune à la main.

Le ministre a une jambe bandée et un bras dans le plâtre. Il est assis dans un fauteuil roulant poussé par Cassim. On dirait que l'inspecteur n'a fait qu'enchaîner les heures supplémentaires depuis l'explosion. Il voit Jaki assise dans le coin et croise son regard. Jaki le regarde fixement, l'air de dire : « Désolée, mais j'ai oublié ce que j'ai promis, et Stanley est mort. » Ce qu'elle voudrait lui dire, c'est : « Merci de m'avoir sauvée », mais elle n'est pas bien sûre de savoir comment le lui faire comprendre avec des gestes et Cassim détourne les yeux en poussant la chaise roulante du ministre.

Ce dernier laisse échapper un grognement, sa fragile carcasse tremblote.

— Mesdames et messieurs, en raison des dangers rapportés par le service des renseignements, un couvre-feu sera décrété à vingt et une heures ce soir. Je vous conseille de rentrer chez vous le plus rapidement possible.

Les bavardages se répandent, ensuite les cris et puis c'est la panique alors qu'un goulot d'étranglement se forme à l'entrée ; la bulle de Colombo 7 commence à éclater, les gens se bousculent comme dans le bazar de Colombo 10. Personne ne voit le démon du ministre trotter derrière le fauteuil roulant. Il t'adresse un clin d'œil et un hochement de tête.

Les hommes qui n'appartiennent ni à l'armée ni à la police se postent aux sorties tandis que le ministre se fait trimballer par Cassim à travers l'exposition. Il s'arrête devant l'une des photos, la montre du doigt et l'inspecteur la décroche consciencieusement. Tu observes en silence les images de journalistes morts, d'activistes kidnappés et de prêtres tabassés disparaître des murs, en même temps que celles d'avions pulvérisés, de villageois assassinés et de foules enragées.

Après que le ministre est parti, les bras chargés de cadres, les esprits l'imitent. Tu ne saurais dire si c'est par respect pour toi ou par ennui. Tu te retrouves seul face aux murs constellés de vides. Tu entends les Touristes Morts frapper sur le jukebox à l'Arts Center à l'étage et une chanson en émaner, une chanson que ton père adorait et que tu as fini par détester. *The Gambler*, de ce grand philosophe Kenneth Ray Rogers.

Les photos restantes proviennent d'une seule de tes cinq enveloppes. Elles montrent des levers et des couchers de soleil, des collines couvertes de théiers et des plages cristallines, des pangolins et des paons, des éléphants accompagnés de leurs petits et un beau garçon courant avec une fille merveilleuse dans des champs de fraises. Ces photos, tirées de l'enveloppe intitulée « Le Dix parfait », te procurent une satisfaction que tu as rarement connue dans ton travail.

Elles ont beau être en noir et blanc, elles brillent d'un éclat incandescent, comme parées des couleurs d'une quinte royale. Cette île est un endroit magnifique, en dépit des idiots et des sauvages dont elle regorge. Et si ces photos sont les seules qui te survivent, peut-être est-ce là un as que tu peux garder dans ta manche.

## CONVERSATION AVEC UN LÉOPARD MORT

— Le seul dieu qui mérite d'être connu est l'électricité, te lance le Léopard Mort, debout devant le comptoir, pattes posées sur ton livre de comptes. Ça, c'est de la vraie sorcellerie devant laquelle se prosterner.

— Que sais-tu de l'électricité ? tu lui demandes en regardant les morts derrière lui battre en retraite comme si un pet avait empoisonné l'air. Et comment se fait-il que tu puisses parler sans bouger ces… ce sont des lèvres ?

Au cours de ces lunes passées derrière ton guichet, tu as reçu de nombreuses visites, mais jamais celle d'un membre du règne animal. Tu pointes ton registre du doigt et la bête en retire ses pattes avant de se déplacer sur la gauche. Tu saisis le livre, l'ouvres et lis neuf mots :

*Les animaux ont une âme.*
*Comme chaque chose vivante.*

Le léopard te jauge du regard.

— Quand les huttes du parc national de Yala ont été pourvues en électricité, j'ai été très impressionné. J'ai passé des nuits entières, caché dans les parages, à m'émerveiller de ces lampes fluorescentes. Si des singes barbares sont capables de créer de telles choses, imagine ce dont moi, je serais capable.

— Comment puis-je t'aider ?

— Je veux renaître sous la forme d'un *Homo sapiens*. Et tu m'y aideras.

— Ce n'est pas mon boulot.

— J'ai besoin d'outils pour créer. Le costume de chair humaine est bien équipé.

— Pas sûr de pouvoir t'aider.

— Alors, laisse-moi rencontrer le Créateur. Je plaiderai ma cause.

— Je ne crois pas qu'il y en ait un.

— Ne sois pas stupide. Même les porcs qu'on mène à l'abattoir croient en son existence.

— Je ne crois pas qu'il y ait quelqu'un qui surveille quoi que ce soit.

Le léopard pouffe et se lèche la patte.

— Pourquoi le Créateur devrait-il nous surveiller ? Nous avoir créés n'est-il pas suffisant ?

Ce n'est pas si souvent qu'un félin te désarçonne. Ce chat de la jungle semble posséder une plus grande âme que la horde d'*Homo sapiens* qui se sont pressés à ton guichet.

— Je suppose que chaque créature pense être le centre de l'univers.

— Je ne pense pas. Puisque ce n'est pas le cas. Nous sommes des microcosmes, dit le léopard. Une colonie de fourmis contient l'univers. Même si elle n'en est pas le centre.

— Un bien grand mot pour décrire une chose si minuscule, tu rétorques, alors que l'animal se met à rougir comme un petit chaton.

— J'ai passé un long moment à observer les insectes.

— À ce qu'on dit, ils contrôlent une plus grande part de la terre que les humains.

Tu tournes la page de ton livre de comptes et fixes les mots :

*Ne te laisse pas embarquer dans des conversations dont tu souhaites te dépêtrer.*

— Les insectes ont du génie. Sans nul doute. Il en existe des milliers d'espèces vivant sur Terre et dans l'eau, qui sont de loin plus intelligentes que les êtres humains.

— Écoute, j'ai un planning chargé.

— Mais aucun n'a encore inventé l'ampoule électrique.

Se débarrasser du léopard s'avère plus difficile que prévu. Tu tournes les pages de ton livre de comptes, mais n'y trouves rien d'utile.

— Mais toi, tes inventions vont révolutionner le monde ?

— J'ai sillonné vos villes et observé votre mode de vie. C'est à la fois répugnant et remarquable.

— Qu'y a-t-il de mal à être un léopard ? Tu es le roi de la jungle, par ici.

— Plus depuis que la jungle ne cesse de disparaître.

— On croirait entendre un garçon que je connaissais.

— J'ai essayé de survivre sans tuer. J'ai tenu un mois. Comment faire ? Je suis une bête sauvage. Seuls les Hommes sont capables de pratiquer la compassion. Seuls les Hommes ont la possibilité de vivre sans être cruels.

— Les herbivores ne sont-ils pas aimables, en général ?

— Les lapins n'ont pas le choix. Les êtres humains, si. Je veux goûter à ça.

— Il n'y a pas grand-chose de savoureux là-dedans.

— Tout le monde se bat pour éviter de se faire manger. J'ai besoin d'un break avec la chaîne alimentaire.

— Est-ce que tu es passé au… Contrôle des oreilles ?

— Bien sûr.

— Il n'existe pas d'animal plus sauvage que l'Homme.

— Oh ça, je n'en doute pas. Mais la plupart des maux peuvent être éradiqués de l'intérieur.

— Lorsque tu seras humain, tu ne te souviendras pas avoir été un léopard.

— Comment tu as décroché ce job, si tu n'as aucune idée de comment les choses fonctionnent ? Jamais rien ne tombe dans l'oubli. Seulement, nous ne nous souvenons pas de l'endroit où nous avons rangé nos souvenirs.

— Peut-être qu'on devrait échanger nos places, tu lui dis.

— C'est précisément ce que je suggérais.

— La plupart des *Homo sapiens* sont déçus d'eux-mêmes. Fais attention à ce que tu…

— Oui, oui, c'est ce que j'ai cru comprendre. Mais si vous êtes capable de créer de la lumière avec des fils et un interrupteur, je vais tenter ma chance.

— Pas sûr que tu puisses choisir.

— Oh, s'il y a une chose dont je suis persuadé, c'est qu'on a tous le choix. Si tu ne peux pas me renvoyer sous forme humaine, transfère-moi dans la peau d'un léopard doté de l'intelligence d'une reine des abeilles, de l'âme d'une baleine bleue et des pouces opposables d'un singe sauvage, parce que bon, les pouces opposables sont indispensables pour visser les ampoules.

Confus, tu ouvres ton livre et lis ce qu'il te recommande de faire.

Tu passes des lunes sans penser à DD ou aux garçons qui t'ont tripoté. Tu perds le fil des guerres qui secouent le pays alors qu'elles se métamorphosent en conflits aux causes incompréhensibles. Tu as entendu dire que Drivermalli a rejoint Sena, lequel a conduit son armée dans le Nord ; la dernière fois qu'on l'a vu, il tentait d'assassiner le Premier ministre indien. Et c'est alors que, perché sur ton *mara tree* de prédilection, dans ton cimetière préféré, tu entends ton nom flotter dans le vent telle une feuille froissée.

— Malinda Almeida. C'était mon meilleur ami.

Tu attrapes la brise et te laisses aspirer par les airs. Tu n'es pas surpris de te retrouver à Galle Face Court, sur cette fameuse terrasse.

Jaki est vêtue d'un short, elle s'est fait couper les cheveux et parle dans un téléphone sans fil.

La voix à l'autre bout de la ligne a un accent américain et semble troublée.

— Excusez-moi. De quoi s'agit-il ?

— Vous êtes bien Tracy Kabalana ?

— Comment avez-vous eu mon numéro ?

— Avez-vous reçu un colis contenant des photos en provenance du Sri Lanka l'an passé ?

— Mon père était sri-lankais. Il est décédé il y a des années. Je n'ai jamais connu mon demi-frère. Maman n'a jamais prononcé son nom. Je n'ai pas ouvert le colis.

— Je serais ravie de pouvoir vous acheter ces photographies. Toutes.

— Je ne sais pas où elles sont. Peut-être ont-elles été jetées.

— Il parlait de vous avec tendresse, Tracy.

Jaki ment comme une joueuse de poker, même si ce qu'elle dit n'est pas forcément un mensonge.

— Je suis désolée, madame. Je ne peux pas m'occuper de ça maintenant. Je dois y aller.

*Clic.*

Jaki pousse un juron et s'affale dans le pouf. Radika Fernando glisse les doigts dans ses cheveux courts et secoue la tête.

— Les avait-elle ?

— La fille doit avoir à peine quinze ans. À quoi pensait Maali ?

— Il m'a affirmé un jour que tu étais raide dingue de lui, dit Radika.

Elle a complètement perdu sa voix de JT.

— Quand ça ?

— Cette nuit à ton appartement. Quand nous nous sommes embrassées pour la première fois. Il m'avait demandé de t'arranger un coup avec un gentil garçon tamoul.

— Alors, tu as fait tout le contraire, dit Jaki en caressant les doigts qui se promènent sur son crâne.

Radika prend deux photos encadrées qu'elle dépose sur les genoux de Jaki.

— Prête à les emballer ?

— Pourquoi ?

— Combien de fois vais-je devoir te le dire, Jaki ? Tu veux que j'emménage ou pas ?

— Je peux en garder une ?

— Non.

— Pourquoi ?

— Parce que je veux que tu me voies, moi, pas lui.

Les deux photos proviennent de l'exposition de la galerie Lionel Wendt. Sur l'une d'elles, on vous voit, Jaki et toi, perchés dans une cabane en haut d'un arbre, surplombant l'énorme rocher près de Kurunegala ; celui duquel la reine Kuveni s'est jetée, ne laissant derrière elle que sa malédiction. L'autre cliché montre quatre corps, pris à partir du dernier étage d'un bâtiment détruit. Une femme et son bébé, un homme avec des lunettes et un chien errant. Tous cernés d'éclats d'obus, bien que ce ne soit pas ce qui les a tués.

Jaki acquiesce et laisse Radika mettre les deux photos dans une boîte qu'elle emporte. Jaki soupire, ferme les yeux et ne t'entend pas lui faire tes adieux.

La professeure Ranee n'est pas à la Rivière des Naissances lorsque tu y conduis le léopard. Tu prends le vent le plus faible, mais ne parviens pas à trouver les trois arjunas. La rivière est vide et immobile, personne n'y patauge.

Le léopard pousse un grognement et se fait les griffes sur un arbre au bord de l'eau.

— J'ai connu des ours à miel plus intelligents que toi.

— Je suis en train de t'aider. Alors vas-y doucement avec les insultes.

— Je crois plutôt que c'est moi qui suis en train de t'aider.

— Si tu le dis.

— J'ai rencontré un éléphant à Udawalawe qui a prédit l'arrivée du prochain bouddha.

— C'est pour quand ?

— Pas avant deux cent mille lunes.

— Géniale, la prédiction.

— J'ai croisé des créatures de l'ombre qui vivent dans les miroirs et t'observent pendant que tu regardes ton reflet.

— Ça a l'air fun.

— J'ai fait la connaissance d'un aigle pacifiste qui refusait de chasser les souris et laissait ses oisillons mourir de faim.

— La plupart des tueurs de sang-froid que j'ai rencontrés déclaraient qu'ils détestaient tuer. C'est souvent complètement bidon.

— J'ai observé ton espèce. Sous sa forme bestiale et spectrale. Je n'arrive pas à comprendre pourquoi les êtres humains détruisent alors qu'ils peuvent créer. Quel gâchis.

— Nous y voilà. Un, deux… trois arjunas. Si tu sautes en face du troisième, la rivière t'emportera.

— Où ?

— Où tu as besoin d'être.

— J'ai besoin de devenir humain.

— Bois dans le bon bol et peut-être le deviendras-tu.

Le léopard se rapproche de la berge et trempe une patte dans l'eau.

— C'est sacrément froid. Pourquoi tu ne sautes pas avec moi ?

— Je ne veux pas renaître.

— Pourquoi ça ?

— Je pourrais devenir un léopard.

— Je vais prendre ça comme un compliment. Tu veux vraiment passer l'éternité derrière un guichet ?

— C'est pas si mal. On rencontre quelques personnages atypiques.

— Saute avec moi.

— Es-tu la professeure Ranee déguisée ?

— Qui ?

Et alors, tu lui racontes tout. Ranee, Sena, Stanley, DD et la boîte cachée sous le lit. Le léopard s'assoit sur une branche et t'écoute jusqu'à ce que la lune soit haute dans le ciel.

Il s'étire et c'est ainsi que tu l'aurais photographié si tu avais encore ton Nikon cassé pendu à ton cou brisé. Mais ce n'est pas le cas, alors tu clignes de l'œil en imaginant que tu l'as entre les mains.

Le léopard t'adresse un signe de tête, remue la queue et se jette à l'eau. Et à ce moment-là, sous cette lune crevant le ciel, tu réalises que tu n'as plus rien d'autre à dire et plus personne à qui le dire. Tu considères cela comme un simple fait, sans en être consterné ou réjoui.

Alors, tu sautes.

Et ce faisant, tu es sûr de trois choses.

Que l'éclatante brillance de la Lumière te forcera à ouvrir plus grand les yeux. Que tu choisiras la même boisson et que tu atterriras dans un ailleurs nouveau. Et qu'enfin, lorsque tu y arriveras, tu auras oublié toute cette histoire.

## Remerciements

*Aadhil Aziz, Aftab Aziz, Amrit Dayananda, Andi Schubert, Anita Pratap, ARL Wijesekera, Arosha Perera, Arun Welandawe-Prematileke, ASH Smyth, Chanaka de Silva, Chiki Sarkar, Chula Karunatilaka, Cormac McCarthy, David Blacker, Daya Pathirana, Deshan Tennekoon, Diresh Thevanayagam, Diya Kar, Douglas Adams, Erid Perera, Ernest Ley, Faiza Sultan Khan, George Saunders, Haw Par Villa, Imal Desa, Jeet Thayil, Jehan Mendis, Kurt Vonnegut, Lakshman Nadaraja, Ledig House, Mark Ellingham, Marissa Jansz, Meru Gokhole, Michael Meyler, Nandadeva Wijesekera, Natasha Ginwala, Naresh Ratwatte, Nigel de Zilwa, Pakiasothy Sarvanamuttu, Patsy de Silva, Philips Hue, Piers Eccleston, Prasad Pereira, Rajan Hoole, Rajeeve Bernard, Rajini Thiranagama, Ramya Chamalie Jirasinghe, Ravin Fernando, Richard de Zoysa, Rohan Gunaratna, Rohitha Perera, Roshan de Silva, Russell Tennekoon, Shanaka Amarasinghe, Smriti Daniel, Stanley Greene, Stefan Andre Joachim, Steve de la Zilwa, Stephen Champion, Sunitha Tennekoon, Tracy Holsinger, Victor Ivan, William McGowan, www.existentialcomics.com, www.iam.lk, www.pinterest.com.*

*Remerciements spéciaux : Natania Jansz, Eranga Tennekoon, Lalith Karunatilaka, Kanishka Gupta, Manasi Subramaniam, David Godwin, Andrew Fidel Fernando, Govind Dhar, Wendy Holsinger, Jan Ramesh de Schoning, Mohammed Hanif.*

## Crédits citations

Page 239 : Cormac McCarthy, *La Route*, traduit par François Hirsch, © Éditions de l'Olivier, 2008 ; © Éditions Points, 2023

Page 399 : Kurt Vonnegut, *Nuit Mère*, traduit par Gwilym Tonnerre, © Gallmeister, coll. Totem, 2016

Page 431 : Dennis Lehane, *Shutter Island*, traduit par Isabelle Maillet, © Éditions Payot & Rivages, Rivages/Thriller, 2004 ; Rivages/Noir, 2005

Composition et mise en pages
PCA – Rezé

Achevé d'imprimer en décembre 2023
par CPI BUSSIÈRE (18200 Saint-Armand-Montrond)
pour le compte des éditions Calmann-Lévy
21, rue du Montparnasse 75006 Paris

PAPIER CERTIFIÉ

CALMANN LÉVY s'engage
pour l'environnement en réduisant
l'empreinte carbone de ses livres.
Celle de cet exemplaire est de :
1,5kg éq. $CO_2$
Rendez-vous sur
www.calmann-levy-durable.fr

Pour l'éditeur, le principe est d'utiliser des papiers composés de fibres naturelles,
renouvelables, recyclables et fabriquées à partir de bois issus de forêts
qui adoptent un système d'aménagement durable.
En outre, l'éditeur attend de ses fournisseurs de papier qu'ils s'inscrivent
dans une démarche de certification environnementale reconnue.

N° d'éditeur : 1127648/01
N° d'imprimeur : 2074594
Dépôt légal : janvier 2024
*Imprimé en France.*